John le Carré

The Constant Gardener

ECUS
Publishing House

永遠的園丁

約翰・勒卡雷——著
譯——宋瑛堂

18——勒卡雷作品

獻給　伊薇特・皮耶波利[*]，

她生時在乎，死時亦然。

---

* Yvette Pierpaoli（1938-1999），法國人道主義者，難民國際協會創始成員，長年從事難民及災區救援工作。一九七四年，勒卡雷在金邊與她結識（參見《此生如鴿》第十章）。一九九九年，在阿爾巴尼亞執行援助工作時，皮耶波利與助手及司機因車禍而喪命。

凡人伸手可及之處，確應超出其掌握之外。
否則空有天堂何用？

——羅伯・布朗寧〈畫家薩爾托〉

1.

星期一上午九點三十分，消息傳到英國駐奈洛比高級專員公署。杉狄・伍卓接到消息時宛如中了彈，下巴僵直，胸口暴凸，忐忑不安的英國心臟啪啪作響。當時他站著。他事後只記得這麼多。內線電話鈴響時他正好站著，伸手想拿東西，聽到電話尖聲響起，因此停止動作，順手向下從辦公桌上撈起聽筒說，「伍卓。」不然，也可能，「我是伍卓。」他確定接電話的嗓門大了些，這一點他很肯定，聽起來像是別人的聲音，感覺口氣很衝：「我是伍卓。」他報出堂堂正正的姓，卻省去狄杉這個具緩衝作用的綽號，以彷彿很痛恨的語氣脫口而出，因為高級專員的例行祈禱會預定在三十分鐘後準時開始，由身為辦事處主任的伍卓主持，即將面對一群很難伺候的特殊利益團體代表，其中人人無不企盼高級專員全心全意關照。

簡而言之，這個星期一跟往常一月下旬的星期一沒兩樣，是奈洛比一年中最炙熱的時節，灰塵滿天，缺水嚴重，草地乾黃，眼睛痠澀，熱氣從市區人行道蒸騰而上。淡紫鳳凰木也和所有人一樣，期待長長的雨季快快到來。

當時究竟為什麼站著，他一直想不出答案。照理他應該埋首辦公桌，忙著敲鍵盤，急著查看倫敦傳來的指示，翻看鄰近非洲國家使館傳進來的資料。結果他卻站在辦公桌前，進行意義重大卻主旨不明的動作——大概是在將妻子葛蘿莉亞和兩名幼子的合照擺正吧。相片是去年夏天全家返鄉度假時拍的。高級專員公署坐落在斜坡上，如果一個週末沒整理，傾斜的地基就足以讓相片倒向一邊。

若不是在調整相片位置，或許就是在噴殺蟲劑吧。肯亞有一種昆蟲，連具有豁免權的外交官都難逃其魔掌。幾個月前「奈洛比眼症」大流行，如果不小心打死這種蒼蠅，手又抹到皮膚，就會產生膿腫和水泡，嚴重的話甚至會失明。他可能是在噴灑殺蟲劑，聽到電話鈴響，就將殺蟲劑放在辦公桌上，抓起話筒。這種可能性也無法排除，因為事後回想，印象中有罐紅色的殺蟲劑就擺在辦公桌的發件架上。就這樣，他邊說「我是伍卓」，邊將聽筒貼緊耳朵。

「噢，杉狄，我是密爾諄。你早。身邊沒有人吧？」

油光閃耀、體態臃腫、現年二十四的密爾諄是高級專員的私人祕書，講話帶有艾塞克斯郡口音，剛從英國調來，這是他首度外派。想也知道，較資淺的部屬都叫他小密密。

沒錯，伍卓承認身邊沒人。為什麼要問？

「杉狄，恐怕有狀況了，我在想是不是能過去你那兒一下。」

「不能等到祈禱會結束嗎？」

「這個嘛，好像不太行——不行不行。」密爾諄邊回答邊加強語氣，「杉狄，是蝶莎・魁爾。」

伍卓一聽，態度立刻有變，頸毛直豎，神經緊繃。蝶莎。「她怎麼了？」他刻意掩飾語調中的好奇，腦中則朝各種可能性狂推亂測。噢，蝶莎。噢，糟糕。妳這次又搞了什麼？

「奈洛比警方說她死了。」密爾諄以例行公事般的語氣說出。

「一派胡言，」伍卓斷然這麼回敬對方，連給自己思考的時間都沒有，「別亂講。在哪裡？什麼時候？」

「在圖卡納湖。湖東岸。上週末。他們對細節語帶保留。就在她的車裡。根據他們的說法，是出了不幸的意外。」他語帶歉意接著說，「我的感覺是他們不想讓我們太難過。」

「是誰的車？」伍卓質問的口氣慌亂，拚命想排除這所有荒謬的想法，極力壓制人、地、事以及其他想法與感覺，一直往下壓抑、壓抑，急忙刪除心中暗藏對她的回憶，取而代之的是圖卡納湖畔荒蕪的月球景觀。他對圖卡納湖的這番印象，來自六個月前外地視察時，當時陪伴左右的是一板一眼的駐外武官。「別走開，我立刻去看。還有，不准對任何人透露，聽到沒有？」

伍卓這時一次一個動作，放回聽筒，繞過辦公桌，從椅背上拿起西裝外套，一次套上一隻袖子。他平常上樓之前是不會穿上西裝外套的。星期一開會並無硬性規定得穿西裝外套，更何況他只是要上樓去胖子密爾諄的私人辦公室跟他講個話。然而，伍卓心中專業的一面告訴自己，接下來要走的路將會漫長艱辛。儘管如此，他邊走上樓、邊設法鼓足意志力，每次危機甫現時，盡量遵守自己的最高原則，以剛才讓密爾諄寬心的方式讓自己放心，當作全是一派胡言。為了安慰自己，他回想十年前轟動一時的案件，當時傳出有名年輕的英國女子在非洲鄉下慘遭分屍，事後證明是一場窮極無聊的騙局，那還用說。不過是有人利用喪心病狂的想像力捏造出來的事件。原來，是有個素行不良的非洲警察被遠放到沙漠中，吸食非洲大麻後精神恍惚，於是編出這個事件，好追討被積欠了六個月的微薄薪資。

他上樓的這幢建築物剛落成不久，外觀樸素大方。他很喜歡這種風格，或許是因為跟他自己的外表很相配。整棟大樓與周邊建築設施配置得當，有福利社、小店、加油站和安靜又乾淨的走廊，予人粗獷而自給自足的印象。伍卓的外表不管怎麼看，也給人相同的質感。今年四十歲的他，與妻子葛蘿莉亞婚姻生活美滿——就算不美滿，他猜，也只有自己知道。他身為辦事處主任，如果操作得當，說不定下次調派時有望掌管一個等級較低的領事館，然後再往上爬到比較沒那麼卑微的領事館，進而受封為騎士——封不封騎士，對他來說無關緊要，當然了，不過受封之後葛蘿莉亞會臉上有光。他這人有軍人風範，但話說回來，他本來就出身軍人家庭。他在英國外交部服務了十七年，曾經奉派前往六、七個駐外單位為國效勞。曾經隸屬英國的肯亞和他之前駐守過的國家沒有兩樣，同樣危險、腐敗、受盡外人掠奪，然而在伍卓心中激起的漣漪卻比先前多數國家還大，只是這樣的漣漪有多少是因為蝶莎而起，他就不敢捫心自問了。

「儘管說吧。」口氣咄咄逼人。開口前，他先關上了門，放下門閂。

密爾諄習慣嘟著嘴，坐在辦公桌前的模樣活像是個調皮的小胖子，一個怎麼哄就是不肯把粥喝完的小孩。

「她在綠洲過夜。」他說。

「什麼綠洲？講清楚一點行不行？」

密爾諄的年齡和位階雖低，卻不像伍卓認定的那麼容易被嚇唬。他一直有速記習慣，先參考了一下筆記才開口。最近受訓一定都教這些，伍卓以鄙夷的心態暗想著。不然像密爾諄這個出身低微的外地人，怎麼會有時間去學速記？

「圖卡納湖東岸有個度假小旅舍，在東岸南端，」密爾諄的視線留在速記本上，「名叫綠洲。蝶莎就是在那邊過夜，隔天早上搭了旅舍主人提供的四輪驅動車離開。她說她想往北走兩百英里，去文明發源地看看。李基遺址。」他改口說，「是理查．李基[1]挖掘古蹟的地點。位在希比洛依國家公園。」

「自己一個人嗎？」

「沃夫岡派了一名司機給她。司機的遺體也跟她的同在那輛四輪驅動車上。」

「沃夫岡是誰？」

「旅舍主人，姓氏待查。大家都叫他沃夫岡。顯然是個德國人。很有個性。根據警方的說法，司機被殺的手法很野蠻。」

「怎麼個野蠻法？」

「斬首。不見了。」

「誰不見了？你不是說司機跟她都在車上嗎？」

「頭不見了。」

這不用你講我也猜得到吧？「蝶莎的死因大概是什麼？」

「意外。警方只這麼說。」

「有被劫財嗎？」

1　理查．李基（Richard Leakey, 1944-），非洲古人類學家及保育運動政治家，是在肯亞出生的白種人。

「根據警方的說法是沒有。」

沒有財物損失，司機又慘遭謀殺，伍卓的想像力因此奔騰。「你接到什麼樣的消息，詳細說來聽聽。」他命令道。

密爾諄雙手捧著大臉，參考著速記本。「九點二十分，接自奈洛比警察總部飛行中隊，請高級專員接聽，」他讀出內容，「我解釋說高級專員到市區拜訪神職人員，最遲預計上午十點回來。值班警官聽起來很有效率，也報上姓名。他說報告是來自洛鐸瓦——」

「洛鐸瓦？離圖卡納好幾英里哪！」

「最近的警察局就在那裡。」密爾諄回應。「發現一輛四輪驅動車，是圖卡納的綠洲旅舍財產，發現地點是湖東邊、還沒到厄利亞灣處，在前往李基古蹟的路上。兩人至少已死亡三十六小時。其中一人是白人女性，死因不詳，另一是無頭非洲人，經查證為司機諾亞，已婚，有四名子女。梅菲斯托品牌遊獵靴子一隻，七號。藍色野地夾克一件，特大尺寸，沾有血跡，在車子地板上發現。車上女子介於二十五到三十歲之間，黑髮，左手無名指戴有金戒指。車子地板上有條金項鍊。」

妳戴的那條項鍊，伍卓聽見自己說。他們兩人正在共舞，他以嘲諷的口氣提出質疑。

項鍊啊，是我母親結婚那天我外婆送她的，她回答。不管穿什麼衣服，我都會戴上，就算別人看不見，我也非戴不可。

連上床都戴？

那就不一定囉。

「這些東西是誰找到的？」伍卓問。

「沃夫岡。他用無線電呼叫警方，也通知他在奈洛比的辦事處。也是用無線電。綠洲旅舍沒裝電話。」

「司機如果頭不見了，警方怎麼知道他的身分？」

「他有一隻手臂曾經粉碎性骨折，就是這樣才開始當司機。沃夫岡在星期六的五點三十分看到蝶莎和諾亞開車離開，同行的還有敖諾．布魯穆。那是他最後一次看見他們還活著的樣子。」

他還是一直看著速記本複誦，就算不是，也是假裝邊看邊唸。他的雙手仍捧著臉頰，似乎決心要讓臉頰一直待在掌心裡，因為從他雙肩頑固僵直的模樣看來確實有此意。

「你最後說的是什麼？」伍卓停頓一下後命令道。

「和蝶莎同行的是敖諾．布魯穆。他們一起入住綠洲，星期五晚上就在那旅舍過夜，隔天早上五點三十分由諾亞開著吉普車上路，」密爾諄耐著性子再講一遍，「四輪驅動車裡沒有布魯穆的遺體，也沒有找到任何蹤跡。就算有，目前為止也沒有接到報告。洛鐸瓦警方和飛行中隊都在現場，不過奈洛比總部想知道我們願不願意付錢請直升機。」

「他們的遺體現在放在哪裡？」伍卓以軍人之子的口吻說，既乾脆又實際。

「不知道。警方是希望綠洲旅舍能負責，不過，被沃夫岡拒絕了。他說，要是收下遺體，工作人員會罷工，連客人也會走光光。」遲疑一陣。「她登記的姓名是蝶莎．亞柏特。」

「亞柏特？」

「是她娘家的姓。『蝶莎．亞柏特，由奈洛比郵政信箱轉交。』是我們的信箱。我們這兒沒人姓亞柏特，於是我用這個姓查了一下資料庫，找到了魁爾，娘家姓亞柏特，名蝶莎。我猜她從事救濟工作時就是用這個姓。」他仔細看著速記本最末頁。「我想向高級專員報告，不過他去拜訪教會人士了，現在正好是交通巔峰期。」所謂的交通巔峰期，意思是：這裡是莫怡[2]總統領導的現代奈洛比，撥一通市內電話可能要聽上半小時的對不起，所有線路現正忙碌中，請稍後再撥。講話的是一名中年婦女，口氣自滿，不斷重複，嘴巴也不會疲。

伍卓已經走到門口。「你還沒告訴別人吧？」

「一個也沒有。」

「警方沒有對外宣布？」

「他們是說沒有。不過，他們沒辦法叫洛鐸瓦那邊封口，而且我認為警方自己說的也未必可靠。」

「就你所知，也沒有人告訴賈斯丁吧？」

「沒有。」

「他在哪裡？」

「在他辦公室，我猜。」

「別讓他出去。」

「他很早就進辦公室了。蝶莎外出實地勘查時，他都會提早上班。要我取消會議嗎？」

「先等等。」

就算先前不太確定，伍卓現在終於知道，面對的是一樁超級醜聞及悲劇，因此箭步走上標明閒人勿進的後面階梯，接著走進陰暗的走道，通往一扇緊閉的鐵門，門上有個窺視孔和門鈴按鈕。按下門鈴時，監視錄影機掃描他一下。開門的是個纖弱的紅髮女子，身穿牛仔褲，上身是印花罩衫。席拉，他們的第二號人物，會說斯瓦希里語，他自然而然想到。

「提姆人呢？」他問。

席拉按鈴，接著朝盒子講話。「是杉狄，有急事。」

「稍待，等我們確認一下資料。」有個男人以大嗓門說，音域雄渾。

他們等著。

「狀況完全解除。」同一個聲音宣布，門也應聲吱呀打開。

席拉往後站，伍卓大步走過她身邊，走進裡面。駐地主任是提姆．丹納修，身高六呎六，高大身形隱約出現在辦公桌前。他必定收拾過桌面，因為這時連一張紙也看不見。丹納修的氣色比往常看起來更虛。伍卓的妻子葛蘿莉亞堅稱他快死了。雙頰凹陷，毫無血色，雙眼泛黃，無力下垂，眼下鬆垮的皮膚形成了皮窩。散亂的小鬍子向下伸展，模樣絕望又滑稽。

「杉狄。你好。有何貴幹？」他大聲說著，透過雙焦眼鏡朝下看著伍卓，露出骷髏般的淺笑。

他靠得太近了，伍卓記得這一點。他會越界飛進你的領空，你的訊號還沒發出之前就被他攔截下

2　莫怡（Daniel arap Moi,1924-2020），一九七八年至二〇〇二年間的肯亞共和國總統。

來。「聽說蝶莎．魁爾在圖卡納湖附近被殺了，」他邊說邊感到有股想嚇壞人的衝動，希望藉此報復。「那邊有個地方叫綠洲旅舍。我有必要用無線電跟店主通話。」

他心想，他們受的訓練就是這樣。第一條守則：絕對不能顯露真情，就算你還有真情的話。席拉的五官雀斑點點，表情凍結，以沉思表示拒絕接受。提姆．丹納修仍帶著傻呼呼的淺笑——只不過，話說回來，那樣的淺笑本來也不具任何意義。

「她怎樣來著，老弟？再說一遍。」

「遇害了。被殺害的手法並不清楚，不然就是警方不肯透露。開她那輛吉普車的司機被砍了頭。情況就是這樣。」

「謀財害命？」

「只有害命。」

「靠近圖卡納湖。」

「對。」

「她跑去那裡做什麼？」

「我也不清楚。據說是去參觀李基的古蹟遺址。」

「賈斯丁知道嗎？」

「還不知道。」

「我們知道的人當中，還有誰跟這件事有關嗎？」

「我還在調查。」

丹納修帶伍卓走到一個他從來沒看過的隔音房間，是間通訊室。各種顏色的電話上設有插入密碼鎖的菱形凹洞。一台傳真機擺在狀似油桶的物體上。有一部以點刻方式雕製的金屬盒做成的無線電。局內印刷的通訊錄放在盒子上。原來我們的間諜就是這樣從自己的大樓裡彼此悄聲對談啊，他心想。這算陽謀，還是暗算？他怎麼想也想不通。丹納修在無線電前坐下，察看一下通訊錄，接著以顫抖的白皙手指胡亂撥弄著控制鈕，同時以單調的口吻說，「ZNB85，ZNB85呼叫TKA60。」活像是戰爭片裡的主角。「TKA60，聽見請回答。完畢。綠洲，聽見沒，綠洲？完畢。」

這時爆出一陣雜音，隨後傳出挑釁的聲音，「這裡是綠洲。聽得一清二楚，先生。你是誰？完畢。」講話的人帶有德國口音，有無賴的味道。

「綠洲，這裡是英國駐奈洛比高級專員公署，我請杉狄．伍卓跟你談。完畢。」

伍卓的雙手杵在丹納修的桌上，希望能靠近麥克風一點。

「我是辦事處主任伍卓。你是沃夫岡嗎？完畢。」

「像希特勒時代的辦事處嗎？」

「政府單位。完畢。」

「好吧，主任，我是沃夫岡。你想問什麼？完畢。」

「我想請你描述一下在你旅舍登記為蝶莎．亞柏特小姐的模樣。沒說錯吧？她是用這個名字登記的嗎？完畢。」

「沒錯。蝶莎。」

「她的長相如何？完畢。」

「黑髮，沒化妝，高䠷，二十過半，不是英國人。在我看來不像。德國南方人，或奧地利、義大利人。我從事旅館業。我會看人。還有，很漂亮。我好歹也是男人。像動物一樣性感，動作很誘人。穿的衣服像是你吹一口氣就能吹散。這樣說，像不像是你要找的亞柏特還是其他人？完畢。」

丹納修的頭和伍卓的相距幾英吋。席拉站在他的另一邊。三人都直盯著麥克風。

「對。聽起來像是亞柏特小姐。能否請你告訴我：她是何時向你預訂房間、又是怎麼預定的？我相信你在奈洛比有個辦事處。完畢。」

「她沒有。」

「預訂的是布魯穆醫生。兩個人，兩間靠近游泳池的小木屋，一個晚上。我告訴他，我們只剩一間。好吧，他就要這間。他真不是蓋的。嘩。大家都在看他們。客人也看，工作人員也在看。一個是漂亮的白人女子，一個是漂亮的非洲醫生。很養眼。完畢。」

「小木屋有幾個房間？」伍卓邊問，邊虛弱地希望避開這個直衝而來的醜聞。

「一個臥房，兩張單人床，不太硬，柔軟有彈性。一間客廳。兩人都要在登記簿上簽名，不准亂簽，我告訴他們。人走丟的事，這裡很常發生，不知道真名不行。那個名字是她的真名沒錯吧？是亞柏特吧？完畢。」

「是她娘家的姓。完畢。她寫的郵政信箱是高級專員公署的信箱。」

「她丈夫人在哪裡？」

「在奈洛比這邊。」

「哇。」

「好，布魯穆是什麼時候預訂的？完畢。」

「星期四。星期四晚上。從羅齊用無線電跟我聯絡。他說他們預計星期五天一亮就離開。羅齊是羅齊丘莒的簡稱。在北邊國境附近。負責南蘇丹的救濟單位都聚集在那裡。完畢。」

「我知道羅齊在哪裡。他們有沒有說去那邊做什麼？」

「救濟之類的。布魯穆也事從事救濟工作對吧？去羅齊的就只有這檔事。他告訴我，他是幫某個比利時的醫藥單位工作。完畢。」

「這麼說來，他是從羅齊預約房間，星期五一大早就離開羅齊。完畢。」

「他告訴我，他們預計在中午左右到湖的西岸，要我幫他們訂艘小船，帶他們渡湖來綠洲。我告訴他，『你聽好啊，從羅齊丘莒到圖卡納這段路，開車會遇到很多麻煩。最好是跟糧食特遣隊一起過來。山路不好走，而且會遇上強盜，那邊的幾個部落會互相偷牛，那很正常，只不過啊，他們十年前拿的是矛，現在則是人手一把ＡＫ四七。』他聽了之後笑笑，說他可以應付。結果還真的能應付。他們最後安全抵達，沒問題。完畢。」

「這麼說來，他們入住，在登記簿上簽名。然後呢？完畢。」

「布魯穆告訴我，他們想租吉普車附帶司機，隔天同樣天一亮就要前往李基遺址。為什麼訂房時不講，這你可別問我，因為我沒問。可能是臨時決定的吧。也許他們不喜歡在無線電上討論行程。我告訴他，『好吧，算你們走運，諾亞可以給你們。』布魯穆很高興。她也很高興。他們到花園散步，一起游泳，一起坐在吧台前，一起用餐，跟每個人說晚安，走回他們的小木屋。早上他們一起離開。我看著他們走。他們早上吃什麼，你想不想知道？」

「除了你之外，還有誰看到他們離開？完畢。」

「每個醒著的人都看到了。帶了午餐、幾箱水，備用瓦斯、緊急口糧、醫藥。三人都坐前座，亞柏特坐中間，像是快樂的一家人。這裡是個綠洲，懂嗎？我有二十個客人，多半都在睡覺。工作人員有四十個，多半都醒著。有大約一百個我不需要的人老是在我們停車場逗留，想賣動物皮毛、手杖和狩獵刀。看到布魯穆和亞柏特離去的人都揮手說拜拜。我有揮手，賣皮毛的人也揮手，諾亞也揮手，布魯穆和亞柏特也揮手。他們沒有微笑，表情嚴肅。好像有重大的事情要辦，像是有重大的決定，至於是什麼我就不清楚了。主任，你要我做什麼？殺掉目擊證人嗎？你聽好，我是伽利略。把我抓去關起來，我就發誓她從來沒來過綠洲。完畢。」

伍卓全身麻痺了半晌，沒再提問，或者可能是有太多問題要問。我已經進監牢了，他心想，我的無期徒刑在五分鐘前開始生效。他一手遮住雙眼，移開後看到丹納修和席拉面無表情看著他。他向他們報告蝶莎的死訊時，他們就是這副表情。

「你是什麼時候發覺事情可能不太對勁？完畢。」他的問題很差勁，「你整年都住在那邊嗎？完畢。或是，貴旅館經營多久了？完畢。」

「四輪驅動車上配有無線電。諾亞載客人出去時，都會打回來說他很高興。諾亞沒打回來。好吧，當作是無線電壞掉，或是司機忘了。如果要連線的話很費事，得先停車，拿出無線電，架好天線。你有在聽嗎？完畢。」

「洗耳恭聽。完畢。」

「只是啊，諾亞從來不會忘記打回來。就是這樣我才愛雇用他。但他就是沒打回來。下午沒打，晚上也沒有。我心想，好吧，也許他們在什麼地方紮營，給他喝了太多酒之類的。晚上打烊前，我發了無線電給李基遺址附近的管理員。沒有蹤跡。隔天早上我一起床就到洛鏵瓦報案。吉普車好歹是我的，OK？司機也是我的。他們不讓我用無線電報案，所以我非得親自去洛鏵瓦跑一趟，真是累死人，不過法律就是法律。民眾有了麻煩，洛鏵瓦警方的協助還真是熱心。我的吉普車不見了？真糟糕。車上有兩位客人和一名司機？為什麼自己不去找？今天是禮拜天，他們不用上班。他們要上教堂。『給我們一點點錢，借我們一輛車，我們才有可能幫你忙。』他們就這麼說。我回到家，自己找了幾個人組成搜尋隊。完畢。」

「有哪些人？」伍卓逐漸恢復精神。

「有兩支隊伍。我自己的人馬，兩輛卡車、水、備用油料、醫藥物品、口糧、蘇格蘭威士忌，以防必要時用來消毒或什麼的。完畢。」這時有人插撥，沃夫岡叫對方滾蛋。令人驚訝的是，對方竟然照辦。「那邊現在熱得很，主任。氣溫四十六度，此外胡狼和土狼也多得跟你們的老鼠一樣。完畢。」

他停頓一下，顯然是等伍卓講話。

「我還在聽。」伍卓說。

「吉普車側翻過去。別問我原因。車門關著。也別問我原因。一扇車窗打開約五公分。有人關上車門，還上了鎖，拿走鑰匙。光是從那一小道縫散出的氣味就說不出地難聞。車身到處是土狼抓出的刮痕，牠們想衝進去時撞出了大大的凹痕。牠們繞了又繞，在四周留下腳印。土狼如果夠厲害，十公里外就聞得到血味。要是搆得著屍體，一口就能咬穿，吸出骨頭裡的骨髓。不過牠們搆不著。有人把車門鎖上，不讓土狼進去，只留下一小道車窗縫，讓土狼抓狂。換成是你，你也會抓狂。完畢。」

伍卓拚命想理解他說的話。「警方說諾亞被斬首。是真的嗎？完畢。」

「沒錯。他做人很不錯。家人擔心得快發瘋。他們派人到處在找他的頭。要是找不到，可就沒辦法安葬，會陰魂不散的。完畢。」

「亞柏特小姐呢？完畢──」浮現的影像是缺了頭的蝶莎，不堪入目。

「他們難道沒告訴你嗎？」

「沒有。完畢。」

「喉嚨被割了。完畢。」

第二個影像浮現，這次看到的是殺害蝶莎的人，一手扯斷她的項鍊，為刀子清除障礙物。沃夫岡正在解釋他接著怎麼做。

「首先，我告訴手下別去開門。裡面沒有活口。誰要是去開車門，絕對會受不了。我留下一組人生火看守，然後開車載另一組人回到綠洲旅舍。完畢。」

「問題。完畢。」伍卓拚命鎮定情緒。

「你想問的是什麼，主任？請再問一次，完畢。」

「是誰打開吉普車的？完畢。」

「是警方。警方一趕到，我的手下就鳥獸散了。沒有人喜歡警察。沒有人喜歡被逮。這裡就是這樣。洛鐸瓦警方先到，現在又來了飛行隊，再加上幾個莫怡私人的蓋世太保。我的手下正在鎖抽屜把銀器藏好，只可惜我什麼銀器也沒有。完畢。」

伍卓再度停頓不語，絞盡腦汁想說出具有理性的話。

「布魯穆和蝶莎出發前往李基遺址時，布魯穆有沒有穿著遊獵夾克？完畢。」

「當然有。舊的。比較像背心。藍色的。完畢。」

「命案現場有沒有找到凶刀？」

「沒有。相信我，凶器一定是刀子。嵌了維金森刀鋒的大砍刀。砍諾亞就像切奶油一樣順。一刀OK。她也一樣。唰。女的全身被扒光。有很多瘀青。我剛才是不是說過？完畢。」

沒有，你沒說，伍卓靜靜地對他說。她死時一絲不掛，你卻完全略去不提。瘀青也是。「他們從你旅舍出發時，車上是不是放了一把大砍刀？完畢。」

「主任先生，非洲人外出狩獵一定隨身帶大砍刀。」

「遺體現在放在哪裡？」

「諾亞，缺了頭的屍體，警方發還給他的族人。至於亞柏特小姐，警方派了馬達小艇去接。不把吉普車的車頂割開還不行咧。跟我們借切割器具。然後把她綁在甲板上，下面沒地方放她。完畢。」

「為什麼沒地方？」話一出口他就後悔了。

「主任啊，你也發揮一下想像力。天氣這麼熱，屍體會怎樣，你應該清楚吧？如果想用飛機運回奈洛比，最好先支解開來，否則裝不進貨艙。」

伍卓的大腦麻木了一小段時間，回過神後，聽見沃夫岡說，沒錯，他以前見過布魯穆一次。這麼說來，伍卓必定是問了他這個問題，只不過自己卻沒聽見。

「九個月前。大搖大擺帶了一團從事救濟事業的金主。世界糧食、世界醫藥、全球消費報告。那些混帳花了一大筆錢，想要我開兩倍的收據。我叫他們去吃屎。布魯穆很欣賞我的做法。完畢。」

「這一次，你覺得他們怎麼樣？完畢。」

「什麼意思？」

「有沒有什麼不一樣的地方？情緒比較激動、還是怪異之類的？」

「主任先生，你是在講什麼？」

「我是說——你認為他是不是吃了什麼？我的意思是，他有沒有吸食什麼？」他講得語無倫次，

「這個嘛，我也不知道——大概是古柯鹼之類的東西。完畢。」

「拜託，」沃夫岡才開口，通訊就中斷了。

伍卓再度察覺到丹納修刺探性的目光。席拉已不見人影。伍卓的印象是她去處理什麼緊急的事。只不過，到底是什麼事？為什麼蝶莎一死，這些間諜就要採取緊急行動？他覺得有點冷，但願自己多穿一

件羊毛衫，然而冷汗卻直流而下。

「老弟，還有沒有需要我們服務的？」丹納修的語氣帶有特別關懷的意味，贏弱無神的雙眼依舊朝下盯著他看，「要不要來杯什麼？」

「謝謝你。現在不用。」

他們早就知道了，伍卓下樓往回走時憤怒地告訴自己。他們早在我之前就知道蝶莎死了。但是，間諜都希望給你這種印象：所有事情，我們間諜知道的都比你們多，而且消息來得更快。

「高級專員回來了嗎？」他將頭塞進密爾諄的門裡時問道。

「馬上就到。」

「取消會議。」

伍卓沒有直接前往賈斯丁的辦公室。他先去找吉妲・皮爾森，她是辦事處最資淺的一員，也是蝶莎的閨中密友。吉妲雙眼黝黑，金髮，是印度與英國混血兒，額頭印有種姓階級符號。伍卓回想，她是在本地招募的員工，卻希望能長久從事外交部的工作。她看見伍卓關上門進來時，眉宇間閃過一絲不信任。

「吉妲，我接下來要講的事，千萬別說出去，行嗎？」她直直看著伍卓，等著他開口，「布魯穆。敖諾・布魯穆醫生。知道這個人嗎？」

「他怎麼了？」

「是妳的好朋友。」沒有回應。「我是說，妳跟他很要好吧。」

「我接觸過這個人。」吉妲掌管的業務讓她有機會天天和救濟單位接觸。

「顯然也是蝶莎的好朋友。」吉妲的黑眼珠不置可否，「你認不認識布魯穆單位的人？」

「我有時會打電話給夏綠蒂，她是布魯穆的職員。其他都是外勤。為什麼要問？」他以前覺得吉妲輕快的英印口音很誘人。不過，這種感覺以後不會再有了。以後對任何人都不會有這種感覺了。

「布魯穆上個禮拜到過羅齊。有人跟著他去。」

第三次點頭，卻點得稍慢，視線往下滑。

「我想瞭解一下他去那裡做什麼。他從羅齊一路開車到圖卡納湖。我需要知道他是不是已經回到奈洛比。不然，看看他是否已回到羅齊。能不能在不驚動太多人的情況下幫我問問看？」

「大概不行。」

「好吧，盡量就是。」這時，他突然想到一個問題。在他認識蝶莎這麼多個月來，竟然一直沒想過。「布魯穆已婚還是未婚，妳知道嗎？」

「我猜是已婚吧。遲早的事。他們通常都要結婚的，不是嗎？」

他們指的是非洲人嗎？或是指有情人？所有的有情人？

「可是，他在這裡沒老婆吧？沒在奈洛比。或者，就妳所知不在這裡。布魯穆根本沒結過婚。」

「為什麼？」口氣輕柔，語氣急促。「蝶莎是不是出了什麼事？」

「可能吧。我們正在瞭解中。」

伍卓伸手往賈斯丁的辦公室門上敲了一下，不等他回應就走了進去。這一次他沒有鎖上門，卻將雙手插在口袋裡，寬大的肩膀倚在門上。只要他保持這個姿勢，作用也與上鎖相同。

賈斯丁站著，優雅的背部朝向伍卓。他頭髮梳理整齊，面向牆壁，正在研究一張圖表。這樣的圖表在他辦公室裡掛了好幾幅，全以黑體縮寫字母標明，每幅都以不同的漸層色彩呈現，不是漸深就是漸淺。吸引他注意的圖表標題是「二〇〇五至二〇一〇年相對基礎建設」。從伍卓所站處能看出來，圖表預測的是非洲國家未來的展望。賈斯丁左邊的窗台上擺了一排他種在花盆裡的植物。伍卓認得出茉莉和鳳仙花，不過，那是因為賈斯丁曾買過這兩種花送給葛蘿莉亞，他才認得出。

「嗨，杉狄。」賈斯丁把「嗨」拖得有點長。

「嗨。」

「我猜今天早上不必開會了吧。總部出了問題嗎？」

聞名遐邇的金嗓，伍卓心想。他注意到每個細節，彷彿是他第一次碰到似的。只要你認為講話的語調比內容重要，那麼這個嗓音儘管稍受歲月摧殘，仍能保證會令聽者意亂情迷。我正要改變你的一生，為什麼現在要鄙視你？從現在起，直到你過世的那天，將會分成此刻之前和此刻之後，切成兩個截然不同的時代，對你如此，對我亦然。你怎麼不脫掉那件爛西裝？全外交部一定就只剩你還去找裁縫訂做熱帶西裝。繼而一想，他才想起自己也還穿著西裝外套。

「相信你們都還好吧？」賈斯丁以很講究的拉長音問。這是他慣用的語調。「天氣真熱，葛蘿莉亞沒有因此枯萎吧？兩個兒子都欣欣向榮吧？」

「我們都還好。」伍卓刻意停頓一下。「蝶莎到北方去了。」他這麼暗示，是想給蝶莎最後一個機會，好證明這一切消息錯得離譜。

賈斯丁一聽，立刻變得大方起來。每當有人對他提及蝶莎的名字，他便有如此反應。「對，沒錯。最近她的救濟工作真是馬不停蹄。」他雙手抱著聯合國的巨冊，足足有三英寸厚。他又彎下腰將大頭書擺在旁邊的小桌上。「照這個速度，在我們離開之前，她應該已經解救了全非洲。」

「她究竟到北方做什麼？」——還緊抓著最後一根稻草不肯鬆手——「我還以為她是在奈洛比這裡處理事情。在貧民窟裡。不是在基貝拉嗎？」

「沒錯，」賈斯丁與有榮焉，「日以繼夜，她累壞了。小從擦嬰兒的屁股，大到教法律助理認識自己的民權，據說她大小全包。當然了，她多數的客戶都是女性，她也覺得很有興趣，就算她的做法讓她們的男人不太高興也一樣。」他的微笑帶有想念的意味，表示「要是這樣就好了」。「財產權、離婚、肢體虐待、婚姻強暴、女性割禮、安全性愛。全套上場，日復一日。她們的丈夫因此有點不高興，你也看得出原因吧？要是我習慣強暴自己的妻子，我也會因此不高興。」

「照你這麼說，她到北方去做什麼？」伍卓緊咬不放。

「噢，誰知道。去問敖諾醫生好了，」賈斯丁這句話說得太隨意，「到北方去，敖諾是她的嚮導兼哲學老師。」

伍卓記得，這是賈斯丁一貫的說法。用一個說法掩護三個人。敖諾．布魯穆，醫生，她的道德導師、黑人騎士，在救濟事業的叢林中保護她。怎麼講都行，就是不能說布魯穆是她的情人，賈斯丁默許的情人。「到底是北方的哪裡？」他問。

「羅齊。羅齊丘莒。」賈斯丁倚著辦公桌邊緣，或許是不自覺地模仿起伍卓站在門口那樣不經意的姿勢。「世界糧食計畫的人在那邊舉辦性別意識研習營，你能想像嗎？他們從蘇丹南部用飛機載來沒有女性意識的村姑，讓她們上彌爾[3]速成班，再用飛機把人送回去，她們就有了女性意識。敖諾和蝶莎是去那邊看戲的，算他們運氣好。」

「她現在人在哪裡？」

賈斯丁顯得不太喜歡這個問題。或許他這才意識到伍卓這番閒聊其實另有目的。不然也可能是——伍卓心想——他不太情願被人鎖定在蝶莎這個話題，因為他本人也無法搞定蝶莎。

「正在回來的路上吧。為什麼要問？」

「跟敖諾一起嗎？」

「大概吧。他不會把蝶莎留在那裡。」

「她有沒有跟你聯絡？」

「跟我？從羅齊嗎？怎麼個連絡法？那邊又沒電話。」

「我是想，她可能會利用救濟組織的無線電聯絡。其他人不都是這樣來通訊嗎？」

「蝶莎又不是普通人，」賈斯丁回嘴，眉頭此時開始深鎖，「她的原則非常堅定。比如說，她不會亂花別人捐獻的錢。怎麼了，杉狄？」

3 彌爾（John Stuart Mill, 1806-1873），英國思想家，曾在英國國會提出議案，要求賦予女性選舉權。

賈斯丁現在臭著一張臉，將自己推離辦公桌，直挺挺站在辦公室中央，雙手背在身後。伍卓觀察到他在日光中認真、俊美的臉龐和轉白的黑髮，這時想起了蝶莎的頭髮。他們倆的髮色完全相同，後者的頭髮卻少了他的年歲，或許說，是少了節制力。伍卓記得初次同時見到他們倆的情境。當時蝶莎和賈斯丁是新人，也是一對亮麗的新婚夫妻，是高級專員公署在奈洛比的迎新宴會中的貴賓。伍卓也記得自己是如何走向前去跟他們打招呼，暗地還以為他們是父女檔，想像自己在追求蝶莎。

「所以，你什麼時候開始就沒和蝶莎聯絡上了？」他問。

「星期二。我開車送他們到機場。問這做什麼，杉狄？如果敖諾跟她在一起，她就不會有事。別人吩咐她做的事，她會照辦的。」

「你認為他們會繼續往圖卡納湖走嗎？她和布魯穆——敖諾？」

「如果他們有交通工具，而且也想去的話，怎麼不會？蝶莎很喜歡這些荒郊野外，她很欣賞理查・李基，欣賞他的考古工作，也欣賞他這個很不錯的非洲白人。李基在那邊一定有個診所吧？敖諾大概有工作要做，所以帶她同行。杉狄，你到底想知道什麼？」他口氣憤慨地重複問道。

祭出致命的一擊後，伍卓別無選擇，只能觀察自己的話對賈斯丁的面容產生何種影響。青春在賈斯丁臉上已經走得差不多，這下子連最後一點都不剩了，好像某種海洋生物，漂亮的臉孔闔起、變硬，只留下宛如珊瑚般的顏色。

「我們接獲通報，在圖卡納湖東岸發現一名白人婦女和非洲司機。遇害。」伍卓很有技巧地避用「謀殺」兩字，「車子和司機是向綠洲旅舍租的。旅舍主人宣稱認出該名婦女是蝶莎。他說蝶莎和布魯穆在綠洲過夜，然後前往李基的考古地。布魯穆的行蹤依然不明。他們找到蝶莎的項鍊。是她從來不會取下的那條。」

我怎麼會知道這一點？她佩戴項鍊的習慣這麼隱私的內容，我怎麼會選這種時機拿出來炫耀？

伍卓仍看著賈斯丁。他內心懦弱的一面很想移開視線，然而軍人之子的另一面卻覺得，要是移開視線，不就等於判處某人死刑，卻在行刑時避不到場？他看著賈斯丁的眼睛睜大，露出受到傷害的失望眼神，彷彿遭到朋友由後突襲，那種神情隨後又消失到幾乎看不見，彷彿方才偷襲的朋友打得他失去意識。他看著賈斯丁雕塑般精緻的嘴唇因遭受劇痛而張開，而後緊閉成強而有力的一直線，將事物屏除在外，因壓力而失去血色。

「謝謝你過來通知，杉狄。太麻煩讓你跑這一趟了。波特知道嗎？」波特是高級專員的名字，這名字取得未免太不相符[4]。

「密爾諄正在找他。他們找到一隻梅菲斯托牌的靴子。七號。有沒有印象？」

賈斯丁一時沒會意過來。他得先等伍卓的聲音進入大腦，然後加以理解。接著他連忙以倉促而辛苦擠出的句子回應。「皮卡迪利街上有家店。她上次放假回去時買了三雙。從來沒看過她那樣揮霍。她平常不太愛花錢。錢的問題，她向來不必操心。所以也沒擔心花多少。衣服都盡量在救世軍二手店裡買。」

4 波特（Porter）可做門房、搬運工、管理員等解釋。

「還有某種遊獵短袖上衣。藍色。」

「噢，那種野蠻東西她最痛恨了。」賈斯丁反駁。言語能力如洪水般湧回他口中。「她說，要是看到那種大腿上縫了口袋的卡其服裝，一定要拿去燒掉，不然也要送給穆斯達法。」

穆斯達法是她的小男僕，伍卓想起來。「警方說是藍色的。」

「她以前最厭惡藍色」——如今顯然瀕臨發脾氣邊緣——「任何類似軍用品的東西她都鄙視。」已經用過去式了啊，伍卓注意到。「她以前有一件綠色的野地夾克。是在史坦利街的法畢洛商店買的。是我帶她去的，原因不明。大概是她叫我帶她去的吧。她痛恨逛街購物。她穿上後馬上抓狂。『你看看，』她說，『我是巴頓將軍扮人妖。』不對，小乖，我告訴她，你不是巴頓將軍。妳是個非常漂亮的女孩，只是穿了醜陋的綠色夾克而已。」

他開始整理辦公桌。一絲不苟。以準備搬家的方式整理打包。抽屜打開、關上。將公文架放進鋼櫃，鎖上。一個動作停下來、進行另一個動作之前，先漫不經心地向後抹平頭髮。這個小動作一直讓伍卓看了特別不順眼。他極為謹慎地關掉最討厭的電腦——用食指戳著，彷彿害怕會被咬。外面謠傳他每天早上都吩咐吉妲·皮爾森來幫他開機。伍卓看著他以無神的眼睛對辦公室做最後一次巡禮。到此結束。生命到此為止。請為下一位使用者整理乾淨。走到門口時，賈斯丁轉身看了一眼窗台上的植物，也許是在考慮是否該帶走，不然至少也要交代如何照料，但是他什麼動作也沒有。

伍卓陪賈斯丁走在走廊上，本想伸手去碰賈斯丁的手臂，卻體會到某種嫌惡感，因此在碰觸到對方前就縮了手。儘管如此，他還是小心翼翼緊挨著他走，以防他突然癱軟或是跌倒，因為賈斯丁此時已經無異於穿著整齊的夢遊者，漫無目標地走著。他們倆緩慢前進，沒發出太多聲響，不過吉妲想必聽見了他們走過來的聲音，因為他們經過吉妲門口時，她正好打開門，踮著腳尖在伍卓身旁走了兩、三步，悄悄對著他的耳朵說話，邊將金髮固定在腦後，以免撩到伍卓。

「他不見了。他們到處找人。」

然而，賈斯丁的聽力比這兩人預料的靈敏。也有可能是他的感官在情緒極端時異常敏銳。

「我猜妳是在擔心敖諾。」他對吉妲說。那語氣就像一個陌生人，熱心地在指點方向。

•

高級專員波特・寇瑞瞿的性格沉悶卻絕頂聰明，永遠在學新東西。他的兒子在商業銀行任職，小女兒叫蘿西，大腦嚴重受損。他的妻子在英國時曾擔任治安法官。他對這三人的疼愛程度相當，週末時會把蘿西綁在肚子上。不過，寇瑞瞿本人不知為何，一直卡在青少年和成年人之間的階段。他穿著年輕人的吊帶，下面是鬆垮的牛津西裝褲。門後用衣架掛著一件相配的外套，上面印有他的姓名與貝利爾學院。他的辦公室很大。他站在正中央，靜止不動，蓬亂的頭生氣地傾向伍卓，聽著他敘述。他的眼眶裡有淚，臉頰上也有。

「畜！」他怒火沖天地大聲說，彷彿一直在等這個字眼從胸口蹦出。

「就是嘛。」伍卓說

「可憐的女生。她才多大？才幾歲！」

「二十五。」我怎麼會知道？「左右，」他補了這句，以增加模糊度。

「她看起來大概才十八歲。可憐的賈斯丁，那個愛種花的傢伙。」

「就是嘛。」伍卓又說了一遍。

「吉妲知道嗎？」

「知道一點。」

「他怎麼辦？他才待多久。這次考察結束後，他們都準備趕他走。要不是蝶莎產下死胎，他們準會在下次選秀時甩掉他。」寇瑞瞿厭煩一直站在同一個地方，因此轉身走到辦公室另一邊。「蘿西上週六釣到一條兩磅重的鱒魚，」他突然以指責的口氣說出，「你覺得怎樣？」

這是寇瑞瞿的習慣，冷不防地轉移話題，以爭取時間。

「厲害。」伍卓態度順從地喃喃說。

「蝶莎要是活著，一定高興得很。她老是說蘿西一定會有起色。蘿西也很喜歡她。」

「我毫不懷疑。」

「我們沒殺來吃。整個週末不得不灌氧氣急救。最後還是拿去花園埋了。」他挺直肩膀，表示言歸正傳。「杉狄，這件事背後另有玄機，恐怕很棘手。」

「我很清楚。」

「裴勒袞那個狗屎老早就打來，嚷嚷著要盡量減低傷害。」——勃納・裴勒袞是外交部官員，專責非洲事務，也是寇瑞瞿的頭號敵人——「我們連是哪門子的傷害都不清楚，是要怎麼個盡量減低？我猜，這下子害他連網球都沒得打了。」

「她死前的四天四夜都跟著布魯穆，」伍卓邊說邊瞥向門口，確定門仍關著，「如果所謂的傷害是指這個的話。他們去了羅齊，然後去了圖卡納。他們共住一間小木屋，天知道還共用什麼。有一大票人看見他們在一起。」

「謝謝。非常感謝。我最想聽的就是這個。」寇瑞瞿雙手猛然插進寬鬆的褲袋，拖著腳步繞著辦公室走。「他媽的布魯穆是死到哪裡去了？」

「根據他們的說法，他們正到處在找人。最後看到他時，他和蝶莎正要搭吉普車前往李基遺址，他就坐在蝶莎旁邊。」

寇瑞瞿悄悄走到辦公桌，癱坐在椅子上，雙手向外一翻，背向後靠。「看來是黑人管家幹的。」他大聲說，「布魯穆忘了自己受過教育，頭腦失常，幹掉兩人，還帶走諾亞的頭顱當紀念品，讓吉普車側翻過去，上鎖，然後逃之夭夭。換做是我們，誰不趕快逃命？禽！」

「我們對他一樣瞭解。」

「我才不瞭解。我跟他保持距離。我不喜歡救濟事業裡的大明星。他究竟是跑哪兒去了？現在人在哪裡？」

伍卓腦海中播著這番影像。出身西方世界的非洲人布魯穆，是奈洛比酒會的常客，蓄鬍的大帥哥，具有群眾魅力，機智、俊美。布魯穆和蝶莎併肩同坐，熱情招呼來賓，而賈斯丁這個名媛駙馬則在一旁面帶微笑，殷勤奉侍。布魯穆醫生曾是阿爾及利亞的戰爭英雄，站在聯合國演說廳的講台上探討災難時的醫療優先順序。酒會接近尾聲時，布魯穆癱在椅子上，顯得茫然又空虛，整個人變得無聊無趣，不值得去攀談。

「杉狄，我當時無法請他們走人。」寇瑞瞿開始以比較嚴肅的口吻說。他先確定一下自己是不是憑著良心講話，現在放心了一點。「他老婆喜歡劈腿，但我不能因此就斷送他的前途。我從不認為這是我分內的事。時代不同了。如果有人喜歡惡搞自己的人生，就應該有權利惡搞才對。」

「當然。」

「她在貧民窟做得有聲有色，別去管說她在苜賽噶俱樂部舉止的那些傳言。就算她惹到了莫怡手下那些人，非洲的重要人士都認為她做得比男人好。」

「絕對是。」伍卓附和。

「好吧，她喜歡扯性別的東西。那樣做其實有必要。讓女人治理非洲，這地方也許會變得更好。」

密爾諄沒敲門就走進來。

「長官，禮賓司來電。蝶莎的遺體剛送達醫院停屍間，對方要求我們立刻前去指認。記者一直吵著要我們發表看法。」

「這麼快就送到奈洛比了？怎麼個送法？」

「飛機。」伍卓回想起沃夫岡的說法，將她的遺體切割後放進飛機貨艙。

「遺體身分確認前不發表看法。」寇瑞瞿氣得脫口而出。

伍卓和賈斯丁一起過去，兩人彎腰坐在公署福斯廂型車的板條長椅上，車窗貼有深色玻璃紙。駕駛是利文斯頓，身邊擠了虎背熊腰的基庫宇族人傑克森，多了大塊肌肉，以備不時之需。廂型車的冷氣開到極限，車內還是熱如熔爐。市內交通脫序到極點。擠滿人的馬圖圖迷你巴士在他們兩側橫衝直撞，猛按喇叭，噴出廢氣，揚起灰塵和沙粒。利文斯頓繞道成功，停靠在鋪了碎石的門口外，四周圍滿搖動身體、吟唱著的男男女女。伍卓誤以為他們是示威群眾，一氣之下破口大罵，隨後才知道這些人其實是悲傷的死者家屬，等著領回親人遺體。生鏽的廂型車和轎車停在路旁待命，上面繫了送葬隊伍的紅色緞帶。

「杉狄，你實在沒必要跟著來。」賈斯丁說。

「當然有必要。」軍人之子以貴族的語氣說。

一群看來應該是醫療人員的人穿著沾有泥巴的白色連身服，和警察七嘴八舌講話，正站在門階上等著他們。他們的目的之一是要提供服務。有位名叫穆朗巴的警探自我介紹，面帶愉悅笑容，與英國高級專員公署來的兩位貴賓握手。有位身穿黑色西裝的亞洲人自我介紹，他是外科醫生班達．興葛，有事儘管吩咐。一行人走在淚水滴啊滴的水泥走廊上，一路排著滿出來的垃圾桶，頭上則是水管，伴隨他們一直走下去。水管通往冰庫，伍卓心想，不過冰庫因為停電而沒發揮作用，停屍間也沒有發電機。班達醫生帶路，但伍卓自己其實也找得到。左轉，就聞不到臭味。右轉，氣味就更重。麻木不仁的那一面再度占據他全身。軍人的任務是勇往直前，而非感受氣氛。職責。為什麼她老是讓我想到職責兩字？他心想，會不會有什麼古老的迷信，會讓想偷情的男人看著渴望對象的屍體時出什麼事。班達醫生帶著他們走上一小段樓梯，走進一個不通風的接待廳，那裡面充滿死亡的惡臭。

他們前方有一扇緊閉的生鏽鐵門，班達以咄咄逼人的態度猛敲門，重心移往腳跟，敲了四、五下，間隔彷彿在傳送什麼暗號。鐵門吱嘎地開啟了一點，裡面有三個年輕男子，蓬頭垢面，面帶愁容，不過一看到外科醫生班達，便立刻後退，讓他側身而過。結果伍卓被留在臭氣沖天的接待廳裡，被迫欣賞眼前景象：狀似他學校宿舍房間的地方停放了愛滋病患者的遺體，老少都有。了無生氣的遺體成雙擺在一床。床與床之間的地板上也放了遺體，有的穿了衣服，有的全身精光，朝天或是側身平放。有的雙膝屈起，做出無謂的自我保護狀，下巴則往後仰，以示抗議。這些遺體上方是大批蒼蠅形成的薄霧，搖擺不定、混沌不明，以單一音符打鼾著。

在宿舍中間，有一張家庭主婦的燙衣板放在兩床中間的走道，下面還有滾輪。燙衣板上擺著狀如北極冰山的屍布，從中伸出兩根巨大的半人類腳丫，讓伍卓想起去年耶誕節他和葛蘿莉亞送給兒子哈利的鴨腳型臥室拖鞋。一隻手不知為何，竟然能伸出屍布停留在外，手指上覆有一層黑血，在關節部位最厚。指尖呈現玉石般的藍綠色。主任啊，你也發揮一下想像力。天氣這麼熱，屍體會怎樣，你應該清楚吧？

「賈斯丁・魁爾先生，請指認。」班達・興葛醫生點名，中氣十足地有如皇室接待貴賓的典禮司儀。

「我跟你一起去。」伍卓喃喃說。賈斯丁站在他身邊，兩人勇敢走向前，這時班達醫生正好拉下屍布，露出蝶莎的頭，狀極噁心，下巴到頭頂綁著汙穢的布條，延伸繞過喉嚨，那位置是她以前掛著項鍊的地方。伍卓是個溺水的人，最後一次浮上水面，胡亂看了其他部位一眼：葬儀社將她的黑髮梳好，固定在頭頂。臉頰鼓起，宛如天使正鼓頰吐氣造風。她的雙眼緊閉，眉毛揚起，嘴巴張開，吐舌表示不敢置信，黑血在口中凝結成硬塊，彷彿牙齒一口氣全被拔光。你？兇手下手時她迷糊地吹著氣，嘴巴停留在一字形。你？只是，她講話的對象是誰？緊閉的白色眼皮底下的眼珠，當時是在對誰送秋波？

「先生，這位女士您認識嗎？」穆朗巴警探細心詢問賈斯丁。

「對，是的，我認識。謝謝你。」賈斯丁回答，每個字在說出口前都經過細心推敲。「她是我妻子蝶莎。杉狄，我們得處理後事了。她一定希望儘快在非洲入土為安。她是獨生女，沒有父母親了。除了我，不必跟任何人商量。最好儘快下葬。」

「這個嘛，我認為要先看看警方意思怎樣。」伍卓說得口齒不清，差點來不及衝到有裂縫的洗手盆吐個稀哩嘩啦，永遠保持儀態合宜的賈斯丁則在一旁扶著他，低聲請他節哀。

•

密爾諄人在鋪有地毯、氣氛安詳的私人辦公室裡，正緩緩對電話另一端的年輕人唸出以下字句。對方的口氣不帶感情。

辦事處主祕賈斯丁・魁爾夫人蝶莎・魁爾慘遭毒手，高級專員公署感到遺憾，特別在此宣布。魁爾夫人逝於圖卡納湖岸，地點靠近厄利亞灣。司機諾亞・卡覃嘎先生也遭殺害。魁爾夫人在非洲盡心推廣女權，本署將銘記在心，同時也永懷其青春與美貌。本署希望藉此對魁爾夫人的先生賈斯丁與眾多友人表達深切悼念。高級專員公署將無限期降半旗。本署將印製追思冊陳列於會客大廳。

「你何時會發布？」

「剛發布了。」年輕人說。

2.

伍卓一家住在郊區的獨棟住宅，建材是加工石材，鉛質窗戶具有仿都鐸式風格，同區房屋都有大型的英式庭園，地處苜賽噶山頂郊區，環境清幽，苜賽噶俱樂部和英國高級專員公署官邸近在咫尺。此地住滿你從來沒聽過的國家的大使，只有在開車經過警衛森嚴的街道、看到門牌才會知道。這些大使官邸外盡是以斯瓦希里語標示「內有惡犬」的警語。美國駐奈洛比大使館發生炸彈攻擊事件後，英國外交部為伍卓官階以上的所有使館人員提供了防衝撞的鐵門，由精力充沛的巴魯亞族人及他們眾多親朋好友日夜輪班站崗。設想周到的外交部也在庭園四周圍牆裝設了高壓電圈，上面有刀片，還徹夜開著防範入侵的燈光。在苜賽噶，就連保護措施也都視階級而定，就和許多其他事情一樣。最寒酸的房子在石牆上插著破瓶子，中階主管則架設刀片鐵絲網。但對外交貴族來說，為了保護周到，鐵門、高壓電鐵絲網、窗戶感應器以及防入侵燈樣樣都不能少。

伍卓的房子高三層樓。二、三樓設有保全公司所謂的安全區，在樓梯轉彎歇腳處有個折疊式的鋼鐵隔板保護，只有伍卓夫婦有鑰匙可以開。伍卓夫婦將一樓的客房稱為低地，由於房子位於山坡，庭園一邊以屏風擋住，不讓伍卓家的佣人看到裡面。這個客房分成兩個房間，都漆成白色，感覺很簡樸，也因為窗戶裝有鐵窗，明顯有監牢感。然而葛蘿莉亞在客人到來前，會從庭園剪下玫瑰裝飾一番，也會搬杉狄更衣室裡的閱讀燈過去，還有電視和收音機，因為偶爾沒這些東西對他們比較好。就算這麼裝飾，也稱不上五星級——她是這樣對閨中密友愛蓮娜坦承的。愛蓮娜是英國人，先生是希臘官員，在聯合國服務，握起手來軟弱無力。她還對愛蓮娜說，但這樣那位可憐的鰥夫至少能獨處，因為不論是誰，若是失去心愛的人，一定都要獨處一陣子。葛蘿莉亞自己在母親過世時也有同樣的需要，只是，話說回來，蝶莎和賈斯丁的婚姻再怎麼說——再怎麼說也是非常規婚姻，不知道有沒有人這樣稱呼。只不過就葛蘿莉亞來說，她從不懷疑兩人之間確實存有真愛，至少就賈斯丁這方來說如此。反過來說，就蝶莎那一方，老實講，親愛的愛蓮娜，只有上天知道，因為我們永遠不會有答案了。

愛蓮娜具有豐富的離婚經驗和俗世智慧，這兩點葛蘿莉亞都欠缺。她聽了葛蘿莉亞的話後說道，「親愛的，妳呀，裙子可得拉緊一點。剛死了老婆的花花公子呀，有的可是非常好色哪。」

•

葛蘿莉亞．伍卓是典型的外交官好太太，決心在所有事物中發現光明的一面。就算是一眼看不出光明面，她還是會開懷大笑說，「我們同在一起！」——等於是呼叫所有相關人士共聚一堂，在沒有怨言的情況下一起分擔人生的苦痛。她以前就讀私立學校，現在則忠實負責編寫通訊錄，定期將個人近況寄給老同學，同時也熱心收集同窗的最新消息。每回舉辦創校人紀念餐會，她都會給老同學發一封妙語如珠的電報祝賀，最近則改發妙語如珠的電子郵件，通常是以詩的形式呈現，因為她決不願意讓老同學忘了她曾在學校贏過新詩大獎。她大方直率的作風頗具吸引力，健談的程度無人不知，尤其是在沒太多話好說時更是如此。她走起路來受到英國皇室婦女的影響，腳步蹣跚，難看至極。

儘管如此，葛蘿莉亞．伍卓並非天生蠢才。她十八年前就讀愛丁堡大學時，曾獲評為該屆學生中頭腦相當好的一位，據說要不是那麼迷戀伍卓，政治學和哲學可以獲得接近滿分的風光成績。然而，大學之後結了婚，生了小孩，再加上外交工作調動頻繁，即使以前胸懷大志，現在也一無所有了。有時，讓伍卓私底下很難過的是，她顯然是故意放著聰明才智不用，為的只是扮演好身為妻子的角色。不過伍卓對她這種奉獻犧牲的做法也很感激，也感激她故意不去看穿先生的心思，反而擺出柔軟的身段來符合丈夫的志願。有時，伍卓突然感到罪惡或是窮極無聊時，會強迫她去深造，叫她去讀法律、讀醫學。「我想擁有自己的生活時，會讓你知道的。」她會這樣向伍卓保證。拜託妳行不行，至少看點什麼書也好嘛。「如果你不喜歡我的本色，就是另一回事囉。」她會這麼回應，巧妙將他對小地方的怨言轉為概括性的怨言。「可是，我喜歡妳啊，我愛妳，愛妳的本色！」他會這麼抗議，熱切抱著她。而且，他多少會相信自己的話。

賈斯丁成了低地的祕密囚徒，時間是同一個黑色星期一的晚上，那天他接獲蝶莎的死訊。他到達時，大使館官邸車道上的大轎車正在鐵門裡噗噗作響，準備開往當晚選定的社交場所。今天是盧蒙巴[5]紀念日？還是馬來西亞獨立紀念日？或是法國獨立紀念日？管他的，國旗照樣在庭園裡飄揚，灑水器會

5 盧蒙巴（Patrice Lumumba），剛果首任總理。

關上，紅地毯會鋪好，戴上白手套的黑人僕役會四處奔走，就跟我們絕口不提的殖民地時代一樣。另外，主人的前門也會播放合適的愛國音樂。

伍卓和賈斯丁共乘黑色的福斯廂型車。伍卓從停屍間一路護送他到警察總部，看著他用純淨無瑕的學院派字跡寫下指認出妻子遺體的聲明。伍卓先從總部打電話通知葛蘿莉亞，要是沒塞車，特別來賓將在十五分鐘後抵達——「不准讓別人知道，親愛的，不得張揚出去」——雖說這樣，卻也沒能阻止葛蘿莉亞緊急撥電話給愛蓮娜，直到找到愛蓮娜本人為止，為的是討論晚餐該煮什麼——可憐的賈斯丁是喜歡還是討厭吃魚？她不記得了，不過她的感覺是賈斯丁喜歡追求流行——天啊，阿蓮，杉狄不在家時，我跟這個可憐人要共處好幾個小時，究竟能談什麼？我的意思是，真正能談的東西都碰不得哪。

「別擔心，親愛的，屆時自然會找到話題。」愛蓮娜要她放心，但這番話講來並不完全出於善意。然而葛蘿莉亞還是能抽空跟愛蓮娜細說她接到媒體打來令人心驚膽戰的電話，有些她不接，就讓她那位瓦康巴族的男僕朱馬去接，說伍卓先生或夫人目前無法接聽。唯一例外的是有個年輕人，能言善道得嚇人，他是《電訊報》的記者，葛蘿莉亞倒是期望能跟他聊聊，可惜杉狄說人剛過世讓他很難過，不願多談。

「不能談，就用寫的嘛。」愛蓮娜以安慰的口吻說。

貼有遮陽紙的福斯廂型車開進伍卓的車道停下，伍卓跳下車，檢查看看有沒有記者，然後立刻讓葛蘿莉亞首度看看甫成鰥夫的賈斯丁。賈斯丁在短短六個月內先後失去幼子和妻子。頭戴綠帽的賈斯丁再也不會綠雲罩頂。身穿訂做輕便西裝的賈斯丁，習慣以溫柔眼光看人的賈斯丁，就要成為她的祕密逃犯，深藏在樓下房間。賈斯丁背對著觀眾，取下草帽，從後門下車，接著感謝每個人——包括司機利文斯頓、保鏢傑克森、沒事做也照常徘徊不去的朱馬。他們列隊站在前門，他的感謝方式是茫然一鞠躬，彎下英俊又黑髮的頭，邊以優雅的姿態朝前門走去。她看到賈斯丁的臉，先是在陰影中，隨後才出現在短暫的向晚微光裡。他向葛蘿莉亞走去，「晚安，葛蘿莉亞，多謝你們好心接待我。」強打精神的語氣讓她差點哭出來。後來，她的確哭了。

「能夠稍盡棉薄之力，我們也感到心安，親愛的賈斯丁。」她喃喃說著，邊以謹慎的溫柔親吻他。

「敖諾應該還是沒消息，對吧？我們在路上時，沒人打來嗎？」

「很抱歉，都沒有。我們當然全都如坐針氈。」應該對吧，她心想。廢話嘛。說得那麼英勇。

在背景某處，伍卓以哀慟的嗓音告訴她，老婆，我還要在辦公室待一個小時，我會打電話回來，只不過葛蘿莉亞根本懶得搭理。他家是死了什麼人啊？她毫不留情地想著。她聽見車門關上，黑色福斯廂型車開走，卻不去注意。她的目光全在賈斯丁身上，這人要受她庇護，是個悲劇英雄。她這才瞭解，賈斯丁和蝶莎其實同是這場悲劇的受害者，因為蝶莎雖然死了，賈斯丁卻承受喪妻之痛，至死方休。這件事已經讓他臉頰灰白，改變了走路的模樣，也改變了他行進時觀看的東西。葛蘿莉亞珍愛的草本植物按照他指點的方式種在花壇邊緣，他經過時一眼也沒瞧。漆樹和兩株蘋果樹也一樣。賈斯丁送給她種的時候她本想付錢，卻被他以溫柔的態度回絕。因為賈斯丁眾多優秀的特質之一，也是讓葛蘿莉亞一直無法真正適應的——同一天晚上，葛蘿莉亞不厭其煩對愛蓮娜描述他的履歷——就是他對花草庭園的知識非常豐富。阿蓮，我是說，這樣的知識是從哪裡來的？大概是他母親教的吧。他母親不是有一半的達德立家族血統嗎？是啊，達德立家族上上下下都愛種花，愛得發瘋，幾世紀幾千年都這樣。因為啊，阿蓮，我們談的是古典英國植物學，可不是妳在週日版報紙看到的東西。

葛蘿莉亞帶領貴賓走上前門階梯，走過大廳，步下佣人的樓梯來到低地，接著帶他參觀監獄。在他服刑的這段時間，這裡就是他的家：你的西裝就掛在這個扭曲變形的三夾板衣櫥——她怎麼沒多給艾比嘉五十先令，請他刷個油漆？你的襯衫和襪子就放在這些被蛀蟲咬穿的抽屜櫃裡。她怎麼從來沒想到要為抽屜鋪上襯墊？

不過，一如往常，還是賈斯丁在道歉連連。「我恐怕沒有太多衣服可以放了，葛蘿莉亞。新聞記者緊追不捨，包圍我家，而且穆斯達法一定把話筒拿起來了。杉狄很好心，說我需要什麼他都能借我，等到可以安全走私什麼東西進來再說。」

「噢，賈斯丁，我真笨哪。」葛蘿莉亞嘆了氣，臉也紅了起來。

之後不知道是她不願意離開，還是不知道怎麼離開，她堅持要讓賈斯丁看看老舊的爛冰箱，裡面塞滿罐裝水和調酒用飲料——冰箱的橡皮墊爛了，她怎麼都不換掉？——還有，冰塊在這裡，賈斯丁，自來水沖一沖就會裂成小塊——還有她一直討厭的塑膠電熱壺，伊法康鎮[6]買來的黃蜂條紋鍋子，鍋裡有一道裂縫，還擺了 Tetley 茶包，Huntley & Palmer's 牌的餅乾盒裡有砂糖餅乾，晚上若是想吃點心可以拿去吃，因為杉狄習慣吃消夜，儘管要減肥，他還是照吃不誤。最後——感謝上帝，她終於做對了一件事——五顏六色的金魚草花插在花瓶裡很亮眼，是她依照賈斯丁的指示，從種子一路拉拔成功的。

「好，那我就不打擾你了。」快走到門口時她才想到，竟然還沒請他節哀順變，頓時慚愧不已。

「親愛的賈斯丁——」她開口說。

「謝謝妳，葛蘿莉亞，真的沒必要了。」他插嘴說，口氣堅定得令人驚奇。感性的一刻就這樣被剝奪，葛蘿莉亞拚命想恢復現實的口吻。「好，如果你想上來，隨時歡迎。晚餐理論上訂在八點，餐前如果想喝一杯也行。想做什麼別客氣。什麼都不想做也行。杉狄什麼時候會回來，只有老天爺才知道。」語畢，她心滿意足地上樓，回臥房沖了澡，換好衣服，保養皮膚，然後看看兩個兒子有沒有好好做功課。因為有人死了，他們不敢造次，變得很用功，或者只是假裝用功。

「他看起來有沒有很傷心？」哈利問。哈利是弟弟。

「你明天會見到他。對他要很有禮貌、很嚴肅才行。瑪蒂達正在為你們做漢堡。到遊戲房吃，別進廚房，懂嗎？」她連想都沒想就冒出後面這句：「他是個非常勇敢正直的人，你們對待他要極為尊敬。」

下樓到客廳時，她訝異地發現賈斯丁已搶先一步。他接下一大杯威士忌加蘇打，她則幫自己倒了杯白酒，坐進扶手椅。椅子其實是杉狄的，不過她現在不去想杉狄。有好幾分鐘——實際上過了幾分鐘，她也不清楚——他們倆不發一語，不過時間拖得越久，葛蘿莉亞就感覺到彼此間以寂靜搭起的橋梁更加堅固。賈斯丁啜飲自己的威士忌，她則鬆了一口氣，注意到他沒有杉狄新養成的那種惡習，就是喝酒時閉眼嘛嘴，彷彿倒酒給他是要請他品評。這個習慣讓葛蘿莉亞厭惡到極點。他拿著酒杯，走向落地窗，

6　伊法康鎮（Ifracombe），英國北德文郡海邊小鎮。

向外看著大燈照亮的庭園——二十支一百五十瓦的燈泡接上房子的發電機，發出的光線燃燒了他半張臉。

「或許大家就是那樣想。」他突然說出這句，像是繼續一段剛才沒有進行的對話。

「怎麼想？」葛蘿莉亞不確定賈斯丁講話的對象是不是她，不過還是乾脆開口問，因為他顯然需要談心的對象。

「以為對方愛你的原因不在你本身，以為你是什麼騙子。愛情大盜。」

大家是不是都這麼想，葛蘿莉亞並不清楚，不過她毫無疑問的是，那樣想是不應該的。「賈斯丁，你當然不是什麼騙子，」她的語氣剛強，「你是我認識最真實的人之一，一向都是。蝶莎很仰慕你，也仰慕得很有道理。她這女孩真的非常幸運。」至於愛情大盜，她心想，他們那一對當中是誰不倫，猜中了也不會有獎品！

賈斯丁沒有回應她隨口說出、讓他安心的話，或者有所反應，只是她沒看出來。好長一段時間，她只聽到狗叫聲產生連鎖反應——一隻開始吠叫，接著所有狗跟進，苜賽噶這個黃金地段前後的狗全數加入。

「賈斯丁，你一直對她很好，你也知道，不該為了自己沒犯下的罪過自責。很多人在心愛的人過世時都會自責，這樣對自己並不公平。人與人相處，總不能假設對方隨時會暴斃，否則怎麼相處得下去？你說是不是？她在世時，你對她很忠誠，一直都是。」她加重語氣，藉此同時暗示這樣的說法不適用於蝶莎。她很確定賈斯丁不是不懂這樣的暗示：賈斯丁正要提起那個可惡的敖諾．布魯穆，這時讓她惱火的是，她聽見丈夫拿鑰匙開門的聲音，知道兩人間的情迷氣氛遭到了破壞。

「賈斯丁，可憐的老兄，還好嗎？」伍卓大喊。他為自己倒了一小杯酒，少得不太尋常，接著跌坐在沙發上。「恐怕沒有進一步消息了。好消息壞消息都沒。沒有線索，沒有嫌疑犯，目前為止都沒有。也沒有敖諾的蹤跡。比利時那邊提供了直升機，倫敦方面也加派一架。錢啊、錢啊，是我們所有人的詛咒。他好歹也是比利時公民，沒有理由不派直升機。親愛的，妳看起來真美。晚餐吃什麼？」

葛蘿莉亞心懷嫌惡地想著，他剛喝過酒。他假裝加班，其實是坐在辦公室裡灌酒，把看小孩寫功課的責任丟給我。她聽到窗邊傳來聲響，看到賈斯丁正準備離去，讓她很失望——一定是被嚇到了，被她先生大象般的扁平足嚇到了。

「不吃點東西嗎？」伍卓抗議，「老兄啊，不保持體力也不是辦法。」

「多謝你關心，只是我恐怕沒胃口。葛蘿莉亞，我要再次謝謝妳。杉狄，晚安。」

「對了，裴勒袞從倫敦傳來大力支持的訊息。外交部上下都哀傷不已，他說。不想干涉私人事務。」

「裴勒袞講話一直都很有技巧。」

她看著門關上，聽見賈斯丁的腳步聲走下水泥階梯，看見他喝完的杯子就放在落地窗旁的竹桌上。她一時間惶恐起來，以為再也看不到賈斯丁。

伍卓大口吞下晚餐，吃相笨拙，和往常一樣沒有細細品嘗。葛蘿莉亞和賈斯丁一樣沒胃口，看著先生吃飯。小男僕朱馬墊著腳尖在兩人之間不斷走動，也看著他吃飯。

「我們情況怎樣？」伍卓壓低聲音，鬼鬼祟祟說著，一面指著地板，警告她也要壓低嗓門。

「還好，」她的音量配合丈夫，「以他的遭遇來說是還好。」你在下面做什麼？她心想。你躺在床上，在黑暗中鞭打自己嗎？還是盯著鐵窗外的庭園，在跟她的靈魂對話？

「有沒有說出什麼具有意義的話？」伍卓在問的時候對「意義」一詞猶豫了一下，不過還是盡量以暗語對話，提防朱馬。

「怎麼說？」

「有關情郎啊。」他邊說邊以羞愧的眼神看著老婆，以大拇指對著她的秋海棠指了指，以嘴型說出「開花」[7]，朱馬一看，連忙跑去拿水壺澆花。

有好幾個小時，葛蘿莉亞躺在床上睡不著，身旁的丈夫在打鼾，後來覺得聽見樓下傳來聲響，她悄悄走到樓梯歇腳處，望向窗外。恢復供電了。市區發出的橙色光輝直通天上星光。但打了燈光的庭園裡卻沒有躲著蝶莎，也沒有賈斯丁。她回到床上，發現哈利斜躺著，嘴巴含著大拇指，一手橫過父親的胸口。

•

一家人和往常一樣早起，不過賈斯丁比他們更早，穿著壓皺的西裝四處晃蕩。他的臉色紅潤，葛蘿莉亞心想，樣子有點過度慌忙，棕色眼睛的下眼袋沉重。兩個兒子跟他握手，和母親教的一樣保持沉重的心情，賈斯丁也以一絲不苟的態度回應他們的問候。

「噢，杉狄，你早。」伍卓一出現他馬上說，「一件小事，是不是能跟你私下談談？」

兩人離開客廳，進入日光浴室。

「是跟我的房子有關。」沒有旁人時，賈斯丁立刻開始說。

「老兄，是這裡的房子還是倫敦的？」伍卓自以為是地讓語氣顯得快活。字字句句都被葛蘿莉亞從廚房送菜口聽了進去，聽得直想敲他的腦袋。

「奈洛比這邊的。她私人的文件，律師的信件。她的家庭信託的資料。還有對我們倆都很重要的文件。她的私人信件，我不能留在那裡讓肯亞警方隨意掠奪。」

「老兄，你想出什麼辦法？」

「我想回去一趟。馬上就去。」

口氣真堅定！葛蘿莉亞遐想著。發生這麼大的事，還能說得如此震懾人心！

「親愛的老兄，這不可能。那些記者會把你生吞活剝的。」

「其實我不相信。我猜他們大概會想拍拍我的照片，對我大吼。我不回應，他們也莫可奈何。趁他們還在刮鬍子的時候溜過去。」

葛蘿莉亞完全清楚丈夫的謊言。他會馬上打給倫敦的勃納・裴勒衰。每次他有必要跳過波特・寇瑞

---

7 bloom，與布魯穆 (Bluhm) 一字同音。

瞿越級呈報，得到他想聽的答案時，他都會打回倫敦。

「這樣好了，老兄，你想要什麼，乾脆列出來給我，我來想辦法交給穆斯達法，叫他帶過來？」

典型做法，葛蘿莉亞邊想邊火大。每次都發抖、說廢話、找簡單的解決之道。

「叫穆斯達法找，他會不知道該拿什麼才對。」她聽到賈斯丁的回答，語氣堅定一如先前。「列出清單對他毫無用處。他連購物清單都會搞錯。杉狄，我對她有所虧欠。這是榮譽債，必須由我來償還。你要不要一起去都一樣。」

風格終將戰勝一切！葛蘿莉亞靜靜在站在邊線鼓掌。精彩！然而，即使此時她也沒想到，儘管她朝各種意想不到的方向設想，但還是料想不到，她丈夫想親自去蝶莎的屋子一趟，或許自有原因。

•

記者沒在刮鬍子。賈斯丁料錯了。就算有，也是在他家外面的草坪上刮，因為記者把租車停在這裡過夜，垃圾就倒進繡球花叢裡。有兩個非洲攤販身穿山姆大叔的長褲和大禮帽，擺出賣茶的攤位。其他人都用煤炭在烤玉米。幾個無精打采的警察在一輛破舊的巡邏車旁打著哈欠、抽菸。他們的老大是個胖得不像話的警察，繫著擦得晶亮的棕色皮帶，手戴勞力士金錶，四肢大展躺在前座，雙眼緊閉。時間是早上七點半。雲層低垂，遮住了市區。大黑鳥在頭上的電線玩大風吹，伺機俯衝下來搶食物。

「開過頭，然後再停車。」軍人之子伍卓從廂型車後座發號施令。

座位的安排和昨天相同：前座是利文斯頓與傑克森，伍卓和賈斯丁壓低身子坐在後座。這輛黑色福斯掛的是外交部使節車牌，不過苜賽噶這一帶掛這種車牌的車多的是。精明一點的人可能會注意到車牌上代表英國的開頭，但這麼精明的眼睛不在現場，利文斯頓鎮定地開車通過大門、開上緩坡時，現場沒有人表現出一丁點興趣。他煞車，慢慢停下來，拉起手煞車。

「傑克森，你先下去，慢慢走到魁爾先生的房子。你的警衛叫什麼名字？」後面這句是在問賈斯丁。

「歐馬利。」賈斯丁說。

「告訴歐馬利，廂型車接近時，要到最後關頭才開門。車子一通過，馬上關起來。你留在他身邊，確定他完全依照吩咐做。快去。」

傑克森天生就是做這件事的料。他下車，伸展四肢，撥弄一下皮帶，最後信步往下走到賈斯丁住處的安全鐵門，在警察和記者的監視下，在歐馬利身邊站住。

「好，往回開。」伍卓命令利文斯頓，「盡量慢。別急。」

利文斯頓放下手煞車，引擎還在運轉，讓廂型車緩緩倒車向下，直到後擋板進入賈斯丁車道的出入口。他想轉彎，他們可能會這麼想。若真是如此，他們也無法思考太久，因為接下來他猛踩油門，往後衝向大門，車子兩旁的記者大吃一驚，紛紛四散奔逃。大門轟地一聲打開，一邊由歐馬利拉著，另一邊則由傑克森負責。廂型車通過大門，大門再度重重關上。大門裡的傑克森跳回車上，而利文斯頓則繼續一直開到賈斯丁的門廊，開上兩階，在距離前門只有幾英寸的地方停下。賈斯丁的小男僕穆斯達法具有可圈可點的預知能力，這時從裡面開門出來，伍卓則將賈斯丁包裹起來，讓他走在前面，然後跳起來跟在他後面走進大廳，用力關上前門。

•

屋內漆黑一片。不知是為了向蝶莎致哀，還是為了躲避緊追不捨的記者，工作人員拉上了窗簾。三個人就這樣站在大廳，賈斯丁、伍卓、穆斯達法。穆斯達法靜靜啜泣著。伍卓隱約看得出他歪斜的臉孔和慘白的牙，眼淚在臉頰上縱橫，幾乎流到耳下。賈斯丁抱抱穆斯達法的肩膀安慰他。賈斯丁以這麼不英國的動作來表達情感，伍卓看了不免心驚，同時也覺得不舒服。賈斯丁將穆斯達法拉過來，讓他緊縮的下巴靠在自己肩膀上。伍卓感到尷尬，移開視線。通道一路走下去，幾個身影從佣人區出現：只有一條手臂的田莊男孩，協助賈斯丁整理庭園，是烏干達來的非法移民，伍卓一直記不住他的名字；非法入境的南蘇丹難民艾絲莫妲，老是和男生牽扯感情問題。蝶莎一碰到令人一掬同情之淚的故事，就對當地法規視若無睹了。有時，她家像極了為殘障貧民設立的泛非洲青年旅館。伍卓不只一次就這個問題規勸過賈斯丁，卻碰了一鼻子灰。唯一沒在哭的是艾絲莫妲。她一臉木然，常讓白人誤以為她粗野無理或漠不關心。伍卓知道她沒有這個意思。她只是看慣了。這是真實人生的一部分，那表情如是說。這是哀傷，是仇恨，是被砍死的人。我們打從出生那一天就知道，這對我們是家常便飯，你們白人才不懂。

賈斯丁輕輕將穆斯達法推開，雙手和艾絲莫妲握手，她垂著小辮子的額頭這時側靠在賈斯丁頭上。

伍卓感覺到他們接受他進入一個他做夢也沒想到的真情世界。如果葛蘿莉亞也被割喉，朱馬會不會哭成這樣？會才怪。艾比嘉會嗎？葛蘿莉亞新請來的女佣，叫什麼名字來著？她會嗎？賈斯丁將烏干達園丁拉過來抱緊，摸摸他的臉頰，接著轉身背對眾人，右手抓住樓梯扶手。他的年紀不小了，但現在一時間更顯蒼老。他拖著身子往上走。伍卓看著他步入樓梯轉角處的陰影，消失在伍卓從沒進去過的臥房。他是沒進去過，心底卻曾千思萬想。

伍卓發現四下只剩他一人，閒晃之餘覺得備受威脅。每次他走進蝶莎家，都會產生這種感覺，就像鄉下小孩進城。如果是雞尾酒會，這些人我怎麼都不認識？今晚要贊助的善行是什麼？她會在哪個房間？布魯穆去哪兒了？最有可能是在她身邊吧。或是在廚房逗得佣人笑到直不起腰桿。伍卓想起自己的任務，一步步走在微明的走廊來到客廳門口。門沒鎖。晨曦如刀鋒般刺穿了窗簾縫，照亮盾牌和面具，也照亮了磨損的手織小地毯。這地毯是由半身不遂的人製作的，蝶莎嫌政府配的家具太沉悶，因此用這些地毯來增添活力，頗具效果。她怎麼有辦法用這些像垃圾的東西，讓所有家具看起來這麼漂亮？這紅磚壁爐和我們家的一樣，裡面也是裹著鐵梁、假冒復古的橡木材質。所有東西都和我們家類似，只是小一點，因為魁爾夫婦膝下無子，官階也比較低。話說回來，為什麼蝶莎家總是顯得如假包換，我們家卻像是她家又醜、又缺乏想像力的小妹？

他走到房間正中央停下腳步，受到往事的箝制而無法動彈。就在這裡，我站著對她說教，而她是女伯爵的女兒，站在她說她母親生前喜歡的精緻鑲嵌桌子旁，我則緊抓著這把輕巧的緞木椅椅背，像是維多利亞時代的父親神氣活現地在對她說教。蝶莎站在窗戶前，陽光直接切穿她的棉質洋裝。她知道我講話時面對的是裸體側影嗎？光是這樣看著她，就等於是目睹對她的遐想成真，看到海灘上的女孩，將她幻想成火車上的陌生人。這一切，她知道嗎？

「我想我最好還是親自過來一趟。」他的語氣嚴肅。

「為何這麼想，杉狄？」她問。

上午十一點。辦事處會議結束，安然將賈斯丁支往康帕拉參加某場為期三天的無聊會議，主題是救濟與效率。我過來是有公務在身，卻把車停在小巷子裡，活像充滿罪惡感的情夫去找袍澤弟兄年輕貌美的妻子。天哪，她真美。天哪，她真年輕。年輕激凸的胸部動也不動。賈斯丁怎能讓她離開視線範圍？年輕杏眼圓睜的灰色眼珠，年輕睿智卻超齡的微笑。伍卓看不到她的微笑，因為光從背後打來。不過，從她的嗓音判斷得出來。她的嗓音誘人、勾魂、典雅。他隨時能從記憶中提取出來這些印象。提取出裸體側影裡她腰際與大腿的線條，提取出她柔媚似水、令人瘋狂的走路姿態。難怪她和賈斯丁彼此看上對方——他們出身同一個純種馬廄，只是相隔了二十年。

「小蝶，老實說，不能再繼續下去了。」

「別叫我小蝶。」

「為什麼不行？」

「這個稱呼保留給別人了。」

保留給誰？他很納悶。布魯穆？還是另一個情人？賈斯丁從來沒叫她小蝶。吉妲也沒有，就伍卓所知沒有。

「你不能繼續這樣任意表達自己的看法。」

隨後他說出事先準備好的講稿，提醒她，她的職責是當個負責的妻子，支持為國服務的外交官丈夫。但是他沒機會講完。職責一詞刺到了她。

「杉狄，我的職責是幫助非洲。你的職責是什麼？」

他很驚訝，自己竟然要回答自己的問題。「幫助祖國，如果你容許我誇大其辭的話。賈斯丁也是。幫助外交部，幫助單位首長。這答案妳滿意嗎？」

「不滿意，你應該也知道。一點也不滿意。差遠了。」

「我又怎麼會知道？」

「我還以為你過來，是想談談我給你的那些精彩絕倫的文件。」

「不是，蝶莎，不是為了那些文件。我過來是要求妳別再亂放砲，別在奈洛比每個張三李四面前數落莫怡政府的缺失。我過來是要求妳改變一下，配合團隊，別再——我接著要講什麼，妳自己接吧。」

他粗魯地劃下句點。

如果我早知道她懷有身孕，還會用那樣的態度跟她講話嗎？大概就不會那麼凶了吧。但我還是會跟她談談。我盡量不去注意她的裸體側影時，有猜到她懷孕了嗎？沒有。我對她已垂涎到無法自制，她從我起了變化的嗓音和欲行又止的動作也察覺得出來。

「照你這麼說，你還沒看過那些文件？」她緊咬著文件的話題不放，「接著你會立刻告訴我，你抽不出空來看。」

伍卓以他自己也痛恨的口吻說：「蝶莎，因為我們是外交人員，不是警察。妳告訴我，莫怡政府的腐敗程度已無可救藥，這一點我從未懷疑。這個國家就快要被愛滋病給拖垮，現在已經破產，從觀光業到教育到交通到社福到通訊，全都沒有轉機，全都因為詐欺、無能和疏失而每下愈況。妳的觀察力很強。妳說，一卡車又一卡車的糧食和醫療用品，本來是用來救濟飢餓難民的，部長和官員卻中飽私囊，有時連救濟單位的工作人員都睜一隻眼閉一隻眼。他們當然視若無睹了。肯亞的醫療經費每年每人是五美元，而上從最高層下到最低層，人人都要分一杯羹。這些事情，如果有人笨到想引起社會大眾注意，常會遭到警方從中阻撓。我沒騙妳。妳也研究過他們的手法，妳說他們用水來折磨人。他們先將人浸泡在水裡，然後毒打一頓，這樣能減少可見的傷痕。妳說的沒錯。他們的確這麼做。他們一視同仁。而我們也不會抗議。他們也會出租槍械給關係友好的殺人幫派，隔天天亮時歸還，不然沒收押金。高級專員公署也和妳一樣相當不齒，不過我們還是沒抗議。為什麼不抗議？因為我們駐在此地得看他們的臉色，是來這裡代表我們的國家，而不是他們的國家。在肯亞，我們有三萬五千名土生土長的英國人，在這裡過著戰戰兢兢的生活，要是莫怡總統突然不爽，他們就倒楣了。他們的生活已經夠苦了，高級專員公署的工作不是讓他們的日子更難過。」

「杉狄，你未免也太悲觀了。比悲觀還糟糕。根本是優柔寡斷。你為什麼莫可奈何？」

「上面寫的東西我早就知道，但我全都莫可奈何。」

「看過後有何感想，杉狄？」

「我當然看過。」

「而且，你還要維護英國企業界的利益。」她以調皮的口氣提醒他。

「蝶莎，這麼做又不是什麼罪過。」他反唇相譏，同時盡量將目光下半部往上提升，不去看蓬鬆的洋裝裡胸部的陰影。「商業行為又不是罪過。跟新興國家做生意又不是罪過。貿易其實有助他們蓬勃發展。貿易能推動改革，我們全都樂見的改革。貿易能讓他們進入現代世界。貿易能讓我們有辦法幫助他們。我們本身要是不富裕，又怎麼幫助窮國？」

「鬼話連篇。」

「妳說什麼？」

「如果你要我講得明白一點，你講的全是似是而非、精純無雜質、驕矜自大的外交部鬼話，只配得上裴勒袞那種人。你看看這周遭。貿易沒有讓窮人變得富有。貿易收益並不能用來購買改革，只能買到貪官汙吏和瑞士銀行帳戶。」

「妳講的每個字我都能辯解——」

蝶莎打斷他的話。「所以，文件被你歸檔後遺忘了，對不對？暫時不採取行動，杉狄簽名。太好了。民主國家之母再度被揭發出愛說謊、假道學的一面，對天下倡導自由與人權，可是到她希望賺點錢的地方，卻是另一套說法。」

「那樣講一點也不公道！好吧，莫怡的手下全是壞人，那老頭的任期還有兩年。不過眼看就快雨過天青了。只要找對人，講講悄悄話——捐獻國聯合起來扣住救濟物資——悄聲外交——一向都能產生效果。何況內閣也延攬了理查．李基進行肅貪，讓捐獻國安心，可以再度展開救濟活動，錢也不會流進莫怡政府的口袋。」他的說法越來越像是上面發下來的指導方針，他自己也聽得出來。更糟糕的是，蝶莎也聽出來了，還打了一個大大的哈欠表明。「肯亞或許沒有什麼現在，但肯亞有的是未來。」他的結論下得漂亮。他在等蝶莎作出回應，以表示兩人正朝向坎坷的停戰協定邁進。

然而他想到時已經太遲了，蝶莎才不是調停人，她的閨中密友吉妲也不是。她們年紀都太輕，誤以為這世上真有簡單的真理這種東西。「我給你的文件裡列出了姓名日期和銀行帳戶，」她無怨無悔地繼續說下去，「裡面點出個別部長，對他們不利。這樣做，不也是找對人講悄悄話？還是這裡沒人想聽？」

「蝶莎。」

他過來是想接近她，但她卻慢慢離他而去。

「杉狄。」

「我知道你的意思。我聽進去了。可是，看在老天爺分上，頭腦清楚點。難道妳在暗示，代表英國政府的勃納．裴勒衮應該像除巫行動一樣，揪出妳點名的幾個肯亞部長！我是說啊，天哪——我們英國人自己又不是不搞貪汙。駐倫敦的肯亞高級專員公署難道也要叫我們整頓一下英國？」

「全是胡說八道一通，你自己也清楚。」蝶莎發飆了，目光如炬。

他沒注意到穆斯達法。穆斯達法悄悄走進來，站在門階前。他首先十分講究地在兩人之間等距離的地毯上擺了一小張桌子，接著端來銀盤，上面有銀咖啡壺，以及她已過世的母親用來裝蜜餞的銀籃，裡面裝滿酥餅。穆斯達法的闖入顯然激發了蝶莎一直都想發揮的表演慾，因為她在小桌前直挺挺跪下，肩膀往後撐，洋裝在胸口處往兩側繃緊，詢問他的喜好時幽默帶刺。

「杉狄，是黑咖啡，還是加點糖即可，我忘了？」她用假上流的口氣問。我們過的就是這種偽善的生活——她向杉狄表示——整個非洲大陸就躺在我們門口奄奄一息，我們卻或站或跪、端著銀盤在喝咖啡，外頭沒多遠的地方就有兒童在餓著肚子，有人病重死亡，有心術不正的政客騙到選票然後害國家破產。「除巫行動——既然你提到了——倒是很棒的開端。點名出來，讓他們難堪，斬下頭來，釘在城門上，我說了算數。問題是，這麼做不會有效的。同樣的黑名單，每年奈洛比的報紙都會刊出，每年都是相同的肯亞政客。結果沒有人被開除，沒有人被拖進法庭。」她以膝蓋為軸心伸手遞給他一杯咖啡。「可惜你看了也無動於衷，對不對？你是安於現狀的人。你決定這麼做。別人沒有強迫你接受。你接下來了。你，杉狄。哪天你照鏡子時心想：『喂，你給我聽好，從現在起，我會以自己對世界的看法來對待整個世界。我會為英國爭取最好的條件。這是我的職責所在。就算這樣的職責支持了一個全球貪汙最嚴重的政府也在所不辭。我還是照做不誤。』」她問他要不要砂糖。他不吭聲地回絕了。「看來，我們恐怕找不到共識吧？我想大聲說出來。你要我把頭埋在你躲的地方。我這個女人的職責，卻是你這男人的畏怯。我沒講錯吧？」

「那賈斯丁呢？」伍卓打出最後一張沒用的牌，「他的立場又是什麼，我想知道。」

她緊張起來，感覺到有陷阱。「賈斯丁就是賈斯丁，」她謹慎回答，「他做他的決定，我做我的。」

「那麼，布魯穆就是布魯穆囉。」伍卓冷笑著。他本來自我約束過，任何情況下都不准說出這個名字，然而受到嫉妒心和怒氣的驅使，他還是忍不住說出口。她顯然也發誓過，要對這個名字充耳不聞。她心懷不滿地壓抑自己，緊閉雙唇，等著他出更大的醜。而他果然也乖乖出醜了。出了個大醜。「難道妳不認為妳是在危害賈斯丁的工作，恕我直言？」他以高傲的口氣質問。

「這就是你來這裡的目的？」

「基本上來說，是的。」

「我還以為你是來解救我，不想讓我自毀前途。原來，你是來解救賈斯丁，免得我壞了他的前途。你未免也太孩子氣了。」

「我一直認為對賈斯丁有好處的事，對妳也有好處。」

她發出緊繃而嚴肅的一笑，怒氣再度上升。但和伍卓不同的是，她沒有喪失自制力。「杉狄，拜託你行不行，全奈洛比一定只有你會這麼想！」她站起來，遊戲結束。「我想你最好馬上離開。不然別人會開始講我們的閒話。我不會再寄其他文件給你了，你聽到一定鬆了一口氣。總不能害公署的碎紙機過度操勞吧。而且可能會害你少了幾分晉升的機會。」

伍卓回味當時的情境。這事情至今已過了十二個月，他不斷重複回味。他再度感受到羞辱與挫折，在他離去時感覺到蝶莎輕蔑的眼光在燒灼著他的背部。這時，伍卓偷偷摸摸拉開她母親生前喜愛的鑲嵌花紋桌的小抽屜，伸手進去亂翻一陣，碰到什麼就拿出來。我喝醉了，我發瘋了，他這麼告訴自己，以求減輕罪刑。我突然衝動，想做點沒頭沒腦的事。我是想讓屋頂坍塌在我頭上，如此才能看見晴朗的天空。

找一張紙——他狂亂地翻找，就只想找這樣的東西——是政府文具室一貫使用的藍色紙，沒有重要性，一面是我的筆跡，寫的是無法訴諸言語的話，一掃過去作風，寫得毫不含糊其詞，寫的不是一方面來說是這樣，但另一方面來說，我就莫可奈何了——簽名用的不是字首字母，而是以工整的字體寫出杉狄，差點也接著以印刷體大寫寫出伍卓，好讓全世界和蝶莎．魁爾知道，當天晚上他回到辦公室後，他有五分鐘處於精神失常的狀態，她裸體的側影依舊在回憶中撥扯心弦，手肘邊放了特大杯的公家威士忌，有個名叫杉狄．伍卓的人，身為英國駐奈洛比高級專員公署的辦事處主任，執行了一件特殊、刻意且算計過的瘋狂舉動，冒著丟官的風險，不顧妻兒，儘管注定失敗，他還是盡力讓自己的人生更加貼近真情。

寫完上述的信，將信放進公家的信封，以沾有威士忌的舌頭封好信封。他仔細寫好住址，不去理會所有知情達理的良知，敦促他再等一個小時，一天，一輩子，再喝一杯威士忌，申請返鄉假，或是最少最少也先等一個晚上，等明天早上再寄。他帶著信，飛步前往公署的郵件室，一個在當地雇用的基庫宇族職員正在值班。他名叫丘莫，和偉大的首任總理肯雅塔[8]同姓。堂堂辦事處主任為何要親手交遞一封注明為「私人」的信，收件人還是同事兼部屬年輕貌美的妻子的裸體側影，丘莫連問也懶得問，直接扔進標有「國內，無機密等級」的袋子裡，邊以諂媚的語氣對著伍卓離去的背影說，「晚安，伍卓先生。」

8　肯雅塔（Jomo Kenyatta, 1894-1978）

陳舊的耶誕卡。

陳舊的邀請函上打了個叉代表「不」，出自蝶莎之手。另外的邀請函上注明的語氣更加強調，「絕不」。

吉妲．皮爾森寄來的舊卡片，祝她早日康復，上面畫的是印度的鳥禽。

捲曲的緞帶，葡萄酒的軟木塞，一疊外交人員的名片用大鋼夾固定在一起。

卻沒找到單一的一小張公家藍色信紙，最後以潦草字跡大喇喇寫著：「我愛妳，我愛妳，我愛妳，杉狄敬上。」

伍卓悄悄沿著最後一個架子迅速移動，隨手翻書，打開裝飾品的盒子，承認失敗。振作點，他督促自己，一面還奮力將壞消息轉為好消息。好吧：找不到信。怎麼可能找到信？蝶莎？事隔十二個月？大概是收到當天就被她一把扔進垃圾桶裡了。像她那樣的女人，動不動就打情罵俏，老公是個孬種，每個月就有兩個人向她示愛。每個月三次！每個禮拜一次！每天都有！他汗水直流。在非洲，他一流汗就像是洗了個油膩的澡，然後乾掉。他頭朝前站著，讓大批汗水滴落，傾聽著。

那傢伙在樓上幹什麼？輕輕來回走動？私人文件，他是這麼說的。律師信。什麼文件那麼隱私，非得拿到樓上放不可？客廳電話一直在響。他們一進屋子裡，電話就響個不停，只是他到現在才注意到。是記者嗎？情夫？誰管那麼多？他放任電話一直響。他回想著自家樓上的設計藍圖，以此類推這裡樓上的配置。賈斯丁在他正上方，上樓梯之後左轉。上面有個更衣室，浴室在那邊，主臥房在那邊。伍卓記得蝶莎跟他說過，她把更衣室改成了工作室：又不是只有男人才有小書房，杉狄。我們女生也有，她以挑逗的口氣對伍卓說，彷彿她在上性器官構造的課。節奏變了。你現在正在房間四處收東西。什麼東西？對我們倆都很寶貴的文件。或許對我也很寶貴吧，伍卓心想，邊回想起自己一時愚蠢的後果，越想越難受。

這時，他意識到自己正站在面對後庭園的窗前，便稍微撥開窗簾，看到花團錦簇的矮叢，那個讓賈斯丁在「開放日」引以為榮，開放給較資淺的同事，端給他們享用草莓加鮮奶油與冰過的白酒，帶他們參觀的樂園。「在肯亞的庭園下一年的功夫，等於在英國的庭園忙十年。」他喜歡邊這麼宣稱，邊在辦事處裡走動，以滑稽的小動作把他的鮮花分送給男生女生。其實想想，就我們所知，他只有這件事情值得拿出來吹噓。伍卓眯眼斜看著小山的山肩。魁爾家距離他家不算太遠。以小山起伏的形勢，兩家人甚至可以在晚上看見彼此的燈光。他的視線停留在他經常朝此方向凝神眺望的窗戶。突然間，他竟差點哭了出來。她的頭髮飄在他臉上。他可以在她眼睛裡游泳，聞著她的香水，聞到從她身上沾來溫甜的青草味。是耶誕節在苜賽噶俱樂部與她共舞時沾上的。還有在純屬意外的情況下鼻子掠過她的頭髮。原來是窗簾啊，他這才理解。他等著自己收回半成型的淚珠。是窗簾保留住她的香味，而我正好挨著窗簾站著。衝動之下，他以雙手抓起窗簾，正要捂住臉。

「謝謝你，杉狄。抱歉，讓你久等了。」

他轉身，一把推開窗廉。賈斯丁的身影出現在門口，神色和伍卓的心情一樣慌張，手裡提著橙色的格拉斯東臘腸型皮革袋，沉甸甸的，磨損得很嚴重。兩端都有黃銅螺絲，黃銅包角，以及黃銅大鎖。

「都好了嗎，老兄？榮譽債還清了？」伍卓問。他的確受到驚嚇，但身為優秀的外交官，他立即恢復原有的魅力。「那就好。就這樣。你想拿的全都找到了吧？」

「應該吧。對。差不多了。」

「你聽起來不太確定。」

「是嗎？我沒有那個意思。是她父親生前的東西。」他邊解釋邊指著皮袋。

「比較像是為人墮胎的密醫在拿的。」伍卓故作親密地說。

他伸手要幫賈斯丁拿，不過賈斯丁寧願自己拿著戰利品。伍卓爬進廂型車，賈斯丁隨後跟進，一手蜷曲在老舊的手提把上。記者叫囂聲透過薄薄的車身穿進來：

「你認為她是布魯穆殺的嗎，魁爾先生？」

「嘿，賈斯丁，我老闆會給你很多很多錢喲。」

從屋子的方向，在電話鈴聲之外，伍卓彷彿聽見嬰兒的哭聲，後來他才理解，原來是穆斯達法。

3.

起初媒體對蝶莎命案的報導，遠不如伍卓和高級專員擔心的那麼嚴重。寇瑞瞿謹慎地觀察到，那些自詡為專家的混帳很會無中生有，如今顯然同樣能夠有中生無。新聞界一開始的表現的確如此。第一篇報導不脫「英國特使之妻慘遭荒野盜匪殺害」，從主流報紙到八卦小報也都欣然採取這個報導方向，關心的社會大眾也愛看。大家多半著墨於全球義工承受越來越高的風險，也有社論痛批聯合國無能保護自己人，有膽量挺身而出的人道主義也要付出越來越高的代價。也有報紙放高調檢討無法無天的部落民族，指責他們四處燒殺掠奪，舉行殺人獻祭的儀式，施行巫術，從事駭人聽聞的人皮買賣。報紙也以極大篇幅報導來自蘇丹、索馬利亞和衣索比亞的非法移民四處流竄作惡。然而，對於蝶莎和布魯穆生前最後一晚共處一室，這個無可反駁的事實，在所有工作人員和旅舍客人眼中看得一清二楚，媒體卻隻字未提。布魯穆是「比利時救濟官員」——對——「聯合國醫療顧問」——錯——「熱帶疾病專家」——錯——恐遭兇手挾持，等待贖金，或是已經斃命。

敖諾．布魯穆醫生經驗老到，他與年輕貌美的手下純屬工作關係，因為兩人皆篤信人道主義。報導僅此而已。諾亞只出現在第一波報導裡，然後便銷聲匿跡。所有英國的新聞系學生都知道，黑人流血不是新聞，但慘遭斬首則值得一提。聚光燈無情打在蝶莎身上，社交名媛出身的牛津律師，非洲窮人的黛安娜王妃，奈洛比貧民區的德蕾莎修女，以及關心事務的外交部天使。《衛報》社論小題大作指出，千禧年新女性外交官（筆誤）竟然命喪李基的人類文明搖籃處，社論並從中引申出令人不安的寓意，指出雖然種族態度會隨時代改變，深藏人心黑暗處的野蠻心態卻無從度量。這篇社論的助理編輯不熟悉非洲大陸，將蝶莎遇害的地點由圖卡納湖岸誤植為坦干義卡湖，衝擊力因此大打折扣。

報紙上刊登了很多她的照片。父親抱著快樂的女嬰蝶莎的照片。她父親後來當上法官，但當時只是個小律師，一年只賺五十萬，僅供糊口。十歲的蝶莎綁著辮子，身穿馬褲，讀的是大戶人家唸的私立女校，背景有匹乖順的小馬。報導中以認同的語氣指出，她母親雖然貴為義大利女伯爵，雙親選擇讓她接受英國教育，頗為明智。少女時代的黃金女孩蝶莎，身穿比基尼。沒有割痕的喉嚨在圖片編輯的修圖巧妙操作下更為明顯。蝶莎帶著學士帽，帽緣翹起，顯得高傲，套著學士服，下身是迷你裙。蝶莎身穿可笑的英國律師服，克紹箕裘。蝶莎的婚禮，伊頓公學老校友賈斯丁已經展現出更為老氣的伊頓微笑。

對於賈斯丁，媒體的自制表現頗不尋常，部分原因是他們不希望玷汙一夕捧紅的女主角閃亮的形象，部分也是因為此人值得一提的事情不多。賈斯丁是「外交部忠實的中級幹部」——弦外之音是「文書」——長年一直單身，「出身外交世家」，婚前曾駐守全球最不受歡迎的幾個戰亂國，包括葉門首府亞丁與貝魯特。提到他時，同事會好心提及他臨危不亂的特質。在奈洛比，他曾經就救濟為題，主持過「國際高科技論壇」。沒有記者用「落後地區」一詞。相當滑稽的是，他在婚前婚後的相片寥寥無幾。有一張「家庭合照」顯示此人年輕時臉色陰沉內向，如今看來似乎就是命中注定提早作鰥夫。賈斯丁拗不過女主人的逼問，坦承那照片是記者從伊頓橄欖球隊的團體照切下來的。

「你以前打橄欖球，我怎麼不知道，賈斯丁！你真勇敢。」葛蘿莉亞大叫。每天早餐後，她給自己一個任務，就是將公署送來的慰問信函和剪報轉給他看。

「完全談不上勇敢。」他反駁。此時他情緒稍顯高昂。這種情形一閃而逝，出現的機會不多，卻讓葛蘿莉亞回味無窮。「我是被兇巴巴的舍監押著脖子硬逼去參加的。他認為如果沒被踢得斷手斷腳，我們就不算是男人。學校無權公布那張相片的。」他接著平靜下來，「感激不盡，葛蘿莉亞。」

他什麼都感激不盡，她這麼對愛蓮娜報告：感激他的酒食，感激他的牢房，也感激兩人一起下庭園，一起討論花壇植物──他特別稱讚紫白相間的庭薺，因為她終於栽植成功，在木棉樹下延展開來。他也感激葛蘿莉亞幫忙處理即將到來的葬禮細節，包括跟傑克森去視察墳墓預定地和聯繫葬儀社，因為倫敦方面規定賈斯丁要閉關自守，待風聲平息後再復出。外交部傳真了這一份文件到公署給賈斯丁，最後簽名的是「艾莉森・藍茲貝利，人事處主任」。葛蘿莉亞看到這份傳真，氣憤難遏。她事後回想起來，不記得有什麼事情曾讓她氣到如此幾乎失控的地步。

「賈斯丁，你被他們惡整了。『交出住家鑰匙，等候當局採取適當行動』，什麼跟什麼嘛！哪個當局？肯亞當局嗎？還是蘇格蘭警場那些扁平足的人？他們到現在甚至還懶得給你一通電話。」

「不過，葛蘿莉亞，我其實已經回家過了。」賈斯丁堅稱，為的只是撫平她的情緒。「一場戰役已經打贏，為什麼還要再打下去？墓園可以了嗎？」

「二點三十分。我們兩點要到理賜葬儀社。明天報紙會公布消息。」

「她就葬在賈司旁邊。」──賈斯是他夭折的兒子，名字取自蝶莎的法官父親。

「親愛的，已經盡可能靠近了。在同一棵鳳凰木下。旁邊還有個非洲小男孩。」

「妳真好心。」這句話他對葛蘿莉亞已經說過無數次。他沒再多說什麼，起身走下低地，回到那只格拉斯東皮袋旁。

那只皮袋是他的心靈慰藉。葛蘿莉亞透過庭園窗戶的鐵窗瞥了他兩眼，他坐在床上，毫無動作，雙手抱頭，皮袋放在腳邊，低頭盯著看。她暗自相信——也跟愛蓮娜講過——裡面裝的是布魯穆的情書，是他從外界愛窺探的目光中解救出來的——用不著感謝杉狄——現在只等他打起精神，決定是要打開看還是燒掉。愛蓮娜也有同感，只不過她認為蝶莎這個愚蠢的小浪女竟然還保留情書。「小亞，我的座右銘是看後即扔。」葛蘿莉亞注意到賈斯丁擔心皮袋沒人看管，不願離開房間，因此建議他放進酒窖。酒窖有個鐵柵門，為原本就如同監獄的低地再添一份陰森感。

「賈斯丁，鑰匙由你保管。」她鄭重地將鑰匙交給他，「給你。杉狄要是想喝酒，就得跟你討鑰匙。這麼一來，他也許會少喝點。」

•

慢慢的，媒體截稿一天一天過，伍卓和寇瑞瞿幾乎說服自己已經挺過了難關。他們這樣互相告訴對方，不管沃夫岡是否吩咐工作人員和客人閉嘴，或是媒體對命案現場中邪似地過度關切，沒有人去訪問綠洲旅舍。寇瑞瞿親自集合了苜賽噶俱樂部的大老，懇求大家看在英國肯亞一家親的分上，務必要遏阻八卦橫流。伍卓也對公署的員工發表過類似訓辭。私底下怎麼想是一回事，但絕對不能做出煽風點火的舉動，他這麼督促大家。在他以積極的態度發表了這番充滿智慧的說詞之後，確實也收到了效果。

然而，這只是假象，伍卓內心的理性打從一開始就知道。正當媒體欲振乏力之際，比利時一家日報以頭版指控蝶莎和布魯穆有「姦情熱戀」，還刊登出綠洲旅舍房客登記簿的影本，以及在命案前夜有人目睹這對情侶交頭接耳，共進晚餐。英國週日版的報紙這下子可樂翻天了；布魯穆在一夕之間成了新聞界不齒的對象，被恣意抨擊。在此之前，他一直都是敖諾·布魯穆醫生，剛果人，被比利時礦業鉅子夫婦領養，在金夏沙、布魯塞爾和巴黎索邦大學接受教育，是醫療界的僧人義工，是戰爭區的公民，對阿爾及爾政府無私奉獻。但從現在開始，他是放電高手布魯穆，不倫情夫布魯穆，狂人布魯穆。第三版整版報導了歷史上的醫生殺手，佐以相貌相仿的布魯穆和O·J·辛普森，標題聳動：「這對雙胞胎中，哪個是醫生？」如果這類型的報紙正合你胃口，布魯穆就是你最典型的黑人兇手。他撒網捕獲白人的妻子，劃破她的喉嚨，砍掉司機的頭，然後跑進叢林找尋下一個獵物，或者是學上流社會其他黑人的做法來「改正歸邪」。為了在視覺上強調相同之處，編輯還修掉了布魯穆的大鬍子。

葛蘿莉亞整天都避免讓賈斯丁接觸到最壞的消息，因為擔心他會承受不住。不過他堅持所有東西他都要過目，再難看的也都得拿出來。到了晚上，伍卓到家之前，她端了一杯威士忌給賈斯丁，極不情願地把整落不忍卒睹的東西交給他。她走進賈斯丁的牢房，發現哈利就坐在他對面，兩人正湊著那張凹凸不平的松木桌，皺著眉頭專心在下西洋棋。她看了很不高興，忍不住發了一頓醋勁。

「小哈利，你未免也太不體貼人心了，怎麼在這邊煩魁爾先生。人家——」話還沒說完，就被賈斯丁打斷。

「妳兒子腦筋靈活得很，葛蘿莉亞。」他請她放心，「杉狄可要當心一點，相信我。」他從葛蘿莉亞手中接過那落東西，懶洋洋坐上床翻閱。「妳知道吧，敖諾對我們的偏見很有概念。」他繼續以同等疏離的語氣說，「如果他還活著，他不會驚訝的。如果沒有，反正他也顧不了那麼多了吧？」

然而，新聞媒體還有更狠的一招沒使出來，葛蘿莉亞再怎麼悲觀也無法預見。

•

高級專員公署訂閱了十幾份地下刊物，其中包括誇大不實的當地全版報紙，隨便以筆名執筆印行。當中有一份尤其展現了令人刮目相看的存活韌性。這份刊物的名稱不加修飾，就叫做《非洲腐敗》，發行宗旨是不管種族、膚色、真相或後果，一律加以扒糞爆料。該刊物會揭發莫怡政府的部長和官僚中飽私囊的疑似罪行，同時也盡力揪出救濟官僚「收賄、貪汙與紙醉金迷的生活方式」。

然而這份新聞通訊——之後通稱為第六十四期——這期並沒有爆料。這期以一碼見方的單張發行，顏色是勁爆的粉紅色、雙面印刷，折起來小到正好能放進外套口袋。本期版面周圍加上了粗黑線條，表示匿名編輯致哀。標題僅有「蝶莎」兩字，字體粗黑，有三英寸高，伍卓的這份於星期六下午送到。送報的不是別人，正是提姆．丹納修本人。他面容憔悴、戴著眼鏡、蓄小鬍子、身高六呎六。前門的電鈴響起時，伍卓正和兩個兒子在庭園裡玩打帶跑板球。通常怎麼守球門都不喊累的葛蘿莉亞，這時因頭痛難耐，正在樓上休息；賈斯丁則在牢房裡閉關，窗簾也拉上。伍卓走向前門，擔心是記者過來騷擾，透過窺視孔看個究竟。門階上站的是丹納修，哀傷的長臉露出心虛的微笑，手裡前後擺動一張看似粉紅色桌布的東西。

「千不該萬不該過來打擾你，老兄。好歹是週六休假天。看來扒糞好像越扒越深了。」

伍卓毫不掩飾嫌惡，領他走進客廳。這傢伙現在過來做什麼？這麼一想，他這人究竟一向都在搞什麼？伍卓向來都對所謂的「好朋友」甚無好感。這是外交部對英國間諜的綽號，取這種綽號不帶任何感情。丹納修做人並不圓滑，說話也欠缺技巧，缺乏魅力。就外表來看，他早已過了賞味期限。他白天似乎都泡在苜賽噶俱樂部的高爾夫球場，與位高權重的奈洛比商界名人在一起，晚上就打打橋牌。儘管如此，他的生活奢華，光佣人就請了四個，身邊有個名叫茉德的褪色美女。她看起來和他一樣是個藥罐子。他是被派來奈洛比領乾薪的嗎？還是間諜生涯曾經風光過，臨走前上級讓他享受一下？伍卓聽說過「好朋友」會有如此待遇。在伍卓眼中，丹納修就是個米蟲，從事的行業本身既過時又只會吸血。

「我的手下正好在市集亂逛，」丹納修解釋，「有兩個傢伙在免費發送，鬼鬼祟祟的，所以我手下就去弄了一份來。」

頭版有三則頌揚蝶莎公德的文章，每則據說都是不同的女性非洲友人所寫。行文風格是非洲式英文，用的是當地語彙：有點講道宣教、大鳴大放的意味，感情洋溢的辭藻令人放下戒心。每位作者都以不同的說法表示，蝶莎突破了窠臼。以她的財富、家世、教育與外表，她應該去跟肯亞最糟糕的白人至上主義者跳舞、吃大餐才對，結果她卻和這些人所代表的特質正好相反。蝶莎想推翻的是她的階級、種族，想推翻所有她認為將她綁得死死的東西，不管是她的膚色、社會上與她同一階級人士的偏見，或是傳統外交官婚姻的束縛。

「賈斯丁的情況如何？」伍卓邊看，丹納修在旁問道。

「還好，謝謝，以他的遭遇來說是還好。」

「我聽說他前幾天回去自己家裡。」

「你到底要不要讓我把這東西看完？」

「我不得不佩服，挺高竿的，老弟，竟然躲得過門口那些蛇蠍。你應該加入我們這邊才對。他在嗎？」

「在，可惜不見人。」

伍卓讀到，若說非洲是領養蝶莎・魁爾的國家，那麼非洲女人就是接納她入會的宗教。

不論戰場何在，不論禁忌為何，蝶莎都奮戰到底。為了幫我們奮戰，她出席光鮮亮麗的香檳酒會，出席光鮮亮麗的宴會，以及其他任何有膽邀請她參加的宴會，而她傳達的都是同一個訊息。唯有解放非洲婦女，才能解救我們，免受男性同胞一錯再錯與貪汙賄賂之害。蝶莎發現自己懷有身孕，堅持要與她熱愛的非洲婦女一起生下她的非洲小孩。

「我的天啊。」伍卓輕輕驚嘆。

「其實我也有那種感覺。」丹納修附和。

最後一段全以大寫字體印刷。伍卓機械式地接著看下去：

再會了，蝶莎母親。我們是妳勇氣的子女。感謝妳，蝶莎母親，謝謝妳賜給我們生命。敖諾・布魯穆就算苟延殘喘，妳卻是人死無復生的餘地。如果英國女王能追贈封號，請勿因波特・寇瑞先生臣服於滿足現狀的英國政府而封他為騎士。我們希望女王能追贈蝶莎維多利亞十字勳章。妳是我們的蝶莎母親，我們的朋友，因為妳面對後殖民主義的偏見表現出超凡的騎士風範。

「最猛的其實還在後面。」丹納修說。

伍卓翻過來看。

✞蝶莎母親的非洲嬰兒

蝶莎・魁爾認為，以肉身追隨理念是顛撲不破的人生真理。她也期望藉此拋磚引玉。蝶莎住進奈洛比的烏護魯醫院期間，她最親近的友人敖諾・布魯穆醫生每天過去探望，此外根據部分報導，多數晚上也過去看她，甚至帶了行軍床，方便自己在病房裡陪她過夜。

伍卓將報紙折好，放進口袋。「如果你不反對，我想交給波特看。我應該能留著吧？」

「任你處置，老弟。本公司免費提供。」

伍卓往門口走去，丹納修卻沒有跟著走的跡象。

「要不要一起去？」伍卓問。

「想再待一會兒，如果你不介意。想問候一下可憐的小賈。他在哪兒？樓上嗎？」

「我還以為我們達成共識，別去找他。」

「有嗎，老弟？沒問題。下次好了。房子是你的，客人也是你的。你該不會也把布魯穆藏在這裡吧？」

「少亂講話。」

丹納修並不因此罷休，他大步慢跑到伍卓身邊，故作姿態地屈膝。「要不要搭便車？車就停在附近。省了你開車出去。這麼熱不適合走路。」

伍卓還是有點擔心丹納修會臨時改變心意，想回去看賈斯丁，於是同意搭便車，看著他的車子平安開過坡頂。波特和葳若妮卡．寇瑞瞿都在庭園裡曬太陽。公署的薩里郡式豪宅就在他們身後，前面是無懈可擊的草坪和不見雜草的花床，是一個有錢的股票交易員的庭園。寇瑞瞿坐在鞦韆搖椅上，正在看急件公文。他的金髮妻子葳若妮卡穿著矢車菊藍的裙子，頭戴鬆垮的草帽，四肢伸展躺在草地上，旁邊是加了軟墊的幼兒遊戲圈，女兒蘿西躺在上面左右搖擺，欣賞著手指間的橡樹葉子，葳若妮卡則在一旁哼歌給她聽。伍卓將報紙遞給寇瑞瞿，等著他罵髒話。結果沒罵。

「這種垃圾有誰會看？」

「我猜大概全市每個無聊的上班族都會看吧。」伍卓的語調呆板。

「他們下一站是哪裡？」

「醫院。」他回答，心情往下沉。

伍卓坐在寇瑞瞿書房裡的燈芯絨扶手椅上，一耳聆聽寇瑞瞿以無線電話與他討厭的倫敦上司謹慎交談，無線電話鎖在書桌抽屜裡。伍卓回想著重複出現的影像，這幅影像，一直要到他死去的那天才有可能消除。他看著自己白人的身軀以殖民地主人的速度，走在烏護魯醫院擁擠不堪的走廊上，只有在抓到身穿制服的人問路時才稍停，要走哪個樓梯才對，哪扇門才對，哪個病房才對，哪個病人才對。

「臭裴勒衮說，這整件事全掃進地毯底下蓋起來，」波特．寇瑞瞿用力掛掉電話，「快點掃得遠遠的。盡可能找個最大張的地毯。他的一貫作風。」

伍卓從書房的窗戶看著葳若妮卡將蘿西從遊戲圈裡抱出來，背著她走向屋子。「我們不是已經在做了嗎？」他反駁，思緒卻仍處於遐想境界。

「蝶莎在公餘時間做什麼，別人管不著，包括她跟布魯穆亂搞，也包括她追求的什麼高貴理想。以下的說法不准刊登，只有在有人詢問時才說：我們尊重她的聖戰，但認為她常識不足，是怪人一個。而且我們不能對八卦媒體的不負責報導發表看法。」他停頓一下，拚命壓抑對自己的噁心。「還要我們到處宣傳說她瘋了。」

「究竟為什麼要我們那麼做？」——突然清醒過來。

「不必去想什麼道理。她因為嬰兒夭折而精神失常，在這之前就已經情緒不穩。她去倫敦看過精神醫師，這點可派上用場。這種作法太爛，我很討厭。她的葬禮是什麼時候？」

「最快在下禮拜三、四。」

「不能再早一點嗎？」

「不能。」

「為什麼不能？」

「我們在等驗屍報告。葬禮必須事先預訂。」

「來杯雪莉酒？」

「不了，謝謝。我想回辦公室。」

「外交部要我們裝作苦了很久。她是我們的十字架，我們卻勇敢地揹著。你能裝作苦了很久嗎？」

「大概裝不出來。」

「我也不行。要我裝，我會吐血。」

他這句話講得很快，語氣充滿顛覆意味與堅信不移，伍卓一開始還懷疑自己的耳朵是不是出了毛病。

「可惡的裴勒袞說這是最重要命令，」寇瑞瞿繼續說，語調尖酸輕蔑，「不准懷疑，不准背叛。你能不能接受？」

「大概可以。」

「太好了，你。我就不太確定自己能不能接受了。她向外提出抗議的——她和布魯穆——兩人一起或個別——對任何人，包括你和我在內——任何奇思異想——不管是與動物、植物、政治或製藥——」寇瑞瞿停頓良久，令人難以忍受，雙眼盯著他看，眼神熱切，彷彿是外人命令他變節——「都不在我們瞭解的範圍了，我們徹徹底底、完完全全不知道。你懂了沒？要不要我用神奇墨水寫在牆上？」

「你講得很清楚。」

「因為裴勒袞自己講得很清楚。他才不會講得不清不楚。」

「對，他不會。」

「她從來沒有給過你的那個東西，我們有沒有影印起來？那東西我們從來沒看過、沒碰過，也從來沒有玷汙過我們潔白如雪的良知。」

「她給過我們的東西，全交給裴勒袞了。」

「真聰明。你還好吧，杉狄？精神還抖擻嗎？目前比較難熬，而且你還讓她丈夫待在你家客房？」

「大概吧。你呢？」伍卓問。有好一陣子，在葛蘿莉亞的鼓勵下，他一直在積極觀察寇瑞瞿和倫敦之間越來越深的歧見，希望能以最高明的手法加以利用。

「其實，我不太確定自己心情好不好，」寇瑞瞿這番話的坦白程度，超乎以往對伍卓的告白，「完全不確定。事實上，現在想起來，我根本不確定自己能否接受上面的指示。其實，我沒辦法。我拒絕。去他的勃納．裴勒袞王八蛋，去他的命令。全都去死算了。他打起網球來亂七八糟。這點我會告訴他。」

換作是其他日子，伍卓或許會樂見這麼明顯的裂縫，會盡力挑撥離間，然而醫院那段往事歷歷在目，一直如獵犬般對他緊追不捨，在腦海裡充滿對世界的敵意，因為這個世界背離他個人意志，將他關入牢籠中。從高級專員的官邸走路回家不過十分鐘，一路上他成了吠叫的家犬的活動標靶，丐童跟在他身後邊跑邊叫著「五先令、五先令」，所幸有好心人開車經過停下車來，問他要不要搭便車。但是等到他走進自家的車道時，他已重新經歷過人生中最卑微的一個小時。

•

烏護魯醫院的那間病房有六張病床，兩邊牆壁各靠了三床，床上沒有床單，也沒有枕頭。水泥地。有天窗卻沒打開。當時是冬天，卻沒有微風飄過病房，排泄物與消毒水的惡臭撲鼻，伍卓似乎在聞進去的同時也吸收進去了。蝶莎躺在靠左邊牆壁的中間病床上，正在哺餵母乳。他刻意最後才看她。她兩邊的病床空無一人，只有破舊的橡膠板，以鈕扣固定在床墊上。同一病房裡，她的正對面是個非常年輕的女子，側身彎腰躺著，頭平放在床墊上，精光的一條手臂懸在床緣。靠近她身邊有個少男彎腰站著，邊以厚紙板為她搧風，邊睜大眼睛以懇求的目光看著她的臉，眼睛也不眨。他們旁邊有個容貌體面的白髮老婦人，戴著牛角框眼鏡，腰桿挺直地站著在讀教會發送的聖經。她穿的是棉質彩色肯加布，在觀光區買得到這樣的布，可蓋在身上。在她後面有個女人戴著耳機，臭著一張臉不知道在聽什麼。她的臉嵌刻著痛苦，極為虔誠。伍卓如同間諜般一一看在眼裡，眼角餘光同時看著蝶莎，不知道她有沒有看見他。

不過，布魯穆看見了。伍卓以不自然的腳步踏進病房，布魯穆立刻抬起頭來。布魯穆原本坐在蝶莎床邊，這時起身彎腰湊近她耳畔說著悄悄話，然後靜靜朝他走去，拉著他的手喃喃說，「歡迎。」男人對男人的招呼。究竟歡迎個什麼勁兒？由她情夫特許，歡迎來看蝶莎嗎？歡迎來到這個臭氣薰天、苦難煎熬的人間煉獄嗎？不過，伍卓只能以尊敬的語氣說，「很高興見到你，敖諾。」接著布魯穆悄悄溜出去到走廊。

以母乳哺餵孩子的英國女人，伍卓遇到的不多，但她們都表現出相當程度的節制。葛蘿莉亞當然也餵母乳。她們會跟男人一樣敞開胸前，然後運用手法遮掩。不過在這種令人窒息的非洲空氣裡，蝶莎才不認為有矜持的必要。她把上衣褪到腰間，腰部只有一條類似剛才那位老婦人披著的肯加布。她搖著嬰兒，讓嬰兒吸吮左乳房，右乳房則空出來等待吸吮。她的上身纖弱透明。就算是剛生過小孩，她的胸部依舊輕盈無瑕，正如他經常幻想的那樣。她哺育的嬰兒是黑人，在她大理石般白皙的皮膚襯托下呈現藍黑色，一隻黑色小手找到正在餵哺他的乳房，以詭異的自信吸吮著，蝶莎則看著他。她緩緩抬起灰色大眼，直盯著伍卓的眼睛。他急忙想找話講，卻說不出話來。他屈身倚向她，一手搭在她的床頭，親吻她的眉毛。這時他看到方才布魯穆坐的那邊有本筆記簿，不禁一驚。筆記簿就放在一張小桌上，搖搖欲墜，旁邊有一杯如同死水的茶水，還有兩支原子筆。筆記簿攤開著，以蜘蛛狀的模糊筆跡斷斷續續記下東西，這種筆跡讓他聯想到心中那份與她有關的不堪往事。他側身坐在病床邊，等著想出要講的話。結果卻是蝶莎先開了口。她因服用鎮定劑而且飽受折騰，嗓音虛弱，卻鎮定得很不尋常，仍想以她一向用來嘲弄他的口吻來說話。

「他叫巴拉卡，意思是福氣。你早就知道了吧。」

「取得好。」

「他不是我的孩子。」伍卓不發一語，「他母親沒辦法餵他。」她解釋，嗓音緩慢幽然。

「有妳在，他很幸運。」伍卓說得堂而皇之，「妳感覺怎麼樣，蝶莎？我一直擔心妳擔心得要命，妳是無法想像的。我真的很難過。除了賈斯丁之外，有誰來照顧妳？有吉妲，還有誰？」

「赦諾。」

「我是說除了赦諾之外，那還用說。」

「你對我說過，我會招來巧合的事件，」她不理會剛才的問題，「我自己上前線，可以發揮作用。」

「我以前很佩服妳這一點。」

「現在還佩服嗎？」

「當然。」

「她快死了，」她將視線從他身上移開，望向病房另一邊，「他的母親，婉哲。」她看著那位頭垂在床邊的婦女，以及她身邊那位彎腰不講話的男生。「問啊，杉狄，你難道不想問她生了什麼病？」

「生什麼病？」他乖乖問。

「生命。佛教教導我們，生命是首要死因。過度擁擠。營養不良。生活環境汙穢。」她對著嬰兒說，「還有，貪婪。這裡說的是貪婪的男人。他們沒有連你也一起殺掉算是奇蹟一樁。可是他們的確沒殺你，對不對？頭幾天，他們每天來看她兩次。他們嚇壞了。」

「誰嚇壞了？」

「巧合事件。那些貪婪的人。穿著潔白的大衣。他們看著她，戳她幾下，看看心電圖的數字，跟護士講話。現在他們已經不來了。」嬰兒弄痛了她。她溫柔地調整一下，繼續說，「對耶穌基督來說無所謂。耶穌基督可以坐在垂死之人的床邊，講講神奇的字眼，病人就活下來，大家拍手叫好。巧合事件卻無法辦到這點。就是因為這樣，他們才一去不回。他們殺了她，現在他們不知道要講什麼神奇的字眼才好。」

「可憐的小東西。」伍卓說，想讓她開心一些。

「不可憐。」她轉頭，一陣痛楚襲來讓她皺眉，然後對著病房另一邊點頭。「可憐的是他們。婉哲。還有地上那個。酋可，她弟弟。你舅舅從村子走了八十公里來這裡幫你趕蒼蠅，對不對？」她對著嬰兒說，將他放在大腿上，輕輕拍著，直到他閉著眼打飽嗝為止。她一手捧著另一邊乳房讓他吸吮。

「蝶莎，妳聽我說。」伍卓看著她以目光打量自己。這個音調她熟悉。他所有的音調她都熟悉。他看見蝶莎臉上籠罩一層懷疑的陰影，沒有褪去。她叫我過來，是因為我有利用價值，不過她現在想起我的身分了。「蝶莎，拜託，仔細聽我說。沒有人快死了。沒有人殺了任何人。妳在發燒，妳在幻想。妳的身子累垮了。休息一下。給自己休息一段時間。拜託。」

她將注意力轉回嬰兒，以指尖擦乾淨小不點的臉頰。「你是我這輩子摸過最美麗的東西，」她對嬰兒低聲說，「這句話你可別忘記喲。」

「我確定他不會忘記的。」伍卓衷心地說。他這麼一說，提醒了蝶莎他的存在。

「溫室怎麼樣？」她問。她把高級專員公署稱為溫室。

「欣欣向榮。」

「你們所有人大可收拾行李明天就走，完全不會有什麼差別。」她口齒不清地說。

「你老是這樣告訴我。」

「非洲在這裡，而你們卻在那裡。」

「等妳身體康復一點，我們再來辯論。」伍卓以最具撫慰感的聲音提議。

「可以嗎？」

「當然。」

「你會好好聽嗎？」

「洗耳恭聽。」

「那樣的話，我們就可以告訴你白色長外套的貪婪巧合事件。你就會相信我們了。答不答應？」

「我們？」

「我和敖諾。」

一提到布魯穆，伍卓立刻回過神來。「我會在現狀中盡我所能，什麼都辦得到。在合理範圍內都行。我保證。現在妳盡量休息吧。拜託。」

她反芻了一下。「他答應要在現狀中盡他所能，」她解釋給嬰兒聽，「在合理範圍內。好吧，總算有個男子漢。葛蘿莉亞怎麼樣？」

「非常擔心。她要我向妳問好。」

蝶莎緩緩嘆了一口氣表示筋疲力竭，嬰兒還摟在胸前，整個人往後癱在枕頭上，閉起眼睛。「那就回去好好待她。還有，別再寫信給我了。還有，別去煩吉姐。她也不會陪你玩的。」

他起身後轉過身去，不知為何，以為會看見布魯穆站在門口，用他最厭惡的姿勢站著：頭漫不經心地倚著門框，雙手以牛仔姿態插在附庸風雅的腰帶上，裝模作樣的黑色大鬍子裡露出白牙，咧嘴露齒淺笑。然而門口空無一人，走廊陰暗沒有窗戶，只有一排電壓不足的電燈，光線有如防空洞內。他走過壞掉的推車，上面載滿遺體，血腥味與排泄物混合在非洲那種帶有馬味的甜香中。伍卓心想，這種低劣的環境，是否就是讓他覺得蝶莎很有吸引力的部分原因：我一生逃避現實，為了她，我卻受現實吸引。

他走進擁擠的中央大廳，看見布魯穆正在與人激烈爭辯。他先聽見布魯穆的聲音——只不過沒聽清楚內容——刺耳又帶有指責意味，在鋼筋桁梁中激起回音。然後對方回嘴。有些人只要看過一次，就會在記憶中永存。對伍卓來說，這個人就是如此。這人虎背熊腰，大肚腩，臉龐油光閃爍而多肉，表情固定是悵然絕望。他的頭髮是暗金接近薑紅色，稀鬆散布在被燙傷過的頭上。他的嘴巴嘛得小小的，有如玫瑰花苞，正在央求、否認。他的圓形雙眼帶有傷痛，投射出的恐懼似乎兩人都有同感。他的雙手斑駁有力，卡其襯衫在衣領處有一圈汗漬。其他部分，都隱藏在醫院的白色長外套裡。

那樣的話，我們就可以告訴你白色長外套的貪婪巧合事件。

伍卓偷偷往前走，幾乎快走到他們身邊，不過兩人都沒注意到。他們兩人爭論得太激烈了。他在他們沒有注意的情況下大步走過，兩人提高的嗓門消失在吵雜的現場。

•

丹納修的車子重回車道。伍卓一看到他的車就氣得噁心。他衝上樓，換上乾淨的襯衫，火氣卻沒有因此稍微消退。時間是星期六，屋裡靜得不太尋常，他從臥房窗戶向外瞧，這時才知道為什麼。丹納修、賈斯丁、葛蘿莉亞和兩個兒子正圍坐在庭園的桌子前玩大富翁。伍卓對所有桌上遊戲都不屑一顧，然而對大富翁更懷有一種不合理智的痛恨感，有點像他仇視「好朋友」，以及英國所有過度膨脹的情報界人士一般。幾分鐘前，我才叫他給我保持距離，現在卻又回來，到底有何居心？老婆被砍死才幾天，做丈夫的就坐下來玩大富翁，還玩得很開心，這算是哪門子的丈夫？俗話說得好，借住家中的客人就像魚，第三天就開始發臭，伍卓和葛蘿莉亞以前常這樣告訴彼此。然而，每經過一天，葛蘿莉亞就越覺得賈斯丁變得更香。

伍卓下樓站在廚房裡，望向窗外。星期六下午佣人休假，當然了。只剩我們一家人感覺好太多了，老公。可惜不是我們一家人，而是你們那堆人。兩個中年男子對妳殷勤款款，妳快樂無比，比起跟我共處時都還要快樂。

在遊戲桌前，賈斯丁走到某人的街上，要付出一大筆房租，而葛蘿莉亞和兩個兒子則在一旁歡呼，丹納修抗議說老早就該付了。賈斯丁戴著一頂愚蠢的草帽，這頂草帽就和他穿的其他衣物一樣，都變得非常適合他。伍卓將燒水壺裝滿，放上瓦斯爐。我會端茶出去給他們，讓他們知道我回家了——如果他們不是太投入而沒注意到的話。他改變了心意，直接大方走進庭園，大步走向遊戲桌。

「賈斯丁，對不起打個岔，能不能跟你講個話，一下就好。」然後對其他人——我自己的家人瞪著我看，彷彿我強姦了下女——「各位，我不是故意打斷你們。只要幾分鐘就好。誰的錢最多啊？」

「沒人。」葛蘿莉亞有點火氣，丹納修則在一旁露出他招牌的憔悴淺笑。

兩人站在賈斯丁的牢房裡。要是庭園沒有人，他比較喜歡在庭園談。就這樣，兩人面對面站在單調的臥房裡，裡面擺著蝶莎的格拉斯東皮袋——蝶莎父親的皮袋——就靠在欄杆後面。我的酒窖。他的鑰匙。她顯赫的父親的皮袋。然而他一開口，看到周遭環境開始改變，令他有所警覺。伍卓看到的不是原有的鐵床架，而是她母親生前喜愛的鑲嵌桌。桌子後面是磚頭壁爐，上面放著幾封邀請函。在房間另一邊，假梁柱接合處，蝶莎的裸體側影就站立在落地窗前。他以意志力將自己拉回現實，幻象因此散去。

「賈斯丁。」

「什麼，杉狄？」

短短幾分鐘內，他再度偏移了原本預定的計劃——當面對質。「有家本地報紙登了蝶莎的一生事蹟。」

「他們真好心。」

「裡面寫了很多關於布魯穆的事，寫得不太拐彎抹角。裡面暗示他親自接生了蝶莎的小孩。也以不太隱喻的說法推論嬰兒可能就是他的。對不起了。」

「你是說賈斯。」

「對。」

賈斯丁的嗓音緊繃，在伍卓聽來，具有和他同等危險的音調。「是嗎？最近幾個月偶爾有人這麼推論。杉狄，以目前的情況，以後講閒話的無疑會更多。」

雖然伍卓給賈斯丁留了餘地，讓他可以暗示那樣的推論並不正確，可惜賈斯丁並未做任何表示。如此一來，伍卓不得不稍微再下重手。某種心虛的內在力量正在推動他。

「他們也暗示，布魯穆竟然還帶行軍床進病房，為的是睡在她旁邊。」

「我們兩人都睡在那兒。」

「什麼意思？」

「有時候敖諾睡行軍床，有時候換我睡。我們輪流，視個別工作量而定。」

「這麼說來，你不介意？」

「介意什麼？」

「別人竟然拿這件事影射他們——說他對蝶莎照顧得無微不至——顯然連你也默許，她只是在奈洛比假裝是你的妻子。」

「假裝？她的確是我的妻子啊，你太過分了！」

寇瑞瞿發脾氣，伍卓看得多了，但他從來沒有對付過賈斯丁的脾氣。他先前一直忙著壓抑自己的怒火，無暇他顧。他壓低嗓門，在廚房裡想辦法聳肩抖掉那部分張力。然而賈斯丁的怒氣來得晴天霹靂，嚇了他一跳。伍卓原本預期賈斯丁會表現出悔恨之意，如果他還算誠實，也會表現出羞辱之情，但他萬萬沒想到他會搬出武裝抵抗這一招。

「你到底想問我什麼？」賈斯丁詢問，「我不太懂。」

「我有必要知道，賈斯丁。就這樣而已。」

「知道什麼？我管不管得住自己的老婆嗎？」

伍卓邊懇求，邊撤退。「是這樣的，賈斯丁，我是說，你以我的角度來看，看這麼一下子就好，行嗎？全世界的媒體都會追這一條新聞。我有權知道。」

「知道什麼？」

「蝶莎和布魯穆還有什麼即將上報的關係——明天，和接下來的六週。」他的尾音帶有自憐的語氣。

「比如說？」

「布魯穆是她的精神導師，是嗎？管他還是蝶莎的什麼人。」

「那又如何？」

「他們一起為理想奮鬥。他們揪出弊端。人權之類的東西。布魯穆有某種監查的角色，對不對？要不然，就是他的雇主具有這種角色。所以蝶莎——」他漸漸說不下去了，而賈斯丁也靜觀其變——「她幫助布魯穆。完全合理。在那種情況下。她用的是律師的頭腦。」

「你到底想講什麼，說來聽聽好嗎？」

「好吧，她的文件。她的所有物。你去收拾的東西。我們一起去的。」

「那些東西又怎麼樣？」

伍卓振作起來：我是你的上司，看在老天分上，又不是要和我訴請離婚。把角色搞清楚，行嗎？

「因此我才需要你的保證，保證她為了理想而收集到的任何文件，以身為你妻子的身分在這裡收集到的文件，以外交官地位收集到的，以英國政府的身分收集到的，全都能交給外交部。上週二我帶你回去你家，我倆就達成了這樣的共識。否則我不會帶你回去。」

賈斯丁靜止不動。伍卓在發表這套沒有真實性的事後說法時，賈斯丁連根手指也沒動，一片眼皮也沒眨。他讓光線從背後照過來，和蝶莎的裸體側影一樣靜止不動。

「我希望你保證的另一件事，不說你也知道。」伍卓繼續說。

「還有什麼保證？」

「你本人要對這件事守口如瓶。她從事過的活動，她厭惡的事物，她失控的所謂救濟工作。」

「失去誰的控制？」

「我只是說，不管她擅闖了哪個官方領域，你都和我們一樣，難逃保密規定。這項命令是上級交代的，恐怕不遵守也不行。」他想講得好笑一點，不過兩人都沒有笑出來。「是裴勒袞的命令。」

杉狄，結果你的心情還是這麼好啊？事況如此緊迫，而且你還讓她老公借住你的客房，這時還有閒工夫尋開心？

賈斯丁最後終於開口。「謝謝你，杉狄。我很感激你的一切協助。很感謝你帶我回我家。不過我現在得回皮卡迪利去收房租。我好像在那裡有一棟價值不菲的旅館。」

伍卓還沒回過神來，賈斯丁已經回到庭園，重新坐回丹納修旁邊的位子，繼續玩剛才暫停的大富翁。

4.

英國警方是徹頭徹尾的乖乖牌。葛蘿莉亞如是說。就算伍卓不同意，他也未做表示。波特・寇瑞瞿雖吝於描述自己與英國警方的交涉經過，就連他也高聲宣布說英國警方「雖然全是窩囊廢，表現卻很文明，令人驚訝」。賈斯丁過來借住的第二天一早，葛蘿莉亞帶警察進了客廳之後，就立刻從臥房向愛蓮娜報告：英國警方最貼心的地方、他們最最貼心的舉動啊，阿蓮，是你真的感覺他們是來這裡幫忙，而不是在可憐的賈斯丁肩上增加更多痛苦和尷尬。有個叫做洛柏的男生好帥，其實應該算是男人，阿蓮，要是他想騙人，可以騙說是二十五歲哪！有點像演員，只是沒那麼愛表現。模仿那些共同辦案的奈洛比藍衣警察，可是厲害得很。還有萊斯里，後來我才發現是個女的呀，請注意，每個人都嚇了一跳。她呀，會讓妳知道我們對最近的英國的所知是多麼貧乏。衣服是有一點點過時，不過除了這一點，老實說，很難猜她有沒有受過我們這種教育。當然從聲音聽不出來，因為現在沒有人會用小時候的口音講話，他們才不敢。不過，她在客廳時，完全從容自在，非常鎮定而有自信，而且表現得怡然自得，臉上還帶著和氣溫暖的微笑，沒染的頭髮有點少年白，倒也挺合適的。另外，他們會給我們一小段時間，杉狄稱為合理的寧靜，他們去休息時，也讓可憐的賈斯丁休息一下，這樣妳就不必一直考慮該怎麼說。唯一的問題是，葛蘿莉亞完全不清楚他們之間發生的事，因為她總不能整天站在廚房，挨在送菜口旁邊聽吧？尤其是有佣人在看，對不對啊，阿蓮？

但是，若說葛蘿莉亞沒掌握到賈斯丁和兩名警官之間討論的主題，她對警官與她丈夫之間的互動所知就更少了，因為他沒告訴葛蘿莉亞他和警官談過話。

•

伍卓和兩名警官最初的交談只是表達客氣之意。警官說，他們瞭解這個任務的微妙之處，不能揭發奈洛比白人社群的隱私，諸如此類。為表示感激，伍卓也保證會吩咐部屬全力配合調查，提供所有適合的人力物力。警官承諾，只要合乎蘇格蘭警場的指示，一定會讓伍卓知悉調查行動的最新消息。伍卓親切地指出，他們三人全都服伺同一位女王；此外，如果我們可以直稱女王陛下的名諱，彼此稱呼時也可省略姓氏。

「伍卓先生，照您這麼說，賈斯丁在高級專員公署是什麼職稱？」男孩洛柏很客氣地問，不理會伍卓剛才拉近彼此距離的呼籲。

洛柏是倫敦的馬拉松選手，聽起話來凝神專注，正氣凜然。萊斯里看似是比他聰明的姊姊，隨身帶著一只實用的包包，伍卓輕浮地想像那裡頭是洛柏在田徑場所需的物品，如碘酒、鹽片、跑鞋的備用鞋帶。然而，就他所知，包內的東西不外乎是錄音機、錄音帶，以及各種速記本和筆記簿。

伍卓假裝在思考。他精明的皺眉表情在告訴對方他是專業人士。「這個嘛，別的先不說，他是我們內部的伊頓老校友。」這樣的回答常讓別人認為他很幽默。「基本上，洛柏，他是我們在東非捐獻國效能促進委員會的英國代表，這個委員會的縮寫是ＥＡＤＥＣ，」他接著說。看在洛柏智能有限，他不得不說明白一點，「第二個E原先是Efficacy（效能）的縮寫，不過這裡很多人不認識這個單字，所以我們改為比較體貼使用者的字眼。」

「這個委員會是做什麼的？」

「ＥＡＤＥＣ是顧問性質的團體，洛柏，相對來說是新單位，總部位在奈洛比。委員是所有提供救濟物資的捐獻國代表，捐獻對象是東非，任何形式的捐獻都算。委員是由各捐獻國的外交部和高級專員公署派出，每週開會一次，每兩週提出一份報告。」

「給誰看？」洛柏邊問邊寫。

「給所有會員國，那還用說。」

「主題是？」

「主題與委員會的名稱有關，」伍卓耐著性子，擺出體諒小男生的態度，「該委員會促進的是救濟領域的效能。在救濟工作方面，效能差不多算是最高準則。同情心則算是人人必備。」他亮出令人失去戒心的微笑，表示我們都是有同情心的人。「ＥＡＤＥＣ應付的問題很棘手，必須看緊捐獻國的每一分錢，確定捐款全數送達目標區，查出哪裡發生重複的現象，找出同一領域中有哪些機構相互競爭，越幫越忙。說穿了，這個委員會和我們做的事情是一樣的，他們處理的是救濟界的三個R：Reduplication, Rivalry, Rationalization——反覆、競爭、合理化。委員會平衡生產力與基本支出，並且——」伍卓露出賜教的微笑——「偶爾做出臨時建議，不過不像你們警察，他們沒有執行的權力，也沒有執法的力量。」他以文雅的方式傾頭向前，表示接著要透露一個小小的祕密。「這種委員會是不是全世界最棒的點子，我們不太確定。不過，我們最親愛的外交部長想出的點子，有助於促進外交政策透明化，讓政策更合乎道德，以及其他似是而非的解決問題妙方，所以我們就盡全力配合了。有人說，這樣的工作應該由聯合國來做。也有人說，這樣的工作聯合國早就在做了。另外還有人說，聯合國本身就助長了這種歪風。就看你聽信哪一種說法了。」伍卓聳聳肩表示不敢苟同，希望他們倆人也有同感。

「什麼歪風？」洛柏說。

「ＥＡＤＥＣ沒有權力調查實務層級。儘管如此，如果你想看看錢有沒有花在刀口，貪汙是一項重大因素，非得列入考慮事項不可。不能與自然耗損和無能混為一談，不過很近似。」他想出一個常人能瞭解的比喻。「就以我們親愛的英國的自來水系統來說好了，大約是在一八九〇年左右建造的。水從水庫裡流出。若是幸運，有些最後會從你家水龍頭流出。可惜的是，這一路上有很多水管漏水嚴重。如果說這水是善心社會大眾捐獻的，總不能看著它平白漏掉吧？如果你的飯碗要看選民善變的臉色，你當然不會坐視不管。」

「這份委員會的工作，會讓他跟什麼樣的人打交道？」洛柏問。

「外交官。奈洛比這裡國際社群的人。多半是顧問級以上。偶爾有幾個主任祕書，但是不多。」他似乎認為這裡需要稍作解釋。「以我的判斷，ＥＡＤＥＣ的層級必須提昇。最好高入雲霄。這個委員會一旦授權往下調查實務層級，最後會和某些超級非政府組織一樣，洛柏，也就是所謂的ＮＧＯ，下場將晚節不保。這一點我很強調。好吧，EADEC非在奈洛比設立不可，腳踏實地，對當地事務很瞭解。顯然如此。不過這個委員會說穿了還是個智囊機構，必須維持立場中立。以我自己的說法是，必須維持情緒中立的地位，這種做法絕對重要。而賈斯丁是這個委員會的祕書。這不是他努力爭取到的，而是輪到我們。他處理會議記錄，整理研究，草擬雙週報告。」

「蝶莎不搞情緒中立囉，」洛柏想了一會兒後反駁，「蝶莎是情緒到底，就我們所聽說的。」

「你恐怕看了太多報紙，洛柏。」

「才沒有。我一直在看她的現地報告。她在實務界苦拚實幹，每日每夜操勞不已。」

「那樣做很有必要，毫無疑問。非常值得讚許。不過對客觀立場幾乎沒有幫助，而客觀是委員會身為國際顧問組織的頭號責任。」伍卓以文雅的語氣說著，沒去計較他那種下流的說法。換成另一個全然不同的層次來看，他的高級專員要是講這種話，他同樣會左耳進、右耳出。

「這麼說來，他們倆是各走各的路了。」洛柏下結論。他往後一坐，用鉛筆敲著牙齒。「他很客觀，蝶莎則很感情用事。他扮的是安全的騎牆派，蝶莎則是危險的邊緣人。我總算弄懂了。其實，我認為我早就知道了。好，這件事怎麼會扯上布魯穆？」

「怎麼說？」

「布魯穆。敖諾．布魯穆。醫生。他怎麼會和蝶莎及你的生活有所牽扯？」

伍卓稍微笑笑，原諒對方略嫌唐突的陳述。我的生活？她的生活跟我的生活又有什麼關聯？「我們這邊有相當多由捐獻國資助的組織，相信你也清楚。全由不同國家支持，也由各種慈善機構和其他組織資助。我們英勇的莫怡總統則是一竿子打倒他們全部。」

「為什麼？」

「因為莫怡政府若是有在做事，這些組織就等於畫蛇添足。這些組織也跳過了莫怡的貪汙體系。布魯穆的組織還算溫和，是比利時的組織，由私人資助，進行的是醫療任務。我恐怕只能告訴你這些了。」伍卓希望這種率直的口吻能讓兩位警官接受他對這些事情一無所知。

可惜他們沒有那麼容易上鉤。

「布魯穆的組織是監查性質，」洛柏緊接著告訴他，「該組織的醫生巡視其他非政府組織，拜訪診所，檢查診斷書並提出糾正。比如說，『醫生，這病或許不是瘧疾，可能是肝癌』。然後他們檢查治療方法。他們也處理流行病。李基呢？」

「他又怎樣？」

「布魯穆和蝶莎本來要前去他那邊，對吧？」

「據說是。」

「他究竟是什麼人？李基？葫蘆裡賣的是什麼藥？」

「他有望成為非洲白人的傳奇人物。人類學家兼考古學家，陪父母到圖卡納湖東岸探尋人類起源。父母過世後，他就繼續探索下去。他是奈洛比國家博物館的前任館長，後來負責野生動物保育。」

「後來辭職了。」

「或說，是被迫下台。說來話長。」

「而且他是莫怡的眼中釘，對嗎？」

「他在政治上反對莫怡，吃力不討好。目前他行情看漲，因為他代表的是腐敗肯亞的終結者。國際貨幣基金會和世界銀行正積極要求他入閣。」洛柏往後一坐，改輪到萊斯里上場，這時可以明顯看出洛柏對於魁爾夫婦的二分法，其實也適用於這兩位警官的個別作風。洛柏講話時激動，讓人強烈感覺到他拚命在壓抑情緒。萊斯里則是不帶感情的典範。

「好，這個賈斯丁是個什麼樣的人？」她若有所思地問，彷彿是在研究一個遙遠的歷史人物，「為何離開自己的工作崗位，來主持這個委員會？他的興趣、胃口、生活型態是什麼？他是何方神聖？」

「天啊，我們又算是何方神聖？」伍卓強烈抗議，或許抗議得有點太做作，洛柏看在眼裡只是再度用鉛筆敲著牙齒，萊斯里則回以耐心的微笑。伍卓以頗具魅力的不情願態度，唸出一張短得可憐的賈斯丁特質清單：熱愛園藝——但現在一想，自從蝶莎的嬰兒夭折後，他就沒那麼熱愛了。最愛在週六下午在花圃裡做苦工。是位紳士，管他這兩個字的意思是什麼。是正統的伊頓人。與雇用的本地員工互動時客氣得過火，那還用說。這樣的人在公署的年度舞會上，都要靠他負責跟壁花跳舞。就某些方面來說有點像王老五。至於哪些方面，伍卓一時想不起來。就他所知，他不打高爾夫，不打網球，也不釣魚打獵，完全稱不上喜歡戶外活動，園藝是唯一例外。還有，當然要提的是，他是一流的基層專業外交官。具有豐富的實地經驗，懂兩種語言，行事安全第一，完全遵照倫敦方面的指示做事。另外，洛柏啊，殘忍的是，這錯不在他身上，偏偏他就卡在晉升的階梯上。

「他不會跟中下階級的人交往吧？」萊斯里看著筆記簿問道，「你沒看過他趁蝶莎外出去進行現地工作時，跑去地下舞廳亂搞吧？」問題一出，聽起來就有點好笑。「我想，這不是他的作風吧？」

「舞廳？賈斯丁？妳的想像力太豐富了！大概會去『安娜貝爾』吧，二十五年前。妳怎麼會想到這方向？」伍卓開心大笑。他已經好幾天沒有笑得如此開懷了。

洛柏很樂意點醒他。「其實是我們老闆說的。桂德利先生。他來奈洛比待過一段時間，連絡雙方關係。他說，要是想找殺手，可以去舞廳物色。大河路上有一家，距離新史坦利旅館只有一條街。如果在那兒寄宿，去那家舞廳就很方便。美金五百，你想解決誰，他們就會幫你解決。先付一半訂金，事後再付另一半。有些俱樂部比較便宜，不過根據他的說法，品質就沒那麼好。」

「賈斯丁愛不愛蝶莎？」萊斯里趁伍卓還在微笑的時候問。

三人之間的氣氛越來越熱絡輕鬆，此時，伍卓高舉雙手，對著天空發出無言的呼喚。「我的老天爺！這世上有誰愛誰，為的是什麼？」萊斯里沒有讓他躲掉這個問題：「她長得漂亮。機智。年輕。他呢？兩人認識時他已經四十好幾。中年危機，隨時可能因傷停[9]而退休，寂寞，迷戀，希望定下來。愛不愛？由妳判斷，不是我。」

然而，若說這番話是在做球給萊斯里，讓她能發表個人看法，她卻毫不理會。看來，她和身旁的洛柏一樣，更感興趣的是注意伍卓表情的微妙轉變；他們注意到他臉頰上半部的皮膚線條緊繃，看到脖子上早就有的淡淡色斑出現在臉頰上，注意到下巴不自覺地噘起。

「賈斯丁對她難道不生氣——比方說，她們的救濟工作？」洛柏暗示。

「為何要生氣？」

「她在嘮叨包括英國在內的有些西方國家在剝削非洲人，說在技術服務方面超收費用，說將昂貴又過時的藥品傾銷給他們。她在說這些的時候，他難道不會火大？還說西方國家拿非洲人當白老鼠在測試新藥。這種說法有時只是暗示，很少經過證實。」

「賈斯丁對她的救濟工作感到非常光榮，這一點我很確定。這裡很多外交官的妻子通常都不管事。蝶莎的主動參與正好彌補了不足之處。」

「所以說，他沒有生老婆的氣。」洛柏追問。

「賈斯丁這個人不太會生氣。一般而言不會。如果硬要說他有什麼感覺，只是感覺很尷尬而已。」

「你們呢？尷不尷尬？我的意思是，你們高級專員公署的人？」

「有什麼好尷尬的？」

「她的救濟工作。她的特殊利益。那些利益，有沒有和英國政府的利益互相衝突？」

伍卓展現出極為不解、極為令人鬆懈心防的皺眉表情。「洛柏，大英政府從來不會因為人道行徑而尷尬，這一點你應該知道才是。」

「我們還在學習，伍卓先生，」萊斯里悄然插嘴，「我們是新來的。」她親切的微笑毫無鬆懈，打量了他一陣子，而後將筆記簿和錄音機收回包內，推說還要到市區辦點事，所以得先走，提議明天同一時間繼續討論。

9 傷停（injury time），足球賽術語，指受傷延長賽。

「你知不知道，蝶莎是否曾對誰吐露過心聲？」萊斯里以順帶一提的口氣問。這時他們三人正一起走向門口。

「妳是說，除了布魯穆之外嗎？」

「我其實是指女性友人。」

伍卓裝作在記憶裡搜尋。「沒有。沒有。我認為大概沒有。我想不出特定對象。不過，就算有，我大概也不可能知道吧？」

「如果對象是你的部屬，你或許會知道。例如吉妲．皮爾森，或是其他人。」萊斯里好心一提。

「吉妲？噢，對，當然了，吉妲。他們有沒有好好關照你們？交通和其他事情都有好好照料嗎？那就好。」

過了一整天，一整夜之後，他們又回來了。

•

這次，開始問話的人是萊斯里，而非洛柏。她的態度帶有新鮮感，意味上次見面之後發生了令人振奮的事情。「蝶莎不久前有過性交，」她大聲宣布，語氣有如一日之計在於晨般明亮，同時如同在法庭上呈供證物般攤開她帶來的財產：鉛筆、筆記簿、錄音機、橡皮擦。「我們懷疑是強暴。還不能宣布，不過明天報上會登出。他們目前只是根據陰道採檢來判斷，透過顯微鏡看看精蟲是死是活。精蟲已經死了，不過他們還是認為精液來源不只一人。可能是大鍋炒吧。我們的看法是，他們無從判斷。」

伍卓的頭埋入雙手裡。

「要等我們的研究員宣布，才能百分之百確定。」萊斯里看著他說。

洛柏和昨天一樣，漫不經心用鉛筆敲著大牙。

「另外，布魯穆那件衣服上的血跡是蝶莎的，」萊斯里繼續以同一種坦白的語氣說，「只是初步判斷。他們這裡只做基本檢驗。其他東西，要等回國之後才能做。」

伍卓這時已經起身。在非正式的會議中，他常用這一招來讓其他人住嘴。他無精打采漫步走到窗前，在房間另一邊找到位置站著，假裝在研究難看的市景輪廓線。天空偶爾有雷聲，還聞得到神奇的非洲雨水降下之前那種難以言喻的緊繃氣味。相形之下，他的態度顯得安詳。沒有人看得到他左臂胳肢窩落下兩、三滴熱汗，如同肥大的昆蟲順著肋骨往下爬。

「有人告訴過魁爾嗎？」他邊問邊想，或許他們也正在想，為什麼遭到強暴的婦女的鰥夫，突然變成了魁爾而非賈斯丁。

「我們認為，由朋友通知他比較合適。」萊斯里回答。

「也就是你。」洛柏提議。

「當然。」

「而且，的確有可能的是，就像小萊剛才說的，她和敖諾有可能在上路前做過最後一次。要不要對他提這一點，由你決定。」

我的最後一根稻草究竟是什麼？他心想。還要再發生什麼事，我才會打開窗戶往下跳？或許我要她幫我做的事情就是這個：讓我超越能接受範圍的極限。

「我們真的很喜歡布魯穆，」萊斯里以親密的口吻讚嘆，彷彿她很需要伍卓也能喜歡布魯穆，「不過，我們現在得當心另一個布魯穆，人面獸心的布魯穆。從我們的單位來看，即使是最愛好和平的人，受到逼迫時，也會做出最可怕的事情。可是，如果他受到逼迫，那麼究竟是誰在逼他？沒有人，除非逼他的人是蝶莎。」

講到這裡，萊斯里停頓下來，邀請伍卓下評語，不過他正在行使保持緘默的權利。

「這世上要是真有好人，要比布魯穆更接近好人境界的人也不多了。」她語氣堅定，彷彿好人的定義和現代人種的學名一樣明確。「他做了很多真正的好事。不是做給別人看，而是因為他想做。解救生命，冒著性命危險，不是為了錢，在險惡環境裡工作，在自己的閣樓裡藏人。你難道不同意嗎，長官？」

萊斯里是在誘導他嗎？或者只是想從蝶莎和布魯穆關係的成熟觀察者中求取新知？

「我確定他的記錄的確很優秀。」伍卓承認。

洛柏從鼻子呼了一口氣，表示不耐煩，上身也困窘不安地扭動。「好了，別談他的記錄了。從個人層面來談：你欣賞他嗎？欣賞或不欣賞？就這麼簡單。」說完便大大換了一個新坐姿。

「我的天啊。」伍卓從他背後說，這一次很謹慎，沒有過度裝模作樣，卻還是允許一絲氣急敗壞的調調進入話語。「昨天你用的是堅決的愛不愛，今天就變成了堅決的欣賞不欣賞。最近大家都喜歡拿英國版的世說新語來咬文嚼字嘛。」

「我們是在問你的意見，長官。」洛柏說。

或許是這種長官的稱呼才產生如此效果。初次見面時，他們用的是伍卓先生，感覺大膽時，用的是杉狄。現在稱呼的是長官，這等於是向伍卓忠告，這兩名資淺的警官並非他的同事，也不是他的朋友，而是兩個低階的外人跑進主管俱樂部裡四處張望。過去這十七年來，就是這個主管俱樂部給了他地位和保護。他將雙手交握身後，肩膀則向前擠，接著以腳跟為軸心轉身面對質詢者。

「敖諾・布魯穆很有說服力，」他站在房間另一端，以說教的語氣對他們說，「他長得好看，有某種魅力。如果你欣賞他那種幽默，還可以說他有機智。他也有某種光環，或許是因為鬍子修得很整齊吧。對於容易受影響的人來說，他是個非洲的民間英雄。」他說完後便轉身，彷彿在等他們收拾行李離開。

「對於不容易受影響的人呢？」萊斯里利用他轉身的機會，以雙眼偵查他。他雙手放在身後，一手漫不經心地撫慰另一隻手，支撐體重較少的一邊膝蓋抬起進行自我防衛。

「噢，我們屬於少數，我確定。」伍卓回答得很有技巧。

「只是，我認為這對你而言可能令你相當擔心，以你身為辦事處主任的職責來說，可能也很心煩，因為你眼睜睜看到事情發生，要阻止又無能為力。我是說，你沒辦法去找賈斯丁，然後說，『你看看那個留鬍子的黑人，他跟你老婆有一腿。』你講得出口嗎？你有那份能耐嗎？」

「如果醜聞威脅到公署的名聲，我有權——也有責任——親自介入。」

「你有介入嗎？」萊斯里問。

「廣義來說，有。」

「是跟賈斯丁說？還是直接去找蝶莎？」

「問題是，她和布魯穆的關係顯然可說是有一層掩護，」伍卓設法迴避她的問題，「男的是有頭有臉的醫生，在救濟社群中廣受尊重。蝶莎是他手下奉獻心力的志工。表面上一切光明正大。不能在毫無證據的情況下就衝進去指控他們倆通姦。你只能說，是這樣的，你們會讓其他人誤解，所以請稍微慎重一點。」

「這話你對誰講過？」萊斯里邊問邊在筆記簿上寫字。

「沒那麼簡單。這不只發生在一個場合，也不只一次對話。」

萊斯里倚身向前，檢查看看錄音機是否正在運轉。「是你和蝶莎之間的對話？」

「如果以機器來比擬蝶莎，那麼她就是個設計高明的引擎，只是少了一半的鈍齒。在她的小男嬰夭折之前，她是有點亂來。這麼說沒錯。」伍卓正要徹底背叛蝶莎，這時卻回想起波特．寇瑞瞿坐在書房裡，以憤怒的口吻轉述裴勒袞的指示。「但是，我不得不懷著極大的惋惜說出來，她後來讓我們不少人覺得她精神有點問題。」

「她是花痴嗎？」洛柏問。

「以我的職薪等級，我恐怕不夠資格回答那樣的問題。」伍卓的語氣冰冷。

「這麼說好了，她打情罵俏得很過火，」萊斯里暗示，「對每個人都放電。」

「如果妳堅持要那樣說也行，」——沒有人能比他說得更不帶情感——「很難說吧？她長得標緻，是大家閨秀，嫁的是老丈夫——她是在打情罵俏嗎？還是只是忠於自我，盡情開心？如果她穿低胸洋裝，裙子外圍還有花邊，人家會說她很容易上。如果她不這樣穿，人家會說她很沒意思。奈洛比的白人社群就是這麼回事。或許換成別的地方也一樣。這方面我不是專家。」

「她有沒有跟你打情罵俏？」洛柏又在鉛筆上咬一口，讓人火冒三丈。

「我已經告訴過你了。她究竟是在打情罵俏，或只是在放縱好心情，根本無從判斷。」伍卓這句話達到了溫文爾雅的新境界。

「所以，呃，你該不會自己也稍微跟她打情罵俏吧？」洛柏詢問。「別擺出那張臉，伍卓先生。你也是四十好幾，中年危機，準備退休，就跟賈斯丁一樣。你對她有好感，為什麼沒有？換作是我，我一定會。」

伍卓恢復得很快，幾乎在他意識到之前就已經恢復過來。「噢，小洛柏啊，你滿腦子想的都是蝶莎、蝶莎。夜以繼日。被她迷昏頭了。隨便你去問任何人。」

「我們問過了。」洛柏說。

•

隔天早上，在慘遭圍攻的伍卓看來，問話者窮追猛打的模樣還真難看。洛柏將錄音機擺在桌上，萊斯里打開紅色大筆記簿，上面用橡皮圈做了記號，由她開始問話。

「我們有理由相信，你在蝶莎的嬰兒夭折後不久，去過醫院探病。長官，真有這件事嗎？」這話撼動了伍卓的世界。究竟是誰說出了那件事？賈斯丁嗎？不可能，因為他們還沒找過他。要是找過，我應該知道才對。

「一切暫停。」他突然命令。

萊斯里抬起頭。洛柏放鬆姿勢，然後彷彿想用手掌撫平自己的臉似地，伸出一隻長手直直放在鼻子上，從伸長的指尖端詳伍卓。

「我們今天早上要談的主題就是這個？」伍卓質問。

「主題之一。」萊斯里承認。

「那麼請妳告訴我，因為大家的時間都不多，究竟到醫院探望蝶莎，和追查殺她的兇手有何關聯？據我瞭解，你們過來的目的不就是要調查凶殺案的嗎？」

「我們是在尋找動機。」萊斯里說。

「妳說找到動機了。強暴。」

「強暴已經不適用，不能算是動機了。強暴只是附帶進行，或許是障眼法，好讓我們誤認是一起臨時起意的案件，而非計劃行事。」

「預謀，」洛柏解釋，他的棕色大眼以寂寞的眼神盯著伍卓看，「就是我們所謂的企業殺手。」

聽到這裡，伍卓瞬間興起一陣寒意，完全無法思考。接著他才想起企業兩字。他為什麼要說是企業？

企業殺手？難道是由公司派人進行的？太過分了！一個具有身分地位的外交官，根本不屑考慮到這麼離譜的假設！

之後，他的腦筋一片空白。沒有文字，連最陳腐、最無意義的字眼也都無法挺身出來解救他。他看到自己，就算看得到，也只像是某種電腦正在抓取資料，重新組合，然後阻絕掉來自大腦封閉區高度加密的思緒。

才不是企業殺手。是臨時起意。沒有計劃。是非洲式的血祭。

「好，你為什麼要去醫院？」他聽見萊斯里說，自己邊循著聲音去理解。「你為什麼在她的小男嬰夭折之後要去看她？」

「因為她叫我過去。透過她丈夫。我是以賈斯丁的上司身分去探病。」

「另外有誰也應邀前往嗎？」

「就我所知沒有。」

「吉妲有吧？」

「妳是指吉妲．皮爾森？」

「還有其他人嗎？」

「吉妲．皮爾森不在場。」

「所以只有你和蝶莎。」萊斯里大聲強調，寫在筆記簿上，「你是他的上司，跟探病有什麼關係？」

「她很關心賈斯丁的前途，希望我能向她保證賈斯丁不會有事。」伍卓答說。他刻意放慢腳步，不要隨她越來越快的節奏起舞。「我試過說服賈斯丁請個假，不過他寧願待在工作崗位。EADEC的部長年會即將召開，他決心做好準備。我對她解釋這一點，也答應會繼續關照他。」

「她有沒有帶筆記型電腦過去？」洛柏插嘴。

「你說什麼？」

「有那麼難懂嗎？她有沒有帶筆記型電腦過去？——放在她身旁，放在桌子上，放在床下，藏在床上？她的筆記型電腦。蝶莎很愛她那台筆記型電腦。她都是用那台電腦發電子郵件給別人。發給布魯穆。發給吉妲。發給她照料過的一個義大利病童，也發給她以前在倫敦的某個男性老朋友。她對半個世界發電郵發個不停。她有沒有帶筆記型電腦過去？」

「謝謝你講得這麼鉅細靡遺。沒有，我沒看到筆記型電腦。」

「有沒有筆記簿？」

他遲疑一下，搜尋記憶，然後撒謊。「就我所見是沒有。」

「會不會放在你沒看到的地方？」

伍卓懶得回答。洛柏向後靠，假裝以悠閒的姿態打量著天花板。

「好吧。她當時情形如何？」他詢問。

「沒有人產下死胎還精神百倍的。」

「她情況到底怎樣？」

「虛弱。胡言亂語。情緒低落。」

「你們兩人就只談那麼多。賈斯丁。她親愛的丈夫。」

「就我記憶所及是這樣沒錯。」

「你跟她共處了多久？」

「我自己沒有計時，不過，大概是二十分鐘左右。顯然我不想讓她太累。」

「所以，你和她談賈斯丁談了二十分鐘。連他早餐有沒有乖乖吃都報告了。」

「對話斷斷續續，」伍卓的臉色開始漲紅，「要是有人發燒倦怠，又剛生下死胎，要進行意識清醒的對話不太容易吧。」

「有沒有其他人在場？」

「我說過了。我是自己一個人去的。」

「我不是問你這個。我問的是，有沒有其他人在場。」

「比方說誰？」

「比方說旁邊有什麼人在場。護士，別的訪客，她的朋友。女性朋友。男性朋友。非洲朋友。例如說，敖諾．布魯穆醫生。長官，你何必讓我費這麼多唇舌？」

為了表示不耐，洛柏像標槍選手一樣伸展四肢，先是一手拋向空中，然後委婉改變長腿的位置。伍卓此時再度表現得像是在回想往事：他擠緊眉毛，皺出悲喜夾雜的神情。

「經你這麼一提，洛柏，你說得沒錯。你真聰明。我到的時候，布魯穆就在現場。我們打聲招呼後他就走了。我猜重疊時間大概不超過三十秒。算準一點給你聽，是二十五秒。」

然而，伍卓這番故作無心的神態得來不易。究竟是誰透露布魯穆在她床邊？然而他擔憂的事情往下直走，直通他另一個腦海裡最黑暗的裂縫，再度觸及他拒絕承認的那套因果關係，而波特・寇瑞瞿曾憤怒地命令他忘記這件事。

「布魯穆在那邊做什麼？你猜呢，長官？」

「他沒解釋，蝶莎也沒有。他是醫生，不是嗎？就算不管其他身分，他好歹也是個醫生。」

「蝶莎當時在做什麼？」

「躺在床上。不然你認為她會在做什麼？」他反唇相譏，稍微失去理智，「打彈珠嗎？」

洛柏在他面前伸展長腿，欣賞著自己的大腳丫，姿勢像是在做日光浴。「我不知道。我們猜她會在做什麼，小萊？」他問同行的警官，「一定不是在打彈珠。她躺在床上，做什麼？我們問自己。」

「在餵一個黑人嬰兒，我猜，嬰兒的母親死了。」萊斯里說。

一時之間，房裡唯一的聲響來自走廊路過的腳步聲，以及山谷對面市區的車輛急駛與互不相讓的聲音。洛柏伸出瘦長的手臂關掉錄音機。

「正如你剛才指出的，長官，我們的確時間不夠，」他說得很有禮貌，「所以請別他媽的浪費時間迴避問題，把我們當成狗屎。」他再按下錄音鍵。「請您親口告訴我們，病房裡垂死的婦女和她的男嬰情況如何，伍卓先生，長官，請說明她的病名，以及有誰想醫治她，用什麼方式。在這方面，任何你碰巧知道的事情都可以講。」

伍卓在孤立的情況下走投無路又滿腔怨恨，直覺上想尋求外交單位主管的支持，卻發現寇瑞瞿故意要讓別人找不到他。昨天晚上伍卓想找他私下談談，密爾諄卻告訴伍卓，他的老闆正在和美國大使閉門商談，只有緊急事件才能找他。今天早上，寇瑞瞿據說正在「居家辦公」。

5.

伍卓可不是容易被人嚇唬的。外交生涯中，他曾多次奉命扛下令人感到羞辱的場面，也從經驗中學到，最適切的方法是拒絕承認缺少了任何東西。如今他也應用這套教訓，以極簡的字句描述出當時醫院病房內的情景。沒錯，他同意——他略感驚訝，他們竟然對蝶莎病房的微小細節這麼有興趣——他依稀記得和蝶莎同病房的一個病人在睡覺，或是陷入昏迷狀態。既然她無法餵哺自己的嬰兒，蝶莎只好擔任代理奶媽。蝶莎的損失讓這個小孩撿到了便宜。

「那個生病的女人叫什麼名字？」萊斯里問。

「我不記得。」

「有人陪她嗎，朋友或親戚之類的？」

「她弟弟。是從她村子來的一個年輕人。蝶莎說的，以她當時的狀況，我不認為她是可靠的目擊者。」

「你知道她弟弟的名字嗎？」

「不知道。」

「村子叫什麼？」

「不知道。」

「那女人生了什麼病，蝶莎有沒有告訴你？」

「她講話多半語無倫次。」

「這麼說來，另一半就一清二楚囉。」洛柏指出。某種詭異的節制氣氛逐漸降臨在他身上。他原本擺蕩的四肢這時找到了休息之處。他突然有一整天可以慢慢消磨。

「伍卓先生，蝶莎不在語無倫次時，有沒有對你說過什麼有關對面病床那個女人的事？」

「只說她快死了。沒說病名，只說是從她生活的環境中染上的。」

「愛滋病？」

「她沒這麼說。」

「總是得了愛滋病以外的病吧。」

「是啊。」

「有誰在治療她這個不知名的病嗎？」

「應該有。不然她為什麼要住院？」

「是羅貝爾嗎？」

「誰？」

「羅貝爾。」洛柏拼出來給他聽。「荷蘭籍混血兒。頭髮不是紅色就是金色。五十五、六歲。胖子。」

「從沒聽過這個人。」伍卓以絕對的自信表情來反駁，而腸子卻在翻攪。

「你有沒有看到任何人在醫治她？」

「沒有。」

「你知不知道她正在接受治療？用什麼治療？」

「不知道。」

「你從頭到尾都沒看到有人給她吃藥，或是幫她打針什麼的嗎？」

「我告訴過你了：我在場期間，病房裡沒有任何院方人士。」

洛柏利用這段空檔思考他的回答，也思考如何回應。「非院方人士呢？」

「我在場的時候也沒有。」

「那你不在場的時候呢？」

「我怎麼會知道？」

「從蝶莎口中得知。在她沒有語無倫次時，也許她跟你說過。」洛柏解釋。他笑得嘴巴大張，結果反而讓他的好心情令人覺得厭煩，彷彿是他買了個笑話，還沒拿出來分享。「根據蝶莎的說法，她病房裡那個生病的女人，蝶莎幫她餵哺她的嬰兒的這個女人，有沒有任何人對她進行治療？」他很有耐心地問，字正腔圓，宛如是在玩什麼室內遊戲。「有沒有人去探視生病的女人？或是檢查？或是觀察？或是治療？任何人。不管是男是女，黑人白人，不管是醫生、護士或是非醫生，外人、內部人、醫院裡打掃的人、探病的人，或是簡單的『一般人』？」他往後一坐，最後這幾個字是勉強擠出來的。

伍卓逐漸明瞭自己處境的危險程度。他們知道、但不願透露的還有多少？羅貝爾這名字在他腦裡宛若喪鐘。他們還會朝他拋出多少名字？他還能否認多少，而且抬頭挺胸？寇瑞瞿跟他們說過什麼？為何他隱瞞真相，拒絕共謀？或者他在伍卓背後已全盤托出？

「她說有人來探望那女人，是幾個身穿白色長外套的矮小男人。」他語氣輕蔑地答道。「我猜這是她夢到的。不然就是她在講的時候還半夢半醒。我認為缺乏可信度。」這弦外之音是，你們也不該相信。

「那些穿白色長外套的人為何要去找她？根據蝶莎的說法。照你說，是她的夢話。」

「因為穿白色長外套的那些人殺了那個女人。她還一度稱呼他們為巧合事件。」他決定說實話，然後讓這番話聽起來很荒謬。「我認為她也說他們貪婪。他們想治好那女人，但是無能為力。蝶莎的故事不過是一派胡言。」

「怎麼個治療法？」

「沒有透露。」

「怎麼個殺法？」

「可惜她當時說得一樣不清不楚。」

「有沒有寫下什麼？」

「她說的那個故事嗎？怎麼可能？」

「她有沒有做筆記？她有照筆記唸給你聽嗎？」

「我說過了。就我所知，她沒有筆記簿。」

洛柏將長長的腦袋偏向一邊，為的是從另一個角度觀察伍卓，或許從這個角度更能看出端倪。「敖諾・布魯穆不認為她的故事是一派胡言。他不認為蝶莎語無倫次。敖諾知道她說的每件事都正確無誤。對吧，小萊？」

•

伍卓臉上的血色盡褪，他自己感覺得到。然而，儘管承受了他們這番話的震驚，他仍在槍林彈雨中保持鎮定，如同老練的外交官一樣站穩腳步。他設法找到自己的聲音，也設法找到憤慨之情。「對不起。你是說你們找到布魯穆了嗎？這未免也太過分過了。」

「你的意思是，你不希望我們找到他囉？」洛柏一臉不解。

「我才不是那個意思。我是說，你們來這裡是有條件的，如果找到布魯穆或跟他講過話，你們顯然有義務與高級專員公署分享這個訊息。」

但是洛柏已經在搖頭。「長官，我們沒找到他。希望歸希望。不過，我們倒是找到他的幾份文件。以你們的說法是分量不多，不過倒是很有用，就散落在他的公寓裡。只可惜沒什麼東西值得炒作。有幾份個案筆記，我猜有人可能會很感興趣。幾份影印信件，寫得很無禮，是他以醫生身分寄給世界各地的這家或那家公司、實驗室，或是教學醫院。就只有這些了，對吧，小萊？」

「用散落兩字其實有點誇張，」萊斯里承認，「用藏匿比較合適。有一堆是貼在相框後面，另一堆是在浴缸底下找到。我們花了一整天才找到。就算不是一整天，也差不多了。」她舔了一下手指，在筆記簿上翻頁。

「可惜那些人漏了他的車。」洛柏提醒她。

「那間公寓在他們搜完後，比較像是垃圾場。」萊斯里同意，「手法一點也不高明，根本是破壞掠奪。最近倫敦常發生，報上登出某人失蹤或是死亡，當天早上壞人就過去，想拿什麼隨便拿。我們負責犯罪防治的人很傷腦筋。伍卓先生，方便再跟你提幾個名字嗎？」她詢問，揚起灰色眼睛盯住他的臉。

「別客氣，把這裡當自己的家。」伍卓說，好像這兩人沒這麼做。

「科瓦克斯，據信是匈牙利人，女性，年輕。如烏鴉般的黑頭髮，長腿，洛柏等一下會唸出重要的數據。名字不詳，研究員。」

「看過的話，一定忘不了。」洛柏說。

「恐怕沒見過。」

「艾瑞奇。醫生，研究科學家，先是在聖彼得堡取得資格，後來到德國萊比錫攻讀學位，在格但斯克從事研究工作。女性。沒有描述。這名字你聽過嗎？」

「這輩子從來沒聽過。沒有人符合那樣的敘述，沒有遇過這個姓氏的人，也沒遇過那樣出身或學經歷的人。」

「哎呀。你真的從來沒有聽過她嗎？」

「也沒聽過我們的老友羅貝爾嗎？」萊斯里以遺憾的口吻說。「名字不詳，出身不詳，或許是一半荷蘭人或南非白人，學經歷也是一團謎。問題就出在我們是從布魯穆的筆記裡抄來的，所以你大可說我們是任他擺布。他將這三個姓氏圈起來，畫成流程圖似的圖案，每個圈圈裡有一丁點的描述。羅貝爾和兩個女醫生。羅貝爾、艾瑞奇、科瓦克斯。唸起來還真拗口。我們本來想幫你影印一份，不過目前不太放心使用影印機。你也知道這裡的警方是什麼樣子。還有影印店，坦白說，我們連上帝禱告文都不放心交給他們去影印，是不是啊，洛柏？」

「用我們的來印。」伍卓講得太快。

繼而是一陣沉思的靜默，對伍卓來說就像一陣耳聾，沒有汽車經過，沒有鳥兒歌唱，也沒有人走過他門外的走廊。打破沉默的是萊斯里，她執意將羅貝爾描述為是他們最想問話的對象。

「羅貝爾居無定所。據信他是從事製藥業。據信過去這一年他進出奈洛比數次，但令人訝異的是，肯亞當局找不到他的蹤跡。據信蝶莎住進烏護魯醫院時，他曾去探望過她。莽撞，這是我們手中握有的另一個描述詞，我還以為那是股市用語[10]。你確定你沒遇過一個髮色偏紅的醫生羅貝爾，外表顯得很莽撞，也許是個醫生？說不定在旅行途中曾經遇過？」

「從沒聽說過。也沒遇過像這樣的人。」

「這種說法我們其實聽了很多。」洛柏從一旁說。

10　莽撞（bullish），另指股市上揚的「牛市」。

「蝶莎認識他，布魯穆也認識。」萊斯里說。

「那又不表示我也認識。」

「這個白人瘟疫[11]究竟是何方神聖？」洛柏問。

「我完全不知道。」

和之前幾天一樣，他們離開時也留下一個越來越大的問號。

•

安全地擺脫了他們之後，伍卓立即撥打內線給寇瑞瞿，聽到他的聲音鬆了一口氣。

「有沒有空？」

「大概有。」

找到他時，他坐在辦公桌前，一手伸向眉頭。他身上穿著黃色吊帶，吊帶上有馬的圖案。他的表情既是提高警覺又帶有敵意。

「我需要你跟我保證，倫敦方面會支持我們的做法。」伍卓還沒坐下就開始說。

「你所謂的我們，到底是指誰？」

「你跟我。」

「倫敦方面，你是指裴勒袞吧？」

「為什麼？是發生什麼變動了嗎？」

「就我所知沒有。」

「以後會有嗎？」

「就我所知沒有。」

「好吧，裴勒袞有沒有靠山？就這樣說好了。」

「噢，他一直都有靠山。」

「所以，我們是繼續，還是不繼續？」

「你的意思是繼續撒謊？當然是繼續下去。」

「那我們為何不能在說法上達成共識？」

「說得好。我也不知道。如果我是神職人員，我會偷跑出去禱告。可惜事情沒他媽的那麼簡單。那女孩死了。那只是一部分。我們還活得好好的，那又是另一部分。」

「這麼說來，你有沒有跟他講真話？」

「沒有，沒有，拜託，老天爺，沒有。我的記憶力就跟米篩一樣。真是非常抱歉。」

「你準備要對他們講實話嗎？」

「他們？沒有、沒有。絕不。打死也不講。」

11　弦外之音是可惡的白人、肺結核。

「那這樣我們為何不能就說法達成共識？」

「對。為什麼不行？為什麼不行呢？反正你都講得這麼明白了，杉狄，有什麼讓我們不能達成共識？」

•

「談談你到烏護魯醫院探病的經過，長官。」萊斯里的語氣簡潔俐落。

「我還以為上次已經講完了。」

「另外一次。第二次。稍後。比較像是追蹤訪問。」

「追蹤訪問？追蹤什麼東西？」

「顯然是你對她的承諾。」

「妳到底在講什麼？我聽不懂。」

但洛柏完全知道她在講什麼。他說，「我想她講得很清楚，長官。你有沒有再去醫院探視蝶莎？例如，在她出院後四個星期？例如，她到產後診所看病，而你在前廳跟她見面？因為在敖諾的筆記中，他就是這麼記載，而且他的紀錄截至目前都沒有錯誤，至少從我們這些一無所知的人所能瞭解的範圍來說。」

現在改叫敖諾啦，伍卓注意到。已經不稱呼他布魯穆了。

伍卓這位軍人之子正在天人交戰，臉上卻擺出冰河般的城府表情。面臨危機時，他就是以這付表情來沉思。在此同時，他在記憶中則循著擁擠醫院的場景走著，彷彿這是發生在別人身上的事。蝶莎提著織錦提袋，手把由藤條製成。這個手提袋是他頭一次看見。然而從那時起，一直到她短暫的生命結束前，她躺在醫院裡，死胎放在停屍間，對面病床躺著奄奄一息的女子，而那女子的嬰兒則吸吮著她的乳房，這副情景，就是一部分她為自己塑造出的強悍形象。淡妝短髮，怒目相向，很適合這樣的形象，和眼前萊斯里投射在他身上那種不願輕信的眼神並無太大差異。萊斯里在等著他說出事件編輯過的版本。裡面的光線和醫院內的光線一樣，捉摸不定。大束日光將半黑的內部一分為二。小鳥在屋椽間滑行。蝶莎的背貼靠著弧形牆壁，旁邊是一間氣味難聞的咖啡店，椅子是橙色的。人群在光柱裡進進出出，但他一眼就看到蝶莎。她雙手捧著織錦袋，捧在下腹處，站姿有如他年輕又膽怯時看見妓女站在門口的樣子。牆壁落在陰影中，因為光柱無法送達房間邊緣，或許這就是蝶莎挑這個地方站的原因。

「你說我稍微復原後，你會聽我說。」她以低沉而嚴厲的嗓音提醒。他幾乎認不出那是蝶莎的聲音。

繼上次在病房見面後，這是他們第一次交談。他看見蝶莎的嘴唇，在沒有唇膏的調教下顯得好脆弱。他看見她灰色眼珠中的熱情，不禁害怕起來，因為所有的熱情都令他害怕，包括他自己的。

「你指的那次見面並非噓寒問暖，」他告訴洛柏，同時迴避萊斯里緊迫盯人的眼光，「而是跟工作有關。蝶莎宣稱無意間發現一些文件，如果內容為真，在政治上會很敏感。她要我在診所跟她見面，當面交給我。」

「無意間，怎麼說？」洛柏問。

「她認識一些外面的人。我知道的就這麼多。救濟單位的朋友。」

「例如布魯穆？」

「還有其他人。順帶一提，她帶著勁爆的醜聞來高級專員公署已經不是第一次了。她已經養成習慣。」

「所謂的高級專員公署，指的是你自己？」

「如果你是指我身為辦事處主任的職責，對。」

「她為何不託賈斯丁交給你？」

「一定不能將賈斯丁拖下水。這是她的決心，大概也是賈斯丁的。」他是不是解釋得過度清楚？會不會又有危險？他繼續往下跳。「我很尊重她這種做法。坦白說，就算她表現出任何躊躇疑懼，我也都尊重。」

「她為什麼不交給吉妲？」

「吉妲是新人，年紀也輕，而且是在本地聘用的。她不適合擔任送信人。」

「所以你們見了面，」萊斯里拉回話題，「在醫院。在產後診所的前廳。在那邊見面，未免也太招搖了吧？兩個白人在周遭全是非洲人的環境？」

他心想，你們去過那裡了。他心頭再度一震，幾乎恐慌起來。你們去過醫院了。「她害怕的不是非洲人。她害怕的是白人。這一點沒辦法跟她理論。她只有在和非洲人共處時才覺得安全。」

「是她親口說的嗎？」

「是我推斷的。」

「從什麼地方推斷？」問話的是洛柏。

「從她最後幾個月的態度。在產下死胎後。對我而言，對整個白人社群而言。對布魯穆而言。布魯穆絕對錯不了。他是非洲人，英俊，而且又是醫生。而吉妲具有一半的印度血統——」講得有點激動。

「蝶莎用什麼方式約你見面？」洛柏問。

「她派小男僕穆斯達法送信到我家。」

「你太太知道你要去見她嗎？」

「穆斯達法把信交給我家的小男僕，由他轉到我手上。」

「你沒告訴你老婆？」

「我把那次見面列為機密。」

「她為什麼不乾脆打電話給你？」

「我妻子？」

「蝶莎。」

「她不信任外交單位的電話。這不是沒有原因。我們全都不信任。」

「為什麼她不乾脆叫穆斯達法把那些文件直接帶去給你？」

「她要求我給她保證。特別保證。」

「她為什麼不乾脆親自拿過來給你？」問話的仍是洛柏。逼問，逼問。

「是什麼原因，我已經告訴過你了。她已經到了無法信任公署的程度，不希望自己的名聲被公署玷汙，也不希望被人看到她進出公署。聽你的意思，好像她的行為很合乎邏輯似的。其實蝶莎生前最後幾個月的舉止很難找出邏輯。」

「為什麼不找寇瑞瞿？為什麼每次都非找你不可？找你到她病床邊，找你去診所見面？難道她不認識這裡的其他人嗎？」

在危機的這一刻，伍卓與問話者聯合作戰。是啊，為什麼只找我？他猛然興起一陣憤怒的自憐感，質問著蝶莎。因為妳的虛榮心不願放我一馬。因為聽到我承諾出賣自己的靈魂，讓妳很高興，而妳我心知肚明，在關鍵時刻我不會幫妳忙，妳也不會放過我。因為跟我交手，就像是正面對付妳最恨之入骨的英國病。因為對妳來說，我就是某種典型人物，「空有儀式，沒有信仰」——是妳說的。我們面對面站著，距離半英尺，我還在納悶，我們的身高怎麼相同，後來才發現，原來弧形牆底部有個台階，妳和身邊其他婦女一樣站在上面等人，希望對方一眼就能看見。我們的臉處在同個高度，儘管妳臉上多了一點嚴峻，但時間倒流至耶誕節，我再度和妳共舞，嗅著妳髮絲裡那種甜美溫馨的青草味。

「結果她給了你一大疊文件，裡面寫什麼？」洛柏說。

我從妳手中接過信封，妳的手指此時碰觸到我，令我神智癲狂。妳是故意要重燃我心中的慾火，妳很清楚，也忍不住，妳正要將我再度帶往懸崖邊緣，然而妳知道妳永遠不會跟著我一起跳。我沒穿西裝外套。妳看著我解開襯衫鈕釦，將信封插入，貼著我的肌膚，往下一直放，直到信封底端插在腰際和褲帶之間。我扣上鈕扣時，妳也看著我，而我有種羞愧感，好似我剛和妳做過愛。我以優秀外交官的身分想請妳喝杯咖啡。妳婉拒了。我們面對面站著，兩人有如等著音樂播放，好讓肉體有理由接近。

「洛柏問你文件裡寫的是什麼。」萊斯里提醒伍卓，將他從意識領域之外拉回。

「文件是在描述一樁大醜聞。」

「在肯亞嗎？」

「內容被列為機密。」

「蝶莎列的？」

「你別蠢了。她有什麼資格將任何東西列為機密？」伍卓動了肝火。對於情緒失控感到後悔已經太遲。

你一定要強迫他們採取行動，杉狄。你在催促我。妳的臉色因為痛苦與勇氣而蒼白。妳誇大做作的衝動並未因真正的悲劇而稍減。妳淚水盈眶，自從產下死胎後，眼珠就一直在淚海裡泅泳。妳的聲音聲聲催人，同時也聲聲愛撫，一如以往在天秤左右遊走。我們需要支持者，杉狄。我們圈子之外的人。這個人必須具官方身分，而且必須很能幹。答應我。如果我能信任你，你也能信任我。

所以我說出口了。和妳一樣，我也會一時衝動，做出身不由己的事。我相信。相信上帝。相信愛。相信蝶莎。當我們一起在舞台上時，我相信。每次我來找妳，我都會不由自主出賣自己，妳也希望我這麼做，因為妳同樣沉迷於禁忌關係與戲劇場景。我答應，我說，而妳也逼我再說一次。我答應，我答應。我愛妳，我答應。這就是暗示現在可以吻我的嘴唇，道出可恥承諾的嘴唇：親吻一下封住我的嘴，訂下契約：匆匆一擁束縛住我，讓我嗅聞妳的髮絲。

「文件放在袋子裡，送給倫敦的相關次長，」伍卓解釋給洛柏聽，「那時才加上機密等級。」

「為什麼？」

「因為文件中含有嚴重的指控。」

「對誰不利？」

「拒答，抱歉。」

「是公司嗎？還是個人？」

「拒答。」

「文件共有幾頁，你記得嗎？」

「十五頁。二十頁。還有個附注之類的東西。」

「有沒有相片、插圖、物證之類的東西？」

「拒答。」

「有沒有錄音帶？磁碟片——告白、陳述的錄音？」

「拒答。」

「你把文件送給哪位次長？」

「勃納・裴勒袞爵士。」

「這裡有沒有留副本？」

「我們的政策是敏感資料在這裡存放得越少越好。」

「你自己有沒有留副本？」

「沒有。」

「文件是打字的嗎？」

「誰打的？」

「文件是打字還是手寫的？」

「打字。」

「用什麼打的？」

「我不是打字機專家。」

「是電動打字機嗎？還是文字處理機？或是電腦？你記不記得是什麼樣的打字？字體呢？」

伍卓對他很不悅地聳聳肩，接近粗暴的地步。

「比方說，不是斜體字吧？」洛柏不放過。

「不是。」

「還是那種半連接的假手寫字體？」

「是極為普通的羅馬字體。」

「電腦打字。」

「對。」

「這麼說來，你的確記得。附件也是打字的嗎？」

「大概吧。」

「同一種字體？」

「大概吧。」

「所以大約是十五到二十頁，極為普通的電腦羅馬字體打字。謝謝。倫敦方面有沒有給你回音？」

「最後有。」

「從裴勒袞那邊？」

「可能是裴勒袞，也可能是他的部屬之一。」

「內容是？」

「不需採取行動。」

「有沒有說明理由？」還是洛柏在問話，拋出的問題有如出拳般。

「文件中所謂的證據具有宣傳意味。為此進行任何詢問皆徒勞無益，將使我國與地主國產生嫌隙。」

「這個答覆，不採取行動，你有沒有告訴蝶莎？」

「有，但沒說得這麼詳細。」

「你到底怎麼跟她說？」萊斯里問。

這樣的答話方式，是因為伍卓採取了實話實說的新策略，還是某種想坦承的本能？「我以自認為她比較能接受的方式告訴她，顧及她的身體狀況，顧及她剛生下死胎，顧及她對文件的重視程度。」

萊斯里已經關掉錄音機，正將筆記簿放回包內。「這麼說來，什麼樣的謊言對她來說比較能接受，長官？以你的判斷？」她問。

「倫敦方面正在調查。正在採取準備措施。」

伍卓一時間以為問話結束了，興起一陣欣快感。然而洛柏還杵在原地，用力揮拳。

「伍卓先生，要是您不介意，還有一件事請問。貝爾、巴克與班哲明。別名三蜂。[12]」

伍卓的坐姿紋風不動。

「廣告在市區隨處可見。『三蜂，為非洲奔忙。』『為你嗡嗡響，親愛的！我愛三蜂。』總部就在街上。新蓋的玻璃大樓，看起來像是機器人達列克[13]。」

「他們又怎麼樣？」

「我們昨晚才調出他們公司的簡介，對吧，小萊？你不知道啊，這家公司有多了不起，非洲的各個好處都沾得上邊，骨子裡卻是徹底的英國公司。飯店、旅行社、報紙、保全公司、銀行、提煉金礦和煤礦與銅礦的公司、進口汽車、船隻和卡車，說都說不完。還有一系列很不錯的藥品。『三蜂為您的健康

12　貝爾、巴克與班哲明，原文皆是以B開頭。

13　達列克（Dalek）是英國BBC長青科幻影集《Doctor Who》當中的反派賽博格外星人，外型呈現上窄下寬、底部前緣略凸的多邊圓柱狀。

奔走。』今天早上我們開車過來的路上看到，對不對，小萊？」

「就在那邊路上。」萊斯里附和。

「而且，就我們所知，他們跟莫怡的手下也稱兄道弟。私人噴射機，美女讓你玩到盡興。」

「這條線索大概很有希望吧。」

「不見得。我只是想看看說這些時，你臉上有什麼反應。我說完了。謝謝你的耐心。」

萊斯里仍忙著把東西放回包包。儘管她對這段對話很感興趣，但可能連聽都沒聽進去。

「像你這樣的人應該被抓起來才對，伍卓先生。」她對自己說，睿智的頭則搖搖表示不解，「你自以為在解決全世界的問題，其實你才是問題的癥結。」

「她是說你是他媽的騙子。」洛柏解釋。

這次，伍卓沒陪他們走到門口。他一直坐在辦公桌後，聽著來客漸行漸遠的腳步聲，然後打電話到櫃台，以最隨便的語氣要求在他們離開大樓後通知一聲。一聽到他們已經離開，他迅速來到寇瑞瞿的私人辦公室。他早就知道寇瑞瞿不在辦公室，正在與肯亞國外事務部開會。密爾諄在講內線電話，看起來輕鬆卻不自在。

「事態緊急。」伍卓說。和密爾諄認為他正在做的事情正好相反。

伍卓坐在寇瑞瞿空空的辦公桌前，看著密爾諄從高級專員的個人安全櫃中抽出一個白色菱形物，裝腔作勢地插進數位電話[14]中。

「你到底有什麼事？」密爾諄問，口氣傲慢，是大人物的低階私人祕書特有的口吻。

「滾出去。」伍卓說。

只剩下他一個人時，他立刻打出直撥電話給勃納．裴勒袞爵士。

•

他們坐在陽台上，兩個外交部同事在毫不留情的夜照燈下享用晚餐後的睡前酒。葛蘿莉亞已經回到客廳。

「賈斯丁，再怎麼說，這話都不好說出口。」伍卓開始說，「所以我就乾脆直接說算了。非常可能的跡象顯示，她生前遭到強暴。我非常非常難過。對她，也對你。」

伍卓確實很難過，一定是。有時，你不必真正感覺到，就知道有那份感覺。有時，你的感官遭到嚴重踐踏、摧殘，再來一樁駭人聽聞的消息，也只是令人疲乏的細節而已。

「當然，這是驗屍報告出爐前的說法，所以還沒定案，也不列入記錄，」他避免接觸到賈斯丁的眼神，「但他們似乎沒有疑問。」他感覺到有必要提供實質的安慰。「警方認為其實這下子倒也明朗化了，至少找到一個動機，辦案不至於像海底撈針，就算還無法指出兇手也一樣。」

賈斯丁仔細聽著，雙手將白蘭地酒杯握在身前，宛如有人剛將酒杯遞給他作為獎品。

「只是可能而已？」他最後才提出反駁，「真是奇怪得很。怎麼可能？」

伍卓事前沒有意料到這種反應，竟然會再度成為被質問的對象，不過心中某種詭異的心境竟歡迎這種反應。心魔正在驅使他。

「是啊，他們顯然得先問自己是不是兩廂情願。照常要先做這樣的假設。」

「兩廂情願？跟誰？」賈斯丁一臉疑惑。

「管那人是誰——管他們想的是誰。我們總不能幫他們辦案吧？」

「對。我們的確不能。杉狄，你也真可憐。好像所有苦工全都由你扛下來了。現在我確定我們應該把注意力放在葛蘿莉亞身上。她讓我們獨處，很正確。但坐在外面和全非洲的昆蟲王國相處，她潔白的英國肌膚可受不了。」對於伍卓那麼靠近自己，賈斯丁突然感到排斥，因此起身推開落地窗。「葛蘿莉亞，親愛的，不好意思冷落了妳。」

6.

賈斯丁・魁爾將被謀殺得一息不存的妻子葬在優美的非洲墓園。這墓園名為朗噶塔，她入土的位置就在一株淡紫鳳凰木下，一邊是她出生便夭折的兒子賈司，另一邊是五歲的基庫宇族男童。一座跪姿天使石膏像朝下看護著他，天使手持盾牌，宣布他已加入聖人的行列。蝶莎後面躺的是多瑟特的何瑞修・約翰・威廉斯，與上帝長眠。在她腳邊的是米蘭達・K・索普，遺愛人間。但賈司和名為吉陶・卡藍札才的非洲男童才是她最接近的伴侶，蝶莎與他們倆肩並肩躺著。這是賈斯丁的要求，也是葛蘿莉亞善用賈斯丁的慷慨為他找到的位置。賈斯丁在葬禮全程不和其他人站在一起，蝶莎的墳在他左邊，賈司的墳在他右邊，伍卓和葛蘿莉亞則在他身後距離兩大步。他們夫婦倆此前一直以保護者的姿態徘徊在他兩旁，一方面是要安慰他，一方面是要隔開媒體的關注。媒體一心想對社會大眾負責，要拍到照片寫出文章報導綠帽罩頂的英國外交官。原本將為人父的他，妻子慘遭謀殺，八卦報紙正好以斗大的字體刊載——妻子生下非洲情夫的兒子，如今卻躺在異域鄉野的角落——以下這段話在同一天同時有不下三家報紙刊出——生為英國人，死為英國魂。

伍卓夫婦身旁遠遠站著吉妲・皮爾森，身穿印度婦女的紗麗，頭向前傾，雙手握在胸前，以萬事皆然的哀悼姿態站著。在吉妲身邊是臉色死白的波特・寇瑞瞿和妻子葳若妮卡。在伍卓眼中，他們似乎正在對她傾注關愛之情。如果不是在這裡，他們會將同樣的關愛貫注在女兒蘿西身上。

朗噶塔墓園位於蓊蓊鬱鬱的臺地上，青草濃長，有紅土，有會開花的觀賞性樹木，顯得既悲傷又歡樂，此地距離市中心兩、三英里遠，走幾步路就到基貝拉，那是奈洛比比較大型的貧民窟之一。當地面積遼闊，到處是褐斑點點的鐵皮屋，冒著煙，上空飄著一層死氣沉沉的非洲塵土，擠在奈洛比河谷，房屋間距不到一掌寬。基貝拉目前有五十萬人口，持續增加中，河谷滿是臭水溝沉積物、塑膠袋、各色各樣的舊衣、香蕉和柳丁果皮及吃剩的玉米梗，以及市區喜歡倒在這裡的所有東西。和墓園隔街相望的是肯亞觀光局整潔的辦公室和奈洛比狩獵園區入口。後方某處是肯亞最老牌的威爾森機場破敗的建築物。

對伍卓夫婦和前來哀悼蝶莎的眾人來說，隨著入土時刻接近，賈斯丁表現出的孤寂讓人覺得既不祥卻又悲壯。他要告別的似乎不只蝶莎，還有外交生涯、奈洛比、剛出生便夭折的兒子，以及在此之前的一生。他站得很靠近墓穴邊緣，有跌下去的危險，這樣的舉動似乎正顯示出上述的跡象。另一個不注意也難的跡象顯示，他們所知的賈斯丁絕大部分都將隨她入土，或許整個人都將隨她而去。伍卓發現，現場似乎只有一個活人值得賈斯丁注意，而這個人不是牧師，不是有如步哨的吉妲·皮爾森，不是沉默不語、臉色蒼白的高級專員波特·寇瑞瞿，不是互相推擠、以搶到更精彩鏡頭的記者，也不是下巴拉得長長的英國籍太太們，表情固定在感同身受的悲悽，哀悼她們撒手人寰的姊妹，因為她們極有可能遭遇同樣的下場，也不是十幾個體重過重的肯亞警察，站在那邊拉著皮帶。

他的注意力在酋可身上。蝶莎在烏護魯醫院病房時，他就是那個坐在地板上看著姊姊死去的少年；他從村子徒步十個小時過去陪姊姊走完人生，今天再走了十小時來陪蝶莎最後一程。賈斯丁和酋可同時看到對方，以串謀的眼神彼此緊盯著。伍卓注意到，酋可是現場年紀最小的人。為了順應部落傳統，賈斯丁事先曾要求別讓年輕人前來。

蝶莎的送葬行列抵達時，墓園入口處豎起了白色門柱。通往她墳墓的小徑兩旁是巨大的仙人掌、紅土步道，以及守規矩的小販，賣的是香蕉、芭蕉和冰淇淋。牧師是黑人，年紀很大，頭髮斑白。伍卓記得，先前參加蝶莎的宴會時曾和他握過手。牧師對蝶莎的感情洋溢，也熱切相信死後還有來生。馬路上人車嘈雜，空中交通繁忙，更不用提在附近同時進行的葬禮，送葬人的台車大聲播著宗教音樂，講者互相以擴音器競爭高下，對著一圈圈的親友滔滔不絕，親朋好友同時圍坐在往生者棺材周遭的草地上野餐。身處如此混亂的場面，也難怪牧師飄忽不定的言語只有幾個字飛抵聽眾的耳朵。賈斯丁就算聽見了，也沒有做出任何聽見的表示。為了這個場合，他穿上深色雙襟西裝，衣冠楚楚，一如往常。他的目光鎖定在少年酋可身上，而少年也和賈斯丁一樣，與眾人保持距離，看似已在自己的空間裡上吊自盡，因為他修長如紡錐的雙腿幾乎沒觸及地面，雙臂也在身側擺盪，扭曲的長頭固定在看似永遠有問不完問題的姿勢上。

蝶莎的最後一程走得並不順利，然而伍卓和葛蘿莉亞都不希望她走得順利。他們倆默默發現，她最後這一場景包含了無可預測的要素，正好能描寫她的一生，再適合不過。伍卓一家人起得很早，並沒有特別的事情要做，只是葛蘿莉亞睡到一半才想起自己沒有黑帽可戴。天一亮，她便打電話給愛蓮娜，確定她有兩頂，但都有點二〇年代風格，像是飛行帽，葛蘿莉亞不介意嗎？她的希臘丈夫從自家派出公務賓士車，將放在哈洛德百貨提袋內的黑帽子送到葛蘿莉亞家。葛蘿莉亞將帽子退回了，因為她比較想戴母親留給她的黑色蕾絲頭巾：就當作披肩頭紗來戴好了。再怎麼說，蝶莎也是半個義大利人嘛，她解釋。

「西班牙啦，小亞。」愛蓮娜說。

「亂講，」葛蘿莉亞回嘴，「她母親是托斯卡尼女伯爵，《電訊報》是這麼寫的。」

「我是說披肩頭紗，小亞。」愛蓮娜很有耐心地糾正她，「披肩頭紗是西班牙的東西，不是義大利，抱歉。」

「算了，人家她母親是義大利人嘛。」葛蘿莉亞突然發脾氣。五分鐘後她又回電道歉，把這股脾氣怪罪在壓力上。

這時，伍卓的兩個兒子已經穿好衣服上學去，他前往高級專員公署，而賈斯丁則穿著西裝繫著領帶在餐廳裡亂晃，很想採一些鮮花。他要的不是葛蘿莉亞花園裡的花，而是他自己家的。他想要帶香味的黃色小蒼蘭，他說，這花是他為蝶莎栽種的，一年到頭都開，每次只要她遠行回家，他都會插幾朵放在客廳等她。他希望至少弄到兩打，好放在蝶莎的棺木上。葛蘿莉亞正在思索該怎麼採到黃色小蒼蘭，這時，有人沒頭沒腦地從奈洛比報社來電，說是發現了布魯穆的屍體，地點就在距離圖卡納湖以東五十英里的一處乾涸河床上，請問有沒有人要發表看法？葛蘿莉亞朝話筒咆哮一句「不予置評」，便用力掛掉電話。不過她因此大為震驚，左右為難，不知道是要現在通知賈斯丁，還是等葬禮結束。結果，不到五分鐘後，她接到密爾諄來電，說伍卓正在開會，但聲稱發現布魯穆屍體的謠言其實是個騙局，讓她大大鬆了一口氣。索馬利亞的匪徒要求一萬美元贖回屍體，但那具屍體至少已有百年歷史了，更貼切的數字應該是一千年。密爾諄問，有沒有可能讓他跟賈斯丁稍稍講一下話？

葛蘿莉亞將賈斯丁請到電話旁，畢恭畢敬站在他旁邊。他對著電話說，我就是——很適合他——你非常好心，我會確定準備妥當。至於密爾諄在什麼地方好心，賈斯丁要準備什麼，仍然不明。然後，不用了，謝謝你，賈斯丁鄭重地對密爾諄說，更增添了神祕感，他不希望抵達時有人迎接，他準備自己做好安排。之後，他掛掉電話，要求旁人退出餐廳，因為他要打一通對方付費的電話給倫敦的律師。過去幾天他也打過兩次，當時同樣也不允許葛蘿莉亞旁聽。他要求的口吻相當唐突，虧葛蘿莉亞幫他做了這麼多事。為了表達謹慎，她因此走進客廳，希望能從送菜口聽見幾許，可惜卻發現悲傷過度的穆斯達法正悄悄從後門進來，提著一籃黃色小蒼蘭。是他自動自發地跑去賈斯丁的庭園摘回來的。有了這個藉口，葛蘿莉亞因此大步走進餐廳，希望至少能偷聽到賈斯丁的話尾，只不過她一進去，賈斯丁就掛掉電話。

轉眼間，全都太遲了。葛蘿莉亞已經穿好衣服，臉上卻連粉都還沒撲，已過午餐時間，大家卻連一點東西都沒吃，伍卓在門外的福斯車上等著，賈斯丁站在大廳裡手拿著小蒼蘭——這時已經綁成花束——朱馬捧著一盤起司三明治，葛蘿莉亞正決定是否該將披肩頭紗綁在下巴，或是學她母親那樣披在肩上。

葛蘿莉亞坐在後座，一邊是賈斯丁，一邊是伍卓，這時暗自發現過去這幾天愛蓮娜一直告訴她的話已經成真：她已如痴如狂地愛上賈斯丁，而這種事情已經好幾年沒發生在她身上了。想到賈斯丁隨時可能離開，她苦悶萬分。另一方面，正如愛蓮娜先前指出的，賈斯丁的離開至少能讓她頭腦清醒一點，重新執行正常婚姻的職責。如果後來發現分隔兩地反而情意更濃，這個嘛，愛蓮娜很貼心地暗示，葛蘿莉亞還是可以到倫敦去想辦法解決。

行經市區時，葛蘿莉亞覺得這趟車程比平常更加顛簸，賈斯丁的大腿緊挨著她，暖暖的很舒服，讓她過於注意。等到福斯車開到葬儀社前停下時，她覺得如鯁在喉，手中的手帕也已濕成一團，她已經不知道自己傷心的對象是蝶莎還是賈斯丁。廂型車後門從外邊打開，賈斯丁和伍卓跳出去，獨留她坐在後座，前面是利文斯頓。沒有記者，她心懷感激地注意到，一面極力恢復鎮定。要不然，就是還沒趕到。她看著她的兩個男人走過車子的擋風玻璃，爬上前門階梯，房子是單層的花崗岩建築，屋簷帶有些許都鐸風格。賈斯丁身穿訂製西裝，手中抓著黃色小蒼蘭，飄逸的灰黑頭髮整整齊齊，但從來沒見過他梳頭。還有他那種騎士的走路姿勢，以及就她所知具有一半達德立家族血統的手姿，右肩向前。為什麼每次好像都是賈斯丁走在前面，而杉狄跟在後面？還有，杉狄為什麼最近顯得這麼卑微，這麼像僕役？她對著自己抱怨。他該為自己添購一套新西裝了；那件斜紋毛織的東西讓他看起來活像私家偵探。

他們消失在入口大廳裡。「要去簽文件，親愛的，」杉狄剛才以高高在上的語氣說，「為遺體擔保之類的無聊事。」他為什麼突然這樣對待我，好像我是他的小女人似的？難道他忘了，這葬禮全是我一手安排的嗎？一群喧嘩的黑衣抬棺人聚集在葬儀社的側門。門打開，一輛黑色靈車朝他們倒車過來。車旁以白色字體漆寫「靈車」兩字，字足足有一英尺高，畫蛇添足。棺材由兩列身穿黑夾克的男子送進敞開的後車廂，葛蘿莉亞瞥見以蜂蜜色澤塗上亮光漆的木頭，也看見黃色小蒼蘭。他們一定是將那束花用膠帶貼在棺材蓋上，否則怎能讓花乖乖待在棺蓋上？賈斯丁真是設想周到。靈車開出前院，抬棺人上車。葛蘿莉亞重重吸了一下鼻水，然後擤鼻涕。

「太不幸了，夫人，」前座的利文斯頓說，「非常、非常不幸。」

「你說的對，利文斯頓。」葛蘿莉亞很感激這番正式對話。小姐，等一下就要進入眾人的目光裡了，她堅定地警告自己。該抬起下巴、做個好榜樣了。後門打開。

「沒事了吧，女孩？」伍卓語氣愉悅地問，邊伸手關上在她身後的車門。「他們很不錯吧，賈斯丁？非常有同情心，非常專業。」

有膽就再叫我女孩，她怒氣沖沖地告訴老公，只是沒有說出聲來。

•

走進聖安德魯教堂時，伍卓注意了一下教堂內的群眾。他一眼就看到臉色蒼白的寇瑞瞿，他身後坐著丹納修和他怪異的妻子茉德，模樣像是殘花敗柳的資深交際花。他們旁邊是別名小密密的密爾諄，以及一個得了厭食症的金髮女子，據說這兩人同居。來自苜賽噶俱樂部的重量級黑手黨——蝶莎取的——已經站出軍禮隊形。走道另一邊，他認出了世界糧食計劃派來的一隊人馬，另一隊全是非洲女人，有的戴了帽子，有的身穿牛仔褲，不過全部都面帶篤定的怒氣，咄咄逼人，是蝶莎那群激進友人的註冊商標。他們身後站著一群神態茫然，像是法國人、略顯傲慢的年輕男女，女人蓋住頭部，男人則身穿V領衫，鬍鬚雕琢得精美。疑惑一陣子之後，伍卓才認定他們是布魯穆所屬的比利時組織的成員。他們一定是在想，不知道下星期是不是還得來參加敖諾的葬禮，伍卓殘酷地想著。魁爾家的非法外勞排在他們旁邊：小男僕穆斯達法、南蘇丹人艾絲莫妲及烏干達獨臂人，姓名不詳。前排坐的是花枝招展、紅蘿蔔髮色的女子，親愛的愛蓮娜，在鬼祟、矮小的希臘丈夫身旁顯得高聳，她也是伍卓極端厭惡的女人，把她祖母葬禮用的黑玉珠寶全披戴在身上。

「小亞，我不應該戴這個黑玉，這是否太招搖了？」她今天早上八點問過葛蘿莉亞。葛蘿莉亞建議她大膽一點，這樣的建議並非沒有惡作劇的味道。

「老實說，換做是其他人，也許是有那麼點招搖。不過，搭配妳的彩妝啊，阿蓮，儘管戴去就是。」

而且沒有警察，他注意到，很是感激，沒有肯亞警察，也沒有英國警察。勃納．裴勒袞的毒藥是不是發揮作用了？有膽就亂說出去試試看。

他再偷偷瞧了寇瑞瞿一眼，臉色如此蒼白，模樣如此悲壯。他回想起他們上週六在他官邸進行過的怪異對話，咒罵他是個優柔寡斷的假道學。他的視線轉回蝶莎的棺木，就平放在聖壇前方，賈斯丁的黃花安穩地擺在棺木上。盈眶的淚水要趕緊收回淚腺裡。風琴正在彈奏永別安魂曲，很會熟記歌詞的葛蘿莉亞活力充沛地跟著唱。是她寄宿學校的晚禱歌，伍卓心想。還是我的。這兩個地方讓他同等痛恨。杉狄與葛蘿莉亞，生而不自由。不同的是，這一點我知道，但她卻不清楚。主啊，如今可遵照您的旨意釋放僕人安然往生了。有時候我真希望可以一走了之，永遠不回來。可是，祥和的樂土在哪裡？他的視線再度停駐在棺木上。我愛過妳。現在講，容易多了，因為用的是過去式。我愛過妳。我是無法控制自己的控制狂，妳很好心這麼告訴我。這下可好了，妳看看自己遇到了什麼。而且，妳看看為什麼會發生在妳身上。

還有，我從來沒聽過羅貝爾這個人。我也不認識姓科瓦克斯的匈牙利長腿美女，我現在不想聽，以後也不想再聽到未經證實、未經發表的理論。這些理論在我腦子裡有如塔鐘般噹噹作響。我也對身穿紗麗、鬼魅似的吉妲．皮爾森的橄欖色光滑香肩完全沒興趣。我真正知道的是：在妳之後，已無人有必要知道，在我這個軍人的身體裡，住著一個膽怯的小孩。

•

伍卓需要讓自己分心，因此費力研究著教堂的窗戶。男性聖人，全是白人，沒有布魯穆。蝶莎若是在世一定會氣炸。紀念堂的窗戶緬懷的是一個漂亮的白人男孩，身穿水手服，象徵性地被可愛的叢林動物包圍著。土狼如果夠厲害，十公里外就聞得到血味。淚水有再度潰堤的危險，伍卓強迫自己把注意力放在聖安德魯老兄身上，他酷似麥福森，當年我們開車帶兩個兒子到蘇格蘭的奧湖去釣鮭魚的當地嚮導麥福森。銳利的蘇格蘭眼睛，鏽赭色的蘇格蘭鬍子。他們會把我們當作什麼看待呢？他遐想著，模糊的視線轉移到群眾中的黑色臉孔。當年我們究竟以為自己在這裡做什麼？邊推銷我們的英國白人上帝，推銷我們的蘇格蘭白皮膚聖人，同時卻也邊將這個國家當成遠放的中上階級搞換妻俱樂部的遊樂場？

「就個人來說，我是想加以補償。」妳這麼回答。這時我在苜賽噶俱樂部以挑逗的語氣問妳同樣的問題。可是妳向來都會在回答之前先反問我，給我好看：「伍卓先生，那麼，你在這裡做什麼？」妳質問。樂隊演奏的樂音嘈雜，我們不得不緊靠著對方跳舞才能聽見彼此的聲音。對，那是我的乳房，在我膽敢向下看時妳的眼睛這樣說。對，那是我的臀部，妳摟住我的腰迴旋舞動。要看的話也沒問題，讓你的眼睛盡情看個飽。多數男人都愛看，你也沒必要裝做自己是例外。

「我猜我真正在做的事，是幫助肯亞人善用我們給他們的東西。」我以自大的口吻大聲說，希望蓋過音樂，這時我感覺到妳的身體變得僵硬，幾乎就在我講完整個句子前就滑出我的掌握。

「我們連個鳥蛋都沒給他們！是他們拿走的！是拿槍搶走的！我們什麼也沒給他們——什麼也沒有！」

伍卓猛然轉身。身邊的葛蘿莉亞也做出同樣動作，坐在走道另一邊的寇瑞瞿夫婦也是。教堂外傳來一聲尖叫，隨後是某個大型的玻璃物件破碎的聲響。伍卓從敞開的門口看到前院大門被兩個身穿黑西裝、嚇壞的司機拖著關上，這時頭戴鋼盔的警察沿著欄杆形成人牆，雙手揮舞著尖端以金屬製成的鎮暴警棍，動作有如棒球選手在揮棒前的熱身。街道上，原本有學生拖來一棵樹，這時燃燒起來，旁邊有幾部車子四輪朝天，車裡的人嚇得不敢爬出來。在群眾鼓動下，一輛閃閃發亮的富豪大轎車，和伍卓的車很像，被人從地上搖搖晃晃地抬起，底下是一群年輕男女。車子升起，向前猛衝，先是側翻，而後四輪朝天，最後落下，發出巨響，在車主身旁陣亡。警方主動出擊。不管他們此前一直在等什麼，現在已經發生了。前一秒他們還在閒晃，此刻他們已殺出一條血路，痛打四下奔逃的烏合之眾。前進的動作稍停時，是在對被打倒在地的民眾亂棒攻擊。一輛裝甲廂型車開過來，六、七個流血的身體被丟上車。

「老兄，大學的情勢現在是一觸即發。」丹納修對伍卓說。之前伍卓曾向他請教危險的程度有多大。「突然停止撥款，教職員沒有薪水可領，職缺全給了有錢沒頭腦的人，宿舍和教室全部爆滿，廁所也全都阻塞，門也全部失靈，到處都有失火的危險，他們還在走廊上用煤炭煮飯。他們沒有權力，沒有電燈可照明唸書，沒有書本可讀。最窮的學生走上街頭，因為政府在沒有徵詢任何人意見的情況下，就決定開放高等教育體系給民間經營，結果教育成了有錢人的專利，考試榜單造假，政府也想強迫學生到國外唸書。昨天警察打死了兩個學生，就這樣，死者的朋友拒絕睜一眼閉一眼。你還想問什麼？」

教堂的大門打開，風琴的樂音再度響起。上帝可以重新開始辦正事了。

•

墓園裡的熱氣具有侵略性，對在場送葬的人採取各個擊破的攻勢。頭髮斑白的老牧師已經演說完畢，不過吵雜聲響仍未消退，太陽如同連枷棒上的鐵球般劃破噪音而下。伍卓的一旁有人以手提音響對著一群穿灰色長袍的黑人修女播放搖滾樂版本的萬福聖母頌，音量開到最大。他另一邊是一群身穿運動上衣的足球隊員，因為找不到空啤酒罐好踢，只得圍著一顆椰子踢來踢去，而有人對著隊友獨唱告別曲。此外，威爾森機場一定正在舉行什麼航空展，因為小飛機漆著鮮明的色彩，每隔二十秒就從頭上火速飛過。老牧師放下祈禱書。抬棺人往前走向棺材。每個人抓住邊帶末端。賈斯丁這時還是單獨站著，似乎開始搖晃。伍卓衝向前要去撐住他，葛蘿莉亞卻伸出戴了手套的手一把制止他。

「他想要獨占她嘛。你這個白痴。」她邊流淚邊咬牙切齒說著。

媒體表現得就沒有這麼圓滑了。他們來這裡要的就是這個鏡頭：抬棺的黑人將慘遭謀殺的白人婦女放進非洲泥土裡，被她欺瞞的丈夫則在一旁觀看。有個理平頭、臉孔有如月球表面的人，肚子上有幾部照相機跳來跳去，這時向前將一把盛了泥土的小鏟子遞給賈斯丁，希望能捕捉到鰥夫將泥土倒在棺木上的鏡頭。賈斯丁推開鏟子，同時注意到兩個衣著襤褸的人，正推著輪胎破掉的木推車來到墓穴邊緣。水泥開始啪啪落下。

「請問你們在幹什麼？」他質問的語氣尖銳，眾人因此紛紛轉向他看。「有沒有人可以幫我問問看，這兩位紳士打算拿水泥做什麼？杉狄，幫我找個翻譯，拜託。」

身為將軍之子的伍卓沒理會葛蘿莉亞，迅速大步來到賈斯丁身邊。身材瘦長的席拉是提姆．丹納修部門的人，她先跟那兩個男人講話，然後對賈斯丁說。

「賈斯丁，他們說，他們是幫所有的有錢人倒水泥。」席拉說。

「到底有什麼作用？我不懂，請解釋。」

「水泥。是用來防止盜墓。強盜。有錢人下葬時都有結婚戒指和不錯的衣服。白人是盜墓者最喜歡下手的目標。他們說水泥等於是保險。」

「是誰叫他們這麼做的？」

「沒有人。要五千先令。」

「請叫他們離開。席拉，請妳好心告訴他們，好嗎？我不希望他們來服務，我一毛錢也不給。要他們把車推走，馬上離開。」不過，就在此時，或許是不相信她傳達得鞭辟入裡，賈斯丁大步朝他們走去，站在推車和和墓穴之間，以摩西的姿態伸出一手，指向現場哀悼者的身後。「請離開，立刻離開。謝謝。」他命令道。

他伸手朝前延伸出一條直線，哀悼者順勢往兩排站開讓路。兩人推著推車連忙離開。賈斯丁看著他們離開視線範圍。在熱騰騰的天氣中，兩人似乎直接走進了蒼茫的天空。賈斯丁轉過身，動作僵硬得有如玩具兵，最後面對媒體記者發言。

「我希望你們也全部離開，拜託。」他說。儘管周圍嘈雜，這裡依舊一團寂靜。「你們都非常好心。謝謝你們。再見。」

讓眾人訝異的是，記者悄悄收起相機和筆記簿，喃喃說了「再見，賈斯丁」之類的話便退出墓園。賈斯丁重回蝶莎棺木前頭，獨自站著。此時一群非洲婦女集體走向前，自動排成馬蹄形隊伍，圍在墓穴尾。大家都穿著相同的制服：有荷葉邊的藍花女裝，以同樣材質做成的頭巾。若是個別來看，或許會覺得她們面容茫然，然而站在一起時卻顯得團結。她們開始唱歌，歌聲起初輕柔。現場沒有人在指揮，也沒有樂器伴奏，多數演唱者禁不住啜泣，卻沒讓眼淚影響到歌聲。她們合音唱著，英語和斯瓦希里語交雜，在重複橋段時鼓足丹田之力：夸黑利[15]，蝶莎母親……小媽媽，再見……伍卓想聽懂每個字。夸黑利，蝶莎……吾友蝶莎，再見……妳來到我們面前，蝶莎母親，小媽媽，妳把心獻給我們……夸黑利，

15　Kwaheri：非洲斯瓦希里語，意為再見。

蝶莎，再見。

「她們是從哪裡冒出來的？」他以嘴角問葛蘿莉亞。

「從山下來的。」葛蘿莉亞喃喃說，朝基貝拉貧民窟的方向點頭。

歌聲在棺木入土時變得更加響亮。賈斯丁看著棺材往下放，在觸底時皺起眉頭，鏟下第一堆土時他再度皺眉，看著泥巴散落在棺蓋上，第二鏟則落在小蒼蘭上，弄髒了花瓣。一陣狂風此時呼嘯而過，令人膽顫，短暫如開門時生鏽的鉸鍊發出的吱嘎聲，卻足以讓伍卓看著吉妲·皮爾森以慢動作癱軟跪下，側身坐在她優美的臀上，將臉孔埋進雙手中；然後和剛才一樣不大可能的是，她在葳若妮卡·寇瑞瞿的攙扶下起身，重新擺出致哀者的姿勢。

賈斯丁有對酋可大聲說什麼嗎？或者是酋可自動做出來的動作？酋可輕巧猶如陰影，來到賈斯丁身邊，以毫不羞恥的真情手勢握住他的手。這時葛蘿莉亞再度湧淚，看見他們兩人的手在碎動，找到彼此覺得合適的交握方式後才停止。兩人就這樣手牽手，一個是喪妻的丈夫，一個是喪姊的弟弟，看著蝶莎的棺材消失於泥土下。

•

當天晚上，賈斯丁離開奈洛比。讓葛蘿莉亞永遠心痛的是，伍卓竟然沒事先告訴她。晚餐桌上擺了三套餐具，葛蘿莉亞也開了一瓶紅酒，烤隻鴨子讓大夥開心一點。她聽見大廳傳來腳步聲，一廂情願假設是賈斯丁決定在晚餐前先喝一杯，就我們倆，讓杉狄去樓上唸畢葛斯[16]的故事給兒子聽。突然間，他的格拉斯東皮袋出現了，隨之而來的是古老保守的灰色行李箱，由穆斯達法幫他提出來，放在大廳，上面加了標籤，而賈斯丁則站在行李旁，手上披著雨衣，肩上掛著短程旅行袋，要將酒窖鑰匙交還給她。

「可是，賈斯丁，你不能走啊！」

「你們都對我太好了，葛蘿莉亞，我永遠不知道該怎麼感謝你們才好。」

「對不起了，親愛的，」伍卓一步兩階下樓，以快活的語氣唱著，「有點像是搞間諜的，抱歉。我不想讓佣人講閒話。這是唯一的辦法。」

這時，門鈴響起，是司機利文斯頓開著向朋友借來的紅色標誌車，以免外交人員的車牌在機場過於顯眼。穆斯達法坐在前座，無精打采，臭著一張臉盯著前方，模樣活像他自己的肖像。

「我們非陪你一起去不可，賈斯丁！我們一定要去送行！我堅持！我要給你一幅我的水彩畫！你到了那邊會怎麼樣？」葛蘿莉亞哭得很淒慘，「我們不能就這樣讓你摸黑離開——親愛的！」

「親愛的」這三個字，理論上是對著伍卓講的，但同樣也可能是說給賈斯丁聽，因為她說出口時，淚水無法控制，是漫長而多淚的一天最後的眼淚。她哭成了淚人兒，令人鼻酸，一把將賈斯丁抓過來，猛捶他的背，臉頰在他身上翻轉，對他低聲說，「噢，別走，噢，求求你，噢，賈斯丁。」之後又以勸戒語氣講了一些比較難聽懂的話，而後才毅然決然將他推開，用手肘將丈夫推到燈光之外，上樓回到臥

16　畢葛斯（Biggles），作家 W. E. Johns 所寫的一系列關於飛行員畢葛斯的童書。

房，用力關上門。

「情緒有點失控。」伍卓解釋，臉上露出淺笑。

「我們都是。」賈斯丁握住伍卓伸出的手，搖了幾下。「再次謝謝你，杉狄。」

「保持聯絡。」

「好。」

「你確定不要幫你在那邊辦個歡迎會嗎？他們都拚命想表現一下。」

「我很確定。謝謝你。蝶莎的律師正準備等我過去。」

緊接著，賈斯丁走下台階，走向紅車，一邊是穆斯達法幫忙提著格拉斯東皮袋，另一邊則是利文斯頓提著灰色行李箱。

「要給你們的信封，我全交給了伍卓先生。」車子行進中，賈斯丁對穆斯達法說。「這一封要私下交給吉妲．皮爾森。你知道我指的私下是什麼意思。」

「我們知道你永遠都是好人，先生。」穆斯達法以預言的口氣說，邊將信封放進棉質夾克的口袋。但是他的語氣卻沒有原諒賈斯丁離開非洲的舉動。

•

儘管機場最近大幅整修過，卻仍是一片混亂。舟車困頓、被熱得發昏的觀光客隊伍排得很長，對著嚮導大聲訓斥，手忙腳亂地將巨大的背包綁好，送入X光掃描機。票務對著每張機票都顯出不解的神情，喃喃講著電話講個沒完。擴音器放著無法理解的訊息，引發騷動，搬運工和警察則冷眼旁觀。然而伍卓一切都已安排妥當。賈斯丁前腳才下車，一名英國航空的男性代表就帶著他進入一間小辦公室，避免眾人注目。

「我希望帶朋友一起，拜託。」賈斯丁說。

「沒問題。」

利文斯頓和穆斯達法跟在他後面。有人將姓名為艾非德．布朗先生的登機證交給他。他被動地看著灰色行李箱貼上類似的標籤。

「這一個，我要帶上飛機。」他以官方命令的口吻宣布。

英國航空的代表是個紐西蘭籍的金髮男孩，假裝以手估計格拉斯東皮袋的重量，發出誇張的呻吟聲表示很吃力。「家傳的銀子啊，先生？」

「主人家的。」賈斯丁順勢說笑，但臉上的表情足以暗示玩笑到此為止。

「您若是提得動，先生，我們也飛得動。」金髮代表將皮袋交回給賈斯丁。「祝您旅途愉快，布朗先生。我們會帶你從抵埠的那邊通關，如果您可以的話。」

「你真好心。」

賈斯丁轉身做最後的道別，抓住利文斯頓的大拳頭以雙手握住。不過，此時此刻對穆斯達法來說實在難以承受。他和平常一樣安靜地溜走。賈斯丁緊緊提著格拉斯東皮袋，跟著帶路人進入抵埠大廳，不知不覺盯著一個種族不詳、身形豐滿的女子，她正從牆上朝下對他微笑。她有二十英尺高，最寬處也有五英尺，是整個大廳裡唯一的商業廣告。她身穿護士服，雙肩上各有三隻金色蜜蜂。白色長袍的胸前口袋上另有三隻，印得很醒目，而她正端著一盤藥品做成的美食給一群似乎是多種族的快樂家庭，有小孩也有父母親。盤子上的東西，每個人都用得到：一瓶瓶金棕色的藥水，看起來比較像是給老爸喝的威士忌；裹著巧克力糖衣的藥丸，正適合小朋友嚼食；給媽媽的產品則是美容聖品，上面飾有裸體女神朝太陽伸手。海報上下各印有一行搶眼的紫褐色字，對全人類散播歡樂的訊息：

三蜂
為非洲健康奔忙！

看到海報，他停下腳步。

正如當初蝶莎看到也停下腳步。

賈斯丁僵直地抬頭看著海報，傾聽她在自己的右邊以歡樂的口吻抗議。他們倆幾分鐘前才剛從倫敦首度抵達奈洛比，長途旅行累得頭腦昏沉，雙手提滿最後一分鐘採購的東西。兩人都未曾踏上過非洲大陸。肯亞，以及全非洲都在等著他們。然而，就是這幅海報引起了蝶莎情緒激動的興趣。

「賈斯丁，你看！你沒有在看嘛。」

「什麼？我當然有在看。」

「他們劫走我們的蜜蜂了！有人還自以為拿破崙！簡直無恥到極點。太過分了。你一定要想想辦法才行！」

的確是。太過分了。太可笑了。拿破崙的三隻蜜蜂象徵他的光榮，首次流亡時在義大利厄爾巴島意志消沉，這三隻蜜蜂正是蝶莎最愛的厄爾巴島的寶貴標誌[17]。結果這三隻蜜蜂被遣送到了肯亞，淪為商場奴隸。如今，賈斯丁面對相同的海報沉思著，不禁感嘆造化弄人。

17 根據一八一四年簽訂的《楓丹白露條約》，拿破崙一世被流放到當時為法國領地的厄爾巴島。他在當地設計了一面白底旗幟，旗面以一條紅色條紋對角線分開，紅條紋上綴有三隻金色蜜蜂。

7.

賈斯丁．魁爾直挺挺坐在飛機前面升等的頭等艙座位，格拉斯東皮袋放在頭上的置物櫃內，他凝神反思，望向漆黑的天空。他自由了。不是經過赦免，不是經過妥協，不是受到安慰，不是經過解決。他沒有擺脫她已死的惡夢，醒過來時才發現，原來惡夢是真的。他也沒有擺脫倖存者的罪惡感。沒有擺脫對赦諾的驚恐。儘管如此，他最後還是重獲自由，可以自在地以自己的方式哀悼。擺脫了那間可怕的牢房。擺脫了他學會去憎恨的獄卒，在他的房間周圍四處走動，看待他如同人犯，害得他因思緒紛雜、監禁環境惡劣而差點被逼瘋。擺脫了對自己聲音的噤聲令，不必坐在床邊一遍又一遍問著為什麼？他在情緒低落、既疲倦又空虛時，幾乎說服了自己，反正這場婚姻本來就是鬧劇，也沒什麼了不起，現在總算結束，應該感激才是。如今，他也擺脫了興起這種可恥念頭的時刻。他曾在哪裡讀過，如果說悲傷是一種無濟於事的生物，那麼，他也擺脫了這種只會想著自己的悲情、無濟於事的生物。

他也擺脫了警方的偵訊，當時他認不出來的賈斯丁大步走到舞台中央，以一連串斟酌得無懈可擊的句子，將自己的重擔放在發呆的警察腳邊，因為他在大惑不解的情況下只能盡量選擇性透露事實。而警察劈頭就指控他是殺人兇手。

「我們一直假設一種情況，賈斯丁，」萊斯里以道歉的語氣解釋，「我們得先直說，讓你知道，只是我們也明白這麼講很傷感情。我們假設的是三角戀，你是吃醋的丈夫，安排了殺手，趁著你妻子和情夫離你越遠越好的時機，因為這樣一向有利製造不在場的證據。你託人殺了他們倆，以滿足自己復仇的慾望。你叫殺手把敖諾．布魯穆的屍體拖出吉普車解決掉，這樣我們就會以為兇手是敖諾．布魯穆而不是你。圖卡納湖到處是鱷魚，所以要解決屍體不是問題。更何況，還有一筆可觀的遺產馬上就要落到你手上，動機再加一項。」

他們看著賈斯丁，賈斯丁也心知肚明，他們在找尋罪惡感或無辜或憤怒或絕望的跡象，能找到什麼跡象都好，找著找著，卻無功而返，因為賈斯丁和伍卓不一樣，賈斯丁一開始就以不變應萬變。他梳理整齊坐在伍卓那把仿製木雕椅上，心事重重，態度疏離，指尖放在桌上，彷彿剛演奏完樂器，正聽著樂音消散。萊斯里指控他是兇手，卻只看到他微微皺眉，以這個表情連接到內心世界。

「伍卓很好心將你們偵訊的進展轉述給我聽，說的不多，但我很瞭解。」賈斯丁答道，態度更像是學者哀怨的模樣，而不像悲傷的丈夫。「我瞭解你們主要的推測是臨時起意的凶殺，而不是經過計劃所下的毒手。」

「伍卓說的話狗屁不通。」洛柏壓低嗓門，以示對女主人的尊重。

桌上還沒擺出錄音機。五顏六色的筆記簿也仍原封不動放在萊斯里的實用包包裡。這個場合沒必要趕時間，也不求正式。葛蘿莉亞端來茶水，冗長論述完家裡養的牛頭梗死去的經過後，才依依不捨告別。

「我們在命案現場五英里外發現第二輛車子的痕跡，」萊斯里解釋，「停放在山溝裡，地點是蝶莎遇害處的西南方。我們也發現一灘油漬，還有火燒過的痕跡。」賈斯丁眨眼，彷彿日光有點太亮，接著很有禮貌地偏頭表示他還在聽。「此外還有剛埋起來的啤酒瓶和菸蒂。」她全部攤在賈斯丁面前說。「蝶莎的吉普車經過時，這神祕的休旅車就開到路上尾隨。然後停在吉普車旁。蝶莎的吉普車前輪有一只被獵槍射破。這種做法，我們完全不認為是臨時起意。」

「比較像是我們所謂的企業殺手，」洛柏解釋，「不知名人士付款，專業人士計劃執行。不管是誰提供他們這些消息，此人必定對蝶莎的行程瞭若執掌。」

「那麼，強暴呢？」賈斯丁假裝漠不關心地問，看著自己交握的雙手。

「布置現場或是臨時起意，」洛柏反駁的口吻明快，「歹徒不是沖昏了頭，就是事先考慮過。」

「講到這兒，我們要回頭討論動機了，賈斯丁。」萊斯里說。

「你的動機，」洛柏說，「除非你有更好的主意。」

兩張臉孔如同攝影機般對準賈斯丁，一邊一台，但對於他們四眼緊盯的動作，賈斯丁與應付不懷好意的指涉一樣，仍舊不為所動。或許在閉關期間，他對上述兩種情形都沒能察覺。萊斯里一手向下伸進包內，本想拿出錄音機，卻改變了心意。她一手按兵不動，身體其他部分則轉向賈斯丁，轉向這個說詞擬得無懈可擊的男人，這個單人列席的委員會。

「可是，我又不認識什麼殺手。」他出言反對，一面指出他們論點中的破綻，一面眼神呆滯盯著前面。「我沒雇用誰，也沒教唆誰，抱歉。我妻子的凶殺案跟我毫無關聯，絕無你們暗示的那種關聯。這件凶殺案，我不希望發生，也沒有策劃過。」他的聲音開始顫抖，嗓音扭曲得令人尷尬。「我遺憾得無法言語了。」

這番話講得讓人無法接腔，因此兩名警察半晌不知如何是好，轉而研究起葛蘿莉亞描繪新加坡的水彩畫。一排水彩畫掛在磚頭壁爐上方，每幅標價「一百九十九英鎊，免加值稅！」每幅都畫著同樣晴朗無雲的天空、棕櫚樹、鳥群，她的簽名大到站在馬路對面都看得到，還加上日期，以便行家收藏。

洛柏說話直言不諱，和他這個年紀的自信心不無關聯。這時他抬起瘦長的頭，口無遮攔地說，「我猜，你老婆和布魯穆睡了你也無所謂？很多做老公的對這種事都會有點被背叛的感受。」他說完猛然閉嘴，等著賈斯丁做出他預期戴綠帽的丈夫在這種情況下會有的舉動：啜泣、臉紅、對自己不周到的地方感到憤怒，或是對朋友的背棄而生氣。如果洛柏抱有如此期望，賈斯丁讓他失望了。

「那根本不是重點。」他回答的語氣很重，連自己都嚇一跳。他挺直身體坐著，四下張望，彷彿想看看有誰插嘴，想責備那插嘴的人。「對報紙來說也許是重點。對你來說也許是重點。對我來說，過去從來不是重點，現在也不是。」

「照你這麼說，那重點是什麼？」洛柏質問。

「我讓她失望。」

「怎麼個失望法？你是說，無法滿足嗎？」——男性的竊笑——「在臥房裡讓她失望嗎？」

賈斯丁搖頭。「因為我不管事。」他的嗓音轉為喃喃聲。「因為我讓她單獨行動。因為我在腦海中離開了她。因為我和她立下了一個有違道德的合約。這個合約，我當初不應該同意的。她也不應該才對。」

「什麼樣的合約？」萊斯里以牛奶般甜美的口氣問，和洛柏先前故意粗暴的語氣形成對比。

「她跟著良心走，我則盡自己工作上的本分。這樣的差別很不道德。當初不該劃分這樣的差別。這感覺就像叫她上教堂，吩咐她為我們兩人祈禱。就像在我們家中間用粉筆劃線分成兩國，跟對方說床上再見。」

洛柏對這番供述的坦白程度不為所動，也對這種說法暗示的自我指責無動於衷，正想繼續質疑賈斯丁。他故作哀戚的臉孔停留在剛才那種無法置信的竊笑，嘴巴張得圓圓的，像是一把大槍的槍口。然而萊斯里今天反應比洛柏還快。她的女性本能全然清醒，聽著洛柏躁進的男性耳朵聽不見的聲音。洛柏轉頭面向她，尋求她允許某個動作：或許是再拿敖諾．布魯穆逼問他，或是問其他更露骨的問題拉近他與凶殺案的關係。不過萊斯里搖頭，將手從包包裡抽出，輕拍著空氣，表示「慢慢來，慢慢來」。

「這麼說來，你們倆到底是怎麼湊在一起的？」她問賈斯丁的口氣像是在長途旅行中問偶遇的人。

萊斯里這一步棋下得漂亮：讓他知道有女性願意傾聽，也提供了陌生人的諒解；以這種手法喊停，將他從眼前的戰場導引至過去那片沒有威脅的草原。賈斯丁也對她這番用心有所回應。他放鬆肩膀，眼睛半閉，以疏遠、極為私密的回憶語調娓娓道來。這樣的故事，他已經用這種方式對自己說了一百次，也受盡了同等時間的折騰。

•

「依你看，國家何時才不算是一個國家，魁爾先生？」蝶莎語氣甜蜜地詢問，時間是四年前一個慵懶的正午，地點是劍橋一處古老的閣樓教室，灰塵飛舞的光柱正從天窗射入。這是她此生對賈斯丁講的第一句話，結果原本無精打采的觀眾聽了哄堂大笑。現場共有五十名律師，他們和蝶莎一樣報名參加為期兩週的法律與行政社會暑期研討會。賈斯複述了她的問題。他身穿灰色的海沃德三件式法蘭絨西裝，雙手抓著講桌。他怎麼會站在這個講台上？這就要說到他此前的人生了，他一面解釋，思緒一面飄離他們倆，飄進伍卓家餐廳的假都鐸式空間。「讓魁爾去好了！」有個助理在常任次長的私人辦公室裡大喊，時間是昨晚深夜，離課堂只剩不到十一個小時。「去找魁爾來！」他想到的是職業單身漢魁爾，可以隨時奉調的魁爾，是年華將逝的仕女的點心，是瀕臨絕種的動物，感謝上帝，他才剛從天殺的波士尼亞調回來，正準備調往非洲，但還沒出發。魁爾是備用男性，如果你想辦晚宴卻無計可施，就值得去認識他。他文質彬彬，可能是同性戀——不過他不是，因為幾位較具姿色的妻子有理由知道，只是她們不願意透露。

「賈斯丁，是你嗎？」哈格提說，「你是我大學時高兩屆的學長。是這樣的，次長原本明天預計到劍橋對未來的律師演講，可惜他沒辦法去。他一個小時後要去華府——」

好好先生賈斯丁已經會意，「這個嘛，我猜他講稿早已寫好，如果只是照稿子唸的話——」

哈格提打斷他的話，「明天早上九點整，我派他的車子和司機去你家接你。講稿是垃圾，他自己寫的。去劍橋的途中再看就成了。賈斯丁，你真可靠。」

所以他站在講壇上，是個可靠的伊頓校友，唸完了此生最無聊的講稿——好話說盡、誇大不實又冗長累贅，就跟撰稿者一樣，這時此人大概正在華府輕鬆享受次長的優渥禮遇。他萬萬沒有想到自己得回答學員的問題。不過當蝶莎發問時，他也從來沒想過要拒答。她身處教室的正中心，是最適合她的地方。賈斯丁找到聲音的來源，傻傻地以為是她同事認為她太漂亮，刻意在她身邊留了一圈空位。她身穿律師的白上衣，領子一直包到下巴，活像純潔無瑕的唱詩班女孩的打扮。她臉色蒼白，細瘦如幽魂，讓人有弱不禁風的印象。讓人很想用毛毯把她裹起來保護她。從天窗照進來的光柱在她的黑髮上照得很亮，讓他一時無法看清光柱裡的臉孔，頂多只看到寬闊而蒼白的額頭，一雙嚴肅的大眼睛，以及圓石狀的下巴。不過下巴是後來才看清楚的。看到這一幕時，她是個天使。他有所不知的是，他隨後即將發現，這個天使其實手持棍棒。

「這個嘛——我想，你的問題的答案是——」賈斯丁開始說，「如果妳有不同的看法，請儘管糾正我——」他弭平了代溝與性別差異，也釋放出平等主義的空氣，「國家何時不能再算是一個國家，就是當它停止履行根本的責任時。妳基本上是不是認為這樣？」

「根本的責任，怎麼說？」弱不禁風的天使回嘴。

「這個嘛——」賈斯丁再次開口，這時已不確定要講什麼，因此改釋放出無關求偶的訊號，就算無法求得全套豁免權，至少可求自保，「這個嘛——」他的手勢表現出困惑，以伊頓人的食指輕點著漸白的鬢角，然後放下手，「我只能約略這麼說。近來啊，很籠統地說，文明國家的條件不外乎——選舉權，呃——對生命與財產的保障——嗯，司法公正、全民健保與教育，至少要達到某一程度——還有維持健全的基礎建設，如馬路、交通、下水道，等等，還有，另外還有什麼？——啊，對了，稅收公平。

如果一個國家連上述最低限度的幾項都無法履行——那麼我們不得不說這個國家和國民之間的合約開始顯得相當不可靠——如果上述幾項條件全部都無法履行，以我們最近的說法，這個國家是個失敗的國家。一個非國之國。」笑話。「一個覆巢之國。」又是笑話，可惜仍然沒有人笑出聲。「我有沒有回答到妳的問題？」

賈斯丁本來預期這個天使會對他具有深度的回答先思考一陣子，結果她再度出擊，讓他幾乎連話都沒講完，因此令他慌張起來。

「所以，你能否想像這樣的狀況：你個人在這種狀況中感覺到有義務顛覆國家？」

「以我個人來說？在這個國家？老天爺啊，我當然無法想像，」賈斯丁回答，受到了適度震驚，「好歹我也才剛回國。」學員間傳出輕蔑的笑聲。他們絕對是站在蝶莎那一邊。

「什麼情況下都不行嗎？」

「我想像不出什麼樣的情況。」

「換成其他國家呢？」

「這個嘛，我又不是其他國家的公民，對不對？」笑聲開始的那一方，立場開始往他這邊移動，「相信我，要代表一個國家發言，真的已經夠累了——」笑聲更大了，讓他的心情更加篤定，「我是說，多於一個的話，簡直是——」

他想找個形容詞，但蝶莎卻在他找到前揮出下一拳：結果是拳腳齊聲落下，砰砰打在他的身體和臉上。

「為什麼非要身為一個國家的公民才能對那個國家品頭論足？你不是跟其他國家協商過嗎？你跟他們談條件打交道。你透過貿易夥伴關係認可他們的地位。你是想跟我們說，你的國家的道德標準是一套，其他國家的標準又是另一套嗎？你真正想說的究竟是什麼？」

賈斯丁起先感到尷尬，而後轉為憤怒。他想起時有點太遲了，不過當時的他甫從戰亂的波士尼亞返國，身心俱疲，理論上正在休養才對。他看到一則調職非洲的通知——他猜想和往常一樣，又是個不忍卒睹的任務。他回到英國才不是要幫什麼缺席的次長挨槍子，更不用說還幫他唸出這麼爛的演講稿。他真沒想到，永遠快樂單身的賈斯丁居然會遭到美艷小魔女嘲弄。她把賈斯丁當作是典型優柔寡斷的奇才。大夥笑得更開心了，不過他們的笑騎坐在刀鋒上，隨時有可能往任何一邊倒下。很好：如果她想譁眾取寵，我也依樣畫葫蘆。他以現場無人能及的誇張表情揚起線條深沉的眉毛，保持揚起的姿態。他向前站出一步，舉起雙手，手心向外做出自保的動作。

「這位女士，」他開始說，笑聲轉為支持他。「我認為，女士——我非常擔心的是，妳啊，企圖引誘我來討論我個人的道德。」

一講完，學員掌聲如雷——除了蝶莎之外人人拍手叫好。原本照耀在她身上的陽光已經消失無蹤，他能看見蝶莎美麗的臉龐，看出受了傷的表情，看到難以捉摸的神采。突然間，他對她非常瞭解——在當時比他對自己的瞭解還透徹。他瞭解到美麗也可以是一種負擔，知道總是會引起騷動的苦惱，而他也明瞭他已獲得一場他不想要的勝利。他知道自己缺乏自信之處，也看出她心中缺乏自信之處蠢蠢欲動。她感覺到，由於自己天生麗質，別人有義務聽她講話。她一開始是想嚇唬對方，卻走錯了方向，如今不知如何回到起點。他記得剛才唸完的那篇陳腔濫調，也記得那種耍嘴皮子的答案，心想：她說得完全有道理，我的確是條沙豬，甚至比豬還不如，是外交部的老油條，讓現場眾人和一個漂亮女生作對，而她不過是在做她覺得很自然的事而已。將她打倒之後，他衝過去扶她站起來：

「儘管如此，如果我們稍微認真一下，」他以整體來說比較僵硬的口氣宣布，對著教室另一邊的她。笑聲這時很識相地停息，「妳剛才的問題，正是外交圈幾乎沒有人答得出的問題。戴白帽子的人是誰？怎樣的外交政策才算合乎道德？好吧。我們暫且同意，近年來讓較為進步的國家結合在一起的，是人文自由主義的觀念。可是，讓我們漸行漸遠的正是妳剛才的問題：一個原本算是人文主義的國家，什麼時候會變成壓迫人民到無法接受的地步？如果人文主義威脅到國家利益，又該如何？這時誰才算是人文主義者？換言之，這時我們是否該按下緊急按鈕向聯合國求救——假設聯合國會趕來的話，但那又是完全不相干的另一個問題了？就拿車臣為例好了，拿緬甸、印尼做例子，拿四分之三的所謂開發中國家做例子——」

就這樣一直說下去。講了一堆最糟糕的後設東西來唬人，如果要承認的話他是可以搶第一，不過這樣一講卻為她解圍。這時學員開始辯論，形成了幾個立場，解決掉幾個簡單的問題。結果這堂課超過時間，因此被評判為上得精彩。

「我希望你能陪我散散步，」下課時蝶莎告訴他，「你可以跟我介紹一下波士尼亞。」她接著說，等於是拿來當藉口。

他們到克萊爾學院的花園散步。賈斯丁沒向她介紹血腥的波士尼亞，反而跟她介紹起每一棵植物的名稱，屬名和種小名都介紹，也解釋每棵植物如何維生。她握住他的手臂，靜靜聆聽，偶爾說個「怎麼長成那樣？」或是「怎麼會變成這樣？」為的是讓他一直說個沒完，而他起先也滿心感激，因為講話是他對別人戴起面具的方式——只不過有了蝶莎勾住他手臂，他發現自己沒有太多心思去想面具，反而更注意她穿的時髦、沉重的靴子，想著靴子裡的腳踝如何嬌弱，在兩人同行的狹窄小徑上一步接一步往前走。他確定，唯有讓她向前跌一跤，他才有望抓住她的小腿骨。而她點頭的模樣多輕盈，彷彿兩人不是在散步，而是在搭船。散步後，他們上義大利餐廳補了午餐，服務生跟她打情罵俏，讓他心裡不是滋味，但他後來才知道，蝶莎原來有一半的義大利血統，因此總算釋懷，碰巧也讓他有機會展現一下自己很得意的義大利語能力。然而同一時間，他也看到她神情變得很沉重，變得若有所思，雙手很不靈活，彷彿刀叉太重，有如剛才靴子踩在花園裡的感覺。

「你保護了我。」她解釋，這時仍說著義大利文，臉朝下，頭髮遮著。「你會永遠保護我，對不對？」

向來客氣到極點的賈斯丁和往常一樣，回答說會，如果有事，他當然會挺身保護。不然，他也當然會盡一己之力。就他記憶所及，整個午餐兩人就只講了那麼幾句話，只不過後來讓他驚訝的是，她跟他保證，他談論黎巴嫩一帶未來發生衝突的威脅說得很精彩，但他已經很多年都沒有思考過黎巴嫩的問題。他也談到西方媒體將伊斯蘭教妖魔化，也談到有些西方自由派人士無知卻又無法容忍異端，簡直荒謬絕倫。她也對賈斯丁在這個重要的議題上投注了許多感情印象深刻。這番話讓賈斯丁再度感到疑惑，因為就他所知，他對這個議題的看法完全兩極化。

不過，話說回來，讓賈斯丁既興奮又警覺的是，他心中產生了自己無法控制的變化，他完全是在意料外被吸引進入一場華美的戲劇，身不由己。他置身於外，卻又如魚得水在扮演一個角色，而這個角色是他一直想在人生中扮演，但此前卻一直無法實現的。老實說，有一、兩次，他感覺到類似的情愫正在心中滋長，卻從來沒有感受過如此自信或放縱。在此同時，他內心經驗老到的情場聖手發出緊急警告訊號，以最強調的語氣說：中止任務，此路不通，她太年輕不適合你，太過真實，太過專注，不知道如何玩愛情遊戲。

再怎麼警告也是枉然。午餐後，陽光依然燦爛，他們去划船，他表現給她看情場聖手應該如何在卡姆河上對待女性——最值得一提的是，他表現得靈巧熟練，文質彬彬，輕鬆自在，身穿背心坐在平底船危險的船尾，邊搖動木杆，邊以兩種語言和她進行機智幽默的對話。她再度發誓當時確有此事，只不過賈斯丁事後只記得她弱不禁風的修長身形在白色上衣裡的模樣，以及她那條有長縫的女騎師黑裙，沉重的眼神盯著他看時帶有某種稱許的意味。這一點他無法回報，因為他此生從來沒有臣服於如此強烈的吸引力，也未曾在吸引力的魔咒中如此無助。她問他，他的園藝知識是從那兒學來的，他答說，「我們家的園丁。」她問他，他的雙親是什麼樣的人，他不得不承認——心不甘情不願地承認，因為他確定他的出身會冒犯到她平等主義的原則——他承認自己出身富裕人家，家世很好，園丁是他父親請來的，同時也請了多位保姆，也付錢讓他上貴族寄宿學校和大學，讓他出國度假，只要有助他進入「家庭事業」，都出得了手。他父親所謂的家庭事業是外交部。

但讓他鬆了一口氣的是，她似乎覺得如此描述出身完全合理，因此也以自己的一些祕密回報。她坦承，她也是含著銀湯匙出生的。但她父母親在過去九個月內相繼過世，雙雙死於癌症。「所以我算是孤兒，」她大聲說著的語氣具有虛假的輕鬆，「免費送給好人家。」之後兩人分開坐了一會兒，卻仍心心相繫。

「我忘記車子了。」划船過程中他對她說，彷彿這麼一來就能設法遏阻進一步的發展。

「你停在哪兒？」

「不是我停的。車裡有司機。是公家車。」

「不能打給他嗎？」

令人驚訝的是，她手提包裡正好有行動電話，而他口袋裡也有司機的手機號碼。他因此將船停靠一邊，坐在她身邊，吩咐司機自己回倫敦。這個舉動相當於扔掉指南針，等於是兩人共同自我放逐，只是兩人都沒注意到。划船過後，她帶他回自己住處做愛。她為什麼要那麼做，當時她又認為他是什麼人，他又認為她是什麼人，在那個週末結束前，兩人又分別是什麼人，是一團接一團的謎，她在火車站不停地吻他，對他說，這些謎團要由時間和行動來解開。她說，其實她愛上了他，其他一切在兩人結婚之後都會有解答。而賈斯丁一時間被沖昏了頭，也做出類似心不在焉的宣示，而且還重複宣示，擴充宣示，全然任憑愚蠢的浪頭擺布——而他也欣然讓這波浪推動他，儘管他在意識深處明瞭，激情，總有一天要付出代價。

她直言不諱，自己想找的是年紀較大的男友。她和他先前認識的許多年輕貌美的女性一樣，看到同年齡的男人就厭倦。以自己的話描述自己時，她用的字眼讓他在心裡很排斥，她說自己是蕩婦，是有愛心的騷包，有點像是個小惡魔，不過他對她太過痴情，沒有糾正她的描述。賈斯丁後來才發現，她的用語源自她父親，知道這一點後令他很厭惡他，賈斯丁很努力隱瞞對她父親的厭惡感，因為她每次提到父親都將他視為聖人。她解釋，她之所以需要賈斯丁的愛，是因為內心有種無法解消的飢餓感，而賈斯丁也只能發誓，他對她也有同樣的感覺，毫無疑問。當時他相信自己的話。

回到倫敦四十八個小時後，他最初的本能反應是抽身而退。他已身陷龍捲風，而他從經驗中得知，龍捲風會造成很大的災害，有些是連帶性的災害，然後轉向他地。上級想調他到非洲一個爛地方，還沒決定，這時忽然讓他躍躍欲試。他越是回想當初的示愛舉動，心裡就更加警覺：這不是真的，我跑錯劇場了。他的情史一大串，不希望就此收心。他只希望和最收斂、最熟悉遊戲規則的女人繼續玩下去，希望她們和他一樣，不傾向為熱情而捨棄常識。然而更殘酷的是，他很害怕她的信念，因為他拿人錢財為的就是全心擔任消極主義者的角色，他知道自己毫無任何信念。他不相信人性，不信任上帝，對未來也沒有信心，對於放諸四海皆準的愛情力量當然更是不相信。人性本惡，永遠如此。全世界只有少數人具有理性，而賈斯丁正好是其中之一。在他簡單的看法裡，這些人的工作是要導正人類的方向，不要往最壞的方向衝——唯一例外是，如果雙方決心將對方炸得粉身碎骨，再怎麼理性的人也無能為力，就算他以多麼不擇手段的方式來避免發生不擇手段的事件也一樣。崇高的虛無主義大師告訴自己，到頭來，所有近代的文明人都是征服者，而這股潮流來得是越來越急了。賈斯丁對任何形式的理想主義都保持最深的懷疑態度，如今卻愛上一個凡事必先思考道德含意的年輕女子，儘管她在許多方面肆無忌憚，讓他受用無窮，不過愛上她是賈斯丁的雙重不幸。唯一具有理性的解決之道就是逃避。

然而，日子一週週過去，他打算以巧妙的手法進行脫鉤，兩人間發生的事卻在他心中站穩了灘頭。原本計劃晚餐時演出令人遺憾的告別場面，卻一次又一次成了神魂顛倒的饗宴，緊接而來的是更加血脈賁張的魚水之歡。他開始對自己的偷偷變節感到羞愧。蝶莎古怪的理想主義讓他覺得很有意思，反而不會退避三舍，甚至還因此更加興致勃勃。這些事情，總要有人感受到，然後勇敢說出口才對。一直到現在，他都將堅強的信念視為外交官的天敵，必須漠視，必須一笑置之，或者如同危險的能量一樣，必須將之導引到無害的管道去。如今讓他驚訝的是，他將堅強的信念視為勇氣的表徵，將蝶莎視為堅強信念的標竿。

認清了這一點，他也對自己有了新的瞭解。他再也不是熟女的點心，不是身手矯健、永遠不受婚姻羈絆的單身漢。他是開心果，具有令人愛戴的父親形象，對象則是年輕貌美的女孩，她想到要做什麼就成全她，讓她隨時自由行動。但他也是她的守護神，是她的巨石，是她穩定的雙手，是她仰慕的頭戴草帽的老園丁。賈斯丁放棄了逃脫的計劃，朝著她全速挺進，而這一次——至少他希望兩名警官能相信——這一次他絕對不後悔，絕對不會回頭。

•

「就連她讓你臉上無光，你也無所謂？」萊斯里和洛柏對賈斯丁的坦白暗中大感訝異，他們在規定的休息時間裡安靜坐著以示尊重，萊斯里接著才開口問。

「我告訴過妳了。有些問題我們是井水不犯河水。我當時是在等。不是等她收斂，就是等外交部替我們換個角色，讓我們的角色不會互相衝突。外交官夫人的地位不斷轉變。她們不能在駐外的國家支薪。丈夫調職，她們也得跟著搬家。她們一會兒擁有全天候的自由，一會兒又得像外交藝妓一樣乖乖守規矩。」

「是蝶莎對你這麼說的嗎？」萊斯里微笑著問。

「蝶莎從來不會等人給她自由。她會主動爭取。」

「布魯穆難道沒有讓你臉上無光？」洛柏以粗魯的口氣問。

「沒那回事。敖諾．布魯穆並非她的情夫。他們因為很多事情而湊在一起。蝶莎最深層的祕密就是她的優點。她喜歡讓人震驚。」

洛柏再也無法忍受。「賈斯丁啊，連續四晚耶！在圖卡納湖同住一間小木屋？像蝶莎那樣的女孩？你還當真要我們相信他們沒有亂搞？」

「信不信由你。」賈斯丁回答。他是永不驚訝的信徒。「我毫不懷疑。」

「為什麼？」

「因為她告訴過我。」

這個回答讓他們倆接不下去。然而賈斯丁還有話要說，在萊斯里的提示下，他設法一點一滴說出來。

「她嫁的是傳統，」他以彆扭的態度開始說，「對象是我。不是什麼理想崇高的大善人。是我。你們真的沒必要把她當成什麼具有異國情趣的人。我從來沒懷疑過——我們來到這裡時她也沒懷疑過——她一定要擔任她所鄙視的外交藝妓團的一員。她以自己的方式來擔任。不過她恪遵分際。」他侃侃而談，同時也意識到他們兩人不願相信的眼光。「在她父母去世後，她嚇到了。現在有我在穩定她，她希望能收斂一點，不要再為所欲為。她選擇不再當孤兒，就準備好要付出這樣的代價。」

「結果是什麼改變了她的想法？」萊斯里問。

「是我們改變了想法，」賈斯丁反駁的態度激動。他所謂的我們另有所指。指的是她身後留下的人。指的是帶有罪惡感的我們。「因為我們安於現狀，」他壓低嗓門說，「因為這一切。」講到這裡，他做出手勢，指的不只包括葛蘿莉亞家的餐廳和她掛在煙囪旁慘不忍睹的水彩畫，也包括他們所處的整棟房子，以及房子的主人，衍伸至同一條街上所有的房子。「我們領薪水是在觀察情況，結果卻寧願視而不見。我們一天天過日子，眼睛卻往下看。」

「是她說的嗎？」

「是我說的。她後來對我們就抱持這種看法。她含著銀湯匙出生，對財富卻從來不屑一顧。她對錢沒興趣。和她志向遠大的同學相較，她需要的錢少得太多了。不過她也知道，她沒有藉口對她看到、聽到的東西漠不關心。她知道自己有所虧欠。」

談到此處，萊斯里宣布到此為止，明天同一時間，賈斯丁，如果你沒問題的話。沒問題。

英國航空似乎也達成了大抵相同的結論，因為他們熄滅了頭等艙的燈光，在今晚最後一次招呼乘客。

8.

洛柏姿態慵懶地斜倚著，萊斯里再度取出她的玩具：五顏六色的筆記簿、鉛筆、昨天一直沒碰的小錄音機、橡皮擦。賈斯丁面帶囚犯的蒼白，眼周出現了蛛網狀的小細紋。現在他每天早上都是以這副臉孔見人。若是去看病開藥，醫生會開立新鮮空氣給他。

「賈斯丁，你說你和你妻子的凶殺案之間，不是我們暗示的那種關聯，」萊斯里提醒，「不然還有哪種關聯，如果你不介意我們問的話？」她不得不朝桌子傾身，好聽清楚他說的話。

「我本來應該跟她一起去的。」

「去羅奇丘莒？」

他搖頭。

「圖卡納湖？」

「任何地方。」

「是她這麼告訴你的嗎？」

「不是。她從來沒批評過我。我們從來沒叫對方做什麼事。我們吵過一次架，吵的是方法，而非內容。敖諾從來不造成障礙。」

「你們到底是吵什麼？」洛柏質問，堅決以毫無掩飾的方法發表他對事情的見解。

「產下死胎後，我央求蝶莎讓我帶她回英國或義大利。她想去哪兒，我就帶她去。她連考慮都不考慮。她有份任務，感謝上帝，有活下去的原因，而這個原因就在奈洛比這裡。她碰到一樁嚴重的社會不義之事，罪刑重大，她這麼說。她就只允許我知道這些。以我從事的這一行來說，懂得一問三不知是一門藝術。」他轉頭面對窗戶，無神的眼睛望向窗外。「你們看過這裡貧民窟的人是怎麼生活的嗎？」

萊斯里搖頭。

「她帶我去看過一次。有回她很虛弱時，她要我陪她去視察她的工作環境。吉妲・皮爾森陪我們一起去。吉妲和蝶莎自然而然走得很近。他們倆的相似之處多得數不清。她們的母親都是醫生，父親同為律師，兩人從小都是天主教徒。我們去了一個醫學中心。四面水泥牆，一片鐵皮屋頂，門口有一千個人等著要進去。」一時之間，賈斯丁忘記自己身在何處。「貧窮到那種程度，本身就是值得研究的一門學問。一個下午無法全部弄懂。儘管如此，從那次起，每當我走在史坦利街，都難免——」他再度中斷——「難免在腦海中浮現其他影像。」在歷經過伍卓滑溜閃躲的回話方式後，賈斯丁的話如同真正的福音一般如雷貫耳。「這起最大的弊案——最大的罪惡，當時正是讓她繼續活著的原因。我們的兒子死了五個星期。蝶莎如果獨自在家，會兩眼呆滯地盯著牆壁。穆斯達法會打到高級專員公署找我——『先生，快回家，她生病了，她生病了。』但救活她的人不是我，而是敖諾。敖諾能瞭解。敖諾和她分享祕密。她一聽見他的車子開進車道，立刻就變成截然不同的女人。『你有什麼了？你有什麼了？』她的意思是消息。資訊。進展。敖諾一走，她就退回小小的工作室，一直忙到半夜。」

「打電腦嗎？」

賈斯丁生起一陣警覺。壓抑下來。「有時是紙筆，有時是電腦。有時是電話，通話時相當警覺。敖諾一有時間，她就會找他來。」

「你那時不在意嗎？」洛柏冷笑。他沒經過三思，重拾作威作福的語氣。「你老婆整天坐著發呆，等著大情聖先生大駕光臨。」

「蝶莎情緒低落。如果她需要一百個布魯穆，不管她開出什麼條件，只要我能，都願意給她一百個。」

「她所謂天大的罪惡，你毫無所知？」萊斯里繼續問，不願就此被說服。「什麼都不知道。內容是什麼，受害人是誰，首腦人物是誰，都不知道。他們完全不讓你知道。布魯穆和蝶莎站在同一陣線，你卻孤零零一個人。」

「我給了他們需要的距離。」賈斯丁以固執的口吻證實。

「那樣的日子你們怎麼過得下去，我真的不懂。」萊斯里堅持。她放下筆記簿，雙手一攤，「分開卻又在一起——就像你描述的那樣——就好像——兩人在冷戰——甚至更糟糕。」

「我們沒有過下去，」賈斯丁簡單地提醒她。「蝶莎死了。」

偵訊到此，他們本以為露骨的告白已告一段落，取而代之的將是難為情或尷尬的氣氛，甚至會出現改變說法的現象。不過賈斯丁才剛開始而已。他猛然挺直身體，有如獵人舉高獵物。他雙手落在大腿邊，在沒有接獲命令前不再移動。他的聲音回復了原有的中氣。有股來自體內深處的力量將他的聲音推至表面，推進伍卓令人掩鼻的餐廳中不新鮮的空氣裡，昨天晚餐的馬鈴薯肉汁仍揮之不去。

「她很莽撞，」他語帶驕傲地表明，再度將準備好的講稿唸出來。這個說法，他已經對自己練習了好幾個小時，「我從一開始就喜歡她這一點。她急著要馬上生小孩。她非得儘快彌補父母親過世的缺憾不可！為什麼要等到結婚？我不允許。當時我應該同意的。我搬出傳統的大道理勸她——天知道為什麼。『好吧，』她說，『如果一定非得結婚才能生孩子，那我們就立刻結婚。』結果我們跑到義大利閃電結婚，讓我的同事津津樂道。」他自己也津津樂道。「『魁爾發瘋了！老賈斯丁娶了自己的女兒！蝶莎高中畢業了沒？』我們試了三年她才懷孕，她喜極而泣。我也哭了。」

他語氣中斷，然而沒有人打斷他的思緒。

「懷孕之後，她變了。可惜不是變好。蝶莎越來越把自己視為母親。她表面上還是有說有笑，不過內心卻逐漸形成一種深深的責任感。她的救濟工作有了新意義。有人告訴我，那樣的轉變沒什麼不尋常的。以前對她重要的東西，如今變成是終身志業，簡直成了她自己的命運。她懷孕七個月時還在照顧病患和快死的人，然後趕回市區參加無聊的外交晚宴。預產期越是接近，她為孩子創造更好的世界的決心也就更加堅定。不只是為了我們的孩子，而是為了所有的兒童。到了那階段，她已經看好一間非洲醫院。如果我硬是要她轉到私人診所去生，她會照我的意思去做，但那樣我就背叛了她。」

「怎麼說？」萊斯里喃喃說。

「蝶莎將觀察到的痛苦與感受到的痛苦分得很清楚。觀察到的痛苦是新聞工作者的痛苦，是外交人員的痛苦，是電視上的痛苦，關掉沒人性的電視後立刻結束。以她的理論來說，旁觀痛苦卻沒有作為的人，沒比加害人好到哪兒去。這些人全是不善良的善心人士。」

「但她卻想去幫忙。」萊斯里說。

「所以才決定要住進那家非洲醫院。她最極端的時候，甚至提過要去基貝拉的貧民窟生孩子。幸好敖諾和吉姮的苦勸，才讓她恢復理智。敖諾是痛苦的權威。他不僅在阿爾及利亞治療過酷刑的受害者，他自己也受過折磨。因此他取得了這世上受難者的世界通行證。而我沒有。」

洛柏抓住這個機會，好像這個意思先前沒被強調過十幾次似的。「有點難瞭解你的用處何在。有點像備胎，高高坐在雲端，忍受著外交的痛苦，負責高階委員會的工作。」

然而，賈斯丁的忍耐並無限度。有些時候，他根本是因為天生教養太好而不敢反對。「依她的說法，她不受任何國家任務的羈絆，」他強調的語調最後往下降，帶有羞愧的味道，「她捏造了一些似是而非的論調，好讓我安心。她簡稱這世界需要我們兩人：由我負責在體制內推動，而她在體制外、在實務界拉動。『我相信道德國家有存在的必要，』她常這麼說，『如果你們不盡責任，我們其他人又有什麼希望？』她是在詭辯，這一點我們倆都知道。這個體制其實不需要我的工作。我也不需要。這樣又有什麼意義？我寫的報告沒人看，我建議採取的行動沒人管。蝶莎對欺瞞的手法很陌生。對我卻是例外。她徹底欺騙自己。」

「她是不是害怕過？」萊斯里放輕聲音，以免破壞了坦言的氣氛。

賈斯丁回憶，允許自己在回想往事時微微一笑。「她曾經對美國女性大使吹噓說，恐懼是她唯一不知如何定義的髒話。對方聽了很不高興。」

萊斯里也微笑起來，但為時不長。「另外，決定在非洲醫院生產這件事，」她眼睛看著筆記簿問，「是何時決定、怎麼決定的？可以告訴我們嗎？」

「蝶莎定期會去探望一個北方貧民村的女人，名叫婉哲，姓什麼不知道。婉哲生了某種怪病，持續在接受特殊治療。巧的是，她們在烏護魯竟然住在同一間病房，蝶莎因此跟她成了好朋友。」

他們有聽出他在口氣裡加上警覺的音符嗎？賈斯丁自己聽出來了。

「知道她生的是什麼病嗎？」

「概略知道而已。她生了病，而且可能性命不保。」

「是不是愛滋病？」

「和愛滋是否有關係，我不清楚。我的印象是，醫院對她的關心程度不大一樣。」

「那樣很不尋常，對不對？貧民窟的女人怎麼會進醫院生產？」

「她當時接受住院觀察。」

「誰在觀察她？」

這是賈斯丁第二次自我約束。他天生不是說謊的料子。「我猜，大概是某個醫療診所。在她的村子，低收入區。你們應該看得出來，我的印象很模糊。有很多事情我設法不去知道，多到連我自己也吃驚。」

「結果婉哲死了，對嗎？」

「她死的當晚，是蝶莎住院的最後一天。」賈斯丁回答。他心懷感激地鬆懈下來，以替他們重建當時的情景。「我整晚都在病房待著，但蝶莎堅持要我回家睡幾個小時。她也要敖諾和吉妲回去睡一下。我們輪流在病床邊照顧她。敖諾帶了一張行軍床過來。蝶莎凌晨四點打給我。她的病房裡沒有電話，所以她去找修女借用電話。她很痛苦。更確切的說法應該是歇斯底里。只是蝶莎在歇斯底里時不會提高嗓門。婉哲失蹤了，婉哲的嬰兒也是。她醒過來時發現婉哲的病床空了，小孩的嬰兒床也不見了。我開車到烏護魯醫院。敖諾和吉妲也同時趕到。我們再怎麼哄她，她就是控制不了情緒。感覺就好像她在幾天內又失去了一個骨肉。我們三個人一直苦勸她該回家休養。婉哲死了，嬰兒也被帶走，她也沒有必要待下去。」

「蝶莎沒見到遺體嗎？」

「她要求院方讓她看，但院方說不太適合。婉哲死了，嬰兒也被她弟弟帶回村子。從院方的角度來看，事情到此就劃上了句點。院方不喜歡在死亡上大作文章。」他接著說，經驗是來自賈司夭折的例子。

「敖諾有沒有機會看到遺體？」

「他太晚趕到。遺體已經送進停屍間，找不到了。」

萊斯里瞪大雙眼，這驚訝並不是裝出來的，而在賈斯丁另一邊，洛柏則快速靠向前，抓住錄音機，確定透明蓋子底下的輪子正在滾動。

「找不到？遺體怎麼會找不到！」洛柏驚叫。

「正好相反。我相信這種事在奈洛比經常發生。」

「死亡證明書呢？」

「我只能告訴你們我從敖諾和蝶莎那裡得知的訊息。我完全不知道死亡證明書的事。沒有人提到。」

「也沒有驗屍嗎？」又換萊斯里上場。

「就我所知是沒有。」

「婉哲住院時有沒有人去探望過？」

賈斯丁想了一下，顯然想不出不回答的理由。「她的弟弟酋可。他不是在幫忙趕蒼蠅，就是睡在病床邊的地板上。吉妲．皮爾森如果來探望蝶莎，也會特意過去陪婉哲。」

「還有其他人嗎？」

「一個白人男醫師，好像吧。我不太確定。」

「不確定他是白人？」

「不確定是不是醫生。白人男性，身穿白色長外套。掛著聽診器。」

「單獨一人嗎？」

賈斯丁的矜持再度出現，如同陰影般逐漸罩住他的聲音。「有一群學生跟他過來。我猜那些人是學生。他們都很年輕，都穿白色長外套。」

他本來可以補充說，他們的外套口袋上都繡有三隻金蜜蜂，但他決定還是不說比較好。

「為什麼你認為是學生？蝶莎說他們是學生嗎？」

「沒有。」

「是敖諾說的嗎？」

「就我所聽到的，敖諾並沒有發表對他們的看法。純粹是我個人的猜測。他們都很年輕。」

「帶頭的人呢？他們的醫生，如果他真是醫生的話。敖諾有沒有說過他什麼？」

「沒對我說過。如果他有事情想說，他會對那個人說——掛著聽診器的那個人。」

「在你在場時？」

「不在我聽力範圍內。」或者，幾乎不在聽力範圍內。

洛柏和萊斯里一樣，朝前伸長脖子，想聽清楚他說的每個字。「描述看看。」

賈斯丁已經在描述了。在短暫的停火期間，他已經加入了對方的陣營。然而他語氣中的矜持尚未解除。他疲累的雙眼周圍寫滿提防與謹慎。「敖諾把那個人拉到一邊。抓住他的手臂。就是掛著聽診器的那個。他們交談的模樣就像是兩個醫生。聲音壓得很低，站得很開。」

「講英文嗎？」

「應該是。敖諾講法文或斯瓦希里語時會有不一樣的肢體語言。」他講英文時的音調會稍微提高，賈斯丁本來可以這麼補充說明。

「形容一下——掛著聽診器的那個人。」洛柏命令。

「虎背熊腰。體型很大。福態。不修邊幅。我記得他穿的是麂皮鞋。記得我當時在想，醫生竟然穿麂皮鞋，真奇怪。我不知道原因，但對鞋子一直印象深刻。他的長外套髒髒的，是被什麼東西弄髒則不太清楚。麂皮鞋，髒外套，紅臉。像是演藝圈的人。若不是身穿白色長外套，我可能會認為他是秀場經紀人。」他這時心想，還有三隻金蜜蜂，雖然有點髒，卻清晰可見，就繡在口袋上，和機場海報上的護士一樣。「他好像覺得羞愧似的。」他接著說，連自己也嚇到了。

「羞愧什麼？」

「自己竟然出現在那裡。自己正在做的事情。」

「何以見得？」

「他不願正眼看蝶莎。不願意正眼看我們兩個。他的目光會看向其他地方，就是不看著我們。」

「髮色呢？」

「金色。金色到薑紅色。臉上像是喝過酒。被帶點紅色的頭髮襯托出來。你聽說過這個人嗎？蝶莎對他非常好奇。」

「有留鬍子嗎？小鬍子？」

「沒留鬍子。沒有。至少有一天沒刮。臉上有點金金的色澤。蝶莎一直反覆問他叫什麼名字，他就是不說。」

洛柏再度猛然插嘴，「他們倆的對話表面上看起來怎樣？」他逼問，「像是在爭執嗎？還是態度和善？是要請對方吃午餐嗎？到底是怎麼回事？」

他再度警覺起來。我什麼都沒聽見，只是看到而已。「敖諾好像在抗議——責備。醫生在否認。我的印象是這樣——」他停下來給自己時間斟酌說法。誰都信不過，蝶莎說過。除了吉妲和敖諾之外誰都別相信。答應我。答應我。「我的印象是，他們之間出現歧見，那不是第一次了。我看到的部分，是延續下來的爭論。至少我後來有這種想法。我看到的是兩個仇人之間重開戰火的樣子。」

「照你這麼說，你經常想起那個場面囉。」

「對。對，我是想過，」賈斯丁答得含糊，「我的另一個印象是，那個醫生的母語不是英語。」

「你剛才說的，你沒有跟敖諾和蝶莎討論過？」

「那人走了之後，敖諾回到蝶莎床邊幫她量脈搏，湊在她耳邊講話。」

「你又沒聽到了？」

「沒聽到，而且我也不打算聽。」理由太薄弱了，他心想。再加強一點「這種事情，我已經很習慣了。」他邊迴避他們的眼光邊解釋。「待在他們的圈子之外。」

「婉哲吃的是什麼藥？」萊斯里問。

「我不清楚。」

他一清二楚。毒藥。他去醫院接蝶莎回家時，站在通往自家臥房的樓梯上，比蝶莎低兩階，一手提著她的短程旅行袋，另一手提著賈司的新生嬰兒服、床單及尿布，不過他以摔角選手的眼睛盯著她看，因為蝶莎必須自己設法往上爬。蝶莎一開始腳軟，他扔下袋子，在蝶莎癱倒前抱住她，這時感覺到她的體重輕得不像話，身體在突然傷心時止不住顫抖，神情絕望。她傷心的不是死去的賈司，而是死去的婉哲。他們害死她！她正對著賈斯丁的臉脫口而出，因為賈斯丁將她抱得很近。那些狗雜種殺了婉哲，賈斯丁！他們下毒害死了她。小蝶，是誰？他邊問邊用手撫平沾在臉頰和額頭上汗濕的頭髮。是誰殺了她？告訴我。他摟住蝶莎衰弱的背，輕輕抱著她上樓。小蝶，是哪些狗雜種？告訴我，狗雜種是哪些人？三蜂的那些狗雜種。那些冒牌醫生。那些不敢正眼看我們的人！你講的是哪些醫生？賈斯丁將她抱起來放在床上，不讓她再有機會倒下。你知道那些醫生的名字嗎？告訴我。

他從內心深處聽到萊斯里也在反問相同的問題。「羅貝爾這個名字，對你來說有沒有意義，賈斯丁？」

不是很確定的時候，撒謊，他對自己這麼發誓過。如果下了地獄，撒謊。如果我誰都信不過——連自己都不信任——如果我只要對死者忠心，撒謊。

「我恐怕不知道。」他回答。

「沒有在哪裡無意間聽過——講電話時？在敖諾和蝶莎的閒聊片段中？羅貝爾，德國人，荷蘭人，也許是瑞士人？」

「羅貝爾這個名字我在任何情況中都沒聽過。」

「科瓦克斯這個姓呢？匈牙利女人。黑髮，據說是美女？」

「妳知不知道她的名？」他的意思是我也不知道，但這次是真的。

「沒人知道。」萊斯里以有點走投無路的語氣回答。「艾瑞奇。也是女的。不過是金髮。有聽過嗎？」她把鉛筆丟到桌子上，表示認輸。「所以婉哲就這樣死了，無庸置疑。被一個不敢正眼看你們的人害死的。結果，事到如今已經過了六個月，你還是不知道她是怎麼死的。她就只是死了。」

「從來沒有人對我透露。就算蝶莎或敖諾知道她的死因，我也不清楚。」

洛柏和萊斯里癱坐在椅子上，如同兩名同意暫停的運動選手。洛柏向後靠，大大伸展雙臂，誇張地嘆了一口氣，萊斯里則保持傾身向前的姿勢，一手捧著下巴，聰慧的臉上神情憂鬱。

「這些該不會都是你編出來的吧？」她透過指關節開口問著賈斯丁。「垂死的女人婉哲，她的嬰兒，所謂感到羞愧的醫生，所謂身穿白色長外套的學生，這整套說法從頭到尾該不會有一絲謊言吧？」

「妳那樣暗示未免荒謬透頂！我何必編這樣的故事來浪費你們的時間？」

「烏護魯醫院查不到婉哲的記錄，」洛柏解釋，他半靠著椅背，以同等絕望的口氣說，「有蝶莎的記錄，也有你可憐的賈司。卻沒有婉哲的。她從來沒在那裡待過，也從來沒住院過，從來沒接受過醫生的治療，連假醫生都沒有治過她，也沒有人觀察她，沒有人開過藥方給她。她的孩子也從來沒出生，她也沒死，她的遺體也沒失蹤，因為這個屍體根本沒存在過。我們的小萊跟幾個護士談過，他們什麼狗屁都不知道，對吧，小萊？」

「在我跟他們談話之前，已經有人私下跟他們交代過了。」萊斯里解釋。

賈斯丁聽到背後有男人的講話聲，因此轉頭過去。是空服人員在詢問他坐得是否還舒適。布朗先生是不是要求過座位需要特別調整？謝謝你，布朗先生寧可保持坐正的姿勢。要不要看影片？謝謝你，不用，不需要。窗簾要不要拉上？不用，謝謝你——加重語氣——賈斯丁比較喜歡直接面對窗外的蒼穹。布朗先生需不需要暖和舒適的毛毯？賈斯丁客氣得無可救藥，因此接下了毛毯，將視線轉回漆黑的窗戶，正好看見葛蘿莉亞端了一盤三明治，連門都沒敲就直接衝進餐廳。她把盤子放在桌上，趁機偷看萊斯里在筆記簿上寫了什麼：可惜徒勞無功，因為萊斯里巧妙地翻到了空白頁。

「你們該不會累垮我們這位可憐的客人吧？他最近吃的苦已經相當多了，對不對，賈斯丁？」她在賈斯丁臉上親了一口，接著對所有人做出下台一鞠躬的動作，其他三人一致跳起來幫他們的獄卒開門，讓她端著喝完的茶盤離開。

•

在葛蘿莉亞擅闖之後，三人的問答零零碎碎，維持了一段時間。他們嚼著三明治，萊斯里打開另一本筆記簿，藍色的，而洛柏滿口三明治，同時機關槍似地問了一連串看似互不相干的問題。

「你知道有誰愛抽運動家牌的香菸，抽個不停？」語氣在暗示抽運動家牌的香菸可處以極刑。

「就我所知沒有，不知道。我們倆都討厭菸味。」

「我是說別的地方，不只是在家。」

「還是不知道。」

「知不知道有誰開綠色遊獵卡車，軸距很長，狀況良好，肯亞車牌？」

「高級專員公署是有一輛裝甲吉普車，神氣得很，但你問的恐怕不是這一輛吧。」

「認不認識幾個四十幾歲的男人，肌肉發達，軍人類型，皮鞋擦得很亮，皮膚曬得很黑？」

「一時想不起來，對不起。」賈斯丁坦承。他放心地微笑，總算走出危險地段。

「有沒有聽過一個叫瑪薩比特的地方？」

「有，應該有。對了，瑪薩比特。當然有。為什麼問？」

「噢，對了。很好。終於聽過這個地名。在什麼地方？」

「在查爾比沙漠邊緣。」

「這麼說，是在圖卡納湖東邊囉？」

「就我記憶所及，沒錯。是某個單位的行政中心。是北方地區漫遊而來的人聚集的地方。」

「有去過嗎？」

「怎麼會？」

「知道有誰去過嗎？」

「不知道，應該是沒有。」

「到瑪薩比特的人要是累了，有哪些地方可以去？」

「我相信那邊有可住宿的地方。而且有個警局。還有一個國家保護區。」

「你自己卻從來沒去過。」賈斯丁沒去過。「也沒有派任何人去過？比方說，派兩個人去？」賈斯丁沒有。「這麼說來，你怎麼對那地方那麼熟？難道你是靈媒？」

「每次我被調到一個國家，都會研究地圖，當作是自己的責任。」

「賈斯丁，我們聽說在凶殺案的前兩個晚上，有輛長軸距的綠色遊獵卡車停在瑪薩比特。」萊斯里解釋。這樣解釋，是因為咄咄逼人的問話方式已告一段落。「車上坐了兩個白人男性。聽起來像是獵人。體格不錯，年紀和你差不多，身穿卡其斜紋粗棉布衣服，鞋子擦得很亮，跟洛柏說的一樣。不跟別人講話，只向對方開口。酒吧裡有一大群瑞典女孩，他們也不過去打情罵俏。在店裡買東西。油料、香菸、水、啤酒、乾糧。菸是運動家牌，啤酒是瓶裝的白蓋牌。白蓋牌啤酒只有瓶裝。他們隔天早上出發，朝西開過沙漠。如果照那樣一直開，隔天晚上就能到達圖卡納湖岸。他們甚至可以開到厄利亞灣。我們在命案現場發現的啤酒瓶就是白蓋牌。菸蒂是運動家牌。」

「我如果問瑪薩比特的旅館有沒有登記簿，會不會顯得很笨？」賈斯丁詢問。

「有一頁不見了，」得意洋洋的洛柏大聲說，以粗暴的口氣插嘴，「不巧被撕掉了。而且瑪薩比特的工作人員對他們完全沒有印象。他們怕得連自己叫什麼名字都不記得。我們猜，有人私下跟他們交代過。同一批人也對醫院的工作人員交代過。」

洛柏扮演著賈斯丁的劊子手，這句話卻是他的告別之作，他自己似乎也知道，因為他臭著臉，拉拉耳朵，看起來幾乎算是在道歉。不過，賈斯丁此時加快腳步。他的眼光一刻也停不住，從洛柏掃射到萊斯里，再掃射回去。他等著下一個問題，結果沒人發問，於是他自己上場。

「監理站那邊的記錄呢？」

這句話的弦外之音讓兩名警官乾笑一陣。

「在肯亞嗎？」他們問。

「那汽車保險公司的記錄呢？進口商、供應商。總不可能在肯亞有那麼多長軸距的綠色遊獵卡車吧。一家一家查，總會找得出來。」

「藍衣警察一直努力在找，」洛柏說，「等到下一個千禧年，如果我們對他們很好，他們也許會給我們一個答案。坦白說，進口商也沒那麼聰明。」他接著說，以眼神狡猾地看著萊斯里，「有家小公司叫貝爾、巴克與班哲明，別名是三蜂，聽過嗎？終生總裁是肯尼士・K・寇提斯爵士，喜歡打高爾夫，騙子一個，朋友都叫他肯尼K。」

「在非洲，每個人都聽過三蜂，」賈斯丁猛然將自己拉回現實。如果不確定就撒謊，「顯然也都聽過肯尼士爵士。他很有個性。」

「受人愛戴嗎？」

「我覺得用景仰來形容比較貼切。他擁有一支很受歡迎的肯亞足球隊。喜歡反戴棒球帽。」他接著以不屑的口吻這麼說，讓兩人笑了出來。

「三蜂的表現，我大概可以下『反應敏捷』的評語，不過卻沒什麼結果。」洛柏又開始說，「非常熱心助人，卻沒幫上什麼忙。『沒問題，警官！午餐前給你，警官！』不過他們講的是一個禮拜之後的午餐。」

「這裡恐怕不少人都是這種作風。」賈斯丁面露疲憊的微笑，遺憾地說。「你們有沒有試過汽車保險公司？」

「三蜂也從事汽車保險工作。他們當然要，對吧？買了他們的車，附送第三責任險。可惜他們也沒幫上什麼忙，在尋找車況佳的綠色遊獵卡車時也一樣。」

「原來如此啊。」賈斯丁口氣平淡。

「蝶莎完全沒有把三蜂作為目標，對嗎？」洛柏以他稀鬆平常的語調問。「肯尼K似乎跟莫怡的政府走得很近。通常只要一提到莫怡，她都會大發雷霆。對不對？」

「我想也是，」賈斯丁以同等含糊的口氣說，「不是這次就是下次。一定會的。」

「這麼說來，我們想查那輛神祕卡車，以及在查不太直接相關的一、兩件事時，一直得不到三蜂皇室一丁點的額外協助，原因就在這裡了。因為他們在其他行業也有很大的勢力，是吧？他們告訴我們，從止咳糖漿到主管專機全包，對不對呀，小萊？」

賈斯丁亮出保持距離的微笑，卻沒有進入這個話題——雖然他很想津津有味地提到三蜂的商標是剽竊拿破崙的光輝，也想一提蝶莎與厄爾巴島之間的巧合，卻還是及時打住。針對三蜂的話題，他也完全不提他從醫院接蝶莎回家當晚發生的事，對三蜂那些毒死了婉哲的人也隻字未提。

「可是，你說他們並沒有在蝶莎的黑名單上，」洛柏繼續說，「這一點確實讓人驚訝，因為有很多人批評三蜂。要是我沒記錯，順帶一提大家遺忘的一則醜聞。英國最近不是有個國會議員形容他們是『戴鐵手套的鐵拳頭』嗎？他大概不會馬上急著去遊獵吧，小萊？」小萊說絕不可能。「肯尼K與三蜂。聽起來像是熱門的樂團名字。不過，蝶莎卻沒對他們發出格殺令，就你所知？」

「就我所知是沒有。」賈斯丁聽到格殺令笑了一下。

洛柏沒有因此罷休。「根據啊，我不清楚，根據她和敖諾的當地經驗，比方說，醫療疏失之類的事，有關藥品之類的事？只是她對醫療這方面的問題很注重，對不對？肯尼K也是，只要他不是在和莫怡的人馬打高爾夫，或是開著美國灣流噴射機到處收購公司，就是在注意醫療事業。」

「的確沒錯。」賈斯丁就算不是表現得全然沒有興趣，也說得彷彿事不干己，要再從他口中挖出什麼線索顯然已無希望。

「所以，如果我告訴你，蝶莎和敖諾最近幾週曾經多次找過遠地三蜂公司的幾個部門，寫了很多信，也打了電話約時間，還不斷讓對方把他們當成人球在部門間踢來踢去，發生這麼多事，你還是說沒有注意到任何蛛絲馬跡？那這樣可就有問題了。」

「恐怕我沒注意到。」

「蝶莎也寫了一連串語氣憤怒的信給肯尼K本人。這些信不是親手遞送就是掛號寄出。她每天給他的祕書打三次電話，還用電子郵件疲勞轟炸。她還跑到他在奈瓦霞的農莊門口堵他，也到過新的豪華辦公室門口堵人，不過他的手下即時通風報信，他走後面的樓梯，這件事讓手下津津樂道。你對這些全都不知情嗎，還是你需要上帝的幫忙？」

「上帝幫不幫忙，我都是第一次聽到。」

「結果你還是不驚訝。」

「我沒有嗎？真怪。我還以為我表現出了驚訝的樣子。或許是我沒有顯露出自己該表現出的情緒吧。」賈斯丁反駁的語氣中夾雜著憤怒與保留，讓兩名警官措手不及，因為他們抬起頭看他，幾乎是在對他敬禮。

•

然而，賈斯丁對他們的反應沒有興趣。他的說謊方式與伍卓的截然不同。伍卓忙著忘記的地方，賈斯丁卻遭受半記、半忘的往事從四面八方攻擊：布魯穆和蝶莎對話的片段，他原本為以示敬重而逼自己別去聽，如今卻慢慢重回記憶；無論何時，她只要一聽到肯尼K這個無所不在的名字，她就會火冒三丈，並以沉默掩飾怒火。舉例來說，肯尼K即將晉升英國上議院之列，這在苜賽噶俱樂部是公認的必然結果。舉例來說，三蜂即將和某家規模更大的跨國財團合併，傳言不斷。現在他回想起蝶莎不遺餘力抵制三蜂產品的做法，她反諷地稱那是對抗拿破崙的聖戰，從她嚴禁家中所有僕人購買的家用食品和清潔劑，到三蜂路邊自助餐廳和加油站，到他們開車出去時禁止賈斯丁使用的汽車電池和機油，不一而足。此外，她每次見到大看板上面標示著三蜂從拿破崙那裡剽竊來的標誌，就開始臭罵。

「賈斯丁，我們常聽到激進這個形容詞，」萊斯里抬頭大聲說，她原本埋首筆記簿，此時又想入侵他的腦海，「蝶莎究竟激不激進？所謂激進，就像是我們那邊的好戰分子的手法那樣，『不爽就炸掉』，蝶莎該不會搞那一套吧？敖諾也不會吧。他們兩個難道會嗎？」

賈斯丁的答覆，活像是為了那愛賣弄學問的長官重複草擬演講稿，具有令人疲憊厭煩的感覺。

「蝶莎相信，一味追求企業利益會毀滅全世界，尤其是新興國家。西方的資金以投資作為掩護，破壞了當地環境，培養出盜賊統治的國家。這是她的論點，在這個時代聽來幾乎不算激進的論點。我在國際社群的走廊上到處都能聽到有人這麼大肆宣傳。就連我自己主持的委員會也有。」

他再度歇口，回想到一幅難看的景象，那是體型過胖的肯尼K在莒賽噶俱樂部開球，而在身邊作陪的是英國超齡間諜主管提姆．丹納修。

他接著說，「從相同的論點來看，對第三世界的救濟也是換了一種說法的剝削，受益的是提供金援賺取利息的國家、收受大筆賄賂的非洲當地政客和官員，以及西方的承包商和軍火供應商。這些人賺了很多。受害者是街上的張三李四，是被連根拔起的人，是窮人和非常貧窮的人。另外也包括那些沒有未來的孩子。」他以蝶莎的話當作結尾，心中想到了賈司。

「你這麼相信嗎？」萊斯里問。

「現在要我相信什麼，都有點太遲了。」賈斯丁乖順地答說，在接著開口前又沉默了半晌，才以不是那麼乖順的口吻說，「蝶莎是最稀有的動物：相信司法制度的律師。」

「他們為什麼要往李基的地方去？」萊斯里質問，問話前先默默記下剛才那番話。

「也許敖諾要去那邊辦點非政府組織的事吧。李基不是那種不顧非洲當地人福祉的人。」

「或許吧，」萊斯里同意，同時在綠皮筆記簿上若有所思地寫字，「她有沒有見過李基？」

「應該沒有。」

「敖諾呢？」

「我不清楚。也許妳應該去問李基。」

「李基先生從來沒有聽過他們倆，一直到上週打開電視才聽說。」萊斯里以陰鬱的語調回應，「李基先生最近大部分時間都待在奈洛比，想擔任莫怡的肅貪大將，卻很難讓別人瞭解他的意思。」

洛柏瞥了萊斯里一眼，等她批准。他看到她暗中點頭，於是拉長脖子向前，拿著錄音機朝賈斯丁的方向兇巴巴地伸過去：對著這玩意講話。

「好，這個白人瘟疫究竟是何方神聖？」他作威作福的口吻暗示賈斯丁，瘟疫的蔓延他要負個人責任。「白人瘟疫，」他重複，賈斯丁則在猶豫。「是什麼東西？快講啊。」

賈斯丁臉上再度顯露出剛毅不屈的表情。他的聲音退回官樣的甲殼中。箇中關聯再度呈現在他眼前，只不過這些關聯只有他和蝶莎知道。

「白人瘟疫是肺結核的綽號，以前很流行這樣說。」他解釋，「蝶莎的祖父就是死於肺結核。她小時候眼睜睜看著祖父死去。蝶莎就有一本書是這名稱。」不過他並沒接著說，這本書原本一直擺在她床邊，後來被他移放到格拉斯東皮袋裡。

如今換成萊斯里謹慎留心了。「她有沒有因為這個原因，而對結核病特別感興趣？」

「是不是特別感興趣，我不知道。你們剛才也講過，在貧民窟工作讓她對很多醫療方面的東西很感興趣。結核病是其中一種。」

「可是，如果她祖父死於肺結核，賈斯丁──」

「蝶莎特別不喜歡的，就是文學上對這個疾病賦予濫情的意義，」賈斯丁以嚴厲的口氣繼續說，打斷了她的話，「濟慈、史帝文生、柯立芝、湯瑪斯曼——她以前常說，要是有人覺得肺結核很浪漫，就應該坐在她祖父的床邊看看是怎麼回事。」

洛柏再次以目光向萊斯里討教，又看到她默默點頭。「這麼說來，如果說我們在未經授權下去搜查敖諾‧布魯穆的公寓時，發現了以前一封信的影本，是寄給三蜂行銷部門的負責人，警告他三蜂正在兜售的短療程肺結核新藥有副作用，你聽到會不會吃驚？」

賈斯丁一秒鐘也不遲疑。這一連串危險的問話方式，重新啟動了他的外交技巧。「我為什麼要吃驚？布魯穆的非政府組織在專業上密切注意著第三世界的藥品。藥品是非洲的醜聞。如果有什麼東西可以概括西方世界對非洲漠不關心的態度，就是好藥在這裡少到可憐，還有製藥公司過去三十年來定出的藥價貴到可恥」——他剽竊蝶莎的說法，「我很確定敖諾寫過幾十封這樣的信。」

「這一封藏得好好的，和很多我們看不懂的專業數據放在一起。」

「好吧，我們就靜待敖諾回來後由他來解讀給你們聽。」賈斯丁中規中矩地說，完全懶得掩飾他不齒的感想。他們竟敢在布魯穆不知情的情況下搜索他的東西，還偷看他的信件。

萊斯里再度上場。「蝶莎有一部筆記型電腦，對吧？」

「確實有。」

「什麼廠牌？」

「我一時記不起來了。小小的，灰色，日製，我只知道這些。」

他在說謊。過於從容流利。他知道，他們也知道。從他們臉上的表情判斷，一種失落感進入了他們的關係，有種讓朋友失望的感覺。不過賈斯丁可沒有這種感覺。賈斯丁只知道頑強抵抗，躲藏在優雅的外交禮儀之下。這場戰役，他已經花了幾天幾夜的時間操演，同時還祈禱不必親自上陣。

「她放在工作室，對吧？她在工作室裡也放了公布欄、文件和研究資料。」

「如果她沒帶在身上的話，對。」

「她有沒有用來打信件——文件？」

「應該有。」

「電子郵件呢？」

「經常寫。」

「她會從電腦上列印出來，對吧？」

「有時候。」

「她大約五、六個月前寫了一封長信，大概十八頁，還有附注。是在抗議某件疏失，我們認為不是醫療就是製藥，不然和兩者都有關。是一個病歷，敘述一件正發生肯亞、非常嚴重的事情。她有讓你看過嗎？」

「沒有。」

「你也沒看過——自己去拿來看，沒讓她知道？」

「沒有。」

「這麼說來，關於這封信，你什麼都不知道了。你的意思是不是這樣？」

「恐怕是。」趕緊再加上一個遺憾的微笑。

「可惜，我們在想，這封信和她認為自己挖出來的天大弊案是否有關。」

「原來如此。」

「我也想知道，三蜂跟那件天大弊案是否有關聯。」

「怎麼說都有可能。」

「可是她卻沒拿給你看？」萊斯里不放過。

「萊斯里，我已經對妳說過好幾次了，沒有就是沒有。」他幾乎就要在後面再加上「親愛的女士」。

「你認為那封信跟三蜂是否有關？」

「哎，我毫無所知。」

但是他徹頭徹尾的清楚。當時的情況危急。當時他擔心可能會失去蝶莎；當時她年輕的臉龐日漸冷峻，雙眼也浮現狂熱分子的凶光；當時她在小工作室裡夜復一夜趴在筆記型電腦前，身旁堆了一疊又一疊的文件，如同律師的辯護狀，又是以貼紙作記號，又是以注腳相互參考；當時她進食時根本沒注意自己在吃什麼，就匆忙趕回去工作，連一聲再見都不說；當時害羞的鄉下村民無聲無息來到他們家側門找她，跟她坐在陽台上，吃著穆斯達法端來的東西。

「這麼說來，她連討論都沒討論過那些文件囉？」萊斯里表現出不敢置信的神情。

「從來沒有，抱歉。」

「或者說在你面前討論——比方說跟敖諾或吉姮？」

「蝶莎生前最後幾個月，她和敖諾故意不讓吉姮接近，我猜是為了她著想。至於我自己，我察覺到他們其實不信任我。他們相信，一旦我碰上利益衝突，會優先對女王表示忠誠。」

「你會嗎？」

再活一千年都不會，他心底這麼想。然而他的答案反映出他們對他的意料。「因為我對你們指的文件不熟悉，所以恐怕無法回答這個問題。」

「但是，文件應該已經從她的筆記型電腦列印出來了，對吧？十八頁的東西——就算她沒給你看過。」

「可能吧。或者從布魯穆的電腦，或是朋友的電腦。」

「所以說，現在到哪裡去了——那部筆電？目前在哪裡？」

天衣無縫。

伍卓可以向他學習。

沒有肢體語言，聲音沒有顫抖，也沒有誇張停下來換氣。

「肯亞警方帶我去看她的遺物，我找了又找，就是找不到筆電，也找不到其他東西，可惜電腦就是不在遺物當中。」

「羅齊那邊也沒有人看到她帶著筆電。」萊斯里說。

「可是，話說回來，我不認為他們檢查過她的個人行李。」

「綠洲旅舍也沒有人看到她帶著筆電。你開車送她到機場時，她有沒有帶著？」

「她每次出門去視察都帶著背包。現在連那個背包都消失了。她當時也帶著一個短程旅行袋，筆電可能就放在裡面。有時候她會放在裡面。肯亞並不鼓勵婦女獨自在公眾場合亮出昂貴的電子器材。」

「但是，她當時不是獨自一人吧？」洛柏提醒他，之後三人久久不語——久到後來變成大家在猜誰會先開口。

「賈斯丁，」萊斯里終於說，「上星期二早上你和伍卓回你家時，你拿走了什麼東西？」

賈斯丁假裝在腦海中拼湊出清單。「噢……家庭文件……與蝶莎家信託相關的私人信件……幾件上衣、襪子……葬禮穿的黑色西裝……幾個會觸景生情的小東西……兩條領帶。」

「沒有其他東西嗎？」

「一時之間想不出來了。」

「還有一時之間想得出來的東西嗎？」洛柏問。

賈斯丁疲憊地微笑，但隻字未答。

「我們跟穆斯達法談過了，」萊斯里說，「我們問他：穆斯達法，蝶莎小姐的筆記型電腦在哪裡？他傳達出互相矛盾的訊息。一下子說，蝶莎小姐帶走了，一下子又說蝶莎小姐沒帶走，然後又改口說，是被新聞記者偷走了。唯一沒拿走電腦的人就是你。我們認為他可能想幫你撇清，可惜做得不是很漂亮。」

「你們欺負家僕，恐怕就會得到那樣的結果。」

「我們沒有欺負他，」萊斯里回嘴，終於生氣了，「我們的態度極為溫和。我們問他蝶莎的布告欄在哪兒。為什麼上面滿是大頭針和針孔，卻連一張紙也沒有？他清理過了，他說是他自己清理的，沒有任何人幫忙。他看不懂英文，不准碰蝶莎小姐的私人物品或工作室裡的任何東西，但是他卻清理了布告欄。我們問他，他是怎麼處理上面的布告的？他說燒掉了。是誰叫他燒掉的？沒有人。是誰叫他清理布告欄的？沒有人。最不可能的就是賈斯丁先生。我們認為他在掩護你，可惜做得不是很漂亮。我們認為是你拿走了布告，而不是穆斯達法。我們認為他推說你沒有拿走筆記型電腦，也是在掩護你。」

賈斯丁再度陷入佯裝的輕鬆態度中，這種態度是他這一行的職業病兼優點。「萊斯里，妳恐怕沒有考慮到此地的文化差異。比較可能的解釋應該是，她把筆記型電腦帶到圖卡納了。」

「也把布告欄上的東西一起帶走？不會吧，賈斯丁。你那次回家時，有沒有擅自拿走任何磁碟片？」

問答到這裡，賈斯丁放下警覺心。他也只有在此時稍微放下警覺心。他一方面以不帶感情的方式否認，另一方面則與執行偵訊的警察一樣急著想找到答案。

「沒有。不過我承認，我的確找過。她的法律信件很多都儲存在磁碟片裡。有很多事情，她習慣以電子郵件和律師商量。」

「你連磁碟片也沒有找到。」

「磁碟片原本一直都放在她桌上，」賈斯丁抗議，這時是真心希望和對方共同處理這個問題，「放在一個很精美的漆器盒子裡，盒子是剛才提到的那個律師去年耶誕節送她的。他們不但是親戚，也是老朋友。盒子上面寫有中文。蝶莎請一個參與救濟工作的華人替她翻譯，結果內容是在數落醜陋的西方人，讓她很高興。我只能猜想，盒子的下落和電腦一樣。或許她也把磁碟片帶去羅齊了。」

「她為什麼要帶去？」萊斯里的語氣充滿懷疑。

「我是資訊科技白痴。我應該要懂電腦的，可惜就是不會。警方列出的清單裡也找不到磁碟片。」他接著說，等著他們協助。

洛柏想了一下。「不管磁碟片裡存了什麼，很有可能在筆電上也找得到，」他一字一句說，「除非她把資料存進磁碟片後就將硬碟清除乾淨。只是，怎麼有人會這麼做？」

「蝶莎對安全問題高度警覺，我剛才也說過了。」

又是一陣默默的長考，連賈斯丁也加入。

「那她的文件現在放在哪裡？」洛柏口氣粗暴。

「正在寄往倫敦的途中。」

「透過外交管道嗎？」

「我選擇什麼管道都隨便我。外交部非常體諒我。」

或許他的回答和伍卓的迴避態度有諸多雷同處，讓萊斯里毫不掩飾地氣急敗壞起來，幾乎坐也坐不住。

「賈斯丁。」

「怎樣，萊斯里？」

「蝶莎做過研究。對吧？別管磁碟片。別管筆記型電腦。她的資料跑哪兒去了，所有的資料，實體的資料，現在的資料？」她質問，「還有，布告欄上的東西呢？」

賈斯丁再度擺出做作的模樣，獻給她一個頗具雅量的皺眉表情，暗示說萊斯里雖然失去理性，他還是會盡一己之力來討她歡心。「一定是跟我的東西放在一起了。如果妳問我，究竟是放在哪個行李箱，我可能就有點糊塗了。」

萊斯里等著讓自己的呼吸平穩下來。「我們希望你能打開所有行李箱給我們看，拜託。我們希望你現在就帶我們下樓，讓我們看你星期二從你家拿走的每樣東西。」

她起身，洛柏也站起來，移動到門口準備待命。只有賈斯丁仍維持坐姿。「恕難照辦。」他說。

「為什麼？」萊斯里動怒了。

「原因和我一開始要拿走文件是一樣的。這些都是個人文件和私人文件。在我有機會親自看過之前，我認為不能拿出來讓你們一一審視，也不能讓任何人看。」

萊斯里漲紅了臉。「如果這裡是英國，我會馬上甩一張傳票在你身上，動作快到讓你措手不及。」

「可惜這裡不是英國，真糟糕。妳沒有搜索令，就我所知，在這裡也沒有權力。」

萊斯里不去理會他。「如果這裡是英國，我會申請搜索令把這房子裡裡外外全翻過一遍。你從蝶莎工作室拿走的每樣小東西，每份文件資料和磁碟片，我都要帶走。還有筆記型電腦。我會逐一搜個仔細。」

「可是，你們已經搜索過我家了啊，萊斯里。」賈斯丁坐在椅子上語氣平靜地抗議。「你要搜索伍卓家，我不認為他會乖乖就範。而且你們沒有經過敖諾的允許就搜索他的房子，我當然也無法允許你們對我做出那種事。」

萊斯里臭著臉，臉色紅得像是受到委屈。洛柏的臉色非常蒼白，以企盼的眼神盯著緊握的拳頭。

「我們明天等著瞧吧。」兩人離開時，萊斯里語氣不祥地說。

然而她所謂的明天沒有出現。至少她發的毒誓沒有實現。整個晚上一直到快中午，賈斯丁一直坐在床邊，等著洛柏和萊斯里依言帶著搜索令和拘票前來，也帶來肯亞的藍衣警察充當他們的黑手。幾天來，他不斷思考著替代方案和藏身之處，如今怎麼想也想不出個結果。他以戰俘的思考方式考慮了地板、牆壁和天花板：哪裡比較好？他也計劃吸收葛蘿莉亞，逃離他們的掌握。他也計劃吸收穆斯達法和葛蘿莉亞的小男僕。另外也計劃要吸收吉妲。然而偵訊他的警察只託密爾諄打電話來說他們到別處辦案去了；還沒有，沒有敖諾的消息。舉行葬禮時，兩個警官還在別處辦案，就算不是，賈斯丁在葬禮四處掃視前來哀悼的人，數著沒有出席的朋友時，也沒有看見他們倆。

•

飛機進入了永遠保持著破曉前景象的地方。在他的機艙窗戶外，一波又一波凍結的海水朝向無色的無窮遠方捲去。他周圍乘客沉睡著，如同白色屍布裹身，姿態古怪，宛若死者。一名女乘客一手舉起，像是在對某人揮手時遭到槍擊。有一人嘴巴張開，啞然尖叫著，彷彿死人的手放在心口。賈斯丁獨自直挺挺坐著，視線移回窗戶。他的臉孔在窗戶中飄浮著，旁邊是蝶莎的臉，有如他從前認識的人所戴的面具。

9.

「實在太慘了！」有人大叫著。他身穿特大號的褐色大衣，頭髮微禿，一把將賈斯丁的臉摟進懷裡，連他的行李推車也因此鬆手。「真的是太可怕了，他媽的太不公平了，實在太慘了！先是賈司，現在輪到蝶莎。」

「謝謝你，漢姆，」賈斯丁盡可能用力抱住對方，不過他兩手都被緊緊壓在腰間，「謝謝你這麼一大早趕來接我。不用了，我自己來，謝謝。你幫我拿行李箱好了。」

「要是你讓我參加葬禮，我會去的！老天爺啊，賈斯丁！」

「由你代為照料的話比較好。」賈斯丁很親切地說。

「你那件西裝還暖和吧？非洲那邊太陽那麼大，回到這裡，是不是冷到直發抖？」

亞瑟．路易基．漢姆是倫敦與杜林的漢姆曼澤律師事務所唯一合夥人。漢姆的父親在牛津法學院和後來在米蘭的法學院就讀時，曾擔任蝶莎父親的助理。他們兩人在杜林一間高聳的教堂裡同時舉行婚禮，娶了兩位義大利貴族姊妹花，都是芳名遠播的美女。一對新人生下蝶莎，另一對則生了漢姆。兩家人在這兩個小孩成長期間會一起到厄爾巴島度假，到科提納[18]滑雪，兩人是有實無名的姊弟，大學同時畢業，漢姆贏得橄欖球藍帶獎，努力用功卻只拚到中下成績，蝶莎則是以特優成績畢業。蝶莎的父母去世後，漢姆就一直扮演她精明的叔叔，熱心管理她家的信託基金，為她執行戒慎恐懼的投資，全權代表，以英年早禿的頭腦斬除她親戚黃鼠狼般的好意，同時忘記自己應該收費。他體型龐大，臉色紅潤，油光滿面，眼睛閃閃發光，臉頰似水，心中一泛起漣漪馬上就會以皺眉或微笑表現。蝶莎以前常說，每次玩紙牌，漢姆還沒瞭解自己拿到什麼牌時，別人全知道了，只要從他拿起每張牌時的笑容就能得知。

「那東西怎麼不塞到後面？」兩人爬上漢姆的小車時他大吼，「好吧，就放這裡好了。裡面是什麼？海洛因嗎？」

「古柯鹼。」賈斯丁邊說邊謹慎地掃視一列列結霜的車子。通關時，兩名女海關以明顯漠然的表情對他點頭，示意他通過。到了提領行李處，兩個身穿西裝、掛著識別證、面無表情的人看著除了賈斯丁之外的每個人。距離漢姆三輛車的距離外，一輛米色福特小轎車前座有一男一女緊挨著在研究地圖。經驗老到的安全課程指導員喜歡說，各位，要是在文明國家，你永遠無法分辨。最保險的做法就是認定他們全程都在跟蹤你。

「好了嗎？」漢姆羞怯地問，同時繫上安全帶。

英國很美。低斜的晨光在冰凍的蘇塞克斯耕地上鍍了一層金。漢姆以他一貫的方式開著車，在限速七十英里處開到六十五英里，和前面隆隆冒出廢氣的卡車排氣管相距十碼遠。

「梅格要我跟你問好。」語氣粗魯。梅格是他懷孕的妻子。「哭了一個禮拜。我也是。要是不小心，我現在也會哭出來。」

「對不起，漢姆。」賈斯丁簡單回說，言下之意沒有一絲不滿。像漢姆這樣的哀悼者，喜歡從痛失至親的人身上尋求慰藉。

「我只希望他們能找出兇手，」漢姆幾分鐘後脫口而出，「逮到兇手，就可以把那些新聞界的狗雜種丟進泰晤士河，給他們好看。她去陪老媽了，」他接著說，「這下子可好了。」

他們一聲不吭，繼續開了一段路。漢姆狠狠瞪著前方冒著廢氣的卡車，賈斯丁則神情困惑地看著他這半生以來代表的陌生國家。米色福特超了車，取而代之的是身穿黑色皮衣的矮壯機車騎士。在文明國家，你永遠無法分辨。

「對了，你現在發了，」漢姆口齒不清，開闊的原野轉為乏味的郊區，「你以前也不是什麼乞丐，不過現在你一飛沖天了。她爸爸的錢、她媽媽的錢、信託基金，全都歸你。而且你還是她的慈善基金會唯一董事。她說屆時你會知道該怎麼處理。」

「她什麼時候說的？」

「在她孩子夭折前的一個月。她想確定所有東西全都安排得妥妥當當，以免被她自己給搞砸。拜託老天爺，我又能怎麼辦？」他質問，誤以為賈斯丁的沉默是責備。「她是我的客戶啊，賈斯丁。我是她的律師。要勸她別這樣做嗎？要打電話通知你嗎？」

賈斯丁盯著旁邊的後照鏡，發出合宜的吭聲來緩和對方情緒。

「另一個執行人是布魯穆，」漢姆憤怒地補了一句，「比較像是行刑人吧。」

18 科提納（Cortina）位於義大利北方，一九五六年冬季奧運曾在此舉辦。

空曠的漢姆曼澤事務所坐落在依萊巷區，是一條設有大門的死巷，兩層樓板蛀蟲處處，木板牆上掛了顯赫的先人遺像，已見斑駁。兩個小時後，會說兩種語言的職員會對著汙穢的電話筒說話，而漢姆的辦公室小姐也會對現代科技手忙腳亂。不過現在是上午七點，依萊巷空無一人，只見人行道旁停了十幾輛車，還有一盞黃燈在聖伊瑟卓達小教堂的地窖裡閃耀。他們提著賈斯丁的行李辛苦往上爬，走了四層搖搖欲墜的樓梯才來到漢姆的辦公室，接著再上一層來到他有點簡樸僧院風格的閣樓公寓。在小小的客廳兼餐廳兼廚房的牆上掛著一幀相片，是漢姆比較苗條時的踢球射門英姿，在場大學生歡聲雷動。賈斯丁走進漢姆小小的臥房裡準備更衣，看到漢姆和新娘梅格正在切三層的結婚蛋糕，旁邊有一群身穿緊身褲的義大利喇叭手正在熱烈演出。他在小小的浴室裡沖澡，看到牆上掛著一幅原始的油畫，是漢姆位在極冷的諾森布里亞老家，恰恰說明了漢姆家族赤貧的現況。

「北廂房屋頂被掀得一乾二淨，」他在廚房裡對著牆壁以光榮的口吻大喊，一面打蛋，鍋盤也鏗鏘作響。

「煙囪、屋瓦、風標、時鐘、全被打壞了。還好當時梅格出門了，感謝上帝。要是她那時人在菜園，恐怕會被倒下的鐘塔壓得悽慘。」

賈斯丁轉開熱水，馬上燙到手。「她也真夠機警。」他邊表示同情，邊打開冷水。

「耶誕節時她送了我一本很不錯的小書，」漢姆拉開嗓門，好壓過煎培根的嘶嘶聲，「不是梅格。是蝶莎。有沒有給你看過？她送我的那本小書？耶誕節禮物？」

「沒有，漢姆，她好像沒有——」沒有洗髮精，只好在頭髮上抹肥皂。

「是個神祕的印度佬。叫拉米還是什麼的。有沒有印象？全名等我想到再說。」

「抱歉，不知道。」

「書裡全在講我們應該彼此相愛，無所羈絆。我認為這是在唱高調。」

賈斯丁眼睛沾到肥皂，睜不開，吼出聲表示同情。

「自由、愛與行動[19]——書名就是這樣。拜託，她要我搞什麼自由、愛與行動？我結婚了耶，搞什麼鬼。孩子都快出生了。而且我好歹也是個羅馬天主教徒。蝶莎自己在放蕩之前也信天主教。三八。」

「我猜她是想謝謝你常幫她跑腿吧。」賈斯丁選中時機這麼暗示，不過仍維持交談時隨意的語氣。

牆壁另一邊暫時斷了線。嘶嘶聲繼續傳來，接著是離經叛道的髒話和燒焦味。

「你說的跑腿是什麼意思？」漢姆懷疑地咆哮著，「我還以為跑腿的事不能讓你知道。蝶莎的說法是，這個祕密會害死人，跑腿的事，『必須對賈斯丁嚴守祕密。』健康警訊。電郵主旨每封都這樣寫。」

賈斯丁找到了毛巾，只不過眼睛一揉反而更加刺痛。「其實我不知道，漢姆。我不過是憑直覺推測。」他對著牆壁解釋，語調同樣隨便。「她拜託你做什麼事？去炸掉國會？還是在水庫裡下毒？」沒有回答。漢姆埋首做菜。賈斯丁摸到一件乾淨的襯衫。「別告訴我她叫你去散發探討第三世界債務的傳單。」他說。

19 《自由、愛與行動》（Freedom, Love, Action）：漢姆所說的人其實是克里希那穆提（Jiddu Krishnamurti, 1895-1986），本書即為其著作。

「是什麼公司的記錄。」他聽到對方說，伴隨著鍋盤碰撞聲。「你要兩顆蛋還是一個就好？自家養的雞生的。」

「一顆就好，謝謝。究竟是什麼記錄？」

「是她關心的東西。每次她覺得我越來越肥、越來越安於現狀時，唰地一聲，就又來了一封關於公司記錄的電郵。」碰撞聲繼續傳來，漢姆因此轉移話題。「網球比賽時做弊，知道嗎？在杜林的時候。沒錯。這小狐狸精和我在兒童組搭檔。比賽整場她都在騙人。每次判界內或出界時：出界，她就說『我是義大利人耶，可以做弊。』我說，『妳是義大利人，聽妳鬼扯，妳從頭到尾都是英國人，跟我一樣。』如果我們贏了，只有上帝知道我會怎麼做。大概會交還獎盃吧。不，我不會。她會宰了我。噢，天啊。對不起。」

賈斯丁走進客廳坐下，面前是一盤破碎成堆又油膩的培根、雞蛋、香腸、炸麵包和番茄。漢姆一手塞在嘴裡，站在那邊愣住，對自己用了「宰」這麼一個令人不悅的比喻感到抱歉。

「究竟是什麼樣的公司，漢姆？別擺出那種臉，你會害我吃不下早餐。」

「所有權，」漢姆從指縫間說，同時在小小的餐桌對面坐下，「全都有關所有權。擁有曼恩島上兩家小公司。你知道有誰還喊她小蝶嗎？」他問，還是語帶保留。「除了我之外？」

「我沒聽過。她當然也沒聽過。小蝶是你的專利。」

「疼她疼到底了，你也知道。」

「她也很愛你。什麼樣的公司？」

「智慧財產。從來沒上過她，講給你聽也沒關係。太親近了。」

「如果你想知道，她和布魯穆之間也一樣。」

「大家都知道嗎？」

「而且他不是兇手。和你和我一樣都不是。」

「確定嗎？」

「確定。」

漢姆眼睛一亮。「我們家梅格不相信。她對小蝶的瞭解不如我。很特別。沒辦法複製的。『小蝶有好朋友，』我告訴過梅格，『知心的朋友，才不是什麼砲友。』如果你不介意，我會把你說的轉告給她聽，讓她開心點。報上亂寫的那堆狗屎，我想到就傷心。」

「所以，那些公司是註冊在哪裡？名稱是什麼？你記不記得？」

「當然記得。想忘記都難，小蝶是每隔一天就來轟炸我。」

漢姆在倒茶，一手捧著壺身，另一手按住壺蓋以免掉落，同時還咕噥發著牢騷。動作結束後，他坐回原位，繼續照料茶壺，接著低頭，動作好似即將進攻。

「好吧，」他以積極的口氣質問，「在我有幸遇到的最隱密、陰險、虛偽、偽善的產業痞子之間，你隨便講一個。」

「國防。」賈斯丁以虛假的口氣說。

「錯。是製藥業。把國防打得片甲不留。終於想起來了。我就知道忘不了。兩家公司叫做羅法馬和

20

法馬貝爾。」

「誰？」

「是某個醫學報導寫的。羅法馬發現了分子，法馬貝爾擁有的是製程。我就知道忘不了。天曉得那些傢伙怎麼會想出那種名字。」

「什麼東西的製程？」

「生產那種分子的過程嘛，混蛋，不然還有什麼？」

「什麼分子？」

「天曉得。跟法律一樣，只是更難瞭解。是我從來沒看過的字，希望不會再看見。故意讓下人看不懂嘛，讓他們乖乖當文盲。」

早餐後，他們一起下樓，將格拉斯東皮袋放進漢姆辦公室隔壁的保險庫。漢姆嘬著嘴唇表示謹慎，眼睛望向天空，轉動號碼鎖，拉開鐵門讓賈斯丁獨自進去，在門口看著他將皮袋放在地板上，靠近一堆老舊的皮箱，箱蓋上鑲嵌著公司在杜林的地址。

「那還只是開始而已，」漢姆以陰沉的口吻警告，故意加入義憤填膺的意味，「在玩真的之前來個牛刀小試。之後來的是凱儒・維達・赫德森（ＫＶＨ）名下所有公司的董事名單。這間公司設在溫哥華、西雅圖、瑞士的巴塞爾，以及從美國威斯康辛州歐許科士到東品納你聽過的所有城市都有。還有，有間什麼股分有限公司之類的，外界盛傳他們即將倒閉，別名是三蜂，終生總裁兼宇宙主宰是一個名叫肯尼士・Ｋ・Ｃ的人，是個騎士對吧？『她還有問其他問題嗎？』你會這樣想。沒錯，她確實還有問題。我叫她從網路上找資料，她說她想找的東西有一半是限制性的，不管他們在做什麼，顯然都不希望老百姓看到。我對她說啊，『小蝶，老姊呀，看在耶穌的分上，這東西會花掉我好幾個禮拜、甚至好幾個月哪。』結果她聽不聽？會聽才怪。看在耶穌的分上，她可是小蝶呢。要是她叫我不背降落傘就從熱氣球上往下跳，我二話不說就跳。」

「大致的情況是怎樣？」

漢姆眼中閃現出天真的驕傲。「溫哥華和巴塞爾的KVH擁有曼恩島上那兩家小生物科技公司百分之五十一的股分，就是那兩家羅什麼和法馬什麼的公司。奈洛比的三蜂對上述分子和所有衍生物擁有整個非洲大陸的獨家進口經銷權利。」

「漢姆，你真厲害！」

「羅法馬和法馬貝爾兩家公司都是由同一個三人幫在掌控。即使不是，等到賣掉百分之五十一的股分時就會落入他們手中了。一男兩女。男的叫羅貝爾（Lorbeer），這名字前三個字母加上beer再加上pharma，就造出羅法馬和法馬貝爾兩個名字。兩個女的都是醫生。地址都由住在列支敦士登一個信箱裡的瑞士小矮人轉交。」

「姓名是？」

「拉若什麼的。我筆記裡面有寫。拉若・艾瑞奇。想到了。」

20 前者原文是Lorpharma，後者是Pharmabeer，而為pharm「製藥」一詞的字根。

「另一個呢？」

「忘了。不對，沒忘。姓科瓦克斯。名沒說。我愛的是拉若。我最愛的一首歌。以前最愛聽。《齊瓦哥醫生》的配樂。以前小蝶也愛聽。㕭！」漢姆擤鼻涕，對答自然中斷，賈斯丁在一旁等著。

「漢姆，拿到這些情報，結果你怎麼處理？」賈斯丁輕柔地問著。

「打越洋電話到奈洛比唸給她聽。她呀，爽歪了。還說我是她崇拜的英雄——」他語氣中斷，因為對賈斯丁的表情有所警覺——「不是你家的電話啦，白痴。是她在北方一個朋友的電話。『漢姆，你去公用電話亭，馬上直撥以下的號碼給我，有筆嗎？』臭小妞老愛發號施令。不過她對電話可是小心到極點。我認為有點疑神疑鬼。話說回來，有些疑神疑鬼的人還真的有敵人，對不對？」

「蝶莎是有。」賈斯丁同意。漢姆對他使了一個詭異的眼色，盯得越久就越顯詭異。

「你該不會認為事情就是這樣發生的吧？」漢姆壓低嗓門問。

「怎麼說？」

「小蝶是被製藥商幹掉的？」

「怎麼說？」

「可是我是說，老天爺呀，老兄，難道你不認為是他們為了教訓她大嘴巴嗎？我是說，我知道那些人可不是什麼日行一善的童子軍哪。」

「我確定他們都是盡心盡力的慈善家，漢姆。從上到下的每個百萬富翁全都是。」

之後，兩人沉默許久，後來是漢姆先開口。

「糟糕。算了，天啊。別講得太直接。告訴我。」

「完全正確。」

「我打的那通電話害了她。」

「不對，漢姆。你為了她兩肋插刀，她感激不盡。」

「好吧。天呀。我能幫上什麼忙嗎？」

「能。幫我找個箱子。堅固的棕色厚紙板紙箱就可以。有沒有這樣的東西？」

漢姆很樂意跑腿，因此衝了出去，找了很久才拿來一個塑膠瀝水盤。賈斯丁蹲在格拉斯東皮袋前，打開大鎖，解開皮帶，背對著漢姆不讓他看到，將當中的東西移到塑膠盤上。

「現在麻煩你把漢姆曼澤事務所裡最無聊的檔案拿過來。過期的東西。收藏一堆卻從來沒去翻的東西。把這個皮袋裝滿為止。」

漢姆幫他找到檔案：是似乎能讓賈斯丁滿意、既老舊又處處折角的檔案。他也幫賈斯丁把這些東西裝進空皮袋裡。看著賈斯丁繫好帶子鎖上。隨後從窗戶又看到他走進巷子裡，提著袋子叫計程車。正當賈斯丁快消失於視線外時，漢姆深呼吸叫了一聲「聖母瑪莉亞！」以誠摯的心向聖母祈禱。

•

「早安，魁爾先生，長官。我幫您提，好嗎？我要用X光掃描一下，如果您不介意的話。這是新規定。是不是很像我們那個時代？或是您父親那個時代。謝謝您，長官。這是您的機票，一切準備就緒。」語調突然壓低。「長官，我非常難過。我們全都大受影響。」

「早安，長官！我們很高興您能回來。」又壓低聲音。「長官，致上最深的慰問。也代表我妻子致意。」

「致上我們最深沉的同情之意，魁爾先生。」——另一個人在他耳畔呼出啤酒氣息——「藍茲貝利小姐請你直接上樓，長官。歡迎回家。」

只是，外交部再也不是他家了。外交部的大廳設計可笑，是用來嚇唬膽小鬼，只傳達出無能、又愛招搖的模樣。頭戴假髮、眼神蔑視的海盜畫像不再對他做出家人的微笑。

「賈斯丁。我是艾莉森。我們沒見過面。在這種情況下認識，真是非常非常令人難過。你還好吧？」艾莉森．藍茲貝利站在辦公室十二呎高的門口，顯現出篤定的自制，她雙手握住他的右手，接著放下。「我們都非常非常難過，賈斯丁。全然震驚。你真勇敢。這麼快就回來報到。你真的能以理智談事情嗎？我不認為你辦得到。」

「不知道你有沒有敖諾的消息。」

「敖諾？——啊，神祕的布魯穆醫生。可惜毫無音訊。我們要做最壞的打算。」她說，卻沒說出什麼是最壞的情形。「更何況，他也不是英國公民，是吧？」——心情好了起來——「總要讓善良的比利時人照顧他們自己人。」

她的辦公室有兩層樓高，有鍍金的帶狀雕刻和戰時的黑色暖氣裝置，還有一個陽台可俯瞰相當隱密的庭園。辦公室裡有兩張扶手椅，艾莉森．藍茲貝利將自己的羊毛衫放在其中一張的椅背上，這樣別人就不會坐錯。熱水瓶裡有咖啡，這樣兩人密談時就不會有人進來打擾。辦公室裡有股莫名的濃密氣味，是其他人身剛離開的氣味。駐布魯塞爾外交使節四年，華府國防顧問三年，賈斯丁先看過了她的資歷記錄。另外三年跟著聯合國情報委員會回到倫敦。六個月前獲派擔任人事處主任。我們兩人唯一列入記錄的交流：一封信，建議我修剪妻子的翅膀——置之不理。一份傳真，命令我不要回去自己家——太遲了。他心裡想著艾莉森的家會是什麼模樣，暗自奉送給她一間位於紅磚豪宅裡的公寓，就在哈洛德百貨後面，週休二日打橋牌比較方便。她身材精瘦，五十六歲，為了蝶莎穿上黑色衣服。她左手中指戴著一只男性的圖章戒指。賈斯丁猜想那是她父親的戒指。牆上掛著一張相片，相片中的她正開車離開慕爾公園。另一張——依賈斯丁看來掛得有點不明智——是她和德國前總理柯爾握手的合照。不必多久，妳就會有自己的女子學院，人稱艾莉森女爵士，他心想。

「我整個早上都在想所有我不會對你講的話，」她將嗓門投射到大廳後面，以便後來加入的人收聽，「還有我們一定還無法達成共識的事項。我也不準備問你如何看待自己的未來。也不會告訴你我們如何看待。我們實在太難過了。」她講完，帶有老師講完課的滿足感。「對了，我是馬德拉蛋糕。別以為我是千層糕。不管你從哪裡切，我都一樣。」

她事先已將一部筆記型電腦擺在她面前的桌子上，有可能是蝶莎的電腦。她邊講話，邊以灰色短棒戳著螢幕。短棒末端的鉤狀有如毛線鉤針。「有些事情我必須告訴你，我就有話直說了。」戳。「啊。無限期病假是第一件事。無限期是因為顯然要以醫學報告來做決定。病假是因為你精神受到重創，不管你自己曉不曉得都一樣。」好了。戳。「而且我們也提供心理輔導。由於經驗豐富，我們輔導得相當不錯。」悲傷的微笑，再戳。「山德醫生。你出去後，愛蜜麗會給你山德醫生的聯絡方式。暫定明天十一點去見她，如果有必要，也可以改時間。在哈利街，不然還有哪裡？女醫生沒關係吧？」

「當然沒關係。」賈斯丁和顏悅色。

「你暫時住哪裡？」

「我們家。我家。在契爾西。會先住那邊。」

她皺眉頭。「可是，那棟不是家族的房子嗎？」

「蝶莎的家族。」

「啊。可是，你父親在洛德北街也有一棟房子。相當漂亮，我記得。」

「他在死前賣掉了。」

「你打算待在契爾西嗎？」

「目前是這樣。」

「這樣的話，愛蜜麗也要有那棟房子的聯絡方式。請交給她。」

繼續看著螢幕。她是在看螢幕，還是想躲進去？

「山德醫師的療程不只一次，而是連續課程。她輔導個人，也輔導團體。她鼓勵有相同問題的病人彼此互動。是在保密規定範圍之內，當然。」戳。「如果你要的是神職人員，不管要搭配心理醫生還是不要，我們都準備了各種宗教派系的人員，幾乎在各方面都做過身家調查，所以要找什麼人儘管說。我們這裡的看法是，給任何事情一個機會，只要不妨礙到保密。如果山德醫生不合適，你回來找我，我們會幫你找一個適合的。」

也許妳還會針灸吧，賈斯丁心想。然而他腦海裡正納悶，他又沒有什麼祕密要告白，為何要提供經過身家調查的人來聽他的告白。

「啊。賈斯丁，你現在想不想要一處避風港？」戳。

「什麼？」

「寧靜之家。」重音落在第一音節，就和「溫室」這個字的重音一樣，意味那不是安靜的一般房子。「避開一切，等到風浪平息之後再說。能讓人徹底埋名隱姓，恢復人生平衡感，在鄉間慢慢散步，我們需要你時可以過來倫敦看我們。以你的個案來說，並不是全部免費，不過政府會補助很多。你決定前先跟山德醫生討論，好嗎？」

「都好。」

「那就好。」戳。「你受盡了公然侮辱。就你所知，這對你造成什麼影響？」

「恐怕我出現在大庭廣眾下的機會不多。是妳下令把我藏起來的，記得吧？」

「你同樣吃了不少苦。沒人喜歡被說戴綠帽，沒人喜歡看自己的性生活被媒體炒作。總之，你不會恨我們。你沒有生氣，沒有憎恨，沒有委屈。你不打算報復。你撐過來了。當然了。薑還是老的辣。」

賈斯丁不確定她這番話是問題還是怨言，或者只是對韌性一詞下的定義，所以不做回應，注意力反而放在一株桃色的秋海棠上。這株秋海棠注定一死，因為花盆太靠近那台古董暖氣。

「這裡好像有張薪資部門送來的字條。要我現在一口氣說完，還是受不了了？」她不待對方回答就遞了過去。「我們當然維持你的全薪。可惜婚姻津貼必須中斷，從你成為單身那天算起。賈斯丁，有些棘手的事不處理不行，依我的經驗，最好現在就處理，接受它。另外，一般的回國緩衝津貼要等你決定最後定居地才能發放，但顯然還是依單身來計算。賈斯丁，這樣夠了嗎？」

「錢嗎？」

「我是指資訊量，夠你暫時用來處理身邊事物嗎？」

「怎麼說？難道還有嗎？」

她放下短棒，轉身正面對著賈斯丁。多年前，賈斯丁有膽跟皮卡迪利街上一家大商店抱怨時，也面對了同樣冷若冰霜的眼神，當時面對是店經理。

「沒有，賈斯丁。就我們所知是沒有了。我們現在挺忐忑的，布魯穆還沒找到，案子明朗之前，羶色腥的報導會登個沒完。對了，你要跟裴勒袞吃午飯。」

「好的。」

「他啊，人好得不得了。賈斯丁，你一直都很鎮定，上面注意到了你在壓力下不屈不撓的精神。我相信你受盡了折騰。不只在蝶莎死後，在她死前也是。我們早該堅定立場，在當初還不算太遲之前把你們倆調回來。只可惜回頭看才知道，一味姑息造成的錯誤非常像是簡便的解決之道。」戳，以越來越不苟同的眼神仔細看著螢幕。「對了，你還沒接受媒體採訪吧？不管記者要不要登，你什麼都沒說吧？」

「只跟警方說過。」

這一點她不追究。「別對媒體發言，當然。連『不予置評』都別說。以你的處境，完全有權掛掉他們的電話。」

「我相信這不難。」

戳。停。再度研究著螢幕。研究著賈斯丁。視線重回螢幕。「你那邊沒有屬於我們的文件或資料吧？怎麼說呢？屬於我們的智慧財產。雖然有人問過你了，不過，我還是要再問一次，以免你又找到了什麼，或是將來又找到什麼。有找到什麼東西嗎？」

「蝶莎的東西？」

「我是指她婚外的活動。」她過了一段時間才開始為所謂的婚外活動下定義。在她下定義時，賈斯丁忽然領會到，也許領會得有點太遲，蝶莎對她而言是個莫大的侮辱，玷汙了她們的母校、階級、性別、國家和外交部。照這樣引申，賈斯丁就是特洛伊木馬，是將蝶莎走私帶進城堡的媒介。「我想的是，她在進行調查或是她所謂的什麼行動時，以非法或合法手段蒐集到的研究報告。」她接著說，語氣裡有坦然的不齒。

「要我找什麼東西，我完全沒概念。」賈斯丁抱怨道。

「我們也是。我們這邊的人確實也很難瞭解，她到底是怎麼搞出這個名堂的。」突然間，一直悶在她心中的怒氣即將衝出她胸口。她不是故意的，賈斯丁很確定；她費了很大的勁，才止住心中怒氣。不過，這時怒氣顯然躲過了防線。「從目前得知的消息來看，確實很不尋常，怎麼有人會允許蝶莎變成那樣的人。波特是個優秀的駐外單位主管，但我還是忍不住認為，他必須為這件事負相當大的責任。」

「負什麼責任？」

她陡然停下動作，讓賈斯丁很驚訝。彷彿她撞上了緩衝器。她停下來，緊盯著電腦螢幕。她握住鉤針準備動作，卻沒有採取任何行動，而是將它輕輕放在桌上，彷彿在軍人葬禮時將步槍放在地上。

「這個嘛，是波特。」她讓步了。然而賈斯丁並無意要她讓步。

「他怎麼了？」賈斯丁問。

「他們夫妻倆為了那個可憐的孩子犧牲了一切，我覺得實在令人欽佩。」

「我也是。但他們究竟犧牲了什麼？」

她似乎與賈斯丁同樣困惑。她這麼做，為的是要拉攏賈斯丁，就算只是在她貶辱波特．寇瑞瞿的時候也好。「賈斯丁，想知道這工作要從哪裡做起，真的很難。一面想要依個人差異性來對待，一面又渴望能將每個人的狀況適用於大環境。」然而，賈斯丁若是認為她是在緩和攻訐波特的語氣，那他就大錯特錯了。她只是在充電。「可是波特，這一點我們不得不承認，他在現場，但我們不在。要是我們被蒙在鼓裡，要採取行動也難。如果當場沒有人通知，等東窗事發了才要我們善後，也不是辦法，對吧？」

「我想也對。」

「而且，如果波特被家務事搞得頭昏眼花，無法抽身——這一點無人能否認——看不清他眼前的發展——布魯穆的事件等等的，對不起了——他至少還有絕對一流的大將杉狄，值得信賴，隨時可供他差遣，幫他清楚傳達指令啊。杉狄確實是這樣，到了令人作嘔的地步。可惜也沒用。所以我才說，那個孩子——可憐的女孩——叫蘿西還是什麼來著的，顯然占據了他們下班後的全部精力。指派高級專員時，這一點未必是必要條件吧?」

賈斯丁做出順從的臉色,表示同情她的困境。

「我無意探人隱私,賈斯丁,我是想問你,怎麼可能,當初怎麼可能——暫時先將波特擺一邊——你的妻子怎麼可能從事這一連串的活動,你卻推說自己毫不知情?好吧。她是現代女性。祝她心想事成。她過她的生活,搞她的個人關係。」故意不出聲。「我不是在暗示你當初應該綁住她,因為這樣是歧視女性。我想問你的是,在實際情況中,你如何完全不知道她在進行的活動——她的調查——她的——怎麼說才好?我其實想用的字眼是管閒事。」

「我們有過約定。」賈斯丁說。

「你們當然約定過。平等、平行的生活。可是賈斯丁啊,在同一個屋簷下耶!她什麼都沒告訴過你,什麼都沒有讓你看,什麼都沒有讓你知道。這種說法,你難道真的講得出口?我覺得非常難以置信。」

「我也這麼覺得。」賈斯丁同意。「不過,當一個人把頭埋在沙裡,恐怕就會遇到這種情況。」

「好,現在要問的是,你有沒有跟她共用同一部電腦?」

「有什麼?」

「這問題再清楚不過。你有沒有共用,或是有機會接觸到蝶莎的筆記型電腦?也許你不知道,她寄了一些措辭非常強烈的文件給外交部和其他單位,嚴厲指控了某些人,控訴他們做出很可怕的事。做出可能非常具有破壞力的壞事。」

「艾莉森，到底是可能對誰具有破壞力？」賈斯丁很有技巧地詢問，希望能從她口中釣出她想要免費賞賜的消息。

「不是誰和誰的問題，賈斯丁，」她回答的語氣嚴厲，「問題是，蝶莎的筆電是不是在你手裡。如果不是，那到底在哪裡，此時此刻在什麼地方，裡面有什麼資料？」

「我們從沒共用過電腦，這回答妳第一個問題。電腦是她的，是她專屬。那台電腦我連怎麼開機都搞不清楚。」

「別管開不開機了。電腦在你手上才是重點。蘇格蘭警場跟你要過，但你非常聰明也非常忠誠，決定最好還是交給外交部處理。我們很感激。為你記上一筆了。」

這番話既是說詞，也是一個是非題。如果有的，在A框裡打勾，如果沒有，在B框裡打勾。這是命令，也是挑戰，而且，從她如水晶般的眼神來判斷，也是威脅。

「還有磁碟片，當然。」她等著回答時補充說道。「她是個很懂效率的女人，怎麼會當律師也是怪事一樁。她認為重要的資料必定會儲存備份。這種情況下，這些磁碟片也構成洩密的條件，所以我們也要請你交出來。」

「哪裡有什麼磁碟片？沒有。」

「當然有。她怎麼可能使用電腦卻沒用磁碟片？」

「我到處都翻過。沒有就是沒有。」

「真的非常奇怪。」

「是。」

「所以，賈斯丁，我回想了一下，認為你最好的做法是，所有東西一從行李取出，就馬上帶來外交部，讓我們處理，省得你吃苦又要負責。你說呢？我們可以談個條件。任何跟我們無關的東西都專屬於你。我們會列印出來給你，這裡沒有人會以任何方式去看、評估或記錄。要不要我現在就派人跟你回去拿？可以嗎？如何？」

「我不確定。」

「不確定需不需要別人幫忙？很合理。要不要找個跟你同級、同情你的同事？一個你能完全信任的人？現在確定了嗎？」

「電腦是蝶莎的，是她買的，使用者是她。」

「那又怎樣？」

「我不確定你是否有權利要求我交出來。只因為她死了，就能讓人掠奪她的財產。」他覺得很睏，閉上雙眼一會兒，然後搖搖頭醒醒腦。「反正也不是什麼大問題，對不對？」

「怎麼不是大問題？」

「電腦又不在我手上。」他起身，這個動作連他自己都嚇了一跳，不過他需要伸展一下四肢，呼吸一點新鮮空氣。「大概被肯亞警方偷走了。大部分東西都被他們偷走了。謝謝妳，艾莉森。多謝妳的協助。」

花了比正常情況還稍久的時間，他才從工友主管那兒拿回那只格拉斯東皮袋。

「提早趕回來了，抱歉。」賈斯丁等著。

「一點也不早，長官。」工友主管紅著臉回說。

•

「賈斯丁，我親愛的賈斯丁！」

賈斯丁對門口的俱樂部警衛報出姓名，但裴勒袞在他之前已先重重步下台階來接他，亮出好人的微笑，對他大喊，「他是我的人，吉米，把行李放進你的儲藏室，把他交給我就行了。」他抓住賈斯丁的手，另一手則摟住賈斯丁的肩膀，以表友誼與憐憫，摟得強而有力，卻非英國作風。

「你準備好了，對吧？」他先確定沒有人聽得見，再以述說心事的語氣說，「如果你願意，我們可去公園散步。不然改天再聊。隨你便。」

「我還好，勃納。真的。」

「藍茲貝利那頭野獸沒耗盡你的體力嗎？」

「完全沒有。」

「我預訂了餐廳，是有個賣午餐的吧台，不過沒桌位可坐，吃飯時盤子得放在老二上，還有很多外交部的退休老頭在怨嘆蘇伊士運河。你要不要先去尿個尿？」

餐廳是個隆起的靈柩台，天花板是片藍天，上面畫了幾個天使。裴勒袞選的崇拜地點在角落，有磨光的花崗石柱和一棵頹喪的千年木遮掩座位。他們周圍坐的是白廳的萬年弟兄，身穿灰色西裝，剪著小學生的髮型。這就是我的世界，賈斯丁解釋給她聽。我娶妳那時，我還是他們其中之一。

「我們先把大工程解決掉再說。」裴勒袞很有技巧地建議。此時，一個身著淡紫色禮服的西印度群島裔服務生將菜單遞給他們。菜單設計成桌球拍的形狀。裴勒袞這招出得高明，也符合他好好先生的形象，因為他們在研究菜單的時間能夠彼此靜心對坐，避免視線接觸。「這趟回程還可以忍受吧？」

「很舒服，謝謝你。他們替我升級到頭等艙。」

「棒透了，棒透了，棒透了的女孩子，賈斯丁，」他看著桌球拍菜單喃喃說，「用不著多說。」

「謝謝你，勃納。」

「志氣高昂，勇氣可嘉。勝過所有女人。吃肉還是吃魚？不是星期一。你們那邊都吃什麼？」

賈斯丁打從事外交工作以來，就一直知道勃納・裴勒袞的點點滴滴。他跟著勃納到渥太華，兩人之後在貝魯特短暫巧遇。他們在倫敦一起參加過人質求生講習，學習到寶貴的知識，懂得如何瞭解到自己被一群不怕死的武裝歹徒追殺；在對方以膠布捆住你的手腳、遮住眼睛，將你扔進他們的賓士後車廂時，該如何維護自己的尊嚴；若是被架到樓上，雙腿自由卻無法使用樓梯，該如何從窗戶跳出去最安全等等。

「新聞記者全都是狗屎，」裴勒袞自信地大聲說，眼睛還看著菜單，「你知道我總有一天會怎麼做嗎？去那些混帳家門口堵人。以牙還牙。請一群流氓，趁什麼《撈什子》和《全球爛報》的總編在和妓女辦事時，到門口抗議。拍下他們的小孩上學的照片。問那些老頭的老婆，他們的床上功夫如何。讓那些混蛋知道，這樣被人整的感覺如何。要不要拿機關槍對付他們？」

「不用吧。」

「我絕對要。一群假道學的文盲。鯡魚排不錯。我吃燻鰻魚會放屁。你要是喜歡吃比目魚，粉煎的也不錯。如果你不喜歡，就改點燒烤。」他正在一份印刷的字條上寫字。最上方有勃納·裴勒袞爵士的字樣，以電腦打字大寫印刷，食物選項印在左側，勾選用的框框在右側，會員簽名處在最下方。

「那就點比目魚。」

裴勒袞沒有聽進去，賈斯丁記得。就是這樣，他才會贏得協商高手的美名。

「燒烤嗎？」

「粉煎。」

「藍茲貝利那邊狀況還好嗎？」

「隨時可應戰。」

「她有沒有說她是馬德拉蛋糕？」

「怎麼沒有。」

「她最好別吃太多蛋糕。她跟你談到未來嗎？」

「我心靈受到重創，要請無限期的病假。」

「蝦子要嗎？」

「我看我還是比較喜歡酪梨，謝謝你。」賈斯丁看到裴勒袞在雞尾酒蝦上打了兩個勾。

「外交部最近正式禁止午餐飲酒，你聽到想必鬆了一口氣。」裴勒袞邊說邊對賈斯丁投以滿面笑容，讓他驚訝了一下。隨後，為了避免賈斯丁沒看到剛才的微笑，他又笑了一次。賈斯丁記得他的微笑向來一模一樣：寬度一致，時間一致，同等程度、發自內心的溫馨。「話說回來，你這個人很有同情心，陪陪你是我痛苦的責任。這裡的莫索酒還行，要不要分一半？」他的銀色自動鉛筆在框框裡打勾。「對了，你脫身了。自由了。沒事了。恭喜。」他撕下字條用鹽罐壓住，以免被風吹走。

「脫身？怎麼說？」

「謀殺罪啊，不然還有什麼？你沒殺蝶莎和她的司機，你沒去地下聲色場所雇用企業殺手，你也沒拿繩子綁住布魯穆的卵蛋，將他倒吊在你家閣樓。離開法庭時，你的臂章上一點汙痕都不沾。感謝條子。」點菜單已從鹽罐底下消失，想必是服務生拿走了，然而賈斯丁的靈魂已出竅，沒注意到服務生的動作。「對了，你在那邊種了些什麼？我答應過小琳要問你。」小琳就是希琳，是裴勒袞可怕的妻子。

「異國植物？多汁植物？我對這些一竅不通，抱歉。」

「其實什麼都種一點，」賈斯丁聽見自己說，「肯亞的氣候極為溫和。勃納，你不說我還不知道自己的臂章上面有汙痕。我猜是有個說法。不過，只是個牽強附會的假設。」

「各式各樣的說法都有啊，那可憐的兩個小朋友。老實說，說法編得超出他們的身分地位。你一定要抽空來我家跟小琳聊聊。來過週末。打不打網球？」

「抱歉，我不會。」

他們的確有各式各樣的說法，他暗自對自己重複說著。可憐的小朋友。裴勒袞提到洛柏和萊斯里的口吻，就跟藍茲貝利提到波特·寇瑞瞿如出一轍。裴勒袞說，那個王八湯姆什麼的，馬上就要被派去貝爾格勒，泰半是因為國務大臣受不了他那張獸臉繼續待在倫敦。誰受得了？迪克某某在下次受封名單中會晉升騎士，之後要是走運，會被踢上財政部——上帝幫幫忙，整頓國家經濟吧，笑話一樁——不過，當然了，老迪克這五年來一直在拍新工黨的馬屁。除了這些事情，其他一如既往。外交部還是由同樣那批二流大學的畢業生當道，講話口音寒酸，穿的是費爾島的雜色套頭毛衣。賈斯丁記得派駐非洲之前就有這些人；再過十年，我們的人就完全不剩了。服務生端來兩份雞尾酒蝦，賈斯丁看著他以慢動作上菜。

「不過，話說回來，他們都很年輕，對吧？」裴勒袞以縱容的口吻說著，恢復了哀悼的語調。

「新來的嗎？他們當然很年輕。」

「你在奈洛比遇到的那兩個小警察。年輕又飢渴，願上帝保佑。我們以前也是那樣。」

「我倒覺得他們相當聰明。」

裴勒袞皺起眉頭，嚼著東西。「大衛·魁爾是你什麼人？」

「我姪兒。」

「我們上個禮拜簽下他。才二十一歲，但現在要是不那麼早簽下來，怎麼拚得過倫敦市？我乾兒子上禮拜開始在巴克萊銀行上班，年薪四萬五，外加獎金。呆頭呆腦的，乳臭還未乾。」

「大衛真厲害。你不說我還不知道。」

「老實說，桂德利做出那樣的決定也真了不起，把那樣的女人送到非洲。他和外交官交手過，很懂狀況。那邊有誰會認真看待女警？莫怡的手下才不鳥咧。」

「桂德利？」賈斯丁重複，腦海中的迷霧逐漸散去。「該不會是法蘭克·亞瑟·桂德利吧？負責外交安全工作的那個？」

「同一個人，願上帝保佑。」

「可是，他那個人實在笨到底。我在禮賓司時就和他交手過。」賈斯丁聽見自己超出了俱樂部允許的音量，趕緊壓低嗓音。

「脖子以上都是木頭做的。」裴勒袞以好心情說。

「他究竟為何要調查蝶莎的命案？」

「從小竊案到重大刑案，專辦海外案件。你也知道條子是什麼德性。」裴勒袞邊說邊往嘴裡塞進蝦子和麵包加奶油。

「我知道桂德利是什麼德性。」

裴勒袞嚼著蝦子，同時以八股式的電報文體敘述：「兩名年輕警官，一男一女，自認是羅賓漢。案子眾所矚目，全球聚焦在他們身上。見到自己的大名在鎂光燈下扶搖直上。」他調整一下繫在喉頭的餐巾，「於是他們編出幾套理論。如果要讓半調子的上司另眼相看，提出一套高明的理論正是最好的辦法。」他喝了水，以餐巾一角猛擦嘴。「企業殺手——貪瀆的非洲政府——跨國財團——劇力萬鈞！要是運氣好，他們說不定還能在電影裡軋一角。」

「他們認為是哪個跨國財團？」賈斯丁拚命不去理會蝶莎的命案搬上大螢幕這種令人反胃的構想。

裴勒衮抓住他的視線，打量一會兒，微笑，接著再微笑。「隨便說說而已，」他以否定的口氣解釋，「可別當真。那兩個年輕條子打從第一天就跟錯線索，」他繼續說，在服務生添水時讓開，「賤啊，老實說，真他媽的賤啊。我不是說你，馬修老弟——」這句話是對服務生說，以展現他對弱勢民族的同胞愛——「幸好也不是對這俱樂部任何一個會員說。」服務生逃開了。「有五分鐘的時間，想把罪推到杉狄身上，信不信由你。什麼蠢蛋理論，說杉狄愛上蝶莎，醋勁大發，於是找人把他們倆給殺了。這條線索查不下去，他們才改朝陰謀論著手。全世界最簡單的做法。精心挑出幾個事實湊在一起，聽聽兩、三個悶氣無處發洩的人告密，再丟進一、兩個人盡皆知的名字，就能編出你要的狗屁故事。編出蝶莎做過的事，如果你不介意我說出來。你，應該全都知道。」

賈斯丁茫然搖搖頭。我沒聽見。我又回到飛機上，這一切全是場夢。「可惜我不知道。」他說。

裴勒衮的眼睛非常小，賈斯丁過去沒注意到。或者，他的眼睛大小很標準，只是在敵軍開火時能順勢縮水——就賈斯丁能判斷的範圍之內，所謂的敵軍，是任何能抓住裴勒衮的話來反問他的人，或是能將對話方向導引到他沒預先瞭解過的領域的人，這些都是他的敵軍。

「比目魚還好吧？剛才應該點粉煎的才對。才不會那麼乾。」

比目魚做得很棒，賈斯丁說。他忍住不說他剛才點的正是粉煎。莫索酒也很棒。很棒，就像他剛說的很棒的女孩子。

「她沒有讓你看。她的大文件。他們的大文件，對不起。你的說法就是這樣，抵死不改，對吧？」

「關於什麼的文件？警察也問了我同樣的問題。艾莉森・藍茲貝利也迂迴地問過。是什麼文件？」

他假裝呆頭鵝，連自己也開始這麼相信自己。他又再釣情報了，只不過是以掩飾的手法在進行。

「她沒給你看，卻拿給杉狄看？」裴勒袞邊說邊喝了一口酒，將這份情報混著酒吞下喉嚨。「你是不是希望我這麼認為？」

賈斯丁直挺挺坐著，動也不動。「她做了什麼事？」

「沒錯。祕密幽會，全套的。很抱歉，我以為你本來就知道。」

可是我不知道，你也鬆了一口氣，賈斯丁心想。他仍疑惑地看著裴勒袞。「那份文件杉狄到底拿去做什麼？」他問。

「拿給波特看。波特嚇得發抖。決策這種東西，波特當作是一年吃一次的藥，還得喝很多水才做得到。作者另有其人，注明是機密文件。不是杉狄，是蝶莎和布魯穆。說到這兒，如果你想洩洩悶氣，我倒想說，那些個義工英雄讓我想吐。只是國際官僚在玩家家酒嘛。抱歉，離題了。」

「你呢？你採取什麼行動？拜託你行不行，勃納！」

我是忍無可忍、夢想破滅的鰥夫。我是受了傷的無辜者，但沒有我說的那麼無辜。我是義憤填膺的丈夫，被四處浪蕩的妻子和她的情夫蒙在鼓裡。「那份文件寫了什麼，到底有沒有人能告訴我？」他繼續以質問的語調說。「我很不情願地在杉狄家當了半個世紀的客人。他從來沒告訴過我他和蝶莎幽會，也沒說過赦諾或是其他人。什麼文件？內容是什麼？」持續逼問。

裴勒袞又微笑。一次。兩次。「這麼說來，你是頭一次聽到囉。太好了。」

「對。沒錯。我完全被搞糊塗了。」

「那樣的女孩子啊，年紀只有你一半，飛得又高又遠又放蕩。你從來沒想過要問她到底在幹什麼。」

裴勒袞生氣了，賈斯丁注意到。和藍茲貝利一樣。和我一樣。我們都在生氣，我們也都在隱瞞怒火。

「對，我從來沒想過。對了，她的年紀不是我的一半。」

「從沒偷看過她的日記，故意不小心拿起電話分機。從沒有偷看過她的信件或電腦。一次也沒有。」

「以上所說，一次也沒有。」

裴勒袞看著賈斯丁，自言自語。「這麼說來，你什麼都沒注意到。非禮勿視，非禮勿聽。真不可思議。」他差點讓諷刺的語氣超出了界限。

「她是律師，勃納，又不是三歲小孩。她是個通過資格考試、頭腦非常精明的律師。你可別忘了。」

「有嗎？我可不太確定。」他放下老花眼鏡，以便享用比目魚的下半部。吃完魚，他用刀叉將魚骨舉高，像個無助的殘障人士一樣四處張望，等著服務生為他端來裝殘渣的盤子。「只希望她將報告侷限在杉狄．伍卓那邊。她去煩重要角色，這個我們知道。」

「什麼重要角色？你是指你自己嗎？」

「寇提斯。是肯尼K。那個人。」盤子端來了，裴勒袞將魚骨頭放上去。「她竟然沒有跳到他的賽馬前面去喊冤。到布魯塞爾去喊冤。到聯合國去喊冤。上電視去喊冤。像那樣的女孩子啊，任務是解救地球，異想天開，想到什麼就做什麼，哪管會有什麼下場。」

「完全不像你講的那樣。」賈斯丁用力壓制著訝異之情與熊熊怒火。

「你說什麼來著？」

「蝶莎費了很大的氣力要保護我。也想保護她的國家。」

「用扒糞的方式嗎？以誇大渲染的手法嗎？威脅老公的上司？挽著布魯穆的手臂衝進公司對工時超長的主管大罵嗎？用這種方法保護老公，我可不認同。我倒是覺得這更像是開快車撞毀你的晉升機會。如果要我坦白講，你那時的機會也不算特別好。」喝了一口氣泡礦泉水。「啊，我懂了。我知道發生了什麼事了。」他微笑兩次。「你真的不知道背後的故事。你抵死不改。」

「對。我抵死不改。我完全一頭霧水。警察問我，艾莉森問我，你也問我——我當初真是被蒙在鼓裡嗎？回答，是的，當時是，現在也是。」

裴勒袞已經在搖頭，覺得很有意思又不可思議。「老弟呀，你覺得這樣講怎麼樣？你仔細聽好了。這種說法我能接受，艾莉森也可以。他們來找你。兩個人一起。蝶莎與敖諾。手牽手。『幫幫我們嘛，賈斯丁。我們發現了確切的證據。歷史悠久、聲譽卓著的英國公司正在毒害無辜的肯亞人，拿他們來當白老鼠，什麼毒藥只有上天知道。全村子的屍體就擺在那裡，證據就在這裡。你看。』對吧？」

「沒有這回事。」

「我還沒講完。沒有想將罪推到你身上，對吧？我們這裡不排除任何可能。大家都是你的好朋友。」

「我注意到了。」

「你仔細聽了他們在講什麼。你做人很不錯。你看完十八頁他們描寫世界末日的劇本，對他們說，你們是不是腦子壞了。要是想破壞未來二十年的英肯兩國關係，他們可找到了最理想的配方。真聰明。小琳要是用這招對付我，我保證一腳踹到她屁股上。像你的話，我會假裝沒見過他們倆談這件事，而你的確沒有，對吧？我們會學你，很快就忘光。不會留在你的檔案裡，艾莉森也不會在她的小黑皮書上記一筆。你說如何？」

「他們沒來找過我，勃納。沒有人找過我跟我推銷故事，也沒有人給我看過什麼世界末日的劇本，那是你的說法。蝶莎沒有，布魯穆也沒有，其他人也沒有。這些對我來說全是個謎題。」

「吉妲．皮爾森，這女孩是什麼人？」

「辦事處的新進員工。英印混血兒。非常聰明，是當地雇用的員工。母親是醫生。為什麼要問這個？」

「還有呢？」

「是蝶莎的朋友。也是我的朋友。」

「她有沒有可能看過？」

「文件嗎？我確定沒有。」

「為什麼？」

「就算有文件，蝶莎也不會讓她看。」

「她可沒有不讓杉狄．伍卓看。」

「吉妲太脆弱了。她希望在外交部待下去。蝶莎不會陷她於不義。」

裘勒袞想加點鹽，他先在左手掌撒了一小堆，右手食指和拇指拈起一小撮一小撮，然後拍拍雙手撣掉。

「不管怎麼說，你都脫身了，」他提醒賈斯丁，彷彿這句話是一份慰問獎，「我們不必站在監獄門口，把法國乳酪麵包塞進柵欄給你了。」

「你這麼說，我聽了倒是很高興。」

「那算是好消息。壞消息是——你的朋友敖諾。是你的朋友，也是蝶莎的。」

「找到人了嗎？」

裘勒袞搖搖頭，表情陰沉。「他們已經看穿他了，可惜還是沒找到。不過，他們還是滿懷希望。」

「看穿他什麼？你在講什麼？」

「麻煩可大了，老弟。以你目前的健康狀況來說非常難理解。要是再過幾個禮拜，等你狀況恢復，我們再談談會比較好，可惜沒有辦法。不幸的是，刑案調查是不長眼睛的。警方調查有自己速度和方式。布魯穆是你朋友，蝶莎是你老婆。要我們對你說是你朋友殺了你老婆，大家都不會開心的。」

賈斯丁盯著裘勒袞，訝異的神情不是裝出來的，不過裘勒袞忙著吃魚，沒注意到。「可是，刑案證據呢？」他聽見自己在問，聲音來自某個冰封的行星。「綠色的遊獵卡車嗎？啤酒瓶和菸蒂？有人在瑪薩比特看到的那兩個男人？還有呢，三蜂呢？英國警方一直問我這些？」

賈斯丁還沒問完，裴勒袞已經亮出兩個微笑的第一個。「新證據，老弟。恐怕毫無爭論餘地。」他又塞進一條麵包。「條子已經發現他的衣物。布魯穆的。就埋在湖邊。沒有他的遊獵夾克。他留在吉普車裡遮陽光。襯衫、長褲、內褲、襪子、球鞋。你知道他們在他長褲口袋裡找到什麼嗎？車鑰匙。吉普車的。是他用來鎖上那輛車車門的鑰匙。老美不是愛說「closure」嗎？這麼一來也給了closure下了個新定義[21]。據說這在情緒激動時所犯的刑案中很常見。殺了人，鎖上門離開，鎖上記憶。當作從來沒發生過。清除記憶。典型的做法。」

賈斯丁露出無法置信的表情，裴勒袞因此分神，停頓一下後以做結論的語氣說話。

「賈斯丁，我是個相信歐斯華理論[22]的人。歐斯華開槍殺了甘迺迪。沒有共犯。赦諾．布魯穆失去理智，殺了蝶莎。司機抵抗，所以布魯穆也砍了他一刀，割下頭丟進草叢裡給胡狼吃。狗雜種。東猜西想了那麼久之後，我們總會接受明顯的事實。太妃布丁？碎蘋果蛋糕？」他以手勢告訴服務生上咖啡。

「看在老朋友的分上，要不要我私下給你一些警告？」

「請說。」

「你請了病假。你的處境很困難。不過，你是老資格的外交官，懂得規則，仍然是非洲的人。而且你還在我監管之下。」為了不讓賈斯丁誤認為這是對他的處境下的浪漫定義，他又趕緊說：「如果搞清楚狀況，有很多好處在等你。有很多我不想讓人撞見的好處。要是你私藏了你不該有的所謂機密資訊——不論是藏在你腦袋或其他地方——這樣的資訊都屬於我們所有，而不屬於你。現在這世界比我們那年代還更險惡。到處都有很多惡人在爭先恐後使壞，造就很多難看的吃相。」

我們付出極大的代價才學習到，賈斯丁從他的玻璃密閉艙中想著。他以無重狀態起身，訝異地看到自己的影像同時投映在許多鏡子上。他從各種角度看到自己，看到自己人生的各個年齡階段。住在大宅裡失落的小孩，與廚師與園丁為友的賈斯丁。小學是橄欖球明星的賈斯丁。職業單身漢賈斯丁，將寂寞埋藏在數字裡。外交部白人希望所寄的賈斯丁，也是沒有希望的賈斯丁，與朋友千年木合照。最近喪妻、獨子也死去的賈斯丁。

「你一直很好心，勃納。謝謝你。」

他的意思是——就算他不是言不及義——謝謝你幫我上了一堂高級詭辯班的課。謝謝你建議把我妻子的命案拍成電影，把我最後僅存的些許感性踐踏得稀爛。謝謝你說出她十八頁的世界末日劇本，也說出她和伍卓的幽會，也對我逐漸恢復的記憶加入其他動人的細節。還有，謝謝你對我的私下警告，說話時閃現的一絲鋼鐵寒光。因為我在細看時，也在自己的眼神中看出相同的寒光。

「你臉色發白了，」裴勒衮以指責的口吻說，「有什麼不對勁嗎，老弟？」

「我沒事。能見到你，讓我感覺好多了，勃納。」

「補點眠。你的元氣不足。我們週末再碰面好了。帶朋友來。帶個稍微會玩的朋友。」

---

21 是「關門」和「結案」的雙關語。

22 歐斯華（Lee Harvey Oswald, 1939-1963），被認為是暗殺美國總統的約翰·甘迺迪的槍手。

「敖諾・布魯穆從來沒傷害過任何人。」賈斯丁說得很謹慎，很清晰。裴勒袞此時幫他穿上雨衣，幫他提來提袋。這句話究竟是說出了口，還是對著腦子裡數千個尖叫的聲音說的，賈斯丁就不確定了。

10.

他每次不在這裡時，總會在記憶中憎恨這房子：又大又寒酸又有父母那種獨裁專橫的感覺，門牌是四號，位在契爾西偏遠多樹的地方，前花園隨意任花草亂長，賈斯丁每次一放返鄉假，不管花多少時間呵護都一樣。蝶莎殘缺的樹屋卡在枯死的橡樹上，宛若破敗的救生筏。她生前不讓賈斯丁砍掉橡樹。洩氣的老氣球和稀爛的風箏插在乾瘦的枝椏上。鐵門生鏽，他推開時被一堆腐敗的落葉擋住，嚇得鄰居一隻眼白占了大部分的公貓鑽進樹下草叢。兩棵體質不良的櫻桃樹，他覺得應該多關注些，因為有些葉子已呈捲曲狀態。

他整天在害怕的就是這棟房子，上星期遭囚在低地時一直擔心的也是這個。在倫敦冬日午後朝西以沉重步伐走來的路上，天光半亮半暗，氣氛寂寥，他思考著該如何走出怪物似的迷宮，格拉斯東皮袋碰撞著他的腿，這時想的也全是這房子。這棟房子保存了他從沒分享過的蝶莎，如今，他也永遠無緣分享。

馬路對面有間蔬果店，疾風打得帆布嘩嘩作響，吹得人行道上的落葉和趕時間的購物者行色匆匆。賈斯丁雖然只穿輕便西裝，但因為心事重重，沒有察覺到寒意。他踏上前門砌了地磚的台階，發出噠噠響聲。來到最上層，他轉身注視後方良久，不太確定想看的是什麼。一個遊民身上穿了層層衣物，躺在全國西部銀行的提款機下。違停的車裡有一男一女在爭吵。一個身材細瘦的男子頭戴呢帽，身穿雨衣，偏著頭在講行動電話。在文明國家，你永遠無法分辨。前門上方的扇形窗戶裡有燈光。他不希望驚擾到任何人，按下門鈴，聽見熟悉的生鏽響聲，如同大船的警笛，從通往二樓的轉彎處傳來。有誰在家，他心想，等著腳步聲出現。摩洛哥畫家阿濟茲和他的男友拉沃。尋找上帝的奈及利亞女孩佩卓尼拉，以及她五十歲的瓜地馬拉神父。身材高大、菸不離手、面容乾癟的法國醫生葛仲。葛仲曾陪同敖諾到阿爾及利亞工作，微笑起來和敖諾一樣，帶有遺憾的感覺，也和敖諾一樣，句子講到一半會閉起雙眼回憶痛苦的往事，等著腦中只有上帝知道是什麼的夢魘離去，才能繼續說下去。

賈斯丁沒聽見呼喚聲或腳步聲，因此插入鑰匙開門，走進大廳，預期會聞到非洲料理的味道，聽到收音機傳出嘈雜的雷鬼樂，和廚房裡煮咖啡的呼呼響聲。

「哈囉！」他呼喊，「是我，賈斯丁。」

無人應答，沒有大聲的音樂，沒有廚房傳來的氣味或人聲，什麼聲音也沒有，只有屋外街上車輛往來的聲響，以及他自己的回音從樓梯口爬上來。他只看到蝶莎的頭，從報紙上剪下，連脖子也切掉，貼在厚紙板上，盯著他看，旁邊擺了一堆果醬空瓶，插滿鮮花。果醬瓶之間有張折疊好的粗質畫紙，他猜想是從阿濟茲的畫本撕下來的，上面手寫了哀傷、愛意與道別，落筆人是蝶莎消失的這群房客：賈斯丁，我們覺得沒辦法再待下去了。日期是上星期一。

他將紙條摺好，擺回果醬瓶原處。他直直站挺，直視前方，眨著眼好忍住淚水。他將格拉斯東皮袋放在大廳地板上，走進廚房，靠在牆上穩住身體。他打開冰箱。除了一瓶沒帶走的處方藥瓶之外，空無一物。藥瓶標籤寫著一個女人的名字。不熟。安妮什麼的。想必是葛仲的女朋友之一。他在走廊裡邊走邊摸索，來到餐廳，打開燈。

她父親設計的這個仿都鐸式餐廳醜陋不堪。六張有旋渦紋樣的椅子擺在餐廳兩側，給和他一樣狂狷的人士坐。刺繡雕紋的椅子放在上座和下座，給皇帝和皇后。老爸自己也知道這醜得不像話，但就是喜歡，所以我也跟著喜歡，她這樣告訴賈斯丁。我呢，就是不喜歡，他心想，可是上帝禁止我說出來。他們交往的最初幾個月，蝶莎談來談去盡是她的父母，直到在賈斯丁巧妙的指引下，她才找了許多和她年齡相仿的人來填滿這屋子，越神經越好，藉此來招雙親的靈魂。她找來伊頓幫的托洛斯基思想家，醉醺醺的波蘭主教和東方神祕主義者，還有全世界一堆懂得白吃白喝的人。然而她一發現非洲，目標從此定格，這地方也搖身一變，成為木訥內向的救濟工作者與三教九流抗議人士的避風港。賈斯丁此時仍細細看著餐廳，視線停留在大理石壁爐旁一堆成半月形的煙灰，蓋住了柴薪架和矮圍欄。是寒鴉，他心想。之後視線繼續在餐廳裡飄移，直到最後又停駐在煙灰處。他的思緒也停在那兒，一面跟自己辯論。或是跟蝶莎辯論。其實都差不多。

什麼寒鴉？

什麼時候的寒鴉？

大廳裡的留言日期是星期一。

蓋媽媽每週三會過來。她是朵拉・蓋慈太太，蝶莎以前的保姆，除了媽媽之外沒有其他稱呼。

如果蓋媽媽身體不舒服，她女兒寶琳會來代班。

如果寶琳不能來，她風騷的妹妹黛比也一定會來。很難想像她們任何一人來到這裡，會沒注意到這堆明顯的煙灰。

因此，寒鴉是在星期三和今天晚上之間發動了攻擊。

照這麼判斷，留言是週一，大家撤離，而蓋媽媽在週三來打掃，為什麼在煙灰裡會有一個清晰的鞋印。鞋子是男人的型號，輪廓明顯，可能是運動鞋。

電話放在餐具架上，旁邊有一本通訊錄。蝶莎以紅色蠟筆在封面內頁寫上了蓋媽媽的電話號碼。他撥過去，是寶琳接的。寶琳哭了出來，將電話交給母親。

「我非常、非常難過，親愛的，」蓋媽媽說得緩慢而清晰，「賈斯丁先生，我比你更難過，比我能表達的還更難過。大概永遠無法以言語道盡。」

他對蓋媽媽的審訊就此開始：依需要盡量拉長時間，盡量溫柔，傾聽的時間大大多過問話的時間。對，蓋媽媽和往常一樣在週三來打掃，九點到十二點。她本來就想過去打掃……是跟蝶莎小姐獨處的機會……她以平常打掃的方式打掃，沒有跳過或忘記什麼地方……她哭過也祈禱過……如果賈斯丁不介意，她希望繼續和以前一樣，拜託，和蝶莎小姐在世時一樣每週三過去。不是錢的問題，而是懷念……煙灰？當然沒有！禮拜三那天餐廳地板上沒有煙灰，不然一定會看到，而且會在有人踩到之前就清理掉。倫敦的煙灰好油膩的！壁爐那麼大，她一向會注意煙灰！沒有，賈斯丁先生，清掃煙囪的當然沒有鑰匙。

賈斯丁先生知不知道他們找到布魯穆醫生了沒，因為在那麼多用過這房子的紳士當中，敖諾醫生是她最關心的人。管他報上怎麼寫，全都是瞎掰出來的……

「妳真的非常好心，蓋慈太太。」

賈斯丁打開客廳的吊燈，讓自己看一眼永遠屬於蝶莎的物品：兒時騎馬戴的薔薇結；蝶莎第一次接受聖餐禮之後；他們倆站在厄爾巴島聖安東尼奧小教堂台階上的結婚照。不過，他動用腦筋最多的還是壁爐。壁爐前的地板以石板鋪成，爐柵是粗製濫造的維多利亞風格，混合了黃銅和鐵，下面有黃銅爪子頂住火器。壁爐前的地板和爐柵都蓋滿煙灰。煙灰也在火鉗和火夾的鋼條上形成黑線條。

他告訴蝶莎，這麼看來，這是大自然形成的大謎題：兩族毫不相干的寒鴉竟選在同一時間衝進兩個不相通的煙囪。我們該怎麼解釋？妳是律師，我是保育類生物？

然而客廳裡沒有腳印。不管是誰來搜過餐廳壁爐，此人很有禮貌地只留下一個腳印。搜過客廳的人不論是誰，不管是同一個人或另有他人，卻沒有留下腳印。

但為何有人想搜尋壁爐，而且還搜了兩個？沒錯，歷史悠久的壁爐傳統上是藏匿情書、遺囑、怕人看到的日記和金幣袋的好地方。沒錯，根據傳說，煙囪裡住著鬼魂。沒錯，風利用老舊的煙囪來說故事，其中很多故事都是祕密。而今晚吹起冷風，扯動了窗簾，也將門鎖搖得亂響。可是，為什麼想搜這兩座壁爐？我們的壁爐？為什麼要搜四號？除非當然是對方全屋子都搜索過，壁爐不過是其中一處。照這樣看來，或許這只是整個主要掃蕩行動當中的餘興節目。

來到樓梯半轉彎處，他停下來研究蝶莎的小壁櫃。這個舊櫃子是義大利式的香料架，外形沒有可取之處，以螺絲固定在樓梯轉角處，她親手在櫃上畫了一個綠色十字架。不愧是醫生的女兒。櫃子的門稍微開著。他整個打開。

被人搶劫過了。石膏罐翻倒打開，繃帶與硼砂粉散落四處。他正要關上櫃門，這時樓梯轉彎處的電話在他頭旁尖聲響起。

是找妳的，他告訴蝶莎。我得說妳已經死了。是找我的，他告訴她。我必須聽節哀順變的慰問語。是馬德拉蛋糕問我有沒有得到所有讓我在療傷期間能安全、安靜的東西。我剛才和蓋媽媽進行五英里的對話時，這人不得不等到我掛上後才能撥進來。

他拿起聽筒，聽見一個忙碌的女人在講話。她身後有微小的聲音，有腳步聲相應者。忙碌的女人在一個有石頭地板的繁忙地方。一個口音有點好笑的女人，聲音像是沿街叫賣的女孩。

「終於通了！能不能麻煩找賈斯丁．魁爾先生聽電話？他在家嗎？」她講得慎重其事，彷彿正要表演紙牌魔術。「他在，親愛的，我聽得到——」她旁邊的人說。

「我是魁爾。」

「親愛的，你要不要自己跟他講？」親愛的不想。「我這邊是傑夫瑞鮮花店，魁爾先生，在國王路上。有人向我們訂了很漂亮的花束，是什麼花不能說，今晚如果您在家，要我務必送到您本人手上，越快越好。是誰訂的我也不能說——對不對，親愛的？」顯然對。「我現在派我兒子送過去行嗎，魁爾先生？只要兩分鐘就到，對不對，凱文？如果你給他喝一杯，一分鐘就到。」

賈斯丁心不在焉地說，那就派他過來。

他正對著敖諾房間的門。之所以稱為敖諾的房間，是因為他每次來借住時，都不忘留下一些東西，一廂情願地藉此宣示永久居留權——一雙鞋、電動刮鬍刀、鬧鐘、一堆報告。是對第三世界醫療援助徹底失敗的報告。看到敖諾的駝色線衫披在椅背上，賈斯丁不禁倏然停下腳步，差點兒就邊走向他的書桌，邊叫出敖諾的名字。

被搜遍了。

抽屜被人撬開，紙張和文具都被抽出來，毫不在意地往後扔。

有人在按警笛。他衝下樓，來到前門時穩住腳步。是送花的男孩凱文。他臉頰紅咚咚，身材矮小，活像是狄更斯筆下的花童，從戶外寒冬走進來。抱在胸前的鳶尾花和百合跟他一樣高。用來綁住花梗的鐵絲上纏著一只白色信封。賈斯丁在一把肯亞先令裡找到兩枚英國鎊給了男童，在他離去後關上門。他打開信封取出白卡片。卡片以厚紙裹住，避免從信封外即可看到裡面的字。內容是以電腦打字。

賈斯丁。今晚七點三十離開家。帶一個公事包，包內塞報紙。走路到國王路的新世界戲院。買一張票進二號廳看電影，看到九點。帶著公事包從側門（西）離開。找停在靠近出口處的藍色迷你巴士。司機你認得。看完燒掉。

沒有簽名。

他檢視信封，嗅一嗅，聞聞卡片，什麼都沒聞到，也不知道預期會聞到什麼。他把卡片和信封拿進廚房，點燃火柴，依循外交部保密課程最佳的傳統，將信封和卡片放進洗手台燒掉。燒完後他打散紙灰，將碎片撥進攪碎孔，讓攪碎器消化紙灰，運轉的時間盡量拉長。他往回步上樓梯，一次兩階，直到爬到房子最頂層為止。他不是在趕時間，而是受到決心的驅使：別去想，儘管行動就是。他面對著上鎖的閣樓。他拿著鑰匙準備，表情堅決卻擔憂。他走投無路，鐵了心準備縱身一躍。他推開門，大步走進小小的客廳。客廳通往幾個閣樓房間，四周是被寒鴉侵占的煙囪頂管，以及用來種植盆栽與做愛的屋頂。他往前衝，眼睛瞇成一小縫，以抵擋眩目的往事。什麼物品、圖片、椅子或角落都沒有，但這裡是蝶莎的天下，住在這裡，從這裡發言。她父親自大的書桌，在她結婚那天轉讓給了他，立在熟悉的半隔間。他掀開桌面。不是跟你說過了嗎？被搜過了。他用力掀開她的衣櫥，看見她的冬季外套和女裝被衣架子撐壞了，口袋被掏翻出來，留在衣架上等死。老實說，親愛的，妳本來是可以把衣服掛好的。我有掛好，你完全知道，是被人拉下來的。他翻開衣服，在底下找出蝶莎的老音樂箱。他能找到最接近公事包的東西就只有這個。

「我們一起來吧。」這時他大聲地對蝶莎說。

離去前，他停下來從打開的臥房門窺視她。她剛從浴室出來，裸身站在鏡子前，偏頭梳著溼答答的頭髮。她赤著腳，一腳以芭蕾舞姿向他抬起，每次她一裸體，似乎總會做出如此姿勢。她一手搭在頭上。賈斯丁看著她，感覺到無法表達的疏離感，而這種疏離感，他在她在世時就已經感覺到了。妳太完美、太年輕了，他告訴她，當初我應該把妳留在野外才對。狗屁，她以甜美的語氣回應，他因此感到比較舒坦。

他回到一樓的廚房，發現一疊舊的刊物，有《肯亞標準報》、《非洲密件》、《觀察者報》、以及《私家偵探》。他把這些塞進音樂箱，回到大廳，對她的臨時靈堂和格拉斯東皮袋看了最後一眼。留在這裡，放在他們找得到的地方，以免他們不滿意今天早上在外交部的工作，他對她解釋，接著便步入寒風刺骨的夜色中。步行到戲院花了他十分鐘。二號廳有四分之三的座位是空的。他沒注意看電影。有兩次他還得帶著音樂箱躲進男廁去看手錶時間。八點五十五分時，他從西邊側門離開，發現自己置身在一條讓人冷得受不了的後街。路邊一輛藍色迷你巴士正盯著他看，一時間他竟然很荒謬地以為是瑪薩比特來的那輛綠色遊獵卡車。車頭燈在眨眼。有個方形臉的人戴著水手帽，駝背坐在駕駛座上。

「後門。」洛柏命令。

賈斯丁走到巴士後面，看到後門已打開，萊斯里伸手要接音樂箱。他摸黑坐在木椅上，再度置身在苜賽噶俱樂部，在福斯廂型車的長椅上，司機是利文斯頓，伍卓坐在他身邊發號施令。

「賈斯丁，我們在跟蹤你。」萊斯里解釋的聲音在黑暗中聽來格外急促，卻不知何故竟令人覺得淒涼，彷彿她也剛失去了至親。「跟監小組跟蹤你到了戲院，我們也是小組成員。現在，我們要派人盯住側門，以免你從那邊出去。目標覺得無聊，提早離開，總是有這種可能。你就是。提早五分鐘。我們要跟任務監控報告。你要往哪兒走？」

「東邊。」

「所以，你會叫計程車，然後往東。我們會通報你的計程車車號。我們不會跟蹤你，因為會被你認出來。戲院前門另有車子跟監你，還有預備小組躲在國王路應變。如果你決定走路或搭地下鐵，他們會派幾個路人走在你後面。如果你搭公車，他們會謝天謝地。因為很容易卡在倫敦公車後面。如果你走進電話亭打電話，他們會監聽。他們拿到了外交部的監聽令，不管你從哪裡撥打，他們都有權監聽。」

「為什麼？」賈斯丁問。

他的眼睛慢慢習慣了燈光。洛柏修長的身體靠在駕駛座背，加入對話。他的態度和萊斯里一樣淒涼，只不過多了一份敵意。

「因為我們被你害慘了。」他說。

萊斯里從蝶莎的音樂箱裡扯出報紙，塞進塑膠袋。一團大信封放在她腳邊，或許有十幾個。她開始將信封放進音樂箱內。

「我不懂。」賈斯丁問。

「盡量去搞懂。」洛柏建議，「我們接受單方面的指令，懂嗎？我們向桂德利先生報告你做的事。上級會說出你為什麼要那樣做，但不會對我們解釋。我們只是幫手而已。」

「是誰去搜了我的房子？」

「奈洛比或是契爾西的？」洛柏以譏諷的口吻回道。

「契爾西。」

「我們沒資格問。小組待命了四個鐘頭，不論誰幹的，我們都不清楚。我們就只知道這些。桂德利在門口安排了一個穿制服的條子，以免有人想從街上溜進去。如果有人想溜進去，這條子的任務就是告訴對方，警方正在調查這戶人家的一樁竊案，所以快滾。究竟他是不是真的條子，我很懷疑。」洛柏說完，緊緊閉上嘴巴。

「洛柏和我沒辦這個案子了。」萊斯里說，「桂德利要是有辦法，會調我們去蘇格蘭歐克尼群島執行交通勤務，只可惜他沒那個膽。」

「我們什麼都不管了，」洛柏插嘴，「被打入冷宮了。多謝你了。」

「他希望我們待在他看得見的地方。」萊斯里說。

「躲在帳篷裡，生悶氣。」洛柏說。

「他派了兩個新警官到奈洛比，去建議當地警方怎麼尋找布魯穆，就這樣而已，」萊斯里說，「不翻石頭找線索，也不會出怪招。如此而已。」

「也沒有瑪薩比特續集，不會再擔心瀕死的黑人婦女，也不用擔心幽靈醫生。」洛柏說，「這可是桂德利自己說的。替換我們的人也不准跟我們交談，以免染上我們的病。他們是兩個沒頭腦的人，再一年就要退休，跟桂德利一樣。」

「這個狀況是最高機密，你也牽涉其中一部分，」萊斯里邊說邊扣上音樂箱的扣環，卻還抱在大腿上，「究竟是哪一部分，眾說紛紜。桂德利想要的是你一生的故事。你見過誰、在哪裡見的，有誰去了你家，你打了電話給誰，你吃什麼，跟誰一起吃。每一天。上級允許我們知道的就只有這些：你是最高機密行動中的一個重要角色。我們只奉命行事，不能多管閒事。」

「我們回到蘇格蘭警場才不過十分鐘，他就嚷嚷要我們立刻將所有筆記簿、錄音帶和證據交到他辦公桌上，」洛柏說，「所以我們就全交給他了。正版，母帶，完整未經剪接。當然，是在我們備份好了之後。」

「三蜂這個大事業的名稱也不能再提，這是命令，」萊斯里說，「他們的產品、營運、工作人員，通通不准再提。不准做出任何攪局的事。阿門。」

「攪什麼局？」

「很多啊，」洛柏插嘴，「隨便你選。寇提斯不能碰。他正要拉線幫英國和索馬利亞談軍火生意，數字很大。禁運令是個麻煩，不過他想出了規避的辦法。現在大家搶著運用英國的高科技提供一流電信系統給東非國家，他跑在最前頭。」

「結果是我擋到他的財路？」

「你是擋到他路了，就這麼簡單。」洛柏回答的語氣惡毒，「如果我們能跳過你這一關，本來是能將他們逮個正著的。結果現在我們站在人行道上，重新體驗菜鳥警察的生活。」

「他們認為，不管蝶莎知道什麼，你都很清楚。」萊斯里解釋，「對你的健康可能不太好。」

「他們？」

洛柏無法控制怒氣。「打從一開始就是個陷阱，而你是其中一部分。藍衣警察嘲笑我們，三蜂那些狗雜種也是。你的朋友兼同事伍卓先生對我們從下欺瞞到上。你也是。你是我們僅有的機會，結果卻一腳踢在我們臉上。」

「我們有個問題想請教你，賈斯丁，」萊斯里插嘴的語氣幾乎一樣憤怒，「你欠我們一個坦白的答案。你有沒有要去什麼地方？能讓你安全坐下看點東西的地方？最好是國外。」

賈斯丁支吾搪塞。「如果我回契爾西的家中關掉臥房的燈，會怎樣？你們的人會不會在我房子外面站崗？」

「跟監小組會看著你回家，看著你上床。監視者會睡個幾小時，監聽者會持續監聽你的電話。監視者隔天早上神清氣爽回來吵你起床。你最有利的時間是凌晨一點到四點。」

「這麼說，我有個地方可去。」賈斯丁想了一會兒後說。

「太好了，」洛柏說，「我們想不出是哪裡。」

「如果是國外，就走陸路和海陸。」萊斯里說，「到了當地，設法斷絕跟蹤。搭越野公車，坐當地火車。打扮要樸素，每天刮鬍子，別看別人。別租車，別從任何地方搭飛機到任何地方，就算內陸航線也不行。別人會說你很有錢。」

「我的確是有錢。」

「那就帶一大筆現金去。別用信用卡或旅行支票，別碰行動電話。別打對方付費電話，也不能在沒有加密的電話上說出自己的姓名，否則會被電腦偵測到。洛柏已經幫你辦好假護照，還有一張《電訊報》的英國記者證。他差點弄不到你的照片，後來打去外交部說需要一張存檔才弄到手。洛柏在有些我們不該有交情的地方有好朋友，對吧，洛柏？」沒有回應。「護照和記者證做得並不完美，因為洛柏的朋友在趕時間，對吧？所以進出英國時別用。答不答應？」

「答應。」賈斯丁說。

「你是彼得・保羅・艾金森，報社記者。還有，不管做什麼事，千萬別同時帶著兩本護照。」

「你們為什麼要這麼做？」賈斯丁問。

「這對你而言又有什麼意義？」洛柏在黑暗中怒氣沖沖地反問。「我們當時有任務在身，就這樣。我們只是不喜歡丟掉這份差事。所以我們把任務交給你來亂搞。等到他們炒我們魷魚，也許你可以偶爾請我們去洗洗你的勞斯萊斯。」

「也許，我們這是在幫蝶莎。」萊斯里放下懷裡的音樂箱。「你該上路了，賈斯丁。你之前信不過我們，也許你是對的。不過如果你當初信任我們，現在我們可能已經達成任務了。不論會達成到什麼地步。」她伸手握住門把。「好好照顧自己。他們會殺人。不過，你自己也注意到了。」

他開始走在街上，聽見洛柏對著麥克風講話。*糖果從戲院走出來。重複。糖果從戲院提著手提袋出來。*迷你巴士的車門在他身後用力關上。*結案，*他心想。他走了一段路。糖果正在招計程車，而糖果是個男生。

•

賈斯丁站在漢姆辦公室上下開關的長窗前，聽著十點鐘的鐘響壓過市區夜晚的喧鬧。他俯瞰著街頭，但稍微向後站，正好很容易看見外面，卻比較不容易被人看見。漢姆的辦公桌上有一盞微明的閱讀燈亮著，漢姆斜倚在角落的翼狀靠背扶手椅上。這椅子被幾代以來不滿意的客戶坐舊了。窗外，冰冷的霧氣從河面飄來，在聖伊瑟卓達的小小教堂外的欄杆上結了霜。蝶莎和上帝在這個教堂裡有過多次爭論，至今仍無解。教堂外有個點燈的綠色告示板，告知路人教堂已由天主教羅斯米尼神父會修復完工。告解、祝禱及婚禮，請事先預約。晚到的信眾零星在教堂地下室階梯上上下下。沒有一個是蝶莎。辦公室地板上，堆在塑膠盤上的是先前裝在格拉斯東皮袋裡的物品。辦公桌上擺著蝶莎的音樂箱，旁邊是標明事務所名稱的檔案，是漢姆過去這一年和蝶莎通信使用的列印資料、傳真、影印文件、電話交談的筆記、明信片以及信件，由漢姆辛苦地一一收集來讓賈斯丁看。

「有點搞砸了，可惜，」他彆扭地坦承，「找不到她最後那堆電子郵件。」

「找不到了？」

「或是別人的電子郵件。電腦中毒，出現一大堆東西塞滿郵箱，占掉一半的硬碟空間。工程師還在努力。修好之後我就讓你看。」

他們聊了蝶莎，然後聊到梅格，聊到板球。興趣廣泛的漢姆也在板球上投注心力。賈斯丁並不迷板球，但他盡力表現得很感興趣。一張髒汙的旅遊海報在黃昏夜色裡若隱若現，海報上是佛羅倫斯的風景。

「漢姆，你以前用的那個每週到杜林的那家快遞，現在還用嗎？」賈斯丁問。

「當然有，老兄。不過當然是被收購了。誰沒有？工作人員相同，只是帽子變大而已。」

「我早上在你的保險櫃看到一些很精緻的皮面帽盒，上面有公司名字，現在還在用嗎？」

「沒用，不過捨不得丟。」

賈斯丁瞇著眼睛向下看著燈光微弱的街道。他們還在：一個是身穿厚重大衣的胖女人，一個是面容衰弱的男人，戴著捲縮的軟呢帽，O型腿像是剛從馬背上下來的騎師。他身穿滑雪夾克，領子向上翻到鼻子處。過去這十分鐘，他們一直盯著聖伊瑟卓達的告示板，在這種冰冷的二月晚上，告示板上的訊息只要看十秒就能倒背如流了。有時候，在文明社會裡，畢竟還是看得出來。

「告訴我，漢姆。」

「隨你問，老兄。」

「蝶莎有沒有閒錢放在義大利？」

「很多。要不要看看存摺？」

「不用。現在是我的了嗎？」

「一直都是。是聯合帳號，記得吧？是我的，就是他的。我本來勸她不要。她叫我別管。典型作風。」

「這樣的話，你在杜林的朋友可以轉一點給我，對嗎？轉到這家或那家銀行。例如說，不管我到哪一國，都能轉給我。」

「沒有問題。」

「或是轉給我認識的任何人。只要對方能出示護照。」

「老兄，錢是你的。想怎樣用就怎樣用。好好享受，那才是重點。」

下馬的騎師此時已轉身背對告示板，假裝在看星星。身穿厚重大衣的女人正在看錶。賈斯丁又想起保密安全講習那個沉悶的講師。盯梢者都是演員。要他們什麼都不做，是難上加難。

「漢姆，我有個朋友。我從來沒告訴過你。彼得．保羅．艾金森。他是我百分之百的心腹。」

「律師嗎？」

「當然不是。律師有你一個就夠受了。他是《電訊報》的記者。是我大學時代的老朋友。我希望能以委託書請他全權辦理我的事務。如果你或你在杜林的人接到他的指示，我希望你能當作是由我本人下達的指令一樣處理。」

漢姆對自己的鼻尖又揉又扭。「老兄啊，這辦不來。不是揮一揮魔杖就成了。沒有他的簽名之類的東西不行。需要你的正式授權。大概也要公證人。」

賈斯丁走向漢姆，將艾金森的護照遞給他看。

「或許你直接從上面抄下個人資料就行了。」他建議。

漢姆翻到末頁看看大頭照，表情起初沒有出現令人察覺得到的變化，他接著對照賈斯丁的五官。他再看一眼，閱讀個人資料。他慢慢翻閱許多張蓋了印的內頁。

「你這個朋友，周遊列國嘛。」他的語氣冷淡。

「我想，以後還會再多跑幾國。」

「我需要親筆簽名。沒有親筆簽名，哪裡也去不了。」

「給我幾分鐘，我就給你親筆簽名。」

漢姆起身，將護照交還給賈斯丁，慎重地走到辦公桌。他打開抽屜取出兩份官方用的表格和幾張空白紙。賈斯丁將護照平放在閱讀燈下，漢姆則好管閒事地從背後觀看，看他練習幾次，然後將自己的事務授權給這個彼得·保羅·艾金森，由倫敦與杜林的漢姆曼澤律師事務所負責。

「我會找人公證，」漢姆說，「找我自己。」

「還有一件事，要是你不介意的話。」

「拜託。」

「我未來會有需要寫信給你。」

「隨時奉陪，老兄。在下很樂意保持聯繫。」

「不是寄來這裡，也不是寄往英國哪個地方，也不是寄到杜林的辦事處。我記得你好像在義大利有一大票三姑六婆。能不能找個人幫你收信，安全保管，等你過去時再取？」

「是有個老巫婆住在米蘭。」漢姆邊說邊打了個寒顫。

「住在米蘭的老巫婆正合我意。你把她的住址給我好了。」

•

時間是午夜，地點是契爾西。賈斯丁穿著運動外套和灰色法蘭絨褲，盡本分的職員賈斯丁坐在醜陋的餐桌前，頭上是亞瑟王時代風格的吊燈，又在埋頭寫字，用的是鋼筆，寫在四號信紙上。撕掉好幾張草稿後，他才心滿意足，不過寫作風格和筆跡在他看來仍然不熟悉。

親愛的艾莉森：

今早見面承蒙會賜高見，感激不盡。外交部在緊要關頭總會表現出人性光輝，今天也不例外。針對您的建議，我好好考慮過，也與蝶莎的律師商量過，結果發現她個人事務最近幾個月疏於照料，必須由我即刻處理。有的是戶籍和稅務，國內外的財產也必須脫手。因此我決定必須先解決這些商業上的問題，心想自己或許會欣然接受。

因此我希望在回應您的提議之前，您能暫時給我一、兩週的時間。至於病假，我認為不應辜負外交部的好意。我今年還沒休過假，相信已累積了五個星期的返鄉假，此外還有每年正常的年休。我比較希望在要求您慷慨相助之前先接受自己應得的好處。在此再次向您致謝。

他心滿意足地認定，這封信是偽善又不誠實的安慰劑。賈斯丁這個無可救藥的公務員，為了是否因要處理命案身亡的妻子的事務而請病假煞費苦心。他返回大廳，再看一眼放在大理石茶几下的格拉斯東皮袋。袋子上一只大鎖被人強行撬開，已無法使用，另一只大鎖則不見了。袋內物品的擺置已被人隨意動過。你這人真壞，他以鄙夷的心態想著。他繼而心想：除非你想嚇我，否則你倒是相當好心。他檢查自己的外套口袋。我的護照，真版，出入英國時使用。現金。不用信用卡。他神情堅定地調整室內燈光，讓外人一眼看出屋內的人已經就寢。

11.

黑色山巒映襯著漸暗的天色，雲朵狂飆，雜亂無章，頑強的島風與二月雨。蜿蜒如蛇身的馬路上遍是從濕軟的山坡地落下的鵝卵石與紅土。馬路有時會變成松樹枝葉遮頂的隧道，有時會來到懸崖，一不留神就會成為自由落體，墜入一千英尺下翻攪奔騰的地中海。有時他轉個彎，海會像堵牆豎立在他眼前，再轉個彎，海水卻又退回深淵。然而不論他轉了多少彎，雨水還是直直落在他車上，打在擋風玻璃時，他感覺到這輛吉普車皺起眉頭，猶如一匹年邁體弱、不再適合載重的老馬。這一路上，山丘上的蒙地卡潘尼古堡看著他，一會兒高高在上，一會兒又蹲在右肩某個出其不意的山嶺，拉著他向前走，像是假燈光在愚弄他。

「到底在哪裡？我發誓一定是在左邊。」他大聲抱怨，一部分是自言自語，一部分是講給蝶莎聽。吉普車開到小山頂後，他煩躁地將車子停在路邊，指尖放在額頭上，思索眼前的處境。他誇大地擺出孤獨的神態。費拉約港的燈火在他下方，前方是皮翁賓諾，在海峽對岸的大陸閃閃發光。左右兩邊是林業道路，切割出一條山溝通往森林內。殺害妳的兇手就是在這裡，躲在他們的綠色遊獵卡車上伺機而動，他在腦海中向蝶莎解釋。就是在這裡，他們抽著野蠻的運動家香菸，喝著白蓋牌啤酒，等妳和敖諾開車經過。他刮過鬍子，頭髮也梳理整齊，換上了乾淨的丹寧襯衫。他的臉孔發燙，太陽穴隱隱作痛。他猛然左轉。吉普車慢慢輾過一層雜亂的小樹枝和松針。樹木向兩旁分開，天空亮了起來，幾乎又是白天了。在他下方有一片林間空地，山腳下有一幢老舊的獨棟別墅。我永遠也不賣，也絕對不租，妳第一次帶我來這裡時這麼告訴我。我會先讓給相關的人用，以後我們再回來這裡老死。

賈斯丁停好吉普車，踏著溼答答的青草走向最近的小屋。低矮的木屋設計雅致，牆上剛塗上石灰，粉紅色屋瓦是舊的。下方窗戶裡有盞燈光。他敲門。一道平靜的木柴煙柱在周遭森林的掩護下從煙囪垂直升起，遁入夜光，半途卻被風打散。羽毛凌亂的黑鳥團團轉著，互相對罵。來開門的人是一個農婦，披著絢麗的頭巾，她慘叫一聲，低頭小聲講了他大概不會懂的語言。她沒抬頭，側身對他站著，雙手牽起他一隻手，將他的手拿到自己臉頰上輕按，一次一邊，而後才以虔誠之意親吻拇指。

「奎多在哪裡？」他跟著她走進房內，以義大利文問道。

她打開裡面的門指給他看。奎多就坐在木質十字架底下的長桌前，彎腰駝背，氣若游絲，臉色蒼白，皮包骨，眼神驚恐，十二歲的小老頭。他瘦弱的雙手擺在桌上，空著手，房間低矮陰暗，天花板下有橫梁，很難想像他在賈斯丁進門前在做什麼，不是讀書或玩耍，也不是在看任何東西。奎多長長的頭偏向一邊，張嘴看著賈斯丁走進房間，然後撐著桌面站起來，倒向賈斯丁，以宛如螃蟹的姿勢抱住他。可惜他沒抓準距離，雙臂鬆塌地放回腰際。賈斯丁這時抓住他，穩住他的身體。

「他想跟他父親和小姐一樣死掉。」他母親訴苦。「『好人全都上天堂了，』他告訴我，『壞人全都留了下來。』我是不是壞人，賈斯丁先生？你是壞人嗎？小姐帶我們離開阿爾巴尼亞，送他去米蘭治病，把我們安頓在這棟房子裡，只是要我們為她哀傷至死嗎？」奎多雙手掩住空洞無神的臉。「一開始他昏倒，然後上床睡覺。不吃東西，給他藥也不吃。不想上學。今天早上他一出來盥洗，我就立刻鎖上他的臥房門，把鑰匙藏起來。」

「這是好藥哪。」賈斯丁看著奎多，靜靜地說。

她邊搖頭邊走進廚房，傳來鍋盤碰撞聲，然後將水壺放上爐子燒水。賈斯丁牽著奎多坐回桌前，自己則在他身邊坐下。

「你有在聽嗎，奎多？」他以義大利文問。

奎多閉上眼睛。

「所有事情都和以前一樣，」賈斯丁的語氣堅定，「你的學費、醫生、醫院、你的藥，你養病需要的東西，全都不變。房租、伙食、以後的大學學費。她幫你計劃好的事情，我們一項一項都要完全照她計劃的進行。她的心願，我們一樣也不能跳票，對不對？」

奎多低著頭，想了一下，然後才很不情願地搖搖頭：不能，不能跳票，他承認。

「會不會下西洋棋？要不要來玩一盤？」

他又搖頭，這次搖得不太乾脆：蝶莎小姐剛過世，下西洋棋對她不尊敬。

賈斯丁執起奎多的手握住，輕輕搖動，等著他微微笑開。「如果你不是馬上就死掉，那你會做什麼？」他用英文問，「有沒有看我們寄給你的書？我以為你這時候早就是個福爾摩斯專家了呢。」

「福爾摩斯是了不起的偵探，」奎多也以英文回答，只是臉上不見微笑。

「小姐給你的電腦呢？」賈斯丁改以義大利文問。「蝶莎說你是個大明星。她告訴我，你是個天才。你跟她通電子郵件通得很勤，害我好吃醋。奎多，你該不會把你的電腦也扔到一邊了吧！」

這個問題引來廚房突如其來的回答。「扔到一邊，那還用說嗎？他啊，什麼東西都扔到一邊了！四百萬里拉，花了她這麼多錢！他以前整天就坐在電腦前敲呀敲。『你呀，眼睛會瞎掉，』我告訴他，『用腦過度是會生病的。』結果，現在什麼都不做了。就連電腦也擱到一邊去。」

賈斯丁仍然握住奎多的手，仔細看著他閃避的目光。「真的嗎？」他問。

對。

「太糟糕了，奎多。真是浪費天分。」賈斯丁抱怨。奎多這時開始綻放微笑。「全人類急需要像你這麼聰明的腦袋瓜呀。聽到了嗎？」

「大概吧。」

「你還記得蝶莎小姐的電腦吧？她教你用的那台？」

奎多當然記得——他顯露出高度的優越感，難聽一點，是驕矜自傲。

「好吧，比不上你那台。你的更新、更厲害，對不對？」

對。當然對。他的微笑逐漸開展。

「好吧，我是白痴，不像你，奎多。我動她的電腦都擔心得很。我的麻煩是，蝶莎小姐在電腦掛掉前留下了一堆信件，有些是要給我看的，可是我很怕一不小心就全殺掉了，擔心得要死。我認為她一定希望由你來帶我，這樣我就不會把那些信件給誤刪了。好嗎？因為她很希望能生個像你一樣的兒子。我也是。所以，你願不願意陪我到別墅，幫我看看她筆電裡的東西？」

「有印表機嗎？」

「有。」

「磁碟機？」

「也有。」

「CD硬碟？數據機？」

「還有說明書、變壓器。還有電線和轉接器。不過，我還是電腦白痴，要是不小心，我保證會搞砸。」

奎多已經站了起來，但賈斯丁溫和地將拉他回桌子邊。

「不是今晚。今天你先乖乖睡覺，明天一大早。如果你願意，我開別墅的吉普車過來接你。可是弄完電腦，你一定要去上學，好不好？」

「好。」

「您太累了，賈斯丁先生，」奎多的母親喃喃說，將咖啡端到他面前放下。「傷心過度對心臟不好。」

•

他來到島上已經兩天兩夜，然而，如果有人證明他已經待了一個星期，他也不會訝異。他搭乘海峽渡輪到法國的布洛涅，以現金買了火車票，在抵達目的地前，中途下了車再買一張票到不同的目的地。他出示過護照，這一點他謹記在心，僅有一次，檢查得很隨便，是在他越過瑞士邊境進入義大利時，地點是地形險峻、風景優美的山谷。他用的是他自己的護照。這一點他也很確定。他遵照萊斯里的指示，先透過漢姆將艾金森先生帶了過去，以免被逮到帶了兩本。然而，當時的山谷叫什麼，搭什麼火車，他就得看地圖才能猜出自己是在哪個小鎮上車。這一路上，蝶莎大部分時間都在他身邊，不時談天說笑——通常是蝶莎輕聲發表令人洩氣又不相干的意見之後。沒在說笑時，他們肩並肩，頭往後仰，閉目冥思，就像一對老夫老妻，直到她突然再度離開，哀傷的苦痛此時就如已知的癌細胞般占據全身，賈斯丁．魁爾此時哀悼亡妻的程度之激烈，遠超過他在葛蘿莉亞家最低潮的那時，也超過在噶朗塔舉行喪禮時，到停屍間認屍時，和他人在四號的閣樓時。

他發現自己不知不覺已站在杜林火車站的月台，住進旅館洗澡，從二手行李商店買了兩只不知名的帆布行李箱，將文件和物品裝進這個他當成是蝶莎遺物箱的行李箱中。身著黑色西裝的年輕律師，也是漢姆曼澤事務所一半合夥權的繼承人，不厭其煩地表達慰問之意，情意誠摯，更令讓人心酸。他對賈斯丁說，對，帽盒已安然準時抵達，也附有漢姆的指示，親手將五號及六號盒保持未開封，交給賈斯丁。日後若是還有任何需要吩咐之處，只要他能力所及，如果有關法律或專業或任何其他事務，對曼澤尼家族的忠誠都不會因小姐慘遭橫禍而終止。噢，對了，錢當然不能忘，他口氣倨傲地說，然後數了五萬美元的鈔票，讓賈斯丁簽收。賈斯丁獨自進入空的會議室，將蝶莎的遺物和艾金森先生的護照裝進剛買的帆布行李箱，迅速搭上計程車到皮翁賓諾，並且湊巧地搭上一艘華麗的高層旅館船，前往厄爾巴島的費拉約港。

賈斯丁坐在六樓的大餐廳裡，盡可能遠離特大號的電視機，用的是塑膠餐盤，客人只有他一個，行李箱就擺在兩旁，好心招待自己享用海鮮沙拉、法國麵包加臘腸、半瓶口感極差的紅酒。船在費拉約港靠岸時，他走向船身內部沒有燈光的停車場，一陣熟悉的無重力感朝他襲來。無禮的駕駛讓引擎呼呼空轉，不然就是正對著他衝過來，衝得他和行李箱撞在有螺栓固定的鐵殼船身上，讓旁觀的失業搬運工哈哈大笑。

天色昏黃，隆冬嚴寒，他步伐紊亂地踏上碼頭，不禁發抖，情緒憤怒，僅有的幾個行人以不尋常的速度匆忙移動。他擔心被人認出來，也擔心更糟的是又有人要可憐他，於是壓低了帽子，將行李箱拖向最靠近他的計程車，看到司機是陌生臉孔，讓他鬆了一口氣。司機在二十分鐘的車程中只問他是不是德國人，賈斯丁回說自己是瑞典人。這個沒有預先想過的答案回答得甚好，因為司機接下來就沒再多問。

蝶莎家族的別墅位在厄爾巴島北岸低處。強風直接從海面吹來，刮動棕櫚樹，抽打著石牆，掃動窗簾與屋瓦，使得附屬房屋像條舊麻繩般吱嘎作響。下了計程車，賈斯丁獨自佇立在忽明忽暗的月色中，站在鋪有石板的天井入口處，天井裡有古老的汲水機和搾橄欖器。他在等眼睛適應黑暗。別墅矗立在他眼前。兩行白楊木，由蝶莎外祖父種下，從前門一直通往海邊。賈斯丁逐一看出僕人的小屋、石階、門柱以及羅馬石雕的陰影。四處不見燈光。據漢姆的說法，物業管理人去那不勒斯陪未婚妻了，管理工作就交代給兩個四處旅遊、自稱是畫家的奧地利女子，就擠住在別墅另一邊的廢棄小教堂裡。兩間工人房在蝶莎的母親改裝後就冠以羅密歐與茱麗葉之名，討德國觀光客的歡心，由法蘭克福的一家出租公司負責。島上居民比較喜歡稱呼她母親為dottoressa（女醫生），比較少用contessa（女伯爵）這個頭銜。

歡迎回家，他對蝶莎說，以免她舟車困頓之餘理解力遲鈍，不知道已經到家了。

別墅的鑰匙就放在圍住汲水機的木板覆面橫架上。親愛的，第一步先掀開蓋子，像這樣，然後伸手進去，如果運氣好，啊哈，鑰匙就到手了。然後你打開房子前門的鎖，帶新娘進入洞房，跟她做愛，就像這樣。只是他沒有帶她進入洞房，他知道有個地方更適合。他再度提起帆布行李箱，大步走過天井，此時月亮很識相地撥開雲朵，為他照亮前進的路，在白楊木之間投下白色光柱。他走到天井最遠的一個角落，通過貌似古羅馬時代後街的窄巷，來到橄欖木門前，門上雕有一隻拿破崙標誌的蜜蜂，以紀念偉大的拿破崙，蝶莎家族的傳奇正由此傳承下來——拿破崙在被放逐此地的十個月間，相當喜愛和蝶莎的曾祖母談話，更珍愛她釀的葡萄酒，因此經常過來作客

賈斯丁選了最大的一把鑰匙插進去。門悶哼一聲打開來。這裡就是我們數錢的地方，蝶莎語氣嚴肅地告訴他，她此刻的身分是曼澤尼家族的繼承人、新娘和導遊。優良的曼澤尼橄欖今天是運到皮翁賓諾去和其他橄欖一起榨油。但在我母親那時代，這個房間仍是最神聖的地方。我們在這裡把一罐罐橄欖油記錄起來，然後拿到樓下酒窖以珍貴的保存溫度儲存。就是在這裡——你沒有在聽。

「因為妳在跟我親熱。」

你是我丈夫，什麼時候跟你親熱隨我喜歡。專心點。在這個房間，我們會算好週薪，交到每個農夫手裡，然後簽名，通常是打個叉，打在比你們英王土地調查清冊還大本的記錄簿裡。

「蝶莎，我沒辦法——」

什麼沒辦法？你當然有辦法。你頭腦靈活得不得了。我們這裡也會用無期徒刑的囚犯，以鏈條串連住，監獄在島的另一邊。因此這門上才有窺視孔，牆壁上才有鐵環，可以在他們等著被送到橄欖園時綁在鐵環上。你是不是為我感到很驕傲啊？我是奴隸領主的後代耶。

「無比驕傲。」

那你為什麼又要鎖上門？你把我當囚犯嗎？

「直到永遠。」

橄欖油房的設計低矮，上面有屋椽，窗戶太高，外人想偷看也難，不管裡面有人在數鈔票，或是鎖著囚犯，或是新婚夫妻悶著聲音在沙發上燕好都看不見。真皮沙發直立靠著朝海的牆壁。數鈔票的桌子平坦而方正。兩張木匠的工作檯擺在桌子後面，塞在拱形的凹陷處。賈斯丁使盡所有力氣將石板上的工作檯拖出來，左右各一張，以翅膀狀排著。有人從別墅清出舊酒瓶排在門上。他取下酒瓶，以手帕擦掉灰塵，放在桌上充作紙鎮。時間早已停止。他不餓也不渴，也不需要睡眠。他把行李箱放在工作檯上，一邊一個，接著取出最寶貴的兩捆東西，放在數錢桌上，小心選擇擺在最中心，以免東西因為傷心或精神失常而跳桌自盡。他謹慎地開始鬆開第一捆，一層接一層——她的棉質家居便服，她的安哥拉羊毛衣，是她前往羅奇丘莒之前穿的，她的銀色上衣，頸邊的氣味仍在——最後，他才將露臉的獎品握在手上：一只雅致的銀盒，長十二英寸，寬十英寸，蓋子上印有日本製造商的商標。日夜孤寂，長途跋涉，對這只盒子毫髮無傷。他從第二捆抽出附屬工具，之後輕手輕腳將其中所有物品一件件移到房間另一邊的舊松木桌。

「再等一下，」他大聲答應她，「耐心點，大小姐。」

他的呼吸這時比較勻稱了，他從手提行李中拿出鬧鐘收音機，調整到當地波長，收聽ＢＢＣ全球廣播。一路上，他持續收聽尋找敖諾的新聞，仍然沒有下落。設定好鬧鐘以便收聽下次的整點新聞後，他便將注意力轉移到高低不平的幾堆東西，有信件、檔案、剪報、列印的資料，以及幾捆看似官方文件的東西，而這些在他另一個人生中，一直是他逃避現實的避風港。今晚就不是了，再怎麼說都不是。這些文件不是逃避任何東西的避風港，不管是萊斯里的警察檔案，或是蝶莎對漢姆頤指氣使的記錄，或是她細心排妥順序的信件、文章、剪報、製藥廠與醫學資料，從她工作室布告欄上用來提醒自己的字條，或是她在醫院狂亂寫下的東西，或是由洛柏和萊斯里從敖諾．布魯穆的公寓搜出來的東西。收音機有聲音了。賈斯丁抬頭傾聽。播報員提到下落不明的敖諾．布魯穆醫生涉嫌殺害英國外交官妻子蝶莎．魁爾，案情沒有進一步發展。聽完後，賈斯丁一頭栽進蝶莎的文件，直到找出他決心在探索期間隨身攜帶的東西。這東西是她從醫院帶出來的——他們唯一沒帶走的婉哲的東西。婉哲一去不回後，她在婉哲的病床旁沒倒過的垃圾桶中找到。她出院後幾天幾夜，這東西就放在她工作室的桌子上，猶如得理不饒人的步哨般站著：一個小紙盒，顏色紅黑，長五吋寬三吋，是個空盒。盒子從桌上跑到了中間抽屜，賈斯丁當初在急促搜尋她的物品時有找到。沒有遺忘，也沒有拒收。卻被放逐，被壓平，在她忙著處理更迫切的事項時被推到一邊去了。岱魄拉瑟（Dypraxa）這名字印在盒面橫條上，四面都有，盒裡的散頁印刷單注明了各種適應症狀與禁忌症。盒蓋上印有三隻開玩笑似的金色小蜜蜂，排列成箭頭形狀。賈斯丁打開盒子，恢復它原有的立體形狀，放在眼前牆壁上一個空架子的中央。肯尼K畫了三隻蜜蜂，就自以為是拿破崙，她發燒時對他低語。被他們螫到可就死定了，你知道嗎？不知道，親愛的，我不知道，快睡吧。

•

看資料。

上路。

減緩大腦轉速。

加速動腦機制。

動如狡兔，靜如處子，和聖人一樣有耐心，和兒童一樣衝動。

賈斯丁此生從來沒有這麼渴求知識。想再準備也沒時間了。自從蝶莎死後，他日夜準備。他有所保留，不過他已經做好準備。在葛蘿莉亞死氣沉沉的低地，他已經做好準備。在警方偵訊時，有時保留得讓他幾乎忍無可忍，將資訊保留在腦海中無眠的地方，他也做好了準備。在返國那段永無止盡的航程中，在艾利森·藍茲貝利的辦公室，在裴勒袞的俱樂部，在漢姆的事務所，在四號寓所，腦中同時考慮著一百件事情時，他也做好了準備。他現在需要的，不過是大動作縱身一躍，跳進她祕密世界的核心；認出她歷程中每個路標及里程碑；消滅自己的身分，讓她的身分復活；殺掉賈斯丁，讓蝶莎重見天日。

從哪裡開始？

哪裡都行！

走哪條路？

哪條路都可以！

他內心公務員的那一面已經中止。在蝶莎不耐的表示下，賈斯丁動了起來，不再對任何人負責，只對她一人效忠。如果蝶莎漫無目的，他也跟著漫無目的。蝶莎按部就班時，他也依循著她行事。她依直覺往下跳時，他也會牽著她一起跳。他餓不餓？如果蝶莎不餓，他也不餓。他累了嗎？如果蝶莎能穿著家居便服埋首辦公桌，熬夜到兩、三點，賈斯丁就能夠徹夜不眠，次日整天繼續，入夜亦然！

有一次，他暫時抽離工作，到別墅的廚房掠奪一番，帶回了臘腸、橄欖、薄脆餅乾、帕瑪森起司和礦泉水。還有一次，忘記是黃昏還是日出，他的印象是天色灰沉，他正在讀她在醫院內寫的日記，記錄著羅貝爾和手下出現在婉哲床邊的經過。讀到一半，他突然醒過來，發現自己竟在圍牆內的庭園裡漫遊。就是在這裡，在蝶莎柔情的注視下，他種下婚禮羽扇豆、婚禮玫瑰，以及少不了的婚禮小蒼蘭，以表現對她的愛。雜草及膝，濡濕了他的長褲。一朵玫瑰獨自綻放。他想起自己沒關上橄欖油房的大門，於是橫越鋪了石板的天井，衝回油房才發現門安穩地鎖住，鑰匙則放在他外套口袋。

•

《金融時報》剪報：

三蜂嗡嗡響

花花公子怪傑，也是第三世界投機者，三蜂之家的肯尼士．K．寇提斯據傳正在準備舉行互惠式閃婚，對象是瑞士裔加拿大籍的製藥界大姊大凱儒．維達．赫德森（KVH）。KVH會現身婚禮嗎？三蜂拿得出嫁妝嗎？兩個問題的答案都是肯定的，只要肯尼士．K以典型作風大膽投資藥品的這種豪賭能回收成本。製藥界盛傳，三蜂奈洛比即將與KVH合作。KVH預估將投入五億英鎊，研發最新抗結核病神藥岱魄拉瑟，而三蜂據傳將投資四分之一，以交換全非洲的銷售與經銷權，而該藥的全球收益，三蜂也將抽成，數字不詳。此次交易在行動隱密、獲利極高的製藥界據說是前所未見。總部位在奈洛比的三蜂發言人薇文．伊柏表現出審慎樂觀的態度：「這種做法很高明，完全是典型的肯尼K風格。既富有人道精神，對公司有好處，對股東有好處，對非洲也有好處。岱魄拉瑟的療程就像吃糖那樣簡單。變種的結核病菌肆虐全球，三蜂將站在最前線抵抗結核病。」

KVH董事長狄特．寇恩昨晚立刻在巴塞爾發言，呼應伊柏的樂觀態度：「岱魄拉瑟能將六至八個月的辛苦療程縮減為服用十二次的治療過程。我們相信，在非洲擔任岱魄拉瑟的前鋒，三蜂是不二人選。」

蝶莎手寫給布魯穆的信，據推測應該是從布魯穆的公寓搜出來的：

心愛的敖諾：

我跟你說過KVH有多黑心，你就是不相信。我調查過了。他們的確很黑心。他們兩年前曾被起訴，罪名是汙染了半個佛羅里達州，他們在當地蓋了一個很大的「設施」，結果檢方只提出警告了事。原告提出確鑿的證據，顯示KVH排放的有毒廢水超出規定達百分之九百，毒害了保育區、濕地、河流和海邊，可能連牛奶都有毒。KVH也在印度做了類似的「公益活動」，據說在馬德拉斯地區有兩百個小孩死於相關病因。印度法院審理這個案子要等十五年，如果KVH繼續找對人賄賂，時間還可能拖得更久。製藥業進行人道救援時，喜歡利用延長病人的生命來讓白人億萬富翁賺進更多錢，KVH在這一方面也有過人之長，人盡皆知。晚安，親愛的。別再懷疑我說的每個字。我冰心玉潔。你也是。蝶。

倫敦《衛報》金融版剪下來的報導：

快樂的蜜蜂

由於治療結核病新藥岱魄拉瑟價廉物美又具革命性，三蜂奈洛比公司日前收購了全非洲的經銷權，股價因此暴漲（十二週內上揚了四成），反映出股市對該藥品越來越具信心。三蜂執行長肯尼士・K・寇提斯於摩納哥的家中表示：「對三蜂有好處的，對非洲也有好處。對非洲有好處的，對歐洲、美國及全世界各地同樣也有好處。」

另外有個檔案夾以蝶莎的筆跡標明為「希波」，內有四十份信件，一開始是傳統郵件，後來改為列印出來的電子郵件，通信的雙方是蝶莎和一個名叫波姬的女子。波姬在德國北部小鎮比勒菲一家藥廠監察組織工作。這個組織獨資運作。信紙最上面的商標解釋該組織「希波」之名的由來。生於公元前四六〇年的希波克拉底是希臘名醫，今日所有醫生在宣示行醫時，宣讀的就是他的誓言。兩人通信一開始很正式，不過改用電郵後，口氣就逐漸軟化，也很快替案情主角取了綽號。KVH的綽號是「巨人」，岱魄拉瑟成了「丸子」，羅貝爾成了「煉金人」。波姬在偵察凱儒．維達．赫德森動態方面的消息來源成了「我們的朋友」。我們的朋友必須隨時嚴加保密，因為「她告訴我們的東西，在瑞士完全屬於違法」。

波姬寫給蝶莎的電郵列印如下：

……煉金人手下有兩個醫生，分別是艾瑞奇和柯瓦克斯，他為這兩人在曼恩島上成立了一家公司，也有可能是兩家，因為當時還是共產黨統治時代。我們的朋友說，羅將兩家公司放在他名下，如此一來那兩名女醫生就不會被當局盯上。之後，這兩個女人就一直吵架，吵得很凶，吵的事與科學有關，也涉及私事。巨人那邊不允許任何人知道其中細節。艾瑞奇一年前移民到加拿大。科瓦克斯留在歐洲，多半待在巴塞爾。妳送給卡爾的大象吊飾可讓他樂翻了，現在他每天早上都學大象吹著喇叭，告訴我他起床了。

波姬寫給蝶莎的電郵列印如下：

以下是有關丸子更進一步的歷史。五年前，煉金人在為兩個女人的分子尋求金援時，並非事事順心。他竭力說服幾家德國大藥廠贊助，但他們強力抗拒，因為看不到能賺大錢的地方。窮人的問題是個老問題：他們就是沒錢買很貴的藥！巨人後來才介入，而且是先花了許多人力物力做過市調才加入的。我們的朋友還說，巨人在和三B談生意時非常精明，做法很高竿，出賣可憐的非洲，讓有錢人繼續有錢！計劃非常簡單，時機非常完美。他們先在非洲測試丸子兩年，KVH估計這段期間結核病在西方會變成「嚴重的問題」。而且三年後，三B在財務上將會出現危機，屆時巨人就可以用小錢買下！因此根據我們的朋友的說法，三B是下錯了注，而巨人則是主掌全局。卡爾在我身邊睡覺。親愛的蝶莎，希望妳的孩子會跟卡爾一樣好看。他會跟他母親一樣成為偉大的戰士。我很確定！拜拜，波。

波姬和蝶莎之間通信的最後一封：

我們的朋友報告巨人那邊正在進行非常機密的活動，和三B及非洲有關。難不成是妳拿棍子去搗了馬蜂窩？他們暗地派了科瓦克斯搭機到奈洛比，煉金人會去接她。大家都在講美女拉若的壞話。她是叛徒，是賤人一個等等的。本來很無聊的企業，怎麼突然變得情緒激動？！好好照顧自己，蝶莎。我認為妳有點 waghalsig。不過，時間不早了，我的英文能力也翻譯不出這個字，所以也許妳可以求求妳的好老公翻譯給你聽！波。

P.S. 快來比勒菲，蝶莎。這個小鎮很美，又沒什麼人知道，妳會愛死的！波。

天色已晚。蝶莎身懷六甲。她在奈洛比的家中客廳來回踱步，忽坐忽站。敖諾吩咐過她，生產之前不准她去基貝拉。就算只是坐在筆電前，對她來說都是件很累人的差事。只坐了五分鐘，她就不得不起來走動。賈斯丁提早回家陪她，以減輕她的痛苦。

「waghalsig，這是什麼人，還是什麼東西？」賈斯丁一打開前門，蝶莎馬上質問。

「什麼人跟什麼東西？」

她刻意以英文發音念出這個德文字，直到第三遍，賈斯丁才聽懂。

「躁進，」賈斯丁以謹慎的口吻說，「盲勇。為什麼要問？」

「我很躁進嗎？」

「不會。不可能。」

「可是有人那樣說我。我這副德性，要盲勇也難。」

「別相信。」賈斯丁衷心地說，兩人隨後同時爆出笑聲。

•

來信者是位於倫敦、奈洛比和香港的歐奇、歐奇與法莫洛律師事務所，收件人是蝶莎・亞柏特小姐，地址是奈洛比的信箱：

親愛的亞柏特小姐：

本事務所代表三蜂之家。該公司轉交過來閣下致執行長肯尼士・寇提斯爵士及其他董事與主管的幾封信件。

本事務所在此鄭重聲明，閣下指稱的產品經各項臨床測試合格，其中幾項測試標準甚至遠高於國家或國際標準。如閣下正確所指出，該產品在德國、波蘭與俄羅斯皆已通過檢驗並註冊。在肯亞衛生當局要求下，產品註冊也由世界衛生組織獨立驗證，證書影印本隨此信附上。

本事務所因此在此忠告閣下，未來若閣下及閣下共事者針對此一問題再度來信，無論對象是三蜂之家或其他單位，本事務所將視之為是對此獲得高度認可的產品進行惡意詆毀，有損產品經銷商三蜂之家奈洛比的商譽與聲望。如果發展至此，本事務所在該公司委託下將全力提出法律行動。

謹此……

•

「老弟，可以的話，占用你幾分鐘。」

講話的是提姆．丹納修。老弟是指賈斯丁，事件經過則在賈斯丁本人的回憶中重演。大富翁遊戲經表決暫停，伍卓兩個兒子匆忙趕去上已經遲到的空手道課，葛蘿莉亞則從廚房端了些飲料過來。伍卓氣沖沖回去高級專員公署。因此只剩賈斯丁和提姆兩人，面對面坐在庭園桌邊，周遭是數百萬的玩具鈔票。

「為了大家好，不介意我大膽直言吧？」丹納修壓低嗓門，不讓聲音傳到不應到地方。

「如果非說不可。」

「非說不可。老弟，是有關這件難看的宿怨。是你亡妻與肯尼K之間的過節。直搗黃龍，可憐的傢伙。三更半夜打電話。留下一些相當無理的信件在他的俱樂部。」

「你在講什麼，我聽不懂。」

「你當然聽不懂。目前這不是什麼聊天的好話題。尤其是在有條子的地方。我們的建議是，掃到地毯下，當作沒看見。事不關己。對大家來說都是敏感時刻。包括肯尼在內。」他的口氣一變，「你節制忍耐的表現令人激賞。對他，真是無限景仰，對不對，葛蘿莉亞？」

「他是個徹徹底底的超人，對不對，賈斯丁，親愛的？」葛蘿莉亞放下端來琴湯尼托盤，同意地說。

我們的建議，賈斯丁記得，視線仍停在律師事務所的信件。不是他的。是他們的。

•

蝶莎給漢姆的電郵列印如下：

小天使：我在三B的祕密消息來源發誓說，他們的財務狀況比任何人透露的還嚴重百倍。她說，公司內部有謠言，說肯尼K正考慮把非製藥的生意全數抵押給南美洲波哥大一家沒名的連鎖企業！問題是：他能不能在未事先告知股東的情況下賣掉公司？我對公司法所知比你少，所以不用多說。你不解釋的話我就完了！愛，愛，蝶莎。

然而，漢姆沒有機會解釋，就算是在當時或稍後儘管有能力解釋也是枉然，賈斯丁也一樣。一輛老爺車鏗鏘作響開進了車道，之後門口傳來如雷的敲門聲，賈斯丁跳了起來，從囚犯的窺視孔往外看。他看到厄米琉．德洛羅營養充足的五官正對著門邊。他是本教區的神父。面帶憐憫關懷的表情。賈斯丁打開門。

「賈斯丁先生啊，您在做什麼？」神父以唱歌劇般的大嗓門吼著，擁他入懷。「為什麼要讓我從計程車司機馬力歐那邊聽說你哀傷過度，因而精神失常，把自己關在別墅裡，還自稱是瑞典人？如果神父無法陪伴痛失至親的教友，如果一個父親無法慰藉受到打擊的兒子，看在上帝的分上，那還要神父做什麼？」

賈斯丁喃喃說了些需要獨處的話。

「可是你卻在工作啊！」——他瞥見賈斯丁背後一堆堆的文件，散放在油房裡。

「就連這時候、在節哀期間，你也還在為國效命！難怪大英帝國比拿破崙時代的版圖還大！」

賈斯丁胡亂說了些外交官的工作永不休止之類的話。

「就跟神父一樣啊，我的兒子，就跟神父的工作一樣！如果有一個人信了上帝，就有一百個人不信！」他靠近賈斯丁，「可是，小姐她可是信徒，賈斯丁先生。和她的醫生母親一樣，她們再怎麼辯解也沒用。她們對同胞奉獻了這麼多愛，怎麼可能對上帝置之不理？」

賈斯丁設法將神父從油房門口趕走，讓他坐進冰冷的別墅客廳，牆壁上是性早熟的天使的斑駁壁畫，他強遞給他一只杯子，再倒一杯曼澤尼家族釀造的葡萄酒，自己也端著一杯啜飲。他接受好心神父的保證，知道蝶莎如今已安然投身上帝懷抱。神父表示會在下一個聖徒紀念日為蝶莎舉行追思彌撒，希望他能對教堂重建基金鼎力相助，還有捐款維修島上雄偉的山頂城堡，因為該城堡是中世紀義大利的名勝之一，學術探勘人員與考古學家一致認為，除非在上帝旨意下加強城牆與地基，否則該城堡很快就會坍塌，賈斯丁也無異議同意。他將好心的神父護送到車旁，為了不多留這位來客，被動接受了他的祝禱，然後才趕緊回到蝶莎身邊。

她雙手叉在胸前，在等著賈斯丁。

如果上帝存在，怎麼會允許無辜的兒童受苦受難？我拒絕相信。

「那我們為什麼要在教堂結婚？」

是為了融化上帝的心。她回答。

•

賤婆娘。別再幫妳那個黑鬼醫生吹喇叭了！滾回妳那個窩囊太監老公身邊，乖乖聽話。立刻停止管我們的閒事！否則妳會死得很難看。鄭重保證。

他雙手發抖，拿著這張素白的打字紙，紙上的訊息並不打算融化誰的心。上面的字體全是粗黑大寫，每個字都有半英寸高。簽名省略，不令人驚訝。拼字完美無缺，倒很令人訝異。這對賈斯丁造成的震撼極為強烈，責怪意味濃厚，謾罵得狗血淋頭，嚇得他有幾秒對她大發脾氣。

妳為什麼不告訴我？為什麼不給我看？我是妳丈夫，應該要保護妳的，我是妳的男人，是妳另一半呀！

我放棄了。我鬆手了。妳收到一封死亡威脅信，從信箱裡取出。妳打開來。妳看了——一遍。呃！

如果妳像我一樣，會把信拿開，因為內容惡毒、噁心得讓妳不願信紙接近自己的臉。但妳又唸了一遍，接著再看一遍，直到妳熟記內容為止。就和我一樣。

結果呢，妳怎麼辦？打電話給我——「親愛的，發生了很可怕的事，趕快回家好嗎」？跳上車？以火戰車的速度開到高級專員公署，拿著信在我面前揮舞，要我大步去向波特報告？才怪。才不是這樣。妳竟和往常一樣，自尊心第一。妳沒有讓我看這封信，也對我守口如瓶，也沒有燒掉。妳當成祕密。妳劃分了機密等級之後歸檔處理。深藏在禁區辦公桌的抽屜。妳的處理手法，跟妳嘲笑我的做法一樣：妳歸檔到其他文件裡，收藏起來。如果我以這種方式來處理，會被妳嘲笑是望族的謹慎心態。妳收到這封信後是怎麼跟自己交代——怎麼跟我交代——任誰都猜不到了。只有上帝知道妳內心裡是怎麼看待這封信的，不過那是妳自己的事。所以，謝謝。多謝妳，可以嗎？多謝妳將同床異夢政策實行得這麼徹底。漂亮。再次謝謝妳。

怒氣來得快，去得也快，取而代之的是汗流浹背的羞愧與悔恨。一想到要讓別人看那封信，妳就無法忍受，對不對？會因此觸發妳無法控制的連鎖反應。這關於布魯穆的說法，關於我的說法。太過分了。妳是在保護我們。我們三個。妳當然是。妳有跟敖諾講過嗎？當然沒有。有的話，他會盡量勸妳別再追繼續查下去。

•

賈斯丁跳脫這種溫和的理解方式。

太溫柔了。蝶莎的作風比較強硬。而且在她脾氣上來時更難纏。想想看律師的頭腦。想想看冰冷的實用主義。想想看非常強硬的年輕女子，逼近獵物，準備捕殺。她知道自己開始熱血沸騰。恐嚇信證實了這一點。對方若是沒威脅到你，你是不會發出恐嚇信的。如果在這個階段大喊「犯規！」等於是向當局自首。英國政府束手無策。他們沒有權力，沒有管轄權。我們唯一的辦法就是將恐嚇信交給肯亞當局。

不過蝶莎對肯亞當局沒有信心。她經常反覆說，她相信莫怡帝國的觸角遍及肯亞生活的各個角落。蝶莎的信心和她的婚姻職責一樣，不論好壞，都投資在英國人身上：看看她私下投奔伍卓就知道。如果她向肯亞警方求救，她就得提出敵人的名單，不管是真正的、還是潛在的敵人都算在內。她追查大案子的努力會因此功虧一簣。她的追查行動會因此被迫喊停。她絕對不會那麼做。大刑案對她來說，比她自身的性命還重要。

對我來說，也一樣。比我的生命還重要。

•

賈斯丁努力恢復平衡感，視線此時落在一只手寫的信封上。是早前他倉促從蝶莎在奈洛比的工作室桌子中間抽屜拿出來的。他在同一個抽屜裡也找出岱魄拉瑟的空盒。信封上的筆跡似曾相識，卻又不太熟悉。信封已經拆開，當中有一張摺好的英國政府藍色信紙，字跡匆忙，內容充滿倉惶與激情。

我親愛的蝶莎，我對妳的愛勝過其他人，永生不渝。

這是我唯一堅信的意念，也是我唯一自知的概念。妳今天對我態度很差，不過並沒有比我對待妳的態度還差勁。我們倆今天講話時都身不由己。我熱愛妳，崇拜妳，遠超過我能控制的地步。如果妳準備好了，我隨時奉陪。讓妳我拋開彼此荒謬的婚姻枷鎖，隨妳想到什麼地方我都願意，只要妳一開口，我們立刻就走。如果要到天涯海角，能走得越遠越好。我愛妳，我愛妳，我愛妳。

然而，這一次的簽名卻沒有省略。執筆者以清晰鮮明的字體簽了名，大小與恐嚇信相仿：杉狄。我的名字是杉狄，此人表示，妳想昭告全天下隨便妳。

連日期和時間都注明了。即使身在熱戀癲狂的境界，杉狄．伍卓依然是個盡職而仔細的人。

12.

被蒙在鼓裡的丈夫賈斯丁在月光下紋風不動，目不轉睛盯著泛著銀光的海面，長長地呼吸著清冷的晚風。他感覺自己吸入了令人反胃的東西，需要洗淨肺臟。杉狄先軟後硬，妳對我說過。杉狄先欺騙自己，再欺騙我們……杉狄是懦夫，需要大手筆和堂皇的說詞來保護，因為動作稍小就保不住他……這麼說來，如果這些妳早就知道，為什麼要自己承受下來？他質問，對著大海，對著天空，對著呼呼作響的夜風。

其實什麼也沒有，她回答的語氣安詳。杉狄誤把我的挑逗當作承諾，正如他把你的客氣當成懦弱。

然而，又過半晌，賈斯丁幾乎是以奢侈的心態讓自己喪失勇氣，正如他有時內心深處會為了敖諾的事而讓自己喪失勇氣。但他的回憶正在騷動。他昨天看過的某個東西，昨晚，前一個晚上。是什麼？列印出來的東西，蝶莎寫給漢姆的東西。一封長長的電子郵件，賈斯丁初讀時看不下去，因為寫得太過親密，所以他暫時放進一個檔案夾，等到比較堅強時再去解開謎團。他重回油房，抽出郵件，察看日期。

蝶莎寫給漢姆的電郵，時間正好是在伍卓那封信的十一個小時之後。伍卓違反了外交部規定，竟然用公家的藍色信紙向同事的妻子傾吐愛意：

我已經不是小女生了，漢姆，現在我該收起小女生心情。只是，小女生懷孕時該怎麼表現？這下可好了，我給自己找了一個五星級的超級變態，對我哈得要死。問題是，敖諾和我終於挖到了金礦，說得確切點，其實是最臭的排泄物，而我們最迫切需要的，剛好又是前述那個討厭鬼幫我們在權力圈裡講話。我身為賈斯丁的妻子，也渴望效忠英國，這是我唯一能做的事。你是不是在說我還是老樣子，是個不擇手段的壞女人，喜歡牽著男人的鼻子到處轉圈圈，就算他們是超級豬哥也照玩不誤？好吧，你就別說我了，漢姆。就算是真的，也別說。嘴巴閉上。因為我必須信守諾言，你也是，甜心。我現在需要你和我站在一起，像你一向對待我的態度，是既貼心又溫柔的好朋友。你說嘛，人家是個好女孩，因為人家真的是。如果你不說，我就親得你全身濕透，和以前你穿著水手服被我推進盧比孔河時一樣狼狽。愛你，親愛的。拜拜。蝶莎。

P.S. 吉妲說我是個 whore（whore，妓女），可惜她發音不標準，講成了「hooer」，像是少了個 V 的 hoover（吸塵器）。愛你的蝶莎（hooer）敬上。

•

被告無罪，他告訴她。而我一如往常，可對自己感到可恥。

賈斯丁心情出奇地平靜，再度踏上迷惘之旅。

洛柏和萊斯裡的主管是法蘭克．桂德利，單位是蘇格蘭警場海外刑案分局。他們兩人第三次偵訊英國駐奈洛比高級專員公署辦事處主任，姓伍卓，名亞歷山大．亨利，將偵訊內容聯合呈報給桂德利，以下是報告內容摘錄：

受訪者斬釘截鐵重申他宣稱是勃納．裴勒袞爵士的意見。裴勒袞為外交部非洲事務司長。伍卓表示，若按蝶莎．魁爾的備忘錄進一步詢問，將會在沒有必要的情況下危及英國與肯亞共和國的關係，殃及英國貿易利益……受訪者以保密為由，拒絕透露上述備忘錄的內容……受訪者對目前由三蜂之家經銷的新藥一問三不知……受訪者建議我們，任何人若要求看蝶莎．魁爾的備忘錄，應該先直接向勃納爵士報備，假設這份備忘錄確實存在的話，而受訪者本人則準備質疑其存在。受訪者形容蝶莎．魁爾是無聊又歇斯底里的女人，提到其救濟工作相關話題時情緒會出現不穩定的狀態。我們將這句話解讀為四兩撥千金，是要壓低備忘錄的重要性。蝶莎．魁爾生前交給受訪者的所有文件，我們在此要求上級盡快發函向外交部申請調閱其影本。

旁邊由副局長桂德利簽名：**與裴勒袞爵士談過**。**礙於國家安全因素回絕申請**。

從名聲不等的各家醫學期刊節錄的文章，以適度含糊不清的說法讚揚新藥新魄拉瑟的神奇療效，稱讚該藥「不需誘發劑」以及「在老鼠身上的半衰期很長」。

摘錄自《海地醫藥科學期刊》的文章，以含蓄筆法表達對岱魄拉瑟存有保留態度，簽名者是一名巴基斯坦籍醫生，曾在海地一所研究醫院對該藥品進行臨床實驗。蝶莎在「具有潛在毒性」六個字底下劃了線。此外，文章也提及肝衰竭、內出血、暈眩、損害視神經等危險。

摘錄自同一期刊次期的文章，由在名校擔任教授、頭銜顯赫的醫學大老連番上陣提出反擊，列舉出三百件測試案例。該文也指責那位可憐的巴基斯坦醫生有「偏見」，而且「對病人不負責任」，還指著他的頭咒罵。

（蝶莎手寫注記：這些「沒有偏見」的意見領袖，全是由高薪的巡迴委員會為KVH收買，代為物色世界各地有潛力的生物科技研究計劃。）

蝶莎手抄《臨床測試》一書片段，作者為史都沃．波寇克。她喜歡以抄寫來加深印象。有些章節多處劃線，和作者心平氣和的文風形成對比：

學生往往會對醫學文獻嗤之以鼻，許多臨床專家難免也如此。《刺胳針》與《新英格蘭醫學期刊》之類的重要期刊刊登的新醫學知識，外人無法駁斥。世人之所以對所謂的「臨床福音」具有天真的信仰，或許是因眾多作者秉持的固執風格推波助瀾，如此一來，任何研究計劃中原有的不確定點經常未受到應有的重視……

（蝶莎注記：藥廠時常安排文章發表，連所謂的知名期刊都無法免俗。）

至於科學會議上的演說及製藥公司的廣告，大家更有必要質疑……偏見存在的機會其大無比……

（蝶莎注記：根據敖諾的說法，大藥廠會花費巨資買通科學家和醫者為其產品宣傳。波姬報告說，KVH最近捐款了五千萬美元給美國一家知名教學醫院，此外也支付三名頂尖臨床專家及六名研究助理的薪水和開銷。在大學教職員之間牽線收買更容易：教授職、生化實驗室、研究基金會等等。「沒被買通的科學意見越來越難尋。」——敖諾。）

進一步摘錄自史都沃．坡寇克的著作：

……一直存在的風險，是作者被人說服，比實際需要更強調具正面意義的發現。

（蝶莎注記：製藥廠的期刊有別於世上的媒體刊物，不喜歡刊登壞消息。）

……即使提出負面發現的測試報告，可能會發表在不知名的專業期刊，而非重要的一般期刊……

結果，以負面發現反駁先前正面的報告，卻無法為同樣廣大的讀者知悉。

……許多測試缺乏基本設計的要件來取得對療法毫無偏見的評估。

（蝶莎注記：目標是證明論點，而非質疑。換言之，比沒有用還要糟糕。）

作者偶爾會刻意鑽研數據，來證明一向正面的……

（蝶莎注記：找對自己有利的說法。）

摘錄自倫敦《週日泰晤士報》的文章，標題是「藥廠進行醫藥測試，置病人於險境」。文中記號密密痲痲，也由蝶莎劃了許多線，據推測經過影印或傳真給敖諾．布魯穆，因為上面多了這行字：小諾，這篇你看過沒?!

全球最大藥廠之一的拜耳，在進行一項全國性的藥品測試時，未事先告知重大的安全訊息，致使數百名病人陷於險境，有感染致命疾病之虞。

多達六百五十人在英國接受拜耳提供的這項實驗手術，而這家德國製藥大廠先前曾做過研究，發現該藥品會與其他藥物引發不良作用，嚴重阻礙殺菌效能。

《週日泰晤士報》取得拜耳先前所做的研究，該研究在實驗前並未向參與的醫院報告。

拜耳並未向病人或其家屬透露該實驗的缺陷，導致在南安普敦一家測試中心接受手術的病人近半數都染上數種有致命危險的疾病。

拜耳公司基於該數據屬機密資料，拒絕公開手術後的感染與死亡病例統計數字。

「該研究進行前已由合格的管理單位與所有當地道德委員會核可。」發言人指出。

從一本在非洲頗受歡迎的雜誌撕下的全頁廣告。文案是：我相信奇蹟！廣告正中央是個年輕貌美的非洲母親，身穿低胸白上衣，下面是長裙，笑容滿面。快樂的嬰兒側坐在媽媽大腿上，一手摸著她的乳房。快樂的兄弟姊妹圍在四周，英俊的父親高高站在所有人後面。除了母親之外的所有人都以明顯的表情欣賞著她腿上那個健康寶寶。廣告最下面打出：三蜂也相信奇蹟！年輕貌美的母親在說：「他們告訴我，我的寶貝有結核病，於是我向上天祈禱。當醫生告訴我有岱魄拉瑟，我就知道上天聽到了我的禱告！」

賈斯丁回到警方的檔案。

兩名警官偵訊現地聘雇的英國駐奈洛比高級專員公署辦事處職員吉妲・皮爾森，報告節錄如下：

我們偵訊受訪者三次，時間分別為九分鐘、五十四分鐘以及九十分鐘。經受訪者要求，偵訊於中立場合（朋友家中）私下進行。受訪者現年二十四歲，英國與印度混血，於英國皇家修女學校接受教育，領養她的雙親皆為專業人士（律師與醫生），篤信天主教。受訪者以優異成績畢業於埃克塞特大學（主修英美與大英國協藝術），顯然天資聰穎。明顯表現出緊張情緒。我們對她的印象是，除了悲傷之外，她懷有相當程度的恐懼。舉例，受訪者多次欲言又止，如：「蝶莎被殺，因為有人要她閉嘴。」如：「要是有人想跟製藥商過不去，一定會被割喉。」如：「有些製藥商都是披著華美衣裳的軍火商。」經過追問，她拒絕舉證，並且要求消去這些話的記錄。布魯穆是圖卡納凶殺案的兇手，她也駁斥這種暗示。她說，布魯穆和魁爾不是「一對」，但他們是「全世界最好的兩個人」，他們身邊的人不過是「腦筋想歪了」。

經過進一步追問，受訪者先是聲稱必須遵守公務人員保密條例，又說曾對死者發誓保密。第三次、也是最後一次偵訊時，我們採取較具敵意的態度，對她指出，如果再隱瞞資訊，可能會替殺害蝶莎的兇手脫罪，也會阻礙搜尋布魯穆的行動。偵訊內容經過我們的聽寫編輯後，以附件A、B附上。受訪者看過兩份附件，但拒絕簽名。

附件A

問：蝶莎・魁爾進行田野行動時，妳有沒有協助過她或跟她一起去過？

答：我週休二日和有空時，曾經陪敖諾和蝶莎去過基貝拉和北邊鄉下幾次，為的是到外地診所幫忙，親自看看醫藥服用情況。這是敖諾所屬的非政府組織的特別職責。敖諾檢查過的藥品中，有幾款已經過了有效期限，藥效不穩定，但還是可能會有某種程度的療效。另外有些藥並不適合用在他們用於治療的症狀。我們也得以證實在非洲其他地方很常見的現象，就是有些藥品包裝上的適應症與禁忌症被塗改過，以便銷售到第三世界市場，為的是將藥品使用範圍擴大到遠遠超出在已開發國家核可的適用症狀。例如：在歐美用來舒緩極端癌症病例的止痛藥，在這裡卻被用於治療經痛和輕微的關節痠痛。沒有注明禁忌症。我們也證實了，即使非洲醫生做出正確的診斷，他們仍常因為缺乏適當的指導而開出錯誤的處方。

問：三蜂是受影響的經銷商之一嗎？
答：大家都知道，非洲是全世界製藥廠的垃圾桶，而三蜂是非洲藥品最主要的經銷商之一。
問：所以說，三蜂在這個情況中有沒有受到影響？
答：有些情況有。三蜂是經銷商。
問：是有罪的經銷商嗎？
答：可以這麼說。
問：有多少情況？比例如何？
答：（再三支吾其詞之後）全部。
問：請重複一遍。妳是說，妳發現產品出錯，每個案例，三蜂都是該產品的經銷商嗎？
答：敖諾可能還活著，我認為我們不應該講這些話。

附件B

問：有沒有哪一種產品是敖諾和蝶莎特別感興趣的，妳記得嗎？

答：一定不對勁。不能再問下去了。

問：吉妲。我們想瞭解蝶莎為何被殺，也想瞭解為什麼妳會認為討論這些事會害敖諾受到比現在危險的威脅。

答：那時候到處都是。

問：什麼東西？妳為什麼要哭？吉妲。

答：害死人了。在村子裡。在貧民窟裡。敖諾很確定。他說，那藥是好藥。再多花五年研發說不定能變成好藥。那個藥的概念沒有人辯論得過，療程既短，價格便宜，又體貼病人。不過他們太急了。測試都經過選擇性設計，沒有涵蓋所有副作用。他們還拿懷孕的老鼠、猴子、兔子和狗做實驗，什麼問題都沒有。結果在人體試驗時，好了，問題來了，可是，藥品問題是一定會有的。製藥公司利用的就是這個灰色地帶。有沒有問題，就看數據如何解釋，而數據能證明你想證明的任何東西。依照敖諾的看法，他們太急著想趕在對手上市前搶先一步。藥品上市有許多規定和法令，你會以為提早上市是不可能的事，但敖諾說那種事經常發生。如果你坐在日內瓦舒舒服服的聯合國辦公室裡，很多事情的看法會和你待在現場的時候不大相同。

問：是哪一家廠商？

答：這個我真的不想講下去。

問：藥名是什麼？

答：他們為什麼就不多做點測試？又不是肯亞人的錯。如果你是第三世界國家，不能問。人家給什麼，你就得收下。

問：是岱魄拉瑟嗎？

答：（無法聽清楚）

問：吉妲，請妳鎮定一點，跟我們說就是。藥名是什麼？用來治療什麼？是哪家廠商？

答：全球的愛滋病例有百分之八十五都在非洲，你們知不知道？這些人當中有多少能接觸到醫療？百分之一！這已經不是人的問題，而是經濟的問題！男人無法工作，女人也不能工作！愛滋病是異性戀疾病，所以才會有那麼多孤兒啊！他們沒辦法養活家人！無計可施！就只有等死！

問：所以說，我們談的是治療愛滋病的藥物？

答：敖諾還活著時不能講！都有關係。驗出結核病，就會懷疑是否也有愛滋病！不一定，但是經常都有！敖諾是這樣講的。

問：婉哲是不是因為吃了這種藥而生病？

答：（無法聽清楚）

問：婉哲是不是吃了這種藥才死的？

答：敖諾還活著時不能講！對。岱魄拉瑟。現在給我滾。

問：他們為什麼要去李基的地方？

答：我不知道！給我滾！

問：他們為何要去羅奇丘莒？除了去參加女性意識團體的活動之外？

答：什麼都沒有！別再問了！

問：誰是羅貝爾？

答：（無法聽清楚）

建議

向高級專員公署提出正式申請，要求保護證人以交換完整的事實陳述。她應該獲得保證，她提供的訊息若有關布魯穆和死者的活動，將不會用來陷布魯穆於不義，假設他還活著的話。

基於保密因素駁回建議。　　主管桂德利

賈斯丁一手托著下巴，盯著牆壁。回想著吉妲這個全奈洛比第二美麗的女子。她是蝶莎任命的女弟子，夢想只是將平凡的正當行為帶進邪惡的世界。吉妲是一個沒有壞習慣的我，蝶莎喜歡這說。吉妲是天真無邪的最後一員。她和有孕在身的蝶莎喝著綠茶促膝長談，坐在奈洛比的庭園裡解決全球問題，而賈斯丁這個快樂得不像話的懷疑主義者兼即將成為人父的先生，帶著草帽，在花床間澆水修剪枝葉，拔除雜草，扮演英國中年傻瓜。

「拜託你，賈斯丁，小心你腳邊。」她們會以焦慮的口吻呼喚他。她們在警告他別踩到狩獵蟻。這

種螞蟻在雨後會成縱隊爬出地面，由於為數眾多，極具侵略性，路過之處沿途生物無一倖免，連狗或幼兒都有可能喪命。蝶莎懷孕末期時，很害怕這種螞蟻會把賈斯丁的澆水當作是不合時宜的陣雨。

對於每件事、每個人，吉妲永遠都感到震驚，從羅馬天主教為了反對第三世界節育，在肯亞的尼亞由體育館燃燒保險套抗議，到美國菸草公司為了讓兒童上癮而在菸裡加料，到索馬利亞軍閥在毫無抵抗力的村莊投下毀滅性的子母彈，到製造這種子母彈的軍火商，全都讓她震驚不已。

「這些究竟是什麼人，蝶莎？」她以很積極的神情低聲問。「他們究竟是什麼心態？告訴我，拜託。這是不是我們所謂的原罪？如果妳問我，我會說他們的行為比原罪還嚴重。在我的觀念裡，原罪包含的是某種純真吧。可是，如今純真到哪裡去了，蝶莎？」

敖諾在週末時常會過來坐坐，如果來了，他們的對話會轉為特定焦點，三顆頭會靠近，表情緊縮，如果賈斯丁調皮，故意靠近他們身邊澆水，靠得太近而讓他們不自在，他們會假裝在聊天，直到他自動走到距離比較遠的花床為止。

•

警察偵訊三蜂之家奈洛比代表的報告：

我們先前要求與肯尼士・寇提斯爵士見面，對方也告知他能親自接見，但到了三蜂之家總部，我們才知道肯尼士已由莫怡總統召見，必須飛往巴塞爾與凱儒・維達・赫德森進行政策討論。對方因此建議，我們若有問題可直接和三蜂之家的製藥行銷經理談。經理姓名是Y・藍普立小姐。當時藍普立小姐正在處理家事不克會客。因此對方建議我們擇日再來見肯尼士爵士或藍普立小姐。我們解釋時間緊迫，因此最後對方安排與「資深幕僚」見面。等待一個小時後，終於見到V・伊柏小姐與D・J・克里科先生，兩人都屬顧客關係部門。在場者還有P・R・歐奇，自稱是「倫敦那邊的律師，正好為了其他公事出差奈洛比。」

薇文・伊柏小姐年齡二十八、九，身材高瘦漂亮，非裔，擁有美國某大學商學位。克里科先生來自北愛爾蘭的貝爾法斯特，年齡相仿，體態威武，帶有些許北愛爾蘭口音。進一步詢問後發現，倫敦律師歐奇先生其實就是柏西・冉勒・歐奇，資深律師，任職於倫敦的歐奇、歐奇與法莫洛事務所。歐奇先生最近為數家大型製藥公司贏得數件要求傷害賠償的集體訴訟，其一為KVH。這一點當時他們並未告知。

與克里科談話內容見附件。

附件

見面重點概述：

一、代肯尼士・寇提斯爵士和Y・藍普立小姐致歉意。

二、由三B（克里科）對蝶莎・魁爾之死表達遺憾，關心敖諾・布魯穆醫生的命運。

三B（**克里科**）：這個該死的國家真是一天不如一天。魁爾夫人的事真是太可怕了。她生前是個很不錯的女性，為自己在當地建立起很高的評價。我們要如何幫忙？什麼都可以。老闆要我們傳達他個人的問候之意，指示我們提供所有協助。他很看重英國警察。

警察：我們知道敖諾．布魯穆和蝶莎．魁爾曾經多次聯繫造訪三蜂，希望能談談貴公司經銷的一種結核病新藥，岱魄拉瑟。

三B（**克里科**）：有嗎？我們一定得先查查看。是這樣的，伊柏小姐的工作比較屬於公關方面，我是從其他單位暫調過來，等著公司進行大規模重整。老闆的理論是，任何人如果坐領乾薪都是浪費錢。

警察：他們跟貴公司聯絡後見到了貴公司的員工，我們希望能調出那次見面過程的任何記錄，以及相關文件。

三B（**克里科**）：好吧，洛柏，沒問題。我們來這裡就是希望提供協助。不過，你說她曾經和三蜂聯絡，你知不知道是哪個單位部門？我們這裡的蜜蜂多得是，相信我！

警察：魁爾夫人寄了信件、電子郵件，也打過電話，肯尼士爵士的專線、他的私人辦公室、藍普立小姐，以及貴公司在奈洛比董事會裡幾乎所有人。她也傳真了部分信件，然後以傳統郵件寄出。其他信件都是親手遞送。

三B（**克里科**）：這個嘛，好。這樣我們應該知道怎麼處理。你那邊有沒有信件副本？

警察：目前沒有。

三B（克里科）：那次見面時有誰在場，你知道嗎？

警察：我們以為你會知道。

三B（克里科）：不妙。好吧，你們那邊有什麼？

警察：有人見證過書信電話連絡的經過，做出書面和口頭證詞。上次肯尼士爵士來奈洛比時，魁爾夫人還大老遠跑去他的農莊找他。

三B（克里科）：有嗎？我可是頭一次聽到。她那時有沒有約時間？

警察：沒有。

三B（克里科）：是誰邀請她的？

警察：誰都沒有。她不請自來。

三B（克里科）：哇，真勇敢。結果她過了幾關？

警察：顯然不多，因為後來她又企圖來他在這裡的辦公室當面談，也沒成功。

三B（克里科）：這也難怪。老闆是大忙人。很多人都有事想求他。幸運找得到他的人不多。

警察：她不是有事相求。

三B（克里科）：不然是什麼？

警察：她要的是答案。根據我們的瞭解，魁爾夫人也讓肯尼士爵士看過很多病歷，描述出現在身分不明的病患身上的的藥物副作用。

三B（克里科）：有嗎，天啊？這個嘛……什麼副作用，我怎麼不知道？她是科學家嗎？還是醫生？對了，我應該用過去式才對。

警察：她只是關心的民眾，是律師，也為人權奔走。她在救濟工作方面投入很深。

三B（**克里科**）：你剛才說她讓爵士看過一些東西。是用什麼方式？

警察：親手送到這棟大樓，收件人是肯尼士爵士本人。

三B（**克里科**）：她有簽收單嗎？

警察：（出示簽收單）

三B（**克里科**）：啊，原來如此。收到一個包裹。問題是，包裹內是什麼？不用說，你們一定有副本。一堆病歷。你們一定有。

警察：近日就會收到。

三B（**克里科**）：是嗎？好吧，如果收到，我們真的有興趣看一眼，對吧，小薇？再怎麼說，岱魄拉瑟可是我們目前第一線的產品，老闆稱為旗艦產品。有很多快樂的媽媽爸爸和小朋友，有了岱魄拉瑟都覺得心情好很多。所以說，如果蝶莎當時想發牢騷，我們的確有必要知道究竟，並採取行動。要是老闆在這兒，他一定會是第一個說這句話的人。只不過他是個空中飛人。我也很驚訝他竟然每次都避不見面，一點都不像他的作風。儘管如此，我還是認為，要是你跟他一樣忙……

三B（**伊柏**）：是這樣的，洛柏，如果顧客針對本公司藥品提出申訴，我們這裡有固定程序處理。我們是本地唯一的經銷商。我們進口、經銷。只要肯亞政府放行，醫學中心也放心使用，我們只是擔任中介角色。我們的責任僅止於此。我們自然會聽取建議在儲存上多注意，確定溫度、濕度保持正確之類的細節。不過，責任歸屬基本上是在廠商和肯亞政府。

警察：臨床實驗呢？你們難道不負責實驗？

三**B**（**克里科**）：沒有實驗。洛柏，這一方面你恐怕沒做好功課。如果你說的是架構嚴謹、全面性的雙盲實驗，我們沒有。

警察：不然還有什麼實驗？

三**B**（**克里科**）：要等到藥品進入某個國家，例如肯亞，經過行銷之後，才能形成政策。一種藥品一旦在一個國家銷售，也獲得該國衛生當局百分之百支持，才算是完全篤定。

警察：如果有，你們進行過什麼樣的實驗、測試、檢驗？

三**B**（**克里科**）：少咬文嚼字，可以嗎？如果你談的是為藥品寫下實驗記錄，像這樣的真正好藥，要是你準備好在另一個非常大的國家經銷，非洲市場之外的，例如說美國好了，我可以間接地告訴你，我們在這裡做的事情就能稱為實驗。字面意義只能以「準備」來解釋，準備的是我們未來的狀況。三蜂有朝一日將和KVH聯手進入我剛才暗示到的振奮人心的新市場。懂了嗎？

警察：還沒懂。我在等你說出「白老鼠」這三個字。

三**B**（**克里科**）：我想說的是，這就是對所有人最好的方法。就某種程度而言，每個病人都是實驗對象，為的是更廣大的大眾福祉。才沒有人提到什麼白老鼠。別亂講。

警察：所謂大眾的福祉，是指美國吧？

三**B**（**克里科**）：去你的。我只想說，每個結果，每次記錄，每個列入記錄的病人，資料都會小心保存，隨時監管，放在西雅圖、溫哥華和巴塞爾，將來做為參考用。未來我們尋求在他地註冊登記該產品時，可用於佐證。因此我們永遠沒有失誤的風險。更何況，肯亞的衛生當局一直都支持我們的做法。

警察：什麼做法？毀屍滅跡嗎？

P．R．歐奇，資深律師：收回那句話，洛柏，我們就當作沒聽見。道格在提供資訊時已經仁至義盡，或許還太慷慨了。對吧，萊斯里？

警察：好，那你們目前接到申訴時如何處理？丟掉嗎？

三**B**（**克里科**）：小萊，我們主要的做法是直接傳達給廠商凱儒．維達．赫德森。接著不是依KVH的方針回覆給申訴方，就是由KVH直接回覆，如果他們希望直接回覆的話。跑什麼路，就騎什麼馬。情況大致上就是這樣，洛柏。還有沒有其他可為你效勞的？或許我們應該先約定下次見面的時間，等你們拿到文件之後再談？

警察：再等一下，行嗎？根據我們的消息，蝶莎．魁爾和敖諾．布魯穆醫生去年十一月接受貴公司邀請前來，討論岱魄拉瑟的藥效，不管是正面或負面。他們也提出寄給肯尼士．寇提斯爵士本人的個案注記副本給貴部門員工看過。那次開會，難道你敢說沒有記錄，連三蜂派誰參加都沒記錄？

三**B**（**克里科**）：日期是何時，洛柏？

警察：我們手上有份日誌證實，十一月十八日上午十一點預計在三蜂開會。時間是透過行銷經理藍普立小姐敲定的，聽說她目前人不在。

三**B**（**克里科**）：頭一次聽到。你呢，小薇？

三B（伊柏）：我也是，道格。

三B（克里科）：這樣好了，我乾脆幫你查查看她的日誌。

警察：好主意。我們來幫你。

三B（克里科）：等等，等等，我可得先徵求她的同意才行。她大小姐脾氣，我可不敢不經同意就翻她的日誌，就像我也不敢翻妳的日誌一樣，萊斯里。

警察：打給她。電話費我們付。

三B（克里科）：不行，洛柏。

警察：為何？

三B（克里科）：是這樣的，洛柏，她和她男友到蒙巴薩參加一個盛大婚禮。我們不是說過她去「處理家務事」嗎？轟動豪華的婚禮，信不信由你。所以我猜最早、最早也只能在星期一聯絡。我不知道你們有沒有去蒙巴薩參加過婚禮，不過，相信我——

警察：先別管她的日誌了。他們留給她的那些資料呢？

三B（克里科）：你是指剛才說的那些所謂的病歷嗎？

警察：那是其中之一。

三B（克里科）：這個嘛，如果真是病歷——顯然，洛柏——症狀、適應症、劑量等技術性的討論——副作用，洛柏——那樣的話，就像我們剛才說過的，每次都要轉交給藥廠。我講的是巴塞爾，西雅圖，溫哥華。我覺得啊，脅。如果沒有立刻轉交給專家評估，我們不就得背上刑事責任嗎，對不對啊，小薇？那不只是公司政策而已，我敢說在三蜂就等於是聖旨。對不對？

三**B**（**伊柏**）：完全正確。毫無疑問，道格。是老闆堅持的。一旦出問題，一定要找KVH求助。

警察：你們在胡說些什麼？太扯了吧？你們這地方都不用紙嗎？拜託行不行？

三**B**（**克里科**）：我是在告訴你，我們聽進去了，我們會進行搜索，看看能找到什麼。這裡又不是公家機關，洛柏，也不是蘇格蘭警場。這裡可是非洲啊。我們才不搞什麼檔案嘛，對不對？我們消磨時間有更好的方法——

P．R．歐奇，資深律師：我認為這裡有兩個重點。或許有三個。能分開來談嗎？第一點是，魁爾夫人、布魯穆醫生和三蜂代表之間的會議究竟是否發生過，你們警方有多確定？

警察：我們剛才已經告訴過你，我們在布魯穆的日誌中找到以他的筆跡記錄下來的證據，顯示他曾透過藍普立小姐敲定十一月十八日見面。

P．R．歐奇，資深律師：敲定日期是一回事，萊斯里，實際發生又是另外一回事。我們希望藍普立小姐記性不錯。她安排的會議多到數不清。第二點是語氣。就你們所能判斷的，你們所謂她提出證據時的語氣是否具有敵意？舉例來說，當時是否隱約帶有一絲訴訟的意味？有道是蓋棺無惡言，不過，就我們所知，魁爾夫人並不是出拳謹慎的人，對吧？就妳剛才說的，她也是個律師，而布魯穆醫生也曾擔任過監察製藥界的工作。據我瞭解。我們面對的可不是無名小卒。

警察：就算具有敵意，那又如何？如果有人吃藥死了，當然有權表現出敵意。

P．R．歐奇，資深律師：是，沒錯，洛柏，如果藍普立小姐嗅出打官司的意味，或是更糟糕的情況，或是假設老闆的確收到書面資料，有沒有收到還是未定數，然後被他察覺出不妙，他們本能會馬上送到處理官司的法律部門。所以到法律部門去找應該也找得到，對不對，道格？

警察：我還以為你代表的就是他們的法律部門。

P．R．歐奇，資深律師：（笑笑）最後關頭才找我啦，洛柏。不是先找我。我太貴了。

三**B**（**克里科**）：我們會再跟你聯絡，洛柏。很高興跟你見面。下次一起吃個午餐。只是啊，建議你別指望太高。就像我說的，我們這裡不是整天都在做文件歸檔。我們有很多燃眉之急。就像老闆說的，三蜂是用雙腳來做事。本公司有今天的規模，就是這樣來的。

警察：希望再占用你一點時間，克里科先生。我們有興趣跟一位羅貝爾先生談談，可能是醫生，德國人、瑞士人或荷蘭人。抱歉，我們只知道他的姓氏，不過據瞭解，岱魄拉瑟在非洲的開發過程，他都曾密切參與。

三**B**（**克里科**）：是哪邊的人，萊斯里？

警察：有關係嗎？

三**B**（**克里科**）：有關係，多少有。如果羅貝爾是醫生，妳也認為他是，那就比較可能屬於藥廠那邊的人。妳也知道，三蜂不屬於醫藥圈。我們在這個市場是門外漢。是銷售員。所以恐怕又要麻煩妳去找KVH了，小萊。

警察：你們到底知不知道羅貝爾這個人？我們不是在溫哥華或巴塞爾或西雅圖。我們是在非洲。這是你們的藥，你們的領域。你們進口這東西，廣告宣傳這東西，經銷這東西，賣給大家。我說羅貝爾參與了你們這個藥品在非洲的研發過程。你們到底有沒有聽過這個人？

P．R．歐奇，資深律師：我想，你不是已經聽到答案了嗎，洛柏？去找製藥廠吧。

警察：好，有沒有聽過姓科瓦克斯的女人，可能是匈牙利人？

三B（伊柏）：也是醫生嗎？

警察：聽過這個姓嗎？別管她是什麼頭銜。有沒有聽過科瓦克斯這個姓？女的？在行銷這個藥品方面？

三B（克里科）：換成是我，我就去翻電話簿，洛柏。

警察：我們想找來談談的還有一位艾瑞奇醫生——

P．R．歐奇，資深律師：看來你勢必要空手而回了，警官。沒能幫上多少忙，實在很抱歉。我們已經替你們想過所有辦法，可惜今天就是幫不上忙。

此一見面後一星期附加以下後記：

儘管三蜂答應找尋資料，後來卻通知我們說找不到蝶莎．亞柏特．魁爾或敖諾．布魯穆的文件、信件、病歷、電子郵件或傳真。對於上述資料，KVH一概推說不知，三蜂在奈洛比的法律部門也一樣。我們試圖再度聯絡伊柏和克里科，但沒有聯絡上。克里科「到南非參加在職訓練」，而伊柏則被「調到別部門」。還沒找到替代人選。仍然找不到藍普立小姐，因為「公司正在進行重組」。

建議：蘇格蘭警場直接與肯尼士・K・寇提斯爵士聯絡，要求針對該公司與死者和布魯穆醫生之間的交涉過程做出完整敘述，並要求爵士指示部屬努力尋找藍普立小姐的日誌和失蹤的文件，也要求儘早找到藍普立小姐進行偵訊。

〔由主管桂德利簽名，卻沒有裁示行動也沒有記錄。〕

附件

道格拉斯・詹姆士・克里科，一九七〇年十月十日生於直布羅陀（曾任職刑事記錄辦公室、國防部，以及首席軍法官部門。）

受訪者是皇家海軍（勒令退伍）大衛・安格斯・克里科的私生子。其父於英國監獄服刑十一年，罪名包括兩項殺人罪。現居西班牙馬貝亞，生活奢華。

受訪者道格拉斯・克里科本人九歲時由父親從直布羅陀帶往英國，而父親一上岸即遭逮捕。受訪者因此移交寄養中心。在寄養中心期間，曾多次進出少年法庭，罪名不一而足，包括兜售毒品、重傷害罪、拉皮條、以及鬥毆。一九八四年諾丁罕發生幫派凶殺案，兩名黑人少年死亡，他也涉嫌參與，不過並沒有遭到起訴。

一九八九年，受訪者宣稱已改過自新，自願進入警界服務，但遭到拒絕，不過之後卻受訓成為兼職線民。

一九九〇年，受訪者成功進入英國陸軍，接受特種部隊訓練，加入北愛英國陸軍情報單位，負責便衣勤務，階級為上士。受訪者於愛爾蘭服務三年後被降為士兵，勒令退伍。軍旅生涯其他記錄不可考。

儘管受訪者道格拉斯・克里科在接見我們時的身分為三蜂之家的公關，直到最近，他的主要身分都是該公司保全單位的重要人物。據說他貴為肯尼士・K・寇提斯爵士的親信，很多時候也擔任私人保鑣工作，例如過去十二個月，寇提斯單獨訪問波斯灣、拉丁美洲、奈及利亞及安哥拉時，他也同行。

•

直搗黃龍，可憐啊，提姆・丹納修在葛蘿莉亞的庭園對著大富翁遊戲桌說。三更半夜打電話。在他俱樂部留下措辭無禮的信件。我們的建議是，掃到地毯下藏起來。

他們會殺人，萊斯里在契爾西漆黑的廂型車裡說。你自己也注意到了。

這些往事仍在賈斯丁腦海中縈繞著，他一定是在數錢桌上睡著了，因為他醒來時聽到陸鳥與海鷗在破曉時分的空中打鬥的聲響，細看後才發現，此時不是破曉，而是黃昏。沒過多久，他變得沮喪無助。他已看完手上的所有東西，而他知道，就算自己懷疑過，若沒開啟她的筆記型電腦，他看到的也不過僅是畫布的一角。

13.

奎多穿著一件過長的黑色外套，背著書包，在小屋的門階上等他。書包背帶根本在他肩膀上找不到地方掛。他細如蜘蛛的手抓住一只錫盒，盒裡裝的是他的藥和三明治。現在是早上六點。第一道春陽為青草坡上的蜘蛛網鍍上了金光。賈斯丁盡可能讓吉普車靠近小屋，奎多的母親從窗戶裡看著。他拒絕讓賈斯丁牽手，自己跳進前座，雙臂、雙膝、書包、餐盒、和外套，全部扔進賈斯丁身旁，如同幼鳥初次學飛落地時的模樣。

「你等了多久？」賈斯丁問，但奎多只用皺眉的方式回答。奎多是自我診療的大師，蝶莎提醒賈斯丁。她最近去米蘭的病童醫院參觀，對奎多大表稱讚。奎多如果不舒服，他會叫護士來。如果他非常不舒服，他會找修女。如果他認為自己就快死了，他會叫醫生來。不管是護士、修女或醫生，只要他一叫，他們馬上衝過去。

「我一定要在八點五十五到學校大門。」奎多語氣僵硬地告訴賈斯丁。

「沒問題。」他們講的是英文，為的是讓奎多臉上有光彩。

「如果太晚到，我上課時會喘不過氣。如果太早到，我四處閒逛會讓自己成為別人注意的焦點。」

「瞭解。」賈斯丁看著鏡子，看到奎多的膚色蒼白如蠟，像是需要輸血。「要是你想問，我們會在油房工作，而不是別墅。」賈斯丁希望他放心。

奎多什麼也沒說，等到他們轉進海岸路時，他的臉色已經恢復。有時候，我也無法忍受她的親近，賈斯丁心想。

油房的椅子對奎多的身高而言太低，板凳又太高，賈斯丁於是自己去別墅拿了兩個座墊過來。不過，他回來時，奎多已經站在木桌前，漫不經心地摸著筆記型電腦的附件——數據機的電話線、電腦與印表機的變壓器、轉接器及印表機電線，最後摸到她的電腦。他淡漠地拿著，先掀開螢幕，接上電源線，但是卻沒有——謝天謝地——或者說還沒有插上插座。奎多表現出同樣騎兵般的自信，推開數據機、印表機和其他不需要的東西，一屁股坐在椅子座墊上。

「好了。」他宣布。

「什麼好了？」

「打開吧。」奎多用英文對著腳邊的插座點點頭，「開動。」他將電線交給賈斯丁插。聽在賈斯丁過於敏感的耳朵裡，他的說話聲多了一種難聽的北美東岸鼻音。

「會不會出什麼錯？」賈斯丁緊張地問。

「比如說什麼？」

「會不會一不小心，就把裡面的東西全殺掉之類的？」

「開電源而已嗎？不會。」

「為什麼不會？」

奎多以他稻草人似的手摸摸電腦輪廓。「裡面所有東西，她都儲存起來了。如果她沒有存，就表示她不想要，所以在裡面就找不到。這樣說，你覺得合理，還是不合理？」

賈斯丁感受到自己築起一道敵意之牆。每當有人對他講到電腦術語，就會發生這種事。

「好吧，要是你這麼說，我就插進去了。」他彎下腰，小心翼翼將插頭插進插座。「怎樣？」

「哇。」

賈斯丁滿心不情願地放開插頭站起來，正好看到螢幕上毫無動靜。他的嘴巴變乾，感覺想吐。我擅闖別人電腦。我是個笨手笨腳的白痴。早該找個電腦專家，而不是找個小朋友來幫忙才是。我早該自己學電腦才對。螢幕隨後亮起，出現在他眼前的是一連串微笑、揮手的非洲兒童，在鐵皮屋頂的診所外排隊，接著是彩色長方型和橢圓形散布在藍灰色原野的鳥瞰圖。

「那是什麼？」

「桌面。」

賈斯丁從奎多身後看著電腦，唸著：我的公事包……網路芳鄰……連線捷徑。「接下來怎麼辦？」

「想看看檔案嗎？我開檔案給你看。我們進入檔案，你來看。」

「我想看看蝶莎在看的東西。不論她生前在處理的是什麼，我都想看。我想追蹤她的腳步，看看裡面有什麼。我不是已經跟你講過了？」

焦躁之下，他憎恨奎多在這裡。他希望再度獨享蝶莎，在數錢桌前。他希望蝶莎的筆電不存在。奎多將箭頭指向螢幕左下角的一個方塊。

「你在點的那東西是什麼？」

「滑鼠板。她最後處理的檔案，就是這九個。要不要看看其他的？我可以給你看其他檔案，沒問題。」

一個方塊出現，最上面寫著「開啟檔案，蝶莎的文件。」奎多再點了一下。

「這個類別下，她有大概二十五個檔案。」他說。

「有沒有標題？」

奎多往一邊靠，請賈斯丁自己來看：

瘟疫	**藥廠**
瘟疫－歷史	藥廠－一般
瘟疫－肯亞	藥廠－污染
瘟疫－療法	藥廠－第三世界
瘟疫－新	藥廠－監察單位
瘟疫－舊	藥廠－賄賂
瘟疫－蒙古大夫	藥廠－訴訟
	藥廠－錢
	藥廠－抗議
	藥廠－偽善
	藥廠－測試
	藥廠－假象
	藥廠－粉飾

測試

俄羅斯

波蘭

肯亞

德國

已知死亡人數

婉哲

奎多移動游標，又點了一下。「敖諾。怎麼會突然跑出這個敖諾來？」他質問。

「是她的一個朋友。」

「他也有文件。天啊，他的文件可多了！」

「多少？」

「二十個。不止。」又點了一下，「零零碎碎—bits and bobs。英國人是不是習慣這麼講？」

「對，是英國的講法。也許美國人不這麼講，但絕對是英國的講法。」賈斯丁講得怒氣沖沖。「那是什麼？你在幹嘛？你動作太快了。」

「才沒有。我還刻意慢慢來給你看。我在找她的公事包，看看裡面有多少檔案夾。嘩。她有好多檔案夾呀。檔案夾一，檔案夾二。後來還有更多。」他又按了一下。他的美國口音學得很假，讓賈斯丁差點抓狂。是從哪裡學的？想必是看了太多美國電影。我要跟他校長談談。「看到了嗎？這是她的資源回收桶。她想丟的東西全放在這裡。」

「可是她沒丟掉吧。」

「在這裡面的她都沒丟掉。沒在這裡的，就被她殺掉了。」又點了一下。

「ＡＯＬ是什麼？」賈斯丁問。

「美國線上。是ＩＳＰ。網路連線業者。從ＡＯＬ收到的東西，她如果沒殺掉，就都儲存在這個程式裡，和她的舊電子信一樣。新信件就要上網才能收到。如果你想寄郵件，就要上網才能寄出去。沒有連上網，就沒辦法接收新郵件。」

「這個我知道。一看就知道。」

「要不要我上網？」

「還不用。我想看看裡面有什麼。」

「全部？」

「對。」

「那麼你有好幾天的東西可以看個夠。也許要好幾個禮拜吧。只要移動滑鼠，然後按下去。要不要坐過來？」

「你百分百確定不會出錯？」賈斯丁的語氣堅決，一面坐在椅子上，奎多則站在他背後。

「她儲存的就儲存起來了。我剛才講過。不然她存起來做什麼？」

「這樣就不可能被我消掉？」

「拜託你呀，老兄！除非你按下刪除。就算你按下刪除，電腦還是會問你，賈斯丁，你確定要刪除嗎？如果你不確定，你就選否。你按下否。按下否的意思是，我不確定。按下。就這麼簡單。動手吧。」

賈斯丁很謹慎地點著，通過蝶莎的迷宮，家教奎多則站在一旁，擺出討好的態度，用他的北美東岸電腦口音下達指令。如果進行到一個新程序，或是把賈斯丁搞糊塗了，他會叫暫停，拿出一張紙，將奎多霸氣滿滿的指令寫下來。新的資訊景觀在他眼前展開。到這裡，去那裡，現在回到這裡。幅員太廣了，妳的範圍太寬了，我永遠也跟不上妳，他告訴蝶莎。就算我看了一半，我怎麼知道自己已經找到妳在找的東西？

•

世界衛生組織的傳單。

知名度不高的醫學會議記錄，地點是日內瓦、阿姆斯特丹以及海德堡。聯合國的醫藥帝國不斷向外擴展，這是在聯合國一個沒沒無聞的分支單位庇護下舉辦的會議。

公司簡介，讚揚醫藥產品以及促進生活品質的好處，產品名稱很拗口。

她給她自己看的筆記。備忘錄。一段節錄自《時代》雜誌令人震驚的話，周圍劃滿驚嘆號，全部粗體大寫。只要長了眼睛，只要不移開視線，遠遠站在房間另一端都還看得到。一則概論式的文章，讓她如獲至寶，大為振奮：

研究人員進行的九十三項測試中，出現六百九十一種不良反應，卻只向國家衛生署報告了其中三十九種。

專屬ＰＷ的檔案夾。她在家的時候，這個ＰＷ是何方神聖？絕望了。帶我回去看我看得懂的紙張上的東西吧。不過當他點到零零碎碎時，又看到ＰＷ盯著他的臉直看。他繼續按了一下，一切明朗化：原來ＰＷ是Pharma Watch（藥廠監察）的縮寫，是一個作風特立獨行的電腦地下組織，概念上的總部位於美國堪薩斯，宗旨是「暴露出製藥業醫療疏失與逾越分際之處」，另外也揪出「我行我素的人道主義者剝削最貧窮國家的不人道行徑」。

示威者的計劃報告。他們計劃在西雅圖或華府聚集，舉辦所謂的非主流大會，將聲音傳達給世界銀行與國際貨幣基金。

高談闊論。「美國企業九頭蛇」以及「怪獸首都」。一篇只有天知道是從哪裡來的文章，遣詞用字隨便，標題是「無政府主義重返江湖」。

他又按了一下，發現Humanity[23]這個字遭遇攻擊。他發現，Humanity是蝶莎最痛恨的字。每次她一聽到，就會囉嗦地寫電郵給布魯穆，說出心中話，伸手去拿她的左輪手槍。

> 每次我聽到藥廠用人道、利他主義、對全人類的責任為自己的行為辯護，我就想吐。想吐的原因，不是因為我懷孕，而是因為我們同時也讀到美國大藥廠如何盡可能延長病人的生命，以維護獨占的局面，要收費多少隨他們爽，還利用國務院恐嚇第三世界，讓窮國不敢生產自己的非名牌

藥品，價格只有名牌藥品的幾分之一而已。好吧，他們是針對愛滋病藥品做出美化的動作，只不過還有——

•

這些我全知道，他心想，一面重回桌面，然後看到了敖諾的文件。

「這是什麼？」他陡然問，雙手從鍵盤抬起，彷彿要撇開責任。蝶莎要求他先輸入密碼，才允許他進入。這是他們交往以來頭一遭。她的指令有限：密碼、密碼，就像妓女戶的霓虹燈忽明忽暗閃著。

「慘了。」奎多說。

「她教你用電腦時，有沒有給你密碼？」賈斯丁質問，不去理會剛才突發的淫穢思想。

奎多一手遮住嘴巴，傾身向前，另一手輸入五個字母。「我。」他很驕傲地說。

出現五個星號，除此之外什麼都沒有。

「你在幹什麼？」賈斯丁質問。

「輸入我的名字。奎多，Guido。」

「為什麼？」

---

23 humanity 可做「全人類」、「人道」、「人性」解釋。

「當作密碼，」他很緊張，改以義大利語發表長篇大論，「這裡的 i 不是 i，而是 1。裡面的 o 是 0。蝶莎很愛搞這一套。密碼裡至少要有一個數字。她堅持要這樣。」

「為什麼我只看到星星？」

「因為他們不希望你看到 Gu1d0 啊！要不然你從我背後偷看，就能看到密碼了！沒用！她設定的密碼不是 Gu1d0！」他雙手掩面。

「這麼說來，我們只能瞎猜了。」賈斯試著想安撫他的心情。

「瞎猜？怎麼個猜法？電腦允許你猜幾次？三次左右吧！」

「你是說，要是我們猜錯了就進不去。」賈斯丁說得很勇敢，盡量讓問題聽起來沒那麼嚴重。

「嘿，你給我出來。」

「被你說中了。猜不中就是進不去。」

「好吧，動動腦筋。有什麼阿拉伯數字跟字母很相似？」

「3 是左右相反的 E。5 可以改成 S。這樣的東西有六、七個。還不止。完蛋了——」雙手還是掩著臉。

「三次如果用光了還沒猜到，會怎麼樣？」

「檔案夾會鎖死，我們就不能再猜下去。不然會怎樣？」

「永遠嗎？」

「永遠！」

賈斯丁聽見他嗓音中的謊言，微笑起來。

「你認為我們只能猜三次？」

「聽好，我又不是字典。也不是什麼手冊。我不知道的就不會亂說。可能是三次，也可能是十次。我要去上學了。也許你應該打給工程師來支援。」

「想想看，排在奎多之後，她最喜歡什麼？」

奎多的臉總算從手掌中浮現。「你。不然還有誰？賈斯丁！」

「她不會用我的名字。」

「為什麼？」

「因為這裡是她的王國，不是我的。」

「你只是猜想而已啊！太誇張了。試試看賈斯丁。我是對的，我就知道！」

「好吧。排在賈斯丁之後，她最喜歡什麼？」

「跟她結婚的人又不是我，搞清楚行不行？是你！」

賈斯丁想到 Arnold（敖諾），然後想到 Wanza（婉哲）。他試試看 Ghita（吉妲），將 i 改成 1。沒有動靜。他發出緊張的吼聲，表明不屑玩這種兒戲，不過這也是因為他的腦筋往各種方式搜尋可能，卻不知道該往哪兒去。他想到蝶莎已逝的父親和死去的兒子 Garth（賈司），卻排除這個密碼的可能。因為一來不美觀，二來傷感情。他想到了 Tessa（蝶莎）這個字，但她不是自大狂。他想到了 Arno1D 以及 ARN01D，但用敖諾的名來擋駕命名為敖諾的檔案夾，未免也太沒頭腦。他想到 Maria，是她母親的名字，接著是Mustafa（穆斯達法），然後是Hammond（漢姆），但沒有一個讓他覺得適合作為代號或密碼。他低頭看著她的墳，看著棺蓋上的黃色小蒼蘭消失在紅土下。他看到穆斯達法站在伍卓的廚房裡，手上提著籃子。他看到自己帶著草帽，在奈洛比的庭園裡照料著小蒼蘭，然後重回厄爾巴島。他輸入freesia（小蒼蘭），將i改成1。出現了七個星號，卻沒有動靜。他輸入同一個字，這次將s改成5。

「電腦還接受嗎？」他輕聲問。

「我才十二歲耶，賈斯丁！十二歲！」他稍微緩和口氣。「你大概只剩一次，然後就會鎖死了。我放棄。這是她的電腦。是你的。我管不了了。」

他第三次輸入freesia，s還是5，卻將1改回i，這時他發現自己看到一篇未完成的論說文。在黃色小蒼蘭的幫助下，他侵入了名為赦諾的檔案，找到一篇有關人權的文章。奎多在油房裡到處跳著舞，興喜若狂。

「破解了！我就說嘛！我們真厲害！她太厲害了！」

•

為何非洲同性戀者被迫躲在衣櫃裡？

且聽全權制定大眾行為標準的莫怡總統令人舒坦的說法：

「非洲各族語言裡面，找不到女同志和同性戀這種詞彙。」──莫怡，一九九五。

「同性戀違反非洲禮教與宗教，在宗教裡甚至公認為大罪。」──莫怡，一九九八。

毫不令人訝異的是，肯亞刑法百分之百贊同莫怡的說法。第一百六十二條到一百六十五條明訂，「違背自然的肉慾知識」得判處「五到十五年有期徒刑」。更進一步的說法：

──肯亞法律將男性之間的性關係界定為「犯罪行為」。

──該國法律甚至連女性之間的性關係都沒聽過。

這種上古的態度對社會造成什麼影響？

──男同性戀與女性結婚或交往，為的是隱瞞個人性向。

──這些男同性戀生活苦悶，他們的妻子也一樣。

──不針對男同性戀者進行性教育。肯亞長年來否認有愛滋病蔓延的問題，也否決了同志性教育。

──肯亞社會某些階層的人被迫活在謊言中。醫生、律師、商人、神職人員，甚至連政治人物，都生活在恐懼與被逮捕的陰影中。

──製造出一個腐敗與迫害的惡性循環，將社會一步步拖向深淵。

文章到此為止。為什麼？

這一篇有關同性戀人權的未完成論說文，妳為什麼要命名為敖諾，為何要用密碼鎖上？

賈斯丁發現奎多在背後看著，這才回過神來。奎多跑去遊蕩回來，這時正傾身向前看著螢幕，一臉不解。

「我應該載你去上學了。」賈斯丁說。

「時間還不到嘛！還有十分鐘！誰是敖諾？他是同性戀嗎？同性戀是什麼？每次我問媽媽，她就會抓狂。」

「我們該走了。我們可能會塞車，卡在拖車後面。」

「這樣好了，我幫你打開她的信箱，好不好？可能有人寫信給她。可能是敖諾。你難道不想看看她的信箱？說不定她寄了一封信給你，你還沒看到。我打開囉？好不好？」

賈斯丁輕輕將手放在奎多的肩上。「沒關係。沒有同學會嘲笑你。每個人偶爾都會不想上學。不上學不表示你有身心障礙。不上學才表示你很正常。你放學後，我們再來看看她的信箱。」

•

送奎多上學後再開車返回，足足花了賈斯丁一整個小時，這段時間裡，他不允許自己胡思亂想，或是胡亂臆測。回到油房後，他沒有直接走向筆記型電腦，而是去看萊斯里在戲院外的廂型車上給他的那疊資料。此時，他的行動比接觸電腦時更具信心。他翻到一張橫線信紙的影印本。這份影本在他第一次倉促搜索時曾引起他的注意。字跡潦草，沒有注明日期。根據洛柏簽字的附件表示，他曾「注意到」這封信，夾在一本醫學百科全書內，是洛柏和萊斯里在布魯穆的公寓廚房地板上發現，百科全書被怒火沖天的竊賊扔在地上。信紙老舊褪色。信封上的收件地址是布魯穆的非政府組織的郵政信箱。郵戳是從前阿拉伯的奴隸島拉姆。

我親愛的小敖諾，

我永遠不會忘了我們的愛，也不會忘記你的擁抱和你親愛的朋友對我的好意。你能來我們美麗的小島度假，對我來說多麼幸運多麼幸福！我想說謝謝你，但是我要感謝上帝讓你給我慷慨的愛與禮物，也要感謝你提供的知識對我未來學業有所幫助，還有摩托車。我親愛的你，我為了你每天每夜努力，心中一直很快樂，因為我知道我親愛的你時時刻刻陪伴著我，抱著我，愛著我。

簽名呢？賈斯丁和先前看到這封信的洛柏一樣，拚命想解讀。正如洛柏的附件指出，筆跡暗示這封信出自阿拉伯語系的人之手，因為字體拖得很長，寫得很低垂，也有很多完整的圈圈。簽名簽得相當華麗，開頭和結尾似乎都是子音，中間是母音。是Pip, Pet, Pat，還是Dot？再怎麼猜也枉然。隨便找誰來看，都只可能是阿拉伯文。

但寫者是女是男？拉姆島上一個沒受過教育的婦女會寫得這麼露骨嗎？她會騎摩托車嗎？

賈斯丁走到油房另一邊的木桌，坐在電腦前，卻沒有叫出名為敖諾的檔案。他只是坐在那裡，盯著空白的螢幕發呆。

「這麼說來，敖諾愛的人究竟是誰？」他在問蝶莎，假裝是隨口問問。他們肩並肩躺在床上，時間是某個炎熱的星期日晚上，地點是奈洛比。敖諾和蝶莎兩人第一次同行去進行當地探查，當天早上才回到家。蝶莎宣稱，此行是她此生最珍貴的經驗之一。

「敖諾愛的是全人類，沒有界限。」她懶洋洋地回答。

「他跟全人類上床嗎？」

「會吧。我沒問過。你要我問他嗎？」

「不要。不必了。也許我自己會去問。」

「沒必要吧。」

「確定？」

「當然。」

然後親了他一下。再親一下。一直親到他復活。

「那個問題，就別再拿來問我了。」事後她對他說，臉蛋這時依偎在他肩膀窩裡，手腳則搭在他的四肢上。「這麼說好了，敖諾把他的心留在了蒙巴薩。」然後她靠近賈斯丁，頭低低的，肩膀僵硬。

蒙巴薩？

還是拉姆島，距離海邊往北走有一百五十英里遠？

賈斯丁回到數錢桌，這次選擇了萊斯里的背景報告，對象是「敖諾．墨伊斯．布魯穆，醫生，受害者或嫌犯，行蹤不明」。記錄上找不到醜聞，沒有婚姻，沒有已知的伴侶，沒有民法上的妻子。在阿爾及爾，住在提供給年輕醫師的青年旅館，男女合住，自己獨住一間。在非政府組織裡沒有記錄另一伴的資料。他將養父的同父異母姊姊列為最親近的家屬。她住在比利時布魯日。敖諾從來沒有申請過伴侶的旅行或生活費用，向來也只要求單人房。他在奈洛比的公寓遭人搗毀，萊斯里描述該公寓「類似僧侶住所，有強烈的清心寡慾之感」。他獨居，沒有佣人。「他的私生活似乎完全不用奢侈品，連熱水也包括在內。」

•

「全苜賽噶俱樂部的人都說服了自己，認為我們的孩子是敖諾的。」賈斯丁這麼告知蝶莎，態度全然和氣。他們這時正在市區外圍一家印度餐廳吃魚。她懷著四個月身孕。賈斯丁對她的迷戀不減反增，只是在兩人的對話中或許沒有表現出來。

「所謂全苜賽噶俱樂部是指誰？」她質問。

「那個愛蓮娜，我猜。她跟葛蘿莉亞講，再傳到伍卓耳裡。」他語氣愉悅地說下去。「我不太知道要怎麼處理。開車載妳到俱樂部，然後在撞球桌上跟妳歡好或許可以解決問題，如果你敢的話。」

「這樣不就成了一罪雙審了嗎？」她若有所思地說，「而且還是雙重歧視。」

「雙重？怎麼說？」

她沒再多說，目光低垂，輕輕搖頭。「他們是一群有偏見的狗雜種——其他就不用多說了。」

•

當時他聽從蝶莎的命令。不過，現在不必了。

為什麼說雙重？他問自己，眼睛仍盯著螢幕。

單一罪名指的是敖諾破壞家庭。雙重呢？是指什麼？因為他的種族嗎？敖諾受到的歧視，是他的種族以及他涉嫌通姦嗎？因此才有雙審之說？

也許吧。

除非。

除非她心中的冷眼律師再度發言：這個律師決定不理睬死亡恐嚇信，寧願冒生命危險尋求正義公理。

除非第一個歧視不是針對一個涉嫌與已婚白人婦女通姦的黑人，而是針對一般的同性戀者。而布魯穆正是其中之一，只不過他的對手還不知道。

若真如此，眼冷心熱的律師會以下列的方式來理論：

第一審：敖諾是同性戀，但當地的偏見讓他無法承認。如果承認，將無法繼續進行救濟工作，因為莫怡痛恨同性戀的程度，就跟他痛恨非政府組織一樣。如果發現布魯穆是同性戀，最少會將他驅逐出境。

第二審：敖諾被迫活在謊言裡（參考不知名作者未完成的論說文）。敖諾在未公開個人性向的情況下，不得不佯裝出花花公子的形象，因而引來針對跨種族通姦者的批評。

因此：一罪雙審。

還有，最後，蝶莎為什麼又不對自己摯愛的丈夫透露這點，只是讓他做出各種不名譽的臆測，而這些臆測，他永遠不會、一定不會、也沒有辦法對自己承認。為什麼？他對著螢幕質問。

他記得她很喜歡去的那家印度餐廳。罕地。

•

長久以來，賈斯丁將心中嫉妒的潮汐壓抑得很好，這時卻突然潰堤，將他吞噬。然而這次的醋海和先前不同：蝶莎和敖諾共同保守了許多祕密，現在連這個也不讓他知道；他們故意將他排除在外，不讓他進入兩人珍貴的小圈圈，害他有如精神不穩定的偷窺狂在窺視，永遠蒙在鼓裡，因為她一再保證沒什麼好看的，以後也不會有；先前吉姐曾打算解釋給洛柏和萊斯里聽，後來卻打退堂鼓，只說到他們倆不會爆出任何火花；兩人之間就只有兄妹情誼，正如賈斯丁先前描述給漢姆聽的一樣，只不過賈斯丁在解釋時，內心深處也完全不相信自己的說法。

一個十全十美的男人，蝶莎曾這麼形容布魯穆。就連凡事抱著懷疑態度的賈斯丁也從來不疑有它。這個人能觸動所有男人心中的同性情慾神經，他有一次天真地對蝶莎這樣說。長相俊美，談吐溫柔。對待朋友與陌生人都很有禮貌。粗獷的嗓音，豐盈的鐵灰色鬍鬚，長眼皮、圓潤的非洲眼睛，這些無不俊美。他的雙眼在他講話或傾聽時從不隨便飄移。美男子說話時鮮少比出手勢，不過一比手勢，時機抓得很準，更加重了他娓娓道來的明智見解。他的俊美之處，從稜角分明的指關節到輕如羽毛的優雅身軀，宛若舞者般柔軟苗條，靜止不動時，也紀律井然。態度從來不慍不火，向來自知自明，從不傷害人。只不過，每次出席餐宴和會議，他難免都會遇見無知的西方人，讓賈斯丁為他感到難為情。就連苴賽噶俱樂部的老頭子都說：布魯穆那個傢伙啊，天啊，我們那個時代哪來像他這樣子的黑人。難怪賈斯丁的童養媳會愛上他。

那麼，妳究竟為什麼不乾脆給我個一槍斃命？他憤怒地質問她，或者，質問螢幕。

因為我信任你，也期望你同樣信任我。

如果妳信任我，為什麼不告訴我？

因為我不會背叛朋友的信任，我要求你尊重這一點，也要求你稱許。大大尊重，一直尊重下去。

因為我是律師，而祕密這東西——正如她以前常說的——跟我相比，墳墓都算是長舌婦。

14.

結核病是可以賺大錢的：問凱儒．維達．赫德森就知道。如今最富裕的國家隨時都在面對結核病爆發的危機，岱魄拉瑟也將為公司賺進數十億，這是所有股東夢寐以求的事。所謂的白人瘟疫、跟蹤大師、模仿大師、死亡船長，再也不會將自己侷限在窮困的地方，而會重演一百年前的老戲碼。結核病正高懸在西方世界的地平線上，如同一團骯髒的汙染雲霧，只不過受害者仍是這些國家的窮人。蝶莎告訴她的電腦，一面劃線強調：

——全世界人口的三分之一感染結核桿菌。——在美國，結核病例每七年增加兩成。

——未接受治療的病例，平均每年傳染給十至十五人……

——紐約市衛生當局已獲許可，結核病患者若拒絕隔離，得以將其監禁……

——所有已知的結核病例中，有百分之三十具有抗藥性……

白人瘟疫並非從我們身上滋生出來的，賈斯丁讀到，而是被強加在你我之間，途徑是帶菌的飛沫、骯髒的生活環境、低落的衛生條件、髒水，以及令人不敢恭維的行政疏失。

富國痛恨結核病，因為那象徵管理不當；窮國痛恨結核病，因為在許多國家結核病就等同於愛滋病。有些國家根本就徹底不承認有結核病的存在，寧願當作沒發生，也不願正視這種恥辱的象徵。肯亞和其他非洲國家一樣，自從愛滋病毒出現後，結核病例已經增加了四倍。

敖諾寫了一長篇電子郵件，列舉出在田野治療結核病時面對的幾項實際難題：

——診斷麻煩又費時。病人必須連續幾天驗痰。

——實驗室的檢驗不可或缺，但顯微鏡經常不是故障就是遭竊。

——沒有染色劑可偵測桿菌。染色劑被盜賣、消耗，用盡後沒再補貨。

——療程費時八個月。患者接受治療一個月覺得有所起色後，不是放棄治療，就是將藥物轉賣。結核病因此轉變成具有抗藥性。

——結核藥在非洲黑市被當成性病藥物交易。世界衛生組織堅持病人在服藥時必須有人監視，使得黑市買賣的藥丸有「濕」、「乾」之別，依病人是否曾放進嘴裡而定。

不假修飾的後記繼續寫著：

死於結核病的母親人數多過其他疾病。在非洲，付出代價的總是女性。婉哲是白老鼠，也成了受害者。整個村落的婉哲都是白老鼠。

《國際前鋒論壇報》四版摘錄的報導：「西方國家警告，結核病株出現抗藥性，西方也無法倖免於難」，《紐約時報》記者唐諾．G．麥克尼爾執筆。蝶莎在某些部分劃出重點。

〔阿姆斯特丹報導〕據世界衛生組織與治療結核病的團體發表的一項報告指出，具有抗藥性、能致死的結核病株不僅在窮國有增加的趨勢，富裕的西方國家也有危險。

該報告主筆馬寇思．艾斯平諾醫師表示，「這是在提醒大家注意，此事不容等閒視之，未來有可能發展為重大危機。」……

然而，國際醫療界用以募款的最有力武器，是警告各界，若不圍堵第三世界爆發的病例，變異的菌種將會演化成無可救藥、且具高度傳染力的疾病，有撲向西方世界之虞。

（蝶莎注記的筆跡鎮定得很詭異，彷彿她刻意讓自己不帶感情：敖諾說，移民到美國的俄羅斯人、尤其是直接從流民營來的移民，帶有各種具多重抗藥性的結核菌變體——在俄羅斯的比率其實更高於肯亞，因為在肯亞，多重抗藥菌並不代表愛滋病毒。他的朋友正在布魯克林區的灣嶺治療一個非常嚴重的病例。他說，病例數已經到了很嚇人的地步。他說，全美各地擁擠的都市弱勢團體中，感染數字正在持續攀升。）

或者以全世界都了解的股市術語來說，如果結核病市場表現如預期，將會有數百億元的進帳，而最大功臣就是岱魄拉瑟。當然，唯一條件是該藥品在非洲的初步測試過程沒有出現任何令人不安的副作用。

賈斯丁一想到這裡，不得不回頭，事關緊急，回到奈洛比的烏護魯醫院。他趕緊回到數錢桌，胡亂翻著警方的檔案，找出六張影印資料，是蝶莎高燒時以潦草字跡寫下的東西。她當時拚命以宛若幼兒的筆法記載婉哲的病歷。

婉哲是單親媽媽。

她不識字，也不會寫字。

初識她是在她的村子，後來又在基貝拉的貧民窟遇見。她被叔叔強暴而懷孕，而對方辯稱是被她勾引。這是她的第一胎。婉哲離開村子，希望不要再被叔叔強暴，也希望別再被其他人性騷擾。

婉哲說，她的村子裡有很多人都得病，咳得很厲害。村中很多男人都患有愛滋，女人也是。最近有兩個孕婦死了。她們和婉哲一樣，都是去五英里外的一個醫療中心看診。婉哲不想再去同一家醫療中心。她很害怕他們給的藥品很不好。這一點顯示了婉哲的頭腦很好，因為多數本地婦女對醫生都有盲目的信心，只不過她們比較尊重注射勝過於藥品。

在基貝拉，有兩個白人來看她，一男一女。他們身穿白色外套，所以她猜測他們是醫生。他們知道她來自哪個村子。他們給了她一些藥，和她現在醫院裡吃的一樣。

婉哲說，那男的名叫羅貝而。我叫她再多講幾遍。洛貝而？羅必爾？婁貝爾？同行的女子並沒有透露自己的名字，不過她為婉哲診斷一下，抽了一些血、尿和痰。

他們後來又到基貝拉探望她兩次，對同室的其他患者卻不感興趣。他們告訴她，生小孩得到醫院，因為她生病了。婉哲覺得很不安。基貝拉很多孕婦都生了病，卻沒有到醫院待產。

羅貝而說這一切全都免費，所有費用全都會為她支付。她沒有問是誰出的錢。她說，那一男一女非常擔心。她不希望看到他們那麼擔心。針對這一點，她說了個笑話，不過他們沒有笑。

隔天有車來接她。她已經接近預產期。這是她頭一次坐轎車。兩天後，她的弟弟酋可來醫院陪她。他聽說她住進醫院。酋可會讀會寫，非常聰明。兩姊弟非常相親相愛。婉哲十五歲。

酋可說，村子裡也有一個孕婦就快死了，同樣穿白衣的一男一女也去看，帶走了一些檢體，和他們探望婉哲時一樣。他們來到村子時，得知婉哲離家出走，跑到基貝拉了。酋可說他們對婉哲非常好奇，還問他怎麼樣才找得到她，還把他指點的方向記在筆記本裡。這兩個白人就是這樣才在基貝拉的貧民窟裡找到婉哲，將她軟禁在烏護魯觀察。婉哲是隻非洲白老鼠，是眾多服用岱魄拉瑟後死亡的一個病例。

•

早餐時，蝶莎對著餐桌另一端的賈斯丁講話。她已有七個月身孕。穆斯達法站在他老是堅持的地方，就在剛進廚房處，卻湊著半開的門注意聽著，如此一來需要多烤吐司或添茶時就能馬上動作。早晨是快樂時光，晚上也是，不過早上的對話最為輕鬆流暢。

「賈斯丁。」

「蝶莎。」

「準備好了嗎？」

「洗耳恭聽。」

「如果我對你大喊一聲羅貝爾 Lorbeer，就像這樣大聲，你會對我說什麼？」

「Laurel—月桂。」

「還有呢？」

「月桂。皇冠。凱撒。皇帝。運動員。勝利者。」

「還有呢？」

「頭上戴著——桂葉——月桂果——放在桂冠上——就是月桂，血腥戰爭之後凱旋而歸——妳怎麼沒笑出來？」

「是德國人囉？」她說。

「德國人。名詞。陽性。」

他拼出來。

「會不會是荷蘭人？」

「大概吧。差不多。不太一樣，但也很接近。妳是迷上了填字遊戲還是什麼嗎？」

「已經不迷了。」她若有所思地答說。對身為律師的蝶莎來說，這樣就夠了。跟我比起來，墳墓是個長舌婦。

•

沒有J，沒有G，沒有A，她的筆記繼續寫著。她的意思是：賈斯丁、吉妲和敖諾都不在場。她獨自在病房裡，跟婉哲在一起。

十五時二十三分。一個圓臉的白種男人走進來，和一個高䠷、貌似斯拉夫人的女性，身穿白色長外套。那斯拉夫女人的衣服在頸部敞開。另外有三個男人在場。所有人全穿白色長外套。口袋上有剽竊來的拿破崙蜜蜂。他們走到婉哲的床邊，呆頭呆腦地看著她。

我：你們是什麼人？你們要對她做什麼？你們是醫生嗎？

他們不理我，看著婉哲，聽著她的呼吸，檢查心跳、脈搏、體溫、眼睛，叫她「婉哲」。沒有回應。

我：你是羅貝爾嗎？你們是誰？你們叫什麼名字？

斯拉夫女子：不關妳的事。

退場。

斯拉夫女子非常婊子樣。頭髮染成黑色，長腿，走起路來擺腰扭臀，不由自主的。

賈斯丁像是犯下重罪被逮個正著，迅速將蝶莎的筆記塞進最靠近的一堆紙張底下，一躍而起，轉身面對油房的門，神情驚恐，不敢置信。有人正在敲門，敲得非常用力。他看到門被敲得隨節奏顫抖，在嘈雜聲之外還聽見一個英國望族的嗓音，具有威嚇意味，耳熟得讓人心寒，方圓十英畝都聽得見。

「賈斯丁！出來嘛，老弟，別躲了！我們知道你在裡面！兩個好朋友帶著禮物和安慰過來了！」

賈斯丁僵住了，仍舊無法回應。

「你還躲，老弟！你是想學嘉寶[24]急流勇退嗎！沒必要啦！是我們！貝絲和艾崔安！你的朋友！」

賈斯丁從餐具架上抓下鑰匙，接著如同面臨極刑的犯人，盲目走進日光，面對貝絲和艾崔安·塔普，他們那個年代最偉大的寫作雙人組，聞名全球的托斯卡尼塔普夫婦。

「貝絲。艾崔安。太好了。」他大聲說，用力關上身後的門。

艾崔安抓住他雙肩，大幅降低音量。「好老弟。賈斯丁。天神愛的人。嗯？很有男人味。可惜的是，」他以唱詩的音調說著，字字帶有哀悼同情的調調，「你落單了。別告訴我。極為孤單。」賈斯丁任他擁抱，同時也看見他深陷的兩顆小眼睛貪婪地在搜尋肩膀後方的東西。

「噢，賈斯丁，我們真的非常愛她。」貝絲的嗓音如貓，小嘴向下彎曲表示惋惜，接著又拉直以便親他。

「你們那個路易基到哪兒去了?」艾崔安質問。

「去那不勒斯。跟他未婚妻。他們快結婚了。六月。」賈斯丁無精打采地接著。

「應該待在這裡給你打氣才對啊。老弟,這年頭啊,缺乏忠誠度。下人都沒有下人的樣。」

「大的是給親愛的蝶莎做為追思,小的是給可憐的賈司,陪在她身邊。」貝絲聲音微弱地解釋。不知為何,這樣的聲音竟產生不了回音。「我在想,乾脆用栽種來紀念他們,對不對啊,艾崔安?」

他們的小卡車停在天井處,車後裝模作樣地載著幾根粗重的原木,為的是給艾崔安的讀者們看,好讓他們誤以為是艾崔安自己砍來的。兩株小桃樹綁在原木上,根部用塑膠袋包著。

「貝絲的第六感很靈的,」艾崔安大聲說出心中話,「靠波長,老弟。一直都很靈,對不對呀,親愛的?『我們一定要送他樹。』她說。你看,她懂,她就是懂。」

「我們可以現在種,然後就沒事了,對不對?」貝絲說。

「午餐過後吧。」艾崔安口氣堅定。

簡單的農人野餐——貝絲如此稱呼她帶來的體貼包,裡面有一條麵包,橄欖和鱒魚,是我們自己燻的,就我們三個人,喝一瓶你們的曼澤尼家族的好酒。

賈斯丁禮貌到底,帶他們進別墅。

24 嘉寶(Greta Garbo, 1905-1990)著名瑞典女影星,在好萊塢聲勢如日中天時便息影隱居。

「總不能一直哀悼下去嘛，老弟。猶太人就不會。七天就結束。七天後，重新站起來，準備前進。是他們的律令啊，親愛的。」艾崔安對他的妻子解釋，彷彿當她是個低能兒。

他們坐在會客室，頭上是天使壁畫，盤子放在大腿上享用鱒魚，以滿足貝絲野餐的情趣。

「全為他們寫清楚了。該怎麼做，由誰來做，維持多久。七天後，重回工作崗位。賈斯丁應該學著點。再這麼閒晃下去也不是辦法，賈斯丁。你絕對不能浪費生命。太消極了。」

「噢，我沒在浪費生命。」賈斯丁反駁，邊咒罵自己，打開第二瓶酒。

「不然你在做什麼？」艾崔安質問，小而圓的眼珠直往賈斯丁身上鑽。

「這個……蝶莎有很多事情沒完成，」賈斯丁解釋得很蹩腳，「嗯……她的財產，當然。還有她生前成立的慈善信託。還有零零星星的其他東西。」

「有電腦嗎？」

被你看到了！賈斯丁心想，暗地吃驚。不可能吧！我的動作比你快多了，我自己清楚！

「是自印刷術以來最重要的發明，對不對呀，貝絲？沒有祕書，沒有老婆，什麼都沒有。你用的是什麼？我們一開始就抗拒，對不對呀，貝絲？根本大錯特錯。」

「我們那時候又不知道。」貝絲解釋，仰頭喝酒，對如此嬌小的女人來說，是非常大的一口酒。

「噢，他們這裡有什麼，我就將就著用。」賈斯丁回應，恢復平衡感。「蝶莎的律師給了我一大堆磁碟片。我操作這裡的機器，盡可能逐一處理。」

「這麼說，你已經做完了。你也該回家了，別耽擱。快走吧。你的國家需要你。」

「其實還不算完成，艾崔安。我還要再工作幾天。」

「外交部知道你在這裡嗎？」

「大概吧。」賈斯丁說。艾崔安怎麼可以這樣對待我？搶走我的防禦工事？強行闖入我私人的地方，而且跟他毫無關係，我豈能就這樣袖手旁觀？

暫時到此為止。此間讓賈斯丁大大鬆了一口氣的是，他被迫聆聽這對全世界最偉大的夫妻寫作拍檔敘述他們是如何抗拒所有上網的潮流，無聊至極。毫無疑問，這段敘述不過是草稿一篇，將會成為托斯卡尼故事中扣人心弦的一章，他們也能藉此獲得廠商贈送的電腦。

「你這是在逃避，老弟，」艾崔安鄭重警告，他們倆鬆開小卡車上的桃樹苗，用推車推進酒窖，讓賈斯丁有空自己去種，「逃避所謂的職責。這現在聽來是個過氣的字眼。職責拖得越久，負擔就越沉重。他們會張開雙臂歡迎你回去的。」

「為什麼不現在種？」貝絲問。

「太傷感了，親愛的。讓他自己去種就好。上帝保佑，老弟。波長。全世界最重要的東西。」

你呢？你以前是什麼東西？賈斯丁對著艾崔安質問，一面盯著遠去的小卡車：是僥倖還是陰謀？是你跳了船，還是被人從背後推了一把？你是聞到血腥味才過來的，或者是裴勒袞？艾崔安在曝光過度的一生中，曾多次在 BBC 和一家英國爛報紙上亮相。不過，他也曾在白廳後面的祕密大辦公室裡上班過。賈斯丁記得蝶莎在她最毒舌時說過，「你覺得，艾崔安頭腦這麼好，卻沒在書中發揮，他到底是用在什麼地方了？」

•

他回到婉哲，卻發現蝶莎記載同房病人生病經過的六頁日記越來越無趣，最後草草結束。羅貝爾和隨行人員之後曾三度造訪病房。敖諾兩度向前質疑，不過蝶莎沒聽見他說什麼。親自檢查婉哲身體的人不是羅貝爾，而是那個性感的斯拉夫女子，羅貝爾和他的手下則在一旁，什麼忙也幫不上。隨後的事是發生在蝶莎熟睡時。蝶莎醒過來，大喊大叫，卻沒有護士前來。她們都太害怕了。費了好大的工夫，蝶莎才找到護士，逼她們承認婉哲已經死亡，嬰兒已經送回她的村子。

賈斯丁將日記放回警方文件中，再度面對電腦。他覺得心情鬱悶。喝了太多葡萄酒。他吃的鱒魚想必是燻到一半溜出爐子，如今在他肚內沉甸甸的有如橡皮。他按下幾個按鍵，考慮回別墅喝一公升的礦泉水。突然間，他盯著螢幕，表情驚恐，不敢置信。他移開視線，搖搖頭清除影像，接著再看。他雙手掩面，希望能擺脫模糊不清的影像。然而當他再看一眼，卻發現訊息仍在螢幕上。

本程式經非法操作。

所有視窗正在執行的資料若未儲存，將可能全部流失。

在這道死刑判決下，有一列箱子排排站，如同集體葬禮的棺材：點選你最想入土的箱子。他雙手垂在兩側，頭轉了一圈，用腳跟將椅子謹慎地從電腦前踢開。

「你該死，艾崔安！」他低聲咒罵，「你該死，你該死，你該死。」不過他指的是：我該死。我做了什麼，或是沒做什麼。我本來應該讓電腦休眠才對。

奎多。找奎多過來。

他看著錶。再過二十分鐘學校就放學了，但是奎多拒絕賈斯丁去接。他比較喜歡和其他普通男生一樣搭校車，謝謝你，到了門口他會請司機按喇叭。這時候，他才欣然允許賈斯丁帶他上吉普車。除了等待，他別無他法。如果他想開快車，趕在校車從學校出發之前到達，極有可能會在到達時已經晚了一步，還得再開快車回來。他讓電腦留在那裡發悶氣，自己則回到數錢桌，試圖提振一下精神。他對實體文件的偏好遠遠勝過螢幕。

泛非洲新聞社（**一九九七年九月二十四日**）

根據世界衛生組織報告，一九九五年撒哈拉沙漠以南地區新通報的結核病例領先世界各區域，愛滋病與結核病共同感染的比率也偏高……

我早就知道了，謝謝妳。

熱帶大都會將成為人間地獄

非法伐木、水資源與土地汙染、石油開採毫無節制，破壞了第三世界生態系統，越來越多第三世界的鄉村社區被迫移居城市尋找工作謀生。專家預測，熱帶大都會如雨後春筍般興起，為數多達數十個甚或數百個，吸引了最低薪勞工，建立起新的貧民窟，導致致命疾病如結核病的比率衝高到史無前例的地步……

他聽見遠遠傳來巴士喇叭聲。

•

「所以，被你搞壞了。」奎多幸災樂禍地說，賈斯丁這時帶他走到災難現場。「你有沒有進入她的信箱？」他已經開始打字了。

「當然沒有。我又不知道怎麼開。你在幹什麼？」

「你有沒有增加什麼資料，但忘記儲存？」

「當然沒有。沒有增加，也沒有忘記儲存。我又不懂。」

「那就沒事。沒殺掉什麼。」奎多以電腦專家的口吻心平氣和地說，然後輕按幾下，電腦恢復健康。「現在能不能上網？拜託嘛。」他央求。

「有必要嗎？」

「收她的電子郵件啊，天啊！每天有好幾百人寄信給她，你卻沒有收下來看。要是有人寄了關懷和同情給你呢？你難道不想知道他們說什麼嗎？裡面也有我寄給她的電郵，她一直沒回信！也許她根本沒看過！」

奎多淚水盈眶。賈斯丁輕輕摟著他的肩膀，扶著他坐在鍵盤前的板凳上。

「有什麼樣的風險，說來聽聽。最糟糕的情況是什麼？」

「什麼風險都沒有。東西全都存起來了。沒有什麼最糟糕的情況。我們在這部電腦上做的事最簡單不過。要是當機，那就跟剛才一樣，沒什麼。如果有新收到的電子郵件，我會存起來。其他東西蝶莎都存起來了。相信我。」

奎多將筆電連接到數據機，拿出電線，將其中一端交給賈斯丁。「拉出電話線，這個插進去。這樣我們就連線了。」

賈斯丁照他的話動作。奎多打完字後等著。賈斯丁在他背後看著。象形文字，一個視窗，更多象形文字。停頓一下，讓人有機會祈禱思考，之後是蓋滿全螢幕的訊息，像霓虹燈般忽明忽暗，奎多發出了嫌惡的驚嘆。

危險地帶!!

有害健康，在此警告。

切勿越界。

臨床實驗顯示，更進一步研究可能引發致命的副作用。為了讓您放心，您的硬碟已經清除了有毒物質。

有幾秒鐘，想自欺欺人的賈斯丁沒有太擔心。如果換一個比較好的情況，他希望能坐在數錢桌前，寫一封憤怒的信給廠商，對他們這種誇張的手法表示不滿。另一方面，奎多方才的表情已展現出何謂會咬人的狗才不會吠。所以他正要嘆氣說出類似「噢，又是他們，真是夠了。」時，他看到奎多的頭縮回脖子，彷彿被同學欺負，向上翻的手指則宛如死蜘蛛般捲起，擱在筆記型電腦兩旁。而在賈斯丁能見的範圍內，他的臉色已轉為輸血前那種慘白。

「嚴重嗎？」賈斯丁輕聲問。

奎多猛然朝前衝，有如飛行員遭遇危機，依照緊急程序按著鍵盤。顯然沒有用，因為他又突然站起來，手心打著額頭，閉上雙眼，發出了嚇人的呻吟。

「快告訴我發生什麼事，」賈斯丁懇求，「沒有那麼嚴重，奎多。告訴我。」奎多還是沒有回應。他說，「你關掉電源了，對吧？」

奎多靜止不動，點點頭。

「現在你要拔掉數據機。」

又點了一下。同樣靜止不動。

「為什麼要這麼做？」

「重新開機。」

「什麼意思？」

「要等一分鐘。」

「為什麼？」

「也許兩分鐘。」

「有什麼作用？」

「讓電腦有時間去忘記。安靜一下。賈斯丁，這個現象很不尋常。情況真的很不妙。」他的美式電腦口音又出現了。「這不是一堆有社交障礙的小男生在尋開心。相信我，對你做出這種事的是很變態的人。」

「是對我，還是對蝶莎？」

奎多搖搖頭。「就好像有人非常恨你。」他再度按下電源開關，挺身坐直，像是反向嘆氣般長長吸了一口氣。賈斯丁很高興地看到熟悉的畫面，一群快樂的黑人小孩在對他揮手。

「你成功了，」他高聲說，「你是天才一個，奎多！」

然而，他話還沒說完，小朋友的畫面倏忽消失，取而代之的是一個無憂無慮的小沙漏，上面以對角線釘了一個箭頭。接著，這個圖案也消失無蹤，只留下一個藍黑色的宇宙。

「被他們殺掉了。」奎多悄悄說。

「怎麼殺掉的？」

「他們對你下了病毒。他們告訴病毒清除硬碟裡的所有資料，還留了訊息給你，讓你知道他們幹了什麼好事。」

「那就不是你的錯了。」賈斯丁以正面的語氣說。

「她有沒有下載？」

「她列印出來的我全看過了。」

「我不是說列印的東西！她有沒有存在磁碟片上？」

「找不到。我們認為她可能隨身帶去北方了。」

「什麼北方？她為什麼不乾脆 email 過去？何必帶著磁碟片到北方？我搞不懂。我就是不明白。」

賈斯丁想起漢姆，也想到奎多。漢姆的電腦也中了毒。

「你說她常 email 給你。」

「大概一個禮拜一次。兩次。如果這禮拜忘記，下個禮拜就會寄兩次。」奎多用義大利文說，他再度變回小朋友，和蝶莎遇見他那天一樣迷惘。

「她死了以後，你有檢查過電子郵件嗎？」

奎多搖搖頭，以強調否定。他受到太大的打擊。他沒辦法。

「要是這樣，我們也許可以回你家，你可以看看收到了什麼。好嗎？會不會打擾到你？」

他們開車往小山上走，開進越來越黑的樹林。賈斯丁除了奎多之外什麼都不想。奎多是個受了傷害的朋友，賈斯丁的目標是要帶他平安回家，交給他母親，讓他恢復鎮定，確定奎多此後不會再浪擲生命，繼續當個健康、驕傲的十二歲小天才，而不是一個人生也隨著蝶莎的死而結束的行屍走肉。假使如他懷疑的那樣，不論對方是誰，對漢姆和蝶莎的電腦下了毒手，也對奎多的電腦下了同樣的毒手，那麼就有必要安慰奎多，盡可能讓他心情平復。賈斯丁眼下的要務就只有這個，其他目標和情緒都暫時擺到一邊，因為若是要考慮到其他事情，腦筋將會一片混亂，讓他偏離理性問答的正道，將追尋蝶莎的往事與復仇混為一談。

他停好車，拉著奎多的手臂。讓賈斯丁略感驚訝的是，奎多沒有拒絕。他的母親燉好一鍋食物，她自豪的麵包也剛出爐，因此在賈斯丁的堅持下，他們倆先吃晚餐，賈斯丁邊吃邊讚美，她則在一旁看著。接著，奎多從臥房取來電腦，暫時先不上網，兩人肩並肩坐著，看著蝶莎的隨筆，寫的是她在路上看到睡獅，以及玩得太過分的大象，如果她稍微讓步，大象可能就一屁股坐上她的吉普車，壓得稀爛。還有很跩的長頸鹿，只有在別人仰慕他們長長的脖子時才會高興。

「她所有的電子郵件，你要不要拷貝一份到磁碟片上？」奎多問。他的直覺很正確，這些東西賈斯丁的確已經看夠了。

「真是太麻煩你了。」賈斯丁非常客氣地說，「我也希望能拷貝你的作品，這樣我有空就可以拿出來看，寫信給你。不論是你的作文、作業，還是其他你想讓蝶莎看的東西都行。」

奎多照他意思拷貝，將電話線連接到數據機，看著一群湯姆森羚羊狂奔，隨後螢幕就全黑一片。但奎多努力想重回桌面時，他不得不粗啞地說，他的硬碟和蝶莎的一樣被清除得一乾二淨了，只是沒出現臨床實驗和有毒物質的神經病警語。

「她沒有寄東西給你，要你幫她保管吧？」賈斯丁覺得自己的口氣就像海鬮。

奎多搖頭。

「有沒有給你什麼，吩咐你轉交給別人——她沒有把你當成郵局之類的東西吧？」

還是搖頭。

「被殺掉的東西裡，有沒有對你很重要的東西？」

「只有她寄出的最後幾封信。」奎多低聲說。

「好吧，我們倆的下場一樣。」如果將漢姆算進去，就是三個人，他心想。「這麼說來，要是我撐得過去，你也可以。因為跟她結婚的人是我，對吧？也許她電腦裡有病毒，結果也感染到你的電腦。有沒有這個可能？她接到病毒，不小心傳給了你，對不對？我不知道自己在講什麼？我只是在亂猜。我真正想告訴你的是，我們永遠不會知道。所以乾脆說『倒楣透頂』，然後繼續過日子。我們倆都一樣。好不好？如果電腦裡少了什麼，你想訂購，就儘管說一聲，好不好？我會先通知米蘭的辦公室。」

賈斯丁有理由相信奎多的心情已經平復，因此起身告辭，再度開著吉普車下山回別墅。他原先在天井找到吉普車，現在停回原處，從油房背著筆記型電腦到海邊。他以前上過各種訓練課程，學到有些人很聰明，能從被清除得一乾二淨的電腦裡重新抓取資料，這一點他很願意相信。不過，這種人屬於官方那一邊，如今和他的立場相左。他突然想到要設法聯絡洛柏和萊斯里，請求他們的協助，只是他很不願意害他們立場尷尬。更何況，如果要他老實說，蝶莎的電腦受到汙染，不堪入目，他也很希望將電腦本身處理掉。

因此，藉著忽隱忽現的月光，他走到搖搖晃晃的碼頭盡頭，途中看到一張歷史悠久的公告，寫得相當歇斯底里，警告再往前走若發生危險自行負責。來到碼頭末端，他將蝶莎遭到凌辱的電腦寄存在海底深處，而後回到油房盡情寫信，直至天明。

親愛的漢姆：

這是寄給你好心嬸嬸的第一封信，希望往後陸續會寄出更多。我無意表現得多愁善感，不過，要是我死於公車輪下，希望能麻煩你親手將所有文件交給你們那行最殺人不眨眼、最強悍的律師，付他天價，大幹一場。這樣的話，我們倆就等於是幫蝶莎做了好事。

一如既往

賈斯丁

15.

杉狄・伍卓這時喝威士忌喝得醉醺醺，不過直到深夜他都還很清醒，在高級專員公署盡忠職守，反覆推敲，斟酌明天在辦事處會議上的表現：將演說內容向上推，推向大腦負責公事的部分，然後往下推，推到另一部分去思考，如同不按牌理出牌的對手，在毫無預警的情況下拖著他，在喧囂指控的鬼魂之間走過，強迫他喊得比他們大聲：妳不存在，妳只是一連串隨機出現的事件；妳和波特・寇瑞瞿的行為也完全無關。波特驟然偕同妻女回倫敦，理由很可疑，推說是臨時決定請返鄉假，好為蘿西找個特教學校。

有時候，他的思緒全然脫序，回過神來才發現自己正在處理帶有顛覆意味的事物，例如雙方同意離婚，吉妲・皮爾森或是商業組那個新來的、名叫塔拉還是什麼的女孩，哪一個比較適合做為終身伴侶。如果可以，他兩個兒子會比較喜歡哪一個。要不然，事過境遷之後，孤狼般的獨身生活是否比較適合他。他夢想著與他人連繫，卻連半個也沒有，看著夢想逐漸從手邊遠去，繼而遙不可及。儘管有這些想法，在開著門窗鎖上的車回家路上，他仍能以忠誠的一家之主和丈夫的身分看待自己——好吧，私底下仍公開接受建議，有哪個男人十全十美？——最重要的是重回那個彬彬有禮、高壯結實、頭腦清楚的軍人之子身分，是葛蘿莉亞多年前愛得如痴如醉的男人。因此，當他走進家裡時很訝異，更別說受到傷害，他發現葛蘿莉亞竟然沒有運用心電感應預料到他的善意，沒有等他回家，竟讓他自己在冰箱裡翻找吃的。再怎麼說，可惡，我好歹也是代理高級專員。就算是在自己家裡，好歹我也有權得到一點尊重。

「有沒有什麼新聞？」他抬頭問她，語氣可悲，邊吃著冷牛肉，氣氛孤單得毫無莊嚴可言。餐廳的天花板是一塊單薄的水泥板，同時也是他們臥房的地板。

「你在店裡難道沒收到新聞？」葛蘿莉亞以咆哮回敬。

「我們又不是整天坐在那裡聽收音機，如果妳是想這麼說的話。」伍卓在暗示葛蘿莉亞的確有這種想法。他等著回應，叉子停在嘴唇與餐盤間的半途上。

「他們又在辛巴威殺了兩個白人農夫，如果這算新聞的話。」在雙方訊息明顯地中斷後，葛蘿莉亞才這麼宣布。

「我沒聽說啊！那個該死的裴勒袞整天盯著我們。我們為什麼不能勸勸莫怡去阻止穆加比[25]？同樣的道理，我們也不能勸莫怡去阻止莫怡，這是剛才問題的答案。」他在等待，「你真可憐，親愛的。」卻只聽到難解的沉默。

「其他呢？」他問，「沒有其他新聞了嗎？」

「應該要有什麼新聞？」

這女人腦子是進水了嗎？他悶悶不樂地想著，再為自己倒了杯佐餐紅酒。以前從來沒有這樣過。自從她那個喪妻的大情聖回英國後，她就像頭生病的母牛似地一直在家亂晃。不陪我喝酒，也不陪我吃飯，連正眼也不看我一眼。另外，那檔事也都不做，其實那檔事她本來就做得不甘願。現在連妝也很少化了，令人驚訝。

儘管如此，他還是很高興葛蘿莉亞沒有聽到消息。至少總算有這麼一次讓他知道她沒聽過的事。倫敦方面獲得熱門消息時，很少能暫時壓下，因為資訊司總有白痴會在雙方敲定的期限前對媒體長舌。如果他們能在明早之前按兵不動，他就能趕在其他人之前動作，這正是他要求裴勒袞的事。

「這是士氣的問題啊，勃納，」他當時以他最佳的軍人口吻警告裴勒袞，「這邊有兩、三個人聽到會很難過。我希望能親自向他們宣布。尤其是波特不在的時候。」

再怎麼說，能提醒他們現在是誰當家，也是一件好事。提高警覺，但保持鎮定，這樣的個性是他們在尋找明日之星時的條件。自然不能大作文章；讓倫敦自己注意到，波特不當家、不去煩惱每個小細節時，這裡的公事處理得多麼順暢，這樣豈不是更好？

若要他老實講，這種「他們要這樣做、還是那樣做」的對峙情勢非常難熬。葛蘿莉亞情緒低落的原因或許正是如此。再往前走一百碼就是高級專員公館，已安排工作人員隨時待命，賓士車停在車庫，卻沒有國旗飄揚。波特．寇瑞瞿，我們缺席的高級專員。小的我呢，則在這裡做著寇瑞瞿的工作，比寇瑞瞿本人做得還更好，夜以繼日等著好消息，看看代理是否能真除，讓我正式接下官職，成為完全授權的接班人，其他附屬事物也隨之而來——公館、賓士車、私人辦公室、密爾諄、三萬五千英鎊的額外津貼，往騎士之階又近了幾步。

25 穆加比（Robert Mugabe, 1924-2019），時任辛巴威總理。

然而，這當中有個重大障礙。外交部傳統上不太願意在任晉升，比較喜歡將人先調回總部，收拾行李到別處上任。當然了，例外還是有，只是並不多見……

他的心思飄回葛蘿莉亞。伍卓夫人：那樣，她的心情就會好轉。坐立難安，她目前就是這樣。更不用說閒而無事。早知道就該讓她多生幾個，讓她忙不過來才對。如果她進駐專員公館，她一定閒不下來。一個禮拜能空出一個晚上就算她走運。也變得很愛吵架。上週為了一點像布置低地這樣的小事，才跟朱馬吵得臉紅脖子粗。就在星期一，雖然他從來沒夢想過能在有生之年看到這一天，她竟然跟超級婊子愛蓮娜鬧翻了，開戰理由不明。

「你想要，就開口要啊。」葛蘿莉亞先前語氣冰冷地這麼說過，所以他就沒有開口要。

然而，他感覺若有所失。沒了手帕交的葛蘿莉亞就像少了齒輪的機器，她竟然與天真的吉妲．皮爾森訂下某種形式的停戰協定，讓他一點兒也沒法得到安慰。才不過兩個月前，葛蘿莉亞還不把吉妲當一回事。「賤民的女兒接受英國教育，學我們講話，穿得活像是托缽僧，我怎麼可能跟這種人為伍？」她在伍卓聽力能及的範圍內對愛蓮娜說，「那個叫魁爾的女生啊，把她帶壞了。」結果呢，那個叫魁爾的女生如今死了，愛蓮娜也被放逐了，打扮得像托缽僧的吉妲幫葛蘿莉亞報名，要帶她去基貝拉貧民窟走一遭，沿途會有人解說。吉妲宣傳說，打算幫她在救濟單位找份志工工作。吉妲本身的行為已造成伍卓嚴重關切，這個關頭上卻又把葛蘿莉亞扯了進去。

首先是她在葬禮時的表現。倒是沒有人硬性規定葬禮時該如何表現，沒錯。然而，伍卓認為她表現得如喪考妣。此外，她有段時間更是哀悼得過度積極，在辦事處裡如幽魂般走動，表明不願與他的視線接觸，之前他還把吉妲視為——怎麼說呢，候選人吧。接著是上週五，她請了一天假，也不作解釋。她是辦事處的新進員工，資歷也最淺，照理說還沒有資格臨時告假。然而他秉持善良的心對她說，「好吧，吉妲，應該沒問題。只是，可別把他累垮了呦。」——沒有騷擾之意，只是已婚的年長男性開開漂亮小女孩玩笑，毫無惡意。話說回來，如果美貌能置人於死地，他早就陳屍在她腳下了。

他特准的假，吉妲拿去做了什麼？准假時，他也沒順帶要她做什麼。搭包機到該死的圖卡納，隨行的還有十幾個自行組織起來的蝶莎．魁爾後援會女性成員，到蝶莎和諾亞遇害地點獻上花環，打鼓吟唱詩歌！伍卓得知這個消息是在星期一的早餐時翻開《奈洛比標準報》看到了照片。吉妲站在中間，兩旁各有一個身形龐大的非洲婦女。他隱約記得在葬禮上看過這兩個人。

「吉妲．皮爾森，我懂了。」他看了哼了一聲，把報紙推給餐桌另一邊的葛蘿莉亞。「我說啊，看在上帝的分上，人死了就該入土為安，而不是每隔十分鐘就挖出來一次。我一直認為她在為賈斯丁扛火把。」

「如果不是要見義大利大使，我早就坐飛機跟她們一起去了。」葛蘿莉亞說，語氣帶有點滴責難之意。

臥房燈滅。葛蘿莉亞假裝睡著。

•

「各位女士先生，請大家就座好嗎？」

樓上傳來電鑽的嗚咽聲。伍卓派密爾諄去制止，自己則佯裝忙著處理桌上文件。嗚咽聲停止。伍卓慢慢抬頭，發現大家已聚集在他面前，包括喘不過氣來的密爾諄。提姆・丹納修和助理席拉也被破例請來露臉。沒有高級專員出席，恐怕叫不動所有員工，因此伍卓堅持人員要全數到齊。就連國防與兵役隨員和商業組的巴尼・龍恩也因此出席了。還有可憐的莎莉・艾肯，她講話時有口吃的毛病，容易臉紅，從農漁業部暫調過來。他注意到吉妲就站在她習慣站的角落。自從蝶莎去世後，她盡可能讓自己隱形。惹得伍卓不悅的是她脖子上還披著那條黑絲巾，讓人回想到圍在蝶莎脖子上那條沾有血跡的布條。她瞟視過來的斜眼是在挑逗，還是表示輕蔑？歐亞混血兒長得那麼標緻，那表情是什麼，怎麼分辨得出來？

「各位，恐怕有壞消息要宣布。」他語氣輕鬆地開始，「巴尼，麻煩你幫我帶上門，照美國人的講法。別帶過來給我啊，鎖上就行了。」

笑聲——不過帶有憂慮。

他依計劃開門見山，正面處理，我們都是專業人員，該做的躲不掉。但是代理高級專員的舉止有點默然勇於承擔的意味。他先掃視一下小抄，然後以鉛筆鈍的一頭敲著小抄，雙肩前傾，接著才對眾人開口。

「今天早上我有兩件事要向各位報告。第一件事，要等到英國或肯亞媒體報導後才准許發布。今天中午十二點，肯亞警方將對敖諾・布魯穆發布通緝令，理由是謀殺蝶莎・魁爾及司機諾亞。肯亞警方已和比利時政府聯絡上，會事先通知布魯穆的雇主。由於蘇格蘭警場參與辦案，所以我們提早獲得消息。

蘇格蘭警場會將檔案交給國際刑警。」

驚爆消息後，幾乎聽不到椅子的吱嘎響。沒人抗議，沒人瞠目結舌。只有吉妲神祕的雙眼鎖定在他身上，不知是仰慕他，還是憎恨他。

「我知道這消息會讓各位大感震驚，尤其是認識敖諾、喜歡敖諾的人而言。如果你們希望對另一半通風報信，我允許私下進行。」腦海突然閃現葛蘿莉亞。她一直到蝶莎遇害前都還對布魯穆不屑一顧，認為他是個高級男妓，不過，現在卻很奇怪地關心起他的安危。「我自己也無法裝作高興，」伍卓承認，自己也成了不漏半點口風的低調高手，「當然和平常一樣，對媒體簡單解釋動機。蝶莎與布魯穆的關係會被炒徹底作。如果抓得到他，審判也會鬧得很大。因此，從本署的觀點來看，這個新聞可說是糟糕透頂。現階段我對證據的可信度一無所知。據說是鐵證如山，不過警方總是這種說法，對吧？」同樣在話裡夾帶些許幽默，「有沒有問題？」

顯然沒有。這則消息似乎讓眾人成了洩氣的皮球。連昨晚就得知的密爾諄，這時也不知如何是好，只好抓抓鼻頭止癢。

「第二件消息與第一件無關，卻更加敏感。沒有知會我，不准告知另一半。有必要時，得選擇性地告知資淺員工，條件是必須嚴加管制。必須由我個人核可，或是如果高級專員回來，必須由他核可。請別擅自做主。講到這裡有沒有問題？」

沒有。這一次多了期望的點頭，而不只是像牛一樣盯著看。眾人的目光都集中在他身上，吉妲的眼睛更是寸步不離。我的天啊，假設她愛上了我：我該怎麼脫身啊？他接著思考下去。當然了！難怪她要補償葛蘿莉亞！她一開始追的是賈斯丁，現在換成我！她喜歡追夫妻檔，除非妻子同意，否則難以心安！他擺正念頭，重新以陽剛的口吻播報新聞。

「我極為難過，必須向各位報告，同事賈斯丁・魁爾已經行蹤不明。你們大概知道他抵達倫敦時拒絕接受迎接的安排，推說寧願自己划獨木舟等等的。他到倫敦後的確跟人事處見過面，同一天也和裘勒袞見面吃了午餐。兩人都描述他神情沮喪，悶悶不樂，具有敵意，可憐的傢伙。上級為他安排了庇護所，提供心理輔導，但都被他婉拒。結果他跳船失蹤了。」

伍卓現在暗地裡青睞的，換成了丹納修，不再是吉妲了。在刻意的安排下，伍卓的目光當然沒有停在他們兩人之上。他的視線佯裝在小抄和辦公桌之間的半空中飄移。不過實際上，他將焦點放在丹納修上，同時以益發篤定的信心說服自己，賈斯丁叛逃一事，丹納修和骨瘦如柴的席拉再度已事先獲得警告。

「賈斯丁抵達英國的同一天，更確切的說法是同一個晚上，他寄出一封不甚真心的信給人事主任，說他即將休假去處理妻子的事務。他用的是普通郵件，這給了他三天的時間遠走高飛。等到人事處採取行動要制止時——這是為了他好，我在此補充說明——結果他已從眾人的雷達上消失。從跡象顯示，他費了相當大的工夫隱瞞行蹤。我們追蹤到厄爾巴島，蝶莎在島上有財產，不過等到外交部追查過去時，他早已離開。至於去了哪裡，只有天知道，不過我們懷疑過幾個地方。他當然沒有正式提出請假申請。外交部則扛起責任，希望以最合適的安排幫助他重新站起來，幫他安插在一個能療傷一、兩年的地方。」他聳聳肩暗示這個世界好心沒好報。「不管他在做什麼，他都是自己一個人來。而且當然不是為了我們。」

他以陰鬱的眼神瞥了聽眾一眼，接著回到小抄。

「這件事的部分內容有保密顧慮，顯然我無法跟各位分享，因此外交部更加擔心他接下來會出現在何處，以什麼方式出現。他們也很有風度地為他擔憂，而我也確定在場所有人也是。他在這裡上班時表現得很得體，很有自制力，遭受喪妻之痛的打擊，似乎整個人都垮了。」他講到困難的部分，不過他們全都鐵了心準備接受。「專家那裡傳來各種資料，從我們的觀點來看，無一令人高興。」

將軍之子繼續以英勇的姿態前進。

「根據解讀心理的聰明人士指出，一種可能是賈斯丁不願接受事實。換言之，他拒絕相信妻子已死，現在跑去找她了。這聽來令人心酸，但我們要注意的是一個暫時精神失常的人的腦中邏輯。我們希望這現象是暫時的。另一種理論，可能性與不可能性各占一半，他是去尋仇，希望找到布魯穆報復。看來，裴勒袞在毫無惡意之下不小心說溜了嘴，說布魯穆有殺害蝶莎的嫌疑。賈斯丁也許相信了這種說法，拔腿就去。很難過。實在令人非常難過。」

伍卓對自己的觀點永遠在變動，一時之間，他成了這種難過之情的化身。他是充滿愛心的英國公務員。他是羅馬大法官，判決時溫吞，判刑時更加溫吞。他是熟稔世間事務的人，從不懼怕困難的決定，卻決心讓自己最靈敏的直覺宰制一切。由於自認表現精彩，膽子一時大了起來，覺得自己可以隨興發揮。

「身處賈斯丁那樣的狀況的人，其實經常有所目的，但他們本身可能沒有察覺。他們就像飛機設定為自動駕駛狀態，等待藉口，做出無意識間已在計劃進行的事。有點像是自殺。如果有人開了一點玩笑，結果，碰的一聲，觸動了扳機。」

他是不是講太多了？還是講太少？他是不是偏離了主題？吉妲擺出臭臉給他看，活像憤怒的預言家，而丹納修蒼老、昏黃的眼睛後面藏著伍卓無法解讀的訊息。是輕蔑？憤怒？或者只是那種他永遠都帶著的神態，那種與你目標不同、出身不同、退路不同的神態？

「不過，賈斯丁目前腦子裡在想什麼，最有可能的理論，也是與現有證據最符合的一個，也是外交部心理醫師支持的理論，就是賈斯丁走上了陰謀之路，後果可能不堪設想。如果無法面對現實，就幻想出一個陰謀。如果無法接受母親因癌症病死，那就怪罪主治醫生。也怪罪外科醫生。也怪罪麻醉師。也怪罪護士。因為這些人站在同一陣線。而且偷偷聯合起來解決了她。這種想法似乎正是賈斯丁看待蝶莎凶殺案的想法。蝶莎不只是遭到先姦後殺。蝶莎是跨國陰謀的受害者。她不是因為年輕貌美又運氣不佳才死於非命，而是因為他們要她死。至於他們是誰——恐怕就要靠各位自己詮釋了。有可能是你家附近的蔬果商，或是來按門鈴推銷雜誌的救世軍女士。他們全都有分。他們全都陰謀殺害蝶莎。」

傳出零星尷尬的笑聲。是他講得過火了，還是他們表示認同？振作一點。你離題了。

「或者，依賈斯丁的立場來看，兇手可能是莫怡的手下，是大型企業，是外交部和在場的各位。我們全都是敵人，全是共謀者。賈斯丁是唯一知道這點的人，這也是他疑神疑鬼的一部分。在賈斯丁眼裡，受害的不是蝶莎，而是他自己。如果你以他的身分設身處地，你的敵人是誰，就要看你最後聽信的是誰，最近看的是哪本書、哪份報紙，看過哪部電影，當時心情怎樣。湊巧的是，我們聽說賈斯丁酒喝得很凶，只是我認為他在這裡上班時並無這種惡習。裴勒袞說，中午請他在俱樂部吃飯，結果花掉他一個月的薪水。」

又傳來零散、緊張的笑聲，幾乎每個人都笑了，唯獨吉妲除外。他繼續以溜冰的美姿說下去，一面欣賞著自己的步法，在冰上劃出圖形，旋轉、滑行。妳生前最痛恨的就是我這一面，他上氣不接下氣地告訴蝶莎，一面踮腳尖旋轉，然後回到她身邊。就是這個聲音才拖垮了英國，我們共舞時妳以調皮的語氣說。就是這種聲音才讓一千艘戰艦沉船，而這些全是我們的海軍。好好笑。小女生，妳現在給我仔細聽這個聲音，聽聽我如何巧妙撕毀妳丈夫的名聲。這要感謝裴勒袞，以及我待在外交部最誠實的資訊司接受洗腦的五年光陰。

一陣噁心感襲上心頭，因為一時間他痛恨自己相互矛盾的本性中每一副沒有感情的面具。就是這種噁心感，他本來可能藉口逃出辦公室，推說要打一通緊急電話或是內急，或是只是暫時逃避自我；或是讓自己踉踉蹌蹌回到這張辦公桌，打開抽屜取出一張公家藍色信紙，以宣布愛慕之情和魯莽的承諾填滿內心的空虛。是誰害我變成這樣的？他邊講話時邊想。是誰造就了現在的我？是英國嗎？還是我父親？是我上的學校嗎？還是我那個被嚇壞了的可悲母親？或是為祖國撒了十七年的謊？「我們都到了一個年齡，杉狄，」妳好心地告訴我，「已無法拿童年來當藉口了。以你的情況來看，你的問題是，那個年齡會是九十五左右。」

他繼續說下去。他又變得伶牙俐齒了。

「賈斯丁究竟幻想出什麼樣的陰謀，我們究竟在當中扮演著什麼角色，在高級專員公署的我們，是否跟共濟會成員站在同一陣線，或是跟耶穌會信徒、三K黨，或是世界銀行。這一點我恐怕就無法說明了。我能告訴各位的是，他人在外面跑。他已經含沙射影做出幾項嚴重的指控。他說話的可信度還是非常高，個性仍舊非常隨和——一直都是——現在完全可能的是，明天、或是三個月後，他會找上門來。」他再度集中精神，「屆時，各位——不管是集體或是個別——都必須接受指示行動。對不起，這不是要求，吉妲，這是直截了當的命令，不論妳個人對賈斯丁的感情如何，相信我，我也不例外，他為人溫柔、親切、慷慨，我們都知道。不論是白天晚上幾點，只要他一出現，就務必通知我。波特回來的話請通知他，或者——」瞥他一眼——「麥克．密爾諄。」他差點說成小密密。「如果是晚上，立刻通知公署值班警察。在媒體、警方或任何人找到他之前，先通知我們。」

他偷偷觀察吉妲的雙眼，似乎變得比以前更加深邃，更加有氣無力。丹納修的雙眼病態更加深重，粗鄙的席拉則與鑽石同等堅硬，眨也不眨。「為了方便起見，也為了保密，倫敦方面為賈斯丁取了個代號——荷蘭人。取自《漂泊的荷蘭人》。要是碰巧，機會微乎其微啦，不過這個人的精神狀態非常不穩定，手上還有花不完的鈔票，如果碰巧遇見他，不論是直接、間接、聽說或其他方式，或是已經跟他接觸過，為了他著想，也為我們大家著想，請拿起電話，不管你身在何處，請說，『是有關荷蘭人的事，荷蘭人正在做這或做那，我收到荷蘭人的來信，他剛才打來或傳真過來，或是寄電子郵件給我，他正坐在我面前的扶手椅上。』是不是完全聽懂了？有問題請發問。什麼問題，巴尼？」

「你剛才說『含沙射影做出嚴重的指控』。指控對象是誰？有什麼好含沙射影的？」

這是危險地帶。這一點，伍卓在波特．寇瑞瞿的加密電話上曾和裴勒袞討論良久。「有跡可循的地方似乎少之又少。他對製藥之類的東西很著迷。就我們能推測的是，他說服自己，認為某種藥品的廠商和發明者都涉及了蝶莎的命案。」

「他以為蝶莎的喉嚨沒被劃破嗎？都看到屍體了哪！」講話的又是巴尼，語氣裡表現出作嘔的感覺。

「有關藥品的事，恐怕要追溯到她住院的那段不快樂的時光。那個藥害死了她的孩子。陰謀理論就是從這裡開始的。蝶莎向廠商申訴，結果廠商連她也一起幹掉。」

「他危險不危險？」丹納修的席拉問，據猜測是想藉此展現給在場眾人看，她所知的並沒有比其他人多到什麼程度。

「他具有危險性。那是倫敦方面的看法。他的主要目標是生產毒藥的製藥公司。解決之後，就將箭頭指向開發藥品的科學家。然後再對準負責經銷的人，換言之，就是在奈洛比的進口商，也就是三蜂之家，所以我們可能有必要警告他們。」丹納修的表情完全不為所動。「容我重申，我們的對手是外表理性且鎮定的英國外交官。可別以為是什麼頭髮沾著灰，穿著黃色吊帶，還口吐白沫的瘋子。外表上，他是我們都記得又喜愛的老兄。談吐圓滑、衣著整齊、相貌堂堂、有禮到嚇人。然後他開始對著你大喊什麼世界級的陰謀，害死了他的兒子和老婆。」語氣暫停。在心中暗暗記下——天哪，這男人還真帶種！「悲劇一樁。比悲劇還慘。我認為所有接近他的人一定都有同感。不過，正因為如此，我不得不大聲疾呼。別動感情，拜託。如果碰到荷蘭人，請立刻通知我們。可以嗎，各位？謝謝。既然來了，有沒有其他事？什麼事，吉妲？」

如果伍卓在解讀吉妲的感覺上煞費苦心，這次總算貼近了她的心境，比他想像得還靠近。她正要起身時，包括伍卓在內的其他人都還坐著。這一點她很清楚。她起身是為了讓人看見。不過，她站起來的最主要原因，還是因為這輩子從沒聽過這麼多惡毒的謊言，是因為她一時衝動，根本無法乖乖坐著收聽。所以此時她站著：表示抗議，表示激憤，準備在伍卓臉孔上烙印「騙子」兩字；因為在她目前為止短暫而困惑的生命中，她從沒遇過比蝶莎、敖諾和賈斯丁更好的人。

這一點，吉妲很清楚。然而當她視線掃過整間辦公室，看到國防隨員、商務隨員和高級專員的私人祕書密爾諄，所有人都轉頭面向她時，她的視線直接穿透杉狄·伍卓虛偽造假的雙眼，知道自己不另想辦法不行。

蝶莎的方法。不是出於懦弱之心，而是以戰術取勝。

當面大罵伍卓是個騙子，是能夠贏得一分鐘的光榮，算不算光榮還是個問題，但隨之而來的會是某些人對她進行駁斥。要是那樣，她又能證明什麼？什麼都證明不了。他的謊言並非憑空捏造而來的，而是經過精心策劃，以偏光鏡頭將事實轉為怪獸，繼而讓怪獸變得就像事實。

「什麼事，小吉。」

他的頭向後仰，眉毛上揚，嘴巴半開宛如唱詩班指揮，彷彿正要開口跟她合唱。她很快從他身上移開視線。老頭丹納修的臉孔全是向下的線條，她心想。修女院的修女瑪莉養了一條長得很像丹納修的狗。獵犬的臉頰稱作下垂的上唇，賈斯丁告訴過我。昨晚我跟席拉打羽毛球時，她也在觀察我。令吉妲很訝異的是，她竟然聽見自己在對全辦公室的人發言。

「杉狄，現在建議這個可能時機不對，或許擱幾天再提比較好，因為最近事情太多了。」

「什麼事情要擱幾天？少逗我們了，吉妲。」

「我們剛接到世界糧食計劃的詢問。他們非常急著想知道我們要派ＥＡＤＥＣ的哪個代表參加下一個消費者座談會，討論顧客自給自足的問題。」

謊話一個。一個與工作有關、有效又可接受的謊言。她靈光一閃，想出了騙局，從記憶中挖出一個熱切的邀請，改裝成聽似非立刻回覆不可。萬一伍卓要求看公文，她就完全不知道該怎麼辦了。幸好他沒問。

「顧客什麼的，吉妲？」伍卓問，聽眾間傳出輕微笑聲，具有洗滌悲情的效果。

「所謂的救濟配置，杉狄，」吉妲以鄭重的口吻回答，從那份通知裡再挖出一個術語，「一個社區如果收到相當多的救濟糧食和醫療援助，一旦救濟單位撤退，當地人應該如何自給自足？問題就是這個。捐獻者必須採取什麼樣的防備措施，以確定撤退後當地仍有適當的後勤補給，不會發生不當短缺的情形。準備內容很豐富的研討會。」

「這個嘛，聽起來很合理。這種童軍大會要開多久？」

「整整三天，杉狄。星期二、星期三和星期四，很有可能延長。不過，我們的問題是，現在賈斯丁走了，我們派不出ＥＡＤＥＣ代表。」

「所以，妳是想知道自己能不能代替他去。」伍卓大聲說，外帶一笑，笑聲表示自己很懂美女愛用的詭計。「在哪裡舉行啊，吉妲？罪惡之城嗎？」這是他為聯合國總部所取的綽號。

「其實是在羅齊丘莒，杉狄。」吉妲說。

•

親愛的吉妲：

我沒有機會告訴妳，蝶莎有多麼疼妳，多麼珍惜你們倆共處的時光。不過，反正妳也已經知道了。感謝妳給了她這麼多東西。

我有件事情想請妳幫忙。只是個請求，所以請不要因此煩惱，除非妳自己心甘情願接下。要是妳出遠門時碰巧去到羅齊丘莒，請與一名蘇丹女子聯絡，她叫莎拉，是蝶莎的朋友。她會講英文，在英國統治時期曾在英國人家幫傭。或許她能稍微解釋蝶莎和敖諾究竟為何要北上去羅齊。這只是直覺，不過我覺得，如今回想起來，他們當時很興奮，不太像是要去參加為蘇丹女人開辦的性別意識講習！若真如此，莎拉可能會知道。

蝶莎動身前一晚幾乎睡不著，而且我們互道晚安時，平常感情就很豐富的她表現得出奇熱情洋溢，是羅馬詩人奧維德所謂的「最後一次道別」。只是，我猜當時我們倆都不知道。如果妳有機會寫信，請寫到這個義大利的地址。但是請不要過於勉強。再次感謝妳。

不是荷蘭人。是賈斯丁。

賈斯丁敬上

16.

比勒菲是靠近漢諾瓦的一個小鎮，賈斯丁搭了兩天火車，一路顛簸，最後總算抵達目的地。他以艾金森的身分住進火車站對面一家尚可的旅館，到鎮上進行偵察，吃了一頓平凡無奇的餐點。夜幕低垂後，他寄出信件。這是間諜慣用的手法，他心想，一面走向轉角那沒有點燈的房子。他們從睡搖籃開始就學會眼觀四面。他們就是用這種方法走過黑街，掃描門口、轉彎：你在等我嗎？我是不是以前在哪裡見過你？然而，他一寄出信，常識就立刻斥責自己：忘掉間諜吧，白痴，要寄信，搭計程車去寄不就得了？此時，光天化日之下，他再度朝轉角的房子前進，以不同的恐懼懲罰自己：他們有在監視嗎？他們昨晚有沒有看到我？是不是計劃在我一到就逮捕我？有沒有人打給《電訊報》，查出我這個人根本不存在？

他在搭火車前來的途中睡得很少，昨晚在旅館則徹夜未眠。他身上已經不帶大批文件了，也沒有帆布公事包，沒有筆記型電腦或隨行物件。需要保存的東西全都寄到漢姆住在米蘭的老嬸嬸家了。沒有寄出的，就躺在兩噚深的地中海海底。沒了負擔，他落得輕鬆，行動起來也格外輕盈。他的五官皺紋更加明顯。眼裡的光芒益發強烈。賈斯丁有此自覺。他很滿意的是，自此開始，蝶莎的使命已成為他個人的使命。

轉角處的房屋是一棟有角樓的德國城堡，五層樓高。一樓塗抹了叢林般的條紋，白天看才知道是鸚鵡綠加橙色。昨晚在水銀燈下，看似病奄奄的黑白火焰。樓上有幅壁畫，各個種族勇敢的兒童在對著他淺笑，這讓他想起蝶莎筆電裡揮手的小孩。這些兒童栩栩如生複製在一樓的窗戶內，圍著一個又煩又累的女老師坐著。他們旁邊的窗戶裡陳列著可可豆的生長過程，還附上可可豆的照片。照片已有蜷曲。

賈斯丁裝作不感興趣，先走過城堡，接著陡然左轉，快步走上人行道，稍停下來研究路旁的醫院與心理醫師的名牌。在文明國家，你永遠無法分辨。有輛警車駛過，車胎在雨中嗶啪作響，車上的女人面無表情看了他一眼。馬路對面有兩個老人，身穿黑色雨衣，頭戴霍姆堡氈帽，似乎正等著參加葬禮。他們身後的窗戶拉上窗簾。三個女人騎著腳踏車朝他的方向滑下坡。牆壁上的塗鴉宣示巴勒斯坦的奮鬥目標。他回到塗了油漆的城堡，站在前門口。門上畫著一隻河馬，門鈴上另有一隻比較小的綠色河馬。有個華麗的凸窗彷彿大船的船首，從上往下觀望著他。他昨晚就是站在這裡投信。當時有誰從上往下在看著我？窗戶裡又煩又累的老師以手勢請他從另一扇門進來，不過那扇門關著，還以門閂擋住。他以手勢對她表示莫可奈何。

「他們應該讓門開著才對。」她咬牙切齒對賈斯丁說。她打開門閂，拉開門，怒氣仍無法平息。

賈斯丁再度表達歉意，以優雅的步伐走在兒童之間，以德文對他們道「你好」以及「日安」，但他一向無邊無際的禮儀此時卻因提高警覺而受到限制。他走過幾輛腳踏車和一輛嬰兒車，爬上樓梯，來到一個大廳。在他警覺的眼神中，這個大廳似乎僅剩生活必需品：飲水機、影印機、空架子、一堆堆參考書籍，以及一落落放在地上的厚紙箱。他看到有扇門沒關，門內有個戴角質鏡框的年輕女子，穿著翻領毛衣，坐在隔板前。

「我是艾金森，」他以英文對她說，「彼得．艾金森。我跟希波的波姬有約。」

「怎麼沒先打電話？」

「我昨晚半夜才到。我以為寫封信最妥當。她能見我一面嗎？」

「我不知道。問她。」

他跟著女子走進一道短短的走廊，通往兩個雙門扉的門。她推開其中一扇。

「妳的記者來了。」她以德文說，彷彿記者與地下情人同義，然後大步走回自己的辦公室。

波姬的身型嬌小，神態活潑，臉頰粉紅，金色頭髮，架勢就像愉快的拳擊手。她臉上常帶微笑，令人傾心。她的辦公室裝潢就和大廳一樣簡陋，同樣略有自願刻苦的感覺。

「我們十點要開會。」她抓住賈斯丁的手，說得上氣不接下氣。她講的英語語法與電子郵件裡的語法雷同。賈斯丁就讓她講英語。艾金森先生沒有必要藉著講德語凸顯自己。

「你喝茶嗎？」

「謝了。不必。」

她從矮桌下拉出兩張椅子，坐上其一。「如果是跟竊盜案有關，我們真的沒什麼好說。」她警告他。

「什麼竊盜案？」

「不重要。偷走了幾樣東西。大概是因為我們有太多東西。現在沒了。」

「什麼時候發生的是？」

她聳聳肩。「很久以前。上個禮拜。」

賈斯丁從口袋裡拉出筆記簿，仿效萊斯里的做法，放在膝蓋上打開。「是有關妳在這裡負責的工作，」他說，「本報計劃刊登一系列有關製藥公司和第三世界的報導。主題訂為醫藥商賈。探討第三世界國家缺乏消費者權力的情形。某個地方出現重大疾病，另一個地方則因此賺大錢。」他早已做好準備，讓自己聽起來很像記者，不過不確定這樣做是否成功。「『窮人付不起，所以死路一條。這種情形還要持續多久？我們似乎有的是辦法，卻缺乏意志力。』這一類的主題。」

讓他驚訝的是，她竟咧嘴微笑。「你要我在十點以前回答這些簡單的問題？」

「只要告訴我，希波實際上的任務是什麼，是誰在資助你們，匯款從哪裡來的等等。」他的語氣嚴肅。

她邊講話，他邊在膝上的筆記簿上寫字。她給他的，他料想應該是堂皇的宗旨，盡最大能力假裝邊聽邊記。他心想，這女人在沒和蝶莎見過面的情況下就成了好友與盟友，如果她們倆見了面，一定會互相恭賀彼此做出了明確的選擇。他心想，竊盜案的原因很多，其中之一就是要安裝能產生外交部所謂「特殊產品」的裝置，而這只限成年人觀看。竊盜案不過是障眼法。他又回想起以前參加的保密訓練講習，也回想起全班一起參觀卡爾頓花園後面地下室一間死氣沉沉的實驗室，學員可以在此搶先欣賞到安裝超小型竊聽器的地方，有哪些是最新、最可愛的。花盆、燈座、天花板燈線盒、模鑄品和相框已經不流行了，現在你想像得到的地方，幾乎全不放過，從波姬辦公桌上的釘書機，到她掛在門上的雪巴夾克都有可能。

他已經記下他想寫的東西，她顯然也說完了她想說的，因為這時她站了起來，望著書架上的一疊傳單，尋找一些背景資料給他，藉此打發他離開，以免妨礙到她十點的會議。她搜尋著，同時心不在焉地說到德國聯邦藥物局，斥之為紙老虎。另外，世界衛生組織拿了美國的錢，她接著說，語氣輕蔑。拿人手短，因此世衛偏心大企業，嚮往盈餘，不喜歡帶有激進風格的決策。

「去參加世界衛生組織的大會，結果看到什麼？」她自問，遞給他一大堆傳單。「遊說族。大藥廠的公關。好幾十個。各家大藥廠大概都有三、四個人。『來吃午餐，我們請客。來參加我們週休二日逍遙遊。某某教授發表了一篇很精彩的論文，您看過沒？』而且第三世界沒見過世面，他們沒錢，沒經驗。遊說族用的是外交辭令，長袖善舞，輕而易舉就能哄得第三世界一愣一愣。」

她說完了，對著他皺眉頭。賈斯丁正舉著打開的筆記簿給她看。他讓筆記簿靠近自己的臉，如此一來，她就能在看上面所寫的字時，也看到他的表情；他希望自己的表情兼具舒緩情緒與令人放心的作用。他左手空著，伸出左手食指警告。

我是蝶莎·魁爾的丈夫，我不信任這些牆壁。今天傍晚五點三十分可以在老城堡前見我一面嗎？

她看了他寫的字，視線越過他舉起的食指，看著他的眼睛，一直看著。他這時以腦海中想到的第一件事來填塞寂靜。

「所以，照妳這麼說，我們需要某種獨立的世界組織，才有權力凌駕這些公司，對不對？」他質問的口吻具有並非故意的咄咄逼人，「以降低他們的影響力？」

「對，」她回答，語氣完全平靜，「我認為你的點子很不錯。」

他走過身穿高領毛衣的女子，對她欣然揮手，因為他認為這個舉動很適合記者的紛分。「大功告成，」他對她說，「結束了。謝謝妳的合作」——這樣就沒必要打電話告訴警察，說貴單位有來人假冒記者。

他踮著腳尖走過教室，想以微笑再引起又煩又累的老師的注意。「最後一次。」他對她承諾。但只有小朋友在微笑。

街上那兩個穿黑色雨衣、戴黑帽的老人還在等葬禮。路邊人行道上，有兩個打扮保守的年輕女子坐在一輛奧迪裡研究地圖。他回到旅館，突發奇想，問了櫃檯是否有來信。沒有。回到房間後，他撕掉筆記簿內肇事的那一頁，連次頁也不放過，因為鋼筆墨水滲到了下一頁。他在洗手盆裡燒掉兩頁，打開抽風機消除煙味。他躺在床上想著間諜怎麼消磨時間。他打了個盹，然後被電話聲吵醒。他拿起聽筒，沒忘記說，「艾金森。」是打掃女工，「檢查看看」，她說，打擾您了。檢查什麼，拜託妳行不行？不過，間諜是不會說出這些問題的。他們不會凸顯自己。間諜會躺在灰暗小鎮的白色床上等著。

比勒菲的老城堡座落在綠色高地，向下可以看到掛滿雲朵的丘陵。停車場、野餐長椅以及市立庭園散布在爬滿長春藤的城牆。天氣較暖的時節，這裡是鎮民偏愛的地點，可以在綠樹夾道的小徑上漫步，欣賞花團錦簇的美景，可以在獵戶餐廳享用啤酒午餐。不過，在昏灰的月份，這地方就有種雲深不知處的氣氛，賈斯丁今晚付計程車錢下車時，就有這種感覺。他提早二十分鐘到達，偵察了一下，希望表現得很隨便，探勘他選定的這個碰面地點。空蕩蕩的停車場建築在城牆堞口之間，到處積著雨水。溼答答的草坪上立有警語，警告狗主人管好自己的愛犬。城牆堞口下方有一張長椅，兩個圍著圍巾、身穿大衣的老兵直挺挺坐著，觀察著他。他們是今早等待葬禮、頭戴黑色氈帽的那兩個老人嗎？為什麼這樣盯著我看？我是猶太人嗎？我是波蘭人嗎？你們的德國不必多久就會變成另一個無聊的歐洲國家吧？

通往城堡的路只有一條，他信步走著，維持在馬路最高點，以避開成堆的落葉。她到的時候我會等她停好車，然後再招呼她，他決定就這麼辦。車子也有耳朵。不過波姬的車沒有耳朵，因為她騎的是腳踏車。一眼看去，她活像女騎師的幽靈，催促著老不情願的神駒走過小山頂，而她的塑膠斗篷在身後迎風揚起。她的螢光背帶有如十字軍東征時揹的十字架。這幅幻影逐漸轉為血肉之軀，她既不是長了翅膀的天使，也不是來自戰場、喘氣不止的信差，她只是個身穿斗篷、騎著單車的年輕母親。從斗篷探出的頭不是一個，是兩個。第二顆頭是她高興的金髮兒子，就綁在身後的兒童椅上。以賈斯丁的非專家眼睛判斷，孩子大概一歲半。

母子倆的畫面在他看來感覺全然舒服，雖然很不協調，卻又吸引人，讓他不自覺地大笑起來，笑得真誠、情感豐富、毫不做作，是蝶莎死後他頭一次大笑。

「你沒給我多少時間準備，我怎麼找保姆？」波姬質問，對他的開懷大笑不太高興。

「沒錯，沒錯！沒關係，很好。他叫什麼名字？」

「卡爾。你叫什麼名字？」

卡爾要我跟妳問好……妳送給卡爾的大象吊飾讓他樂翻天了……希望妳的寶寶也能和卡爾一樣好看。

他出示魁爾的護照給波姬看。波姬仔細察看，看了姓名、年齡、相片，一面不時抬頭打量他。

「妳說她很 waghalsig，」他說，看著波姬原本的皺眉轉為笑容，一面收起斗篷，請他牽著腳踏車，好讓她能將卡爾從兒童座椅上鬆開，在馬路上放下。接著，她解開座墊下的工具袋，轉身背對賈斯丁，讓他取下她的背包：卡爾的奶瓶、一包脆吐司、備用尿布，以及兩個以防油紙包好的火腿起司法國麵包。

「你吃過飯了吧，賈斯丁？」

「不多。」

「那好。我們一起吃。我們就不會這麼緊張了。」接著她以德語說，「小卡爾，別亂來喲。」再以英語說，「我們可以邊走邊吃。卡爾再怎麼走也不會累。」

緊張？誰緊張？賈斯丁假裝在研究山雨欲來的烏雲，慢慢以腳跟為中心，轉身頭朝向天空。他們還在那裡，那兩個坐得直挺挺的老哨兵。

「我不知道實際上弄丟了多少東西，」賈斯丁抱怨道，將蝶莎的筆電發生的事告訴波姬，「我的印象是，妳們的通信不只有她列印出來的那些。」

「你有沒有看到有關艾瑞奇的部分？」

「說她移民到加拿大。不過還是為ＫＶＨ效命。」

「你不清楚她目前的立場？她的問題呢？」

「她跟科瓦克斯吵過架。」

「科瓦克斯還不算什麼。艾瑞奇跟ＫＶＨ吵過架。」

「到底吵什麼？」

「岱魄拉瑟。她相信自己找到了幾項非常嚴重的副作用。ＫＶＨ則認為她有錯。」

「他們怎麼解決？」賈斯丁問。

「他們截至目前只有破壞她的名譽和她的工作。」

「就這樣。」

「就這樣。」

他們繼續走，不發一語

卡爾在兩人前方走走停停，不時彎腰撿拾爛掉的馬栗，媽媽還得制止他將栗子放進嘴裡。夜霧在綿延的山丘間形成大海，他們身處的山頂則幻化為小島。

「什麼時候的事？」

「還在進行中。她已經被ＫＶＨ開除，也被加拿大薩克奇萬省的道式大學和大學醫院董事會解聘。她想在一份醫學期刊上發表針對岱魄拉瑟的研究結果，不過她和ＫＶＨ所簽的合約裡有一項保密條款，因此ＫＶＨ空告她，也空告雜誌，一份也不准外流。」

「控告。不是空告。控告。」

「還不都一樣。」

「這些妳告訴過蝶莎嗎？她聽了一定很高興。」

「當然。我跟她說過。」

「什麼時候？」

波姬聳聳肩，「大概三個禮拜前吧。也許是兩個禮拜。我們寫的信也消失了。」

「妳是說，他們害妳的電腦當機？」

「是被偷走。那件竊盜案。我沒有下載她的信件，也沒有列印出來。所以。」

所以，賈斯丁也靜靜附和。「是誰偷的，妳心裡有沒有個底？」

「誰都不是。大企業的話，不是誰的問題。大老闆找小老闆來，小老闆找左右手來，左右手跟公司保全主管講。主管再跟副主管講，副主管再跟他的朋友講，他的朋友再跟他們的朋友講。大企業就是這種做法。不是大老闆，不是小老闆，不是左右手，也不是副主管。也不是企業。其實說起來，誰都不是。但還是偷成了。沒有文件，沒有支票，沒有合約。沒有人知道任何事。沒有人在場。卻還是偷成了。」

「警方怎麼說？」

「噢，我們的警察是最勤勞的。如果丟了電腦，去跟保險公司講，買個新的，別來煩警察。你有沒有見過婉哲？」

「只在醫院見過。她當時已經病得很嚴重。蝶莎寫過有關婉哲的事嗎？」

「說她是被毒死的。說羅貝爾和科瓦克斯去醫院看過她，說婉哲的嬰兒沒死，不過她沒撐過去。說是那藥害死她的。或許害死她的是混合藥物。也許她太瘦了，身體沒有足夠的脂肪去應付那種藥。也許他們讓她少吃點藥，她就有可能活下來。也許ＫＶＨ能在把藥賣到美國之前，排除藥物動力學方面的問題。」

「這是她說的？是蝶莎說的嗎？」

「當然。『婉哲只是其中一隻白老鼠。我愛她。他們害死她。蝶莎敬上。』」

賈斯丁開始抗議。拜託，波姬，那艾瑞奇呢？如果艾瑞奇這個研發該藥的人之一說它不安全，當然會——

波姬打斷他。「艾瑞奇喜歡誇大其詞。去問科瓦克斯。去問ＫＶＨ。拉若．艾瑞奇對岱魄拉瑟分子的研發貢獻根本少得可憐。科瓦克斯是天才，艾瑞奇是她的實驗室助理，羅貝爾是她們的催眠大師。由於艾瑞奇也是羅貝爾的女朋友，她的重要性也因此被膨脹了。」

「羅貝爾人在哪裡？」

「不知道。艾瑞奇不知道，KVH也不知道——是說不知道——他在過去五個月來一直不見人影。也許他們連他也殺了。」

「科瓦克斯在哪裡？」

「到處跑。她跑得很勤，連KVH都沒辦法告訴我們她現在人在哪裡，也不曉得將來會去哪裡。上個禮拜她在海地，大概吧。三個禮拜前，她在布宜諾斯艾利斯或廷巴克圖[26]。不過，明天或下禮拜會去哪裡，就是個謎了。她的住家地址自然也保密，電話號碼也是。」

卡爾餓了。他一會兒拿著小樹枝在積水坑裡亂劃，一會兒又嚷著要吃東西。他們在一張長椅上坐下，波姬拿出奶瓶餵他。

「如果你不在這裡，他會自己吃。」她驕傲地說，「他會拿著奶瓶邊走邊喝，像個小酒鬼。不過現在有個伯伯在看，所以他要吸引你的注意力。」不知怎麼的，她這番話讓賈斯丁不由自主地難過起來。「真的很抱歉，賈斯丁，」她喃喃說，「我怎麼能那麼說？」她反應得很迅速、很輕柔，賈斯丁這次竟然不必說「謝謝妳」或「沒錯，我是很難過」或「妳真好心」，或是其他毫無意義的客套話。每當有人認為不得不講出難以說出口的話時，現在的他已學會搬出這些客套話應對。

•

他們繼續走，波姬描述了竊案當天的情景。

「我早上到辦公室——我同事羅蘭去里約開會了——那天本來是很平常的工作日。門鎖得好好的，我得跟往常一樣開鎖。一開始我什麼都沒注意到。重點就在這裡。有哪個賊偷完了還會鎖門？警方也這麼問我。不過我們的門確實是鎖著的，毫無疑問。辦公室不太整潔，但那也很正常。我們希波的人得自己清理辦公室。我們沒有錢請人來打掃，有時候自己也太忙或太懶。」

三個女人騎著單車經過，神情嚴肅，繞過停車場折回來，經過他們身邊，往山下騎去。賈斯丁記得今天早上見過這三個騎單車的女人。

「我去察看電話。我們希波有部答錄機，一百馬克就買得到的那種，很普通，不過還是花了一百馬克，卻沒被偷。我們在世界各地都有特約人員，所以沒有答錄機不行。那裡面的錄音帶不見了。我心想，慘了，那錄音帶有誰要？我到另一間辦公室找新的錄音帶。那邊的電腦不見了。慘了，我心想，是哪個白痴搬走電腦，究竟搬到哪裡去了？電腦很大，有兩層，但要搬走也不是不可能，因為有輪子。我們有個新來的女生，是實習律師，其實人還不錯，但是剛來不久。『早安啊，』我說，『我們的電腦死到哪裡去了啊？』接著我們開始找。電腦、錄音帶、磁碟片、文件、檔案，全都不見了，門卻鎖得好好的。其他有價值的東西小偷都沒拿。錢箱裡的錢也沒偷，咖啡機也還在，收音機、電視、空的錄音機也沒偷走。這個賊不是上癮的毒蟲，也不是職業小偷。對警方來說，他們也不是犯人。犯人為什麼還要鎖

26 廷巴克圖（Timbuktu），位於非洲馬利。

門？也許你知道原因。」

「是想告訴我們。」賈斯丁長考後回答。

「什麼？想告訴我們什麼？我不懂。」

「他們也鎖上了蝶莎的門。」

「拜託，解釋一下。什麼門？」

「吉普車的車門。他們在殺了她之後，鎖上了吉普車車門，這樣土狼就不會吃掉屍體。」

「為什麼？」

「想警告我們，讓我們害怕。他們在蝶莎的筆電上顯示的訊息正是如此。對象是她或是我。『在此警告。別再繼續進行你手邊的事。』他們也寄了威脅要取她性命的恐嚇信給她。我在幾天前才發現。她從來沒告訴我。」

「她可真勇敢。」波姬說。

她想到法國麵包。他們又在另一條長椅上坐下，吃著麵包，卡爾則邊啃著淡烤甜麵包邊唱歌，兩個老哨兵正眼也不看一眼，大步走過，往山下走去。

「他們拿走的東西，能不能看出什麼跡象？還是整批帶走？」

「整批帶走，但看得出跡象。羅蘭說看不出跡象，不過他這個人相當懶散。老是懶散。他就跟運動員一樣，心跳只有常人的一半，這樣跑起來就能比其他人快。可惜只有在他想快跑時才跑得快。如果有必要，他才會跑快。如果無計可施，他就躺在床上。」

「什麼跡象？」他問。

她皺眉時很像蝶莎，賈斯丁注意到。那種皺眉方式是職業上的謹慎態度。就如同和蝶莎在一起時，他也沒有設法去打破她的沉默。

「你怎麼翻譯 waghalsig 這個字？」她最後質問。

「好像是躁進吧，還是盲勇。為什麼要問？」

「這麼說來，我也是 waghalsig 了。」波姬說。

卡爾想要媽媽揹，她說，這是以前從未有過的事。賈斯丁因此得以安然堅持挑起這份負擔。她解開背包，為他拉出肩帶，等她滿意鬆緊度了，才抱起卡爾放進去，叫他要對新的伯伯規矩一點。

「我比 waghalsig 還糟糕，我是百分百的白痴。」她咬咬嘴唇，痛恨自己不得不講出以下的話。「有人送了一封信給我們。上個禮拜。星期四。從奈洛比用快遞送來。不是信，而是文件。共七十頁。關於岱魄拉瑟。岱魄拉瑟的歷史和狀況與副作用。正面負面都有，不過在死亡率和副作用上多半是負面的。沒有人簽名。從各種科學觀點來看，是一份客觀的研究，不過以其他觀點來看卻有點瘋狂。指名寄給希波，卻沒有指定要給誰。就只有希波。注明的是『希波諸君敬啟』。」

「用英文寫的嗎？」

「用英文寫的，但我覺得不是英國人寫的。是用打字的，所以不知道筆跡如何。裡面多處提到上帝。你信不信教？」

「不信。」

「羅貝爾很虔誠。」

•

毛毛細雨已經轉變為時而豆大的雨滴。波姬坐在長椅上。他們來到一座兒童鞦韆，座位前還有橫桿保護。卡爾想坐，所以她抱他坐好。在後面推。他在和瞌睡蟲對抗。一種貓咪般的輕柔感降臨在他身上。他的雙眼半閉，面帶微笑，賈斯丁則如著魔般謹慎地推著鞦韆。一輛白色賓士慢慢開上來，是在漢堡註冊的車牌。車子經過，在積水的停車場繞了一圈，而後慢慢開走。男性駕駛，旁邊有另一名男性。賈斯丁想起今天一走出門時看到那兩個路邊奧迪車上的女人。賓士車開下山。

「蝶莎說你什麼語言都會。」波姬說。

「但不代表我能用那些語言表示意見。你為什麼很 waghalsig？」

「請你改用笨這個字。」

「妳為什麼笨？」

「我很笨，因為那份文件從奈洛比快遞過來時，我一時興奮，打到薩克奇萬給拉若．艾瑞奇，跟她說：『小若，跟妳講，我們收到一份岱魄拉瑟的歷史，寫得很長，沒有署名，寫得非常神祕，非常瘋狂，非常有可信度，沒有地址，沒有日期。我認為寄信的人是馬可斯．羅貝爾。上面寫了有關岱魄拉瑟混用其他藥所導致的死亡率，對妳的官司會很有幫助。』我很高興，因為那份文件的標題其實是照她的名字取的。標題是『拉若·艾瑞奇醫師說對了』。我告訴她，『這太瘋狂了，不過筆調很嚴厲，像是政治宣言。而且寫得爭論意味很濃，宗教意味也很濃，對羅貝爾具有很大的摧毀力。』『結果是羅貝爾自己寫的，』她說，『他是拿鞭子抽打自己。那很正常啊。』」

「妳有沒有見過艾瑞奇？妳認識她嗎？」

「和我和蝶莎相識一樣，是透過電郵認識的。所以我們算網友。那份文件說，羅貝爾在俄羅斯待了六年，其中兩年是在以前的共產黨統治期間，四年是在之後的混亂時期。這一點我告訴拉若，但她早就知道。根據那份文件，羅貝爾是某些西方藥廠的代表，負責遊說俄羅斯的衛生官員，將西方的藥品賣給他們。我告訴她，根據文件，他在六年間先後跟八位不同的衛生部長打過交道。那份文件提到一個俗語，描述那個時代的現象，我正想轉述給拉若聽，她卻直接插嘴告訴我那個俗語怎麼說，就和文件裡寫的一模一樣。『俄羅斯衛生部長開國產的拉達小車來，走的時候開賓士。』她告訴我，羅貝爾最喜歡講這個笑話。對我們來說，這就證實了文件的作者確實是羅貝爾本人。是他用來自虐的告解。我也從拉若那裡得知羅貝爾的父親是德國路德教派的信徒，非常信奉喀爾文教派的理念，管教嚴格。這正好能解釋他兒子為什麼有這麼病態的宗教觀念，以及為何忍不住想告解。你懂醫藥嗎？化學呢？懂一點生物學吧？」

「可惜我受過的教育有點太貴，學不到那些東西。」

「羅貝爾在他的自白裡宣稱，在代表KVH時，他靠著巴結和賄賂取得對岱魄拉瑟的背書。他描述出收買了衛生官員，加速臨床實驗，買下藥品註冊登記字號，進口執照，買通上下游所有官僚。在莫斯科，花兩萬五千元就能買下最高意見領袖的背書。他這麼寫。問題是，一旦你賄賂了一個人，就也得賄賂沒被你看上的人，否則他們會在嫉妒或憎恨之餘毀謗你的東西。波蘭的情況也大同小異，只是沒那麼貴。在德國，影響力比較微妙，但也不是非常微妙。羅貝爾寫到一個很有名的場合，就是他替KVH包下一整架的巨無霸噴射機，載了八十位有頭有臉的德國醫生到泰國進行教育訓練。」她邊轉述邊微笑。「他們接受的教育是在出發時候進行，以影片和演說的形式，還有白鱘魚子醬和高級的陳年白蘭地和威士忌。所有東西品質若不是最頂級就不要，他寫道，因為優秀的德國醫生早就被寵壞了。他們對香檳已經不感興趣。到了泰國，這群醫生可以自由行動，如果想要餘興節目，他們也能提供漂亮的伴遊。羅貝爾親自安排了直升機飛到某個海灘上空，從上面撒下蘭花，海灘上有醫生和他們的伴侶在享受。回程就不必接受進一步的教育了。所有醫生都被教育光啦，他們只要記得怎麼開處方，怎麼寫學術論文就行。」

儘管她在笑，這個故事她卻講得很不自在，需要修正一下故事的衝擊力。

「這並不代表岱魄拉瑟是劣等的藥，賈斯丁。岱魄拉瑟非常好，只是還沒完成臨床測試。不是所有醫生都會被引誘，也不是所有製藥公司都這麼隨便、這麼貪心。」

她停頓一下，知道自己太多話了，然而賈斯丁並沒有打算制止她。

「現代製藥業不過六十五年的歷史，當中也是有不少好人，也促成了人類和社會上的奇蹟。只不過，製藥業還沒發展出整體的良心。羅貝爾寫道，藥廠背離了上帝。他在當中引用了很多聖經典故，我看不懂。也許是因為我不了解上帝吧。」

卡爾在鞦韆上睡著了，賈斯丁把他抱起來，一手放在他熱騰騰的背上，輕輕地抱著他在柏油路上來回走動，

「妳剛才要告訴我，妳怎麼打電話給拉若．艾瑞奇。」賈斯丁提醒她。

「對，可是我故意離題，因為我當時太笨，害我現在很不好意思。你可以嗎？還是換我來抱？」

「我還好。」

白色賓士車已經停在小山腳。兩個男人還坐在車裡。

「我們多年來都認定有人在竊聽希波的電話，甚至對此還有點沾沾自喜。我們的郵件偶爾也會被檢查。我們會寄信給自己，看著信件遲到，寄來時變了個樣。我們經常幻想要發出錯誤的訊息誤導Organy。」

「誤導什麼？」

「那是拉若用的詞，蘇聯時代的俄文，意思是國家的機關。」

「我應該馬上背起來。」

「所以我和拉若在電話上談笑，答應立刻影印一份寄到加拿大給她，也許國家的機關那時也聽到了。拉若說可惜她沒有傳真機，因為她花了很多錢請律師，也不得進入醫院周遭。要是她有傳真機，也許現在就不會有問題了，她也會拿到一份羅貝爾的告白，就算我們手上那份不見了也沒關係。一切都還能挽救。也許吧。一切都是也許。一切都沒有證據。」

「電子郵件呢？」

「她的電郵也沒了。她的電腦在她打算發表文章那天就心臟病發死了，無法修復。」她氣得臉色發青，拚命壓抑怒火。

「結果呢？」賈斯丁催著她。

「結果我們的文件就沒了。他們來偷電腦、檔案和錄音帶時，也一併偷走了。我打給拉若的時間是晚上，德國時間五點。通話結束大約是在五點四十。她很激動，非常快樂。我也是。『科瓦克斯聽到這件事，就有好戲可看了。』她一直說。我們聊了很久，有說有笑。直到昨天我都沒想過要將羅貝爾的告解影印起來。我把文件放進保險箱裡鎖上。保險箱不大，卻也相當可觀。小偷有鑰匙。就像離開時還鎖上我們的門，他們偷走文件之後也鎖上了保險箱。事後回想起來，才覺得這些事情顯而易懂。之前呢，根本不存在。老大想要鑰匙，怎麼辦？他告訴手下，去看看我們的保險箱是什麼牌子，然後打給製造保險箱的老大，請他叫手下做把鑰匙給他。在老大的世界裡，這些事情都很尋常。」

白色賓士車沒有開走。也許那也很尋常。

•

他們找到一間鐵皮屋。裡面放了一排排折疊躺椅，用鏈條綁起來，有如囚犯。雨水滴在鐵皮屋頂，乒乓作響，匯聚成小河，流過他們腳邊。卡爾已經回到母親身上，躺在她胸前睡覺，頭埋在她臂膀裡。她撐開一把大陽傘，舉在賈斯丁頭上。賈斯丁獨自坐在長椅上，沒和他們同坐。他低著頭，交握的雙手放在膝蓋間呈祈禱狀。賈司的死，讓我憎恨的就是這一點，他想起來。賈司害我無法接受進一步的教育。

「羅貝爾正在寫一部 Roman，」她說。

「小說。」

「德語 Roman 在英文的意思是小說？」

「對。」

「好吧。他這部小說的快樂結局放在最前面。很久很久以前，有兩個年輕美麗的女醫師，名叫艾瑞奇和科瓦克斯。她們是東德萊比錫大學的實習生。萊比錫大學附設一間很大的醫院。她們在睿智的教授指點下做研究，夢想有朝一日能有重大發現，拯救世界。沒有人提到獲利之神，除非獲利的是全人類。萊比錫醫院有許多從西伯利亞回國的俄裔德國人，他們得了結核病。在蘇聯勞改營裡，結核病流行率非常高。所有病人都很窮，所有人都發病，沒有抵抗力，多數人都感染了多重抵抗力的變種，很多人都快死了。他們什麼東西都願意簽名，什麼東西都願意嘗試，不會惹麻煩。所以自然而然的，這兩個年輕女醫生分離出了病菌，製造出抗結核病藥的雛型，加以實驗。她們拿動物做測試，說不定也找醫學生和其他實習生實驗。醫學生都沒錢，總有一天會當上醫生，很有興趣參與過程。負責她們這項研究的是一位 Oberarzt——」

「資深醫師。」

「小組的組長是一位資深醫師，很熱衷她們的實驗。所有小組成員都希望獲得他欣賞，所以所有人全都參與了實驗。沒有人是壞人，沒有人是犯人。大家全都是懷有夢想的年輕人，研究的主題很誘人，病人也已走投無路。那麼，有何不可？」

「有何不可？」賈斯丁喃喃說。

「科瓦克斯有個男朋友。她身邊一直都有男朋友。很多男朋友。而這個是波蘭人，是個好人。已婚，不過那也無所謂。他有一間實驗室，在格但斯克，很小，很有效率，智慧型的。波蘭男友為了表示對科瓦克斯的愛，同意她有空隨時可以到他的實驗室玩。想帶誰來都可以，於是她就帶上她漂亮的朋友兼同事艾瑞奇。科瓦克斯和艾瑞奇做研究，科瓦克斯和波蘭男友做愛，大家都高興，沒有提到獲利之神。這些年輕人只想追求榮譽與光輝，也許也有點想追求升等。他們的研究有了正面的結果。病人還是一個接一個死掉，不過反正他們本來就快死了，但有些本來快死的人卻活了下來。科瓦克斯和艾瑞奇覺得很驕傲。她們寫文章在醫學雜誌上發表，她們的教授也寫文章支持。其他教授也支持她們的教授，大家都很高興，互相恭喜，沒有敵人，或者說時候未到。」

卡爾在她肩膀上蠢動。她拍拍他的背，對著他的耳朵輕輕吹氣。他微微一笑，再度入眠。

「艾瑞奇也有個男朋友。艾瑞奇是她丈夫的姓，不過他無法滿足她。這裡是東歐，大家都結過婚。她的男朋友名叫馬可斯．羅貝爾。他有南非的出生證明，父親德國人，母親荷蘭人。他住在莫斯科擔任藥廠代表，自己當老闆，也是創業家，能發掘出生物科技領域中的明日之星，加以剝削。」

「星探。」

「他比拉若大了十五歲左右，我們都說他曾『周遊四海』，和她一樣是個夢想家。他熱愛科學，卻沒有成為科學家。他熱愛醫藥，卻沒當過醫生。他熱愛上帝，熱愛全世界，卻也熱愛強勢貨幣和獲利之神。所以他寫道：『羅貝爾年輕時是個信徒，崇拜基督教的上帝，崇拜女人，但也非常崇拜獲利之神。』這就是他的致命傷。他相信上帝，卻對祂置之不理。我個人很排斥這種態度，不過言歸正傳。對一個人道主義者而言，上帝可以拿來當作不人道的藉口。人道主義是下輩子的事，獲利就是要趁現在。算了。『羅貝爾拿走了上帝的智慧之禮』——我猜，他是指那種分子——『然後賣給了魔鬼。』我猜他指的是KVH。接著他寫道，蝶莎去沙漠找他時，他將自己的罪過全盤說給了蝶莎聽。」

賈斯丁突然坐直。

「是他自己說的嗎？他講給蝶莎聽？什麼時候？在醫院時？她什麼時候去找羅貝爾？什麼沙漠？他到底在講什麼？」

「就跟我剛才告訴你的一樣，那份文件寫得有點瘋狂。他稱蝶莎為院長[27]。『院長前去沙漠拜訪羅貝爾時，羅貝爾眼淚婆娑。』或許是夢，或許是預言。羅貝爾如今已在沙漠中悔改。他自稱以利亞或是耶穌，我不清楚。其實聽起來很噁心。『院長打電話請羅貝爾對上帝負責。因此這次在沙漠會面，羅貝爾對院長解釋了他的罪過中最深層的本質。』他就是這麼寫。他的罪過顯然不少。我沒辦法全部記住。其中一個罪過是自我幻想，一個罪過是論述造假。之後也提到驕傲的罪過，好像吧。然後又提到懦弱的罪過。這個罪過，他完全不饒恕自己，其實我看了很高興。不過，他自己或許也很高興。拉若說，他只

27 蝶莎的本姓為亞伯特（Abbot），可做修道院院長解釋。

有在告解或做愛時才會高興起來。」

「他全部是以英文寫的嗎？」

她點點頭。「一下子這段寫得活像是英文版聖經，一下子那一段又提出極為專門的數據，關於精心設計的臨床實驗，也提到科瓦克斯與艾瑞奇之間的爭辯，還有岱魄拉瑟和其他藥物合用時會產生的問題。只有很懂這些的人，才會知道得這麼詳細。我不得不承認，那個講天堂與地獄的羅貝爾和這個羅貝爾相較，我比較喜歡後者。」

「他寫的 Abbot，A是大寫還是小寫？」

「大寫。『我告訴院長的話，她全都記錄下來。』不過，他還有另一個罪過。他殺了蝶莎。」

賈斯丁等著她繼續說下去，視線鎖定在斜躺沉睡的卡爾身上。

「也許不是直接，他寫得很含糊。『羅貝爾以背叛殺了她。他犯了猶大的罪過，因此他空手劃破她的喉嚨，將布魯穆釘在樹上。』我把這些念給拉若聽，問她：『拉若。馬可斯是在說他殺了蝶莎．魁爾嗎？』」

「她怎麼說？」

「馬可斯不可能殺掉他最大的敵人。他的苦悶就在這裡，她說。苦悶的是身為一個有良心的壞人。拉若是俄羅斯人，情緒非常低落。」

「可是，如果他殺了蝶莎，他就不是好人了，對不對？」

「拉若發誓說不可能。拉若那邊有很多他寫的信。她只能絕望地愛著他。她聽羅貝爾告解過很多次，卻沒聽到這一次的。馬可斯對自己的罪過非常得意，她說。不過他這個人很愛慕虛榮，很愛誇大其詞。他很複雜，也許還有點精神異常，但這正是她愛他的原因。」

「可是她卻不知道羅貝爾人在哪裡？」

「不知道。」

賈斯丁直直凝視著具有欺騙作用的黃昏夜色，卻什麼也看不見。「猶大沒有殺任何人，」他反駁，「猶大只是背叛。」

「不過作用一樣啊。猶大以背叛殺人。」

再度盯著黃昏長考。「這裡少了一個關鍵。如果羅貝爾背叛了蝶莎，那麼他把蝶莎出賣給了誰？」

「這就不清楚了。也許是黑暗部隊吧。我只記得這些。」

「黑暗部隊？」

「他在信上提到黑暗部隊。我痛恨這種術語。他指的是ＫＶＨ嗎？說不定他知道其他部隊。」

「信上有提到敖諾嗎？」

「院長有位嚮導。在文件裡，他是聖人。聖人曾在醫院呼喚羅貝爾，告訴他岱魄拉瑟是殺人工具。聖人比院長行事更謹慎，因為他是醫生，也比較能容忍，因為他體驗過人性的邪惡。不過艾瑞奇知道的真相最多。羅貝爾很確定這一點。艾瑞奇知道一切，因此不准許她開口。黑暗部隊決心壓下真相。因此不得不殺害院長，將聖人釘在十字架上。」

「釘在十字架上？是敖諾嗎？」

「在羅貝爾的寓言裡，黑暗部隊拖走了布魯穆，把他釘在樹上。」

兩人無話可說，都有點感到羞慚。

「拉若也說，羅貝爾的酒量很像俄羅斯人。」她說，希望藉此緩和，不過賈斯丁不願岔開話題。

「他從沙漠寄來，用的卻是奈洛比的快遞。」他反駁。

「地址是打字的，運貨單是手寫，包裹從奈洛比的諾佛克旅館發出。寄件人姓名很難辨認，不過我認為應該是麥肯齊。這是蘇格蘭人的姓吧？包裹若無法投遞，不退回肯亞，而是銷毀。」

「運貨單上面應該有編號吧。」

「運貨單就黏在信封上。我下班前把文件放進保險箱前，文件先放回信封內，所以信封也跟著失蹤了。」

「回頭找快遞公司。他們有副本。」

「快遞公司沒有那個包裹的記錄。在奈洛比沒有。在漢諾瓦也沒有。」

「我怎麼才能找到她？」

「拉若嗎？」

雨點啪啪打在鐵皮屋頂，市區的橙色燈火在雨霧中膨脹、縮小。波姬這時從她的日誌本撕下一張紙，寫下一長串電話號碼。

「她有一棟房子，不過很快就沒了。不然你一定要到大學去問，但你得小心點，因為他們很恨她。」

「羅貝爾是不是跟科瓦克斯上床，也跟艾瑞奇上床？」

「這對羅貝爾來說也不是不尋常。不過我相信，兩個女人之間的爭執原因和房事無關，而是關於分子。」她停了一下，循著他的視線望去。他凝神看著遠方，除了遙遠的小山頂探出雲霧之外，其他沒什麼好看。「蝶莎常寫說她很愛你，」她悄悄對著他撇開的臉孔說，「說得並不直接，因為沒有必要。她說你是有個榮譽感的男人，必要時，你會挺身捍衛榮譽。」

波姬準備離去。賈斯丁將背包遞給她，兩人合力將卡爾綁在兒童座椅上，繫好塑膠斗篷，讓他熟睡的頭從洞裡露出來。波姬半蹲在他面前。

「就這樣吧。」她說。「你用走的？」

「我用走的。」

她從夾克裡拉出一只信封。

「羅貝爾的小說，我就只記得這些。我寫下來給你看。我的筆跡非常難看，不過你能看懂的。」

「妳真的很好心。」他將信封塞進雨衣。

「那就好走了。」她說。

她本想握握賈斯丁的手，但是改變了心意，在他嘴邊親了一下：因為手牽著腳踏車，這一吻是表達親近的道別之吻，親得嚴肅、刻意，也必然很笨拙。隨後賈斯丁幫她牽著腳踏車，讓她在下巴扣住貝殼型安全帽的扣環，然後才跨上座墊，往山下騎去。

我用走的。

他走著，保持在馬路中間，一眼看著兩旁越來越暗的杜鵑叢。水銀燈每隔五十公尺亮著。他掃描著水銀燈之間的黑地。夜裡的空氣帶有蘋果香味。他走到山腳，走向停在一旁的賓士車，以和引擎蓋相隔十碼的距離經過。車裡沒開燈。兩個男人坐在前面，不過從沒有動作的側影判斷，這兩個人和剛才開車上山下山的人不一樣。他繼續走著，車子後來超前。他不去理會，然而在想像中，車裡的人對他可沒有不理會。賓士車來到十字路口，左轉。賈斯丁往右，朝著小鎮的微光走去。計程車經過身邊，司機對他喊叫。

「謝謝，謝謝你，」他扯開嗓門回應，「可是我比較喜歡走路。」

對方沒有回應。他現在走在人行道上，靠著外緣。他又走過一個路口，走進一條燈光明亮的小街。雙眼無神的年輕男女彎腰站在門口。幾個身穿皮夾克的男人站在轉角，舉起手肘，正在講行動電話。他又過了兩條街，看到旅館就在前方。

旅館大廳一如往常，在晚間陷入混亂，逃也逃不掉。一個日本代表團正在登記，照相機的閃光燈到處閃耀，門房則將昂貴的行李推進唯一的電梯。賈斯丁乖乖排隊，脫下雨衣，搭在手臂上，將波姬的信封藏在內裡口袋。電梯下來了，他往後站，讓女士先進入。他搭到三樓，是唯一出電梯的人。醜陋的走廊兩排燈光昏黃，讓他想起烏護魯醫院的情景。每個房間都傳出電視機音量大開的聲響。他的房號是三一一，房門鑰匙是平坦的塑膠片，上面印著一個黑色箭頭。電視機競相比大聲，喧囂聲讓他很火大，打算找人訴苦。這麼吵，我怎麼寫信給漢姆？他走進房間，將雨衣擺在椅子上，看到大聲吵鬧的原來是自己的電視機。一定是打掃的小姐在整理房間時打開，離開時懶得關。他往前走向電視，播放的節目是他特別厭惡的一種。一個衣服半穿半脫的歌手朝著麥克風以最大音量對一群青少年咆哮，青少年則聽得手舞足蹈，畫面上亮眼的雪花四處飄落。

燈光熄滅之前，賈斯丁最後看到的就是這個：螢光幕上有發亮的雪花紛紛落下。一片漆黑降臨，他感覺到自己被人重擊，同時也被捂住口鼻。有人的手臂將他的雙臂鉗制在腰際，一團粗布塞進他嘴裡。他的雙腳也被人以橄欖球的阻截手法抓住，垮了下去，他認定自己是心臟病發作。他的理論獲得證實是在第二擊命中他的腹部，擊倒了他最後一絲氣息，因為當他試圖喊叫時卻毫無聲音，沒有嗓音，沒有呼吸，而嘴巴被布團堵住。

他感覺到膝蓋抵住胸口。有東西勒緊他的喉嚨，他認為是繩套，心想這下子要被吊死了。他腦海裡浮現一幅清晰的影像，是布魯穆被釘在樹上的模樣。他聞到男性潤膚液的氣味，回想起伍卓的體味，他試著回想嗅著伍卓的情書時，是否也聞到了相同的氣味。在那短暫的片刻裡，他的回憶中少了蝶莎，這是很罕見的情況。他左身側躺在地板上，剛才擊打腹部的東西又用力打著他的鼠蹊。他的頭被罩住，不過還沒有人將他吊起來，他仍然側躺著。塞著嘴的東西讓他嘔吐，但是他無法將嘔吐物從口中移除，因此穢物流下喉嚨。有人用手將他翻身，讓他面朝上，也將他的雙手攤開，指關節碰觸地毯，手心向上。他們想把我釘在十字架上，和敖諾的下場一樣。但他們並不打算將賈斯丁釘上十字架，或者，時機未到；他們固定住他的雙手，同時扭住，讓他痛苦得難以形容，手臂、胸口，雙腿所有地方和鼠蹊，無不痛苦難耐。拜託，他心想，不要對付我的右手，否則我怎麼寫信給漢姆？他們一定是聽見了這個禱告，因為痛苦停止，他聽見男性的聲音，德國北方人，或許是柏林人，受過良好教育。那人下令將豬玀翻身側躺，雙手綁在背後，其他人遵守了他的命令。

「魁爾先生。聽得見嗎？」

同樣的嗓音現在以英語問話。賈斯丁沒有搭腔。但他不是缺乏禮貌，而是因為他設法吐出了口中的布團，再度嘔吐，織物在頭罩裡的脖子上爬行。電視機的聲音逐漸變小。

「夠了，魁爾先生。該注手了，懂嗎？否則你會落得跟你老婆一樣的下場。聽到了沒？你還想吃更多苦頭嗎，魁爾先生？」

他第二度講到魁爾時，有人再次猛力踢他的鼠蹊。

「或許你稍微聾了。我們就留一張小字條好了。放在你床上。你醒過來後，看看上面寫什麼，好好記住。然後回英國去，懂了嗎？別再亂問問題。你回家，當個乖乖的小朋友。下一次，我們就用殺掉布魯穆的方法宰了你。過程會拖得很長。聽到了沒？」

又踢了鼠蹊一下，不懂也不行。他聽見門關上。

他獨自躺著，有他專屬的漆黑，他自己的嘔吐物，左身側躺，膝蓋伸到下巴處，雙手被綁在背後，頭蓋骨裡因為全身劇痛而產生灼熱感。他在黑暗中呻吟，對著被打得落花流水的部隊點名——雙腳，小腿，膝蓋，鼠蹊，肚子，心臟，雙手——就算不太對勁，也證實全員到齊。他扯動身上的繩索，類似滾進火燙煤炭堆裡的感受。他再度靜靜躺著，心中亮起一絲自覺，讓他有戰勝的喜悅。他們對我下手，我卻仍然維持自我。我通過了試煉，我可以。在我內心，有個無人能碰觸到的人。如果他們現在調頭回來，剛才的事情全部重演一次，他們也絕對無法碰觸到我內心的這個人。我已經通過我這輩子都在躲避的考驗。我是痛苦學院的畢業生。

隨後，不知是痛苦減輕了還是得到自然之助，他打了個盹，嘴巴緊閉，在濕臭的頭罩形成的黑夜中以鼻子呼吸。電視還開著，他聽得見。如果他的方向感正確，他正對著電視機。不過頭罩一定是雙層織布，因為他只能看見一丁點閃光，然後在雙手付出了重大代價後，他轉身仰躺，沒看見天花板有任何燈光的跡象，只不過當時他走進房間曾順手打開電燈，而折騰他的人離開時，他也不記得有聽見關燈的聲音。他滾回側躺的姿勢，恐慌了一陣子，等待自己內心較為堅強的一面重新稱王。想想辦法啊。動動你的呆頭腦，他們唯一沒動手折騰的就是你的頭部。為什麼他們沒動手？因為他們不想讓事情鬧大。換句話說，不管是誰派他們來的，都不希望事情鬧大。「下一次，我們就用殺掉布魯穆的方法宰了你。」這次不行，就算他們多想宰了他也不行。所以我尖叫出來。我真的有嗎？我在地板上翻滾，到處踢著傢俱，踢著牆，踢著電視機，表現得像是個瘋子，直到有人認定隔壁房不是兩個打得火熱的情侶正進行性虐大戰，超出了忍耐限度，而是一個遭到綑綁毒打的英國人，頭上還罩了一個布袋。

不愧是訓練有素的外交官，他使盡力氣勾勒出上述情況的後續發展。旅館打電話報警。警方找我作筆錄，打給本地的英國領事館，換言之就是漢諾瓦，如果外交部在這裡還設有辦事處的話。值班代表走進來，為了這通電話打斷了晚餐而氣急敗壞，竟然要他過來探視又一個亟待援手的英國公民，而他的直接反應會是察看我的護照——是哪一本不重要。如果是艾金森的護照就有問題了，因為那本是假造的。打一通電話到倫敦就知道。如果是魁爾的，問題就不同了，但可能的結果大致相同：在沒有選擇餘地下搭上最近的航班飛回倫敦，機場則有一組不太樂意的歡迎歸國委員會在等著接機。

他的雙腿沒被綁住。直到現在他都還不願意張開。他張開雙腿，鼠蹊和肚子有如著火，大腿和小腿迅速跟進。不過，他絕對是能張開雙腿，也能讓雙腳再次彼此碰觸，聽見鞋跟發出聲響。他因此變得大膽，採取斷然措施，翻滾到面朝地板的位置，不由自主發出一聲尖叫，然後咬緊雙唇，這樣他不會再尖叫出來。

但他還是很固執地趴著。小心翼翼，不打擾到兩旁客房的鄰居，耐心地開始想辦法解開繩索。

17.

聯合國的包機是老舊的美製畢奇雙引擎飛機，機長是約翰尼斯堡人，今年五十，外表活像披了張生牛皮。副駕駛是粗壯的非洲人，留著兩道落腮鬍。飛機上有九張破損的座椅，椅面各擺著一個白色卡紙餐盒。機場是威爾森，旁邊就是蝶莎的墳墓。飛機留著汗在跑道上等待起飛時，吉妲拚命伸長脖子望向窗外，希望能看到蝶莎的墳，不禁心想還要等多久才能看到她的墓碑。不過，她只看到銀色葉背的青草，和一個身穿紅袍的部落土著，拿著木棍，單腳站立，看守著他的山羊。吉妲也看到一群瞪羚在藍黑色的層層烏雲下扭動、吃草。她將旅行袋塞進座位下，不過袋子太大，她不得不岔開雙腳才能騰出空間。她穿著上教堂穿的鞋。飛機上熱得讓人受不了，機長警告過乘客，要待起飛後才可能有冷氣。她在旅行袋有拉鍊的口袋裡放了簡報筆記，以及英國高級專員公署的EADEC代表身分證明。袋裡主要是睡衣和換洗衣物。我是在幫賈斯丁做事。我是在追隨蝶莎的腳步。我缺乏經驗，不懂口是心非之道，沒有必要因此覺得羞恥。

機艙後面堆滿一袋袋珍貴的迷拉[28]，這是一種稍具毒品成分的合法植物，很受北部的部落土著歡

28 迷拉（miraa），或稱巧茶，原產自衣索比亞，葉內含興奮物質卡西酮，嚼碎食用。

迎。迷拉的木質香味逐漸充滿整個飛機。她前面坐了四個老練的救濟工作人員，兩男兩女。迷拉也許是他們帶來的。她很羨慕他們那種勇敢、無拘無束的神態，羨慕他們磨得見裡的衣物，羨慕他們未經洗滌的奉獻心。她驚然發現他們與自己年齡相若，不禁自責。她但願自己能擺脫修養至上的習慣，每次和長輩握手時都會不自主地靠緊腳跟，這種習慣是修女灌輸的。她偷看了一下自己的餐盒，裡面有兩個芭蕉三明治，一顆蘋果，一根巧克力棒，一盒百香果汁。她昨晚幾乎沒睡，現在飢腸轆轆，然而她受過的禮教禁止她在飛機起飛前就把三明治吃掉。昨晚她一回到公寓，電話就響個不停，因為朋友接連打電話來抒發怨氣，不敢相信新聞報導敖諾遭到通緝。她在高級專員公署的地位讓她得以對所有來電的朋友扮演年長女政治家的角色。到了半夜，雖然已經累壞了，她還是盡量從自己無法撤退的處境往前踏出一步；這一步如果成功，就能將她救出過去這三個星期如隱士般藏匿的無人之境。她伸手從放雜物的黃銅老鍋裡挖出偷藏在裡面的一張小紙片。吉妲，如果妳決定再和我們聯絡，可以打這個號碼。如果我們不在，請留言，我們一定會在一個小時內回電，我保證。接電話的是一個口氣咄咄逼人的非洲男人，她希望是打錯號碼。

「麻煩請洛柏或萊斯里聽電話。」

「妳叫什麼名字？」

「我想跟洛柏或萊斯里講電話。他們有誰在嗎？」

「妳是誰？立刻報上姓名，說出用意。」

「我希望和洛柏或萊斯里通話，拜託。」

電話轟的一聲掛斷，她也坦然接受事實，正如她所預料，她將孤軍奮戰。此後沒有蝶莎，沒有敖諾，沒有蘇格蘭警場聰明的萊斯里，來為她的行動分擔責任。她雖然愛自己的父母親，他們卻也解決不了問題。她父親是律師，會好好聽她的證詞，然後宣布說一方面來看是這樣，但從另一方面來看呢，又是那樣，接著會問她能拿出什麼客觀的證據，證明如此嚴重的指控。她母親是醫生，會說，妳熱昏頭了，回家休養一下吧。朦朧昏沉的腦子想到這裡時，她打開筆記型電腦，毫不懷疑抗議敖諾遭通緝的憤慨之聲一定會把信箱塞爆。結果她一連上網，螢幕立刻「噗」一聲暗淡成一片空無。她重新來過，還是沒有結果。她打給兩個朋友，發現他們的電腦並沒有受到影響。

「吉妲，說不定妳感染到了超級病毒，從菲律賓還是其他電腦狂群聚的地方發出來的！」她的朋友驚呼，語帶欽羨，彷彿吉妲雀屏中選，受到了特別的關照。

或許真感染到了吧，她也同意，擔心郵件因此全數流失，因而轉轉難眠。那些郵件是她和蝶莎你來我往的聊天記錄，她從來沒列印出來過，因為她比較喜歡在螢幕上讀，比較逼真，比較像蝶莎。

雙引擎飛機還是沒起飛，吉妲於是依習慣投入思考幾個人生的大問題，同時盡量避免念及最大的一個，就是我正在做什麼，原因何在？兩、三年前在英國時，在我的「前蝶莎時代」——她私底下這麼稱呼——她曾經因為受到傷害——真正的傷害，或是想像的傷害而傷心，她每天都因為英印混血的身分受到這樣的傷害。她自視是一個無法拯救的混種，一個尋找上帝的半黑女孩，一個比低級些的品種還高級一點的半白女人。不論走在路上或睡覺時，她都質問自己在白人的世界裡如何自處，如何投注自己的志向和人道精神，要投注在何處，也想知道從埃克塞特大學畢業後，是否該繼續在倫敦的大學唸舞蹈與音樂，或是在養父母的期望下去追求另一個理想，進入父母其中之一的專業領域。

因為這樣，某天早上，她發現自己幾乎是一時衝動來到了英國外交部參加筆試。她從未考慮過從事政治工作，因此落榜了也不驚訝，但外交部建議她兩年後再來。結果那次應考的決定儘管沒有成功，卻釋放出了背後的道理，那就是她從此比較放心進入體制，而不是遠離政治。若不是這樣，她能成就的除了滿足部分藝術上的熱情之外，其餘的就微不足道了。

正是在這個關頭，她到坦尚尼亞探望父母，當下又一時衝動決定報考當地的英國高級專員公署，上榜後再尋求進路。如果她當時沒報考，就永遠不會遇見蝶莎。如今回想起來，她也永遠不會置身砲擊線上。現在，她決心死守崗位，要為自己決心效忠的事物奮鬥，這些事物就算寫下來，也不過是相當簡單的幾件：真理、寬容、正義、人生美德，至於這些項目的相反詞，她則以近乎暴力的方式反對。但最重要的，是一份承繼自雙親的信念，由蝶莎確立鞏固，篤信體系本身必須被迫反映出上述美德，否則體系便沒有存在的意義。想到這裡，她開始重新考慮最大的問題。她過去很愛蝶莎，也很愛布魯穆，現在她還是愛賈斯丁，如果要她說實話，是愛得有點逾越讓人感到自在的合宜範圍或之類的感覺。而她在體系內工作的這項事實，並沒有讓她不得不接受體系的謊言，就像那昨天才剛聽到、從伍卓口中說出的那些謊言。相反的，這讓她不得不排斥謊言，好讓體制重回原點，重回真理的那一方。如此才能解釋她正在做什麼、道理何在的問題，而這個解釋讓吉妲完全滿意。「最好是進入體制，從裡面奮鬥，」她篤信破除偶像的父親這麼說，「而不是在外面對著體制咆哮。」

大好人蝶莎也說過全然相同的話。

雙引擎飛機像條老狗抖了起來，向前猛衝，費盡力氣躍入空中。吉妲從小小的窗戶看到整個非洲在她腳下延展開來：貧民窟市鎮、一群群狂奔的斑馬、奈瓦霞湖的花田、阿貝達野生動物園、淡淡粉刷在遠方地平線上的肯亞山。與上述地點相連的是如海洋般的棕色樹叢，連綿不絕，霧氣朦朧，點綴著幾點綠意。飛機飛進雨雲中，棕霧充滿客艙。接著熾熱的日光取而代之，伴隨巨大爆裂聲。聲音從吉妲左邊某處發出。飛機在毫無預警下偏向一側。午餐盒、背包以及吉妲的旅行袋全在走道上滾動，伴奏的音樂是警鈴與警笛聲，還有閃爍的紅光助興。大家都噤聲，只有一個非洲老先生爆笑出聲，使勁地說，「主啊，我們愛你，你可別忘記啦。」其他乘客因此放鬆了心情，在緊張氣氛下取樂。飛機還是沒擺正。引擎聲直轉急下，悶聲響著。蓄著落腮鬍的非洲副駕駛找出手冊，參考檢查清單，吉妲想從他背後看上面寫了什麼。生牛皮機長在座位上轉過頭來，對著怯懦的乘客說話。他狀似皮革的嘴巴偏斜，就像機翼的角度。

「正如大家也許注意到的，各位女士先生，有一個引擎壞了，」語氣不帶情感，「因此，我們不得不折返威爾森機場更換引擎。」

我不怕，吉妲注意到，同時對自己感到很高興。在蝶莎死去前，這種事只發生在其他人身上。如今發生在我身上了，我能夠應變。

四個小時後，她站在羅齊丘莒的停機坪上。

•

「妳是吉妲嗎？」一個澳洲女孩大喊，希望蓋過隆隆引擎聲以及其他人大聲打招呼的聲音。「我是茱蒂絲。嗨！」

她身材高䠷，臉頰紅潤，神情快樂，戴著棕色的捲呢男帽，身穿T恤，上面寫著「錫蘭聯合茶葉社」幾個大字。她們兩人擁抱，在這麼一個吵雜的荒野地方立刻成了朋友。聯合國的白色貨機正在起降，白色卡車轉向一邊，發出隆隆巨響，太陽熱如熔爐，熱氣從跑道往她身上竄，飛機油料的蒸氣燻到她眼睛，讓她覺得天旋地轉。茱蒂絲帶路，她擠進吉普車後座，旁邊是一袋袋郵件，另一邊是一位身穿黑西裝、戴著牧師的頸圈膠領、正在流汗的華人。其他幾輛吉普車朝反方向呼嘯而過，後面跟著一列白色卡車，往貨機開去。

「她真的是個好人！」茱蒂絲從前座對她大喊。「非常盡心盡力！」她顯然是在稱讚蝶莎。「怎麼有人會想逮捕敖諾？他們真的是蠢到底！敖諾連蒼蠅都不打的。妳預約了三個晚上，對吧？我們只有一大群從烏干達來的營養師！」

茱蒂絲是來這裡餵養活人而不是死人，吉妲心想。吉普車隆隆穿過出口，來到一條硬土道路。車子開過四處移居的小販聚集的貧民窟，有酒吧、路邊攤和一個搞笑的告示，上面寫著「通往皮卡迪利」。寧靜的棕色山丘在他們面前升起。吉妲說她希望能走上去。茱蒂絲說，如果她真的走上去，就永遠回不來了。

「因為動物嗎？」

「人。」

他們接近營地。大門旁的一塊紅土地上，有小孩將白色的糧食布袋釘在木樁上，打起籃球。茱蒂絲帶吉妲走向接待處領取通行證。吉妲在簽到簿上簽名，隨便往前翻，卻翻到她假裝沒在找的那一頁：

蝶莎．亞伯特，郵政信箱，奈洛比，土庫[29]二十八

敖諾．布魯穆，世界醫師組織，土庫二十九

日期相同。

「那些記者在狂歡，」茱蒂絲說得津津有味，「魯本收他們每個人五十美元，現金。總共八百元，可以買八百套圖畫書和彩色蠟筆。魯本認為這樣能培養出兩個丁卡族的梵谷，兩個丁卡族的林布蘭，一個丁卡族的安迪．沃荷。」

魯本是個傳奇的活動主辦人，吉妲想起來。剛果人。敖諾的朋友。

她們走在一條寬闊的街道上，兩旁的鵝掌楸樹開著火紅的小喇叭，在頭上的電線和漆成白色的草頂土庫屋襯托下更顯絢爛。一個瘦長的英國人，模樣像是預備學校的校長，騎著老式警用腳踏車悠然經過她們身邊。他看到茱蒂絲時按了車鈴，朝她親切地揮手。

「浴廁在馬路對面，明天第一場是上午八點整，在三十二號小屋門口集合。」茱蒂絲宣布，同時指著吉妲的房間給她看。「殺蟲劑放在妳床邊，如果妳聰明的話就用蚊帳。太陽下山時，要不要一起散步到俱樂部喝杯晚餐前的啤酒？」

29 土庫（tukul），衣索比亞、蘇丹等東非地區的圓形土屋。

吉妲說要。

「好，妳自己小心。有些男性從野外回來時可是很餓的。」

吉妲盡量讓語氣聽起來很隨意。「噢，對了，有一個女的叫莎拉，應該也算是蝶莎的朋友。不知道她在不在，我想跟她打聲招呼。」

她打開行李，拿著泡棉袋和毛巾勇敢地走到街道對面。下過雨了，機場那邊的噪音因此減低。危險的山丘轉成黑色與橄欖色。空氣中有汽油和香料的味道。她淋了浴，回到自己的土庫，在擺著工作筆記簿的桌子前坐下，桌子搖搖晃晃的。她汗流不止，迷失在義工自給自足的奇妙世界裡。

•

羅齊的俱樂部有一顆枝葉繁茂的大樹，下面有片長長的乾草屋頂，裡面有個吧台，上面畫了叢林花卉，還有一架投影機，播著影像模糊的足球賽錄影帶，早已成歷史的賽事在石灰牆上進行，音響則大放非洲舞曲。遠道而來的義工重逢，認出彼此時高興得尖叫，在夜空中此起彼落，互相以不同語言問候、擁抱、摸臉，手臂交纏走在一起。這裡應該是我心靈的故鄉，她自顧自地想著。這些人是我的彩虹族同胞。她們不分階級、不分種族、胸懷狂熱，擁有和我相同的青春。參加羅齊營，與聖潔高尚情操連線！搭飛機到處逛，享受浪漫的自我形象，享受危險的刺激快感！性愛就像自來水一開就有，遊牧民族的生活讓你無所羈絆！沒有枯燥無味的辦公室工作，一路上總會有大麻可吸！從當地回來後有榮耀又有男生，放假休養時有錢用，又有更多男生等著我！還有什麼不滿足？

我是不滿足。

我需要了解為什麼有必要搞這一整套把戲。為什麼現在有需要。我需要勇氣，學著說出蝶莎在最出言不遜時會說的話：「羅齊太爛了。根本就和柏林圍牆一樣，沒有存在的必要。是個外交失敗的紀念碑。我們的政客不去努力預防意外，開著勞斯萊斯級的救護車來服務又有什麼用？」

夜幕瞬間降臨。黃色的條狀路燈取代了陽光，鳥也不再吱喳，改以較能令人接受的音量重新對話。她坐在長桌前，茱蒂絲距離她三個座位，一手摟著來自斯德哥爾摩的人類學家。吉妲在想，好久沒有這種感覺了，就像她剛轉學到修女學校時的感受，唯一不同的，是在修女學校不能喝啤酒，也沒有六、七個來自世界各地、很好相處的年輕男生跟妳同桌，也沒有六、七雙男人的眼睛在打量妳的性生活斤兩和上壘難易度。她聽著從沒聽過的地方發生的故事，有些冒險事蹟令人毛骨悚然，害她深信自己絕對不夠格參與，而她也盡可能表現得具有某種程度的知識，稍感興趣卻保持距離。此刻發言的人來自紐澤西，包準是個美國佬，名叫鷹派漢克。根據茱蒂絲的說法，他以前是拳擊手，也放過高利貸，擁抱救濟工作是在為犯罪的一生另尋出路。他滔滔不絕談著尼羅河地帶交戰的派系：SPLE如何暫時跟SPLM示好；SSM如何把另一組縮寫字母打得屁滾尿流，宰了他們的男人，搶走女眷和牛群，蘇丹沒大腦的內戰已經賠上兩、三百萬條人命，他們大開殺戒不過是錦上添花。吉妲啜飲啤酒，盡量對鷹派漢克微笑，因為他的獨白似乎是衝著她來，將她當成新人，當成下一個要征服的對象。後來出現一個年齡不詳、福態的非洲婦女，讓她大為感激。她穿著短褲球鞋，戴著倫敦街頭小販的尖頂帽，從暗處出現，一掌打在吉妲的肩膀大聲喊，「喂，我是蘇丹莎拉，妳一定是吉妲囉。沒人跟我說妳長得這麼漂亮。過來喝杯茶吧。」她沒有擺出進一步的禮數，直接大步帶著吉妲穿越一群迷宮般的辦公室，來到一間更像踩著高蹺的海灘小屋的土庫，裡面有一張單人床、冰箱，一個書架上擺滿整套的英國文學經典的精裝書，從喬叟到喬伊斯一應俱全。

土庫外有個小陽台，兩張椅子，可以坐在星光下打蚊蟲，等著熱水壺煮開。

•

「我聽說他們現在要逮捕敖諾了。」蘇丹莎拉的語氣閒散，她們已經好好悼念過蝶莎。「對，就應該逮捕嘛。如果你打算隱瞞真相，那麼首先就應該編一個不一樣的真相，說給人聽，這樣別人就不會一直問。要不然啊，大家會開始納悶，真正的真相是不是被藏在哪裡。那怎麼行？」

小學老師，吉妲判定。或是女家教。以前常仔細講出心中想法，重複講給不專心的兒童聽。

「凶殺案之後是粉飾太平，」莎拉繼續以同樣無害的韻律說，「永遠不能忘記，粉飾工作要做得高明，可比手法低劣的凶殺還困難許多。犯下刑案，也許有時還能躲過制裁。不過，每次若想掩飾，一定都會進監牢。」她用大手指出問題所在。「你遮住一邊，另一邊會露出來，所以你再遮住這一邊，然後你一轉身，剛才那邊又露出來了。結果你再轉身，又露出第三邊，從那邊的沙堆裡剛露出腳趾頭來，證據確鑿得就像該隱殺死了亞伯。所以我應該怎麼對妳說呢，親愛的？我有一種感覺，我們不應該談論妳想談的事。」

吉妲開始以圓滑的語調說，賈斯丁想重建蝶莎生前最後幾天的原貌。他希望確定蝶莎最後一次來羅齊時過得快樂，收穫豐富。能否請莎拉透露，蝶莎究竟在哪些方面對性別意識座談會做出貢獻？或許蝶莎憑著法律知識，還是和肯亞婦女相處的經驗，發表了一篇論文？莎拉是否能特別回想起某個插曲，而這個插曲是賈斯丁會有興趣知道的？

莎拉微笑地仔細聽她說完，雙眼在小販帽緣下閃閃發光，邊喝著茶水，大手拍打蚊子，不停對路過的人微笑或是對他們叫著——「嗨，小甜甜吉妮，妳這個壞女孩！妳幹嘛跟桑托那個無業遊民鬼混？妳打算把這些東西全都寫給賈斯丁看嗎？親愛的？」這個問題讓吉妲感到不安。如果她建議要寫信給賈斯丁，這樣的答案是好是壞？會不會給人含沙射影的機會？在高級專員公署，賈斯丁是個無名小卒。他在這裡是否也同樣沒沒無聞？

「這個嘛，我很確定賈斯丁相當希望我寫信告訴他。」她承認得很彆扭，「不過，如果那內容能讓他從此放下心頭重擔，我才會跟他報告。我是說，如果會對他造成傷害，我就不會告訴他了。」她聲辯道，卻迷失了方向。「我的意思是，賈斯丁知道蝶莎當時和敖諾同行，現在全世界都知道。不管他們之間有什麼關係，他都無所謂了。」

「噢，他們之間才沒有什麼關係，親愛的，相信我。」莎拉輕鬆一笑，「都是報紙在亂寫。根本不可能的事。這一點我敢打包票。嗨，艾比，妳還好嗎，親愛的？那是我姊姊艾比。她生了太多孩子。她差不多結了四次婚吧。」

就算莎拉這兩句話有什麼重要性，也被吉妲當成了耳邊風。她忙著補救聽起來越來越像是謊言的說法。「賈斯丁是想填補空格，」她勇敢地拚命說下去。「將腦海中的細節整理得井井有條，如此一來，他就能拼湊出蝶莎最後幾天的每件事和想法。我是說，顯然——要是妳告訴我的事可能會讓他痛苦——我就不會告訴他。」

「井井有條—shipshape。」莎拉重複她的話，再度搖搖頭，自顧自地微笑著。「這就是我一向很喜歡英文的原因。用「井井有條」形容那個好女人，確實再貼切不過。親愛的，他們來這裡時做了什麼，妳心裡有沒有個底？是像渡蜜月的夫妻一樣，抱著睡覺嗎？他們根本不會做那種事。」

「顯然是來參加性別小組座談。妳自己也有參加嗎？妳大概是主持人，或是在處理什麼大事吧？我一直沒問妳在這裡是什麼角色。我早該問的，對不起。」

「別道歉了，親愛的。妳只是茫然，還不夠井井有條。」她大笑。「對了，我現在想起來了。我的確參加了那場小組座談。或許也是我主持的。我們輪流。那一組很不錯，我記得。兩個從迪亞克來的、很聰明的部落婦女，一個來自亞維爾的寡婦，從事醫藥工作，有點自大，不過還算有雅量，還有兩個不知道從哪裡來的律師助理。那一組很不錯，這一點我敢保證。可是，那些女人回去蘇丹之後會有什麼表現，我就不敢說了。只能抓抓自己的頭，發揮想像力。」

「也許蝶莎能和那幾個律師助理打成一片。」吉妲滿懷希望地加上這句。

「也許吧，親愛的。但她們很多都沒搭過飛機。很多人暈機、害怕，所以我們不得不先提振大家的心情，之後她們才願意聽講發言，盡她們來到這裡的責任。有些人嚇得不敢跟任何人講話，一心只想回家恢復尊嚴。如果妳害怕失敗，就千萬別進這一行，親愛的，我都是這樣告訴別人。想想成功的例子就好，這是蘇丹莎拉的建議，千萬別去想失敗的場面。妳還想問關於那個小組座談的什麼嗎？」

吉妲越聽越糊塗。「她在小組裡很出鋒頭嗎？她參加座談會開心嗎？」

「這一點我就不清楚了，親愛的，我怎麼可能知道？」

「她做過或說過的什麼，妳一定多少記得一點。沒有人會那麼快就忘記蝶莎的。」她自覺說得很失禮，但不是故意的。「敖諾也一樣令人很難忘記。」

「這個嘛，我不敢說她對那場座談有多少貢獻，因為她沒有貢獻。蝶莎沒有對那場座談做出貢獻。我這我可以說得斬釘截鐵。」

「敖諾有嗎？」

「沒有。」

「連發表論文之類的事都沒有？」

「什麼都沒有，親愛的。兩個都沒有。」

「妳是說，他們就乖乖坐在那兒，一句話也沒說？兩個都這樣？保持沉默不像是蝶莎的風格。也不像是敖諾的。那次研討會時間進行多久？」

「五天．不過蝶莎和敖諾並沒有在羅齊待上五天。全程參與的人不多。大家在這裡時，感覺倒像是馬上又要趕到其他地方。蝶莎和敖諾跟其他人也沒兩樣。」她停了一下，觀察吉妲，彷彿在度量她跟某件事的合適度。「我的意思，妳聽懂了嗎？親愛的？」

「沒懂。對不起，我沒聽懂。」

「也許妳懂的，是我沒講出來的東西。」

「那我也不知道。」

「好吧，妳來這裡究竟有何目的？」

「我是想來調查他們做了什麼。敖諾和蝶莎。在他們人生最後幾天。賈斯丁特別寫信這麼要求我。」

「他的信，妳有正好帶在身邊嗎，親愛的？」

吉妲為了此行買了一個新的肩袋，她顫抖地從袋子裡拿出賈斯丁的信。莎拉將信拿進土庫，湊著頭上的燈泡看，獨自站了一會兒才又回到陽台，坐上剛才的椅子，神態有相當程度的無所適從。

「妳是不是想告訴我什麼，親愛的？」

「如果我可以的話。」

「蝶莎有沒有用她那張甜甜的嘴對妳說，她和敖諾是來羅齊參加性別研討會？」

「他們對大家都這麼說。」

「妳相信她說的話囉？」

「對，我相信。我們全都相信。賈斯丁也相信。我們現在還是這麼相信。」

「蝶莎是妳的好朋友嗎？聽說感情就像姊妹？就算情同姊妹，她還是從沒告訴過妳她來這裡另有目的？或是說，性別座談會只是個擋箭牌，一個藉口，就像妳拿自給自足營當作藉口一樣，對不對？」

「我們剛成為朋友那時候，蝶莎會跟我講一些事情。然後她就開始擔心我。她覺得對我透露太多了，讓我扛下負擔很不公平。我是臨時雇員，是在本地聘用的員工。她知道我考慮申請永久職。再考一次。」

「妳還是有這種想法嗎，親愛的？」

「對。可是那不代表別人就不能告訴我真相。」

莎拉喝了一小口茶，拉拉帽緣，調整到舒服的坐姿。「據我所知，妳要在這裡待三個晚上。」

「對。星期四回奈洛比。」

「很好。非常好。這次大會，妳會參加得很愉快。茱蒂絲這女人很有天分，凡事講求實際，別人唬不了她。對腦筋比較鈍的人是有點凶，不過從來不會故意刁難別人。明天晚上，我會介紹我的好朋友麥肯齊機長給妳認識。聽過這個人嗎？」

「沒有。」

「蝶莎還是敖諾從沒跟妳提過這個麥肯齊機長？」

「沒有。」

「好吧，這個機長是我們羅齊這裡的飛行員。他今天往南飛奈洛比，所以你們大概在空中錯過了。他要去載一些物資，也有點事要處理。妳會非常喜歡麥肯齊機長的。他禮貌周到，心地寬大到比多數人的身體都還大，那可是事實。這一帶發生的事情，很少能逃過麥肯齊機長的注意，也很少會從他嘴裡跑出來。機長打過許多慘烈的仗，不過現在全心追求和平，所以才來羅齊這裡定居，養活我餓著肚皮的族人。」

「他跟蝶莎很熟嗎？」吉妲擔心地問。

「麥肯齊機長認識蝶莎，他認為蝶莎是個好人，就這樣。麥肯齊機長不會去追已婚婦女，就跟敖諾差不多。不過，麥肯齊機長認識敖諾的程度比他認識蝶莎還深。奈洛比警方竟然想通緝敖諾，他認為他們全瘋了。他這趟去奈洛比，就準備要去訓警察一頓。我敢說他這趟過去，最主要就是要去找警察。警察一定會很不喜歡他過去訓話。因為，相信我，麥肯齊機長向來直言不諱，毫無保留。」

「蝶莎和敖諾來羅齊參加研討會那時，麥肯齊機長也在嗎？」

「也在。他見到蝶莎的時間，還比我見到她的機會多呢，親愛的。」她暫時歇口，對著星星微笑，在吉妲眼中看來，她是在考慮是否該說出來，或是保守祕密，而吉妲在過去這三個禮拜不斷捫心自問的正是這個。

「好吧，親愛的，」莎拉繼續說，「我一直在聽妳講話，也一直在觀察妳，為妳設想，擔心妳的安危。我的結論是，妳是個有腦袋的女孩子，也是個端正、有責任感的好人，這一點我很重視。不過，要是我錯看了妳，那麼我告訴你的事情會把麥肯齊機長害得很慘。我要告訴你的東西很危險，一旦說出口就沒辦法收回嘴裡。所以，我建議妳現在就告訴我，我是不是高估了妳，有沒有看對人。因為會亂講話的人永遠都不會學乖。我領教過。這些人今天可以對著聖經發誓，隔天就原形畢露，又到處亂講話。聖經對他們毫無作用。」

「我瞭解。」吉妲說。

「現在，妳是不是打算警告我，我看走了眼，誤解了我看到的和聽到的，錯估了妳？還是我可以把心中話告訴妳，讓妳從此肩負沉重的責任？」

「我希望妳能信任我，拜託。」

「我早就認定妳會這麼說。所以妳聽好了，我會講得很小聲，妳要豎起耳朵聽。」她拉一下帽緣，讓吉妲靠過來一點。「好。希望壁虎也能幫點忙，叫大聲點。蝶莎沒來參加研討會，敖諾也沒有。他們一能夠自由行動，就跳上我朋友麥肯齊機長的吉普車後座，避人眼目，悄悄開到機場。麥肯齊機長一抓到機會，就把他們放進他的水牛飛機，往北方飛去，連護照、簽證或南蘇丹叛軍規定的一般正式文件都沒有。叛軍彼此交戰個沒完，沒精神、也沒腦筋團結起來，對抗北邊的那些阿拉伯壞蛋。那些阿拉伯人好像認為阿拉能原諒一切，即使他的先知無法也一樣。」

吉妲以為莎拉已經講完，所以她準備開口，然而莎拉才只是剛開始。

「讓事情更加複雜的是，莫怡先生決定接管羅齊機場，妳大概也注意到了。他呀，有整個內閣的幫忙，卻連區區一個跳蚤雜耍團都管理不了，就算有油水可撈也一樣。他對非政府組織不太留情，卻對機場稅胃口很大。敖諾醫生特別小心的是，不讓莫怡和他的手下發現他們的行蹤，不管他們要去哪裡都一樣。」

「照妳這麼說，他們究竟去了哪裡？」吉妲低聲問，不過莎拉繼續講下去。

「我從來沒過問他們要去哪裡，因為我不知道自己會不會說夢話洩露了祕密。也不是說最近有誰會跟我睡啦，太老了。不過麥肯齊機長知道，這自不待言。麥肯齊機長隔天一大早就帶他們回來，和前一天出發時一樣小心翼翼。敖諾醫生他呀，他對我說，『莎拉，我們只來羅齊，其他什麼地方都沒去過。我們來參加妳的性別研討會，全天候二十四小時都在場。要是妳能繼續記得這個重點，蝶莎和我會很感激。』只是，如今蝶莎死了，她也不會再感激蘇丹莎拉或任何人了。敖諾醫生呢，如果我知道什麼，他比死了還嚴重。因為莫怡的手下四處橫行，隨心所欲燒殺擄掠，換句話說就是會血流成河。他們要是抓到人關起來，打算套出真相，可是會把同情心全拋到一邊的，這點妳自己好好記住準沒錯，親愛的，因為妳越走越深了。就是這樣，我才決定讓妳一定要跟麥肯齊機長談談，他知道一些我寧可不知道的事情。因為，據我所知，賈斯丁是個好人，所有關於他妻子和敖諾的資料如果能拿到手，他都有必要取得。我這樣瞭解對不對？還是有什麼地方需要更正？」

「沒錯。」吉妲說。

莎拉喝完杯裡的茶，放下杯子。「那就好。妳走吧，去吃點東西，培養一點體力，我會在這裡再待一下，親愛的，因為這個地方就是閒言閒語沒完沒了，妳大概也領教到了。對了，別去碰山羊咖哩，親愛的，不管妳多喜歡山羊肉都一樣。因為那個年輕的索馬利亞大廚師啊，很有天分，總有一天會成為優秀的律師，可是在煮山羊咖哩上卻有盲點。」

•

吉妲是怎麼渡過自給自足小組座談的第一天，連她自己也不清楚。不過，五點的鐘聲一響——只是這個鐘響是她自己想像出來的——她知道自己沒有出洋相，沒有講太多，也沒講太少，以謙虛的態度傾聽長輩與知識較豐富的組員發言，記下豐富的筆記，準備撰寫又一篇沒人會看的ＥＡＤＥＣ報告，想到這些她就已心滿意足。

「高不高興來這裡報到啊？」組員四散時茱蒂絲問她，欣然抓著她的手臂。「那麼就在俱樂部見囉。」

「這東西給妳，親愛的。」莎拉從工作人員的小屋鑽出來，遞了一個棕色信封給吉妲，「祝妳今晚愉快。」

「妳也是。」

莎拉的筆跡活像是小學生習字簿上的字。

親愛的吉妲。麥肯齊機長的土庫屋名稱是恩特比，號碼是在靠機場那邊的十四號。帶手電筒去，以免發電機關掉後摸黑。他很樂意見妳。妳先吃晚餐，九點去見他。他是個紳士，所以沒什麼好怕的。請將這封信交給他，這樣我就能確定這封信能被妥當地處理掉。小心照顧自己，記住妳的責任是保守祕密。

——莎拉

對讀過英國修女學校的吉妲來說，這裡的土庫屋名稱就像當時鄰村教堂裡尊奉的軍團光榮戰跡名稱。恩特比的前門敞開，但裡面的紗門則是關得密不透風。有盞罩著藍色燈罩的防風燈亮著，麥肯齊機長就坐在防風燈前，所以吉妲走近土庫時只看到他的側影，低頭坐在書桌前如同僧侶般在寫東西。由於第一印象對吉妲非常重要，她在外面站了好一陣子，觀察他不修邊幅的外表以及極度靜止的姿態，猜測他具有不屈不撓的軍人本性。她正想敲門框，麥肯齊機長這時卻站了起來，不知道是看見、聽見或是猜到她來了，兩個箭步就走到紗門邊為她開門。

「吉妲，我是瑞克·麥肯齊。妳很準時。有沒有信要給我？」

紐西蘭，她心想，知道自己猜對了。有時候她會忘記英文的姓氏和口音，不過這次她可沒料錯。紐西蘭人，細看之下比較接近五十，而不是三十，不過她僅有的線索是他憔悴臉頰上的小細紋，以及修整過的黑髮末端有銀絲。她把莎拉的信交給他，看著他轉身背對，將信拿到藍燈旁。在較亮的燈光下，她看到的房間沒多少傢俱，布置整潔，有一張燙衣桌，擦亮的棕色皮鞋，還有張阿兵哥床，棉被摺得像是她在修女學校規定的摺法，四角要照醫院的方式來摺，床單摺在棉被上，然後再反摺成等邊三角形。

「隨便坐吧？」他指著廚房的一張椅子說。她走向椅子，藍燈也在身後移動，停留在地板上，在門口到土庫的中間。「這樣別人就看不見這裡面的動靜，」他解釋，「這裡有全職的人在監看土庫。喝可樂嗎？」他遞給她。「莎拉說妳值得信賴，吉妲。這樣我就放心了。這件事，蝶莎和敖諾除了彼此之外誰都信不過。他們是信得過我，因為不得已。反正我也喜歡。你是來吃自給自足的酒菜，我聽說。」這是個問句。

「自給自足小組座談會只是藉口。賈斯丁寫信要我來調查蝶莎和敖諾在她死前最後幾天做了什麼事。他不相信參加性別研討會的說法。」

「被他料中了。他的信，有沒有帶來？」

我的身分文件，她心想。用以確實證明我是賈斯丁的信差。她將信交給他，看著他起身拉出一副簡陋的鋼框眼鏡，斜身湊近藍燈的光線範圍，躲開來自門外的視線。

他交回賈斯丁的信。「仔細聽好了。」他說。

不過，他先打開收音機，急著製造他所謂可接受的音量，這種說法編得很有學問。

•

吉妲躺在床上，底下的床單只有一層。這天晚上的氣溫沒有比白天低到哪裡。透過蚊帳，她看得到蚊香頭的紅光。她拉上窗簾，只是窗簾薄得很。窗戶外面一直有腳步聲和講話聲經過，每次有人路過，她就有想跳下床、對他們大喊「嗨！」的衝動。她的心思轉向葛蘿莉亞。一個星期前，葛蘿莉亞邀請她到俱樂部打網球，此舉讓她摸不著頭緒。

「告訴我吧，親愛的。」葛蘿莉亞問她。打了三局，葛蘿莉亞都以六比二大勝。她們挽著手走向俱樂部，「蝶莎是不是在暗戀杉狄，還是杉狄在暗戀蝶莎？」

經她這麼一問，原本篤信說實話者有福的吉妲眼也不眨，就當著葛蘿莉亞的面撒謊，臉不紅氣不喘。「我很確定雙方誰也沒有暗戀誰，」她以拘謹的口吻說，「妳怎麼會想歪了，葛蘿莉亞？」

「沒事，親愛的，沒什麼。只是他在葬禮上的表情吧。」

想完葛蘿莉亞，她的思緒轉向麥肯齊機長。

「有個叫瑪陽的小鎮西方五英里處，有個瘋癲的波耳人[30]在那邊設了一個糧食站，」他說著，讓自己的音量正好在帕華洛帝的歌聲之下，「有點老愛拿上帝佈道。」

30 波耳人（Boer），德、法、荷裔南非人的統稱。

18.

他的臉龐暗下，線條加深。加拿大薩克其萬省蒼穹散發出的白光穿不透臉頰的陰鬱。這個小鎮是失落的市鎮，從溫尼伯搭三個小時的火車、穿越一千英里的雪地才能到。賈斯丁步伐堅定地走在小鎮上，路人稀少，見到時，賈斯丁也盡量躲避他們的目光。育空或北極高地持續吹來的冷風，終年吹過平坦的大草原，凍結了冰雪，彎曲了小麥，拍擊著街頭號誌燈和頭上的電線，在他空洞的臉頰上刮不出絲毫血色。刺骨的寒意，攝氏零下二十幾度，只能鞭策他痛楚的身體持續前進。在溫尼伯搭火車過來之前，他先買了絎縫外套、毛氈帽和手套。他的怒氣如芒刺在背。長方形的素色打字紙安放在他皮夾裡：「**馬上滾回家去，別亂講話，否則你會跟老婆團圓**。」

•

不過，帶他來到這裡的，就是他的妻子。是她幫他鬆開了雙手，摘掉頭罩。她讓他跪在床邊，攙扶著他一步步走進浴室，在她打氣下，他自己扶著浴缸站進去，扭開蓮蓬頭，將臉、襯衫前面和夾克領子沖乾淨，因為他知道——她警告他——如果脫下衣服，就沒辦法再穿上去了。他的襯衫汙穢，夾克沾滿嘔吐物，但他設法擦拭得相當乾淨。他想回床上睡覺，但她不准。他想梳頭髮，手卻抬不了那麼高。他臉上長出了二十四小時的鬍渣，卻非留不可。站立時，感覺一片暈眩，能在倒下去之前走到床邊算他運氣好。他陷入半暈厥狀態，以撩人姿勢躺著，然而在她的建議下，他拒絕拿起話筒呼叫旅館經理，或是請教波姬醫生的醫藥專業。誰都不能信，蝶莎告訴他，所以他誰都不信任。他等到眼中的世界擺正後，才再度起身，蹣跚走到房間另一邊，很感激這房間小得可憐。

先前他將雨衣披在椅子上。還在原處。令他驚訝的是，波姬的信也還在。他打開衣櫥。房間的保險櫃安裝在衣櫥內的牆壁，門關著。他按下結婚紀念日，每按一下，就幾乎痛得暈過去。保險櫃應聲打開，彼得．艾金森的護照安然無恙地躺在裡邊。他的手被打得很慘，但似乎沒有骨折，他費力將護照哄出來，餵進夾克的內裡口袋。他奮力穿上雨衣，拚命扣到脖子，再扣到腰間。他決心不帶太多行李，因此只背了一只肩袋。他的錢還放在裡面。他收拾好浴室裡的盥洗用品，也收拾好抽屜內的上衣和內衣褲，丟進肩袋。他將波姬的信封放在衣服上面，拉上拉鍊。他慢慢將肩袋背上肩，像隻痛苦的狗哀叫出聲。手錶指著凌晨五點，似乎沒壞。他晃進走廊，沿著牆壁拖著身軀來到電梯。一樓大廳有兩名身穿土耳其民族服裝的婦女正在操作工業級的吸塵器。年老的夜班門房在櫃檯後面打瞌睡。賈斯丁設法說出房號，請他結帳。他設法伸手進褲子的後口袋，從大疊鈔票中取出幾張，外加一大筆小費，「當作是遲來的耶誕節禮物」。

「我可以拿一把嗎？」他以自己都認不得的聲音問。他是指門邊那幾把塞在陶質花盆裡的門房用傘。

「想拿幾把隨便您。」老門房說。

他拿的傘有根堅固的梣木手把，高度及臀，正好可充作拐杖。他手持雨傘走過空曠的廣場，到了火車站。來到通往車站大廳的階梯時，他發現門房竟在身邊，讓他楞了一下。他還以為是蝶莎。

「自己能走上去嗎？」老人詢問的語氣帶有掛慮。

「可以。」

「要不要我幫您買車票？」

賈斯丁轉身將口袋對準老人。「蘇黎士，」他說，「單程。」

「頭等座？」

「當然。」

•

瑞士是他童年的夢想。四十年前他父母帶他去恩加丁[31]一帶散步度假，他們住的是豪華大飯店，座落在兩座湖之間的狹長森林裡。一切都沒變。連擦得晶亮的拼花地板、彩色玻璃、一臉嚴肅帶他到房間的總管，全都沒變。賈斯丁斜倚在陽台的躺椅上，看著兒時記憶中的兩座湖在向晚日光中閃耀，小船漁

31 恩加丁（Engadine），瑞士阿爾卑斯山南部山谷。

夫也同樣瑟縮在霧氣中。日子一天天過，不時上水療中心，晚餐鑼聲如喪鐘般響起，召喚他獨自在低聲講話的老夫妻之間用餐。在老農舍的小街上，他請了臉色蒼白的醫生和女助理幫他治療身上的瘀青。「出車禍。」賈斯丁解釋。戴著眼鏡的醫生皺皺眉頭，年輕的助理笑了起來。

入夜後，內心世界收復了他，一如蝶莎死後的每天晚上。賈斯丁在外凸的窗戶間一張細工鑲嵌的書桌上努力寫信，以瘀青的右手耐著性子寫給漢姆，寫下波姬轉述的馬可斯・羅貝爾的事跡，然後輕輕地將辛苦的結晶轉寄給漢姆。這時他恍然意識到自己的任務圓滿達成。如果浪子回頭的羅貝爾人在沙漠，靠吃蝗蟲、喝野地蜂蜜來洗滌罪過，那麼賈斯丁也一樣獨自在面對自己的命運。不過他總算解決了問題。就某種不明原因來說，他的心靈也得到滌淨。他從來沒想過，自己的追尋會有好結果，也從來沒想過是否真會有結果。扛起蝶莎的使命，肩挑起她的旗幟，背負她的勇氣，他有這樣的目的就足夠了。她目睹到龐大的弊端，挺身而出對抗。他自己也見證到了，只是遲了一步。蝶莎的奮鬥就是他的奮鬥。

然而，當他想起黑色頭罩下的永夜，聞到自己嘔吐物的氣味，當他檢視身上各處的瘀青，看著軀幹、背後和大腿上如同黃藍相間的音符般的橢圓狀印記，此時，他體驗到不一樣的歸屬感。我和你們同一國。你們邊喝綠茶邊喃喃談天時，我已經不再照料玫瑰了。我靠近時，你們也沒必要壓低嗓門。我跟你們一同坐在桌子前，點頭同意。

第七天，賈斯丁結了帳，幾乎在不覺中搭上郵政巴士和火車到巴塞爾，到萊茵河上游的知名山谷，大藥廠在那裡建立了城堡。到了巴塞爾，他從一個有溼壁畫的宮殿裡寄出厚厚的信給漢姆在米蘭的老巫婆。然後賈斯丁徒步行走。一步一痛楚，不過還是用走的。首先走上一座圓石遍地的小山，來到一座中古世紀的城市，市區有鐘塔，有商號，有自由思想家和對抗暴君的烈士塑像。他以本地這段歷史好好自我勉勵，然後走向河邊，接著從兒童遊戲場抬頭凝視，以幾乎不敢置信的眼神看著藥廠億萬富翁不斷擴建的鋼筋水泥王國，看著他們缺乏面目的營舍肩並肩排隊對抗個別敵軍。橙色起重機在他們上方不停動作。白色煙囪如同寂靜無聲的清真寺尖塔，有些頂端具有方格圖形，有些是條紋狀或是漆得醒目，以對飛機示警。煙囪對著棕色的天空吐出隱形的氣體。煙囪底下有完整的鐵軌、編組場、卡車停車場以及碼頭，每個地方都有自己的柏林圍牆保護著，上面有刀片鐵絲網和塗鴉。

賈斯丁被一股難以解釋的力量拖向前，越過橋梁，腳步猶如漫遊夢境地走在一片陰霾的荒野上，到處是破敗的房產、二手服飾店和眼神空虛、騎著腳踏車的移工。慢慢地，他彷彿受到某種意外的吸引力，發現自己站在乍看像是怡人的林蔭大道上，而大道另一端有個保育生態的入口，爬山虎叢生，幾乎無法看出裡面有道橡木門，門上還有擦得亮晃晃的黃銅電鈴可按，以及黃銅信箱。直到賈斯丁抬頭仰望，繼續往前走，直接走上他頭頂的天空，他才恍然發現三座巨大的白色摩天大樓，中間以天橋相接。大廈的石材乾淨得有如醫院，窗戶是鑲了紅銅的玻璃窗。在碩大無比的高樓後面某處有白色煙囪升起，底部打上金漆字母ＫＶＨ，對著他如同老友般眨眼。

他獨自站著，像是身陷在三棟摩天大樓底部，站了多久，他當時不清楚，後來也不知道。有時他感覺大樓兩翼似乎在朝他逼近，想將他壓扁。有時又像是要坍倒在他身上。他的膝蓋發軟，發現自己坐在某處斑駁路面的長椅上，幾個拘謹的女人在遛狗。他注意到一陣微弱卻持續不斷的氣味，一時間又重返奈洛比的停屍間。他心想，我還要在這裡待多久，才能不再注意到這氣味？夜幕必定已然低垂，因為紅銅窗戶內亮了起來。他看出有移動的側影，有電腦藍的光點忽暗忽明。我為什麼坐在這裡？他一面觀看一面問她。除了妳，我還在想什麼？

她坐在他旁邊，但這次她也想不出答案。我想的是妳的勇氣，他為她回答。我在想，對抗這一切的，只有妳和敖諾，而親愛的老賈則是在擔心花床的沙土夠不夠多，好讓妳的黃色小蒼蘭長得健康。我在想，我再也不相信自己了，也不相信我代表的任何事物。曾經，妳的賈斯丁和這棟大樓裡的所有人一樣，對委身接受集體意志的強烈批判感到光榮——他將這種集體意志稱為國家，或是明理人的教義，或是心懷些許疑慮地稱之為更高遠的理想。曾經，我認為在有必要時，不論男女，都該為造福人群而失去個人性命。我稱之為犧牲，或職責，或是必要之舉。曾經，我可以夜裡站在外交部外面，看著亮著燈的窗戶，心想：晚安，我是你謙卑的僕人賈斯丁。我是偉大睿智的引擎裡的一個螺絲釘，感覺很光榮。我為國家效勞，所以我才有所感受。然而，我現在所有的感受是：對抗他們一大票人的只有妳；他們贏了，不足為奇。

•

賈斯丁從小鎮的大街上左轉，往西北方向走上道氏大道，草原的風全力迎面撲上他暗沉的臉，他持續提高警覺，仔細注意周遭環境，不枉他在渥太華當了三年的經濟隨員。雖然他這輩子從沒來過這裡，眼前所見的一切卻都很眼熟。雪從萬聖節一直下到復活節，他記得。月亮在六月首度升起時才有植物，在九月首度大霜前採收。還要再過好幾個星期，被嚇壞了的番紅花才敢開始從枯死的草穗和乾禿的草原露臉。馬路對面有一座猶太教堂，設計平實，由被遺棄在火車站的屯墾移民建立。當時移民帶在身上的只有不堪的過往、扁平行李箱和對自由樂土的願景。距離這裡一百碼處矗立著烏克蘭教堂，旁邊也有羅馬天主教堂、長老教堂、耶和華見證教會以及浸信會。這些教會的停車場有如通電馬場般，好讓信徒的引擎在主人祈禱時得以保暖。他腦海裡飄過孟德斯鳩的一句話：從來沒有地方像基督的王國般內戰頻仍。

在上帝之家後面是財神之家，是本鎮的工業區。牛肉價格一定是跌破底了，他猜想，不然，為什麼他會看到蓋波先生全新開幕的「快樂豬肉工廠」？從外觀看來，穀物的情況也好不到哪裡去，否則葵花籽榨油公司為什麼會出現在小麥田中間？那群怯生生的人，圍站在車站廣場的老房子邊，一定是蘇族或克里族印第安人。曳船道轉了個彎，帶著他往北走，通過一條短短的隧道。出了隧道，他來到了景緻截然不同的鄉間，有船屋和河景豪宅。有錢的盎格魯白人就住在這裡，修剪草坪，洗車，為自家的船上亮光漆，對著坐收社會福利金的猶太佬、烏克蘭佬，以及可惡的印地安人生悶氣。在小山上，或是來到在此地幾乎可算是座小山的地方，就是他的目標物，是本鎮的驕傲，是東薩克其萬的寶貝，是學術的王朝，是道氏大學，依序排列著中古時代的沙岩、殖民地時代的紅磚以及玻璃圓頂建築。賈斯丁走到曳船道分岔處，走上短短的山坡路，經過一座一九二〇年代的老橋，來到一個有城垛的警衛室，上面有鍍金的盾形紋章。穿過拱門，他得以欣賞精緻無暇的中古校園，也見識到創辦人喬治．伊曼．道氏二世本人的青銅塑像。他同時也是礦場擁有人、鐵路大亨、老色鬼，盜用土地、射殺印地安人，是在地的聖人，燦爛輝煌地擺在花崗石底座上供後人憑弔。

他繼續走著。他參考過指南手冊。道路變得寬敞，成了閱兵的大道。風從柏油路面刮起挾帶細砂的塵埃。大道遠遠的另一邊立有一座覆滿長春藤的亭子，旁邊有三座特殊用途的鋼筋水泥塊。亮著霓虹燈的長型窗戶將這些水泥塊切割得具有層次感。一面綠色加金色的招牌──道氏夫人最喜愛的顏色，手冊也是同樣的顏色──以英法雙語宣布這是醫學院的臨床研究中心。一個較小的招牌寫著門診病人處。賈斯丁跟著招牌走，來到一列旋轉門，上方懸垂著波浪形的水泥頂篷，由兩個身穿綠色輕大衣的粗壯女人看守。他向她們道晚安，對方也以愉悅的口氣回禮。他的臉孔僵硬，被毒打過的身體一路走來隱隱作痛，熱騰騰的小蛇直往他大腿和背部上竄，他偷偷看了一下身後，接著大步走上階梯。

大廳挑高很高，鋪著大理石，有種葬儀社的感覺。喬治・伊曼・道氏二世身穿狩獵裝的難看巨幅畫像，讓他想起外交部的入口大廳。櫃台設在一面牆邊，櫃台後有身穿綠色長袍的銀髮男女坐鎮。再過沒多久，他們就會以「魁爾先生」稱呼我，告訴我蝶莎是個很好、很好的女人。他不疾不徐地走在一個迷你購物中心裡。道氏・薩克其萬銀行。郵局。道氏書報攤。麥當勞、披薩天堂、星巴克咖啡、販賣女性內衣、孕婦裝和睡衣夾克的道氏精品店。他走到走廊匯聚處的大廳，充滿手推車的噹啷嘎吱聲，電梯的怒吼，快步走動的鞋跟發出的微小回音，以及電話啾啾叫的聲音。面帶愁容的來賓到處或坐或站。身穿綠色長袍的工作人員從一道門匆忙走出來，然後走進另一道。沒有人的口袋上有金色蜜蜂的標誌。

一扇門邊掛著大幅看板，上面寫著非醫生勿入，賈斯丁雙手交握在背後，裝出權威感，仔細看了看告示。尋找保姆與車船求售的廣告。房間出租。道氏歌詠社、道氏聖經研習課、道氏醫德社、道氏蘇格蘭民俗舞蹈社。有個麻醉師想要一條棕色的好狗，中等身材，不要小於三歲，「一定要一等一的散步專家」。道氏貸款計劃，道氏先學後付款計劃。道氏紀念教堂舉行瑪麗亞・科沃斯基醫師的追思儀式——有人知道她生前喜歡聽音樂嗎？如果喜歡，是什麼樣的音樂？待命醫生、休假醫生、值班醫生的名單。還有一張海報，喜孜孜地宣布本週醫學生免費披薩的時間，由溫哥華凱儒・維達・赫德森提供——同時歡迎參加我們KVH在草倉舞廳舉辦的週日早午餐及電影欣賞會。只要填寫隨披薩附上的「請邀請我」表格，就能獲贈免費門票，享受一生難得的經驗！

可惜的是，對於直到先前都還是道氏教職員中閃亮的明星、研究多重抗藥性與無抗藥性的結核病株專家、曾是KVH贊助的道氏研究教授、也是共同發現神藥岱魄拉瑟的拉若・艾瑞奇醫生，這裡卻隻字未提。她既沒有休假，也沒有待命。銅版紙印刷的內線電話通訊錄就掛在告示版旁，以有穗鬚的綠線綁著，她的姓名卻沒有列入其中。她也沒有想買身材中等的棕色公狗。唯一跟她有關的東西，也許就是一張手寫明信片，被人貼在告示板最下方，幾乎看不見。上面表示「由於院長指示」，原定舉行的薩克其萬醫德會議很遺憾將不會在道氏大學舉行，新場地將盡快另行宣布。

•

由於寒冷加上過於勞累，賈斯丁的身體大喊吃不消，體力只夠叫計程車送他回毫無特色的汽車旅館。這次，他很聰明。他從萊斯里那裡學來一招，透過花店送信，慷慨地附上一大束情人玫瑰。

我是英國記者，希波那位波姬的朋友。我正在調查蝶莎・魁爾的命案。麻煩請妳在今晚七點之後打電話給我。我住薩省人汽車旅館十八號房。建議妳使用距離妳家有一段距離的公共電話亭。

彼得・艾金森

他盤算過了，等稍後再透露自己的真實身分。別嚇到她。選擇時間和地點。比較聰明了。他的偽裝越來越站不住腳，但除此之外也別無偽裝了。他在德國旅館時是艾金森，被毒打一頓時也是艾金森。不過，他們是以魁爾先生稱呼他。儘管如此，他還是以艾金森的身分從蘇黎士飛到多倫多，躲進火車站附近一間磚造建築的旅舍，以一種不真實的疏離感覺，從小收音機裡聽到全球通緝敖諾・布魯穆醫生的最新發展，因為他涉嫌殺害蝶莎・魁爾。我是個相信歐斯華理論的人，賈斯丁……敖諾・布魯穆失去理智，殺了蝶莎……搭上火車前來溫尼伯時，他是個無名小卒，等了一天，然後搭上另一班車來到這個小鎮。同樣的，他沒有欺騙自己。最好的情況是他超前他們幾天。不過，在文明國家，你永遠無法分辨。

•

「彼得？」

賈斯丁忽然驚醒過來，瞄了手錶一眼。晚上九點。他事先在電話旁擺好了筆記簿和鋼筆。

「我是彼得。」

「我是拉若。」語帶怨氣。

「哈囉，拉若。我們可以在什麼地方見面？」

嘆了一聲。聽來絕望、疲憊如末期病人的嘆息聲，和她絕望的斯拉夫口音很配。

「不可能。」

「為什麼？」

「我家外面有輛車。他們有時會停一輛廂型車，隨時都在監視監聽。根本不可能私下見面。」

「妳現在人在哪裡？」

「電話亭裡。」她的語氣聽起來彷彿永遠無法活著走出去。

「現在有沒有人在監視妳？」

「看是看不見，但現在是晚上。謝謝你送的玫瑰。」

「不管妳選什麼地點，我都可以去見妳。朋友的家。鄉下什麼地方，如果妳願意的話。」

「你開車嗎？」

「沒有。」

「為什麼沒車？」語帶指責與挑釁。

「身上沒帶對證件。」

「你是誰？」

「我說過了，是波姬的朋友。英國記者。我們見了面再說。」

她已經掛斷電話。他的胃在翻攪，必須趕去洗手間，可是浴室沒有電話分機。他一直等著，等到忍無可忍才狂奔到廁所。長褲褪到腳踝邊時，他聽到電話響起。響了三聲，等到他跳呀跳過去接起來卻已斷線。他雙手抱頭坐在床邊，這檔子事我一點都不在行。換作是間諜會怎麼辦？換作是狡猾的老頭丹納修，他會怎麼辦？如果對上了易卜生筆下的悲劇女主角，換了誰都會和我現在一樣，說不定還更糟糕。他再看了一下手錶，擔心自己已喪失時間感。他脫下手錶，放在筆記簿和筆旁邊。十五分鐘。二十分。三十分。她究竟發生什麼事？他戴回手錶，拚命想扣上該死的錶帶，發了一陣脾氣。

「彼得？」

「在什麼地方見面比較好？隨便妳說。」

「波姬說，你是她丈夫。」

天啊。噢，地板不要再動搖了。噢，天啊。

「波姬在電話上那樣講？」

「她沒有提到名字。『他是她丈夫。』就這樣。她很謹慎。你為什麼不直說你是她丈夫？那樣我就不會當成你是來找碴的。」

「我打算見面時才說。」

「我會打給我朋友。你不應該送玫瑰給我。太誇張了。」

「什麼朋友？拉若，妳跟她講話要當心。我的姓名是彼得・艾金森。我是記者。妳還在電話亭裡嗎？」

「對。」

「同一個？」

「沒有人在監視。他們冬天只坐在車裡監視。很懶。我看不到車。」

「妳的硬幣夠不夠？」

「我用電話卡。」

「用硬幣。別用電話卡。妳打給波姬也是用電話卡嗎？」

「那不重要。」

她再度來電時已經十點過半。「我朋友正在開刀房裡幫忙，」她以沒有歉意的口氣解釋，「手術很複雜。我有另一個朋友。她願意。你要是害怕的話就搭計程車到奕屯區，然後下車走過來。」

「我不怕。我是謹慎。」

拜託，他邊想邊寫下地址。我們連見面都還沒，我才送了她兩打誇張的玫瑰，現在就已經像男女朋友一樣鬥起嘴來了。

•

離開他住的汽車旅館有兩條路：從前門出去，一下台階就是停車場，或是從後門走到通往櫃台的走廊，會經過一大串擁擠不堪的其他走廊。賈斯丁關掉房內的燈光，望著窗外的停車場。在滿月的光輝下，每輛車都戴上一道銀色的冰霜光環。停車場有二十來輛車，只有一輛裡面坐了人。有個女人坐在駕駛座，副駕駛座有一個男人，他們在吵架。是為了玫瑰花在吵嗎？或是為了獲利之神在吵？女人比手劃腳，男人則搖搖頭。他下車，對著她狂吠了最後幾個字，是髒話，接著用力關上車門，上了另一輛車揚長而去。女人留在原處，她在絕望之下舉起雙手，放在方向盤最頂端，指關節朝上。她低頭掩面哭了起來，肩膀不住地上下起伏。賈斯丁壓抑想過去安慰的荒謬欲望，連忙往櫃台方向走，叫了一部計程車。

•

維多利亞式的街道上，兩旁有新蓋的梯田式連棟別墅，他們見面的地點就在其中一棟。每棟房子都稍微偏向一旁，如同一排大船，船頭朝老海港駛去。每棟房子都有地下室，地下室都有自己的樓梯，前門都在街面之上，有石階通往前門，石階兩旁還有鐵欄杆，門上有敲門用的黃銅馬蹄鐵，純屬裝飾。七號的窗簾和窗戶之間有一隻灰色肥貓舒舒服服地躺著，賈斯丁在肥貓的監視下踏上六號的階梯，按下電鈴。他提著他的所有家當：旅行袋、現金，以及兩本護照，儘管萊斯里嚴禁他這麼做。他已經預付了汽車旅館的住宿費。如果他回旅館，那就是出自個人意願，而非因為有必要。十點，是個冰霜滿地、冰晶清澈的夜晚。路邊的車以頭碰尾的方式停靠，人行道上空無一人。來開門的是身材高大的女子，賈斯丁只能看到側影。

「你是彼得。」她語帶指責。

「你是拉若？」

「當然。」

他進門後，她將門關上。

「有人跟蹤妳過來嗎？」他問她。

「有可能。你呢？」

他們在燈光下面對彼此。波姬說的沒錯：拉若．艾瑞奇的確很美。目光散發出孤傲、聰慧的美感，帶有科學家冰冷、不帶感情的味道，初聞就讓他在心裡打退堂鼓。她以手背撢開漸灰的頭髮，手肘維持高舉，手腕搭在額頭，繼續以批判的意味打量他，眼光傲慢卻沮喪。她一身黑衣。黑色長褲，黑色長工作服，脂粉未施。靠近一聽，她的嗓音比電話上更加陰沉。

「我非常為你難過，」她說，「很可怕。你很傷心。」

「謝謝妳。」

「她是被岱魄拉瑟害死的。」

「我也這麼認為。間接而已，不過也算是。」

「很多人都被岱魄拉瑟害死了。」

「但不是全部都被馬可斯．羅貝爾背叛。」

這時，樓上的電視傳來一陣如雷的掌聲。

「艾咪是我朋友，」她說得彷彿友誼是一種折磨，「她今天在道氏醫院的掛號處上班。不幸的是，她簽署了一份請願書，贊成我復職，也是薩克其萬醫德會的創立成員，因此他們會找藉口開除她。」

他正要問，艾咪以為的他是魁爾或艾金森時，一個中氣十足的女人從樓上對她們大喊，一雙毛拖鞋出現在樓梯最上層。

「帶他上來吧，拉若。男人要喝一杯。」

艾咪是中年人，肥胖，是那種生性嚴肅、卻決定把自己的人生當成喜劇來演的女人。她穿著深紅色絲質和服，戴著海盜耳環。她的拖鞋長了玻璃眼珠，不過她自己的眼珠卻以眼影圈起來，嘴角長出痛苦紋。

「殺了你老婆的人，應該抓去吊死才對。」她說，「威士忌、波本還是葡萄酒？他是洛爾夫。」

這個閣樓房間很大，以松木隔出輪廓，天花板挑高。另一邊有個吧台。一台巨大的電視正在播放曲棍球賽。洛爾夫是個頭髮稀疏的老人，穿著晨袍正坐在假皮扶手椅上，雙腳擱在同為假皮的板凳上。聽見有人說到他的名字，他伸出有肝斑的手在空中揮動，視線卻離不開電視上的球賽。

「歡迎光臨薩克其萬。要喝什麼自己來。」他大喊，帶有中歐口音。

「哪一隊領先？」賈斯丁問，表示友好。

「加佬隊。」

「洛爾夫是律師，對不對啊，親愛的？」艾咪說。

「現在什麼都稱不上啦。可惡的帕金森症硬是要把我拖進墳墓。那個教職委員會的做法就像一群混蛋才會做的。你是為了這件事來的嗎？」

「差不多。」

「遏阻言論自由，擋在醫生和病人之間。現在應該站出來教育男男女女，是勇敢說出實話的時候了，別再像一群沒種的懦夫一樣躲躲藏藏。」

「你說的對。」賈斯丁客氣地說，從艾咪手上接下一杯白酒。

「凱儒．維達．赫德森負責吹魔笛，道氏隨笛聲起舞。他們給了兩千五百萬當作訂金，蓋了新的生物科技大樓，答應後面還有五千萬。那可不是小數字啊，就算對凱儒．維達．赫德森那種有錢人的白痴也是一大筆錢。如果大家乖乖不亂講話，還會拿出更多錢。那種壓力，你怎麼擋得住？」

「盡量啊，」艾咪說，「如果不盡力，你就嗝屁了。」

「盡了力也是嗝屁，沒盡力也是。你敢講話，他們就不付你薪水，炒你魷魚，把你趕到別地方去。在這個小鎮啊，言論自由的代價可高著呢，魁爾先生——高到我們多數人都負擔不起。你叫什麼名字？」

「賈斯丁。」

「賈斯丁，我們這裡講到言論自由啊，還不是一言堂。一切都好好的沒事，只要不跑出一個俄羅斯賤女人，神經發作，隨便在醫學刊物上發表文章，亂講她發明出來的高明小藥丸的壞話。凱儒．維達．赫德森公司憑這個藥一年可賺到二、三十億，願阿拉保佑。妳準備把他們安排在哪裡？」

「書房。」

「妳乾脆把電話轉過來，這樣他們才不會被干擾。我們家是艾咪在負責電器，賈斯丁。我只是個糟老頭。如果你想喝什麼，就叫拉若幫你弄。她對我們家瞭若指掌，比我們自己還清楚。只可惜，眼看再過兩個月，我們就要被掃地出門了。」

他繼續觀賞勝利在望的加佬隊。

•

她不再盯著他看，雖然她還戴上厚厚的眼鏡，一副應該是男人戴的眼鏡。她內心屬於俄羅斯的那部分帶了一大袋的「也許」過來，袋口打開，躺在她腳邊，裝滿她倒背如流的文件：威脅要對她採取行動的律師信函、大學的解聘信、一份她還沒發表過的文章影本，最後是她自己律師的信，但為數不多，因為根據她的解釋，她已經沒有錢，更何況這位律師在捍衛蘇族的人權方面比較自在，在對抗法律資源無限的溫哥華凱儒．維達．赫德森公司時頗感無力。他們坐著，如同沒有棋盤的兩名棋手，與對方正面坐著，膝蓋幾乎碰在一起。賈斯丁回想到過去在東方任職的往事，不敢將腳尖正對她，所以斜坐著，這讓他遭人毒打過的身體不太舒服。她對著賈斯丁背後的陰影已經講了好一陣子，賈斯丁也幾乎沒打斷。她完全自我投入，聲音一時喪氣，一時又具有說教意味。她的人生只有巨大難纏的官司，以及這樁解題無望的難題。她提到的每件事都與官司脫不了關係。有時——他懷疑是經常——她完全忘記賈斯丁的存在。或者，對她來說，賈斯丁變成了其他人——成了不願參加教職員會議的老師，成了怯生生召集大學同事、猶豫不決的教授，是力有未逮的律師。只有在賈斯丁提到羅貝爾這個姓時，她才在他面前清醒過來，皺著眉，而後以籠統模糊的方式隨口搪塞，讓人明顯察覺到她在顧左右而言他：馬可斯太浪漫了，他太軟弱了，所有男人都會做壞事，女人也是。不知道，她不知道要到哪裡才找得到他。

「他躲起來了。他沒有規律，每天早上方向都不同。」她解釋的語氣帶有濃得化不開的憂鬱。

「如果他說沙漠，指的是真正的沙漠嗎？」

「一定是非常不方便的地方。那種說法也是他的習慣。」

為了佐證這句話，她轉述了賈斯丁認為不可能會是出自她本人的語句：「講到這裡我要快轉前進……KVH的做法是趕盡殺絕。」她甚至提到，「我父母親是死因」。她將一封律師信放在他手上，在他看信之際引述了信中的幾段話，以免他看漏了最令人反感的部分：

我們再度提醒妳，合約中訂有保密條款，明白禁止對病人傳播這份不實訊息……在此正式警告妳，不可進一步散布消息，不論是以口頭或任何方式，將依錯誤的數據解讀錯誤且惡毒的個人觀點傳播出去，因為這些數據是在與凱儒．維達．赫德森的合約下取得……

接著是更加傲慢、前後毫無邏輯的說法：「我們的客戶完全否認在任何時間內，企圖以任何方式壓制或影響合法的科學辯論……」

「可是，妳終究還是簽了那份合約，對吧？」賈斯丁粗暴地插嘴。

賈斯丁這麼一凶，倒是讓她高興起來，發出皮笑肉不笑的笑聲。「因為我當時相信他們。我真傻。」

「妳才不傻，拉若！妳是有高度智慧的女人，拜託妳行不行。」賈斯丁感嘆。

她覺得受到侮辱，默默無言，沉思起來。

•

凱儒・維達・赫德森透過馬可斯・羅貝爾收購了艾瑞奇-科瓦克斯的分子後，頭兩年堪稱黃金時期。初步的短期測試成果非凡，數據讓這些測試更顯精采，艾瑞奇-科瓦克斯的團隊更成了科學界的熱門話題。ＫＶＨ提供了專用的研究實驗室，一組技術人員，在第三世界到處實行臨床測試，頭等艙飛機，豪華大飯店，尊敬與鈔票多得是。

「對行事輕浮的科瓦克斯來說，這是她美夢成真的一天。她將開著勞斯萊斯，會贏得諾貝爾獎，成名發大財，會有很多很多男朋友。對嚴肅的拉若而言，臨床實驗要符合科學要求，她們得負起責任。她們倆要在有罹患結核病之虞的各個種族及社會階層測試岱魄拉瑟。許多生命品質將會因此獲得改善，有人更會因此得救。那樣的話就非常令人滿意。」

「對羅貝爾呢？」

她不悅地瞥了賈斯丁一眼，以苦瓜臉表示不願苟同。

「馬可斯希望成為有錢的聖人。他要勞斯萊斯，也要解救生靈。」

「所以說，他要上帝，也要獲利。」賈斯丁微微暗示，然而她唯一的反應卻是擺出臭臉。

「兩年後，我發現了很不幸的結果。ＫＶＨ的測試根本是唬人的。根本不符合科學精神。實驗設計的目的只是要讓岱魄拉瑟盡快上市。有些副作用被故意刪除。如果發現，就立刻改寫測試計劃，讓副作用不再出現。」

「有哪些副作用？」

她恢復講課的口氣，既尖酸又傲慢。「在進行不科學的測試期間，觀察到的副作用很少，部分原因是科瓦克斯與羅貝爾過度熱衷，第三世界國家的診所和醫療中心也一心想讓測試有好結果。此外，這個測試在重要的醫學期刊中也獲得知名意見領袖的正面評價，但這些人沒有對外表明他們和ＫＶＨ有利益往來。事實上，這種文章都是在溫哥華或巴塞爾先寫好，再由有名的意見領袖簽個名而已。上面只說這個藥不適合少數生育年齡的婦女，不適用的比率微乎其微。有些人會出現視力模糊的現象。也有一些致死的病例，不過他們以不科學的手法挪動了日期，好讓死亡病例不含括在評估時段裡。」

「難道沒有人抱怨嗎？」

這個問題激怒了她。「誰會抱怨？難道是靠測試賺錢的第三世界醫生和醫療工作者嗎？還是那些靠行銷藥品的經銷商？他們才不希望錯失ＫＶＨ旗下眾多藥品帶來的利益。丟了這個，整個公司還可能因此倒閉。」

「病人呢？」

她對賈斯丁的觀感陷入谷底。「多數病人都住在不民主的國家，當地體制非常腐敗。理論上，他們是在已被充分告知的情況下同意接受治療。換句話說，同意書上也都找得到他們的親筆簽名，他們就算看不懂也照簽。依法律規定，他們不准收受金錢，但公司還是會以車馬費和曠職費的方式大方發鈔票給他們，也提供免費的食物，他們愛不釋手。而且，他們也很害怕。」

「怕製藥廠嗎？」

「怕所有人。他們如果有怨言，就會被威脅，被告知說小孩會收不到美國來的藥物，男人會進監牢。」

「但妳卻發出了怨言。」

「沒有。我沒有抱怨，我是用抗議的，用力去抗議。我發現岱魄拉瑟被當成安全的藥品來推銷，而不是測試中的藥品，於是我就到大學的科學會議上發表演說，正確描述出ＫＶＨ不合乎道德的立場。我的演講不受歡迎。岱魄拉瑟是好藥。那不是重點。重點有三個。」此時她已伸出三根修長的手指。「第一點：在獲利的前提下，副作用被人刻意隱瞞。第二點：全世界最窮的一群人被全世界最有錢的人當成了白老鼠。第三點：在企業的恫嚇下，以科學方式合法探討些問題的辯論遭到鉗制。」

她收回手指，另一隻手探進袋子裡，取出一張亮面的藍色傳單，上面以橫批大寫的方式印著「ＫＶＨ帶來好消息！」

岱魄拉瑟在治療結核病上非常有效、安全、合乎經濟效益，能取代現有的結合藥物，已證明對新興國家有出色的好處。

她收回傳單，換上一份被捏得爛爛的律師信函。其中一段劃了線：

岱魄拉瑟的研究歷時多年，也獲所有經過告知的病人同意接受，其測試的設計與實行完全合乎道德。ＫＶＨ對窮國與富國並無差別待遇。在計劃進行中的選擇條件也完全合乎標準。ＫＶＨ在醫療保健品質方面要求甚高，廣受好評當之無愧。

「怎麼沒有寫到科瓦克斯？」

「科瓦克斯完全站在企業那一邊。她毫無人格可言。就是在她的協助下，很多臨床數據不是被扭曲，就是被壓了下來。」

「羅貝爾呢？」

「馬可斯是個騎牆派。這對他來說很正常。在他的想像裡，他已經成了全非洲的岱魄拉瑟酋長。不過他也很害怕、很羞愧。因此他才會有告解的舉動。」

「他的雇主是三蜂，還是ＫＶＨ？」

「如果是馬可斯，可能對兩邊都叫老闆。他這個人很複雜。」

「那麼，ＫＶＨ是用什麼方法來道氏陷害妳？」

「因為我當時太傻了，」拉若以光榮的口吻重複說著，讓先前強調的部分成了反證。「除非我不是傻瓜，否則怎麼會同意簽約呢？ＫＶＨ非常有禮貌，非常迷人，非常體諒，非常聰明。我人在巴塞爾時，他們派了兩個年輕人從溫哥華過去見我。我受寵若驚。跟你一樣，他們也送了我玫瑰。我告訴他們，臨床測試爛透了，他們也贊同。我告訴他們，不該把岱魄拉瑟當成安全藥品推銷。他們也贊同了。我告訴他們，有很多副作用都還沒有好好評估過。他們很欽佩我的勇氣。其中一個是來自諾夫哥羅德的俄羅斯人。『拉若，我們請妳吃午餐，一起把這件事談清楚。』他們接著說，希望能帶我到道氏，設計我自己對於岱魄拉瑟的臨床測試。他們很明理，有別於他們的上司。正確的臨床實驗做得不夠多，這一點他們也接納了。來到道氏，我們就可以進行實驗。這是我的藥，我引以為榮，他們也是。道氏大學也很驕傲。我們之間協調得很融洽。道氏會歡迎我過去，ＫＶＨ會幫我支付費用。道氏的所在位置對這種測試很理想。我們有保留區來的印地安人原住民，對舊種的結核病沒有抵抗力。也有來自溫哥華嬉皮族的多重抗藥菌株病例。對岱魄拉瑟來說，這樣的組合是最完美不過的。就是在這樣的安排下，我簽下合約，接受了保密條款。我真傻，」她又重複一遍，還吸了一下鼻子，表示「事實證明一切」。

「ＫＶＨ在溫哥華也有公司。」

「而且大得很，是他們僅次於巴塞爾和西雅圖的全球第三大。這樣他們才能監視我。目的就在這裡。在我嘴巴戴上口套控制我。我簽了那份可惡的合約，高高興興去上班。去年我完成了研究，結果很負面。我認為有必要通知我父母，跟他們報告我對岱魄拉瑟可能導致的副作用的看法。身為醫師，我有一份神聖的職責。我也決定要有責任讓全球醫療界知道這件事，方法就是在重要的期刊上發表文章。這類期刊不喜歡刊載負面的見解，我本來就知道。我也知道期刊會請三位知名科學家來評論我的發現。但這份期刊有所不知的是，這三位知名科學家才剛跟ＫＶＨ西雅圖簽下了巨額合約，要為其他疾病研究出生物科技療法。他們立刻把我的意圖通知西雅圖，西雅圖也馬上通知了巴塞爾和溫哥華。」

她將一張折起來的白紙交給賈斯丁。他打開來，一陣似曾相識感讓他不寒而慄。

共產黨臭婊子。別用妳沾滿大便的髒手碰我們大學。

回去妳布爾什維克的豬圈去。別再用妳的爛理論來毒害好人的生命。

粗體大寫，電腦打字。沒有拼錯字。全使用簡單句型，也讓人很眼熟。歡迎加入我們的行列，他心想。

「他們安排的結果，就是讓道氏大學也能從岱魄拉瑟的全球獲利中分得一杯羹，」她繼續說，心不在焉地從他手中搶過那封信，「對醫院忠心耿耿的員工都將獲得優厚的股分。不忠心者就會收到這種匿名信。對醫院忠心比對病人忠心還重要。最重要的是對ＫＶＨ忠心耿耿。」

「是哈莉岱寫的，」艾咪端著一盤咖啡和餅乾旋風似地走進來，「哈莉岱是道氏醫藥黑手黨最高竿的超級男人婆。全體教職員都不得不拍她馬屁，否則就死路一條。除了我和拉若，還有其他兩、三個白痴。」

「妳怎麼知道是她寫的？」賈斯丁問。

「用DNA逮到那條母牛。從信封上分解郵票，以DNA分析出她的口水。她喜歡在醫院健身房健身。我和拉若從她的粉紅色小鹿斑比梳子上偷得一根頭髮，比對出來。」

「有沒有人去找她理論？」

「當然有。整個董事會。母牛承認了。說是執行職責時過度熱心，一心想保護大學最大的利益。很謙虛地道了歉，以情緒緊張為由請求原諒，這其實是掩飾她性飢渴的一種說詞。案子不成立，大家恭喜母牛。現在他們惡整拉若。下一個會輪到我。」

「拉若．艾瑞奇是共產黨，」拉若解釋，反覆品嘗這個反諷的說法，「她是俄羅斯人，從小在彼得堡長大，當年叫列寧格勒。她上的是蘇維埃大學，因此她是共產黨員，反對企業。太簡單了。」

「艾瑞奇也沒有發明岱魄拉瑟，有嗎，親愛的？」艾咪提醒她。

「發明的人是科瓦克斯，」拉若以憤恨不平的口吻同意。「科瓦克斯是個徹底的天才，而我是她的實驗室助理，又喜歡濫交。羅貝爾當時是我男友，所以他讓我分享榮耀。」

「所以他們才沒再付妳更多錢，對不對啊，親愛的？」

「對。但原因不是這個。是我違反保密規定，因此也違約。很合乎邏輯。」

「拉若也是個妓女，對不對啊，親愛的？搞了他們從溫哥華派來的帥哥，可惜拉若沒有。道氏裡沒有人喜歡打砲。除了猶太人之外，我們全都是不搞性愛的基督徒。」

「岱魄拉瑟會害死病人，我非常希望自己沒有發明出來。」拉若輕聲說，故意不去理會艾咪臨去前的俏皮話。

「妳最後一次見到羅貝爾是什麼時候？」只剩下他們兩人時，賈斯丁問。

•

她的語調仍然保持戒備，不過較為輕柔。

「他當時在非洲。」她說。

「什麼時候？」

「一年前。」

「不到一年前。」賈斯丁糾正，「我太太六個月前在烏護魯醫院跟他講過話。他那份自稱什麼的辯解書，是幾天前才從奈洛比寄出。他現在人在哪裡？」

拉若．艾瑞奇不喜歡被人糾正。「你問我的是最後一次看到他是什麼時候，」她反駁，極力控制情緒，「是一年前。在非洲。」

「非洲哪裡？」

「肯亞。他找我過去。證據一直累積，讓他無法忍受。『拉若，我需要妳。事態緊急，妳非來不可。別對別人說。機票我幫妳付。妳來。』被他這麼一求，我就心軟了。我向道氏謊稱我母親生病了，接著飛到奈洛比。抵達奈洛比那天是星期五。馬可斯到奈洛比機場來接我。一上車他就問：『拉若，我們的藥有沒有可能會增加腦壓，壓迫到視覺神經？』我提醒他，不能排除任何可能性，因為還沒有收集到基本的科學數據，雖然我們正在企圖彌補這點。他開車載我到一個村子，去看一個沒辦法站起來的女人。她的頭痛得很厲害，就快死了。他開車載我到另一個村子，那裡有個女人視力無法集中。走到戶外，天地就全變黑。他將這些病例轉述給我聽。醫療工作人員很不願意坦白告訴我們。他們也很害怕。馬可斯說，任何人只要批評，三蜂一概加以懲罰。他自己也很害怕。怕三蜂，怕ＫＶＨ，怕那些生病的女人，怕上帝。『我怎麼辦，拉若，我該怎麼辦？』他也跟科瓦克斯討論過，在巴塞爾。她說，他為了這件事就恐慌，未免也太傻。她說這些不良的副作用不是岱魄拉瑟引起的，而是和另一種藥混用時才會產生。這種說法很符合科瓦克斯的一貫作風，因為她嫁給一個塞爾維亞的騙子，在歌劇院花的時間比在實驗室多。」

「他應該怎麼辦？」

「我告訴他真相。他在非洲觀察到的情況，正是我在薩克其萬的道氏醫院觀察到的。『馬可斯，這些副作用，跟我向溫哥華報告的一模一樣，是根據六百個病例進行客觀臨床實驗得到的資料。』儘管如此。他還是哭著對我說，『我怎麼辦，拉若，我該怎麼辦？』我告訴他，『馬可斯，你一定要勇敢點，企業方面拒絕合作的部分，你一定要單獨挑起，一定要讓岱魄拉瑟退出市場，直到經過徹底測試為止。』他哭了。那是我們交往的最後一夜。我也哭了。」

賈斯丁此時升起一陣野蠻的念頭，是一種他無法解釋的深層憎恨感。這個女人逃過一劫，他是否因而心懷怨懟？她的男友自稱曾背叛蝶莎，現在她甚至還以溫柔的口氣轉述，賈斯丁憎恨的是否是這種情況？她就坐在他面前，活生生，美麗又自戀，而蝶莎卻是冰冷地躺在他們的兒子身邊，這是否讓他反感？拉若絕少對蝶莎表現出同情，卻從頭到尾顧影自憐，這是否讓他感覺到受辱？

「羅貝爾有沒有跟妳提過蝶莎？」

「那次去見他的時候還沒有。」

「不然是什麼時候？」

「他寫信告訴我，有個女人，是英國官員的妻子，以岱魄拉瑟對三蜂施壓，以寫信和硬闖的方式騷擾。這個女人的背後有個醫生，隸屬某個救濟單位。他沒有提到那個醫生的名字。」

「他什麼時候寫的信？」

「我生日那天。馬可斯每年都會記得。他祝我生日快樂，也跟我說了這個英國女人和她的非洲醫生情人。」

「他有沒有建議怎麼對付他們？」

「他為女的擔心。他說她很漂亮，非常悲情。我認為他對她有意思。」

賈斯丁竟想到拉若在吃蝶莎的醋，這一奇想讓他痛苦萬分。

「那個醫生呢？」

「所有醫生都讓馬可斯很仰慕。」

「信是從哪裡寄出的？」

「開普敦。他當時在南非視察三蜂的營運，私下拿來和他在肯亞的經驗比較。他很尊敬你太太。對馬可斯來說，勇氣不是一件說有就有的東西，非得從做中學才行。」

「他有沒有說是在哪裡認識蝶莎的？」

「在奈洛比的醫院。她問倒他，讓他很尷尬。」

「為什麼？」

「按照規定，他應該對她不理不睬。馬可斯相信，如果不去理會某人，是會害對方不高興的，尤其對方若是女性。」

「結果他還是想辦法背叛了她。」

「馬可斯不是一向都那麼現實。他是藝術家。如果他說自己背叛了她，這說法可能只是個比喻。」

「妳有沒有回信？」

「有寫必回。」

「回信地址是？」

「奈洛比的一個郵政信箱。」

「他有沒有提到一個名叫婉哲的女人？她跟我太太在烏護魯醫院住同病房。她是吃了岱魄拉瑟之後死的。」

「這個病例我沒聽過。」

「我不驚訝。有關她的所有線索都被清除掉了。」

「想也知道。這種事，馬可斯跟我提過。」

「羅貝爾去我太太的病房時，科瓦克斯也跟著。科瓦克斯到奈洛比做什麼？」

「馬可斯要我再去奈洛比一趟，但當時我跟KVH和醫院的關係已經很惡劣。他們得知我先前去過奈洛比，已經威脅要把我趕出大學，因為我拿我媽當擋箭牌說謊。馬可斯因此打給人在巴塞爾的科瓦克斯，勸她代我跑一趟奈洛比，陪他一起觀察情況。建議三蜂撤下岱魄拉瑟是個很困難的決定，他希望科瓦克斯能幫他忙。巴塞爾的KVH起先不太願意放科瓦克斯前往奈洛比，但雙方接著達成了共識，條件是此行必須保密。」

「連三蜂也不能知道嗎？」

「要三蜂不知道，是不可能的。三蜂對在地的狀況涉入太深，而且馬可斯也是他們的顧問。科瓦克斯去了奈洛比四天，消息密不透風，然後回巴塞爾陪那個塞爾維亞騙子繼續看歌劇。」

「她有沒有提出報告？」

「內容寫得很卑劣。我是學科學的。他們的做法不科學，根本是主觀的做法。」

「拉若。」

「什麼事？」她以備戰的眼神盯著賈斯丁。

「波姬在電話上唸出羅貝爾的信給妳聽。是他的辯解書。他的告解。管他是怎麼稱呼。」

「那又怎樣？」

「妳聽了有什麼感覺，那封信？」

「馬可斯贖不了罪。」

「什麼樣的罪？」

「他個性軟弱，卻在尋找力量時找錯了地方。不幸的是，唯有軟弱的人，才有力量摧毀堅強的人。也許他做了非常不好的事。有時候，他愛自己的罪過愛過了頭。」

「如果要妳去找他，妳會去哪裡找？」

「我沒有必要去找他。」賈斯丁等著。「我只有他在奈洛比的郵政信箱號碼。」

「可以給我嗎？」

她的憂鬱再度向下探底。「我會寫給你。」她寫在便條簿上撕下來給他。「要是我去找，我會到那些他傷害過的人那邊去找。」她說。

「在沙漠。」

「這說法或許只是比喻。」咄咄逼人的語氣已從她口中消失，也從賈斯丁的口氣中不見蹤影。「馬可斯是個小孩，」她簡單地解釋，「他本著衝動行事，出現結果才加以反應。」她竟然在微笑，而她笑得也很甜美，「他通常都會大吃一驚。」

「所謂的衝動，是誰引起的？」

「以前是我。」

他起身得太快，想將拉若給他的紙條摺好放進口袋。他感覺天旋地轉，產生了暈眩感。他伸出一手抵住牆壁好穩住身子，卻發現這位專業醫生拉住他的手臂。

「怎麼了？」拉若的口吻尖銳，一直挽著他，直到他坐下來為止。

「我只是偶爾有頭暈的毛病。」

「為什麼？你有高血壓嗎？你不應該打領帶。鬆開領子。你也太荒謬了吧。」

拉若伸手探探他的額頭。他覺得虛弱得像是肢體障礙人士，疲憊不堪。拉若離開，端了一杯水回來。他喝了一點，遞還杯子。她的儀態篤定卻溫柔。他感覺到拉若在對他凝神注視。

「你發燒了。」語氣帶有指責。

「大概吧。」

「不是大概。你發燒了。我開車送你回旅館。」

保密講習期間講師不厭其煩警告過，這種時刻特別危險。在你太無聊、太懶惰，或根本累到什麼都不在乎的時候，在你只想回到爛汽車旅館睡大頭覺，等到早上頭腦清醒，寄出一個厚厚的包裹給漢姆在米蘭長年痛苦的嬸嬸，裡面包含拉若．艾瑞奇醫生告訴過你的所有東西，包括她一份未發表過的報告影本，內容是藥品岱魄拉瑟的有害副作用，如視力模糊、出血、眼盲以及致死，此外也附上馬可斯．羅貝爾在奈洛比的郵政信箱號碼，另外一封信則描述，萬一自己遭外力阻撓時，打算下一步該怎麼做。與美女共處一室，他有意識且刻意讓警戒防線出現缺口，而這位美女與自己同樣處境卑微，站在身旁親切地以手指幫他按量脈搏。這時若無法遵守行動保密準則，就不缺藉口了。

「不該讓別人看到妳跟我在一起，」他氣若游絲地反對，「他們知道我來這裡。我只會害妳的情況更糟。」

「不可能更糟了，」她反駁說，「我已經吃盡苦頭。」

「妳的車在哪裡？」

「走五分鐘就到。你能走嗎？」

雖然賈斯丁這時候已精疲力竭，仍想到可用他在伊頓公學培養出的禮儀和騎士古風作為藉口。單身女子晚上應該有人陪她走到馬車，不應該讓她暴露於遭遇匪徒、攔路賊、江洋大盜的危險中。他站著。她一手伸進他手肘下，兩人共同踮腳穿越客廳，來到樓梯口。

「晚安，小朋友，」艾咪對著關上的門大聲說，「祝你們玩得開心喲。」

「妳人真好。」賈斯丁回覆。

19.

拉若走下通往艾咪家前門的樓梯，走到賈斯丁前面，一手提著她的俄羅斯袋，另一手扶著欄杆，回頭看著賈斯丁。來到大廳時，她為他解開外套扣環，幫他穿上。她也穿上自己的外套，戴上安娜．卡列尼娜的皮草帽，作勢要幫他背旅行袋，然而伊頓培養出來的騎士精神禁止這種做法，於是她的棕眼凝神注視著他，類似蝶莎的目光，只是少了頑皮的成分。在拉若注視下，他調整自己的肩帶，因為英國人習慣緊閉嘴唇，賈斯丁因此也壓抑住，不表現痛苦。賈斯丁爵士為她開門，低聲說他很驚訝外面這麼冷。刺骨寒風無情切入他的身體，無視他的絎縫外套和毛靴。來到人行道上，拉若醫生的左手拉住他的左前臂，右手臂則伸到他背後穩住他，只是這次就連道地的伊頓人也忍不住慘叫一聲，他背部的神經也應聲唱合。她什麼也沒說。不過，當他朝痛苦來源的反方向偏頭時，兩人自然目光相會。她在安娜．卡列尼娜皮草帽下的眼神讓人想起其他眼睛，不禁令他心驚。原本伸向他後背的手，現在也過來握住他的左前臂。她放慢腳步配合他。兩人臀腿碰臀腿，在冰封的人行道上大步邁進，姿態莊嚴，這時她突然停步，手仍然抓著他的手臂，盯著馬路對面。

「怎麼了？」

「沒什麼。想也知道。」

他們來到小鎮廣場。一輛看不出廠牌的灰色小車獨自停在橙色的路燈下。儘管霜很厚，車子仍顯得非常髒，車外以鐵絲衣架充作收音機的天線。車子朝他們的方向直看，帶來一種危險的不祥感。是一輛等著爆炸的車。

「妳的車嗎？」賈斯丁問。

「對。不是好車。」

大間諜觀察到拉若早已發現的現象。右前方的車輪沒氣了。

「別擔心，換個輪胎就好。」賈斯丁勇敢地說，一時昏了頭，忘記嚴寒的天氣，忘記自己瘀青的身體，忘記時辰已晚，也忘記所有行動保密措施的考量。

「換了也沒用。」她回應的陰沉口吻在這時候用得恰當。

「當然有用。我們可以發動引擎。妳到車裡保暖。妳有備胎和千斤頂吧？」

講到這裡，他們已經走到人行道另一邊，看到她早已預料到的事：左邊輪胎也沒氣。賈斯丁突然感覺有必要採取行動，企圖拜託她的雙手，但她卻緊緊挨著他，他意識到，讓她不住顫抖的並不是低溫。

「是不是常發生？」他問。

「很常。」

「要不要叫修車廠？」

「他們晚上不會來。我叫計程車回家好了。等我早上回來，會看到違停的罰單。說不定還會拿到一張車況堪慮的警告單。他們有時候會把車拖走，我得親自去領回，地點則是在交通很不方便的地方，有時連計程車都沒有，不過今晚我們運氣算很好了。」

他朝拉若的視線方向望去，驚訝地看到有輛計程車停在廣場另一邊的角落，車內燈光亮著，引擎也在運轉，有個人瑟縮在方向盤前。拉若的雙手仍舊拉著他的手臂，催促他向前。他跟著她往前走了幾步。然後停下來，因為他內心的警鈴響起。

「通常計程車這麼晚還會在市區逗留嗎？」

「那不重要。」

「怎麼不重要。其實很重要，非常重要。」

他擺脫拉若的注視，意識到又有一輛計程車開過來，停在剛才那輛後面。拉若也看到了。

「你少誇張了。你看，現在來了兩輛，一人一輛，或者乾脆一起搭一輛。我先送你回旅館。好不好？怎麼搭都不重要。」接著，拉若不知是忘記他的身體情況，或者只是沒了耐性，又拉了一下他的手臂，害得他踉蹌一下，掙脫了她的掌握，站在她面前擋住她的去路。

「不行。」他說。

不行代表我拒絕。表示這個狀況不合邏輯，我看得出來。如果說我先前的做法太魯莽，這次我不能魯莽行事，妳也不行。魯莽行事的後果太可怕了。我們站在空曠的廣場上，而這個小鎮位於凍土帶中央，此時是天寒地凍的三月晚上，就連鎮上僅有的一匹馬也還在睡覺。妳的車被人刻意毀損。一輛計程車正合妳意地停在一旁待命，另一輛現在也跟進。除了我們，計程車還會在等誰？假設毀損妳車子的就是希望我們搭上他們車的人，這樣的假設難道不合理？

但是拉若無法接受這番科學論點。她向比較靠近的司機揮揮手，大步向前，想招計程車，而賈斯丁則抓住她另一手，在她跨出一半時阻止她，拉她回來。這個舉動讓他渾身疼痛，同樣也惹火了她。一直被人欺負，她受夠了。

「別拉我，你走開！還我！」

他搶過拉若的俄羅斯袋子。第一部計程車開到路邊停了下來。第二部則停在後面。是推測而來的？還是來支援的？在文明國家，永遠無法分辨。

「回車上。」他命令。

「哪一部？那輛已經報銷了。你瘋了。」

她拉著俄羅斯袋子時，賈斯丁則在袋子裡亂翻找，將文件、衛生紙和其他阻礙搜索的東西推向一邊。「車鑰匙給我，拉若，拜託！」

他在袋子裡找到皮包，打開來，鑰匙在他手上——一大串，足以打開整個諾克斯堡了。一個失寵的單身女子，怎麼會需要這麼多鑰匙？他朝她的車挨近，一面撥著鑰匙，大叫『哪一把？是哪一把？』一面拉她跟著走，不讓她碰袋子，拖著她來到路燈下，讓她幫他找出鑰匙——她找出來了，舉到他眼前，對他冷笑，態度尖酸，充滿惡意。

「現在可好了，你有鑰匙可以開爆胎的車！是不是比較爽了？是不是覺得像個大男人呀？」

她對羅貝爾說話的口氣就是這樣嗎？

兩輛計程車停在廣場旁，前後挨得很緊，朝著他們。它們做出探問的姿態，還未到緊迫盯人的地步，但有點鬼鬼祟祟。賈斯丁認定，必然有邪惡的目的：有點威脅和預謀的味道。

「有沒有中央控鎖？」他大喊，「是不是一把鑰匙一次可以打開所有車門？」

她不是不清楚，就是氣得無法回答。賈斯丁跪下一腳，腋下夾著她的袋子，想將鑰匙插進副駕駛座的門。他用手指抹開結冰，皮膚黏在金屬部分，身上的肌肉則在咆哮，和腦海中的聲音一樣大聲。她拉著那只俄羅斯袋子，對著他大吼。車門打開來，他一把抓住她。

「拉若。我求求妳。能否麻煩妳好心閉嘴，馬上給我上車！」

以這麼有禮貌的語法強調，果然收到神效。她不敢置信地盯著賈斯丁。袋子還在賈斯丁手裡。他將袋子扔上車。她則像小狗追著球跑似地衝過去，跳上副駕駛座，賈斯丁用力關上車門。他走回馬路上，繞過車身，這時第二輛計程車超越了第一輛，加速朝他開過來，他一看不對勁馬上跳到路邊。計程車駛過他身邊時，前翼還擦到他揚起來的大衣，但他毫髮無傷。拉若從裡面推開駕駛座的車門。兩輛計程車都在馬路中間停下，距離他們後面有四十碼。賈斯丁轉動鑰匙啟動。冰霜在擋風玻璃的雨刷上凍結成厚厚一層，但後窗視線仍然清楚。引擎像頭老驢子般咳嗽。這麼晚了還開啊？引擎在說話。在這種氣溫？我？他再轉動鑰匙。

「車子有沒有汽油？」

他從駕駛座後照鏡看到計程車各走出兩個人。多出來的兩個人，想必是躲在後座窗戶底下。其中一人手持棒球棍，另一人拿的東西賈斯丁依序猜測是瓶子、手榴彈或防身武器。四個人全朝著拉若的車子走來。在上帝的旨意下，車子總算發動了。賈斯丁猛踩油門，放開手煞車。車子是自排的，他絞盡腦汁就是想不起來自排車怎麼開。他將操縱桿推到開車檔，以腳煞車制止，等著理智逐漸恢復。車子最後終於向前猛衝，邊搖邊抗議。方向盤在他手中僵硬如鋼鐵。他從後照鏡裡看到，那四人開始小跑起來。賈斯丁謹慎加速，前輪發出尖聲跳動著，車子卻仍執意前進，車速竟然還不斷增加，使得追兵開始警覺，拔腿快跑。賈斯丁注意到他們的穿著還真是適合這個場合，厚重的運動套裝和軟靴。其中一人戴的是水手羊毛帽，上面還有一個小毛球，手持球棒的就是他。其他人戴著皮草帽。賈斯丁向拉若瞥了一眼。她一手遮臉，手指塞在齒間。她另一隻手抓住前方的嵌板。她的眼睛已經閉上，嘴巴低聲說著話，也許是在祈禱，而她這個舉動讓賈斯丁百思不解，因為此前他都認為拉若不信神，和她男朋友羅貝爾相反。他們正要離開小廣場，又蹦又跳又噗噗作響地開進一條燈光昏暗的街道，兩旁是連幢式小別墅，年久失修。

「小鎮裡最亮的地方是哪裡？人最多的地方？」他問拉若。

拉若搖搖頭。

「車站往哪邊走？」

「太遠了。我沒錢。」

她似乎以為兩人要一起亡命天涯。不知道是煙霧或蒸氣的東西從引擎蓋裡升起，一陣橡膠燃燒的惡臭讓他想起奈洛比的學生暴動，但他還是繼續加速，後照鏡裡的那幾個人在跑著，他再度想著，那些人真是混帳，這些事情處理得這麼糟糕，一定是訓練出了問題。一個調教得當的小組絕對不會棄車行動。他們要是還有點頭腦，眼下最好的辦法是馬上掉頭，要不然只派兩人回去，然後沒命地狂奔回車子。但他們沒有改變策略的跡象，或許是因為他們逐漸逼近，一切要看誰先投降，是這部車子，還是他們四個人。有個標誌以英法雙語警告前方有十字路口。因為他沒事喜歡研究語言，這時竟不知不覺比較起這兩個字的異同。

「醫院在哪裡？」他問拉若。

她抽出咬在嘴裡的手指。「拉若．艾瑞奇醫生禁止進入醫院範圍。」她故意在聲音裡加了音調。

他對她笑了笑，決心幫她打氣。「那就算了，醫院也去不了，對不對？禁止的話就算了。別嘔氣了，怎麼去？」

「左轉。」

「多遠？」

「正常情況，時間不長。」

「怎麼個不長法？」

「五分鐘。如果車流量很少會更快。」

沒有其他車，不過引擎蓋冒出濃濃蒸氣或白煙，路面冰晶處處，速度儀指著令人樂觀的最高時速十五英里，後照鏡裡的男人似乎沒有疲態，除了顛簸嗚咽的輪框之外別無其他聲響。輪框的嘎吱響有如一千片指甲在黑板上搔刮。突然間，賈斯丁很訝異地發現，前方路面成了一個結霜的閱兵場。他看到那個有城垛的警衛室，也看到道氏的標誌就在前方以泛光燈照得炫目，左邊是爬滿長春藤的亭子及圍繞在旁的三大塊鋼筋玻璃混合體，在上方隱隱像是冰山。他將方向盤轉左，在油門上加把勁，車速卻沒有增加。車速計指著零英里，但這太荒謬了，因為他們還在前進，只是不怎麼快而已。

「你有認識什麼人嗎？」他對著拉若大喊。

她一定也一直在自問同樣的問題。「費爾。」

「誰是費爾？」

「一個俄羅斯人。救護車司機。現在他太老了。」

她伸手往後拿袋子，取出一包菸——不是運動家牌——點了一根遞給他，但他視而不見。

「那幾個人不見了。」她說，菸留著自己抽。

車子像一匹鞠躬盡瘁的老馬死在他們腳下。前車軸坍塌下去，苦辣的黑煙從引擎蓋汩汩冒出，他們腳下則傳出嚇人的摩擦聲，宣告本車已在閱兵場中央找到安息之地。現場有兩個身穿木棉大衣的克里族人，像是吸了毒，兩眼無神地看著賈斯丁和拉若狼狽地爬出車外。

•

費爾的辦公處是救護車停車場旁的一只白色大木箱。裡面有張板凳、電話、旋轉紅燈、有咖啡汙漬的電熱器，以及一份永遠停在十二月的月曆，而這個月的畫面是衣裝養眼的女聖誕老人，裸背朝向演唱讚美詩的男性合唱團，讓他們心懷感激。費爾坐在板凳上講著電話，帶著有耳罩的皮帽。他的臉也彷如皮革，又是裂痕又是皺紋又泛油光，銀色鬍渣像灰塵般散撒在臉上。一聽到拉若以俄語說話，他做出過去的囚犯習慣會有的舉動：頭部靜止不動，手放在額頭遮眼，朝前方直看，等著有人證明講話的對象是他為止。只有等到他確定了，他才轉頭面向拉若，表現出他這個年齡的俄羅斯人在碰到年輕貌美的女子時的模樣：有點迷糊，有點害羞，有點粗魯。費爾和拉若講了好長一段時間，在賈斯丁看來似乎沒有必要。她站在門口，賈斯丁則像是不敢承認的情夫躲在她影子裡。費爾坐在板凳上，握著滿布節瘤的雙手，擱在大腿上。依照賈斯丁推測，他們彼此問候對方家人，這個伯伯或那個表哥現況如何，直到最後拉若往後站，讓老人推開她走過去。他先是摟住拉若的腰，摟得相當多此一舉，而後才信步走到通往地下停車場的坡道。

「他知道妳被封殺了嗎？」賈斯丁問。

「那不重要。」

「他跑去哪裡？」

沒有回答，不過也不需要。一輛簇新、閃亮的救護車開到他們身邊，頭戴皮帽的費爾就坐在駕駛座上。

•

她的房子又新又氣派，位在湖畔開發地段的豪華住宅區，用來容納巴塞爾、溫哥華與西雅圖的凱儒·維達·赫德森最喜愛的兒女。她為他倒了一杯威士忌，給自己倒了伏特加，帶他參觀按摩浴缸，示範音響系統的操作以及和眼睛同高的多功能超級微波爐，再以同樣不帶感情的語氣指著她的圍牆，國家的機關派人監視她時，車就停在圍牆旁。這種情形每星期會發生四、五天，通常從早上八點開始，視天氣而定，直到天色暗下來為止。如果有重要的曲棍球賽，他們會提早離開。她也指著臥房裡滑稽的夜空給他看——白石灰的圓屋頂，上面插著微小的燈光模仿星星，還有亮度微調器，明暗可隨星星下的大圓床主人一時興起調整。有一小段時間，他們倆似乎感覺自己也有可能成為大圓床的主人，卻平白讓這種感覺流過。他們倆是體制的叛徒，彼此安慰，還有什麼比這種感覺更合理？只是蝶莎的陰影介入兩人之間，而那一刻的感覺也跟著消失，兩人也不多作口頭表示。賈斯丁反而開始對聖像品頭論足。她有六、七個：安德烈、保羅、西蒙、彼得、約翰以及聖母瑪莉亞，頭上有錫質光環，虛弱的雙手做出祈禱狀，或是高舉起來賜福，或是象徵三位一體。

「我猜是馬可斯送妳的。」他感到困惑，因為拉若似乎不信教，房內的裝飾品卻背道而馳。

她的臉色轉為最陰沉的苦瓜臉。

「完全是從科學立場來看。如果上帝存在，上帝會很驕傲。如果不存在，就無關緊要了。」他一聽笑了出來，害得她臉紅之餘也跟著笑。

空出來的臥房在地下室。窗戶裝有鐵窗，外面是庭園，讓他回想起葛蘿莉亞家的低地。他一覺睡到五點，然後花了一個小時寫信給漢姆的嬸嬸，穿好衣服，上樓打算留下紙條給拉若，再碰碰運氣搭便車進市區。她正坐在向外突出的窗戶間抽菸，身上的衣服跟昨晚的一樣。她身邊的菸灰缸已滿。

「你可以從馬路那頭搭公車到火車站，一個小時後出發。」

她為他煮好咖啡，他在廚房餐桌上喝。兩人似乎都沒有心情討論昨晚發生的事。

「說不定只是一群發瘋的歹徒。」他說了這句，但她還沉浸在自己的冥想世界裡。

又有一次，他問拉若有何打算。「這房子，妳還能住多久？」

幾天，她答得心不在焉。也許一個禮拜吧。

「之後怎麼辦？」

看情況吧，她回答。那不是重點。她又餓不死。

「現在走吧，」她突然說，「最好先到公車站等車。」

賈斯丁離開時，她背對著他站著，頭部以緊張的姿態朝前傾，彷彿在仔細聽著什麼可疑的聲響。

「對羅貝爾要寬宏大量。」她大聲說。

這究竟是預言還是命令，他無從判斷。

20.

「你們那個魁爾究竟以為自己在搞什麼鬼，提姆？」寇提斯質問，單腳跟旋轉龐大的身軀，面對人在另一邊的丹納修，室內響起陣陣回音。這個地方大到足以容納規模尚可的小教堂，裡面以柚木柱作為屋椽，門上用的是監獄鉸鏈，木屋牆上掛著土著的盾牌。

「他不是我們的人，肯尼，一向都不是。」丹納修不為所動，「他是正牌的外交部的人。」

「正牌？他算哪門子正牌？他是我聽過最邪惡的混蛋。如果他擔心我的藥有問題，為何不直接來找我？門開得很哪。我又不是怪獸，對不對？他想要什麼？要錢嗎？」

「不是，肯尼，我認為不是。我不認為他想的是錢。」

這個嗓音，丹納修心想，邊等著瞭解找他來的目的何在。我永遠改不掉。欺善怕惡又甜言蜜語。說謊成性又顧影自憐。不過，欺善怕惡是這個嗓音最愛用的調調，其他調調遠比不上。清洗過了，卻永遠洗不乾淨。混蘭開夏後街那個時代的陰影仍不時探頭出來，晚上請再多演講家教都改不過來，令人絕望透頂。

「不然是什麼事讓他心煩，提姆？你認識他。我可不認識。」

「他的老婆，肯尼。她出了意外。記得吧？」

寇提斯轉身面對景觀優美的大窗戶，舉起雙手，掌心伸到最高點，請非洲黃昏提示。在防彈玻璃之外是逐漸暗淡的草坪，盡頭是個湖。燈光在山坡上閃閃發光。幾顆較早露臉的星星穿透深藍的晚霧，散發光芒。

「所以他老婆運氣不好，」寇提斯理解到，口氣仍平板，「一群流氓對她發了狂。一定是她愛吃黑肉害了自己，誰知道？看她愛亂來的樣子，這種下場是她自找的。那個地方可是圖卡納，又不是他媽的薩里郡。不過我很難過，知道嗎？非常、非常難過。」

可惜，或許沒有難過到你應該難過的程度，丹納修心想。

寇提斯從摩納哥到墨西哥都有房子，而且全都讓丹納修討厭。他討厭房子裡的碘臭，討厭唯唯諾諾的僕人，討厭會震動的木地板。他討厭他房子裡貼滿鏡子的吧台，討厭沒有香味的鮮花，那些花看人的眼神就像寇提斯身邊那幾個一臉無聊的妓女。丹納修在腦海裡將上述東西全湊在一起，加上勞斯萊斯、美國灣流噴射機以及馬達遊艇，當作是一個橫跨六、七國、毫無品味的行宮。但他最討厭的莫過於這個強化防禦工事的農莊，極不協調地蓋在奈瓦霞湖岸，旁邊圍了剃刀鐵絲網，有警衛，有斑馬皮坐墊，有紅磚地板，有豹皮地毯，有羚羊皮沙發，有點著粉紅光、裝了鏡子的酒櫃，有衛星電視，有衛星電話，有行動感應器，有緊急按鈕，有手提無線電——因為過去五年來，寇提斯一有事就立刻召他前來這棟房子，這個房間，讓帽子拿在手裡的丹納修聽他高談闊論。偉大的肯尼K爵士慷慨的時機毫無規則可循，一有機會就找英國情報局的人來野人獻曝。至於今晚他又被召來這裡的原因，他還不清楚。過來之前，他才剛打開一瓶南非白酒，還沒來得及跟愛妻茉德坐下享用湖鮭。

「以下是我們的看法，提姆，老兄，不管是好是壞都一樣，傳達出一種只限你知我知的訊號，」羅傑是他倫敦區主任，以那種微帶伍德豪斯式[32]幽默的文筆寫道，「表面上，你應該繼續保持友好的接觸，以符合你過去五年建立起來的門面。高爾夫照打，偶爾喝一杯，偶爾吃午餐之類的事，你應該比我更清楚才對。私底下，你應該繼續保持行動自然，顯得很忙碌，否則——資遣、對象隨之而來勃然大怒之類的事——在目前的危機中實在難以想像。這話只跟你一個人講，這裡的兩邊大戰起來，狀況每天都有變化，越變只有越糟。」

「你到底為何開車來？」寇提斯以委屈悲痛的語調質問，同時繼續盯著他的非洲田產，「如果你要，那台畢奇飛機可以給你開。道格．克里科會找機師為你待命。你是想要我不好過還是怎樣？」

「你瞭解我的，老大。」丹納修有時基於消極反抗的心態，會稱呼他為老大，這種稱呼在他的情報局裡永遠只保留給最高主管。「我喜歡開車。打開車窗，撢掉灰塵。沒有什麼比開車更讓我開心的。」

「在這種他媽的馬路上開車？你腦子壞了。我跟那個人講了。昨天。我說謊。星期天。『船伕一到肯亞塔機場，上了遊獵巴士，他見到的第一個東西是什麼？』我問他。『不是他媽的獅子和長頸鹿。是你的馬路啊，總統。是你那種破爛又可怕的馬路。』那個人知道自己想要什麼，那正是他的麻煩所在。而且，他不管到哪裡都搭飛機。『跟你們的火車一樣，』我告訴他，『利用你們他媽的囚犯啊，』我說，『你們囚犯夠多。把囚犯趕去鋪鐵路，給你們的火車一個機會。』『去跟丘莫說啊。』他說。『哪

32　伍德豪斯（P. G. Wodehouse, 1881-1975），英國作家、詩人、劇作家。

一個丘莫？』我問。『我新任的交通部長。』他說。『什麼時候上任的？』我又問。『從剛才開始。』他說。真是肏他媽的。」

「肏他媽的沒錯。」丹納修畢恭畢敬，微笑的模樣是他在沒什麼好笑時一貫的做法：把長又下垂的頭像山羊般偏向一旁，再稍微偏回來，昏黃的眼珠閃亮著，同時撫摸著如同虎牙般的小鬍子。

大房間裡充滿了前所未有的寧靜。非洲僕人都已經走路回村子裡。以色列籍的貼身保鑣不是在巡視，就是在警衛室裡看功夫電影。丹納修在等待過關進門的期間，被迫欣賞了兩個人被神拳快腿打死。幾個私人祕書和索馬利亞籍的泊車小弟也接獲命令，到農莊另一邊的員工住宅區去了。寇提斯的房子裡有史以來頭一次沒有任何一支電話在響。若換成一個月前，丹納修還要用吵架的方式才能打進來，威脅除非寇提斯給他幾分鐘面對面的時間，否則他就自動退出。今晚，他本該歡迎房子裡的電話啁啾響，或是人造衛星通訊呱噪聲的。衛星通訊就立在大辦公桌旁的手推車上，擺著臭臉。

寇提斯像摔角選手般的背部仍對著丹納修，改採就他來說屬於沉思的姿勢。他穿的是他在非洲一貫的穿著：雙袖口的白襯衫，金色三蜂鍊扣，海軍藍的長褲，兩側有雞冠花紋的亮光皮鞋，粗大、多毛的手腕上戴著薄如硬幣的金錶。然而吸引丹納修注意的，還是那條黑色鱷魚皮帶。換做是他認識的其他胖子，皮帶圍到前面時會繞下去，讓肚皮露出來，但寇提斯則讓皮帶維持水平，直接圍到肚皮中間，宛如一條直線劃過雞蛋正中央，活像個巨無霸矮胖子。他的頭髮染成黑色，以斯拉夫人的風格從寬大的額頭往後梳，在頸背處剪成鴨屁股形狀。他正在抽雪茄，每吸一口，眉頭就皺一下。雪茄抽厭了，他會隨手放在任何一個堪稱無價的傢俱上，任其冒煙。想抽時，會推說是被員工偷走。

「我猜，你大概知道那個狗雜種在打什麼主意。」他質問。

「莫怡嗎？」

「魁爾。」

「我不清楚。我應該知道嗎？」

「他們沒告訴你嗎？或者，他們根本不在意？」

「也許他們的確不知道，肯尼。他們只告訴我，他想去實現老婆生前的理想——管他是什麼理想——結果跟老闆失聯，而且還單飛。我知道他老婆在義大利有棟房子，有個說法是，他可能躲在那邊。」

「那他媽的德國又是怎麼回事？」寇提斯打斷他的話。

「他媽的德國又是怎麼回事？」丹納修模仿著他厭惡的說話風格。

「他去過德國。上個禮拜。在一群留長髮的自由派善心人士之間探聽消息，拿刀去逼KVH的就是這些人。要不是我當時心軟，他現在早就從選民名單中被刪掉了。只是，這件事你們倫敦的弟兄不清楚，對吧？他們才懶得管。他們一有時間就會找更好玩的事來做。我在對你講話啊，丹納修！」

寇提斯已經轉身面對丹納修。他巨大的上身駝成彎腰的姿勢，深紅色的下巴也朝前凸出，一手伸進帳篷似的長褲口袋，另一手抓著雪茄，有火的一端朝前，充作火紅的帳篷釘，對準丹納修的頭敲下去。

「恐怕你想得太快了，肯尼，」丹納修回答的語氣平靜，「你問，我們局裡有沒有在追蹤魁爾？我完全不清楚。寶貴的國家機密是否有危險？我想未必。我們珍惜的消息來源肯尼士・寇提斯爵士是否需要保護？我們從來沒答應過要保護你的商業利益，肯尼。我不認為這世上有哪個機構會做這種事，不管是金融還是其他東西，做了還能繼續生存下去的，沒有。」

「屌！」寇提斯的兩隻大手平放在大餐桌上，宛如猩猩般沿著桌緣朝丹納修前進。然而丹納修亮出他的虎牙微笑，穩如泰山。「如果我想，就能一手搞垮你們那個他媽的局，知不知道？」寇提斯破口大罵。

「親愛的老兄，我可從來沒懷疑過。」

「你花的錢，都是我請人吃喝付給你的。我讓他們上我的船喝個爛醉。美女。魚子醬。香檳。選舉後，他們從我這裡撈到官職、車子、現金、大咪咪祕書。跟我做生意的公司，一年賺的錢是你那間店花費的十倍。如果把我知道的東西告訴他們，你就完蛋了。所以說，我屌你的，丹納修。」

「說得好，寇提斯，說得好。」疲憊的丹納修喃喃說著，像是已經聽到耳朵長繭，而他的確是聽多了。和剛才一樣，他持續在執行任務的頭殼裡絞盡腦汁，思考這番表演的最終目的究竟是什麼。寇提斯以前也曾大發雷霆，你知我知。丹納修以前也曾乖乖坐在這裡等著雨過天青，次數已經多到數不清。如果辱罵得難聽到無法當成耳邊風，他就改採撤退策略，等到肯尼決定找他回來道歉為止，有時候還會輔以一、兩滴鱷魚的眼淚助陣。不過，丹納修今晚覺得像是坐在機關處處的房子裡。他記得在門口時，道格·克理科看著他的眼神是依依不捨，對他表現出額外的順從，說什麼「噢，晚安，丹納修先生，我馬上向老大報告。」寇提斯每次發出狂躁的怒吼引起回音，然後消失，繼之而來的是一片死寂，讓丹納修越聽越不安。

大片玻璃窗外有兩個穿短褲的以色列人正大步緩緩經過，後面跟著凶悍的看家犬。高大的黃色藍桉樹點綴在草坪上。長尾猴從一棵樹跳到另一棵，逗得狗亂叫。草地在湖水灌溉下蓊鬱完美。

「他被你們那群狗黨收買了！」寇提斯突然指著丹納修鼻子怪罪，為了製造效果還猛然伸出一手，壓低聲音。「魁爾是你們的人！對吧？遵照你們的命令行事，幫你們搞垮我。對吧？」

丹納修給了他諒解的一笑。「對得不得了，肯尼。」他以平穩的語調說，「完全搞錯狀況，瘋子，不過其他方面卻一針見血。」

「你們為什麼這樣對待我？我有權利知道！我是他媽的肯尼士·寇提斯爵士啊！光是去年我就捐了他媽的五十萬英鎊給黨政基金，也給了你們該死的英國情報局純金條。我還自願為你們執行過某些非常非常棘手的任務，我也——」

「肯尼，」丹納修悄悄打斷他，「住嘴，別在僕人面前講，行嗎？現在你聽好了。鼓勵賈斯丁·魁爾去整你，對我們自己有什麼好處？我們的局和往常一樣處心積慮在做事，飽受白廳抨擊，我們怎麼會害人不利己，去暗中破壞肯尼K這麼有價值的資產？」

「因為你們暗中破壞了我一生中的每樣東西，這就是原因！因為你們找市立銀行來整我！威脅到一萬個英國的工作機會。可是，因為目標是要整垮肯尼K，所以誰管得了那麼多？因為你們已經警告過政治圈的朋友跟我撇清關係，免得跟我搞在一起沒好下場。你們有沒有？有沒有？我問你有沒有？」

丹納修忙著將他話中的資訊與問題分開。市立銀行通知他了？倫敦知道嗎？若真如此，羅傑怎麼會沒警告我？

「我聽了很難過，肯尼。銀行何時通知你的？」

「那他媽的又有什麼關係？今天。今天下午。用電話和傳真。打電話跟我講，傳真是怕我忘記，傳統信件隨後寄到，以防我沒看該死的傳真。」

這麼說來，倫敦的確知道了，丹納修心想。但是，如果他們知道，為什麼不通知我？以後再解決吧。「銀行有沒有說出這個決定的理由，肯尼？」他急切地問。

「他們心目中最重要的，是在道德上重大關切某些交易方式。他媽的什麼交易方式？什麼道德？他們的道德觀念等於是倫敦東邊的一個小郡。他們說，也擔心失去市場信心。那又是誰造成的？是他們自己啊！另外也說什麼外傳謠言令人忐忑不安。㑚他媽的。我又不是沒見過世面。」

「你政治圈的朋友，有哪些人在撇清關係？是我們沒警告過的人嗎？」

「電話是十號的一個僕人打來的。他屁眼裡一定是塞了個馬鈴薯。說是代表某某人等等。什麼他們永懷感激之心等等的，然而在目前的政治氣候中，必須保持得比教宗還聖潔，因此得退還黨政基金的大筆捐款，還問要退去哪裡比較妥當，因為越快將我這筆錢從帳簿上消掉，他們就越高興，說什麼雙方能不能假裝沒這回事？知道他人在哪裡嗎？他兩個晚上之前去哪鬼混？」

丹納修眨眼、搖搖頭之後才想到，寇提斯已經不是在說首相的唐寧街十號，而是賈斯丁・魁爾。

「加拿大。㑚他媽的薩克其萬，」寇提斯哼了一聲，當作是回答了自己的問題，「希望把他屁股凍僵了最好。」

「去那裡幹什麼？」丹納修問。他不解的不是賈斯丁跑去加拿大的原因，而是對寇提斯輕易跟蹤過去的功夫感到困惑。

「某個大學。有個女的。一個他媽的科學家，到處宣傳那藥會害死人，結果違反合約的規定。魁爾跟她有一腿。他老婆才死了一個月。」他拉高嗓門，眼看著另一場颱風級的強風即將刮起。「他搞了本假護照啊！是誰給他的？是你們。他付的是現金。是誰寄給他的？是你們那堆爛人。每次他都像他媽的鰻魚溜過他們的漁網。是誰教他的？還不是你們那堆人！」

「沒有，肯尼。我們沒有。沒有那回事。」他們的漁網，他心想。不是你們的。

寇提斯再幫自己打氣，準備破口大罵。開罵了。「還有，如果你能好心指點我的話，那個他媽的波特·寇瑞瞿到底在搞什麼鬼？跑去內閣辦公室散布不實訊息，毀謗我公司和我的藥，還威脅說，如果我不答應去布魯塞爾的杜鵑窩接受大老和長官完整而公正的問答，他就要去跟他媽的新聞界公布。你們店裡那些個王八蛋怎麼能讓他亂搞這種事，或者，更確切的說，怎麼會鼓勵他這個狗雜種？」

你又是怎麼得知的？丹納修暗暗稱奇。不過八個小時前，這份加密的最高機密才透過局裡的連線傳給丹納修本人，就算寇提斯本事高強又詭計多端，他又是怎麼得手的？丹納修問了自己這個問題，因為他是這一行的箇中高手，答案得來全不費工夫。他亮出快樂的微笑，但這次是真心歡喜，反映出他真誠的喜悅，覺得這世上有些事情找朋友來做還是做得漂亮。

「那當然，」他說，「是老勃納·裴勒衮通風報信的。他真勇敢。而且是及時通報。只希望通風報信的人是我自己。我對勃納一向鐵不起心腸來。」

丹納修微笑的雙眼直盯著寇提斯泛紅的五官，看著他先是遲疑了一下，然後形成輕蔑的表情。

「那個手勢嬌滴滴的娘娘腔？叫他牽自己的貴賓狗去公園尿尿，我都信不過他。他退休後，我幫他安排了一個最上層的工作，這個臭小子竟然懶得保護我。要不要來一點？」寇提斯質問，用力將白蘭地酒瓶摜到他面前。

「不行，老兄。醫生交代過。」

「我告訴過你，去看我的醫生。地址道格也給過你了，人就在開普敦而已。我們開飛機送你過去。坐那架灣流噴射機。」

「現在換馬有點太遲，還是謝謝你，肯尼。」

「永遠不算太遲。」寇提斯反駁。

所以是裴勒衮沒錯，丹納修心想，證實了長久以來的懷疑。他看著寇提斯從玻璃酒瓶再倒出一杯穿腸毒藥。畢竟你在某些方面還是讓人預料得到，其一就是，你怎麼學都學不會撒謊。

•

五年前，膝下無子的丹納修夫婦希望積點陰德，便開車前往北方的鄉下，待在一個貧窮的非洲農夫家。這位農夫利用空閒時間籌劃兒童足球隊聯盟。問題在於錢：載小朋友參加比賽的卡車要錢，球隊制服和其他珍貴的尊嚴象徵也要錢。茉德最近剛繼承一小筆遺產，丹納修則得到壽險理賠金。他們倆在回奈洛比之前，對所有小朋友承諾要以五年分期付款的方式贊助。丹納修從來沒有這麼快樂過。如今回想起來，他唯一的遺憾是這輩子在兒童足球上花的時間實在太少，花在間諜身上的時間實在太多。他看著寇提斯龐大的身軀彎腰坐進柚木扶手椅時，看著他像親切的外公一樣又點頭又眨眼，不知怎麼著，上述的想法再度掠過他的腦海。就是這種老爺爺似的迷人風采讓我心寒，丹納修告訴自己。

「兩、三天前，我南下到哈拉雷[33]，」寇提斯很有技巧地坦承，雙手拍著膝蓋，傾身向前提振自信。「穆加比那隻笨孔雀任命了新的國家建設計劃部長。那小子前途看好，我不得不說。你有看過他的報導嗎，提姆？」

「有，的確有。」

「年輕小伙子。你會喜歡他的。我們在那邊有點小工程，他正在幫我們。他呀，非常喜歡一點賄賂。其實也滿有幹勁的。我認為你可能會覺得這點情報很有用處。過去不是正合我們意嗎，對不對？願意從肯尼K手中得到好處的人，也不會反對從女王手中拿點好處，對吧？」

「對。謝謝。好情報。我會報上去。」

繼續點頭眨眼，然後大口喝下干邑。「我蓋在烏護魯公路旁的那棟摩天大樓，知道吧？」

「蓋得很棒，肯尼。」

「上個禮拜我賣給俄國人了。道格告訴我，對方是個黑手黨老大。而且，顯然是條大鯨魚，不是像我們這邊有些人一樣是小蝦米。聽說，他正在跟韓國人談一筆很大的毒品生意。」他往後坐，以好朋友

33 哈拉雷（Harare），辛巴威首都。

的深深關切神情打量著丹納修。「好了，提姆，你到底是怎麼回事？看起來很虛弱。」

「我沒事。有時會這樣。」

「是化療對吧？我不是跟你說過，去看我的醫生，你就是不肯。茉德怎樣？」

「茉德很好，謝謝。」

「遊艇你拿去用。給自己放幾天假，就你們倆去。跟道格商量。」

「還是謝謝你，肯尼，不過可能會有讓人識破的危險，對不對？」

肯尼長嘆一口氣，兩條大手臂攤到腰間，山雨欲來。慷慨竟被人拒絕，沒有人比肯尼更嚥不下這口氣。「你該不會是想加入『和肯尼撇清關係』的行列吧，提姆？你該不會學銀行那些小鬼要跟我保持距離吧？」

「當然不會。」

「好，那就不要。你只會傷到自己。我提到的這個俄國人，對了，知道他準備了什麼過冬嗎？他有帶道格去參觀過。」

「洗耳恭聽，肯尼。」

「我在那棟摩天大樓底下挖了一個地下室。這裡有地下室的人可不多，不過我決定挖個地下室當作停車場。花的錢讓我很捨不得，但我就是這樣。四百個停車位給兩百間公寓。這個俄國人啊，他的名字我等一下再講，他在每個他媽的停車位停了一輛白色大卡車，蓋子上漆有聯合國字樣。從沒開過。他告訴道格，是在運往索馬利亞途中從貨車上掉下來的。他打算拿來盜賣。」他揚起手臂，對自己講的故事興味盎然。「搞什麼東西？俄國黑手黨盜賣聯合國的卡車！想賣給我。你知道他想叫道格做什麼嗎？」

「告訴我。」

「進口。從奈洛比進口到奈洛比。他會幫我們重新噴漆，我們只要擺平海關，在記錄上一次讓幾輛通關就行。如果那樣不叫組織犯罪，還有什麼算是組織犯罪？俄國壞人盜賣聯合國財產，在奈洛比，光天化日之下，真是天高皇帝遠搞無政府主義。我反對無政府主義。這點情報你可以留著用。免費奉送。由肯尼K免費提供。跟他們講說是贈品。我請客。」

「他們會樂翻天。」

「我希望能阻止他，提姆。阻止他再行動下去。現在。」

「寇瑞瞿，還是魁爾？」

「兩個都是。我也要阻止寇瑞瞿，我要讓魁爾老婆的爛報告消失——」

我的天啊，他連那份報告都知道，丹納修心想。「我還以為裴勒袞已經幫你把那東西處理掉了。」

他語帶怨氣，皺眉的模樣像是老年人責怪自己忘東忘西時的表情。

「你別讓勃納插手！他不是我朋友，永遠不會是。我要你告訴魁爾先生，如果他繼續對付我，我能讓他好看，因為他對付的是全世界，不是我一個！懂了嗎？要不是我跪下來求饒，他們本來大可在德國幹掉他的！聽到了嗎？」

「聽到了，肯尼。我會幫你報上去。我只能承諾這麼多。」

寇提斯以熊般的矯健身手從扶手椅上跳起來，慢慢滾動到房間另一邊。

「我很愛國，」他大叫，「你來證實，丹納修！我是他媽的愛國者！」

「你當然是，肯尼。」

「再說一遍。我是愛國分子！」

「你是愛國分子。你以身為英國佬為傲。你是邱吉爾。你想要我說什麼？」

「舉出我愛國的一個實例。幾十個愛國事跡讓你選。選你想得出來最好的一個。快講。」會扯到哪裡去？丹納修還是遵命。「去年獅子山國的那件案子怎樣？」

「說來聽聽。講下去啊。說給我聽啊！」

「我們一個客戶希望匿名取得槍砲彈藥。」

「結果呢？」

「結果我們買了槍砲——」

「他媽的槍砲是我買的！」

「你用我們的錢去買的，我們提供給你偽造的終端使用者證書，騙說是運往新加坡——」

「你忘了提他媽的船！」

「三蜂包下四萬公噸的貨船，載走槍砲。結果船在濃霧中迷失方向——」

「你的意思是，假裝迷路！」

「結果不得不開進自由城附近一個小海港，而我們的客戶和他的團隊在那裡待命卸貨。」

「那次我沒有必要幫你忙，對不對？我本來可以膽小退出。我本來可以說，『送錯地址了，試試看隔壁。』可是我沒有。我這麼做，是愛他媽的國家。因為我是愛國分子啊！」他的嗓門轉小，改成偷偷摸摸的音調。「好吧，這樣吧，你就這樣做——你們局裡就這麼辦。」他在長長的房間裡踱步，低聲以不連貫的句子下達命令。「你們的局啊——不是外交部，他們那些人是一堆娘娘腔——你們的局，你們親自跑一趟銀行，去每家銀行——我來幫你找人——找個真正的英國男人。或是女人。你有在聽嗎？因為你今天晚上一回去，要馬上告知他們。」他改為遠見之士的語調。高亢，些許顫音，人民的百萬富翁。

「我在聽。」丹納修跟他保證。

「那就好。把他們全部集合起來。全部都是有種的英國男人。或女人。帶他們到倫敦或什麼地方一個貼有鑲板的房間，你們的人會知道。你以英國情報局的正式身分對他們說：『各位女士先生。別碰肯尼K。原因不能告訴各位。只能說看在女王的分上，別去碰他。肯尼K對國家極有貢獻，有什麼貢獻恕難奉告，以後他會繼續做出貢獻。貸款給他三個月等於是為國效勞，和肯尼K一樣。』他們就會照辦。如果有一個說好，所有人也會跟著說好，因為他們都是乖乖牌。其他銀行也會照做，因為他們也是乖乖牌。」

丹納修從來沒有想過自己會為寇提斯感到難過。不過，若是真能為他難過，或許就是這一刻。

「我會要求他們，肯尼。問題是，我們沒有那樣的權力。如果有，他們一定會解散我們。」

這句話的效果比他擔心的任何後果更加劇烈。寇提斯開始怒吼，怒吼聲在天花板下盪出回音。他穿著白袖子的手臂伸向頭上，做出祭師獻祭的姿勢。在他這個暴君的嗓門下，房間也跟著響起陣陣鼓聲。

「你完蛋了，丹納修。你還以為管理全世界的是國家啊！滾回去你他媽的主日學校去吧。他們最近唱的詩是『上帝拯救我們的跨國公司』。還有一件事，你也可以拿去報告給你的朋友寇瑞瞿先生和魁爾先生，還有和你聯合起來對付我的人。肯尼K愛非洲——」說著，他倏然轉身，上半身遮住整個美景如畫的窗戶和沐浴在絲綢般月光下的湖——「那是他的本性！而且肯尼K也愛他的藥！肯尼K降臨地球的任務是將藥品送到每個有需要的非洲男人、女人、小孩手上！他也打算這麼做，所以肏你們那堆人！如果有人站出來阻礙科學之路，只會讓自己成為眾矢之的。因為我阻止不了那些手下，已經沒辦法了，你也一樣沒辦法。因為那個藥品已經由金錢買得到的最好的頭腦全套測試、實驗過。沒有一項實驗——」嗓門逐漸向上拉高，成為歇斯底里的威脅——「沒有一項實驗發現他媽的不良反應，以後也不會有。永遠不會有！現在給我滾出去。」

丹納修遵命滾蛋，身旁索索響起手忙腳亂的聲音。有人影挨近走廊，狗在吠叫，電話合唱團開始演唱。

•

丹納修踏進新鮮空氣中，稍微停下腳步，讓非洲夜晚的氣息與聲響將他洗滌乾淨。他從來沒有這麼毫無戒心。一片不規則的雲飄了過來，遮住星星。在警衛燈光照耀下，洋槐木顯出如紙般的黃色。他聽見夜鷹啼叫，也聽見班馬的嘶聲。他慢慢轉身四下張望，強迫視線在最漆黑處久留。房子座落在高平台上，後面是湖，前面有一大片柏油路面，在月光下狀似深深的火山口。他的車停在正中央。他依習慣停在周遭沒有矮樹叢的空地。他不確定是否瞥見了移動的陰影，所以按兵不動。奇怪的是，他想到賈斯丁。他在想，賈斯丁是否正如寇提斯所言，快速地陸續到過義大利、德國和加拿大，手持假護照周遊列國。若真是如此，那就不是他所知的賈斯丁了，不過最近幾個星期他開始懷疑，這樣的賈斯丁可能真的存在：獨行俠賈斯丁，不接受任何人命令，只聽命於自己；賈斯丁滿腔熱血，採取戰鬥姿態，決心挖掘出自己先前可能協助隱瞞的事實。如果賈斯丁最近當真搖身一變，成了這一個賈斯丁，而他也決心執行這項任務，如果要找到他，還有什麼地方比這個地方、這個肯尼士・寇提斯爵士的湖畔宅邸更適合的？而這個爵士自稱是「我的藥」的進口商和經銷商。

丹納修朝自己的車跨出半步，聽見身邊傳出聲響，停住腳步，輕巧地踏上柏油路面。我們在玩什麼遊戲，賈斯丁？一二三木頭人嗎？或者，你只是一隻長尾猴？這一次是往前走動的聲音，可以察覺就在他身後。是人還是野獸？丹納修揚起右手肘做出防衛姿勢，盡量壓抑自己想低聲說出賈斯丁名字的慾望，他轉身看到道格・克里科站在月光中，距離他四英尺，空著雙手若有所指地垂在腰間。他身型魁梧，和丹納修一樣高，年齡卻只有丹納修的一半，臉孔寬闊蒼白，頭髮金黃，微笑起來雖略嫌女性化，卻很吸引人。

「哈囉，道格，」丹納修說，「還好吧？」

「非常好，謝謝你，希望你也過得好。」

「有什麼能為你效勞的嗎？」

兩人的聲音都壓得很低。

「有的，先生。請你開到大馬路上，轉向奈洛比的方向，一直開到往地獄之門國家公園的交流道。國家公園一個小時前已經打烊。那條路是泥土路，沒有路燈。我十分鐘後跟你在那裡見。」

丹納修開過一段種了黑色銀樺樹的路，來到警衛室，讓警衛以手電筒照照他的臉，再照照車內，以免他偷走豹皮地毯。功夫電影此時已換成鏡頭焦點沒對準的春宮電影。他慢慢轉到大馬路上，留心看著有沒有動物和行人。路邊有戴著頭套的土著或蹲或躺。獨自行走的路人拿著長長的樹枝，慢慢對他揮手，不然就是開玩笑跳進車頭燈的光線裡。他一直開著，直到看見有個清楚的標示寫著國家公園。他停車，熄掉車燈等著。有輛車開過來停在他後面。他解除前方副駕駛座的門鎖，打開一英尺，讓內側車門燈亮著。天空無雲無月。透過擋風玻璃，星星的亮度倍增。丹納修認出了金牛座和雙子座；雙子座之後是巨蟹座。克里科悄悄坐進來，關上車門，兩人伸手不見五指。

「老闆急壞了，先生。我沒看過他這個樣子——從來沒有。」克里科說。

「我想也是，道格。」

「老實說，他的腦筋有點問題了。」

「或許是太激動了吧。」丹納修表示同情。

「我整天坐在通訊室，把來電轉接給他。倫敦的銀行、巴塞爾的，然後又是那些銀行打來的，接著是他從來沒聽過的融資公司，想以百分之四十的複利貸款給他，然後是他所謂的鼠黨，就是他自己在政治圈的死黨。誰不會忍不住偷聽嘛，對不對？」

有個母親一手抱著小孩，虛弱的手怯生生地刮著擋風玻璃。丹納修搖下車窗，遞給她一張二十先令的鈔票。

「他已經抵押了他在巴黎、羅馬和倫敦的房子，在紐約蘇頓廣場的房子也在等買家。他還想找人買下他那支爛足球隊，只是會想買那支球隊的人一定是既聾又啞。他今天跟自己在瑞士信貸銀行的特殊朋友調了美金兩千五百萬，星期一要還出三千萬。另外，KVH也找他要經銷合約的款項。如果拿不出現金，他們就會狠心接管他的公司。」

茫然的一家三口聚集在車窗外，是來自某地的難民，哪裡也去不了。

「要我幫你打發掉他們嗎？」克里科邊問邊伸手握住門把。

「你少管。」丹納修命令的口氣尖銳。他發動引擎，慢慢開上路，克里科繼續說。

「他就只能對他們破口大罵。老實講，真悲哀。KVH要的不是他的錢，他們要的是他的公司，這一點我們都知道，可惜他就是沒進入狀況。我不知道這次的震波會延伸到哪裡。」

「我聽了也很難過，道格。我一直都將你和肯尼看成是手套和手，合作無間。」

「我也是。我承認，他花了很大的工夫提拔我，我才有今天這地位。反正我又不是想當雙面人，對吧？」

一群脫隊的公瞪羚來到路邊，看著他們經過。

「你想說什麼，道格？」丹納修問。

「我是在想，有沒有非正式的差事。有沒有要去找誰或注意誰的。有沒有你需要的特殊文件。」

丹納修等著，不甚高興。「而且啊，我有個朋友，是在愛爾蘭那時認識的。住在哈拉雷。那邊我住不慣。」

「他怎樣？」

「有人跟他接觸過，可不是嗎？他論件計酬。」

「接觸他做什麼？」

「他有一些在歐洲的朋友的朋友去跟他接洽。想付一大筆錢請他北上到圖卡納附近，去擺平一個白人女生和她的黑人男朋友。大概像是昨天說好，今晚就走，車都準備好了。」

丹納修停靠路邊，再度熄火。「日期呢？」他問。

「就在蝶莎．魁爾被殺的前兩天。」

「他有沒有接下？」

「當然沒有。」

「為什麼沒有？」

「他不是那種人。他不會去碰女人，那是原因之一。他幹過盧安達，也幹過剛果。不過他絕對不會碰另一個女人。」

「所以他怎麼做？」

「他建議他們去找他認識的某些人談談。那些人沒有什麼特別的。」

「比如說是誰？」

「他沒說，丹納修先生。如果他想說，我也不會讓他告訴我。有些事情，知道了反而太危險。」

「照你這麼說，你能講的東西也不多嘛。」

「這個嘛，他是想好好談個範圍比較大的價碼，如果你懂我的意思。」

「我不懂。我買的是姓名、日期和地點。單賣單買。現金裝在袋子裡。沒有所謂範圍不範圍。」

「我認為他的確知道內情，先生，如果不拐彎抹角說的話，事情是這樣的：你願不願意買下發生在布魯穆醫生身上的事，包括參考地圖？他只是根據他朋友的說法，以寫作的方式寫下圖卡納發生的事件，寫下他們對那個醫生做的事。只限你看，假設價錢談得攏的話。」

又來了一群夜間移民，聚集在車子周圍，帶頭的是頭戴寬緣女帽的老人，帽子上還紮著一個蝴蝶結。

「我認為是胡說八道。」丹納修說。

「我才不認為是胡說八道，先生。我認為如假包換。我很清楚。」

丹納修臉上閃過一陣寒意。清楚？他心想。他怎麼知道的？或者，所謂你在愛爾蘭認識的朋友，不過是道格·克里科的代號？

「在哪裡？他寫的東西？」

「隨時奉上，先生。只能這樣說了。」

「我明天中午會去瑟琳娜飯店的池畔酒吧。待上三十分鐘。」

「他開價五萬，丹納修先生。」

「我看到東西之後再跟他談價格。」

丹納修開了一個小時，閃躲著路上坑洞，很少減速。一條土狼竄過他的車頭燈前，朝野生動物園的方向跑去。有一群在當地工作的花農女工招手想搭他便車，不過這次他沒有停車。就連經過他自己家時，他也沒有減速，直接開往高級專員公署。湖鮭不得不等到明天再享用了。

21.

「杉狄．伍卓，」葛蘿莉亞故作調皮，以嚴肅的口氣宣布。她身穿新買的蓬鬆晨袍，雙手插腰，站在丈夫面前，「你早該掛出旗子了吧。」

她起了個大早，在伍卓刮好鬍子前就梳好自己的頭髮。她為兩個兒子整理好書包，吩咐司機送他們上學，然後為他做了培根蛋。他不能吃培根蛋，但女人家偶爾也可以寵寵自己的男人嘛。她在模仿心目中小學班長的口氣，用老大姊的聲音說話，不過她先生完全沒注意到，只是照常自顧自地翻看一堆奈洛比的報紙。

「親愛的，星期一要把旗子升上去。」伍卓嚼著培根，回答得心不在焉。「小密密一直在捧禮賓司的場。蝶莎的半旗已經降得比王子還久了。」

「我講的不是那種旗子，傻瓜。」葛蘿莉亞挪走他伸手可及的報紙，改放到她的水彩畫作底下的茶几上，擺放整齊。「你坐得舒不舒服？那我要講了。我說的是辦一場高高興興的舞會，讓大家開開心，你也包括在內。是時候了，杉狄。真的。我們早該對彼此說，『好。去過了也做過了。很難過，但人生還是要繼續下去。』蝶莎在世的話，一定也有同感。關鍵問題，老公啊，內情是什麼？波特夫婦什麼時候回來？」波特夫婦這種稱呼，就像杉狄夫婦與愛蓮娜夫婦一樣，都是在表示親近時的稱呼。

伍卓將碎蛋放進烤麵包裡。「『波特．寇瑞瞿先生和夫人正請長期返鄉假，為女兒蘿西安排就學。』」他以吟誦的語調引述想像出來的發言人的話。「什麼內情、外情的，事情就這麼簡單。」

不過，這件事卻是讓伍卓費盡心思，儘管他看似毫不在乎。寇瑞瞿究竟在搞什麼鬼？為什麼無線電通訊突然沒了？好吧，他休返鄉假。祝他好運。但是，使館主管休返鄉假時都有聯絡電話、電子郵件和住址。這些主管總是閒不住，會隨便找個藉口打給第二號主管和私人祕書，想知道僕人、庭園、家犬怎麼樣了，想知道我不在時老地方運作如何？如果對方暗示老地方的運作比他們不在時還更順暢，他們還會因此發脾氣。然而，寇瑞瞿自從突然離開之後，卻連一聲都沒吭。伍卓若是打到倫敦，想套出一些無傷大雅的問題，順便追問他有什麼目標和夢想，卻是碰了一鼻子灰。寇瑞瞿正在「幫內閣辦公室處理事務」，非洲司的一個新人說。他正在「出席部長級專題調查委員會」，回話者是常任次長部門的一個主管。

而勃納．裴勒袞呢，伍卓總算用寇瑞瞿辦公桌上的數位電話找到他人，但他說的話卻和其他人一樣空泛。「是人事處又出錯了，」他解釋得模稜兩可，「首相希望聽取簡報，所以國務大臣不得不生出一份，所以他們全都要一份。大家都要一點非洲。不是新鮮事了。」

「不過，波特到底會不會回來，勃納？我是說，這件事讓人不上不下的，對我們大家都是。」

「我會是最後一個知道的，老兄。」他稍微停頓，「你旁邊沒人對吧？」

「對。」

「小密密那個臭小子沒把耳朵貼在鑰匙孔吧？」

伍卓朝通向前廳的門瞥了一眼，關得好好的，壓低嗓門。「沒有。」

「還記得你不久前寄給我的那疊厚厚的文件吧？——大概有二十頁——一個女的寫的？」

伍卓的胃部翻攪。反竊聽裝置或許能防範外界竊聽，但能否防範自己人偷聽呢？

「怎麼了？」

「我的看法是啊，最好的情況是，徹底解決，當作從沒寄達。郵局寄丟了。這說得通嗎？」

「你是在講你那邊的做法，勃納。我不能幫你那邊說話。如果你沒收到，那是你家的事。但我寄出去給你了。我只知道這些。」

「假設你沒有寄出來，老兄。假設一切都沒發生。從來沒寫，從來沒寄？這種說法你那邊能不能說得通？」嗓音聽來顯然很自在。

「不行。不可能。完全說不通，勃納。」

「為什麼說不通？」他表現出興趣，卻完全不受影響。

「我是用郵包寄給你的。已經登記過。是寄給你本人。列入記錄。女王的郵差簽收了。我告訴過——」他本來要說「蘇格蘭警場」，卻及時改變心意——「我告訴過來這邊問話的人。我不得不說。他們來找我問話之前已經先調查過背景。」他的恐懼讓自己很生氣。「我告訴過你，我已經跟他們講過了！我其實也警告過你！勃納，是不是要出事了？老實說，你害我有點不安。照你的說法，我還以為整件事已經擺平得萬無一失。」

「哪來的說法，老兄。你鎮定點。這些事偶爾會蹦出來。牙膏管漏了點牙膏，再塞回去就是。有人說沒辦法。每天都會發生。老婆還好吧？」

「葛蘿莉亞很好。」

「小朋友呢？」

「很好。」

「代我向他們問好。」

「所以我決定辦一場超棒的舞會。」葛蘿莉亞說得興致勃勃。

「噢，好，很棒。」伍卓說，給自己時間反芻剛才的對話內容，拿了她逼他每天早上要吃的藥：三顆燕麥麩片、一粒鱈魚肝油、半顆阿司匹靈。

「我知道你討厭跳舞，不過那又不是你的錯，是你媽媽的錯。」葛蘿莉亞繼續以甜美的聲音說，「我不能讓愛蓮娜干擾到我，不能受她最近搞出的那件低級事情影響。我只會通知她。」

「噢，好。你們兩個已經和好了啊？我好像不知道。恭喜。」

葛蘿莉亞咬著下唇。回想起愛蓮娜所辦的舞會，她的心情一時往下沉。「我不是沒有朋友，杉狄，你也知道，」她說得有點可憐兮兮，「我很需要她們，老實講。整天待在家等你回來，等得好寂寞。朋友有說有笑，會彼此幫忙。雖然有時候會鬧彆扭，不過事過境遷也就和好如初了。朋友就是這樣。我只希望你也有這樣的朋友。我怎麼會沒有？」

「可是我有妳就好了呀，親愛的。」伍卓抱抱她說再見，表現得很有騎士精神。

葛蘿莉亞辦起事來有衝勁又講求效率，正如她安排蝶莎的葬禮。她找來外交官的妻子，和資淺得不敢拒絕的部屬，組成一個工作委員會。委員會的首位成員是吉妲，這個選擇對她意義重大，因為吉妲無意間導致了愛蓮娜和她之間的爭吵，以及隨後發生的可怕場面。那件事會讓她心煩好久。

愛蓮娜的舞會辦得嘛，就某種角度來看，不得不這麼說，很成功。而杉狄呢，大家都知道，他篤信宴會時夫妻應該分開，各自到處交際，那是他的說法。他喜歡說，宴會就是他辦外交辦得最好的地方。他很有魅力，所以整晚大部分時間葛蘿莉亞和杉狄都不太見得到對方，偶爾看見時，不過是對著客廳另一邊吆喝招呼，在舞池上招招手而已。完全正常，只是葛蘿莉亞希望能和他跳一支舞就好了，幸好是狐步舞，好讓杉狄能抓住節奏。除此之外，葛蘿莉亞對這次舞會就沒什麼好說了，除了她認為像愛蓮娜這年紀，應該多遮掩一點，別讓自己的上身到處亂蹦。另外呢，她也希望巴西大使在跳森巴時不要堅持把手放在她臀上，但杉狄說拉丁美洲人都習慣這樣。

葛蘿莉亞在舞會上沒注意到任何不適當的舉動，她也自認觀察入微，所以當舞會隔天早上，她到莒賽噶俱樂部和愛蓮娜喝咖啡時，愛蓮娜不慎說溜了嘴，說得很隨便，彷彿只是完全平常的八卦，而非一顆超級炸彈，炸壞了她整個人生，聽得她有如晴天霹靂。愛蓮娜說，杉狄對吉妲調戲得太過火了，這完全是愛蓮娜的說法——結果吉妲藉口頭痛，提早回家，讓愛蓮娜認為她實在太掃興。如果每個人都學她，舞會乾脆也別開了。

葛蘿莉亞先是啞然無語，然後完全拒絕相信。愛蓮娜是什麼意思，拜託？怎麼個調戲法，阿蓮？說詳細點，拜託。我覺得很難過。沒有，完全沒關係，儘管講下去，拜託。反正妳都說了，乾脆全攤開來講。

毛手毛腳，愛蓮娜劈頭就說，還刻意以粗俗的字眼描述，因為她認為葛蘿莉亞假拘謹，很不高興。摸她的乳房。把他自己那邊壓在她的鼠蹊部位。當一個男人對某個人有意思，妳還以為他會做什麼？全奈洛比不知道杉狄是這一行最大一匹色狼的，一定就只有妳一個。妳看看他前一個月的模樣，在蝶莎身邊徘徊不去，舌頭還露出來掛在嘴巴外面，連人家懷了八個月身孕都不放過！

提到蝶莎時，葛蘿莉亞終於忍無可忍。長久以來，葛蘿莉亞一直默許杉狄暗戀蝶莎，反正無傷大雅，只不過，當然了，他做人太正直，不會暗戀到不可收拾的地步。葛蘿莉亞在讓自己相當羞愧的情況下，曾向吉妲詢問過這個問題，答案是令她很滿意的空白一片。愛蓮娜現在不僅重新挖開傷口，甚至還在上面淋醋。葛蘿莉亞不敢相信、思緒混雜、備感羞辱、憤怒不已，轉身就衝回家，支開所有家僕，叫兒子去做功課，鎖上酒櫃，一臉陰沉等著杉狄回家。等到八點，他終於到家，和往常一樣抱怨工作壓力大，葛蘿莉亞滿腔苦悶還是看得出老公沒喝醉。她不希望驚動兒子，於是扭住丈夫的手臂，強押他走下佣人的樓梯到低地去。

「妳到底在搞什麼鬼？」他抱怨，「我想喝杯威士忌。」

「搞鬼的人是你，杉狄，」葛蘿莉亞心懷懼怕地反駁，「拜託，別支吾其詞，別給我外交的甜言蜜語，多謝。別耍花招。我們兩個都是成年人。你和蝶莎・魁爾之間，究竟有沒有搞婚外情。有還是沒有？我可警告你，杉狄，我非常了解你，有沒有說謊，我一眼就看得出來。」

「沒有，」伍卓回得很簡單，「我沒有。還有其他的問題嗎？」

「你有沒有愛上她？」

「沒有。」

臨危不亂，就和他父親一樣。連眉毛都沒動一下。如果要她說實話，她最愛的杉狄就是這樣的杉狄。讓妳知道自己跟對了人。我以後再也不跟愛蓮娜講話了。

「在愛蓮娜的舞會上，你跟吉妲・皮爾森跳舞時，有沒有對人家亂來？」

「沒有。」

「愛蓮娜說你有。」

「愛蓮娜是在胡說八道。不稀罕吧？」

「她說吉妲哭著提早回家，因為你亂摸人家。」

「我認為愛蓮娜是在不爽，只因為我沒亂摸愛蓮娜。」

葛蘿莉亞沒有料到他會否認得這麼乾脆，這麼不含糊，不計後果的否認。她可以制止他用「不爽」一詞，因為兒子菲利普用了這個詞，才剛被她停掉零用錢，不過杉狄的說法還是一樣可信。「你有沒有撫摸吉妲——對她毛手毛腳——有沒有把自己壓在人家身上——告訴我！」她大喊，接著突然淚流滿面。

「沒有。」伍卓再度答覆，往前走向她一步，卻被她推開。

「別碰我！少管我！你有想跟她搞婚外情嗎？」

「跟吉妲還是蝶莎？」

「隨便哪一個！兩人都是！有什麼差別？」

「先講蝶莎行嗎？」

「隨便你！」

「如果妳所謂的『婚外情』是指跟她上床，我確定我有過這種想法，就跟多數異性戀男人一樣。至於吉妲，我不認為她有那麼吸引人，不過年輕畢竟算是本錢，所以乾脆連她一起扯進來好了。套句吉米・卡特一貫的說法怎麼樣？『我在心中犯下了通姦罪。』好吧。我承認。妳是想離婚呢？還是讓我喝杯威士忌？」

講到這裡，葛蘿莉亞已經彎下身子，無助地哭著，既羞愧又痛恨自己，央求杉狄原諒她，因為她突然意識到自己在做什麼，感覺很可怕。她指控他的所有罪名，其實自己也有罪，罪刑從賈斯丁拎著行李偷偷搬進他們家的那天晚上開始。她是把自己的罪惡感套在丈夫身上。她在羞愧之餘抱住自己，不停說著，「很對不起，杉狄，」以及「噢，杉狄，拜託，」以及「杉狄，原諒我，我真糟糕。」一面極力擺脫他的掌控。不過杉狄此時已經一手摟著她的肩膀，扶著她上樓，像是他本來應該擔任的好醫師一樣。來到客廳時，她給了他酒櫃的鑰匙，他為彼此各倒了滿滿一杯。

儘管如此，療傷過程仍然費時。如此嚴重的疑心不是一、兩天就能消散殆盡，尤其是過去類似的疑點也仍未完全排除。葛蘿莉亞回想往事，然後再往更久遠的往事去想。她一回憶起來，就一發不可收拾，堅持重拾當初刻意遺忘的事件。再怎麼說，杉狄也是個極具魅力的男人，女人當然會往他身上貼過去。他是現場最相貌堂堂的人。一點無心的打情罵俏，對任何人都不會造成任何傷害。然而，往事還是再度湧現，而她也拿不定主意。她想到擔任先前職務時的幾個女人，有網球搭檔，有保姆，有晉升有望的丈夫的年輕妻子。她不知不覺重返野餐會、游泳派對，甚至——不禁哆嗦一下——一場喝得醉醺醺的裸泳派對，是在安曼的法國大使家中泳池舉行的，當時沒有人真的在看，我們全都邊尖叫邊跑去拿毛巾，可惜還是……

葛蘿莉亞花了好幾天才原諒愛蓮娜，就某些方面來說，當然了，永遠無法原諒。但她以寬弘大量的心反省一下，愛蓮娜真的是很不開心。她怎麼開心得起來？嫁給那個又醜又矮的希臘人，結果慾求不滿，難以入耳的不倫之戀一樁接一樁。

•

除此之外，唯一讓葛蘿莉亞稍微不高興的，正是他們應該好好慶祝一番的事。顯然一定要有一個節日——像是獨立紀念日或五月節。顯然一定是越快越好，否則波特夫婦一旦回來，就不是葛蘿莉亞樂見的結果了。她希望讓杉狄站在聚光燈下。國協紀念日就快到了，但距離現在還是太遠。稍微硬扯一下，他們還是能提早慶祝國協日，搶先其他人一步。如此一來可以表現出主動積極的態度。她比較喜歡大英國協日，不過近來凡事都得縮編，這就是我們生活的年代。她比較喜歡聖喬治節，大家來屠殺可惡的毒龍，永絕後患！不然敦克爾克紀念日也好，大家在沙灘上開戰吧！再不然，滑鐵盧紀念日或特拉法加紀念日或阿根科特紀念日[34]也行，這些紀念的都是薄海騰歡的英國戰勝事蹟。只可惜戰勝的對象都是法軍，這是愛蓮娜口氣狠毒指出的，而全奈洛比最好的廚師都是法國人。不過，既然以上都不適合，將就點就國協日吧。

葛蘿莉亞決定現在正是著手進行她大計劃的時候，而她需要內務辦公室的祝福。麥克．密爾諄是個不斷變動的人。過去這六個月，他跟一個不太體面的紐西蘭女孩同居，結果一夜之間換掉了她，取而代之的是一個帥氣的義大利男生。據說這個男的白天都在諾佛克旅館游泳池邊閒晃，沒事做。葛蘿莉亞選了午餐剛結束的時間，據說這時講話密爾諄最聽得進去。她從苜賽噶俱樂部打給他，費盡心機，答應自己絕對不能一不留心叫他小密密。

「麥克啊，我是葛蘿莉亞。你近來還好吧？能否給我一分鐘？甚至兩分鐘？」

這種講法表現出她善良、謙虛的一面，因為畢竟她貴為代理高級專員的妻子，即便她不是葳若妮卡．寇瑞瞿。可以，小密密給一分鐘。

「是這樣的，麥克，你可能已經聽說了，我和一堆死黨打算辦一場相當大的國協日前的聚餐。有點像是為其他人的活動揭幕的意思。杉狄應該跟你說過吧？沒有嗎？」

「還沒有，葛蘿莉亞，不過我相信他會。」

杉狄還是老樣子，沒用的東西。她交代的事，一踏出門就忘得一乾二淨。一回到家，喝酒喝到睡著。

「好吧，不管了，我們正在考慮啊，麥克，」她繼續說，「搭一個大大的帳篷，我們能找的最大的一個，在旁邊設個廚房。我們要弄熱呼呼的自助餐，找真正好的本地樂團現場演唱。不是像愛蓮娜的那種迪斯可舞會，也不會只有冷鮭魚可吃。杉狄拿出他寶貝津貼的一大部分來贊助，部裡的隨員也在挖他們的存錢筒。好的開始，對不對？你還在聽嗎？」

「是的，葛蘿莉亞。」

自大的小子。有主子當靠山，就跩得不可一世。杉狄逮到機會，可得好好調教他。

「所以我其實是要問兩個問題，麥克。都有點敏感，但我也管不了那麼多，就開門見山吧。第一個。波特不假離營，恕我這麼說，國庫看樣子也不會撥款贊助，是不是。這個嘛，有福利金可挪用，或是可以勸勸波特在他鄉多少贊助一點？」

「第二個呢？」

他還真是令人難以忍受。

「第二個，麥克，是場地問題。由於宴會規模大，帳篷也很大，在這個相當艱難的時刻對英國人社群來說意義重大，也希望能打出大招牌，如果招牌用在這種場合沒錯的話。我們在想，只有我啦，杉狄沒有，他太忙了，當然。我在想啊，國協日舉辦五星級聚會最佳的場地可以是——當然需要大家同意啦——高級專員公署館的草地。麥克？」她興起了詭異的感覺，彷彿他已經潛入水底游走了。

34　敦克爾克紀念日，二次大戰時英法盟軍被德軍追趕至此。特拉法加，英法戰爭的戰役之一。阿根科特，英法百年戰爭的戰役之一。

「還在聽，葛蘿莉亞。」

「怎樣，同意嗎？解決了停車和所有問題。我是說，大家沒必要進入公館，當然了。房子是波特的。好吧，除非要使用洗手間，那還用說。我們總不能在女王的庭園裡擺活動廁所吧？」她想到了波特和波特盧兩個詞[35]想得出神，不過還是繼續講下去。「我是說呀，那邊一切都處在待命狀態，可不是嗎？佣人啦、車子啦、保全啦之類的？」她連忙更正，「我的意思是，待命等著波特和葳若妮卡回來，那還用說。不是等我們啦。杉狄和我只是暫時代管，直到他們回來為止。又不是接管過來還是什麼的。麥克，你還在聽嗎？我覺得好像在自言自語。」

她的確是在自言自語。當晚，制止令來了，是親手遞交的打字信函，小密密一定自己留了副本。她沒有看到他送信過來。她只看到一輛敞篷車開走，小密密就坐在乘客座，開車的是那位泳池帥哥。外交部重申，他以自大的筆調寫著，高級專員公館與草地禁止舉辦任何活動。絕不准許任何「以有實無名的手法僭越高級專員的地位」，以這麼殘酷的說法結束。內容相仿的外交部正式信函隨後寄到。

伍卓勃然大怒。他以前從未對太太動過這麼大的肝火。「妳活該愛問，」他怒氣沖沖，在客廳裡用力來回踱步。「妳還真以為到波特家的草地去搭帳篷，就能弄到他的職位？」

「人家只是稍微刺探一下嘛，」她可憐兮兮地抗議，她丈夫則是繼續罵，「想要你有朝一日當上杉狄爵士，也是天經地義的事嘛。我追求的不是借來的榮耀。人家只是想讓你高興嘛。」

然而，一如既往，她在事過境遷後很快就恢復理智。「要是這樣，我們也只好在這裡辦得更有聲有色了。」她發誓，淚眼朦朧盯著庭園。

盛大的國協日舞會已經展開。

所有手忙腳亂的準備工夫總算有所回報，客人都已抵達，音樂正在演奏，飲料也在流動，夫妻情侶在聊天，前庭園裡的淡紫鳳凰木也在開花，人生最後總算真的是超級棒。送錯的帳篷改成對的，紙巾也改成亞麻白餐巾，塑膠刀叉也換成鍍金餐具，難看的紫褐色旗子也換成皇室藍與金色。像驢子生病嘶嘶響的發電機也換了一台，聲音宛如鍋子發出的噗噗聲。房子前面那片空地已經不像建築工地。杉狄厲害，在最後關頭打電話找了幾個很不錯的非洲人過來，其中兩個是莫怡的隨從。與其仰賴沒經驗的服務生——看看愛蓮娜的舞會發生的事就知道！——或者說沒有發生的事！——葛蘿莉亞於是從其他外交人員家裡召集佣人來幫忙。其中一個是穆斯達法，是蝶莎的矛兵，她生前常這麼稱呼他。根據大家的說法，蝶莎的死讓他大受打擊，無法另找工作。不過葛蘿莉亞派了朱馬去找他，現在終於來了，就在舞池另一邊的餐桌間穿梭，嘴角有點下垂，保佑他，不過他顯然很高興有人想到他，那才是重點。警察奇蹟似地準時到場指揮停車，問題和往常一樣，盡量別讓他們接近酒，不過葛蘿莉亞已經對他們耳提面命過，接下來就只能祈禱了。樂隊表演也很精彩，真的很叢林，節奏夠勁，杉狄若是有必要跳舞時也很適合他。葛蘿莉亞為了表達歉意，買了一件晚禮服送他，穿在身上是不是帥呆了？總有一天他一定會有頭

35　波特 Porter 是密爾諄的主管寇瑞瞿的名，而流動廁所是 Portaloo，兩者諧音。

有臉！還有熱食自助餐，就她品嘗過的部分而言——這個嘛，夠好了。稱不上絕世佳餚，反正在奈洛比也別想。就算花得起，能買到的也有限。這比起愛蓮娜的舞會已是好上千百倍了。葛蘿莉亞完全沒有想跟她一別苗頭的意思。還有小可愛吉妲穿著金色紗麗，美艷絕倫

•

伍卓絕對也有理由恭喜自己。看著來賓雙雙隨著他厭惡的音樂迴旋起舞，他有條不紊地啜飲著第四杯威士忌，自己可比擬為歷經苦海翻騰的水手，總算排除萬難重回港口。沒有，葛蘿莉亞，我從沒對她、或是任何一個女的表示過。所有問題一概是沒有。我不會提供妳摧毀我的手段。不是妳，也不是超級大賤人愛蓮娜，也不是吉妲，這個詭計多端的小清教徒。我是安於現狀的男人，這一點蝶莎也觀察到了。

伍卓的眼角餘光瞄到吉妲，看到她與她可能以前一輩子沒見過的標緻非洲人站在一起。像妳那樣的美貌是一種罪，他在腦海裡對吉妲說。對蝶莎來說是種罪，對妳而言亦然。擁有像妳這樣一副肉體的女人，煽動了男人的慾望，怎能不把肉體拿出來與人分享呢？然而當我對妳指出這一點時——只是偶爾說出心中話罷了，沒什麼噁心之意——妳的眼睛卻瞪得老大，氣呼呼對著我用旁人都聽得到的悄悄話命令我雙手放規矩點，接著一氣之下拂袖而去，全程都被超級大賤人愛蓮娜看在眼裡……他的遐想被一個臉色蒼白的禿頭男子打斷，這個人看來是迷路了，跟在他身旁的是一個六呎高的亞馬遜女戰士，額頭上有

瀏海。

「哇，大使，大駕光臨，榮幸之至！」名字忘記了，不過該死的音樂那麼吵，有誰記得？他對葛蘿莉亞大吼，要她過來——「親愛的，見見新任瑞士大使，一個禮拜前才剛履新。很體貼地打電話來要跟波特問好！可憐的他結果只找到我！妻子兩、三個禮拜後才過來，對不對啊，大使？所以今天晚上他沒人管，哈哈！真高興見到你！我還得招待其他客人，恕我不能多陪！拜拜！」

樂隊主唱在高歌，如果真能用高歌一詞來描述那種叫春方式的話。一手抓著麥克風，另一手則愛撫著麥克風頭。臀扭得像是交歡時的激情暢快。

「老公啊，你是不是有那麼一點點春情蕩漾？」葛蘿莉亞旋風似地轉過他身邊時低聲說。摟著她的人是印度大使。「我有喲！」

有人端了一盤飲料經過。伍卓以靈巧的身手將空酒杯放回，換來滿滿的一杯。開開心心的摩里森．穆剛波牽著葛蘿莉亞的手重返舞池。這個人腐敗得恬不知恥，外號是午餐部長。伍卓陰鬱的眼神四下張望，希望找到一個身材還算可以的人共舞。就是這種不像跳舞的舞蹈讓他火大。亂扭亂踱，展示重要部位。讓他覺得自己就像是女人遇到過最笨拙、最沒用的情人。讓他聯想到自從五歲以來就一直聽到的別這樣、做別那樣做，以及「天呀，伍卓」。

「我說啊，我一輩子都在逃避自己！」他對著一臉狐疑的舞伴吼叫。對方是個丹麥波霸，救濟工作者，姓費特還是費利特。「我一直知道自己在逃避什麼，卻從來完全不曉得自己在追求什麼。妳呢？我說，妳呢？」她大笑，搖搖頭。「妳覺得我不是發瘋就是喝醉了，對不對？」他大喊。她點點頭。「好吧，妳答錯了。以上皆是！」他記得她是敖諾．布魯穆的朋友。天啊，世界真小。那場表演，什麼時候才能結束？他一定是邊想邊講出來，在難以入耳的吵雜聲中被她聽見，因為他看見她的眼睛往下看，聽見她說，「大概永遠不會結束吧。」眼裡帶有的虔誠，是善良的天主教徒為教宗保留的神情。再度落單時，伍卓往上游移動，朝向一桌桌被震聾的難民走去，一群被噪音吵得失神的人圍在一起。是該吃點東西了。他解下領結，掛在脖子上晃著。

「我老爸以前常說，紳士的定義是，」他解釋給一個聽不太懂英文的黑珍珠聽，「會替自己打領結的男人！」

吉妲在舞池一角占據地盤，與兩個英國商會來的非洲女孩開心地扭動著，其他女孩也加入，形成一個魔女團，整個樂團則站到舞台邊緣，對著她們大唱耶、耶、耶。女孩子們互相擊掌，接著轉身互撞臀部。天知道這條路上的左鄰右舍會怎麼講話，因為葛蘿莉亞沒有全部邀請他們參加，否則整個帳篷勢必會被走私軍火和毒品的人擠爆。這個笑話伍卓一定是跟兩個身穿原住民服裝、體型非常巨大的男人講過，而他們笑得樂不可支，因此伍卓如法泡製，講給他們的女眷聽，她們聽了也爆笑出來。

吉妲。她現在到底想幹什麼？和那天在辦事處時的情景一模一樣。每次我看著她，她就移開視線。每次我一移開視線，她又看著我。這是我遇過最可惡的一件事。伍卓的想法一定是再度從口中溜出，因為首賽噶俱樂部一個姓梅多爾的討厭鬼立刻贊同說，如果年輕人要跳成那副德性，何不乾脆在舞池上交媾起來算了？他的見解與伍卓的不謀而合，因此伍卓對著梅多爾的耳朵大喊。這時，黑天使穆斯達法和他正面相對，端端正正地站在他面前，彷彿是想阻止伍卓經過，只是伍卓並沒有打算要去哪裡。伍卓注意到穆斯達法手上沒有端任何東西，讓他覺得很不得體。如果葛蘿莉亞好心雇請這個可憐人來端酒奉茶，他幹嘛不去端酒奉茶？為什麼要像我的內疚一樣，逗留不走，手上只有一張摺好的紙，嘴裡對我說著我聽不懂的話，活像一條金魚？

「他說他帶了訊息給你。」梅多爾大聲喊著。

「什麼？」

「非常私人，非常緊急的信件。有個漂亮美眉就要愛上你啦。」

「穆斯達法真的那樣說嗎？」

「什麼？」

「我說，*穆斯達法真的那樣說嗎？*」

「她長什麼樣子，你難道不想去一探究竟？說不定是你老婆喲！」吼叫著的梅爾多逐漸陷入歇斯底里狀態。

或者是吉妲，伍卓心想，抱著荒謬的遐想。

他踏出半步，穆斯達法又跟了過來，肩膀靠近伍卓，如果從梅多爾的角度來看，兩人像是弓著背在風中點菸。伍卓伸出手，穆斯達法畢恭畢敬將信放進他的掌心。A4白紙，摺成很小張。

「謝謝你，穆斯達法。」伍卓大喊，意思是給我滾蛋。

但穆斯達法杵在那裡不走，以眼神命令伍卓打開。好吧，可惡，乖乖站著。反正你又看不懂英文，也不會講。他打開紙。電腦打字。沒有簽名。

親愛的長官，

我手上握有一份你寫給蝶莎．魁爾夫人邀請她一同私奔的信。穆斯達法會帶你過來見我。請別告訴任何人，立刻前來，否則，我逼不得已，會在其他地方處理這封信。

沒有簽名。

•

鎮暴警察的水柱猛然噴出，這正是伍卓的感受，全身因此濕透冰冷，頓時酒醒。一個朝絞刑台前進的人，心事錯綜複雜，而肚子裡灌滿自己買的免稅威士忌的伍卓也不例外。他懷疑他和穆斯達法之間的互動沒逃過葛蘿莉亞的注意，而這樣的懷疑很正確：舞會進行時，她再也不會將視線從他身上移開。所以他對著人在另一邊的太太揮揮手讓她安心，以唇形表示「沒問題」，然後順從地跟在穆斯達法後面走。他邊走，邊與吉妲的眼神今晚首度正面交接，發現她的眼神帶有算計的意味。

這時，他努力臆測會是誰在向他勒索，將這個人的身分與現場的藍衣警察聯想在一起。他的道理如下：藍衣警察曾進入魁爾夫婦的家搜索，發現了伍卓自己沒找到的東西。其中一個警察把信藏進口袋，伺機而動。如今機會來了。

幾乎就在同時，他腦海裡浮現第二種可能。洛柏或萊斯里，或是兩人合作，因為被迫放棄追查轟動一時的凶殺案，決定大撈一筆。但為什麼利用此時此地？幾種可能之中，他也將提姆．丹納修包括在內，但那是因為他儘管年邁，卻活力充沛，伍卓信不過他。今晚，丹納修與戴滿珠子的老婆茱德就坐在帳篷裡最陰暗的角落，依伍卓看來，他不懷好意來到這裡，不值得信賴。

這時，伍卓對周遭事物注意得很仔細，猶如搭機遭遇亂流時找尋緊急逃生門一般：帳篷釘沒釘好，帳棚繩鬆垮——天啊，要是起了陣小小的微風就能把整座帳篷掀掉！——帳篷走道的椰墊滿是泥濘，要是有人踩到滑了一跤，一定會害我吃上官司！——低地的門口無人看守——可惡的竊賊可能早已偷光整棟房子，我們事先一定沒料到。

他繞過廚房邊緣，發現一大票的閒雜人，令他心神不寧。這堆逐飯菜而居的人聚集過來，希望能從自助餐桌撿到剩菜，圍著防風燈坐著，活像林布蘭畫中的情景。一定有十幾個，不止，他忿忿不平地想著。另外大概有二十個小孩露天睡在地板上。其實只有六個。藍衣警察在廚房餐桌上又喝又睡，夾克和手槍就掛在椅背上，他看到後面同樣感到憤慨。然而，從他們的情況看來，他相信手裡這封摺好的信，寫者一定不是他們。

穆斯達法從後面樓梯走出廚房，伸手以手電筒照亮大廳帶路，來到前門。菲利普和哈利！伍卓想起兒子，不禁陡然心生恐懼。天堂的上帝啊，萬一被他們看到。可是，他們看到又會做何感想？身穿晚禮服的父親，鬆開黑色領結掛在脖子上。他們怎麼可能想到領結鬆開是為了方便接受絞刑？更何況——他現在想起——葛蘿莉亞早已拜託朋友今晚幫忙照顧孩子。她在舞會上見過的外交官家庭的小孩也夠多了，不願意菲利普與哈利被他們帶壞。

穆斯達法開著前門，以手電筒對著車道揮舞。伍卓走到外面。伸手不見五指。葛蘿莉亞為了講求浪漫效果，已特地關掉外面的燈，在沙包上排出幾道蠟燭，結果多數很神祕地熄滅了。要找菲利普來問問。他最近喜歡在家裡搗蛋當作消遣。今晚夜色怡人，但伍卓沒有心情欣賞星空。穆斯達法快步走向大門，猶如鬼火，以手電筒示意他前進。巴魯亞族的守門人打開大門，他的親戚以慣有的濃厚興趣觀察著伍卓。馬路兩旁停著車，看守人不是在路旁打瞌睡，就是湊著小火彼此喃喃聊天。有司機的賓士，有看守人的賓士，有狼狗的賓士，以及一群經常出現的部落民，無所事事，眼睜睜看著人生流逝。在外面聽，樂隊的吵雜聲與在帳篷裡聽同樣大得可怕。就算明天接到兩、三個正式申訴，伍卓也不會訝異。住在十二號的那幾個做船運生意的比利時人，你家小狗如果在他家空氣領域中放個屁，他們會馬上告你。

穆斯達法停在吉妲的車子前。伍卓對這輛車很熟。經常從他辦公室窗戶安心看著，通常是邊拿著酒杯邊欣賞。小小的日本車，又小又矮，她扭著身體坐進去時，伍卓總想像成她在穿泳裝的模樣。可是，我們停在這裡做什麼？他以眼神質問穆斯達法。吉妲的車跟我被勒索有什麼關係？他開始思考以現有的現金來說，他值多少錢。他們要的是幾百嗎？還是幾千？還是幾萬？若是這樣，他就不得不跟葛蘿莉亞借錢，可是，藉口該怎麼編？算了，不過是錢嘛。吉妲的車停在離路燈盡量遠的地方。停電了，所以路燈也沒亮，永遠不知道何時能恢復供電。他算出自己身上大約有價值八十英鎊的肯亞先令。這個數字能堵住多少大嘴巴？他開始思考談判策略。以買方來說，他有什麼約束力？他能獲得什麼樣的保證，勒索者怎麼不會在六個月或六年後再來一次？去找裴勒袞，他心想，聯想到一連串苦中作樂的笑話：問勃納該怎麼把牙膏擠回去。

除非。

伍卓在溺水時抓住最瘋狂的一把稻草。

吉妲！

偷走情書的是吉妲！或者，更有可能的是蝶莎將信交給吉妲保管！吉妲派穆斯達法來晚宴把我架走，打算懲罰我在愛蓮娜的舞會上對她做的事。看吧，她果然在車上！就坐在駕駛座等我！她從我家後面溜出來，坐在車子裡，我的部屬，等著勒索我！

他精神大振，只可惜曇花一現。如果是吉妲，我們可以談條件。我要贏過她，有什麼問題。也許要談的不只是條件。她想傷害我的慾望，其實反過來只是不同樣的慾望，更具建設性的慾望。

但在車上的並非吉妲。不管裡面是誰，絕對是男性。是吉妲的司機？她固定的男朋友，舞會過後開車來接她回家，以免被人追走？前面副駕駛座的車門開著。在穆斯達法無動於衷的注視下，伍卓彎腰上車。不像在穿泳裝，不適合伍卓。比較像在遊園會時鑽進碰碰車，坐在兒子旁邊。他上車後，穆斯達法關上車門。車子搖動了一下，駕駛座上的人沒有動靜。他穿的上衣是非洲都市人穿的衣服，不顧暑氣逼人，依瑞士聖莫里茨風格的打扮，暗色衍縫外套，羊毛扁帽，低戴到額頭。這個人是黑是白？伍卓吸了一口氣，卻沒聞到非洲的甜香味。

「音樂很不錯，杉狄。」賈斯丁悄聲說，伸手發動引擎。

22.

伍卓坐在一張雕有花紋的雨林柚木桌前，價值五千美元。他彎腰側座，手肘搭在價格較低的銀框吸墨器上。唯一的蠟燭閃閃發亮，照在他出汗又陰沉的臉上。他頭上天花板的鐘乳石將燭光反射至無限遠。賈斯丁站在房間另一邊，擋著門站在黑暗中，姿勢與當初伍卓擋著門告知蝶莎噩耗時神似。他雙手呈稍息姿勢放在背後。大概是不想讓它們惹出麻煩。伍卓正在研究燭光投射在牆壁上的陰影。他能分辨出大象、長頸鹿、羚羊、狂奔的犀牛以及抬頭蹲伏的犀牛。對面牆壁的陰影則全是鳥類。蹲在鳥窩裡的小鳥、脖子長長的水鳥、爪子抓住較小鳥類的猛禽、棲息在樹幹上的大型鳴禽，裡面裝了音樂盒，價格另議。這房子位在一處林蔭巷弄。沒有人開車經過。沒有人拍著窗戶，想知道一個半醉的白人為何會坐在阿瑪德·可漢的非洲與東非藝術商場裡，半夜十二點三十，身著晚禮服，領結鬆開，還對著蠟燭講話。這個地方是綠意盎然的山坡地，距離葿賽噶俱樂部有五分鐘的車程。

「可漢是你朋友嗎？」伍卓問。

沒有回答。

「不然你是怎麼弄到鑰匙的？他是吉妲的朋友嗎？」

沒有回答。

「大概是家人的朋友吧，吉妲的家人。」他從晚禮服上口袋取出絲質手帕，暗暗從臉上擦掉眼淚。才一擦掉，立刻又湧了出來，所以不得不順便擦乾淨。「我回去怎麼跟他們交代？如果真回得去的話？」

「你自己想得出來。」

「通常想得出來。」伍卓對著手帕承認。

「我確定你有辦法。」賈斯丁說。

驚魂未定的伍卓轉頭看著他，但賈斯丁仍挨著門站著，雙手安穩地插在背後。

「是誰叫你壓下來的，杉狄？」賈斯丁問。

「裴勒袞。不然你認為還有誰？『燒掉，杉狄。燒掉所有副本。』皇上的聖旨。我只留一份。所以把那份給燒了。沒多久就燒光了。」他吸吸鼻子，抗拒著再度流淚的衝動。「乖孩子嘛。保密到家。別相信工友。自己親手拿到鍋爐室，丟進火爐裡燒掉。訓練有素。全班第一名。」

「波特知不知道你燒掉了？」

「大概吧。一半一半。他不高興。他也不喜歡勃納。兩人之間公然開戰。所謂公然，是以外交部的標準來看。波特常拿兩人的心結開玩笑。混不過裴勒袞就滾蛋。當時聽來還算好笑。」

顯然現在聽來也算好笑，因此他盡量狂笑，結果只留下更多眼淚。

「裴勒袞有沒有說你為什麼非壓下來、燒掉不可？燒掉所有副本？」

「天啊。」伍卓低聲說。

伍卓噤聲了很長一段時間，似乎在用蠟燭催眠自己。

「怎麼了？」賈斯丁問。

「你的聲音，老弟。長大了。」伍卓的手擦過嘴巴，檢查指尖有無淚痕，「本來早就該成熟了。」

賈斯丁再問同一個問題，改變問法，像是在問外國人或小孩。「你有沒有想過要問裴勒袞，文件為什麼必須摧毀？」

「雙面刃，根據勃納的說法。首先是危及英國利益。我們必須自保。」

「你相信他嗎？」賈斯丁問，被迫又等著伍卓止住另一波淚水。

「我曾經相信三蜂。我當然相信。英國在非洲的企業龍頭。天之驕子。寇提斯是非洲各地領導人的最愛，散財童子，左右塞紅包，是國家一大資產。更何況他跟半數內閣都過從甚密，對他更不會造成任何傷害。」

「另一面呢？」

「ＫＶＨ。巴塞爾那些人一直在放風聲，表示想在南威爾斯蓋間大型化學工廠，三年後再在康威爾蓋第二間，第三間在北愛爾蘭，為景氣低迷的地區帶進財富和繁榮。不過，如果我們在岱魄拉瑟上面偷跑，他們就不來了。」

「偷跑？」

「岱魄拉瑟當時還在測試階段，理論上現在也還是。如果毒死幾個橫豎都得死的人，又有什麼了不起？藥又不是在英國核准，所以不是大問題嘛。」他粗暴的口氣又回來了。他正在向同為專業外交官的賈斯丁求情。「我是說，拜託，賈斯丁，藥遲早一定要拿真人實驗的，對不對？我的意思是，你要選什麼人，拜託？哈佛商學院嗎？」他的論點精妙，卻沒有得到賈斯丁的背書，因此匪夷所思之餘，準備提出另一個論點。「我是說，外交部的本職又不是評估非本國藥品的安全性，對不對？外交部的責任應該是為英國產業的滾輪上潤滑油，而不是到處宣傳有家英國公司正在非洲對顧客下毒。箇中奧祕，你也知道。我們領薪水，又不是要擔任軟心腸的角色。我們又沒殺本來就不會死的人。我是說，拜託，你看看這地方的死亡率。反正又沒有人在計算。」

賈斯丁花了一些時間思忖著上述精妙的論點。「可是，你先前的確是軟心腸啊，杉狄。」他最後提出反對意見。「你愛她，記得吧？既然愛她，又怎麼狠得下心，把她的報告丟進火爐？」他的語氣持續加重，擋也擋不了。「她信得過你，你怎麼能欺騙她？」

「勃納說，她的行為，不阻止不行。」伍卓說得結結巴巴。開口前，他再度斜眼瞥向陰影，確定賈斯丁安安穩穩地守在門前的崗位上。

「是啊，總算阻止了她！」

「看在老天爺的分上，魁爾，」伍卓低聲說，「不是像那樣。完全不一樣的人。不是我的世界。也不是你的世界。」

賈斯丁一定是警覺到自己突如其來的怒氣，因為他再次開口時，採取的語調是同事失望之餘會用的那種溫文儒雅的口氣。

「你那麼愛戀她，杉狄，怎麼狠得下心阻止她，就像你剛才講的？從你寫的信來看，她是能解決你目前一切難題的人——」他必定是一時忘記講這句話的目的是什麼，因為從他張開的雙臂來看，他擁抱的不是伍卓無處可逃的淒慘困境，而是一群又一群的雕刻動物，在漆黑的玻璃架上整齊排列著。「她是你逃避一切的寄託，是你通往幸福和自由的康莊大道，你大致是這麼告訴她的。為什麼不支持她奮鬥的理想？」

「對不起。」伍卓低聲說，目光低垂。賈斯丁這時又改問其他問題。

「好吧，你燒掉的究竟是什麼？為什麼那份資料對你和勃納・裴勒袞有那麼大的威脅？」

「那是份最後通牒。」

「對誰下的？」

「英國政府。」

「蝶莎對英國政府下最後通牒？對我們的政府？」

「不採取行動的話。她和我們心心相繫。和你。懷抱忠誠。她是英國外交官的妻子，決心依照英國辦外交的方式做事。『比較簡單的做法是，跳過體制這一關，直接對外公開。比較困難的做法是讓體制去發揮作用。我比較喜歡困難的做法。』這是她自己說的。她死守著一個可悲的觀念，認為英國人的情操比較高尚，政府比較具有美德，其他國家沒得比。顯然是她父親灌輸給她的觀念。她說，布魯穆也贊同英國人能處理這件事，前提是他們遵守遊戲規則的話。如果攸關英國人的重大利益，就讓他們來把話傳給三蜂和ＫＶＨ。不必當面起衝突。不必搞得緊張兮兮。只是勸他們在準備妥當前先讓藥下市。如果他們不接受——」

「她有沒有給期限？」

「各個地區都有自己的時間表，這一點她也接受。南美洲、中東、俄羅斯、印度。不過她最關切的是非洲。她希望三個月內提出證據，證明藥已經消失。三個月一過，就要把大便丟向電風扇。她不是這樣說，不過也差不了多少。」

「你傳真到倫敦的，就是這份報告？」

「對。」

「倫敦怎麼處理？」

「處理的人是裴勒袞。」

「怎麼處理？」

「他說那是一大堆天真的狗屎。說外交政策要是被什麼聖母再世的英國人妻和她的黑人情夫擺布，那他就是王八烏龜。接著他飛到巴塞爾，跟ＫＶＨ的手下吃午餐。問他們要不要考慮暫時升起紅旗（發出警告）。他們的回答大約是說，旗子不夠紅（事態不夠嚴重），藥品不是說回收就能回收的。股東不會贊同。不是說他們會先徵求股東意見，而是就算問了股東，股東也不會贊成。同理，董事會也不會贊成。藥品又不是食譜。不可能撈出其中一部分原子還是什麼東西，再加進一個，然後再煮一遍就行。能做的只有修正劑量，重新調製配方，而不是重新設計藥品。想改，就一定得回到原點。到了這個階段，沒有人想從頭開始，他們這樣告訴裴勒袞。然後他們威脅要凍結在英國的投資，讓女王的子民失業率增加。」

「三蜂呢？」

「那又是另一頓午餐發生的事。魚子醬配庫克香檳，在肯尼K的美國灣流飛機上。勃納和肯尼的共識是，如果三蜂正在餵人吃毒藥的消息走漏出去，非洲絕對會大亂。唯一的方法是趁KVH的科學家重新調製配方，微調劑量之際，採取拒絕合作的方式。勃納再過兩年就要退休了，他很想進入三蜂的董事會。KVH如果願意，他也想進入他們的董事會。既然有機會當兩個董事長，何必屈就於一個？」

「KVH反駁的那個證據是什麼？」

此話一出，似乎在伍卓全身注入一陣痛楚，讓他抖了一下。他挺直身體，雙手抱頭，指尖用力搓揉頭皮。他往前傾倒，雙手仍抱著頭，低聲說，「天啊。」

「喝點水。」賈斯丁建議，接著帶他走過走廊，來到洗手盆邊，站在他身邊，低頭看著他，很像伍卓在停屍間嘔吐時他就站在他身邊看著那樣。伍卓雙手伸到水龍頭下，讓水流浸臉上。

「證據大得不得了，」伍卓回座後喃喃說，「布魯穆和蝶莎已經走訪過村莊和診所，訪問過病人、父母親、親屬。寇提斯聽到風聲，發動隱瞞真相的攻勢。他派手下克里科去安排。不過蝶莎和布魯穆也記錄了寇提斯他們隱瞞真相的過程。回去找他們訪問過的人。找不到了。全部寫在報告裡，記錄了三蜂不僅毒死人，事後還消滅證據。『本目擊證人自此消失。本目擊證人之後涉及刑案遭到起訴。本村莊因此居民一空。』報告寫得很精彩。你應該為她感到光榮。」

「報告有沒有提到一個名叫婉哲的女人？」

「噢，這個婉哲是主角之一。不過他們把她弟弟的嘴巴貼得牢牢的了。」

「怎麼說？」

「逮捕他。逼供。上禮拜出庭。十年有期徒刑，罪名是在澤沃國家公園搶劫白人觀光客。白人觀光客什麼證據都沒有，卻有一堆嚇壞的非洲人說看到她弟弟行搶，所以罪名成立。法官還附送勞役和二十大板。」

賈斯丁閉上眼睛。他看到酋可蹲在姊姊的病床旁，臉孔癱垮。他感覺到酋可在蝶莎的墳邊伸出柔弱的手和他握手。

「你第一次看到那份報告，我猜你也多少知道內容假不了。當時難道認為沒有必要對肯亞人說什麼嗎？」他暗示。

粗暴的語調再現。「拜託你行不行，魁爾。穿上最稱頭的西裝，大搖大擺走進藍衣警察總部，罵他們有系統在粉飾太平，還領了肯尼K給的酬勞。這種事情有誰做過？要是那樣做，就別想在陽光普照的奈洛比交朋友、發揮影響力了。」

賈斯丁離開門邊一步，止步，保持他自訂的距離。「應該也有臨床證據吧？」

「什麼證據？」

「我問你的是，應該有敖諾．布魯穆和蝶莎．魁爾共同執筆的備忘錄，當中包含了臨床證據，而在勃納．裴勒袞的要求下，備忘錄被你這傢伙銷毀了！儘管如此，勃納．裴勒袞還是將備忘錄拷貝了一份，交給ＫＶＨ，而被ＫＶＨ在吃午飯時丟進垃圾桶！」

這句話的回音在玻璃架之間激盪。伍卓等著回音減弱。

「臨床證據就在布魯穆的公寓裡。放在附注的部分。她放在另外補充的地方。從你那邊學到的。你這個人喜歡搞附注。以前喜歡。她也是。」伍卓說。

「什麼樣的臨床證據？」

「個案病歷。共有三十七份。章節分明，寫得很詳細。姓名、住址、治療過程、埋葬地點與日期。每次都出現相同症狀。失眠、失明、出血、肝衰竭，賓果。」

「賓果的意思是死亡嗎？」

「差不多。是那樣寫沒錯。大概是吧。」伍卓說。

「KVH有沒有提出反駁？」

「不科學、誘導推理、具有偏見、缺乏客觀性……情緒化。這個我從來沒聽過。情緒化。這大概表示你過度關切，所以不值得信賴。我正好相反。非情緒化。無情緒化。情緒耗盡。感受越少，喊得越大聲。因為要填補的真空更大。不是你。是我自己。」

「誰是羅貝爾？」

「她恨之入骨的人。」

「怎麼說？」

「這個藥背後的驅策動力。岱魄拉瑟的支持者。勸KVH著手開發，把福音傳到三蜂。說得天花亂墜，她寫的。」

「她有說羅貝爾背叛她嗎？」

「何必說呢？我們全都背叛了她。」他哭得情緒失控，「你呢，自己還不是乖乖坐在那邊，種種花，放她自己到處去當聖人？」

「羅貝爾人在哪裡？」

「完全不知道。沒人知道。看到風聲不對就躲了起來。三蜂找了他一陣子，然後自覺無聊。後來蝶莎和布魯穆接手去找。找羅貝爾當主要證人。找羅貝爾。」

「艾瑞奇呢？」

「是岱魄拉瑟的發明人之一。她來過這裡一次。原本想爆KVH的料，結果被他們半路攔下。」

「科瓦克斯呢？」

「三人幫之一。是KVH專屬的資產，賤女人一個。從沒見過她本人。我大概見過羅貝爾一次。高高胖胖的波耳人。眼神熱情奔放。紅頭髮。」

他心懷畏懼地繞著圈子走動。賈斯丁緊靠在他身旁。他在吸墨器上擺了一張紙，遞了一支原子筆給伍卓，筆帽朝向他，是有禮貌的人傳東西給對方時的做法。

「出入境核准書，」賈斯丁解釋，「你負責的事項。」他將內容唸出來給伍卓聽，「『此人為英國公民，代理英國駐奈洛比高級專員公署行事。』簽！」

伍卓瞇著眼睛看，拿到燭火邊。「彼得．保羅．艾金森。是什麼人？」

「表格上有寫。英國記者。《電訊報》。如果有人打到高級專員公署查證，就說他是正式具有資格的記者。記住了沒？」

「他到底想去羅齊做什麼？雞不拉屎、鳥不生蛋的地方。吉妲也去過。是要拍張照登出來，對不對？」

「以後會登。」伍卓簽了名，賈斯丁將文件摺好放進口袋，步伐僵硬地走回門邊。一排台灣製的報時鳥宣布現在是凌晨一點。

•

賈斯丁開著吉妲的小車靠近時，穆斯達法正拿著手電筒在路邊等著。他一定是一直在仔細聽著吉妲車子引擎的聲音。伍卓沒察覺自己已經到家，坐在座位上盯著擋風玻璃外直看，雙手緊握放在大腿上。這時，賈斯丁向他靠過去，對著打開的前座門向穆斯達法講話。他說著英語，夾雜幾個從廚房學到的斯瓦希里語單字。

「伍卓先生身體不舒服，穆斯達法。你剛才帶他到外面來嘔吐，透透氣。現在請帶他回臥房躺下來休息，直到伍卓夫人能照顧他為止。請通知吉妲小姐我正要離開。」

伍卓下車，轉身面對賈斯丁。「你不會把這件事對葛蘿莉亞亂講吧，老弟？這對你不會有好處，反正該聽的你全都聽到了。你也知道，她這女人沒我們這麼懂人情世故。看在老同事的分上，好嗎？」

穆斯達法將伍卓拉下車，陪他走到前門。穆斯達法的動作像是在搬動一坨噁心的東西，只不過他盡量不要表現出來。賈斯丁又戴上毛氈帽，穿上連帽外套。有顏色的聚光燈光柱從帳篷裡溜出。樂團正在演唱饒舌歌曲，喋喋不休。賈斯丁仍坐在車裡，朝左瞥了一眼，以為看到有個身材高大的人站在路邊的杜鵑樹叢前，不過再仔細一看，卻不見人影。他還是繼續盯著，先是看著樹叢，然後看著停在樹叢兩旁的車輛。他聽見腳步落下的聲音，轉頭看到有人朝他快步走來，原來是吉妲，披巾纏繞在肩膀上，一手提著舞鞋，另一手拿著小手電筒。她鑽進乘客座，賈斯丁發動車子。

「他們正在納悶他跑哪兒去了。」她說。

「丹納修在裡面嗎？」

「好像沒有。我不確定。我沒看到他。」

她正要問他問題，卻決定最好還是別問。

他慢慢開著，朝停在路邊的車裡看，不斷看著兩側的後照鏡。他經過自己家，卻連正眼都沒看一眼。一條黃狗衝向車子，朝著車輪吠叫。他轉彎，盯著後照鏡不放，輕聲斥責著黃狗。路上坑洞猶如黑色湖水，在車燈照耀下朝他們逼近。吉妲望向後車窗外。馬路一片漆黑。

「眼睛盯著前面看，」他命令吉妲，「我可能會迷路。告訴我左轉或右轉。」

現在他開得比較快，在坑洞間閃躲，在凸出的柏油路上蹦跳，信不過馬路兩旁時就將車子開到路中央。吉妲喃喃說：這邊左轉，再左轉，前方有個大坑洞。他陡然減速，讓後車超車，之後又有一輛。

「有沒有看到你認識的人？」他問

「沒有。」

他們開進兩旁種了樹的街道。有個破爛的招牌擋住他們的路，上面寫著「自願幫手」，後面聚集了一列身體羸弱的男孩，拿著木棍，推著一個沒有輪子的獨輪推車。

「他們是不是一直都在這裡？」

「白天晚上都在。」吉妲說，「他們從一個洞裡挖出石頭，填進另一個洞。這樣工作永遠都做不完。」

他踩下煞車。車子在招牌前正好慢慢停下。男孩向車子圍靠過來，手心拍著車頂。賈斯丁搖下車窗，這時有手電筒照進車內，接著探進來的是他們的發言人，眼神機靈，面帶微笑。他最多不超過十六歲。

「晚安，老爺。」他以鄭重其事的語調大喊，「我是辛巴先生。」

「晚安，辛巴先生。」賈斯丁說。

「希不希望為我們建造的好馬路捐獻一點錢？」

賈斯丁朝車窗外遞出一百先令。男孩走開，興高采烈，手舞足蹈，雙手高舉揮舞著鈔票，其他人則跟著鼓掌。

「過路費一般行情多少？」繼續開車時賈斯丁問吉妲。

「大概是剛才的十分之一。」

另一輛車子超車，賈斯丁再次聚精會神看著車裡的人，卻看不到他想找的人。他們開進鎮中心。商店的燈火，咖啡廳，擁擠的人行道。馬圖圖巴士呼嘯而過，音樂開得很大聲。他們左邊傳來金屬猛烈撞擊聲，隨之是喇叭聲大作，尖叫聲四起。吉妲又幫他指點方向：這邊右轉，現在開過這個大門。賈斯丁開進車道，進到一座三層樓的方形建築物分崩離析的前庭。藉著周邊燈光，他看到「現在就來拜見耶穌吧！」的字樣，胡亂塗寫在石板牆上。

「是教堂嗎？」

「以前是一間基督復臨安息日會的牙醫診所，但現在改成公寓了。」吉妲回說。

停車場是一片低地，四周圍上了剃刀鐵絲網。若是她自己，絕對不會開進這個停車場，不過他已經開進下坡道，一手伸向鑰匙。他停好車，吉妲看著他，他則回頭盯著下坡道看，聽著動靜。

「你在等誰？」她低聲問。

他帶著吉妲走過一群淺笑的小孩來到入口，走上階梯進到大廳。一張手寫告示宣告「電梯暫停使用」。他們走到另一邊的灰色樓梯，低瓦數的燈泡照著光。賈斯丁和她並肩爬著樓梯，最後來到最頂層，陷入黑暗。他從口袋裡取出手電筒，照亮前方的路。亞洲音樂和東方食品的氣味從關上的門裡散發出來。他將手電筒交給吉妲，回到樓梯，等吉妲打開鐵門的鎖鏈，接著打開三道鎖。她走進公寓時，聽見電話鈴響。她轉身找賈斯丁，卻發現他就站在身邊。

「吉妲，親愛的，哈囉，」對方大喊，是個迷人的男性聲音，她一時沒聽出是誰，「妳今晚真是豔光四射。我是提姆．丹納修。不知道方不方便過去妳那邊一下，陪你們兩人在星光下喝杯咖啡？」

吉姮的公寓很小，只有一房一廳，全都面向同一座破敗的倉庫，同一條熙來攘往的街道。馬路兩旁是故障的霓虹燈，路上有按著喇叭的車子，有勇往直前的乞丐，擋在車前，不到最後一刻不站開。鐵窗外是鐵樓梯，原本是逃生梯，但住客為了保護自身安全，鋸掉了最下面幾階。然而上面幾階安然無恙，夜裡天氣較熱時，吉妲會爬到屋頂，坐在水塔的木蓋上準備外交部特考，因為她決心明年要考上。聽著公寓裡其他亞洲人的聲響，分享他們的音樂、爭論和兒女，她幾乎相信自己已經融入了同胞的世界。

如果她的夢想在她開車進入高級專員公署的大門、換上她另一套裝扮時破滅，那麼有貓咪、雞籠、衣服、天線的屋頂世界仍是少數讓她感覺自在的地方。正因為如此，當丹納修提議他們到星空下享用咖啡時，她驚訝不已。丹納修如何知道她有個屋頂世界，對她來說是一團謎，因為就她所知，丹納修從未踏進她的公寓一步。可是他卻知道。在賈斯丁提高警覺的注視下，丹納修踏過門檻，邊以手指按住嘴唇，讓皮包骨的身體跨出窗戶，走上鐵樓梯的平台，接著點頭示意他們跟進。賈斯丁跟在後面，等到吉妲端著咖啡盤加入時，丹納修已經坐在大木箱上，膝蓋伸到與耳朵同高。然而賈斯丁哪裡也坐不住。他一下子擺出四面楚歌的哨兵姿勢，看著馬路對面的帶狀霓虹燈，一下子又蹲在吉妲身旁，低著頭，像是用手指在沙上畫圖。

「你是怎麼闖過那幾道防線的，老弟？」丹納修詢問的聲音提高到隆隆的車水馬龍聲之上，邊啜飲著咖啡。「我聽說，兩、三天前，你跑到薩克其萬。」

「遊獵套裝旅行團。」賈斯丁說。

「經過倫敦嗎？」

「阿姆斯特丹。」

「旅行團人多嗎？」

「盡可能找人最多的一團。」

「用魁爾這個名字嗎？」

「差不多。」

「在哪裡跳船？」

「奈洛比。我們一通過海關後。」

「你這小子真聰明。我錯看了你。以為你會走陸路，從坦尚尼亞還是哪裡往北溜過來。」

「他不讓我去機場接他，」吉妲為了保護他而插嘴，「趁天黑搭計程車來的。」

「你想幹什麼？」賈斯丁從黑暗中問。

「平靜過一輩子，老弟，如果你不介意的話。我已經到了這個歲數，不想再鬧醜聞，不想再搬石頭，不想再看到有人伸出脖子去找已經沒有的東西。」他老態龍鍾的側影轉向吉妲，「親愛的，妳去羅齊做什麼？」

「她幫我跑腿。」賈斯丁的聲音打斷，在她還來不及想出答案之前。

「她是該幫你跑一趟，」丹納修贊同地說，「也算是幫蝶莎的忙，我確定。吉妲是個令人激賞的女孩子。」他轉頭再度對著吉妲，這次加強語氣，「妳找到妳要找的東西了嗎，親愛的？任務達成了嗎？我確定達成了。」

又是賈斯丁，比剛才搶答得更快。「我要她去調查蝶莎最後幾天做了哪些事。確定他們的確是去羅齊做他們說要去做的事：參加性別研討會。結果的確是。」

「妳相信這個版本的說法囉，親愛的？」丹納修又對著吉妲詢問。

「對。」

「好，那就好。」丹納修啜飲一口咖啡，「我們可以開門見山嗎？」他對賈斯丁建議。

「本來就是開門見山了。」

「開門見山談你的計劃。」

「什麼計畫？」

「問得好。舉例來說，如果你腦子裡想的是要找肯尼K・寇提斯私下講話，你會白費力氣。這一點我可以告訴你，不必收費。」

「為什麼？」

「他負責打人的手下正在等你，這是原因之一。另一個原因是，就算他曾經完全參與，現在也已退出比賽了。銀行已經拿走了他的玩具。三蜂從製藥獲得的好處也會回到原地：KVH。」

沒有反應。

「重點是，賈斯丁，朝死人發射子彈是得不到多少滿足的。如果你要追求的是滿足感的話。對吧？」

沒有回答。

「至於是誰殺了你太太，儘管這麼告訴你會讓我很痛苦，但肯尼K不是，我重複，不是共犯，套句法律用語。他的好弟兄克里科先生也不是，不過如果機會跑到他手上，我相信他一定會立刻接下來。不用說，克里科的任務一直是調查敖諾和蝶莎的動靜，向KVH報告。他充分運用了肯尼K在本地的資源，尤其是肯亞警察，來幫他們布下耳線和眼線。但克里科和肯尼K一樣，稱不上是共犯。他以委託書請求律師代為注意訴訟程序，並不代表他是殺人兇手。」

「克里科向誰報告？」賈斯丁問。

「克里科呈報的對象是盧森堡的一部答錄機，但現在早已斷線。從那裡，消息一路傳下去，傳話方式你我都不可能查出來。一路傳到殺了你太太的狠心紳士耳朵裡。」

「瑪薩比特。」賈斯丁的聲音從附近傳過來。

「的確。知名的瑪薩比特二人組，身穿綠色遊獵夾克。路上有四個非洲人加入，是跟他們一樣的拿賞金獵人。這次行動的酬勞是一百萬美元，由帶頭者平分，此人綽號是貓王上校。我只能確定他的名字既不是貓王，也從來沒有高昇到上校官階。」

「蝶莎和敖諾要前往圖卡納的事，是不是克里科向盧森堡報告的？」

「這個問題，老弟，問得太遠了。」

「怎麼說？」

「因為克里科不願回答。他很害怕。換做是你，你也會怕。他害怕的是，如果隨便講出他的部分，講出他某些朋友的部分，舌頭就可能會被砍掉，好騰出位置來放他自己的睪丸。他可能不是在自己嚇自己。」

「你想幹什麼？」賈斯丁重複。他在丹納修身邊彎腰，直盯著他暗下來的眼珠。

「來勸你別去做你打算做的事，親愛的老弟。來告訴你，不論你要找的是什麼，你都找不到，可惜你也不會因此逃過一劫。有人出錢要取你的項上人頭，只要你踏上非洲一步，而現在你人就在非洲，雙腳站得好好的。這一行每個逃跑的傭兵和黑社會老大都夢想能看到你。五十萬要你一命，一百萬讓命案看起來像是自殺，是比較合意的方式。就算你請來全天下的保鑣，對自己也不會有丁點好處。你請來的很可能就是希望殺了你的人。」

「我是死是活，你們局裡憑什麼關心？」

「就公事層次來說，我們是不關心。但就個人層次，我比較不喜歡看到壞人那邊打贏。」他吸了一口氣。「講到這裡，很難過要告訴你，敖諾．布魯穆已經一命嗚呼，而且死了好幾個禮拜了。所以，如果你來是想要救敖諾，恐怕要再次告訴你，已經沒什麼好救的了。」

「拿出證明給我看。」賈斯丁粗魯地質問，吉妲則悄悄轉身離開，前臂掩住臉。

「我已經一大把年紀，沒幾年好活了，也已經沒有幻想。告訴你這些不該講的東西，很可能會害自己天一亮就被老闆拖出去槍斃。這就是你要的證明。布魯穆被打得不省人事，被丟上遊獵卡車，開到空曠的沙漠。沒水，沒樹蔭，沒食物。他們折磨了他幾天，希望能問出他或蝶莎是否事先拷貝了一份他們在吉普車上找到的磁碟片。很抱歉，吉妲。布魯穆說沒有，他們沒有拷貝，可是他們才不把這個當作答案，所以為了安全起見，也因為他們高興，就把他折磨至死，然後留給土狼處理。這一點很抱歉，的確是事實。」

「噢，我的天啊。」

講話的是吉妲，低聲對著雙手講。

「所以，賈斯丁，你可以把布魯穆的名字從名單上劃掉，連肯尼K．寇提斯的名字也一起劃掉。他們兩個人都不值得你跑這一趟了。」他毫無憐憫之意，繼續講下去。「現在啊，你聽好了，波特．寇瑞瞿正在倫敦代替你奮戰。這件事不只是最高機密，而是『聽到之前禁止吃東西以免噴飯』的機密。」

賈斯丁從吉妲視線範圍消失。她在黑暗中搜尋，發現他就在站在自己身後。

「波特要求將蝶莎的案子重新交給最初的警察偵辦，也要求將桂德利的脖子擺上斷頭台，旁邊則是裴勒袞。他希望跨黨派質詢寇提斯、KVH以及英國政府三者的關係，在此同時，他也針對杉迪．伍卓的痛腳逐步進攻。他希望組成一組獨立科學家去評估岱魄拉瑟，如果這世上還有所謂獨立科學家的話。他也發現了世界衛生組織有個叫做符合道德測試委員會，或許可以借力使力。如果你現在回國，可能會不巧破壞了平衡。這就是我過來這裡的原因。」他以快樂的口吻結束，因為喝完咖啡，所以站了起來。「我們現在仍然拿手的事情不多，不過把人走私出國正好是其中之一，賈斯丁。所以，如果你想通了，寧可被放進長柄小鍋裡走私離開肯亞，也不願冒險再去肯亞塔機場，更別提莫怡的手下和其他人，就吩咐吉妲告訴我們。」

「你對我太好了。」賈斯丁說。

「我最怕的就是你說這句話。晚安。」

吉妲開著門，躺在床上。她盯著天花板，不知該哭泣還是祈禱。她一直都假設布魯穆已經死了，但他慘死的經過比她擔心過的所有情況都還糟糕。她希望能重回修女學校那種單純的生活，重拾她以往的信念，認為上帝希望人類有志向上爬，有難敢擔當。牆壁另一邊是賈斯丁，他回到她的書桌前，以鋼筆寫字，因為吉妲雖然將筆記型電腦借給他用，他還是喜歡鋼筆。前往羅齊的飛機預計七點從威爾森起飛，換言之，他再過一個小時就要動身。她希望能陪賈斯丁走完最後一程，卻也清楚這一段沒有人能陪他走。她答應開車送他到機場，但他比較喜歡從瑟琳娜飯店搭計程車。

「吉妲？」

他敲著吉妲的門。她大聲說，「沒關係。」然後起身。

「我想麻煩妳，請幫我寄出這封信，吉妲。」賈斯丁邊說邊遞給她一只厚厚的信封，收件人是住在米蘭的女士。「她不是我女朋友，免得妳亂想。她是我律師的嬸嬸。」——他露出罕見的微笑——「而這封送到波特．寇瑞瞿的俱樂部給他。如果妳不介意，別用駐外郵局，也別用快遞之類的，一般的肯亞郵局就夠可靠了。有妳幫這麼多忙，我感激不盡。」

聽到這裡，她再也抑制不住情緒，張開雙手抱住賈斯丁，投進他懷裡，緊緊抱住他，彷彿是生命的依靠，賈斯丁最後才掙扎著脫身。

23.

麥肯齊機長和副機長艾札德坐在水牛飛機的駕駛艙，位在機身鼻部，是突起的一個平台，沒有門隔開工作人員與貨物。而在平台正下方一步之處，有善體人心之士擺了一張低矮的維多利亞式扶手椅，顏色黃褐，像是老家僕會在冬夜裡搬來放在廚房火爐前的椅子。扶手椅的椅腳以應急的鐵鞋固定在艙板上。賈斯丁就坐在這張椅子上，戴著耳機，幾條起毛的尼龍繩綁在他肚子上，讓他看似活像剛學會走路的小孩。他吸收著麥肯齊機長和艾札德的智慧，偶爾拿下耳機，回答一個辛巴威籍白人女孩的問題。她叫潔咪，舒舒服服坐在一堆破爛的棕色木箱之間。賈斯丁本想讓座給她，無奈麥肯齊機長阻止，他口氣堅定地說，「你給我坐這裡。」機身尾端有六個身穿長袍的蘇丹婦女蹲坐著，有的臉色堅毅鎮定，有的被嚇得不知如何是好。其中一人正對著塑膠桶嘔吐，這正是準備這只桶子的用意。機身頂端是一格格銀灰色的軟墊，下方有條纜線掛著幾條紅色降落傘繩，尾端的金屬隨著引擎巨響起舞。機身又是喘氣又是呻吟，如同一匹年邁的鐵馬，被拖回去打最後一場仗。機上不見空調或降落傘。牆壁上有個方塊塗著冒起水泡的紅色十字架，指示出醫療用品，下面排著一列塑膠扁桶，註明「煤油」，以麻繩綁在一起。這一趟蝶莎和敖諾生前走過，而用飛機載他們的就是他。這是他們走上最後旅程之前的最後一程。

「所以，你是吉妲的朋友。」麥肯齊已經觀察到，當時蘇丹莎拉帶著賈斯丁到他在羅齊的土庫，讓他們兩人獨處。

「對。」

「看一下你的護照沒關係吧？」

「沒關係。」賈斯丁遞上艾金森的護照。

「你從事哪一行，艾金森先生？」

「記者。倫敦《電訊報》。我是來採訪聯合國的蘇丹生命線行動（OLS）。」

「OLS正需要大肆宣傳，真的很可惜，如果讓一小張紙妨礙，好像很蠢。知道在哪裡弄丟的嗎？」

「可惜我不清楚。」

「我們今天載的多半是木箱裝的大豆油。另外還有給當地工作人員的貼心慰問品。跟平常沒什麼兩樣，如果你有興趣寫的話。」

「有。」

「如果要你坐在吉普車地板，用一堆毛毯蓋住一、兩個小時，你會反對嗎？」

「一點也不會。」

「那就好說了，艾金森先生。」

自此之後，麥肯齊機長就固執地相信這個說法。在飛機上，他以對所有記者解釋的方式，向賈斯丁描述了他所謂人類歷史上最昂貴的對抗飢荒行動。他的話夾雜著金屬爆裂聲，有時候在隆隆引擎聲中也聽不清楚。

「在南蘇丹的人，我們分成卡路里富裕族、卡路里中產階級、卡路里窮人以及赤貧，艾金森先生。羅齊的任務是測量飢荒的『間隙』。我們每空投一公噸，就花掉聯合國一千三百美元。內戰時，有錢人會先死，因為如果有人偷走他們的牛，他們就無法適應。本來就窮的人大致維持現況。如果有一群人想生存，周遭土地就得先能安全栽種東西。不幸的是，這附近稱得上安全的土地不多。會不會講太快？」

「講得很好，謝謝你。」

「所以，羅齊必須評估作物，測量飢餓間隙會出現在哪裡。現在我們來到一個新的間隙邊緣。不過時機要算得很準。在他們快要收成時空投，會搞壞他們的經濟。太晚空投，他們早就快餓死。順帶一提，空投是唯一的解決方法。走陸路運輸會被劫走，通常是司機監守自盜。」

「原來如此。知道了。好。」

「你難道不想記下來？」

如果你是記者，就要擺出記者的架式嘛，他在說。賈斯丁打開筆記簿，這時換上艾札德講課。他的主題是安全。

「我們在糧食站分成四個等級，艾金森先生。第四級是放棄。第三級是紅色警戒，第二級是尚可。南蘇丹沒有零風險區。知道了嗎？」

「知道了。瞭解。」

又輪回麥肯齊。「來到糧食站時，螢幕會顯示今天當地屬於哪一級。萬一碰到緊急狀態，照他的話去做。你要去採訪的糧食站是葛朗將軍實際掌控的地盤，你弄丟的簽證就是他發的。不過，那裡定期會遭到北方的攻擊，南邊敵對的部落也會發動攻擊。別以為這只是南北之間的問題。部落之間的聯盟一夕之間就會改變。他們一下子就會翻臉對打，就跟攻打穆斯林一樣。還聽得懂吧？」

「沒問題。」

「基本上，蘇丹這國家是殖民時代地圖師的美夢。南邊是非洲，綠色原野，石油，拜物教基督徒。北方是阿拉伯，一片沙漠，一堆伊斯蘭極端分子，一心想引進伊斯蘭律法。知道是什麼吧？」

「多少知道一點。」賈斯丁的另一個身分曾就這個主題寫過報告。

「結果是啊，造成永久飢荒的因素，我們幾乎一樣都不缺。乾旱沒有導致的後果，就由內戰來處理，反之亦然。然而喀土木政權還是合法政府。最後，不管聯合國跟南方談好什麼條件，還是得尊重喀土木政府。所以這裡的情況就是這樣，艾金森先生。聯合國、喀土木的人和叛軍之間形成獨特的三角協議，喀土木政府的人另一方面又把叛軍打得落花流水。懂嗎？」

「你要去的是七號營！」辛巴威白人女孩潔咪彎腰對著他耳朵大叫。她身穿棕色牛仔裝，頭戴叢林帽，雙手圍著嘴上呈喇叭狀。

賈斯丁點點頭。

「七號營現在正熱門！我一個朋友幾個禮拜前才在那邊遇到四級狀況！她被迫長途跋涉，在沼澤地走了十一個小時，然後脫掉長褲，等飛機來接，等了六個鐘頭！」

「她的長褲怎麼了？」賈斯丁對著她大喊。

「不脫不行啊！男生女生都一樣！那邊太熱啦！長褲又濕又熱又冒水蒸氣！受不了！」她休息一陣子，接著雙手又回到他的耳朵。「如果你聽見牛群跑出村子——快跑。如果後面跟的是女人——加快腳步跑。我們有個男的，曾經一次跑了十四個小時，一滴水也沒喝。瘦了八磅。追殺他的人是卡拉賓諾。」

「卡拉賓諾？」

「卡拉賓諾本來是好人，後來加入北方人就變壞了。現在他道了歉，回到我們陣營。大家都很高興。沒有人問他跑哪兒去了。這是你第一次來嗎？」

還是點點頭。

「聽我說。數據顯示，根據保險公司的統計，你應該很安全。別擔心。而且布蘭特這個人很有意思。」

「誰是布蘭特？」

「負責監控七號營糧食的人。人很好，大家都喜歡他，瘋瘋癲癲的，開口閉口都是上帝。」

「他是哪裡來的？」

她聳聳肩。「自稱和我們一樣，是被海水沖上岸的雜種狗。這裡沒有人有什麼過去。等於是一條規定。」

「他在那邊待多久了？」賈斯丁大喊，然後不得不再喊一次。

「六個月吧，我猜！在當地連續待六個月，就等於過了一輩子，相信我！他連到羅齊休養兩、三天都不肯！」她以遺憾的口吻結尾，然後因為喊得筋疲力盡，往後癱坐下去。

賈斯丁解開扣環，走向窗戶。這就是妳走過的一段旅程。這就是他們給妳的宣傳辭令。這就是妳看到的東西。底下是碧綠色的尼羅河沼澤，在熱氣下煙霧瀰漫，當中點綴著拼圖形狀的黑水坑。地勢較高處有蜂窩狀的牛欄，裡面擠滿牲口。

「部落民族永遠不會說出他們養了幾頭牛！」潔咪站在他身旁，對著他的耳朵大喊。「監控糧食的人的工作是查出實際數字！山羊和綿羊住在中間的獸欄，牛住在外面，旁邊是小牛！狗和牛住在一起！他們晚上會在自己的小房子裡燒牛糞！趕走掠食性動物，幫牛群保暖，害他們咳得厲害！他們有時候也會把女人和小孩放在裡面！蘇丹女孩吃得好！如果養得好，嫁妝就會多一點！」她拍拍自己的肚皮，微微一笑。「男人只要拿得出錢，想娶幾個老婆隨他高興。他們會跳一種很不可思議的舞——我沒騙你。」她大聲叫著，一手遮住嘴巴狂笑起來。

「妳是監控糧食的人嗎？」

「助理。」

「怎麼找到這份工作的？」

「在奈洛比混對了舞廳！想聽聽謎語嗎？」

「當然。」

「我們在這裡空投穀物，對吧？」

「對。」

「因為南北之間的戰爭，對吧？」

「繼續講。」

「我們空投的穀物，大部分都是在北蘇丹種的。如果美國農夫沒有因為穀物過剩對我們傾銷的話。你自己想想。救濟單位的錢用來買喀土木的穀物。喀土木把錢拿來買武器對付南方。載穀物飛到羅齊的飛機和喀土木政權轟炸南蘇丹村落的轟炸機，用的是同一個機場。」

「謎語是什麼？」

「為什麼聯合國一邊資助轟炸南方，一邊又同時援助受害者？」

「答不出來。」

「你這趟之後要回羅齊嗎？」

賈斯丁搖搖頭。

「可惜啊。」她說，然後眨眨眼。

潔咪回到自己的座位，坐在大豆油的木箱之間。賈斯丁待在窗口，看著飛機反射出來的金色日光點點掠過閃閃發亮的沼澤地。沒有地平線。一段距離後，地面的顏色融入霧氣，窗戶也染上越來越深的淡紫色。我們可以一輩子飛個不停，他告訴她，永遠不會飛到地球的盡頭。在毫無預警的情況下，水牛飛機開始緩緩下降。沼澤變成棕色，硬土地升高到水平面之上。一棵棵樹木在地面上猶如綠色花椰菜，飛機的反射光點掃過樹身。艾札德接下駕駛任務，麥肯齊機長正在研究露營器材的手冊。他轉身對賈斯丁比了個大拇指朝上的手勢。賈斯丁回到座位，扣好扣環，望了手錶一眼。他們已經飛了三個小時。艾札德讓飛機以大角度傾斜。一盒盒衛生紙、殺蟲劑以及巧克力由上往鋼鐵甲板猛射，重擊駕駛艙平台，靠近賈斯丁的腳邊。一叢燈芯草屋頂的茅屋出現在機翼尾端。賈斯丁戴的耳機充滿雜音，宛如變調的古典音樂。他從眾家不協調的聲音中鎖定一個粗魯的德國人聲音，此人正在詳細介紹地面狀況。他聽到了「穩定而輕鬆」等字眼。飛機開始狂亂振動。繫著安全帶的賈斯丁站了起來，從駕駛艙的窗戶看到外面一條帶狀的紅土地，兩旁是綠色原野。一列列白布袋充作指示燈。另外也有白布袋散布在原野的一角。飛機擺正了，陽光照著賈斯丁的頸背，有如被滾水燙到。他猛然坐下。德國人的聲音變得清晰響亮。

「下來呀，艾札德，我們今天燉了一鍋山羊肉當午餐，很好吃喲！那個遊手好閒的麥肯齊在上面嗎？」

艾札德不為所動。「角落那幾袋是什麼，布蘭特？最近有人空投過嗎？我們是不是跟別架飛機空投了同一個地方？」

「只是袋子啦，艾札德。別管那些袋子，趕快下來，聽見沒？那個大牌記者是不是跟過來了？」這次換成麥肯齊回答，簡明扼要。「來了，布蘭特。」

「還有誰？」

「我！」潔咪在巨響中高興地大喊。

「一個記者，一個花痴，六個返鄉的代表。」麥肯齊和先前一樣以吟唱的語調說。

「他人怎樣？大牌記者？」

「你來告訴我好了。」麥肯齊說。

駕駛艙裡笑聲連連，地勤那位只聞其聲、不見其人，講話帶有外國腔的人也加入。

「他在緊張什麼？」賈斯丁問。

「這裡的人全都緊張兮兮。這裡是終點站。我們下飛機後，艾金森先生，請你跟在我身邊。這裡規定，在介紹你給其他人認識之前，要先向行政官拜碼頭。」

起降跑道是一座延長的黏土網球場，有一部分雜草叢生。狗和村民從一叢森林跑出來朝跑道前進。茅屋屋頂以燈芯草覆蓋，呈圓錐形。艾札德低飛經過，而麥肯齊掃視著兩旁的草叢。

「沒壞人吧？」艾札德問。

「沒壞人。」麥肯齊證實。

水牛飛機傾斜，機身打直，接著向前直衝。跑道有如火箭般打在機輪上。火紅的灰塵蘢罩窗戶。機身往左傾斜，接著再往左，貨物在機艙裡怒吼，引擎尖聲大作，飛機抖動幾下，摩擦到異物，發出呻吟聲與衝撞聲。賈斯丁盯著逐漸落定的塵埃，注視著一群逐步接近的非洲賢達、兒童與兩個白人婦女。她們身穿邋遢的牛仔褲，綁著黑人辮子，戴著手環。一個頭戴棕色霍姆堡氈帽的男子站在這群人中間，他穿著老舊的卡其短褲，腳踩磨損嚴重的麂皮鞋，大步向前走來，日光如炬，身材圓滾，頭髮呈薑紅色，身型絕對莊嚴。他就是沒掛聽診器的馬可斯・羅貝爾。

•

幾個蘇丹婦女從飛機上爬下來，與一群唱著歌的族人團聚。辛巴威女孩潔咪抱著同伴驚喜得又呼又叫，她也擁抱了羅貝爾，摸著他的臉，摘下他的霍姆堡氈帽，撫平他的紅頭髮，而羅貝爾則睜大眼睛，拍拍她的臂部，樂得就像過生日的小學生。丁卡族的搬運工身手矯健地來到機身後端，遵照艾札德的指示卸貨。不過，賈斯丁必須留在原位，等到麥肯齊機長示意之後才能起身，跟他走下階梯，帶著他離開歡欣鼓舞的人群，走過飛機跑道，往土丘走去。土丘上有一群丁卡族長者，身穿黑長褲白襯衫，坐在樹蔭底下的廚房椅上，圍成半圓。坐在中間的是行政官亞瑟，身材乾癟、頭髮灰白，臉孔有歲月鑿刻過的痕跡，雙眼銳利而精明。他戴著紅色棒球帽，上面有金色電繡的「巴黎」字樣。

「閣下必定是以筆維生之人，艾金森先生。」亞瑟用的是舊時英文，說得無懈可擊。介紹兩人認識的是麥肯齊。

「沒錯，先生。」

「恕在下斗膽請教貴報大名，如何有此榮幸聘用到此一賢才？」

「倫敦《電報訊》。」

「週日電訊報？」

「多半是日報。」

「兩者俱為優秀的報紙。」亞瑟說。

「亞瑟過去在英國統治時代，是蘇丹國軍的士官。」麥肯齊解釋。

「請告訴我，先生，若說您來到此地是為了滋養心智，這麼說是否正確？」

「同時也滋養我讀者的心智，希望如此。」賈斯丁以甜美的外交辭令回答，這時他的眼角餘光看見羅貝爾一行人正走過跑道。

「既然如此，在下期望您能同時寄來英文書籍，滋養我族人心智。聯合國照顧我們的肉體，卻鮮少顧及我們的心智。我們喜歡的是十九世紀英國小說大師。貴報或許能考慮資助此一義舉。」

「我一定會向他們建議。」賈斯丁這時轉頭望向右後方，看到羅貝爾一行人朝土丘接近。

「至為感激，先生。承蒙大駕光臨，各位將待多久？」

麥肯齊代表賈斯丁回答。在他們下方，羅貝爾一行人在土丘底下止步，等著麥肯齊和賈斯丁下來。

「明天這時候，亞瑟。」麥肯齊說。

「切勿戀棧。」亞瑟斜眼看了一下麥肯齊的隨行人員，「艾金森先生，離去後請勿遺忘吾人。我們會靜待您送書過來。」

「今天好熱啊，」麥肯齊邊說邊走下土丘，「一定有四十二度，還持續上升中。就算這麼熱，對你來說也還算是伊甸園。明天同一時間再見，行嗎？布蘭特。你的大牌記者來了。」

•

賈斯丁沒預料到對方會表現出如此動人的善意。原本在烏護魯醫院躲避他的薑紅色眼睛，此時投射出真誠的喜悅。長不大的臉孔有豔陽日復一日燒灼的痕跡，此時露出具有感染力的開懷淺笑。原本緊張地講著悄悄話、在蝶莎病房縈繞不去的深沉喉音，此時聽來震懾人心。兩人握手，羅貝爾邊講話，賈斯丁邊握著羅貝爾的雙手。他的掌力友善而貼心。

「他們在羅齊有沒有先跟你簡單介紹過，艾金森先生，還是把苦差事留給我啦？」

「可惜在羅齊沒有太多時間聽介紹。」賈斯丁也對他報以微笑。

「記者怎麼總是來去匆匆，艾金森先生？」羅貝爾以快活的口氣抱怨，他鬆開賈斯丁的手，卻摟住他一邊的肩膀，帶著他往跑道走。「最近真相是不是變得很快？我父親總是教我：事情若是真的，就恆久不變。」

「要是他能跟我的編輯那樣講就好了。」賈斯丁說。

「不過，你的編輯也許不相信所謂的永恆。」羅貝爾邊警告，邊走到賈斯丁的另一邊，對著他的臉舉起一根手指。

「大概吧。」賈斯丁承認。

「你自己呢？」小丑似的眉毛緊箍成神父詢問般的模樣。

賈斯丁的頭腦一時愣住。*我在假裝什麼？這個人就是馬可斯・羅貝爾，背叛妳的人。*

「我想，回答這個問題之前得多花點時間。」他答得很彆扭，羅貝爾大笑，笑得很誠實。

「別花太多時間啊，老兄！不然永恆這東西可是會回過頭來咬你一口的！以前看過空投糧食嗎？」他抓住賈斯丁的手臂，突然壓低聲音。

「大概沒有。」

「那我帶你去看，然後你就會相信永恆，不蓋你。這裡一天空投四次，每次都是上帝的神蹟。」

「你實在太客氣了。」

羅貝爾就要照本宣科了。身為外交官的賈斯丁，與羅貝爾同為詭辯專家的賈斯丁從他的語氣中聽出端倪。

「艾金森先生，我們在這裡啊，盡量做得有效率。盡量讓糧食進對嘴巴。也許我們過度供應了。顧客餓肚子，過度供應也不算什麼罪過。也許他們撒了點謊，騙說村子裡有多少人，騙說有多少人就快死了。也許我們在亞維爾[36]的黑市裡造就出幾個百萬富翁。有什麼了不起，對不對？」

「對。」

潔咪出現在羅貝爾身邊，旁邊跟著一群拿著帶夾筆記板的非洲女人。

「也許我們破壞了路邊攤的生意，讓老闆對我們很不爽。也許叢林裡可憐的獵人和巫醫會說，我們拿西方的藥害他們沒生意可做。也許我們的空投造成了他們的依賴。對不對？」

「對。」

一個大大的微笑消解了上述所有的美中不足之處。「這麼說好了，艾金森先生，你告訴你的讀者，告訴人在日內瓦和奈洛比的那些聯合國肥豬。每次我的糧食站送一湯匙的粥進到一個挨餓的小孩的嘴裡，我就盡了自己的責任。夜裡就能安睡在上帝的懷裡。我掙得生下來的理由。能不能這樣寫給他們

36 亞維爾（Aweil），南蘇丹共和國的城市。

看？」

「我盡量。」

「你的名字是？」

「彼得。」

「布蘭特。」

他們再度握手，握得比先前還久。

「想問什麼儘管問，好嗎，彼得？我不會對上帝隱瞞什麼祕密。有沒有什麼特別問題想問我的？」

「還沒有。說不定稍後會有，等我有機會瞭解狀況後。」

「那樣也好。慢慢來。是真的，就恆久不變，可不是嗎？」

「對。」

•

現在是禱告時間。

現在是聖餐禮時間。

現在是神蹟出現的時間。

現在是與全人類共享聖禮之時。

羅貝爾這麼宣布，賈斯丁也裝模作樣地寫在筆記簿上，想藉此逃離這個嚮導逼得人喘不過氣來的好心情，卻無處可逃。現在要欣賞的是「以善性導正邪惡影響的祕密」，這是羅貝爾另一句令人不安的雋語。他瞇著薑紅色的眼睛，虔誠地看著火熱的天堂這麼說出，以大大的微笑接受上帝的祝福。賈斯丁此時感覺到背叛蝶莎的人正以肩膀熱情地揉蹭著他。引來一排觀眾。最靠近他們兩人的是潔咪和行政官亞瑟，還有隨行人員。小狗、成群結隊的紅袍部落民族，以及一群赤身裸體的乖順兒童圍著飛機跑道邊緣站著。

「今天，我們餵飽四百一十六個家庭，彼得。每個家庭要乘以六。每次空投，我就讓那邊的行政官抽成百分之五。這個不能寫。你人不錯，所以我才告訴你。如果光聽行政官講話，你會以為蘇丹人口有一億。我們這裡另一個問題就是謠言。只要有一個人說他看見有人騎馬拿著一把槍，就會引起一萬個人沒命狂奔，丟下農作物和村子逃命。」

他驟然停下來。潔咪在他一旁一手指著天堂，另一手則拉著羅貝爾的手，偷偷握了一下。行政官和隨行人員也聽見了，他們的反應是抬頭半閉著眼睛，嘴唇向兩側延展，露出緊張而開朗的微笑。賈斯丁也聽到遠方隆隆作響的引擎聲，依稀看見光亮的天空出現黑點。黑點緩緩化為水牛飛機，機型就像他搭乘前來的飛機，如同上帝御馬般潔白、英勇、踽踽獨行，從樹梢上方一掌之距飛掠而過，閃閃發亮，上下晃動，調整著前進的方位與高度。隨後，飛機消失，一去不回。然而羅貝爾的信眾沒有因此喪志，眾人依舊仰首期盼飛機回頭。飛機果然轉回，低飛，直飛，目標篤定。看到首批白色糧食袋如同雪花般從機尾落下，賈斯丁不禁哽咽，淚水也開始在眼裡打轉。糧食袋起初調皮地在空中飄浮，隨後加速在落地區啪噠落下，響起機關槍似的連續槍響。飛機繞著圈子，重複上述動作。

「看到沒，老兄？」羅貝爾低聲說。他眼中也有淚水。難道他一天哭四次？或是只在有觀眾時才哭？

「看到了。」賈斯丁證實。就和妳看到的一樣，而我無疑也立即成為了他教會的一員。

「聽著，老兄，我們需要更多飛機跑道。這寫進你的報導。更多飛機跑道，更靠近村落。目前的跑道要他們走路過來實在太遠了，而且也危險。他們會被強姦，被人割喉。他們不在家的時候小孩會被偷走。等到他們走到跑道，會發現自己搞錯了，今天不是輪到他們村子。所以他們只好回頭，腦袋搞不清楚。很多人就是因為搞不清楚才死的。他們的小孩也是。這東西你寫不寫？」

「我盡量。」

「羅齊這邊說蓋越多跑道，就需要更多監控工作。我說，好啊，我們就增加監控。羅齊說，錢哪裡來？我說，先花錢，再找錢。搞什麼鬼？」

飛機跑道又傳來另一陣寂靜。是擔憂的寂靜。難道是強盜埋伏在樹林間，等著搶走上帝的禮物然後逃跑？羅貝爾的大手再次抓住賈斯丁的上臂。

「我們這裡沒有槍，老兄，」他解釋著，算是回答賈斯丁腦海裡沒有問出口的問題，「他們在村子裡有美製阿瑪萊特步槍和俄製卡拉希尼可夫步槍。那邊那個行政官亞瑟，他拿他抽成的百分之五買槍給他的族人。不過，我們在糧食站只有無線電和禱告而已。」

據判斷危機已過。第一批搬運工害羞地走上跑道搬走糧食袋。潔咪和其他助理則拿著筆記板，站在糧食袋之間，一人占據一堆。有些袋子已經撐開。拿著掃把的女人連忙掃起灑落出來的穀物。羅貝爾抓著賈斯丁的手臂，教他認識「糧食袋文化」。他慨然大笑地說，上帝發明了空投之後，也發明了糧食袋。不管有破洞還是完整無缺，這些印有世界糧食計畫簡寫字母的白色人造纖維布袋，就和袋裡的糧食一樣，都是南蘇丹人的日常商品。

「你看到那個風向袋了沒？——看到那傢伙穿的休閒鞋了沒？——看到他的頭巾了沒？——我告訴你，要是我結婚啊，也要讓新娘穿糧食袋！」

在他身邊的潔咪發出一陣狂笑，她旁邊的人也很快跟著笑了起來。笑聲尚未稍止，跑道另一邊的樹林裡，有女人從不同點成三列魚貫而出。她們都是丁卡人，身材高䠷，六英尺的身高並不罕見。她們大步前進的優雅姿態是所有時裝走秀者夢寐以求的模樣。多數人都袒胸露背，其他人則身穿紫銅色棉衣，胸前特別遮得妥當。她們呆滯的眼神鎖定在前方的糧食袋。她們講起話來輕聲細語，不想讓外人聽見。每一列女人都知道目標何在。每位助理都知道自己的顧客是誰。賈斯丁偷偷瞄了羅貝爾一眼，這時，女人紛紛報上自己的姓名，拎起布袋的袋頸，扔向空中，袋子穩穩落在頭上。他看到羅貝爾的眼裡充滿悲情與不敢置信的神情，彷彿她們的困境是他一手造成，彷彿他不是拯救者。

「怎麼了？」賈斯丁問。

「這些女人啊，是非洲唯一的希望。」羅貝爾回答的嗓音仍然維持低檔，視線則分秒不離那些女人。難道他在她們當中看見婉哲？也看到其他所有的婉哲？他細小無血色的雙眼在霍姆堡氈帽的暗影之下充滿罪惡感。「這個你要寫下來。我們只把糧食交給女人，那些男人都是白痴，我們完全信不過他們。信不得啊。他們把我們的東西拿去市場轉賣，叫女人拿去釀酒。他們買菸買槍買女人。那些男人全是無賴。女人養家，男人養戰。全非洲就是一場性別大戰。這裡只有女人負責上帝的工作。這個你給我寫進去。」

賈斯丁乖乖照他的意思記下。再寫也沒有必要，因為以前他每天都聽蝶莎講著相同的話。女人無聲地魚貫走進樹林。歉疚的小狗舔著沒人撿的穀物。

•

潔咪和助理已經解散。羅貝爾拄著長手杖，頭頂著氈帽，帶著精神導師般的權威感，領著賈斯丁走過飛機跑道，離開土庫屋聚集而成的部落，走向一條藍色的森林帶。十幾個小朋友爭著要緊跟在他後面。他們對大善人的手又扭又擰，一人拉著一根手指邊呀邊的，發出吼聲，就像跳舞的小矮人一樣在空中踢著腳。

「這些小朋友以為自己是獅子。」小朋友拉著羅貝爾對他大吼，羅貝爾則對賈斯丁以稱兄道弟的口吻如是說。「上個禮拜天，我們在上聖經班，小獅子很快就吞掉但以理，害上帝沒有機會拯救他。我告訴小朋友：不行，不行，要讓上帝有機會拯救但以理啊！聖經是這樣寫的！但他們說獅子太餓了，等不及。讓他們先吃掉但以理，再讓上帝表演魔術嘛！他們說，要不然，獅子會死翹翹。」

他們朝著跑道另一端的一排長方形小屋前進。每間小屋都以簡陋的方式圍起一小塊土地，狀若大鎖。每個圍起來的土地都是迷你的冥界，當中不是無藥可醫的病人，就是乾癟、瘸腿、脫水的人。女人堅毅地彎腰站著，靜靜接受折磨。沾滿蒼蠅的嬰兒病重得哭不出聲音。上吐下瀉的老人陷在昏迷狀態。疲憊的醫護人員和醫生盡了最大能力，哄他們稍微排出一條拼裝線。緊張的女孩大排長龍，彼此講著悄悄話，嗤嗤地笑。少男則纏鬥不休，有個老年人拿著木棍對著他們毒打。

•

羅貝爾和賈斯丁來到一座蓋著茅草、活像鄉下工寮的醫療站，亞瑟和隨員則在後面不遠處跟著。羅貝爾推開吵鬧的病人前進，帶著賈斯丁來到一片鋼質隔板前，有兩個粗壯的非洲人守衛著。他們身穿無國界醫師的T恤。隔板拉開後，羅貝爾箭步進入，摘下氈帽，拉賈斯丁進來。一個白人醫護人員和三個幫手正在木質櫃台後混合、測量著東西。此處的狀況篤定，卻有隨時就要發生緊急狀況的氣氛。醫護人員看到羅貝爾走進來，很快抬頭一笑。

「布蘭特，你帶來的這位帥哥是誰啊？」她帶有輕快的蘇格蘭口音。

「海倫，來認識認識彼得。他是記者，要告訴全世界你們是一大堆遊手好閒的懶人。」

「嗨，彼得。」

「嗨。」

「海倫是蘇格蘭格拉斯哥來的護士。」

架子上放了五顏六色的紙盒和玻璃罐，堆高到天花板。賈斯丁掃瞄了一下，假裝對所有東西感到好奇，實則在尋找熟悉的紅黑相間的盒子，上面印有三隻金色蜜蜂的快樂商標，但沒有找到。羅貝爾站到所有東西前面，再度扮演起講師的角色。護士和她的助手互相微笑，毫不掩飾。又來了。羅貝爾拿起一罐裝有綠色藥丸的工業用瓶子。

「彼得，」他以沉重的音調說，「現在我要讓你看的是非洲的另一條命脈。」

他是不是每天重複說著同樣的話？對每個來客都這樣講嗎？這是否就是每天表演的懺悔劇？這些話，他也對蝶莎說過嗎？

「全球的愛滋病患當中有百分之八十都在非洲，彼得。這個數字只是保守估計。其中有四分之三都沒有接受藥物治療。這一點，我們必須『感謝』製藥公司和他們在美國國務院的佣人。他們威脅說，如果有哪個國家膽敢廉價生產美國專利藥品，就一定會碰上制裁。懂了沒？寫下來了嗎？」

賈斯丁對羅貝爾點頭表示肯定。「繼續。」

「這罐子裡的藥，一顆在奈洛比要二十美金，在紐約是六美金，馬尼拉十八美金。印度隨時可以生產出非原廠的相同藥丸，每顆只要六毛錢。別跟我講什麼研發費用，研發費早在十年前就已經抵銷掉，而且很多研發經費本來就是由政府補助的，所以他們根本是在鬼扯。我們這邊遭遇的是不道德的壟斷，每天都賠上人命，懂嗎？」

羅貝爾很熟稔表演過程，不需多想就能繼續下去。他將罐子擺回架上，抓來一個黑白相間的大盒子。

「這些狗雜種拿相同的配方已經賣了三十年。治療什麼？瘧疾。知不知道為什麼賣了三十年，彼得？要是有幾個紐約人哪天得了瘧疾，你看他們會不會火速找解藥！」他選了另一個盒子。他的雙手和聲音都因為誠實的憤慨而顫動。「這家紐澤西的藥廠慷慨大方，樂善好施，向全球貧窮、飢餓的國家捐獻了這個產品，懂嗎？藥廠啊，他們有必要受人愛戴。如果沒人愛戴，他們就嚇得直發抖，難過得很。」

而且變得很危險，賈斯丁心想，不過沒有講出口。

「為什麼藥廠要捐這個藥呢？我來告訴你。因為他們生產出更好的藥了。舊藥庫存太多，使用效期又只剩六個月，所以就捐給非洲。慷慨捐獻的結果能獲得幾百萬元的減免稅額，還省下幾百萬的庫存費用，銷毀滯銷藥品的費用也省了。更何況大家都會說，你看他們心地真善良。連股東都這樣說。」他將盒子轉過來，神態輕蔑地怒視著盒底。「這批貨在奈洛比海關押了三個月，海關那些人等著別人拿錢來賄賂。同一家藥廠兩年前還給非洲送了生髮劑、戒菸藥和減肥藥，善心義舉獲得數百萬的所得稅減免。那些狗雜種只對獲利的胖財神有感情，對其他人則一概無情。我說的是事實。」

然而，他充滿正義的怒火最猛烈的部分則保留給他自己的上司——那些在日內瓦的救濟界人士，大藥廠一喊話，那些懶人就乖乖翻身。

「竟然還敢自稱人道主義者哪！」他抗議，助手們再度淺笑，無意間喚起了蝶莎痛恨的字眼。「飯碗安穩，薪水所得免繳稅，退休金，豪華轎車，小孩上國際學校免學費！一直出差，所以沒機會花錢。我看多了！在瑞士頂級餐廳裡陪藥廠派來的帥哥遊說人員吃大餐。他們幹嘛為人道精神強出頭？日內瓦有幾十億元沒地方花？太好了！花在大藥廠身上，讓美國高興！」

待這段激昂的演說情緒緩和下來之後，賈斯丁再提出一個問題。

「你是以什麼樣的身分看清了他們的真面目，布蘭特？」

眾人抬起頭來。只有賈斯丁例外。顯然以前從來沒有人想到要質疑這位野地裡的先知。羅貝爾薑紅色的眼睛大睜。他帶著一絲受到傷害的神情，皺了皺曬紅的前額。

「那些人我看多了，我告訴你。用我自己的眼睛。」

「我沒有懷疑你親眼見過，布蘭特，但是我的讀者可能會懷疑。他們會在心中問，『布蘭特在看到他們如此做法時是什麼樣的身分？』你當時是在聯合國嗎？還是只是正好在餐廳裡用餐？」微微的笑聲指出不可能的狀況：「或者，你當時是在為黑暗部隊效勞？」

羅貝爾是否察覺到敵人就在眼前？「黑暗部隊」一詞他是否耳熟能詳，令他備感威脅？賈斯丁在醫院那次的模糊印象是否不盡然模糊？羅貝爾的表情變得很可憐。原本兒童般的光彩褪去，留下的是受到傷害、沒戴帽子的老頭模樣。別這樣對待我，他的表情正在說。你是我的朋友。不過，有良心的記者正忙著作筆記，沒空提供協助。

「如果想求助上帝，就必須先成為罪人。」羅貝爾嗓音乾啞地說。「這裡每個人都接受過轉變，接受了上帝的悲憐。相信我。」

然而羅貝爾臉上受到傷害的神情仍在，不安的神態亦然，逗留在他臉上，宛如他盡量不想聽的壞消息。往回走過飛機跑道的路上，他裝作比較喜歡跟在行政官亞瑟的身邊，兩人以丁卡族的姿態走著，手牽手，戴著霍姆堡氈帽、身材魁梧的羅貝爾伴著頭戴「巴黎」帽、雙腳如紡錐、身形如稻草人的亞瑟同行。

•

糧食監控人布蘭特與助手的居所，是以木頭柵欄圍起來的地方，以原木當作大門。兒童紛紛退去。亞瑟與羅貝爾伴隨貴賓參觀必經之地，也就是營地設施。臨時搭建的淋浴間上方有個桶子，有條繩子一拉就能倒水下來。裝雨水的水塔由石器時代的抽水器輔助，電力來自石器時代的發電機。這些都是偉大的布蘭特所發明。

「有朝一日，我要為這東西申請專利！羅貝爾說得信誓旦旦，同時對亞瑟用力眨著眼睛，亞瑟不得不也對他眨眼。養雞場中央地面上有一片太陽能發電板，被雞隻當成了彈跳床。」

「白天的熱度就足以照亮整間房子！」羅貝爾吹噓著。然而他獨白中原有的熱情已經消散。廁所位在柵欄邊緣，男廁女廁各一。羅貝爾敲著男廁的門，接著打開，顯示出地面上一個臭氣熏天的糞坑。

「這裡的蒼蠅啊，不管我們用什麼消毒，都能發展出抵抗力！」他抱怨。

「多重抗藥型的蒼蠅？」賈斯丁微笑暗示著，羅貝爾慌張地朝他瞄一眼，自己也擠出一個痛苦的微笑。

他們走過房舍，路上稍微停步，看著剛挖好的墓坑，十二英尺長，四英尺寬。一家子的黃綠蛇捲曲著，躺在紅土底部。

「那是我們的防空洞啊，老兄。要是被這個營地的蛇咬到，可比被炸彈炸到還嚴重。」羅貝爾語帶不滿，繼續怨嘆大自然的殘酷。

看到賈斯丁沒有反應，他轉身想講笑話給亞瑟聽。但亞瑟早已回去跟族人在一起。羅貝爾像是一個急需友誼的人，他一把摟住賈斯丁的肩膀，搭在上面不放，帶著他以輕步兵的速度大步走向中央的土庫屋。

「現在你得嘗嘗看我們的燉山羊肉，」他的語氣堅定，「那個老廚師啊，他燉的東西要比日內瓦的餐廳好吃多了！你是個好人，對不對，彼得？你是我的好朋友！」

你看到誰在墳墓裡跟蛇躺在一起？他在問羅貝爾。是不是又是婉哲？或是蝶莎伸出冰冷的手碰觸你？

•

土庫屋裡的地板對角線不超過十六呎。餐桌是木板拼湊釘成的。沒打開的啤酒箱和沙拉油箱就充作椅子。燈芯草天花板吊著搖搖欲墜的電風扇，雖然在轉動，卻轉不出什麼涼風，空氣中充滿大豆和殺蟲劑的臭味。只有一家之長羅貝爾有椅子可坐，他一把從無線電前將椅子拉過來。瓦斯爐旁有一把賭馬場用的大傘，下面堆著無線電。他頭戴氈帽，腰桿挺直坐在椅子上，一旁是賈斯丁，另一旁是潔咪。潔咪在這裡似乎怡然自得。賈斯丁的另一邊是一位綁著馬尾的年輕男醫師，來自佛羅倫斯，他身邊則是醫療所的蘇格蘭護士海倫，海倫對面是名叫薩維宣的奈及利亞護士。

羅貝爾大家族的其他成員沒有時間閒晃，他們各自舀了燉羊肉便站著吃了起來，不然就稍微坐下，時間只夠大口吞下肚，然後告辭。羅貝爾以湯匙舀著狼吞虎嚥，邊吃邊說，視線兜著餐桌轉，說個不停。雖然他偶爾會針對特定的成員發言，不過沒有人懷疑他分享的智慧主要受益人是來自倫敦的記者。羅貝爾第一個話匣子主題是戰爭。不是他們身邊到處發生的部落衝突，而是「這個可惡的大戰」，發生在班提烏北方的油田，日漸擴散到南方。

「喀土木的那些狗雜種啊，他們有戰車、有武裝直升機哪，彼得。他們把可憐的非洲人整得家破人亡。你往北邊走，自己去看看。如果轟炸不成功，就派地面部隊進去收拾，沒問題。那些部隊盡情燒殺擄掠。是誰在幫他們？是誰在邊線拍手叫好？是跨國石油公司！」

他憤慨的嗓音震攝全場。他周遭的話題不是過來一較高下，就是等死，而多數的話題的確是敗下陣來。

「跨國公司很愛喀土木啊，老兄！他們說，『天啊，我們尊敬你們優秀的基本教義派原則。公開鞭打幾個人，砍掉幾隻手，我們很欽羨。我們希望盡所有可能幫助你們。我們希望你們盡量使用我們的道路和飛機跑道。只要禁止那些懶惰的非洲無業遊民進入市區和村落，阻礙了偉大的獲利之神！我們希望來個種族淨化行動，將那些非洲無業遊民掃除得乾乾淨淨，期望與你們那些在喀土木的人一樣殷切！

所以，這裡有些不錯的油礦留給你們，拿去多買點槍砲！』你聽到了嗎，救助者？彼得，你寫下來了沒？」

「一字不漏，謝謝你，布蘭特。」賈斯丁輕聲對著筆記簿說。

「跨國公司做的是惡魔的工作，我告訴你，老兄！他們總有一天會下地獄，罪有應得，他們最好相信這一點！」他故作姿態地蜷縮起來，以大手遮掩臉孔。他扮演的是跨國公司人的角色，在審判日面對著造物者。「『不是我，主啊。我只是奉命行事。命令我的人是獲利大神啊！』跨國公司人啊，他才是讓你抽菸上癮的人，然後再賣你根本買不起的抗癌藥物！」

賣給我們未經實驗的藥物的人也是他。加速臨床測試、利用天涯淪落人當白老鼠的也是他。

「要喝咖啡嗎？」

「請給我一點，謝謝。」

羅貝爾一躍而起，抓來賈斯丁的湯杯，以熱水瓶內的滾水沖洗乾淨後，才倒咖啡。羅貝爾的襯衫貼黏在背上，顯露出條條顫抖的肌肉。但他沒有停止講話。他現在害怕沉默。

「羅齊那些人有沒有告訴你火車的事，彼得？」他大喊，從身邊的垃圾袋裡扯出一張衛生紙擦乾湯杯，「那輛一年來南方三次，車速跟走路差不多的該死的老火車？」

「恐怕沒有。」

「火車走的老鐵路就是你們英國人蓋的，知不知道？給火車走的。就跟老電影演的一樣。由北方荒野的騎馬人保護。老火車從北到南，沿路補位每個喀土木的駐地補給。懂嗎？」

「懂。」

他為什麼在流汗？眼神為什麼這麼驚恐，充滿疑問？阿拉伯火車跟他自己的罪過之間，他到底是想偷偷做什麼比較？

「老兄啊！那輛火車！現在卡在阿里亞斯和亞維爾之間，距離這裡走路要花兩天。我們得向上帝祈禱，希望河流持續氾濫，也許那些狗雜種就不會往這裡來。他們不管到哪裡都會造成世界末日，沒騙你。他們見人就殺，沒有人阻止得了。他們太強悍了。」

「布蘭特，你講的這些狗雜種到底是誰？」賈斯丁問，再度埋首做筆記，「我一時之間聽漏了。」

「狗雜種就是荒野裡那些騎馬的人啊，老兄！你以為他們保護火車有錢賺嗎？才怪。一毛錢也別想。他們免費保護火車是出自善心？他們的獎賞是一個村子接著一個村子殺人強姦。火車沒載貨時，就架走年輕小伙子和女孩子，載到北方！沒燒掉的東西，他們搶個精光。」

「啊，懂了。」

然而，火車的故事還沒讓羅貝爾盡興。如果講完後有帶來一片死寂的危險，讓他可能面對不敢聽的問題，羅貝爾就無法盡興。他驚恐的雙眼已經在死命搜尋著接下來的話題。

「他們有沒有告訴過你飛機的事？俄國製的飛機，比諾亞方舟的年代還久遠，保存在朱巴[37]的飛機？哇，那故事才厲害！」

37 朱巴（Juba），南蘇丹的首都。

「可惜沒講過火車，也沒講過飛機的事。我說過，他們沒時間告訴我任何東西。」

賈斯丁再度等待著，鋼筆以順從的姿態在待命，等著羅貝爾說出存放在朱巴的那架俄國製老飛機。

「朱巴那些瘋子穆斯林，做的啞彈跟大砲一樣厲害。他們載著啞彈飛上天，然後從老飛機的機身推下去，對準基督教村落！『去你的，基督徒！這是你們的穆斯林兄弟寫給你們的情書！』這些啞彈非常厲害，你要相信我，彼得。那些人精通投彈技術，投得還真是神準。噢，對了！那些炸彈一觸即發，所以機員非得在老飛機飛回朱巴降落前全部處理掉不可！」

賭馬場大傘底下的野地無線電正在宣布另一架水牛飛機即將到來。首先是羅齊當地簡潔的播報聲，然後是飛機上的機長在呼叫。潔咪彎腰湊近無線電，報告天氣狀況良好，地面穩定，沒有安全問題。在場用餐的人一哄而散，但羅貝爾仍待在原地不動。賈斯丁啪的一聲闔上筆記簿，在羅貝爾的注視下將鋼筆連同老花眼鏡一起放進襯衫口袋。

「好了，布蘭特。山羊肉燉得真好吃。我有幾個比較特別的問題想請教你，如果你不介意的話。有沒有什麼地方能坐上一個小時，不會被外人打擾的？」

羅貝爾帶著賈斯丁，如同帶人走向刑場一般，走過一片被人踐踏過的青草地，上面有帳篷和曬衣繩四處散落。有個鐘形的帳篷離群獨立。羅貝爾拿著帽子，幫賈斯丁拉起帳篷門，拚命擠出一絲可怕的淺笑表示屈從，讓賈斯丁先進去。賈斯丁彎腰，兩人的目光相接，賈斯丁在羅貝爾臉上看到他在土庫屋裡早已看過的神情，不過這時的清晰度大增：這個人一臉驚恐，害怕的是他堅決禁止自己看到的東西。

24.

帳篷裡的空氣沉悶而刺鼻，非常炎熱，混雜著腐敗的青草與酸臭的衣物氣味。不管怎麼洗也洗不乾淨的感覺。裡面有張木椅，為了騰出椅子，羅貝爾得先挪開一本路德教派聖經，一大本海涅詩集，一件嬰孩的羊毛睡衣，還有一個糧食監控人的緊急背包，裡面裝有信號燈探出頭的無線電。搬完所有東西，他才請賈斯丁就座，然後自己蹲在單薄的行軍床邊緣，床鋪距離地面不過十五公分。他雙手抱頭，汗濕的背起起伏伏，等著賈斯丁開口。

「本報有興趣瞭解一款頗具爭議性的結核病新藥岱魄拉瑟，是由凱儒・維達・赫德森生產，由三蜂之家行銷至非洲。我注意到你們架上沒有擺出來。本報認為你的真名是馬可斯・羅貝爾，認為你是將岱魄拉瑟引介到市面上的善心天使。」賈斯丁說明，此時再度打開筆記簿。

羅貝爾無動於衷。汗濕的背部，薑紅色的頭，洩氣垂垮的肩膀，在賈斯丁一番話的震驚之下仍維持不動的姿勢。

「外傳岱魄拉瑟有副作用，聲浪越來越大，我相信你也清楚，」賈斯丁翻了一頁參考內容繼續說，「ＫＶＨ和三蜂沒辦法永遠隻手遮天。如果你先說出自己的說法，也許是比較明智的做法。」

兩人汗如雨下，兩個患著相同疾病的受害者。帳篷裡的熱氣有催眠效果，賈斯丁暗自認為兩人會有不支倒地的危險，相繼昏睡在彼此身邊。羅貝爾開始在帳篷內四處走動。賈斯丁心想，我在低地忍受的監禁感受正是如此，一面看著他的囚犯被錫面鏡嚇到自己，或是對著床頭上方釘著的木十字架長考。

「老天啊，老兄，你是怎麼找到我的？」

「訪問了一些人。碰碰運氣。」

「別鬼扯，老兄。運氣個鬼。是誰付你錢的？」

還在踱步。搖搖頭抖掉汗水。四處走動，彷彿希望發現賈斯丁就在他腳邊，以懷疑與責備的眼光瞪著他。

「我是自由投稿作家。」賈斯丁說。

「聽你放屁！像你這樣的記者全都被我收買了！你搞什麼把戲，我清楚得很！是誰買通你的？」

「沒有人買通我。」

「是ＫＶＨ？還是寇提斯？我幫他們賺錢啊，看在老天爺的分上！」

「他們也幫你賺錢，沒有嗎？根據本報，那幾家擁有分子專利的公司股分，你持有百分之四十九。」

「我早放棄了，老兄。拉若也放棄了。那些錢是吸人血賺來的。『拿去，』我告訴他們，『是你們的。等到審判日那天，願上帝寬恕你們眾人。』我就是這樣對他們說的，彼得。」

「對誰說？」賈斯丁邊寫邊問。「寇提斯？還是ＫＶＨ的什麼人？」羅貝爾的臉就像是一副驚恐的面具。「或者，是跟克里科說？啊，對了，我知道了。克里科是你在三蜂的線民。」

他在筆記簿上寫下克里科的名字，一次一個字母，因為他被熱得行動遲緩。「不過，岱魄拉瑟不是壞藥，對不對？本報認為岱魄拉瑟確實是好藥，只可惜衝得太快。」

「快？」這個字眼引起他的不滿情緒。「快？KVH那些人希望馬上弄到測試結果，連等到明天早餐之前都不行。」

一陣巨大的爆炸聲響止住了全世界的動作。首先是喀土木從朱巴起飛的俄製飛機投擲啞彈。接著是北方來的荒野騎馬人。然後是為了爭奪班提烏油田的野蠻戰役，蔓延到糧食站的門口。帳篷動搖，往下塌陷，以免遭受另一波攻擊。一陣大雨打到帆布頂上，帳篷繩應聲哀叫哭泣。然而羅貝爾似乎沒注意到暴雨攻勢。他站在帳篷中間，一手按住額頭，彷彿忘了什麼。賈斯丁拉開帳篷門，透過層層雨水數到三個陣亡的帳篷，還有兩個也在眼前奄奄一息。雨水從曬衣繩上的衣物形成水柱往下灌，在草地上形成湖泊，波浪擊打著土庫屋的木牆。巨浪打在防空洞的燈芯草屋頂上。然後，正如攻擊開始一般突然，一切倏忽歸於平靜。

「這樣吧，馬可斯，」賈斯丁提議，彷彿雷陣雨清淨了帳篷裡外的空氣，「告訴我有關婉哲的事蹟。她是不是你人生中的轉捩點？本報認為她正是。」

羅貝爾圓鼓鼓的眼睛繼續鎖定在賈斯丁身上。他想開口卻講不出話來。

「來自奈洛比北方一個村子的婉哲。她後來搬到基貝拉的貧民窟。被帶到烏護魯醫院生小孩。她死了，嬰兒存活。本報相信她與蝶莎·魁爾同病房。有這個可能嗎？或者叫蝶莎·亞柏特，她有時會用這個姓。」

賈斯丁保持語氣平穩，不帶激情，正是一般客觀報導的記者所用的語氣。不帶激情在很多方面都不是假裝出來的，因為在別人任他擺布的情況中，他的心情也輕鬆不起來。他此時承受的責任遠超過他希望承擔的重量。他的復仇本能太微弱。飛機低空飛過頭上，前往空投區域。羅貝爾抬頭看，眼帶微弱的希望。他們來救我了！不是，他們是來解救蘇丹的。

「你是誰？」

他費了很大的勇氣才問出這個問題。但賈斯丁置若罔聞。

「婉哲死了。蝶莎也是。敖諾．布魯穆也是。他是比利時來的救濟工作者，也是醫生，也是她的好朋友。本報相信蝶莎與敖諾在遇害兩、三天前，曾經來過這裡訪問你。本報也相信，你曾就岱魄拉瑟一事向蝶莎和敖諾告解，當然，這只是假設。他們一走，你就背叛了他們，向以前的雇主告密，為的是確保你自身的安全。或許是透過無線電告知你的朋友克里科先生。這樣講，你有沒有印象？」

「耶穌基督啊。上帝聖明啊。」

馬可斯．羅貝爾在火刑架上燃燒著。他雙手抓著帳篷的中柱，頭抵著柱子，緊緊抱住，彷彿能藉此抵擋賈斯丁無情問話的攻勢。他痛苦得仰首向天，喃喃自語，乞求的內容是什麼聽不清楚。賈斯丁起身，將椅子搬到帳篷另一邊，放在羅貝爾腳邊，然後扶著他的手臂讓他坐下。

「蝶莎和敖諾來這裡是想找什麼？」他仍然刻意採取隨意的口吻問道。他不希望再聽到哇哇大哭的告解，也不想再聽到祈求上帝的禱告。

「他們找的是我的罪惡，我可恥的過往，我驕矜自大的罪過。」羅貝爾低聲回答，從短褲口袋取出一條溼透的破布輕擦著臉。

「他們找到了嗎？」

「全都找到了，我發誓，一個也沒漏掉。」

「帶了錄音機嗎？」

「帶了兩台啊！只有一台的話，那女的才不放心！」

賈斯丁暗暗微笑，稱許蝶莎律師的敏銳洞察力。「我在他們面前完全抬不起頭。我告訴他們赤裸裸的真相，和我呈給主的真相一樣。我無計可施了。我是他們調查過程的最後一環。」

「你給他們的資訊，他們有沒有說打算怎麼處理？」

羅貝爾雙眼大睜，但雙唇依舊緊閉，身體動也不動，讓賈斯丁一時間還以為他已斷了氣，不過看樣子他只是在回想往事。突然間，他非常大聲地講話，拚命讓字逐一以尖叫的方式脫口而出。

「他們會交給一個他們在肯亞信得過的人。他們會將整件事情的原委交給李基。他們蒐集到的所有東西。她說，肯亞的問題應該由肯亞自己解決。而這件事就得交給李基去做。他們堅信不移。他們警告我。警告我的是她。『馬可斯，你最好去避避風頭，這地方已經不是你的安身之處了。最好找個比較深的洞，否則他們會因為你的背叛，而把你剁得稀爛。』」

羅貝爾說出這番話時像是被人勒住了喉嚨，讓賈斯丁很難照實記下蝶莎的說法，不過他還是盡量記下來。蝶莎必然說過什麼，賈斯丁掌握得到她的大綱，因為蝶莎最先擔心的一定是羅貝爾，而非她自己，而「剁得稀爛」這種說法無疑是她的慣用語。

「布魯穆對你說了什麼？」

「他是有話直說。說我是蒙古大夫，背叛了信賴我的人。」

「這句話當然有助你背叛他囉。」賈斯丁以親切的口氣暗示，然而他的親切是白費工夫了，因為羅貝爾哭得比伍卓還悽慘。他呼天搶地、無視旁人，在勃然大怒的心情中涕泗縱橫，同時又央求為自己減輕罪名。他很愛那個藥啊！岱魄拉瑟不該被公開譴責！再過幾年，岱魄拉瑟就能列入當代偉大醫學發現之林！我們要做的，不過是控制住毒性達到的最高程度，控制住釋放到人體的速率！他們已經著手在修正了！等到岱魄拉瑟在美國上市，所有問題早就一掃而空，沒有問題！羅貝爾很愛非洲啊，老兄，他熱愛全人類，他是好人，生下來不能承擔如此罪惡！然而，即使又央求又哀嚎又大發怒氣，他還是設法讓自己奇蹟似地從敗仗中重新站起。他坐直身體。他讓肩膀往後伸展，自認高人一等的竊笑取代了身為懺悔者的悲憤。

「更何況，你看看他們的關係，老兄，」他抗議的口氣裡帶有濃厚的算計，「你看看他們自己道德十足的行為。我問自己，我們講的到底是誰的罪過？」

「你講的話，我好像聽不太懂。」賈斯丁以和緩的語氣說，這時，他與羅貝爾之間的心理安全屏障逐漸在腦海裡成形。

「你自己看看報紙，老兄，聽聽收音機。請你獨立思考後判斷，再告訴我。一個已婚的白人美女，為什麼要一路陪著黑人帥哥醫生到處跑？她為什麼要用娘家的姓，而不用她於法有據的夫姓？為什麼公然進到這個帳篷，大搖大擺站在她情夫身旁，身負通姦罪又是假道學，還敢責問馬可斯．羅貝爾的個人道德問題？」

然而，這道安全屏障一定是在不明原因下撤掉了，因為羅貝爾此刻正盯著賈斯丁，好像看到死神的天使前來召喚，要他走向他百般懼怕的審判殿堂。

「天啊，老兄。你就是他。她的丈夫。魁爾！」

•

當天最後一次空投讓柵欄裡的工作人員傾巢而出。賈斯丁留下羅貝爾獨自在帳篷裡哭個夠，自己則坐在防空洞旁的吊床上，享受晚間的表演：首先是漆黑的蒼鷹，以俯衝旋轉的方式宣布日落。然後是閃電，以冗長的顫抖齊聲趕走黃昏，接著升起的是日間的溼氣，形成白色薄暮。最後上場的是滿天星斗，近到幾乎伸手可及。

25.

從巧妙操縱的白廳與西敏寺八卦當中，從電視新聞受訪者如應聲蟲的說法和具有誤導作用的影像之中，從職責只知最近的截稿時間和一頓免費午餐的懶惰記者腦袋裡，微不足道的人類歷史概論又增添了一則事蹟。

在一反常態的情況下，亞力山大・伍卓先生正式獲得在職真除，主掌英國駐奈洛比高級專員公署，在奈洛比的白人社群間引起陣陣漣漪，眾人默默表示滿意，也頗受非洲當地報紙的歡迎。「默默諒解的動力」是奈洛比《標準報》的三版頭條標題，而葛羅莉亞則是「一股清流，能沖散英國殖民主義最後一絲的蛛網」。

至於波特・寇瑞瞿突然消失在白廳官方的陵墓裡，則罕有人提及。不過意有所指的說法卻廣為流傳。這位伍卓的前任者「與現代肯亞脫節」，他「宣導防貪汙不遺餘力，結果招致辛勤工作的部長怨懟」。甚至有人暗示，而且很識相地沒加以渲染，說他可能陷入他自己極力譴責的罪惡淵藪中。有謠言指出，寇瑞瞿被「拖去白廳的紀律委員會之前」，曾被要求解釋在他任期間傳出的一些令人尷尬的事情，然而這些傳言隨後都被斥為無稽之談，但引發這些傳言的高級專員公署發言人卻從未否認。「波特是優秀的學者，行事秉持最高原則，一筆勾銷這麼多美德未免太不厚道。」密爾諄在一份不列入正式記錄的訃告中對可靠的記者這麼透露，而記者也循著這條線索一路追查下去。

「外交部非洲司的老大勃納．裴勒袞爵士，」不感興趣的社會大眾得知，他已經「提早退休，為的是接下跨國製藥大廠凱儒．維達．赫德森的高級管理職位。該藥廠於巴塞爾、溫哥華與西雅圖都設有分公司，如今也已在倫敦落腳。」多虧了裴勒袞「名聞遐邇的公關技巧」，他在倫敦也將專長發揮到極致。裴勒袞的告別盛宴出席人士可說眾星雲集，從非洲各地高級專員公署長到中央政府高官夫妻都有。南非代表以機智的演說道出，勃納爵士與夫人或許無法贏得溫布敦網球賽，卻紮實贏得了許多非洲人的心。

綽號「當代倫敦胡迪尼」[38]的肯尼士．寇提斯爵士從灰燼中風光復出，廣受朋友與敵手歡迎。只有極少數人預言他的復出純粹是障眼法，三蜂之家的崩解也只是在光天化日之下暗中盤算的隱藏實力之舉。這些刻薄的聲音並沒有阻擋民粹大師晉升上院的地位，他還堅持冠用奈洛比與史潘利摩之寇提斯陛下的頭銜。史潘利摩是他卑微的出身之地。就連新聞界的眾多評論家也不得不承認，就算有點挖苦意味，說他是貂鼠變成了老惡魔。

《標準晚報》的「倫敦人日記」專欄也針對蘇格蘭警場的高級警官法蘭克．桂德利小題大作，對這位大公無私的打擊犯罪高手企盼已久的退休大書特書，「英國黑道給他的親切綽號是老鐵烙」。事實上，退休是他前途規劃中的最後一件事。他很久以前答應過妻子，要帶她共遊西班牙的馬約卡島，度完假後，英國首屈一指的保全公司就準備將他挖角過去。

相形之下，洛柏與萊斯里離開警界卻是完全沒受到媒體注意，不過消息靈通人士指出，桂德利的臨去秋波之舉，其中一項就是除掉他口中那些「新品種的不擇手段野心家」，痛斥這些人玷汙了警界。

另一個「職場野心家」，吉妲・皮爾森，申請想成為英國外交界公僕，卻遭到打回票的命運。雖然她的考試成績中上，來自奈洛比高級專員公署的機密報告卻讓上級擔憂。評語是她「太容易受到個人情緒擺布」。人事部門建議她等兩年後再申請看看，評語中強調，她的混血背景並不影響結果。

然而，賈斯丁・魁爾不愉快的結局卻無人質疑。他在絕望與悲慟下精神失常，來到他妻子蝶莎數週前遇害的地點自我了斷。他的精神狀態在妻子過世後迅速脫序，在許多與他息息相關的人之間已是公開的祕密。他在倫敦的長官已盡了全力，只差沒將他關起來，以免他對自己下毒手。他信賴的好友敖諾・布魯穆涉嫌殺害他愛妻的消息一傳出，對他造成致命的打擊。跡象顯示，他的腹部與下半身遭到一連串毆打，道盡滄桑的故事，而這個故事在消息靈通人士的小圈圈中已有所耳聞：魁爾在死前幾天開始虐待自己。他自盡的武器是刺客專用的短槍管點三八口徑手槍，狀況佳，彈膛中仍有五發子彈，至於他如何取得自殺武器，仍是無法解開的謎題。走投無路的有錢人如果堅持要走上絕路，自然想得到辦法。媒體以認可的語氣指出，他的長眠之地是朗噶塔墓園，讓他和妻與子團聚。

英國永遠的政府，儘管其中來去匆匆的政客如同眾多桌舞辣妹般搔首弄姿，再度盡到了自己的責任，只可惜，美中不足的是有一件雖小、卻惹人心煩的事。據瞭解，賈斯丁顯然利用生前最後幾星期撰寫了一份「黑色檔案」，據說能證明蝶莎與布魯穆的遇害，是因為對全球最知名的某大藥廠的惡行瞭解

38 胡迪尼（Henry Houdini,1874-1926），史上最偉大的魔術師、脫逃術師及特技表演者。

太深入所導致，而這家藥廠至今仍能設法不讓自己的大名見報。有位義大利裔、名不見經傳的律師與已逝的蝶莎有親戚關係，此人任意花用已故客戶的財產挺身而出，雇用了以公關之名為掩護的搗蛋專家。這位時運不濟的律師和倫敦一間強勢的律師事務所合作，而該事務所旗下的律師正以好鬥聞名。歐奇、歐奇與法莫洛律師事務所代表該匿名藥廠，抗議他們不當挪用客戶的資產，卻沒挑戰成功。他們只好轉而針對膽敢刊登相關報導的報社提出告訴。

儘管如此，部分報紙仍照登不誤，謠言也因此盛傳不減。蘇格蘭警場奉命調查資料，公開宣布資料內容「毫無根據，貽笑大方」，還拒絕交給皇家起訴局偵辦。然而代表這對已故夫妻的律師仍不善罷甘休，一狀告上國會。同為律師的一名蘇格蘭國會議員受到買通，將一項貌似無大礙的問題排進針對外交部的質詢案中，問題是有關非洲人民的健康狀況。外交部長以慣用的優雅姿態出場打擊，卻發現救援投手作勢要將他三振出局。

問：蝶莎．魁爾夫人在慘遭毒手之前十二個月間，是否曾對外交部提出任何書面報告，外交部長對此事是否知悉？

答：我要求注意這個問題。

問：你是說「不知道」嗎？

答：她生前是否提出此一報告，我並不清楚。

問：或許報告是她在身後寫的？（哄堂大笑）

在隨後的書面與口頭討論中，外交部長先是完全否認自己知道這些文件，之後又改口說礙於正在進行中的法律程序，這些文件尚待審理。經過「所費不貲的進一步深入調查後」，終於承認「發現了」文件，卻表示這些文件已經獲得所有應得的關照，在過去或現在都是，「將作者不穩的精神狀況列入考量」才做出的決定。他一不小心說出那些文件已列為機密檔案。

問：外交部是否經常將精神狀態不穩者的作品列為機密文件？（哄堂大笑）

答：如果這樣的作品可能導致無辜第三者的尷尬，沒錯。

問：或者說，導致的尷尬是在外交部身上？

答：我顧及的是死者近親可能遭受的無謂傷痛。

問：那麼請放心。魁爾夫人並無近親。

答：然而我不得不考慮其他因素。

問：謝謝你。我認為已經聽到我想得到的答案了。

翌日，外交部接到正式要求公開魁爾報告的申請，背後有高等法院撐腰。在此同時，當然不是巧合，代表敖諾·布魯穆醫師親朋好友的律師也在布魯塞爾提出平行議案。在初步聽證會中，一群由不同種族的人組成的團體身穿象徵性的白色長袍，在布魯塞爾司法大廈外遊行，供電視攝影記者拍攝，手持寫有「Nous Accusons!」（我們抗議）的標語牌。警方迅速排除狀況。這組比利時律師團隊提出一連串的交叉請願，保證本案將纏訟數年。然而，此時被告藥廠的大名早已眾所周知，正是凱儒・維達・赫德森。

•

「那邊，就是洛克摩林央山脈。」麥肯齊機長透過對講機通知賈斯丁。「黃金加石油。肯亞和蘇丹百年來一直在爭的就是這塊地。以前的地圖將這裡劃為蘇丹領土，新的地圖則把它劃分給肯亞。我猜是有人賄賂了繪圖師。」

麥肯齊機長很懂說話技巧，深知何時最適合言不及義。他這次選上的飛機是畢奇，拜倫雙引擎飛機。賈斯丁坐在他旁邊的副駕駛座，仔細聽著，卻聽不到究竟，他一下子注意聽著麥肯齊機長，一下子又改聽附近其他飛行員的插科打諢：「我們今天狀況怎樣啊，老麥？是在雲層上還是下？」——「你到底飛到什麼地方去啦，老兄？」——「在你右邊一英里遠，在你下面一英尺。你的視力怎麼啦？」他們正飛越大塊平坦的棕色岩石，顏色逐漸轉暗成藍色。頭上的雲層厚實。陽光穿透雲層，直射岩石，顯露出鮮豔的紅斑。他們前方的丘陵顯得雜亂無序。一條道路在筋肉般的岩石中如靜脈般出現。

「開普敦到開羅，」麥肯齊簡潔地說，「別走這條。」

「我不會的。」賈斯丁以順從的口氣承諾。

麥肯齊傾斜機身，降低高度，沿著馬路飛行。馬路成了山谷道路，在蜿蜒的丘陵中蛇行前進。

「右邊這條是敖諾和蝶莎走的路，從羅齊到洛鐸瓦。如果你不怕搶匪，這條路很不錯。」

賈斯丁清醒過來，深切盯著眼前的白色霧氣，他看見敖諾和蝶莎坐在吉普車上，風塵僕僕，裝有磁碟片的盒子在兩人之間的座位上跳動。一條河流與通往開羅的這條路匯合。麥肯齊說這條河叫塔瓜河，源頭是高高的塔瓜山脈。塔瓜山脈有三千三百五十公尺高。賈斯丁禮貌地記下這份資訊。太陽下山後，丘陵轉為藍黑色，面目猙獰，蝶莎和敖諾也隨之消失。風景再度露出邪惡的面貌，四面八方看不見任何人類或野獸。

「蘇丹部落民族從莫吉拉山脈南下，」麥肯齊說，「他們在叢林裡什麼都不穿。往南走之後，全都開始害羞起來，穿上一小塊一小塊布。老天，他們真能跑啊！」

賈斯丁禮貌地微微一笑，這時，光禿無樹的棕色山脈從卡其色的泥土中升起，呈形狀扭曲，半埋在泥土裡。他看出山後有座湖泊發出藍色的薄霧。

「是圖卡納湖嗎？」

「別下去游泳。除非你游得很快。淡水湖。紫水晶很漂亮。鱷魚很友善。」

一群群山羊和綿羊出現在他們下方，隨後出現一個村落和一大間房子。

「圖卡納部落民，」麥肯齊說，「去年因為牲口被偷，發生集體槍擊事件，最好別去惹他們。」

「對，沒錯。」賈斯丁表示贊同。

「兩個小時後就可以到奈洛比。」

賈斯丁搖搖頭。

「要不要我多飛一段，帶你過邊界到康培拉[39]？油料還夠。」

「你真好心。」

馬路再度現身，充滿沙土，荒涼杳無人跡。飛機劇烈振動，一會兒偏左，一會兒偏右，活像一匹莽撞的馬，彷彿大自然要飛機往回飛。

「附近好幾英里的氣流最糟糕，這一帶的氣流很有名。」麥肯齊說。

洛鐸瓦鎮出現在他們下方，在圓錐狀的黑色丘陵之間顯得小小的。這些小山無一超過六十公尺高。小鎮規劃得整潔美觀，用的是錫皮屋頂，有一條柏油飛機跑道和一所學校。

「沒有工業，」麥肯齊說，「如果你有興趣買牛、驢子和駱駝，這裡買很划算。」

「我沒興趣。」賈斯丁微笑說。

「一間醫院，一所學校，很多軍隊。洛鐸瓦是這區域的安全中心。阿兵哥多半時間都在阿波易丘陵抓強盜，抓不勝抓。有蘇丹來的強盜，有烏干達來的，索馬利亞來的。真正適合強盜聚集的地方。偷牛是本地最盛行的運動，」麥肯齊又扮演起導遊的角色，「曼丹果族人偷了牛，跳了兩個禮拜的舞，一直跳到別的部落過來偷回去為止。」

「從洛鐸瓦到圖卡納湖有多遠？賈斯丁問。」

「差不多五十公里。去卡羅寇看看。那邊有個釣魚旅舍。去找一個叫做米奇的船伕。他的小孩叫做亞布罕。亞布罕只要是跟著米奇都還可以，但如果他單獨行動，就成了毒藥一顆。」

「謝謝。」

對話到此告一段落。麥肯齊飛過跑道，擺動機翼表示打算降落，然後讓飛機再爬升，轉彎回來。一轉眼，他們著陸了。他們沒再多說什麼，只有再次道謝。

「如果有需要，找有無線電的人呼叫我。」麥肯齊說，這時他們站在暑氣逼人的飛機跑道上。「如果我幫不了忙，有個叫馬丁的人可以幫你。奈洛比飛行學校就是他開的。飛了三十年。在澳洲伯斯和牛津受訓。報我的名字。」

謝謝，賈斯丁再度說，一面積極表示客氣，一面寫下來。

「要不要跟我借飛行袋？」麥肯齊手勢比著他提在右手上的黑色公事包。「長槍管打靶用手槍，要是你有興趣。讓你在四十碼之內還有機會。」

「噢，我連十碼都射不中。」賈斯丁感嘆，伴以自我貶損的大笑。這種笑法來自他遇到蝶莎之前。

「他是賈斯提斯。」麥肯齊介紹一個毛髮斑白的哲學家給賈斯丁認識。他身穿破爛T恤，腳踩綠色涼鞋，不知從哪裡蹦出來。「賈斯提斯是你的司機，賈斯丁，過來認識賈斯提斯。賈斯提斯有個紳士朋友叫做艾哲拉，會跟他一起跑觀光景點。還有沒有什麼要幫忙的地方？」

他從野地夾克裡抽出一只厚厚的信封。「你下回到奈洛比時，麻煩請幫我寄。平信就可以。她不是我的女朋友。是我律師的嬸嬸。」

39　康培拉（Kampala），烏干達首都。

「今天晚上寄可以嗎？」

「今天晚上就太好了。」

「好好照顧自己。」麥肯齊邊說，邊將信封塞進飛行袋裡。

「我會的。」這一次，賈斯丁總算沒對麥肯齊說他真好心。

•

圖卡納湖白、灰、銀三色相間，太陽在米奇的漁船上照出黑白條紋，布幕底下的陰影是黑色，恣意照在木頭上的陽光則呈白色，顯得蒼白而無情；清水的水面也是白色，偶爾有魚探出水面產生泡泡；霧灰色的高山在熾陽下拱起背來，也呈現白色；照射在老米奇與年輕、不討人喜的跟班亞布罕的黑臉上呈現白色。亞布罕喜歡冷笑，是個內心充滿憤怒的孩子，麥肯齊沒說錯。亞布罕說的是德語而非英語，原因不得而知，所以行程中對話不多，即使有，對話也是三向進行：對亞布罕講德語，對老米奇講英語，他們兩人自己則講自己版本的斯瓦希里語。無論何時，只要賈斯丁看著蝶莎，就看到白色。他不時看著蝶莎，看她以小男生的姿態坐在船頭，儘管湖中有鱷魚也決心坐在那裡，一手照她父親教她的方式抓住船身，而敖諾寸步不離，以免她不慎落水。船上的收音機播放著英文的烹飪節目，對蕃茄乾的優點讚不絕口。

起初賈斯丁在解釋目的地時，不管用什麼語言都覺得困擾。他們可能從沒聽過厄利亞灣。他們對厄利亞灣興趣缺缺。老米奇想帶他往東南方直走，到他該去的沃夫岡的綠洲旅舍，毒藥亞布罕也熱烈贊同；綠洲是白人的住宿點，是這一帶最棒的飯店，有電影明星、流行歌星、以及百萬富翁，因此聞名，不管賈斯丁知不知道這一點，他都非去不可。等到賈斯丁從皮夾裡取出一小幀蝶莎的相片，是大頭照，未被報紙玷汙過，他們這時才明白他此行的目的，從此噤聲而不自在。這麼說來，賈斯丁是希望到諾亞和白人女子被謀殺的地方嗎？亞布罕質問。

是的，麻煩你們。

這麼說來，賈斯丁知道那地方已經有很多警察和記者去過，能找到的東西都已被找出來，洛鐸瓦警方以及奈洛比飛行中隊也分別宣布封鎖那地區，禁止觀光客、賞金獵人以及閒雜人等進入嗎。警方和飛行中隊也曾聯合宣布此一禁令。亞布罕堅持問他知不知道。

賈斯丁不知道，但他的心意不變，因此準備慷慨解囊來達成心願。

那他知不知道那地方鬧鬼鬧得人盡皆知，即使在諾亞和白人女子遇害之前，就盛傳鬼影幢幢？只不過他這次問得不是那麼激動，因為財務方面的問題已經解決。

賈斯丁發誓說他不怕鬼。

這份差事本質上頗為陰森，讓老人與幫手一開始就神態憂鬱，所以蝶莎下定決心使盡所有的好心情來掃除陰霾。一如以往，她從船頭發表了一連串機智的笑話，成功提振了士氣。天邊另外幾艘漁船也對掃除陰森氣氛有所助益。她對著漁船呼喊——你們釣到什麼魚？——他們也對她呼喊——這麼多紅魚，這麼多藍魚，這麼多五顏六色的魚。她的熱情具有感染力，賈斯丁很快也說服米奇和亞布罕放下釣魚線，將他們的好奇心導向較具意義的正途。

「你還好吧，先生？」米奇的位子很靠近賈斯丁，他像老醫生一樣緊盯著賈斯丁的眼睛。

「我沒事。很好。我很好。」

「我覺得你發燒了，先生。要不要躺在布幕下休息一下，我來幫你倒冷飲。」

「好吧。幫我們兩人倒一杯。」

「謝謝你，先生。我要開船。」

賈斯丁坐在布幕下，拿出杯中的冰塊冷卻脖子與額頭，身體隨著船身搖動。他們這一行人是奇怪的組合，他不得不承認。然而，話說回來，蝶莎在發邀請函上的態度更是絕對的豪放，你真的只能緊咬嘴唇，眼睜睜看著原先設定的數字增加一倍。波特能跟著來真好，妳也是，葳若妮卡，妳的寶貝女兒蘿西永遠都讓人高興。沒有，我怎麼會反對。蝶莎似乎比誰都還能逗蘿西開心。不過，邀請勃納．裴勒袞和他妻子前來卻是一大敗筆。親愛的，勃納在他那個醜陋的網球箱裡裝了不是一支、而是三支球拍，完全符合他的個性。至於伍卓，老實說，妳堅信我們當中最沒希望的這個人還是擁有善良的心，這種想法值得稱許，只可惜妳看錯人了，而妳還想證明給大家看。還有，看在老天爺的分上，別老是用那種隨時想跟我做愛的模樣偷瞄我。杉狄偷瞄妳胸部都瞄到快發癲了。

「怎麼了？」賈斯丁陡然問。

起初他以為是穆斯達法。但他慢慢意識到，原來是米奇一把抓著他右肩的襯衫，拚命想搖醒他。

「到了，先生，這裡是東岸。我們接近慘案發生的地點了。」

「還有多遠？」

「走路，十分鐘，先生。我們會陪你過去。」

「沒有必要。」

「絕對有必要，先生。」

「你還需要什麼？」亞布罕從米奇背後以德語探頭問。

「不用了，不用。我很好。你們兩人都很好心。」

「再多喝點水吧，先生。」米奇邊說，邊端一杯剛倒好的水給他。

他們一行人爬上文明發祥地的熔岩，他不得不承認，這一行人的確浩浩蕩蕩。「我都不知道這裡有這麼多文明人。」他告訴蝶莎，以英國風格來搞笑，而蝶莎也報以一笑，沒笑出聲音來。這是她的習慣。開心微笑，笑得花枝亂顫，所有該做的事都做了，就是沒有笑聲。帶頭的是葛蘿利亞。理所當然。她大步走起路來，手肘擺動的姿勢具有英國皇室風範，速度比我們當中很多人都還快。裴勒袞則一直發牢騷，對他來說很正常。他太太小琳問候大家，說天氣熱得讓她受不了。蘿西．寇瑞瞿由爹地揹著，開心唱著歌給蝶莎聽。這麼多人，怎麼擠得上那艘小船？

米奇停了下來，一手緊緊握住賈斯丁的手臂。亞布罕緊緊跟在他身後。

「你妻子過世的地點就在這裡，先生。」米奇輕聲說。

其實不用他解釋，賈斯丁也完全清楚——儘管他不知道米奇是怎麼推論出他正是蝶莎的丈夫。也許聽到賈斯丁說夢話吧。他看過這地方的照片，在陰沉的低地看過，在他睡夢中也看過。這裡有個看似乾河床的地方。那邊是吉妲和朋友堆起的一小座石堆，令人鼻酸。石堆周遭散落滿地的是，哎，是垃圾。近來一有大量曝光的事件，這些東西就蜂擁而至：丟棄的底片膠卷桶和紙盒、空菸盒、塑膠瓶、紙盤。較高的地方，大約往白色岩石坡上去三十碼左右，有一條泥土路，那輛長軸距的遊獵卡車就是在這裡向蝶莎的吉普車靠過去，射破吉普車輪胎，吉普車應聲往這個斜坡滑下，兇手則拿著大砍刀和其他東西緊追不捨。在那邊，米奇靜靜地以長滿節瘤的手指點出，是綠洲旅舍的吉普車擦撞岩石表面留下的藍色痕跡，車子就是在這裡滑進山溝。這裡的岩石表面和周遭的黑色火山岩不同，白得像墓碑。或許，上面的棕色汙漬其實是血跡，米奇如此暗示。但賈斯丁仔細一看，認定那很可能是地衣。他是觀察力敏銳的園丁，除了黃色茅草和一排杜姆棕櫚外，罕有東西能引起他的興趣。杜姆棕櫚和往常一樣，似乎是市政府栽種的。有幾株大戟屬的灌木在黑色玄武岩上刻苦過日子。還有一棵宛如幽靈的白色沒藥——這種樹到底什麼時候會長葉子？——紡錐狀的枝椏朝兩旁伸展，如蛾翼般張開。他選了一大塊玄武岩，坐在上面。他感覺頭重腳輕，不過腦子依舊清醒。米奇遞給他一瓶水，賈斯丁喝了一大口，蓋好蓋子，放在腳邊。

「米奇，我想一個人靜一靜，」他說，「你和亞布罕去釣魚，我想走的時候再到岸邊叫你們，好嗎？」

「我們比較希望在船上等你，先生。」

「為什麼不去釣魚？」

「我們比較希望跟你待在這邊。你在發燒。」

「快退燒了。過兩個小時就好。」他看著手錶，時間是下午四點。「太陽幾點下山？」

「七點，先生。」

「好。黃昏時再來找我吧。如果我需要什麼，會叫你們過來。」語氣更堅定，「我想獨處，米奇。這就是我來這裡的目的。」

「是的，先生。」

他沒聽見他們離開的聲音。有好一陣子，他什麼聲響都沒聽見，只有湖面偶爾傳出噗噗聲，偶有漁船啪啪經過。他聽見胡狼在嚎叫，一家子兀鷹占據了湖邊一棵杜姆棕櫚，發出嘎嘎的頂撞聲。他聽到蝶莎告訴他，如果有機會重新來過，此處仍會是她希望死去的地點，在非洲，就在她準備揭發一樁大弊案之際。他又喝了一些水，站起身來伸伸懶腰，漫步走到油漆擦痕之處，因為在這裡，他確定自己和蝶莎很靠近，不必費太多工夫。如果他伸手去觸碰擦痕，和她就只相距不到半公尺，如果不算吉普車的車門寬度的話。或者多一倍距離，如果想像敖諾就坐在她和車門之間。他甚至勉強對蝶莎笑了起來，因為每次勸她繫上安全帶，都讓他覺得自己就像魔鬼。她以一貫的牛脾氣辯稱，非洲道路坑坑洞洞的，不繫安全帶反而比較安全，至少還能在車裡晃動閃躲，不會每次一壓到坑洞，就活像一袋馬鈴薯被人往下摜似的。他從擦痕移轉到山溝底部，雙手插在口袋，站在乾河床旁，回頭盯著吉普車停住的地方，想像可憐的敖諾在不省人事的狀態下被人拖下車，帶往他處慢慢折騰至死。

隨後，依他有條不紊的習慣，他回到剛到這裡時所坐的大玄武岩，再度坐下，專心研究一小朵藍花。不能說這朵花不像他在奈洛比家中前院栽種的天藍繡球。但問題是，他不確定這朵花是原本就長在這裡，還是他在腦海中從奈洛比移植過來的，又或者是從他在恩加丁的旅館周圍草地移植過來的。他對所有花卉的興趣也陷入谷底。他再也無意培養好好先生的形象，只想專心栽種天藍繡球、翠菊、小蒼蘭和梔子花，其他植物一概沒有興趣。他思考著自己內心的這種轉變，此時，聽見湖岸方向傳來引擎聲，先是發動引擎時的小爆裂聲，隨後是持續不斷的突突聲，慢慢消失在遠方。米奇最後還是決定去釣魚了，他心想，對正牌的漁夫來說，在黃昏時分釣魚是個難以抗拒的誘惑。他記得自己曾設法說服蝶莎跟他去釣魚，最後卻總是連一條魚也沒釣上，只是不斷縱情魚水之歡。或許，這正是他這麼殷切說服她一起去釣魚的原因。他還在喜孜孜想著在小船上做愛的滋味，這時忽然改變了米奇出船釣魚的想法。他們根本沒去釣魚。

米奇沒亂跑，沒有改變心意，沒有臨時起意。

發出聲響的根本不是米奇。

一看就知道，蝶莎也有同感，米奇這個人一看就知道是天生的忠誠家臣，坦白說，正因如此，才那麼容易將他誤認為穆斯達法。

所以米奇沒去釣魚。

不過他還是走掉了，有沒有帶著毒藥亞布罕一起走，他也不確定。但米奇已經走了卻是事實，小船也不見了。湖面上小船的引擎聲漸行漸遠。

這麼看來，他為什麼要走？是誰叫他走的？是誰拿錢叫他走的？是誰命令他走的？不走的話，又是誰威脅要他走的？米奇是從船上的無線電接收到了什麼指示，或是另一艘船上的人口頭對他吩咐，還是岸邊有什麼人下令，說服他違背他善良的臉上所有的自然線條，在還沒收到錢之前就中斷遊程？或者是馬可斯．羅貝爾這個猶大手又癢了，又派他那一行的朋友出馬？他還在思考最後這個可能性時，聽見另一陣引擎聲，這次是從馬路那方向傳來的。此時，黃昏很快降臨，光線難以捉摸，他認為在這樣的天色下路過的車輛至少會打開側燈，不過這一輛——不知是汽車還是什麼車——卻沒開燈，令他百思不解。

他有個想法，或許是因為車子以蝸步前進，開車的是漢姆，因為漢姆習慣將車速控制比速限還少五英里，他是來告訴賈斯丁寄給米蘭那位凶巴巴的嬸嬸的信件已全部安然抵達，蝶莎揭發的大弊案不久後就能獲得伸張，正符合她常說的，她深信體制必須被迫從內部革新。接著他想到：根本不是車，我看走眼了，是小飛機。隨後聲響戛然停止，繼續讓他說服自己，這一切不過是幻覺，他聽到的或許是蝶莎的吉普車，隨時可能停在他正上方的路上，她隨時會穿著梅菲斯托牌的靴子跳下車，蹦蹦跳跳地走下坡來恭喜他繼承了她未完成的志業。可惜不是蝶莎的吉普車，車子也不屬於任何他認識的人。出現在他眼前的，是一輛長軸距的吉普車，輪廓忽隱忽現，不對，是遊獵卡車，不是深藍色就是深綠色，光線暗得很快，很難分辨出是什麼顏色。車子正好停在他看著蝶莎的地點。雖然他重返奈洛比之後，就一直認為會碰上這種事，甚至隱隱希望碰得上，因此才將丹納修的警告當作耳邊風。他迎接這幅情景的心情是非比尋常的狂喜，如果稱不上是圓滿的話。他當然見過背叛蝶莎的人——裴勒袞、伍卓、羅貝爾。蝶莎所寫的備忘錄遭人惡意遺棄，他也幫她重新寫過，只不過他是分段寫，然而這種寫法在所難免。如今看來，他就要和蝶莎分享所有祕密當中的最後一件了。

另有一輛卡車開過來，停在剛才那輛後面。他聽見輕輕的腳步聲，隱約看到結實身材快速移動的輪廓，身穿寬厚的衣物，彎著腰跑步前進。他聽見有人吹口哨，接著那人後面也傳出回應的口哨聲。他想像、或者真聞到了一絲運動家牌香菸的氣味。燈光照到他身旁，夜色轉眼間變得益發深沉，最亮眼的一束燈光照到他身上，鎖定了他。

他聽見有人從白色岩石上滑下來的腳步聲。

作者注

且讓我趕忙跳出來保護英國駐奈洛比高級專員公署。我書中描述的並不是這個公署，因為我從來沒踏進過署裡一步。我描寫的也不是該處的工作人員，因為我從來沒有見過他們，也沒跟任何人交談過。兩年前，我曾遇見高級專員，一同在諾佛克飯店陽台上喝薑汁汽水，如此而已。不論在外表或其他方面，他都完全不像我所描述的波特・寇瑞瞿。至於可憐的杉狄・伍卓嘛，就算英國駐奈洛比高級專員公署真有所謂的辦事處，其主任必定是盡忠職守、堂堂正正的人，從來沒對同事的配偶動過歪腦筋，也從來沒有銷毀過礙事的文件。可惜這個辦事處並不存在。在奈洛比的辦事處和許多英國的其他駐外單位一樣，早已消失在時代的巨輪下。

這個年代律師當道，我在此必須特別釐清，因為書中的人物、單位或企業純屬虛構，感謝上帝，完全沒有根據真實世界中的真實人物或單位，不論是伍卓、裴勒袞、克里科、寇提斯以及可怕的三蜂之家或簡寫為ＫＶＨ的凱儒・維達・赫德森，都沒有事實根據。唯一例外是綠洲旅舍的大好人沃夫岡，因為所有登門拜訪的人都對他留下深刻印象，如果創造出一個虛構人物來取代他，未免也太荒謬了。在沃夫岡本人的同意之下，我借用了他的大名和講話口氣。

沒有所謂「岱魄拉瑟」的這個藥物，以前沒有，以後也永遠不會有。我不知道最近有什麼治療結核病的神藥在非洲或其他地方上市，或是即將上市，以免自己不幸要在法院或其他更糟糕的地方度過餘生。只不過，現在這時代真的很難說。然而我可以告訴讀者，在我探索製藥叢林的過程中，越來越能明瞭，與真實的情況相比，我的故事祥和得有如一張度假勝地的風景明信片。

換個快樂一點的口氣來說，我想誠摯感謝幫助過我的人，以及願意讓我提及他們姓名的人，同時也要感謝其他幫助過我、卻有好理由希望隱姓埋名的人。

Ted Younie 以真情長期觀察非洲狀況，是他最先對我悄悄說起製藥公司的做法，後來也糾正我文章裡數個謬誤之處。

David Miller 醫生對非洲與第三世界經驗豐富，是他最早向我建議以結核病為主題，告訴我製藥公司以重金和精妙的宣傳活動誘惑醫學界，讓我大開眼界。

Peter Godfrey-Faussett 醫生是倫敦衛生與熱帶醫藥學院的資深講師，他在我動筆前和寫作期間提供了我寶貴的專家意見。

Arthur Geoghegan 多才多藝，是我已逝的美國發行人 Jack Geoghegan 的兒子。他曾在莫斯科和東歐的製藥公司工作過，轉述了期間發生的駭人聽聞事跡給我聽。Jack 仁慈的精神與我們同在。

日內瓦的無國界醫師成員 Daniel Berman 對我做過簡介，在米其林旅行指南中能得到三顆星的評價：不虛此行。

請勿將德國比勒菲的 BUKO Pharma-Kampagne 與本書中的希波混為一談。BUKO 是獨資的單位，人手不足，成員思路清晰，資歷豐富，極力揭露製藥業的不法行徑，尤其將焦點擺在製藥公司與第三世界之間的關係。如果你有意慷慨解囊，請寄給他們一些錢，幫助他們繼續努力。由於醫學觀點持續受到大製藥廠有系統地以陰險手法汙染，BUKO 的生存與否更具重要性。BUKO 不僅對我有很大的助益，他們其實還鼓勵我讚揚負責任的製藥公司。基於愛護 BUKO 之心，我有意盡量照他們的要求，可惜本書主旨並不在此。

Paul Haycock 醫師是國際製藥業的老將，Tony Allen 是非洲老將，也是製藥公司顧問，具有善心與洞察力，他們兩人從不吝於惠賜高見、知識與好心情，儘管我對他們的職業大加抨擊，他們仍能保持風度。熱心好客的 Peter 更是如此，他謙虛地不希望拋頭露面。

我也獲得聯合國幾位一流人士的協助。他們對我想做的事毫不知情。儘管如此，我還是認為不要指出他們的姓名比較妥當。

讓我難過的是，我也決定不列出慷慨協助我的肯亞人。在我寫作之際，剛傳來 John Kaiser 的死訊。他是美國明尼蘇達州的神父，過去三十六年服務於肯亞。他的遺體於奈洛比西北方五十英里的奈瓦霞被人發現，頭部中彈，附近有把散彈槍。Kaiser 先生長年以高分貝批評肯亞政府的人權政策，或者是批評其人權政策付之闕如。此類意外很有可能再度發生。

第十八章對拉若所受的迫害的描寫，是我綜合了幾樁個案，特別是在北美洲，資歷顯赫的醫學研究人員大膽站出來反對製藥界的散財童子，辛勤研究的結果遭到抹黑迫害。這些事件無關他們礙眼的發現是否正確，重點是，個人良心與企業貪婪起了正面衝突；重點是，醫生有基本權利，能在不受金錢左右的情況下發表醫學觀點；重點是，醫生在開藥方治療病人時，有職責告知他們相信其中具有的風險。

最後，如果讀者若有機會來到厄爾巴島，千萬別錯過我借用當作蝶莎和她祖先祖產的美麗地方。這地方稱為 La Chiusa di Magazzini，屬於 Foresi 家族的財產。Foresi 家族以自家果園釀造紅酒、白酒、玫瑰紅酒以及烈酒，也從自家的橄欖園產出精純的橄欖油。他們家族有幾間小屋可供出租。他們甚至也有一間油房，希望解開個人人生大謎題的讀者可在此尋求暫時與世隔絕的感受。

約翰・勒卡雷

二〇〇〇十二月

勒卡雷 作品集 18

永遠的園丁

The Constant Gardener

作者	約翰・勒卡雷 John le Carré
譯者	宋瑛堂
社長	陳蕙慧
副總編	戴偉傑
編輯	陳大中
行銷	陳雅雯、尹子麟、余一霞、汪佳穎、許律雯
排版	宸遠彩藝
封面繪圖	Emily Chan
封面設計	井十二設計研究室
印刷	通南彩色印刷股份有限公司
讀書共和國集團社長	郭重興
發行人兼出版總監	曾大福
出版	木馬文化事業股份有限公司
發行	遠足文化事業股份有限公司
地址	新北市新店區民權路 108-2 號 9 樓
電話	(02) 2218-1417
傳真	(02) 8667-1891
客服專線	0800-221-029
信箱	service@bookrep.com.tw
法律顧問	華洋法律事務所 蘇文生律師
出版日期	2021 年 11 月 二版一刷
定價	新台幣 480 元
ISBN	9786263140714 (紙本) 9786263140752 (EPUB) 9786263140745 (PDF)

國家圖書館出版品預行編目

永遠的園丁 / 約翰 . 勒卡雷 (John le Carré) 著 ; 宋瑛堂譯 . –
二版 . -- 新北市 : 木馬文化事業股份有限公司出版 :
遠足文化事業股份有限公司發行 , 2021.11
600 面 ; 14.8X21 公分 . -- (勒卡雷作品集 ; 18)
譯自 : The Constant Gardener
ISBN 978-626-314-071-4（平裝）

873.57　　110017734